雅語・歌語 五七語辞典

雅語・歌語自由自在…名歌・名句の五音七音表現

西方草志　編

三省堂

はしがき

俳句や短歌の実作で、上級者のように上手に古語を使いたいという人が増えているという。しかし、古典を開いて自分のイメージにあった言葉を探すのは大変なので、便利な本が欲しいという声が本書を作るきっかけとなった。

古典というと、それだけで難しいと考えがちであるが、ひとつひとつの言葉を味わってみると、とても柔らかく優美である。カタカナ語や造語・略語が氾濫する現代であるからこそ、昔の言葉が新鮮で魅力的に感じられるのではないだろうか。変貌の激しい社会の中で〝美しい日本の言葉〟は時代を越えて生き、人を惹きつける力を持っている。

源氏物語や平家物語をはじめ、古典・時代物を題材とした小説やテレビ・映画の人気が根強い理由の一つとして「言葉の力」もあるのであろう。

藤原定家も、古い言葉を尊重し、新しい表現を目指すことの重要性を説いている。現代の人々が古典の言葉を上手に活用し、句作り・歌作りすることを願い、本書を制作した。

本書は万葉集からはじまり、古今集をはじめ平安時代の和歌集・物語、鎌倉時代、室町時代、江戸時代、明治、大正、昭和前期に至る千年余りの代表的な和歌、連歌、歌謡、短歌などから雅語・歌語の五音七音表現を採集した（本書ではこれらを「五七語」と呼ぶ。五音七音表現を意味する造語である）。

採集した約五万の五七語は、天象・地理・衣食住・心・動植物…など二十に分類した。その結果、例えば「月」の表現一つをとってみても、千年余の時空を超えて、著名作家の五七語が一堂に会することとなった。時代を超えた〝言葉の競演〟が一目で視界に入るわけである。

平安時代などの和歌は、俗を嫌い、恋の歌が多いため、時代の言葉を補完するために源氏物語や枕草子などの物語や歌謡からも幅広く採集した。

採集にあたっては、時代の特徴ともいえる、同音を利用して一語に複数の意味を持たせる「掛け詞」の分類が問題となったが、紙幅の都合で複数箇所への分類はせず、その一語の持つ本来の意味で分類した。

また、言葉の意味については、基本的に本書では省いている。時代により違うので、解りにくいものについては見出しの下に短く注を付けたが、三省堂の『大辞林』を開いていただくと、多数の古語の意味が充実して載っているので是非参照されたい。

本書は「見たい言葉が一目で見渡せる」ように工夫したつもりであるが「詩語を含む多様な表現を分類する」という試みは必然的にファジーなものとならざるを得ない。意外なところで意外な言葉に出会う驚きも含めて、楽しんで頂けたら幸いである。見つけにくい言葉については、巻頭の五十音索引を引いてほしい（大見出し・小見出しの語がすべて引ける）。

ふりがなは、採集した原典を踏襲するとともに、歴史的仮名遣いも含め、できるだけふった。時代によって同字でも読みの違うものも多く、本書を編集した三省堂出版部の阿部正子さんの希望で多めに入れてある。必要のない読者には煩雑であろうが、お許し願いたい。

約五万（延べ分類で約六万）の五七語の採集と分類・整理には膨大な手間と時間（延べ五千時間余）を要し、試行錯誤を繰り返すことになった。データベース作成に尽力してくれた阿部路衣さんと、美しい紙面に仕上げてくれたエディット（ＤＴＰ制作）の三本杉朋子さんに感謝申し上げる。

本書ではひとつの言葉の表現でも、多彩な語尾変化を確認することができるので、実作に大いに参考になることであろう。好評をいただいている『五七語辞典』（佛渕健悟・西方草志編、三省堂、巻末広告参照）と同様、俳句・連句・短歌・川柳などの詩的表現を目指す多くの人たちに活用されることを願っている。

最後に、この辞典を作るにあたって、日本独自の文化遺産である五音七音表現の和歌・連歌・俳句・短歌や歌謡・詩の作者と作品関係者に感謝申し上げる。

編　者

◎雅語・歌語　五七語辞典　［分野別目次］

1 天象

月 1　星 4　空 5　日 7　光 10　闇 13　雲 14　霞 16　霧 17　露 18
雨 20　降 22　雪 25　霜 27　氷 28　風 29　吹 33　寒 34　暖 36

2 地理

野 37　岩 39　土 40　山 42　道 46　玉 48　金 49　谷 50　川 50　池 52　水 52　流 55
瀬 58　橋 59　港 60　島 61　江 61　海 63　波 64　里 67　都 69　宮 70　国 72

3 位置・形

形 74　面 75　間 77　上 78　高 79
深 80　近 81　遠 82　方 85　所 87

4 数・量

一 88　幾 97　小 98　少 99　多 100　増 101
無 102　残 103　大 105　長 105　全 106

5 時

時 107　過 111　終 114　昔 115　古 115　新 116　日 118　年 121　代 123
朝 124　昼 126　夕 127　夜 129　春 132　夏 134　秋 135　冬 137

6 音・色 灯・火

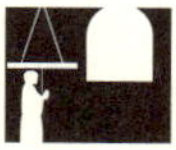

灯 138
火 139
焼 140
燃 141
煙 141
聞 143
音 144
鳴 145
声 148
静 150
騒 150
色 153
赤 155
白 156
黒 157
青 158
黄 159

7 状態

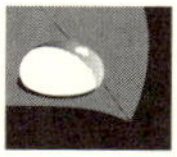

美 160
匂 162
香 163
興 164
才 165
幸 166
栄 167
清 168
著 169
薄 170
弱 171
浮 172
揺 173
荒 174
乱 175
落 176
捨 177
消 179
変 182

8 心

恋 183
逢 186
睦 188
思 190
心 193
惜 196
欲 197
頼 199
安 200
夢 202
楽 203
寂 205
空 206
哀 207
悲 208
泣 209
憂 211
悩 214
惑 216
悔 217
恨 218
恐 219

9 体

身 220
肌 224
頭 224
髪 225
顔 226
口 228
目 229
見 230
手 233
足 236
寝 237
枕 240

10 衣

衣 242
着 245
布 248
糸 249
染 251
粧 252
沓 254
笠 254

11 食

食 256
酒 258
味 259
菜 260
厨 262

12 住

宿 264
住 266
庭 268
室 270
簾 272
掃 273
湯 274

13 仕事

農 275
飼 278
切 279
持 279
開 280
引 281
打 281
弓 282
狩 283
漁 283
作 285
売 287
商 288
金 289
暮 290

14 往来

訪 291
行 292
来 294
帰 296
待 297
共 298
集 300
居 301
歩 303
転 304
泳 305
隠 305
別 307
出 309
旅 311
馬 313
舟 315
車 319

15 技芸

絵 320
琴 320
芸 323
遊 323
歌 325
書 326
読 328
学 329

装丁・イラスト　和久井昌幸

五十音索引

この索引は、現代かなづかいの五十音順です。
大見出し・小見出しの語が引けます。数字は頁数。

●あ

あ 吾 391
あい 間(時) 108
あい 愛 185
あい 藍(色) 159
あい 藍(染) 252
あい 相 298
あいおい 相生 298
あいおもう 相思ふ 192
あいだ 間 77、108
あいたい ↓目が欲る 197
あいにく 生憎 219
あいみる 相見る 187
あいよく 愛欲 188
あう 逢ふ 186
あうよ 逢ふ夜 186
あうら 足占 366
あえか 160
あえて ↓ふりはへ 170
あえるぜんちょう 187
あお 青 158
あお 襖 242
あおあらし 青嵐 31
あおい 葵 407
あおいまつり ↓賀茂祭 367
あおうま 白馬 71、314
あおかき 青垣 44
あおぐ 仰ぐ 233
あおし 青し 352
あおと 足音 236
あおにび ↓鈍色 158
あおば ↓葉 405
あおむ 青む 158
あおやぎ ↓柳 415
あおやま 青山 44
あか 赤 155
あか 垢 224
あか 閼伽 371
あかがね 銅 49
あかがり 皹 224
あがき 足掻 236
あかくなる ↓赤む 155
あかし 明かし 12
あかす 明かす(夜を) 125
あかす ↓思ひ明かす 192
あがた 県 68
あかつき 暁 124
あかつち ↓埴 41
あかとき 暁 124
あかぬ 飽かぬ 197
あかね 茜 155
あかぼし 明星 4
あかむ 赤む 155
あかも 赤裳 243
あからひく 赤らひく 155
あかり 灯り・明り 138
あがる 上がる 78
あかるい ↓明かし 12
あかんぼう ↓緑児 388
あき 秋 135
あきかぜ 秋風 31
あきさる 秋さる 137
あきたつ 秋立つ 137
あきたらぬ 飽き足らぬ 213
あきつ 蜻蛉 425
あきつしま ↓日本 72
あきない 商ひ 288
あきのいろ 秋の色 137
あきのめがみ ↓龍田姫 137
あきのよ 秋の夜 137
あきはつ 秋果つ 137
あきふく 秋更く 137
あきまつ 秋待つ 136
あきゆく 秋行く 137
あきる ↓飽く 213
あく 明く(年が) 122
あく 明く(夜が) 126
あく 飽く 213
あく 悪 347
あくがる 憧る 195
あくたび 芥火 139
あくにん 悪人 347
あけ 朱 156
あけがた 明方 124
あけくる 明け暮る 119
あけぐれ 明け暗れ 124
あけぼの 曙 124
あこ 吾子 388
あこがれる ↓憧る 195
あさ 麻 248
あさ 朝 124
あさあけ 朝明 124
あさがお 朝顔 407
あさかぜ 朝風 31
あさがみ 朝髪 225
あさぎ 浅黄 159
あさぎよめ ↓清む 273
あさけ 朝明 124
あさげ 朝餉 257
あさごろも 麻衣 244
あさし 浅し 80
あさし 浅し(時が) 118
あさじ 浅茅 409
あさだつ 朝立つ 310
あさつゆ 朝露 19
あさとで 朝戸出 310
あさなさな 朝な朝な 125
あさひ 朝日 7
あさひこ 朝日子 7
あさまし 浅まし 219
あさみ 浅み 80
あざやか 鮮か 161
あさゆう 朝夕 125
あざらか 鮮か 161
あさる 求食る 256
あさる 漁る 283
あし 足 236
あし 悪し(粗末) 347
あし 葦 407
あじ 味 259
あじ 鯵 429
あしあと ↓御足跡 370
あしおと 足音 236
あじきなし 味気無し 213
あした 明日 121

あした 朝 124
あしだ 足駄 254
あしび 葦火 139
あしび 馬酔木 408
あしべ →辺 82
あしや 葦屋 265
あじゃり 阿闍梨 375
あしゅら 阿修羅 371
あじろ 網代 285
あす 明日 121
あす 褪す(色) 154
あずさゆみ 梓弓 282
あずま 東 73
あせ 汗 224
あぜ 畦 275
あせる 焦る 217
あそびめ 遊女 383
あそぶ 遊ぶ 323
あた 敵 362
あだ 仇 362
あだ 徒 345
あたい 価 289
あだぐち 徒口 345
あだごと →嘘 346
あだしごころ 徒心 345
あだしびと →他人 378
あたたか 暖か 36
あだなみ 徒波 345
あたま 頭 224
あだめく →艶 161
あたらし 新し 116
あたらし 惜し 196
あたらよ 可惜夜 130
あたり 辺 82
あちこち 彼方此方 86
あつし 暑し 36
あつし 厚し 105
あつむ 集む 300
あて 貴 167
あてびと 貴人 379
あと 後 113
あと 跡 74、370
あどもう →副ふ 299
あな 穴 74
あな (感動) 205
あながち 強ち 345
あなずる 侮る 348
あなた 彼方 86
あね 姉 383
あのよ あの世 360
あばらや 荒屋 265
あびき 網引き 285
あびる →湯浴 274
あぶない →危ふし 219
あぶみ (鐙)→鞍 314
あぶら 油(灯) 138
あふる 溢る 57
あぶる 炮る 277
あま 海女・海人 284
あま 尼 381
あま 天 6
あまぎる 天霧る 9
あまくも 天雲 16
あまそそぎ 雨注ぎ 20
あまた 数多 100
あまだれ →雨注ぎ 20
あまつ 天 6
あまつつみ 雨障 21
あまつぼし 天つ星 5
あまてらすおおみかみ 365
あまのがわ 天の川 4
あまぶね 海人舟 316
あまま 雨間 21
あまみ 甘味 260
あまる 余る 105
あみ 網 285
あみこ 網子 285
あみだ 阿弥陀 371
あむ 編む 249
あめ 天 6
あめ 雨 20
あめ 雨(涙) 211
あめつち 天地 41
あや 彩 154
あや 綾(布) 248
あや 綾(模様) 252
あやうし 危ふし 219
あやぐも 彩雲 16
あやし 怪し 361
あやし (粗末) 347
あやに 345
あやまち →咎 348
あやまち →犯す 349
あやむ 怪む 361
あやめ →端午 71
あやめ 菖蒲 408
あゆ (汗) 224
あゆ 鮎 429
あゆい 足結 247
あゆく 揺く 173
あゆぶ 歩む 303
あゆむ 歩む 303
あら (感動) 205
あらいがみ 洗髪 225
あらいぎぬ 洗ひ衣 274
あらう 洗ふ 274
あらきかぜ 暴き風 33
あらきだ →新田 275
あらし 嵐 32
あらそう 争ふ 362
あらた 荒田 175
あらたえ 荒栲 248
あらたし 新し 116
あらたむ 改む 116
あらの 荒野 175
あらぶ 荒ぶ 174
あらまし 有らまし 197
あららか 荒らか 174
あられ 霰 28
あらわる 顕る・現る 169
あり 蟻 424
ありあけ 有明 3
ありか 在処 87
ありく 歩く 303
ありし 在りし 115
ありそ 荒磯 62
ありなし 有り無し 104
ありふ 在り経 351
ある 在る 302
ある 荒る 174
ある 有る 103
ある 生る 351
あるく →歩む 303
あるじ 主 378
あるみ 荒海 174

あれ 吾 391
あれや 荒屋 265
あれる→荒る 174
あわ 泡 55
あわ 粟 276
あわし 淡し 170
あわす 合す 102
あわせ 袷 243
あわてる 慌てる 109
あわぬ 逢はぬ 186
あわび 鮑 429
あわびたま 鰒珠 48
あわゆき 淡雪 27
あわれ あはれ 207
あわれむ 憐む 207
あんしん→心長し 200
あんどん→提灯 138

●い

い 衣 242
い 井 55
い 猪 426
いい 飯 257
いう 言ふ 330
いえ 家 265
いえい 家居 302
いえこいし 家恋し 184
いえじ 家路 296
いえづと 家苞 297
いお 庵 264
いお 魚 429
いお 五百 93
いおえ 五百重 93
いおえ 五百枝 93
いおり 庵 264
いがき 斎垣 370
いかしげ→厳し 160
いかずち 雷 33
いかだ 筏 317
いかばかり 如何ばかり 338
いかり 碇 317
いかる 怒る 219
いき 息 228
いきおう 勢ふ 167
いきしに 生死 350
いきづく 息衝く 229
いきのおに 息の緒に 350
いきもの 生者 351
いきる 生きる 350
いく 幾 97
いく 行く 292
いく 逝く 356
いくあき 幾秋 97
いくえ 幾重 97
いくか 幾日 97
いくかえり 幾返り 97
いくさ 軍 362
いぐし 斎串 368
いくせ 幾瀬 97
いくそ 幾そ 97
いくたび 幾度 97
いくたり 幾人 97
いくとせ 幾年 97
いくはる 幾春 97
いくよ 幾夜 97
いくよ 幾世・幾代 97
いくり 海石 40
いけ 池 52
いける 生ける 350
いこう 憩ふ 201
いざ 300
いさかい 諍ひ 363
いさぎよし 潔し 167
いさご 砂 41
いささか 些か 99
いさな 鯨 429
いざなう 誘ふ 299
いさまし 勇まし 166
いさめる 諫める 348
いさよう 217
いさらい いさら井 54
いさり→漁る 283
いさりび 漁火 139
いし 石 40
いし 医師 354
いしずみ 石炭 141
いしのあぶら 石油 141
いしぶみ 碑 357
いす 椅子 271
いず 出づ 309
いずかた 何方 87
いずく 何処 87
いずこ 何処 87
いずち 何処 87
いずみ 泉 52
いずら 何処 87
いずれ 何れ 338
いぜき 井堰 59
いそ 磯 61
いそがくり 磯隠り 62
いそがしく→手もすまに 109
いそぐ 急ぐ 109
いそじ 五十 93
いそべ 磯辺 62
いそみ 磯廻 62
いた 板 271
いたく 甚く 101
いだく 抱く 236
いたし 痛し 355
いだしきぬ→出車 319
いだしぐるま 出車 319
いたずらに 徒に 345
いたち 鼬 426
いたつき 労き 354
いたぶる 173
いたま 板間 270
いたまし 痛まし 215
いたむ→痛し 355
いたや 板屋 265
いち 一（のつく語） 88
いち 市 288
いちがつ→睦月 122
いちご 苺 260
いちご（一期）→一生 350
いちじ 一時 108
いちずに→偏に 170
いちにちじゅう→終日 119
いちびと 市人 288
いちめがさ→菅笠 254
いちょう 銀杏 408
いつ→凍る・氷る 35
いつ 何時 108
いつえ 五重 93
いつか 五日 93
いっき 一騎 88
いっきょく 一曲 88

いつく 斎く 369
いつくし 厳し 160
いっこう 一行 88
いつしか →何時 108
いっしょう 一生 350
いっせん 一銭 88
いつつ →五 92
いづつ 井筒 55
いつでも →時じく 108
いつとせ 五年 93
いっぷく →茶 258
いっぽんみち 一本道 90
いつも 123
いつも →朝夕 125
いつわり 偽り 346
いで 井手 59
いでく 出来 170
いでたつ 出で立つ 310
いでゆ 出湯 274
いと 101
いと 糸 249
いと →白糸 157
いど →井 55
いとう 厭ふ 213
いとおし 愛し 185
いときなし 幼きなし 352
いとぐるま →糸 249
いとし 愛し 185
いとど 101
いとど 蟋蟀 424
いとま 暇 109
いとわし 厭はし 213
いな 否 339
いなか 田舎 68
いなご 蝗 424
いなずま →雷 33
いななく 嘶く 148
いなば 稲葉 408
いなびかり →雷 33
いなり 稲荷 370
いにしえ 古 115
いにしえびと 古人 115
いぬ →寝(ぬ) 237
いぬ 去ぬ 308
いぬ 犬・狗 426
いね 稲 276
いねず 寝ねず 237
いのしし 猪 426
いのち 命 350
いのる 祈る 366
いばら 棘 401
いびき →鼻 229
いぶかしむ 訝しむ 336
いぶき 息吹 229
いぶせし 212
いま 今 110
います 在す・坐す 302
いまめく 今めく 167
いまわ 臨終 356
いむ 忌む 357
いめ 夢 202
いも 芋 261
いも 妹 385
いもがかど 妹が門 385
いもがり 妹がり 385
いもせ 妹背・妹兄 387
いやし →賤 378
いやす 癒す 354
いらか 甍 267
いりあい 入相 128
いりえ 入江 61
いりひ 入日 7
いる 射る 282
いる 居る 301
いる 入る 310
いるさ 入るさ 311
いろ 色 153
いろ 色(景色) 68
いろ 色(様子) 342
いろあさし 色浅し 155
いろあせる →褪す 154
いろいろ 色々 343
いろか 色香 161
いろかわる 色変わる 154
いろくず 鱗 429
いろこし 色濃し 154
いろごのみ →好色 188
いろづく 色付く 154
いろどる 彩る 154
いろにいず 色に出づ 170
いろね 色音 154
いろふかし 色深し 154
いろまさる 色増さる 154
いろめく 色めく 154
いわ 岩 39
いわい 岩井 54
いわいつき 斎槻 370
いわいべ 斎瓮 368
いわう 祝ふ 166
いわう 斎ふ 369
いわお 巌 40
いわし 鰯 429
いわね 岩根 40
いわはし 岩橋 60
いわばしる 石走る 56
いわま 岩間 40
いわまくら 岩枕 241
いわや 岩屋・石室 40
いんせい 隠棲 267

●う

う 得 341
う 鵜 419
うい 初 117
うう 植う 398
うえ 上 78
うえ 飢ゑ 256
うお 魚 261、428
うかい 鵜飼 285
うがつ 穿つ 74
うかぶ →浮く 172
うから 族 387
うかる 浮かる 204
うかれめ 遊女 383
うかれる →浮かる 204
うき 埿 41
うきくさ 浮草 402
うきな 浮き名 333
うきな 憂き名 333
うきね 浮寝 238
うきふし 憂き節 212
うきみ 憂き身 212
うきよ 浮き世 359
うきよ 憂き世 359
うく 浮く 172
うぐいす →初声 147

うぐいす 鶯 419
うけい 祈誓 366
うごく 動く 310
うさぎ 兎 427
うし 憂し 211
うし 牛 427
うしなう→失す 181
うしろ 後 76
うしろめたし 215
うす 失す 181
うす 臼 263
うず 渦 56
うず 珍 99
うず→蔓(粧) 253
うすいろ 薄色 154
うすぐも 薄雲 16
うすし 薄し 170
うすずみ 薄墨 158
うすづく 舂く 7
うずまく→渦 56
うすみ 薄み 170
うずみび 埋火 140
うずむ 埋む 281
うすむらさき 薄紫 159
うすもの 薄物 243
うすゆき 薄雪 27
うすよう 薄様 326
うずら 鶉 419
うそ 嘘・空 346
うそぶく→息 228
うた 歌 320
うた 歌(和歌) 325
うたい 謡ひ 321
うたう 歌ふ 320
うたう 訴ふ 341
うたがう 疑ふ 336
うたかた 泡沫 171
うたげ 宴 256
うたたね 転寝 238
うたて 101
うたてし→厭ふ 213
うち 内 76
うちぎ 袿 242
うちつけに 110
うちと 内外 76
うちとく 打ち解く 190
うちはし 打橋 60
うちゅう 宇宙 6
うつ 打つ 281
うづえ 卯杖 71
うづき 四月 92
うつくし 美し 160
うつくし 愛し 185
うつしよ 現世 359
うつす 移す 182
うつつ 現 110
うつむく→伏す 305
うつりが 移り香 163
うつる 映る 12
うつる 移る 182
うつろ 空ろ(寂) 207
うつろう 移ろふ 182
うつわ 器(厨) 262
うで 腕 235
うてな 台 272
うてな→蓮台 371
うとまし 疎まし 213
うとむ 疎む 213
うない うなゐ 388
うなぎ 鰻 429
うなさか 海境 63
うなじ 項 224
うなだる 225
うなばら 海原 63
うねめ 采女 379
うのはな 卯の花 408
うば 乳母 351
うばう 奪ふ 349
うばら 棘 401
うぶごえ 産声 351
うぶね 鵜舟 316
うぶや 産屋 351
うべし 宜し 201
うま 馬 313
うまい 味寝 238
うまかい 馬飼 314
うまさけ うま酒 259
うまし 美し 162
うまし 美味し 259
うませ 馬柵 279
うまなめて 馬並めて 314
うまば 馬場 314
うまや 厩 313
うまや 駅路 314
うまる 生まる 351
うみ 湖 52
うみ 海 63
うみお 績麻 250
うみじ 海路 63
うみづら 海面 63
うむ 倦む 214
うむ 産む 351
うめ 梅 408
うもう 羽毛 418
うもれぎ 埋木 403
うら 心 194
うら 裏 76
うら 浦 63
うらかぜ 浦風 31
うらがなし 心悲し 208
うらがれ 末枯れ 406
うらさびし 心寂し 206
うらじ 浦路 64
うらなう 占ふ 366
うらなみ 浦波 66
うらば 末葉 405
うらば 裏葉 406
うらぶる 208
うらべ 卜部 366
うらみ 浦廻 64
うらむ 恨む 218
うらめし 恨めし 218
うらやむ 羨む 195
うらら 麗 9
うらわかし うら若し 352
うり 瓜 261
うる 売る 288
うる 熟る 399
うるう 潤ふ 24
うるさい→言痛し 331
うるさし 213
うるし 漆 287
うるわし 麗し 160
うれ 末(葉先) 406
うれい 愁ひ 212

うれえ 憂へ 212
うれし 嬉し 203
うれたし 慨し 218
うれる ↓熟る 399
うろこ 鱗 429
うわかぜ 上風 31
うわきごころ 浮気心 188
うわきごころ ↓徒心 345
うわさ ↓名・沙汰 331
うわつゆ 上露 19
うわのそら 上の空 207
うわば 上葉 405

●え

え 江 61
え 上 78
え 絵 320
えいじつ 永日 118
えう 酔ふ 259
えがく 描く 320
えき 駅 314
えし 絵師 320
えせ 346
えせもの ↓賤 378
えぞ 蝦夷 73
えだ 枝 404
えならず ↓殊 164
えにし 縁 340
えびす 夷 73
えぼし 烏帽子 255
えまい 笑まひ 204
えまき 絵巻 320
えみし 夷 73
えむ 笑む 204
えむ 笑む(咲く) 396
えよう ↓栄ゆ 167
えらぶ 選ぶ 198
えり 襟 244
えりまき 衿巻 244
える 彫る 286
える ↓得 341
えん 艶 161
えん 椽(縁側) 271
えん 縁 340
えんざ 円座 302
えんぶ 閻浮 359
えんま ↓魔 361

●お

お 緒 248
お 麻・苧 250
お 尾 418、426
おい 老い 353
おいかぜ 追風 31
おいき 老木 403
おいさき 生ひ先 351
おう 負ふ 304
おう 追ふ 309
おう 生ふ 398
おう 王 378
おうぎ 扇 255
おうせ 逢瀬 186
おうち 楝 409
おうな 嫗 386
おうむ 鸚鵡 419
おお 凡 345
おおいそぎで ↓疾く疾く 110
おおう 覆ふ 306
おおうみ 大海 63
おおかた 大方 106
おおかみ 狼 427
おおかわ ↓太鼓 322
おおき 大き 105
おおきみ ↓王 378
おおくにぬしのみこと 365
おおし 多し 100
おおし 雄雄し 166
おおじ 大路 71
おおどか ↓穏し 200
おおね ↓大根 260
おおみ 多み 100
おおみや 大宮 070
おおみやびと 大宮人 379
おおもいになる ↓思す 192
おおる 撓る 399
おか 岡 39
おが ↓鋸 279
おがさ 小笠 98
おかし をかし 165
おかす 犯す 349
おかず ↓肴・菜 261
おかべ 岡辺 39
おがむ 拝む 367
おがや 小萱 98
おき 沖 64
おき 熾 140
おぎ 荻 409
おきつ 沖つ 64
おきな 翁 382
おきへ 沖辺 64
おきゅう ↓灸 354
おく 奥 85
おく 奥(心) 194
おく (将来)↓先 113
おく 起く 239
おく 置く 271
おく ↓招く 300
おくか 奥処 85
おぐき 小岫 50
おぐさ (小草)↓草 401
おぐし 小櫛 98
おくつき 奥津城 357
おくづま ↓思妻 384
おくて 晩稲 276
おくる 送る 289
おくる 後る 112、356
おぐるま 小車 319
おくれる ↓後る 112、356
おけ 桶 263
おこ ↓痴れ者 347
おこえ 嗚呼絵 320
おこす ↓驚かす 240
おこたる 怠る 347
おごと 小琴 98
おこなう 行ふ 374
おごる 驕る 347
おさ (梭)↓機 249
おさ 長 380
おさぎ 兎 427
おさなし 幼し 352
おさまる 治まる 150
おさむ 治む 341
おし 惜し 196
おし 鴛鴦 419
おしえ 教へ 329
おしてる 押し照る 8

おしどり 鴛鴦 419
おしろい 白粉 253
おす 小簾 98
おす 食す 256
おすくに 食国 72
おそ →鈍 347
おそし 遅し 112
おそる 恐る 219
おそろし →恐る 219
おだ 小田 275
おだし 穏し 200
おだまき 苧環 250
おだやか →穏し 200
おち 遠 83
おちかた 遠方 83
おちこち 遠近 83
おちつく →静心 200
おちば 落葉 406
おちぶれる →堕つ 290
おちみず 変水 352
おつ 落つ 176
おつ 堕つ 290
おつ 変若つ 352
おっと 夫 382
おと 音 144
おとうと →兄弟 382
おとがい →首 224
おとこ 男 381
おとずる 訪る 291
おとずれ 音信 328
おとずれなし 訪れ無し 291
おとせぬ 音せぬ 150
おとど 御殿 70
おとど 大臣 380
おととい 一昨日 121
おとな →長人 353
おとにきく 音に聞く 334
おとめ 少女・乙女 385
おとらぬ 劣らぬ 166
おどり 雄鳥 419
おとる 劣る 347
おどる 踊る 323
おどろ →棘 401
おとろう 衰ふ 181
おどろかす 驚かす 240
おどろく 驚く(恐) 219
おなじ 同じ 342
おに 鬼 361
おね 尾根 45
おの 小野 37
おの 斧 279
おの 己 391
おのえ 尾上 45
おのおの 各 391
おのずから おのづから 201
おのづま 己妻 384
おのれ 己 391
おば 姨母 387
おば 尾羽 418
おはぐろ 歯黒 253
おばしま →欄干 60
おばな 尾花 411
おび 帯 247
おびとく 帯解く 247
おぶね 小舟 315
おぼえる →覚ゆ 334
おぼす 思す 192
おぼつかなし 覚束なし 207
おぼほし 171
おぼゆ 覚ゆ 334
おぼろ 朧 9
おぼろよ 朧夜 9
おみごろも 小忌衣 244
おみなえし 女郎花 409
おも 面(顔) 227
おも 母 386
おもいあかす 思ひ明かす 192
おもいいず 思ひ出づ 334
おもいかく 思ひ懸く 192
おもいがけず 思いがけず 192
おもいすつ 思ひ捨つ 178
おもいそむ 思ひ初む 192
おもいたゆ 思ひ絶ゆ 192
おもいづま 思妻 384
おもいで 思出 334
おもいね 思ひ寝 237
おもいのいろ →緋 155
おもいやる 思ひ遣る 192
おもいわぶ 思ひ侘ぶ 192
おもう 思ふ 190
おもうひと 思ふ人 192
おもおえず →思いがけず 192
おもおゆ 思ほゆ 192
おもがくし 面隠し 227
おもかげ 面影 334
おもがわり 面変り 227
おもし 重し 105
おもしろ 面白 164
おもちゃ 玩具 324
おもて 表 77
おもて 面(顔) 227
おもて 面(仮面) 323
おもてをあかむ 217
おもみ 重み 105
おもる 重る 105
おもわ 面輪 227
おもわく 思惑 337
おもわすれ 面忘れ 339
おや 親 387
おやこ 親子 387
およぐ 泳ぐ 305
おらぶ →叫ぶ 149
おり 折 111
おりおり 折々 111
おりはえて →長し 105
おりひめ 織女 5
おりる 下りる 79
おる 折る 177
おる 折る(手で) 235
おる 織る 249
おる 居る 301
おろか 愚か 346
おろし 颪 31
おろち →蛇 425
おわる 終る 114
おんせん →湯・出湯 274
おんぞ 御衣 242
おんな 女 383
おんよう 陰陽 366

●か

か 香 163
か 蚊 424
が 蛾 424
かい 匙 263
かい 櫂 318

かい 貝 429
かいある 甲斐ある 340
かいきょう →瀬戸 60
かいこ →蚕飼 250
かいご 卵 419
がいこく 外国 73
かいそう 海藻 261
かいそう 海布 284
かいぞく 海賊 349
かいだん 階段 271
がいとう 外套 243
かいな 腕 235
かいなし 甲斐無し 345
かいまみ 垣間見 233
かいめん 海面 63
かう 飼ふ 278
かう 買ふ 288
かえさ 帰さ 296
かえす 反す 76
かえす 返す(為) 341
かえで 楓 409
かえらぬいろ →墨衣 244
かえりみる 顧みる 233
かえる 変へる 182
かえる 帰る 296
かえる 返る 296
かえる 蛙 424
かえるさ 帰るさ 296
かお 顔(面) 226
がお 顔(様子) 227
かおだち →形 226
かおとり 貌鳥 417
かおばな 貌花 394
かおよし 顔美し 226
かおり 香 163
かおる 薫る 163
ががく 雅楽 322
かかし 案山子 275
かかと 踵 236
かがみ 鏡 253
かがやく 輝く 12
かがよう 耀ふ 12
かがりび 篝火 139
かかる 343
かかる 掛かる 281
かき 柿 260
かき 垣 269
かき 牡蠣 430
かぎ (鍵)→懸金 270
がき 餓鬼 361
かきくもる かき曇る 9
かきくらす 掻き暗す 14
かきつ 垣内 269
かきつばた 杜若 409
かきね 垣根 269
かきほ 垣穂 269
かきゆう 垣結ふ 269
かぎり 限り 85
かぎりなし 限りなし 85
かく 343
かく 欠く 103
かく 掻く 280
かく 書く 326
かぐ (嗅ぐ)→鼻 229
がく 楽 322
かくしづま 隠妻 384
がくしょう 学生 329
かくす →包む 306
かくて 343
がくにん 楽人 322
かくべつ →殊 164
かぐら 神楽 71、367
かくる 隠る 306
かくる 隠る(死) 356
かくれが 隠れ家 306
かくれすむ →隠棲 267
かくれなし 隠れなし 169
かくれぬ →隠沼 52
かくれる →隠る 306
かくろう 隠ろふ 306
かぐろし か黒し 158
かぐわし 芳し 163
かけ 鶏 420
かげ 陰 14
かげ 影(光) 11
かげ 影(闇) 14
かげ 影(姿) 222
がけ 崖 50
かけがね 掛金 271
かげくさ 影草 402
かげじ 陰路 47
かけはし 桟 60
かけひ 筧 55
かけみち 懸道 47
かける 掛ける 246
かける →繋ぐ 278
かける 翔る 417
かげろう 陽炎 9
かげろう かげろふ 12
かげろう →蜻蛉 425
かこ →来し方 115
かこ 水手 316
かこ (鹿子)→鹿 427
かご 籠 272
かご 駕籠(乗物) 314
かこつ 託言つ 331
かごと 託言 331
かさ 笠 254
かさ 傘 255
かささぎ 鵲 420
かささぎのはし 60
かざし 挿頭 252
かざす →挿頭 252
かさぬ 重ぬ 101
かさね 襲 246
かさねぎ 重ね着 246
かさねる →重ぬ 101
かざり 飾り 252
かし 樫 409
かじ 火事 139
かじ 鍛冶 286
かじ 楫・梶 318
かしぐ 炊ぐ 262
かしこ →彼方 86
かしこし 畏し 219
かしこし 賢し 329
かしまし 151
かしら 頭 224
かしら 頭(ボス) 380
かじり →呪ふ 348
かしわ 柏 409
かしわで 柏手 367
かす 貸す 341
かず 数 97
かずあり 数有り 100

かすか 幽か 171
かずかず 数々 100
かずく 被く 246
かずく 潜く 305
ガスとう 瓦斯灯 138
かずならぬ 数ならぬ 346
かすみ 霞 16
かすむ 霞む 16
かずら 蔓(粧) 253
かずら 蔓・葛 401
かぜ 風 29
かぜ 風邪 354
かぜなし 風無し 33
かぜのおと 風の音 32
かぜのむた 風の共 30
かぞえる →数 97
かぞく →族 387
かた 潟 58
かた 方 86
かた 肩 225
かた 片 103
かたいと 片糸 249
かたうど 方人 363
かたえ 片方 103
かたえ 片枝 404
かたおもい →片恋 184
かたおもい 片思 192
かたがた 方々 86
かたき 敵・仇 362
かたぎぬ 肩衣 242
かたく 火宅 373
かたこい 片恋 184
かたごころ 片心 194
かたごと →話しぶり 331
かたさる →片方 103
かたし 固し 175
かたし 難し 216
かたしく 片敷く 238
かたしろ 形代 369
かたち 形 74
かたち 形(顔) 226
かたつむり 蝸牛 424
かたな 刀 364
かたびら 帷子 243
かたぶく 傾く 77
かたまく →設く 108
かたまつ 片待つ 298
かたみ 形見 334
かたみ (筐)→籠 272
かたみに 互に 298
かたむく 傾く 77
かたもい 片思 192
かたやま 片山 44
かたらう 語らふ 187
かたる 語る 332
かち 徒歩 303
かつ 勝つ 363
かつお 鰹 430
かつがつ 且つ且つ 118
がっこう 学校 329
かっぱ 合羽 255
かつら 桂 409
かど 角 74
かど 門 268
かどさす 門閉す 269
かどた 門田 275
かどで 門出 310
かな →草の文字 327
かなう 叶ふ 198
かなく 鹿鳴く 148
かなし 愛し 185
かなし 哀し 207
かなし 悲し 208
かなず 奏づ 321
かなた 彼方 86
かなと 金門 269
かに 蟹 430
かにかくに 100
かね 鐘 152
かね 金 289
かね (鉄漿)→歯黒 253
かねごと 兼言・予言 331
かばね 屍 357
かびや 鹿火屋 139
かぶ 蕪 260
かふう 家風 344
かぶと 兜・甲 364
かぶら 蕪 260
かぶる →被く 246
かふん 花粉 394
かべ 壁 271
かま 釜 262
かま 鎌 279
がま 蒲 409
かまきり 蟷螂 424
かまど 竈 262
かみ 髪 225
かみ 紙 326
かみ 神 365
かみあげ 髪上げ 225
かみうた →神楽 367
かみがた 髪型 225
かみこ 紙子 243
かみさぶ 神さぶ 366
かみしも 上下 243
かみすき 紙漉 286
かみなり 雷 33
かみよ 神代・神世 123
かむ 噛む 228
かむ →醸す 259
かむり 冠 255
かめ 瓶 263
かめ 亀 427
かめん →面 323
かも 鴨 420
かもかも 340
かもす 醸す 259
かもまつり 賀茂祭 367
かもめ 鷗 420
かや 蚊帳 272
かや 茅 409
かやく 火薬 362
かやや 茅屋 265
かやりび 蚊遣火 142
かゆ 粥 257
かゆし 痒し 355
かよいじ 通ひ路 294
かよう 通ふ 293
から 韓・唐・漢 73
から 空・虚 103
がら 柄 344
からかさ →傘 255
からかね 唐金 49
からく 辛く 219
からころも 唐衣 242

からし 辛し 214
からす 鴉・烏 420
ガラス →玻璃・瑠璃 49
からだ →身 220
からふね 唐舟 316
からろ 唐艪 318
からろ（空艪）→艪 318
かり 狩 283
かり 仮 346
かり 雁 420
かりかえる 雁帰る 421
かりがね 雁が音 421
かりぎぬ 狩衣 242
かりそめ →仮 346
かりね 仮寝 312
かりのつかい 雁の使い 328
かりびと 狩人 283
かる 涸る 54
かる 刈る 277
かる 狩る 283
かる 離る 309
かる 借る 341
かる 枯る 406
かるい →軽し 172
かれいい 餉 257
かれう 枯生 406
かれの 枯野 37
かろし 軽し 172
かわ 川・河 50
かわ 皮 244
かわかぜ 川風 31
かわかみ →水上 51
かわく 乾く 277
かわご 皮籠 272
かわごろも 皮衣 244
かわず 蛙 424
かわと 川門 60
かわと（川音）→川 50
かわなみ →波 64
かわべ 河辺 51
かわほり →扇 255
かわや 厠 270
かわゆし 可愛し 160
かわら 川原 51
かわら 瓦 267
かわらけ 土器 286
かわる 変はる 182
がん 雁 420
かんおけ →柩 357
かんげん 管弦 322
かんざし 簪 253
かんじ →真名 327
かんじる →身に染む 221
かんず 感ず 195
かんぞう 萱草 409
かんなぎ 巫女 381
かんなび 神なび 366
かんのん 観音 371
かんばし 芳し 163
かんむり 冠 255

●き

き 気（気象） 9
き 気（心） 201
き 黄 159
き 木・樹 403
き（忌）→亡き 356
きえる →消ゆ 179
きおう 競ふ 363
きぎ →木 403
きぎし 雉 421
ききゅう 気球 319
ききょう 桔梗 409
きく 聞く 143
きく →白菊 157
きく 菊 409
きくず 木屑 404
きさ 象 427
きさき 后 379
きざはし 階段 271
きざむ →彫る 286
きさらぎ 二月 91
きし 岸 58
きじ 雉 421
きしむ 軋む 151
きしゃ 汽車 319
きしん 鬼神 362
きじん 貴人 379
キス 接吻 228
きず 傷 355
きせる 烟管 142
きせん →賤 378
きそ 昨夜 121
きそう 競ふ 363
きた 北 86
きたかぜ 北風 32
きたなし 汚し 274
きちょう 几帳 272
ぎっしゃ 牛車 319
きつね 狐 427
きなく 来鳴く 147
きぬ 衣 242
きぬ 絹 248
きぬぎぬ 後朝 125
きぬずれ →衣 242
きぬた 砧 282
きね 巫女 381
きのう 昨日 120
きのうきょう 昨日今日 121
きのこ 茸 261
きば 騎馬 314
きび 黍 276
きぼく 亀卜 366
きみ 君 389
きみどり 黄緑 159
きも 肝 223
きもつぶす 肝潰す 219
きゃく →客人 378
きゆ 消ゆ 179
きゆ 消ゆ（死） 356
きゅう 九（のつく語） 94
きゅうちゅう →宮 70
ぎゅうにゅう 牛乳 261
きょう 郷 68
きょう 京 69
きょう 今日 119
きょう 興 164
きょう 饗 256
きょう 経 372
ぎょうこう 行幸 71
ぎょうじゃ 行者 374
きょうだい 兄弟 382
きょうだい →同胞 387
きよげ 清げ 160
きよし 清し 168
ぎょしゅう 漁舟 316

きょねん 去年 122
きよみ 清み 168
きよむ 清む 273
きらう 霧らふ 18
きらう 嫌ふ 213
きらきらし 162
きらめく 燦く 12
きり 霧 17
きり 桐 410
きりび →火打石 139
きる 霧る 18
きる 着る 246
きる 切る 279
きる 伐る 279
きれい →清げ 160
きわ 際 82
きわだつ →きはやか 170
きわみ 極み 84
きわやか きはやか 170
きん 金 49
ぎん 銀 49
きんいろ 金色 155
ぎんいろ 銀色 155
ぎんが →天の川 4
きんせい →明星 4
きんだち 君達 379

●く

く 来(く) 294
く 句 325
くい →真杭 59
くいな 水鶏 421
くいる →悔ゆ 217
くう 食ふ 256
くうき →気 9
くうきょ →空ろ 207
くうそう 空想 337
くうふく →ひだるし 256
くが 陸 41
くがい →三界 373
くがつ 九月 94
くき 茎 400
くぎ 釘 271
くぐる 潜る 305
くさ 種 343
くさ 草 401
くさし 臭し 229
くさまくら 草枕 312
くさる →腐す 182
くし 櫛 253
くしげ 匣 253
くしけずる 梳る 226
くじゃく 孔雀 421
くしゃみ →はなひる 229
くじら 鯨 429
くしろ 釧 252
くず 葛 410
ぐず 具す 299
くすし 医師 354
くすし 奇し 361
くすだま 薬玉 252
くすり 薬 354
くずる 崩る 177
くだく 砕く 177
くたす 腐す 182
くたつ 降つ 113
くだもの 菓子 260
くだる 下る 79
くち 口 228
くちおう 口蓋ふ 217
くちおし 口惜し 217
くちき 朽木 403
くちぐすり →火薬 362
くちさき 口先 331
くちずさむ →詠む 325
くちなし 梔子 410
くちにかける 口に掛ける 331
くちば 朽葉 406
くちばし →嘴 419
くちびる →口 228
くちぶえ 口笛 322
くつ 朽つ 181
くつ 沓・靴 254
くつわ 轡 314
くどく 功徳 373
くに 国 72
くにつかみ 国つ神 365
くにのつかさ 国の司 380
くにはら 国原 72
くにびと 国人 72
くにぶり 国風 344
くにみ 国見 72
くび 首 224
くぼみ 窪み 50
くま 熊 427
くま 隈 78
くまなし 隈無し(隈) 78
くまなし 隈無し(光) 4
くまみ →隈 78
くむ 汲む 54
くむ 酌む 258
くも 雲 14
くも 蜘蛛 424
くもい 雲居・雲井 6
くもじ 雲路 16
くもで 蜘蛛手 48
くものうえ 雲の上 70
くもま 雲間 16
くもりなし 曇りなし 169
くもる 曇る 9
くやし 悔やし 217
くゆ 悔ゆ 217
くゆる 燻る 142
くら 蔵 268
くら 鞍 314
くらげ 海月 430
くらし 暗し 13
くらす 暗す 208
くらす 暮らす 290
くらぶ 比ぶ 344
くらべうま 競べ馬 325
くり 栗 261
くりや 厨 262
くる 暮る(終) 114
くる 繰る 281
くる →来(く) 294
くるう 狂ふ 176
くるし 苦し(悩) 214
くるま 車 319
くれ →暮れる 127
くれぐれと 暗暗と 209
くれない 紅 155
くれる →暮る(終) 114
くれる 暮れる 127
ぐれん 紅蓮 156
くろ 黒 157

くろ 畔 275
くろがね 鉄 49
くろかみ 黒髪 225
くろき 黒木 403
くろこま 黒駒 314
くろむ 黒む 158
くわ 鍬 279
くわ 桑 410
くわし 麗し・妙し 160
くわわる 加る 102
ぐん 群 300
くんじる →薫物 164

●け

け →怪し 361
け 餉(弁当) 257
け 笥 263
け 毛(髪) 226
け 毛(獣) 426
けい 刑 349
げい 芸 323
けいとう 鶏頭 410
けいば →競べ馬 324
けいはく →心軽し 204
げがき 夏書 374
けがれ 穢れ・汚れ 348
けごろも 懸衣 243
けさ 今朝 125
けさ 袈裟 243
けざやか 170
けしき 景色 68
けしき 気色 342
けしき →春の色 134
けしき →秋の色 137
けしょう 化粧 253
げす 下衆 378
けずる 削る 286
けそうぶみ →恋文 184
けそく(花足)→机 271
げた 下駄 254
けだかし →貴し 167
けだし 336
けぢかし →親しむ 189
けっさい 潔斎 369
けながし 日長し 119
けならぶ 日並ぶ 119
げに 170
けはい →夜色 130
けはい →色 342
けぶり 煙 141
けまり 鞠蹴 325
けむり 煙 141
けもの 獣 426
けわい 化粧 253
けわしい →険し 175
けん 剣 364
げんざい →まさか 111
げんじつ →現 110

●こ

こ 小 98
こ 籠 272
こ 子・児 387
こ 子・児(恋人) 385
ご 五(のつく語) 92
ご 期 107
ご 碁 324
こい 恋 183
こい 鯉 430
こいえ 小家 98
こいざめ 恋醒め 214
こいし →さざれ石 40
こいじ 恋路 184
こいしぬ 恋ひ死ぬ 185
こいしのぶ 恋ひ忍ぶ 184
こいのうわさ →浮き名 333
こいのなみだ 恋の涙 185
こいのむ 乞ひ祈む 366
こいびと 恋人 184
こいびと →思ふ人 192
こいぶみ 恋文 184
こいわすれ 恋忘れ 184
こいわすれがい →貝 429
こいわすれぐさ →萱草 409
こいわたる 恋ひ渡る 185
こいわぶ 恋ひ侘ぶ 185
こう (恋ふ)→恋 183
こう 乞ふ 199
こう 講 374
こう 香 163
こういん 光陰(時) 119
こうかい 後悔 217
ごうきゅう 号泣 209
こうし 格子 270
こうじ 小路 71
こうしょく 好色 188
こうそう 香草 164
こうばい 紅梅 156
こうばし 芳し 163
こうぶんしょ 公文書 326
こうべ 首 224
こうぼく 香木 164
こうま 子馬 314
こうよう 紅葉 406
こうらい 高麗 73
こうりん 降臨 367
こうろ 香炉 164
こえ 声・音 148
こおり 氷 28
こおり 氷(涙) 211
こおる 凍る・氷る 35
こおろぎ 蟋蟀 424
こがい 小貝 98
こがい 蚕飼 250
こがくる 木隠る 306
こかげ →陰 14
ごがつ 五月 93
こがね 金 49
こがめ 小瓶 98
こがら 小雀 421
こがらし 木枯 32
こがる 焦がる 185
ごき (五器)→椀 263
こぎたむ 漕ぎ廻む 317
こく →時刻 108
こぐ 漕ぐ 317
こくう 虚空 6
こくだち 穀断 374
ごくらく →浄土 360
こぐらし 木暗し 14
こけ 苔 401
こけじ 苔路 47
こけのころも →僧衣 243
こけむしろ →筵 273
ここ 此処 87
ここいし 子恋し 184
こごえる 凝る 35

こごし 凝し 175
ここだ 幾許 100
ここち 心地 195
ここぬか 九日 95
ここら →幾許 100
こごる 凝る 35
こころ 心 193
こころあさし 心浅し 194
こころいたし 心痛し 214
こころおどる 心躍る 204
こころかろし 心軽し 204
こころぐし 心ぐし 212
こころさわぐ 心騒ぐ 215
こころすごし 心凄し 206
こころど 心神 194
こころながし 心長し 200
こころなし →無風流 347
こころにしみる →染む 195
こころば 心葉 368
こころばえ 心延 194
こころぼそい →覚束なし 207
こころぼそし 心細し 215
こころみじかし 心短し 195
こころみる 試みる 341
こころよし 快し 203
こころよわし 心弱し 194
ござ →陣の座 302
こさめ 小雨 21
こし 濃し 154
こし 腰 222
こしかた 来し方 115
こしき 甑 262
こじま →島 61
こす 越す 311
こず 来ず 295
こずえ 梢 404
こずえ 木末 405
こすず 小鈴 98
ごせ 後世 360
ごせち 節会 71
ごせち 五節 93
こぜり 小芹 98
こぞ 去年 122
こぞう 小僧 375
こそで 小袖 243
こそめ →染色 251
こぞる →集ふ 300
こたい 古体 344
こたう 答ふ 338
こたえる →答ふ 338
こだち →木 403
こだま 反響 152
こだま 木魂 358
こち 東風 32
こちたし 言痛し 331
こちょう 胡蝶 425
こづたう 木伝ふ 404
こと 殊(格別) 164
こと 琴 321
こと 言 330
ごと 如 342
ことあげ 言挙 331
ことぐさ →世間話 332
ことくに 異国 73
ことごとく 悉く 106
ことし 今年 122
ごとし 如 342
ことしげし 言繁し 331
ことだて →兼言・予言 331
ことづて →伝言 332
ことどう 言問ふ 331
ことなる 異なる 340
ことのは 言の葉 330
ことば 言葉(和歌) 325
ことば →言の葉 330
ことひと →他人 378
ことり 小鳥 417
ことわり 道理 329
こなた 此方 86
こぬれ 木末 405
ごねん 五年 93
このごろ 此頃 111
このたび 今度 110
このは →葉 405
このま 木の間 403
このましい →宜し 162
このまない →すさめぬ 197
このむ 好む 196
このよ 此世 359
こはく 琥珀 49
こぶ 媚ぶ 189
こふう →古体 344
こぶね 小舟 315
こぶら (腓)→脛 236
こぼる 零る 56
こぼる 壊る 177
こま 高麗 73
こま 駒 313
こまか 細か 172
こまくら 木枕 241
こまつ 小松 415
こまぶえ 高麗笛 322
こみち (小道)→小 98
こむら →群立 404
こむらさき 濃紫 159
こめ 米 257
こも 薦 273
こも 菰 410
こもりぬ 隠沼 52
こもる 籠る 305
こや 小屋 265
ごや 後夜 131
こやす 臥す 239
こゆ 肥ゆ 223
こゆ 越ゆ 311
こよい 今宵・今夜 128
ごよう (五葉)→松 415
こよみ 暦 122
こる 樵る 279
こる →新樵る 140
こる 嘖る 348
こる 懲る 348
ころ 頃 111
ころす 殺す 349
ころぶ 転ぶ 304
ころも 衣 242
ころもうつ →砧 282
ころもがえ 更衣 245
ころもで 衣手 245
こわれる →壊る 177
こん 紺 159
こんじょう 根性 344
こんや 今宵・今夜 128

●さ

さ 然 343

ざ 座 302
さい 才 165
さい 菜(おかず) 261
さい 賽 324
さい 塞(出城) 363
さいいん 斎院 379
さいうん 彩雲 16
さいく 細工 286
さいご →限り 85
さいころ →賽 324
さいし 妻子 384
さいもん 祭文 367
ざえ 才 165
さえずる 囀る 147
さえだ 小枝 404
さおさす 棹さす 317
さおしか 小牡鹿 428
さおひめ 佐保姫 134
さか 坂 48
さが 性 344
さかい 境 82
さかえる →栄ゆ 167
さかきば 榊葉 368
さかさ 逆さ 77
さかし 賢し 329
さがし →清げ 160
さがし 険し(険しい) 175
さかしら 賢しら 347
さかずき 杯・盃 263
さかな 魚 428
さかや 酒屋 259
さかゆ 栄ゆ 167
さかり 盛り 167
さかる 離る 309
さかん 左官 286
さき 崎 61
さき 先 113
さぎ 鷺 421
さきく →幸 166
さきだつ 先立つ 113
さきだつ 先立つ(死) 356
さきにおう 咲き匂ふ 396
さきもり 防人 380
さく 裂く 177
さく 咲く 395
さく →笑む(咲く) 396
さぐ 提ぐ 280
さくら 桜 395
さくらいろ 桜色 156
さぐる 探る 336
さけ 酒 258
さけ 鮭 430
さけのみ 酒飲み 258
さけぶ 叫ぶ 149
さごろも 狭衣 242
ささ 笹 410
さざえ 栄螺 430
ささがに 蜘蛛 424
さざき 鷦鷯 422
ささぐ 捧ぐ 368
さざなみ 漣 66
さざめく 150
ささやか →細か 172
ささやき →ささめく 150
さざれいし 小石 40
さじ 匙 263
さしぐむ 差し含む 211
さしぬき 指貫 242
さしもぐさ →蓬 415
さす 射す 12
さす 指す 235
さす →戸閉す 270
さす 刺す 355
さすらう 流離ふ 312
ざぜん 座禅 374
さぞ 337
さそう 誘ふ 299
さた 沙汰 331
さだむ 定む 360
さだめなし 定め無し 360
さち 幸 166
さつぉ 猟夫 283
さつき 五月 93
さで 小網 285
さと 里 67
さとい 里居 302
さとびと 里人 68
さとり 悟り 372
さなえ 早苗 276
さにわ →庭 268
さばく 裁く 341
さばしる さ走る 305
さびし 寂し・淋し 205
さぶ 錆ぶ 49
さぶ →褪す(色) 154
さぶ (のような) 343
さぶ (古くなる) 116
さぶし 寂し・淋し 206
さま 様 342
さまざま 様々 343
さみだれ 五月雨 21
さみどり →緑 159
さむ 覚む 239
さむし 寒し 34
さむしろ 狭筵 273
さむみ 寒み 35
さむらい 侍 380
さめ →鰐 430
さめる →覚む 239
さやか 清か 168
さやぐ 151
さやる →障る 215
さゆ 冴ゆ 168
さゆ 冴ゆ(冷える) 36
さゆう 左右 77
さよ 小夜 131
さら 皿 263
さらす 曝す・晒す 252
さらに 更に 102
さる 去る 308
さる 猿 428
さわ 沢 50
さわぐ 騒ぐ 150
さわだ →多に 100
さわに 多に 100
さわべ 沢辺 50
さわる 障る 215
さわる →触る 235
さん 三(のつく語) 92
さん 算 329
ざんか 残花 394
さんがい 三界 373
さんがつ 三月 92
ざんげつ →有明 3
さんごや →十五夜 3

さんじゅう 三十 92
さんずのかわ→冥土 360
ざんせつ 残雪 27
さんぜん 三千 92
さんにん 三人 92
さんぽう 三宝 373
さんみゃく 山脈 44
ざんや 残夜 124

●し

し 四(のつく語) 92
し 詩 326
し 死 355
し 師(作る) 287
し 師(職) 380
しあわせ→幸 166
しい 椎 410
しいて 強ひて 345
しお 入 251
しお 塩 259
しお 潮 66
しおあい 潮合 67
しおかぜ 潮風 31
しおがま 塩釜 284
しおさい 潮騒 67
しおじ 潮路 67
しおじむ 潮染む 67
しおたる 潮垂る 67
しおひる 潮干る 67
しおみつ 潮満つ 66
しおや 塩屋 284
しおやく 塩焼く 284
しおり 枝折り 74
しおる 萎る 181
しおん 紫苑 410
しおんいろ→薄紫 159
しか 鹿 427
しか→鹿鳴く 148
しかい 四海 92
しがつ 四月 92
しかばね 屍 357
しがらみ 柵 57
しかる→嘖る 348
しき 四季 111
しぎ 鴫 422
しきし 色紙 326
しきなみ 重波 66
しきぶ(式部)→女官 379
しきみ 樒 410
じきもつ 食物 257
しきり 頻 100
しく 敷く 273
しくしく 頻頻 100
しぐる 時雨る 22
しぐれ 時雨 21
しぐれ 時雨(涙) 211
しげし 繁し 101
しげみ 繁み 399
しげる 繁る 399
じこく 時刻 108
じごく 地獄 360
しごと 仕事 290
しごと→業 290
じざい 自在 201
しし 獅子 428
しし 鹿猪 428
しじ→繁し 101
しじかむ→縮む 106
しじに 繁に 399
しじま 沈黙 150
しじみ 蜆 430
ししむら 肉体 223
ししゃ 使者 380
じしん 地震 41
しず 賤 378
しずえ 下枝 404
しずか 静か 150
しずく 雫 54
しずく 沈く 177
しずごころ 静心 200
しずまる→静か 150
しずまる→治まる 150
しずむ 沈む 176
しずや 賤家 265
しぜんに→おのづから 201
しそ 紫蘇 260
じぞう 地蔵 371
しそく→燭 138
した 下 79
した 舌 228
しだ 時 107
しだ 羊歯 410
したう 慕ふ 189
したがう 従ふ 341
したかぜ 下風 31
したくさ 下草 402
したごころ 下心 194
したしむ 親しむ 189
したたる 滴る 54
したつゆ 下露 19
したでる 下照る 8
したなき 下泣き 210
したば 下葉 405
したひも 下紐 247
したみず 下水 54
したみち 下道 47
したもい 下思ひ 194
したもえ 下燃え 185
したもゆ 下萌ゆ 399
しだりお 垂尾 418
しだる 垂る 173
したん 紫檀 410
しち 七(のつく語) 93
しちや 七夜 94
しつ 室 270
しっと→妬む 218
しっとり→しののに 24
しで 死出 356
しで 四手・垂 368
しどけなし 344
しとね 褥 241
しとみ 蔀 271
しな (品)→物 289
しな 品(性) 345
しなう 撓ふ 173
しなやか→撓ふ 173
しにおくれる→後る 112、356
しぬ→死 355
しぬ→隠る(死) 356
しの 篠 410
しのぐ→堪ふ 215
しのぐ 凌ぐ 304
しのに→頻 100
しののに 24
しののめ 東雲 124

しのはゆ →偲ぶ 189
しのびね 忍び音(鳴) 147
しのびね 忍び音(泣) 210
しのびね →ホトトギス 423
しのふ →賞美する 165
しのぶ 偲ぶ 189
しのぶ 忍ぶ(堪える) 215
しのぶ 忍ぶ(秘める) 307
しのぶぐさ 忍草 410
しのや 篠屋 265
しば 柴 278
しばい 芝居 323
しばし 暫し 109
しばしば 屢 100
しばなく 数鳴く 147
しばふ 芝生 402
しび 鮪 430
じひ 慈悲 371
しぼむ 萎む 181
しぼる 絞る 234
しま 島 61
しま 山斎 268
しまがくる 島隠る 61
しまながし 島流し 349
しまみ 島廻 61
しまもり 島守 61
しまやま 島山 61
じまん 自慢 166
しみず 清水 54
しみみに 繁に 100
しむ 染む(心に) 195
しめ 標 368
しめなわ →標 369
しめの 標野 369
しめゆう 標結ふ 369
しめる 湿る 24
しも 霜 27
じも (のような) 343
しもがれ 霜枯れ 28
しもづかえ 下仕へ 380
しもつやみ 下つ闇 13
しもと 笞 349
しもと 細枝 404
しもよ 霜夜 28
しゃか 釈迦 370
しゃく 杓 263
しゃく 尺 106
しゃくはち 尺八 322
じゃくまく 寂寞 206
しゃば 娑婆 359
シャボン 石鹼 274
しゃみせん 三味線 321
しゃよう 斜陽 7
しゅ 朱 156
じゅう 十(のつく語) 95
しゅうう 驟雨 21
しゅうかん →習ひ 344
しゅうこう →秋の色 137
じゅうごや 十五夜 3
しゅうじつ 終日 119
じゅうにがつ →師走 122
しゅぎょう →行 374
しゅく 宿(旅) 312
しゅじん →主 378
じゅず 数珠 371
しゅだん 手段 340
しゅっけ 出家 373
しゅっけ →身を捨つ 178
しゅっけ →世を背く 178
しゅっぱつ →出で立つ 310
しゅんかん →玉響 109
じゅんさい 蓴菜 261
しゅんじゅう 春秋 119
しゅんめ 駿馬 314
しょ 書 328
しょう 小 98
しょう 笙 322
しょう 将 380
じょう 丈 106
じょう 状→文 327
じょう 情 195
しょうが →椒 260
しょうがつ →睦月 122
じょうき 蒸汽船 316
しょうじ 障子 273
しょうじ 生死 350
しょうしゃ 樵者 279
しょうじょ 少女 385
しょうじん 精進 374
じょうず 上手 165
しょうぞく 装束 245
じょうど 浄土 360
しょうねん 少年 382
しょうばい →商ひ 288
しょうびする 賞美する 165
しょうぶ 菖蒲 408
しょうよう 逍遥 303
しょうらい →先 113
しょうらい 将来 113
じょうらく 上洛 69
しょく 燭 138
しょく 職 379
しょくじ 食事 256
しょくにん 職人 287
しょや 初夜 131
しらいと 白糸 157
しらうお 白魚 430
しらか (白香)→四手 368
しらが 白髪 226
しらぎく 白菊 157
しらくも 白雲 157
しらげ (精米) 257
しらさぎ →鷺 421
じらす 焦らす 214
しらたま 白玉(露) 19
しらたま 白玉(真珠) 48
しらつゆ 白露 19
しらなみ 白波 66
しらぬ 知らぬ 335
しらべ 調べ 320
しらみ 虱 424
しらむ 白む 126
しらゆう 白木綿 157
しらゆき 白雪 27
しり →後 76
しり 尻 223
しりあし 尻足 426
しりぞく 退く 308
しる 知る 335
しる 領る 341
しる 汁 261
しるし 印 74
しるし 著し 169
しるし 験 367
しるしなし 験無し 345

しるへ 後方 76
しるべ 標 74
じれったい↓もどかし 213
しれもの 痴れ者 347
しろ 白 156
しろ 城 363
しろがね 銀 49
しろたえ 白妙 157
しわ 皺 224
しわす 師走 122
しわぶき 咳 229
しん↓新し 116
じん 沈(沈香) 164
じん 陣 362
しんかん 神官 381
しんごん 真言 372
しんしつ↓閨 270
じんじゃ↓社 369
しんしゅ 新酒 259
しんじゅ↓鰒珠 48
しんでん 寝殿 70
しんでん 新田 275
しんにょ 真如 372
じんのざ 陣の座 302
じんめ 神馬 314

●す

す 洲 58
す 酢 259
す 巣 418
すいえき 水駅 317
すいか 西瓜 260
すいかん 水干 242
すいぎん 水銀 49
すいしゃ 水車 275
すいしょう 水晶 48
ずいじん 随身 380
すいそく 推測 336
ずいどう 隧道 48
すいはん 水飯 257
すいふ↓水手 316
すいめん 水面 53
すいもん 水紋 53
すいれん↓蓮 413
すう 吸ふ 228
すえ 末(時) 114
すえ 末 84
すえば 末葉 405
すえる↓置く 271
すおう 蘇芳 411
すがた 姿 221
すがる 縋る 189
すがる↓蜂 425
すがる↓鹿 427
すき(数寄)↓雅び 164
すき 鋤 279
すぎ 杉 411
すきかげ 透影(光) 12
すきかげ 透影(身) 222
すきずきし↓好色 188
すぎにし↓亡き 356
すぎのと 杉の門 269
すきま 隙間 77
すきもの↓雅び 164
ずきん 頭巾 254
すく 透く 12
すく 好く 197
すく↓梳る 226
すぐ 過ぐ(時が) 111
すぐ 過ぐ(通行) 293
すくい 救ひ 367
すくう↓掬ぶ 234
すくせ 宿世 359
すくなし↓少し 99
すぐなる↓直 75
すげ 菅 411
すげがさ 菅笠 254
すこし 少し 99
すごし 凄し 175
すごもる 巣籠る 419
すごろく 双六 324
すさび 遊び 324
すさぶ 荒ぶ 174
すさまじ 冷まじ 36
すさまじ 凄じ 175
すさめぬ 197
すし↓酢 259
すし 鮨 261
すじ 筋 75
すす 煤 142
すず 鈴 322
すず↓篠 410
すずかぜ 涼風 31
すすき 薄 411
すずき 鱸 430
すすぐ 濯ぐ 274
すずし 涼し 35
すずし 生絹 248
すすむ 進む 293
すずむ 涼む 36
すずむし 鈴虫 426
すずめ 雀 422
すずり 硯 327
すする 啜る 256
すずろ 漫ろ 201
すそ 裾 244
すそご 裾濃 251
すその 裾野 44
すだく 集く 300
すだつ 巣立つ 419
すたる 廃る 181
すだれ 簾 272
すつ 捨つ 177
すてぶね 捨舟 316
すどり 渚鳥 417
すな 砂 41
すなお 素直 344
すなどる↓漁る 283
すのこ 簀 273
すばる 昴 4
すびつ 炭櫃 140
すべて 並て 106
すべなし 術無し 340
すまい 住居 267
すまいのせちえ 相撲節会 71
すみ 隅 78
すみ 炭 140
すみ 墨 327
すみうし 住み憂し 267
すみか 栖 267
すみがま 炭窯 140
すみごろも 墨衣 244
すみなわ 墨縄 286
すみはつ 住み果つ 267
すみやき 炭焼 140
すみれ 菫 411

すみわぶ 住み侘ぶ 267
すむ 澄む 169
すむ 住む・棲む 266
すめらぎ 王 378
すもう 角力 325
すもも 李(木) 415
すもり 巣守 418
する 摺る 252
する →磨く 286
するどし 鋭し 74
するな →な～そ 198
するな →ゆめ 198
すわえ 楚 404

●せ

せ 瀬 58
せ 背(背中) 225
せ 背(夫) 382
せいいき 西域 73
せいうん 青雲 16
せいがん 青眼 230
せいしつ →性 344
せいどう →唐金 49
せいば 征馬 314
せいらん 青嵐 31
せかい 世界 360
せき 隻 88
せき 咳 229
せき 席 302
せき 関(関所) 363
せきたん 石炭 141
せきばん 石盤 326
せきひ →碑 357
せきゆ 石油 141
せきよう 夕陽 7
せきれい 鶺鴒 422
せく 堰く・塞く 59
せけん →世の中 359
せけんばなし 世間話 332
せこ 背子(夫) 382
せぜ 瀬瀬 58
せちえ 節会 71
せっか →火打石 139
セックス →契る 187
せっけん 石鹸 274
せつな →玉響 109
せつない →心ぐし 212
ぜつぼう 絶望 208
せつや 雪夜 26
せと 瀬戸 60
せな 背な(夫) 382
ぜに 銭 289
せばし・せまし 狭し 78
せみ 蟬 424
せみなく 蟬鳴く 145
せめる →責む 348
せむ 責む 348
せり 芹 411
せりつむ 芹摘む 278
せん 千(のつく語) 95
ぜん 全 106
ぜん 膳 262
ぜん →座禅 374
ぜんこん 善根 373
ぜんざい 前栽 268
せんしつ 船室 318
せんしゅう 千秋 96
ぜんせ 前世 359
せんだん →香木 164
せんにん 千人 96
せんにん 仙人 361
せんべい →餅 257
せんり 千里 96

●そ

そう 双 91
そう 添ふ(加) 102
そう (添う)→副ふ 299
そう 僧 374
ぞう 臓 223
ぞう 像 320
ぞう 象 427
そうい 僧衣 243
ぞうげ 象牙 49
そうし 草子 328
そうじ →清む 273
ぞうしき 雑色 380
そうじょう 僧正 375
そうず 添水 275
そうず 僧都 375
そうどく →騒ぐ 150
ぞうに →餅 257
そうのもじ 草の文字 327
そうぼう 僧房 375
ぞうり 草履 254
そお 朱 156
そおぶね 赭船 316
そがい 背向 76
そきえ 退方 83
ぞく 賊 349
そくい →糊 285
そこ 底 81
そこい 底方 84
そそぐ 注ぐ 23
そそのかす 唆かす 341
そぞろ 漫ろ 201
そだてる →育む 352
そで 袖 244
そでかえす →逢える前兆 187
そでぬらす 袖濡らす 211
そでふる 袖振る 245
そでふる 袖振る(舞) 323
そと 外 76
そとば 卒塔婆 357
そとも 外面 75
そなう 備ふ 341
そなう 供ふ 368
そなた →彼方 86
その 園 69
そば 岨 47
そば →麵 257
そばう 戯ふ 204
そばのはな 蕎麦の花 411
そびら →背 225
そぼつ 濡つ 24
そま 杣 283
そまぎ →杣 283
そまつ →悪し 347
そまつ →あやし 347
そまびと 杣人 283
そむ 初む 117
そむ 染む 251
そむく →背向 76
そむく 背く 178
そめいろ 染色 251
そめる →染む 251
そよかぜ 微風 31

そよぐ 戦ぐ 173
そら 空(嘘) 346
そら 空 5
そらいろ 空色 159
そらごと 空言 346
そらだき 空薫 164
そらね 空寝 238
そらね 空音 346
そり 橇 319
そる 剃る 228
そろう 揃ふ 301

●た

た 田 275
た→誰 337
たい 田井 54
たい 鯛 430
だい 台 272
だい 題 325
だいがく 大学 329
だいく 大工 286
たいくつ→徒然 207
たいこ 太鼓 322
だいこん 大根 260
だいし 大師 375
だいじん 大臣 380
だいどころ→厨 262
たいふ 大夫 380
たいふう→野分 33
たいまつ 松明 139
たいら 平ら 74
だいり 内裏 70
たう 堪ふ 215
たうえ 田植 276
たうえめ 田植女 276
たえなり 妙なり 160
たえま 絶え間 109
たえる→絶ゆ 180
たえる→堪ふ 215
たおやか→柔らか 172
たおる 手折る 234
たおる 倒る 305
たか 鷹 422
たがいに→相 298
たがいに 互に 298
たがう 違ふ 340
たかがり 鷹狩 283
たかし 高し 79
たかせぶね 高瀬舟 316
たかつき→盤 263
たかね 高嶺 45
たかの→鷹狩 283
たかべ→鴨 420
たかみ 高み 80
たかむら→竹藪 402
たかや 高屋 70
たがやす 耕す 276
たから 宝 48
たから 財 290
たかる→集む 300
たき 滝 51
たき 滝(涙) 211
たきぎ 薪 140
たきぎこる 薪樵る 140
たぎつ 激つ 56
たきつせ 滝つ瀬 51
たぎつせ 激つ瀬 56
たきもの 薫物 164
たく 焚く 140
たぐ 食ぐ 256
だく 抱く 236
たぐい 類 343
たぐいなし 類ひ無し 166
たぐう 副ふ 299
たくはつ 托鉢 374
たくみ 工・巧 287
たくわえ 蓄へ 289
たけ 岳 45
たけ→背 225
たけ 竹 411
たけし 猛し 175
たけなわ→長ける 113
たけのこ 筍 261
たけやぶ 竹藪 402
たける 長ける 113
たこ 凧 324
たご 田子 276
たず 鶴 422
たすき 襷 273
たずき 方便 340
たずさう 携ふ 299
たずたずし たづたづし 347
たずぬ 尋ぬ 291
たずぬ 尋ぬ(聞く) 338
たそがれ 黄昏 128
たたう 湛ふ 56
ただか 正香 163
たたかう 戦ふ 362
たたく 叩く 282
ただじ 直道 47
たたずむ 佇む 310
ただにあう 直に逢ふ 186
たたみ 畳 273
ただむき→腕 235
ただよう 漂ふ 172
たたら→鍛冶 286
たたる 祟る 348
ただる 爛る 224
たち 館 268
たち 太刀 364
たちい 起居・立居 302
たちえ 立枝 404
たぢから 手力 234
たちど 立ち処 87
たちどまる 立ち止まる 303
たちばな 橘 412
たつ 裁つ 250
たつ 立つ 310
たつ 龍 361
たつたひめ 龍田姫 137
たづな 手綱 314
たて 楯 364
たで 蓼 412
たてがみ 426
たてぬき 経緯 250
たてまつる 奉る 367
たてよこ 縦横 77
たてる 建てる 285
たとう 譬ふ 344
たどたどし→たづたづし 347
たどる 辿る 292
たな 店 288
たなはし 棚橋 60
たなばた 七夕 5
たなびく→旗雲 16
たなびく 棚引く 174

たなれ 手馴れ 189
たに 谷 50
たにん 他人 378
たぬき 狸 428
たね 種 398
たのし 楽し 203
たのむ 頼む 199
たのも 田の面 275
たのもし 頼もし 166
たばこ 莨・煙草 142
たばしる 56
たばねる →束ぬ 278
たび 足袋 254
たび 旅 311
たびごろも 旅衣 243
たびじ 旅路 312
たびね 旅寝 312
たびね →旅枕 241
たびのそら 旅の空 312
たびびと 旅人 312
たびまくら 旅枕 241
たびやかた →旅籠 312
だびらゆき →淡雪 27
たぶ 賜ぶ 341
たぶせ 田伏 276
たべる →食ふ 256
たま 玉・珠 48
たま 玉(美) 161
たま 玉(涙) 211
たま 玉(露) 19
たま 魂 358
たまう 賜ふ 341
たまえ 玉江 61
たまがき 玉垣 269
たまがき →斎垣 370
たまぎぬ →玉裳 243
たまくすり →火薬 362
たまくら 手枕 241
たまご 玉子 261
たまご 卵(鳥) 419
たまざさ 玉笹 410
たましい 魂 358
たましく 玉敷く 161
たまずさ 玉章 328
たますだれ 玉簾 272
たまで 玉手 234
たまどの 魂殿 357
たまにぬく →玉・珠 48
たまのお 玉の緒 248
たまのぉ 玉の緒(命) 350
たまばはき 玉箒 273
たまみず 玉水 54
たまも 玉裳 243
たまも 玉藻 401
たまゆら 玉響 109
たまる 溜る 56
だまる →黙 150
たみ 民 378
たむけ 手向 368
ためいき →息衝く 229
ためし 例 344
たもと 袂 245
たもとおる 徘徊る 293
たもり 田守 276
たゆ 絶ゆ 180
たゆし 疲し 355
たゆたう たゆたふ 173
たより 頼り 199
たより 便り(手紙) 328
たらい →洗ふ 274
たらちね 垂乳根 386
だらに 陀羅尼 372
たりき →阿弥陀 371
たる 垂る 173
たる 樽 263
たるひ 垂氷 28
たるみ 垂水 51
たれ 誰 337
たわごと 狂言 331
たわぶる 戯る 204
たわむ 撓む 399
たわむれる →戯る 204
たわやめ 手弱女 383
たわら 俵 263
たわわ 撓わ 399
たんき →心短し 195
たんご 端午 71
だんご →甘味 260
たんせい 端正 161
だんちょう 断腸 208
たんぽぽ 蒲公英 412
だんりょく 弾力 285

●ち

ち 地 40
ち 血 223
ちいさし 小さし 98
ちえ 千枝 96
ちえ 千重 96
ちかい 誓ひ 366
ちかし 近し 81
ちかづく 近づく 82
ちかみ 近み 82
ちぎる 契る 187
ちぎれ →片 103
ちぐさ 千種 96
ちご 児 388
ちさと 千里 96
ちしぉ 血潮 223
ちしぉ 千入 251
ちたび 千度 96
ちたり 千人 96
ちち 牛乳 261
ちち 乳(母乳) 351
ちち 父 382
ちぢ 千々 96
ちちはは 父母 387
ちぢむ 縮む 106
ちとせ 千年・千歳 96
ちどり 千鳥 416
ちのなみだ 血の涙 211
ちひろ 千尋 96
ちぶさ 乳房 223
ちもと 千本 96
ちゃ 茶 258
ちゃいろ 茶色 155
ちゃづけ 茶漬 257
ちゃわん →椀 263
ちゅうごく →唐土 73
ちゅうしょう 中傷 331
ちゅうや 中夜 131
ちよ 千代・千世 95
ちょう 蝶 425
ちょうじょう →尾上 45
ちょうじゃ →富む 290
ちょうじん 長人 353

ちょうず ↓手洗ひ 274
ちょうちん 提灯 138
ちょうてい 朝廷 71
ちょうど 調度 71、272
ちょうめい 長命 351
ちょうよう 重陽 71
ちり 塵 274
ちりひじ 塵泥 346
ちる 散る 396
ちんもく 沈黙 150

●つ

つ 津 60
つい 終 114
つい ↓臨終 356
ついじ 築地 269
ついたち 一日 90
ついばむ 啄む 419
つえ 杖 255
つか 塚 357
つかい 使 380
つがい 番 419
つかう 仕ふ 341
つかさ 丘 39
つかさびと 司人 379
つかぬ 束ぬ 278
つかむ 摑む 234
つかる 疲る 355
つかれる ↓疲る 355
つき ↓杯・盃 263
つき 月(年) 122
つき 月 1
つきかげ 月影 11
つきたつ 月立つ 122
つきのしも 月の霜 11
つきのひかり 月の光 10
つぎはし 継橋 60
つきひ 月日 118
つきまつ 月待つ 4
つきみ 月見 165
つきよ 月夜 4
つく(つきる) 尽く 180
つく 搗く 282
つぐ 継ぐ 281
つぐ 告ぐ 332
つくえ 机 271
つくし 土筆 412
つぐむ ↓黙 150
つくる 作る 285
つくろう 繕ふ 251
つけぎ 付木 138
つごもり 三十日 92
つじ 辻 48
つた 蔦 412
つたう 伝ふ 294
つたう 伝ふ(話) 332
つたなし 拙し 347
つち ↓地 40
つち 土 41
つち 槌 279
つちぐら ↓蔵 268
つちくれ 土塊 41
つづく 続く 114
つつじ 躑躅 412
つつまし 慎し 344
つつみ 堤 59
つづみ 鼓 321
つつむ ↓障る 215
つつむ 包む 289
つつむ 包む(隠す) 306
つつやみ つつ暗 13
つづら 葛籠 272
つづれ ↓繕ふ 251
つてこと 伝言 332
つと 苞(土産) 289
つどう 集ふ 300
つとむ 勤む 289
つとめ 勤め 374
つとめて (早朝) 125
つな 綱 279、318
つなぐ 繋ぐ 278
つなで 綱手 318
つね 常 123
つねなし ↓無常 359
つの 角 426
つのぐむ 角ぐむ 400
つば 唾 228
つばき 椿 412
つばくらめ 燕 422
つばさ 翼 417
つばな 茅花 412
つばめ 燕 422
つばら ↓細か 172
つぶら ↓円し 74
つぶる 潰る 177
つぼ 壺 263
つぼし ↓可愛し 160
つぼにわ ↓前栽 268
つぼみ 蕾 400
つぼみがひらく ↓ひもとく 396
つぼや ↓小屋 265
つま ↓端 82
つま 褄 245
つま 夫 382
つま 妻 383
つまおと 爪音 321
つまぎ 爪木 140
つまごい 妻恋 384
つまこいし 妻恋し 184
つまずく 躓く 304
つまど ↓戸 270
つまどう 妻問ふ 188
つまや 妻屋 270
つまらない ↓塵泥 346
つまわかれ 妻別れ 384
つみ 罪 349
つみびと 罪人 349
つむ 抓む 235
つむ 積む 278
つむ 摘む 278
つむぎ 紬 248
つめ 爪 235
つめたし 冷たし 36
つめたし 冷たし(心) 214
つやめく 艶めく 161
つゆ 99
つゆ 梅雨 21
つゆ 露 18
つゆ 露(涙) 211
つゆくさ 露草 412
つゆけし 露けし 19
つゆしも 露霜 28
つゆのみ 露の身 350
つよし 強し 363
つら 列 299
つら 面 227

つらお 弓緒 282
つらし 辛し 214
つらづえ ↓頬杖 227
つらぬ 連ぬ 299
つらら 氷柱 28
つりびと 釣人 284
つる 釣る 284
つる 蔓 401
つる 鶴 422
つるぎ 剣 364
つれだつ ↓具す 299
つれづれ 徒然 207
つれなし 214

●て

て 手 233
て（手）↓水茎 327
てあらい 手洗ひ 274
でい 泥（工芸） 287
デート ↓逢瀬 186
てがた 手形 364
てがみ 手紙 328
てき 敵・仇 362
てごな 手児奈 386
てだま 手玉 252
てつ 鉄 49
てっぽう ↓砲 362
てならい ↓習ふ 329
てのひら 掌 234
てもすまに 手もすまに 109
てら 寺 375
てる 照る 8
でる ↓出づ 309
てん 天 6
てんき（天気）↓気 9
てんじく 天竺 73
でんしゃ 殿舎 70
でんしゃ 電車 319
てんじょうかい 天上界 360
でんしん 電信 328
てんち 天地 41
てんにょ 天女 361
てんにん 天人 361

●と

と 門 60
と 戸 270
とい ↓樋 55
トイレ ↓厠 270
とう 塔 268
とう 訪ふ 291
とう 問ふ 338
とう 塔・仏塔 375
どう 銅 49
どう 堂 375
とうか 踏歌 71
どうくつ ↓洞 50
どうけ 道化 323
とうこう 陶工 286
どうじ 童子（僧） 375
どうじょ 童女 388
どうそじん 道祖神 365
とうだい 燈台 138
とうとし 貴し 167
とうふ 豆腐 261
とうぶ 飲ぶ 258
どうり 道理 329
とうろう 燈籠 138
とおざかる 遠離る 309
とおし 遠し 82
とおしろし 雄大し 166
とおつ 遠つ 83
とおづま 遠妻 384
とおと 遠音 145
とおなり 遠鳴り 152
とおね 遠音 145
とおぼえ ↓長鳴き 148
とおみ 遠み 83
とおやま 遠山 44
とおる 通る 293
とが 咎 348
とがる ↓鋭し 74
とき 時 107
どき 土器 286
ときがたつ ↓経 112
ときじく 時じく 108
ときのま 時の間 108
どきょう 読経 372
ときわ 常磐 123
ときわぎ 常磐木 403
とく 説く 329
とく 解く（無） 179
とく 解く（解決） 336
とぐ 研ぐ 286
どく 毒 355
とくとく 疾く疾く 110
とげ 棘 401
とけい 時計 108
とこ 常 123
とこ 床 241
とごころ 利心 194
とこなつ 常夏 412
とこよ 常世 360
ところ 所 87
とさか 鶏冠 420
とざす 戸閉す 270
とし 疾し 109
とし 年 121
とし 年（老） 354
とじ 刀自 384
としがたつ ↓年経 112
としたつ 年立つ 122
としつき 年月 118
としつもる 年積もる 121
としどし ↓毎年 121
としとる ↓古る 353
としとる ↓年経 353
としのくれ ↓年末 121
としのは ↓毎年 121
としふ 年経（過） 112
としふ 年経（老） 353
とず 閉づ 280
とだち 鳥立ち 418
どち（仲間） 389
とつくに 外国 73
とつぜん ↓打ち付けに 110
とつみや ↓離宮 70
とどこおる 滞る 303
とどむ 留む 302
とどろく 轟く 151
となり 隣 82
とねり 舎人 380
とのい 宿直 71
とのぐもる との曇る 9
とのご 殿御 382
とばり 帳 272
とび 鳶（人） 286

とび 鳶(鳥) 422
とびら ↓扉 270
とぶ 飛ぶ 417
とぶひ 飛火 139
とほ ↓徒歩 303
とぼし 乏し 99
とぼそ 扉 270
とまや 苫屋 265
とまる 留まる 302
とまる 泊る 312
とみくさ(富草)↓稲 276
とむ 富む 290
とむ 尋む 291
とむ 留む 302
とも 艫 318
とも 友 389
とも 共 298
ともがら ↓友 389
ともし ↓乏し 99
ともし 照射 139
ともし 羨し 195
ともしび 灯・燈 138
ともしむ 乏しむ 213
ともす 灯す 138
ともづな ↓舫ひ綱 318
ともなう ↓副ふ 299
ともに 共に 298
ともね 共寝 238
とものぉ 伴の男 380
ともぶね 友舟 316
とや 鳥屋 419
とやま 外山 44
とよ 豊 290
とよのあかり ↓新嘗 71
とよみき ↓うま酒 259
とよむ 響む 152
どよめく ↓響む 152
とら 虎 428
とり 鳥 416
とり 鶏 420
とりあえず ↓且つ且つ 118
とりのこ 鳥の子 419
とりのね 鳥の音 147
とる 取る 234
とる 採る 278
とる 捕る・獲る 283
とる 獲る 284
どろ 泥 41
とわ 永久 123
とわたる ↓門 060
どん 鈍 347
トンネル ↓隧道 48
とんぼ 蜻蛉 425

●な行

な 菜 260
な 肴(おかず) 261
な 名 333
な 名(噂) 333
な 汝 390
な ↓魚 429
な～そ 198
ない 地震 41
ないし(内侍)↓女官 379
なえ 苗 398
なえる ↓萎ゆ 181
なお 直 75
なお 猶 102
なおる 治る 354
なか 中 76
なか 中(仲) 190
ながいき ↓長命 351
ながきよ 長き夜 130
ながし 長し 105
ながし 永し 123
ながじ 長道 47
ながす 流す(失う) 181
なかぞら 中空 6
ながつき ↓九月 94
なかなか 中々 347
ながながし 長々し 106
ながなき 長鳴き 148
なかば 半ば 103
なかま ↓どち 389
ながみ 長み 106
なかみち 中道 47
ながむ 眺む 233
ながめ 長雨 21
ながや 長屋 265
ながらう 長らふ 351
ながらえず 長らへず 351
ながらえる ↓世に経 359
ながる 流る 55
ながれぼし 流星 4
なき 亡き 356
なぎ 凪 33
なぎ 水葱 260
なきがら ↓骸 357
なぎさ 渚 62
なきな 無き名 333
なきみわらいみ 209
なきよ 無き世 360
なく 鳴く 145
なく 啼く 147
なく 泣く 209
なぐ 和ぐ 200
なぐ 投ぐ 280
なくこ 泣く子 210
なぐさむ 慰む 200
なくなく 泣く泣く 210
なげく 嘆く 209
なごし ↓夏祓 369
なごむ ↓和ぐ 200
なごや ↓柔らか 172
なごり 名残 104
なごろ 余波 66
なさけ 情 195
なし 無し 102
なし 梨 260
なじむ ↓手馴れ 189
なす (のような) 343
なす 茄子 260
なす 為す 340
なず 撫づ 236
なずさぅ 漂ふ 172
なずさぅ なづさふ 189
なぞう ↓比ふ 344
なずむ 泥む 215
なだ 灘 63
なだかし 名高し 334
なだて 名立 333
なつ 夏 134
なつかし 懐し 196
なつさる 夏さる 135
なつの 夏野 135
なつのよ 夏の夜 135

なつばらえ 夏祓 369
なつびき 夏引 250
なつむ 菜摘む 278
なでしこ 撫子 412
なでる ↓撫づ 236
など 何故 337
なな 七(のつく語) 93
ななそじ 七十 93
ななめ 斜め 77
ななわた 七曲 93
なに 何 337
なにおう 名に負ふ 334
なぬか 七日 93
なのはな 菜の花 412
なのりそ 名告藻 284
なのる 名告る 332
なびく 靡く(心) 189
なびく 靡く(物が) 173
なべ 鍋 262
なべて 並て 106
なへに 298
なべに 並べに 298
なまえ ↓名 333
なまめかし 161
なまり 訛 331
なみ 波・浪 64
なみ 波(涙) 211
なみ 無み 103
なみくら ↓蔵 268
なみじ 波路 66
なみだ 涙 210
なみだぐむ ↓差し含む 211
なみと 波音 145
なみのはな 波の花 66
なむ 舐む 228
なむ 並む 301
なむ 南無 372
なめし 無礼し 345
なめて 並めて 301
なやまし 悩まし 215
なやむ ↓思ひ侘ぶ 192
なやむ ↓物思ふ 192
なやむ 悩む 215
なゆ 萎ゆ 181
なよびか ↓あえか 160
なよびか ↓柔らか 172
なら 奈良 69
なら 楢 412
ならい 習ひ 344
ならう 習ふ 329
ならびなし ↓類ひ無し 166
ならぶ 並ぶ 300
ならべて ↓並めて 301
なりわい ↓業 290
なる 鳴る 152
なる 馴る 188
なる (のような) 343
なる 成る 352
なるこ 鳴子 275
なれ ↓汝 390
なれしたしむ ↓馴る 188
なわ 縄 285
なわしろ 苗代 276
なをおしむ 名を惜しむ 334
なをたつ 名を立つ 333
なをながす 名を流す 333
なん 難 216
に 二(のつく語) 91
に 丹 155
に 荷 289
にい 新 116
にいなめ 新嘗 71
にいまくら 新枕 241
にえ 贄 368
にえす ↓饗 256
にえびと ↓贄 368
にお ↓琵琶湖 52
におい 匂ひ(口) 229
におい 匂ひ(香) 162
におう 匂ふ 162
におどり 鳰鳥 422
にがし 苦し(味) 259
にがつ 二月 91
にきはだ ↓肌 224
にぎる 握る 234
にぎわう 賑はふ 167
にく 肉 261
にくし 憎し 218
にくたい 肉体 223
にくむ 憎む 218
にげる 逃る 306
にこぐさ 和草 402
にこげ 和毛 418
にこで ↓柔らか 172
にこよか ↓微笑む 204
にごりざけ 濁酒 259
にごる 濁る 57
にさん 二三 92
にし 西 85
にし 西(浄土) 360
にじ 虹 12
にしかぜ 西風 32
にしき 錦(布) 248
にしき 錦(紅葉) 407
にせもの ↓えせ 346
につらう 丹つらふ 160
になう ↓荷 289
にびいろ 鈍色 158
にほん 日本 72
にゅうどう 入道 375
にゅうめつ 入滅 371
にょいん 女院 379
にょうぼう ↓女官 379
にょうぼう ↓妻 383
にょかん 女官 379
にら 韮 260
にる 煮る 262
にる 似る 342
にわ 海面 63
にわ 庭 268
にわいし 庭石 268
にわか 俄か 109
にわかあめ ↓村雨 21
にわたずみ ↓水溜り 54
にわとり 鶏 420
にわび 庭火(灯) 139
にんぷ 人夫 286
ぬ 寝 237
ぬいめ 縫目 251
ぬう 縫ふ 250
ぬえ 鵺・鵼 422
ぬか 額 227
ぬく 貫く 250
ぬく 抜く 280
ぬぐ 脱ぐ 246

ぬぐう 拭ふ 274
ぬさ 幣 368
ぬし 主 378
ぬし 主(夫) 382
ぬすむ 盗む 349
ぬの ↓白妙 157
ぬの 布 248
ぬのこ ↓綿入 243
ぬま 沼 52
ぬりごめ 塗籠 70
ぬる 濡る 23
ぬる 塗る 286
ぬるし 温し 36
ぬれぎぬ 濡衣 24
ね 音 144
ね 根 400
ね ↓雁が音 421
ねがう 願ふ 197
ねぎ 葱 260
ねぎ 禰宜 381
ねぎらう 労ふ 215
ねぐ 祈ぐ 366
ねぐら 塒 239
ねこ 猫 428
ねざめ 寝覚め 240
ねずみ 鼠 428
ねたし 妬し 218
ねたむ 妬む 218
ねだる ↓無心 199
ねつ 熱 354
ねどこ ↓床 241
ねどこ ↓臥所 270
ねのひ 子の日 122
ねぶる 舐る 228
ねぶる 眠る 239
ねまき 寝間着 243
ねむ 合歓木 412
ねむる 眠る 239
ねもころ 懇ろ 188
ねもと ↓本立 403
ねや 閨 270
ねりいろ ↓白 156
ねる ↓寝 237
ねろ ↓峰 45
ねをなく 音を泣く 210
ねんごろ 懇ろ 188
ねんし 年始 122
ねんぶつ 念仏 372
ねんまつ 年末 121
ねんれい 年齢 354
の 野 37
の ↓春野 134
の ↓夏野 135
のう 農 276
のうし 直衣 242
のうたん 濃淡 154
のがる 逃る 306
のき 軒 267
のきば ↓軒 267
のこ 鋸 279
のこす 残す 104
のこるよ 残る夜 124
のじ 野路 47
のじゅく ↓仮寝 312
のぞく 覗く 233
のぞみ ↓欲し 197
のち 後 113
のちくい 後悔 217
ので ↓〜み 338
のど 喉 228
のどか 長閑 200
ののしる 罵る 348
ののみや ↓離宮 70
のび 野火 139
のぶ 伸ぶ 106
のぶし 野伏 374
のべ 野辺 38
のぼる 上る 79
のむ 飲む 257
のむ 飲む(酒) 258
のもせ 野面 37
のもり 野守 37
のやま ↓野 37
のような ↓じも 343
のような ↓さぶ 343
のり 海苔 284
のり 糊 285
のり 法 373
のる 乗る 319
のる ↓罵る 348
のろう 呪ふ 348
のろま ↓鈍 347
のわき 野分 33

●は

は 歯 228
は 刃 364
は 葉 405
はい 灰 142
はいいろ 灰色 158
はいかいする ↓徘徊る 293
はいびょう 肺病 354
はいる ↓入る 310
はう 這ふ 304
はう 這ふ(植) 398
はえ 蠅 425
はえる ↓映ゆ 161
はえる ↓生ふ 398
はおと 羽音 418
はおり 羽織 243
はか 墓 357
ばか ↓痴れ者 347
はがい 羽交ひ 418
はかせ 博士 329
はかぜ 羽風 418
はかなし 儚し 171
はかなしごと 果無事 345
はかま 袴 242
はかる 謀る 346
はぎ 脛 236
はぎ 萩 413
はく 吐く 229
はく 履く 254
はく 掃く 273
はぐ 剝ぐ 279
はぐくむ 育む 352
はぐくむ 羽ぐくむ 418
はくじょう ↓つれなし 214
はくち 博打 325
はくちょう 白鳥 423
はくめい 薄命 350
はぐろ 歯黒 253
はげし 烈し 175
はこ 箱 272
はごいた ↓羽子 324
はこぶ 運ぶ 288

はごろも 羽衣 242
はざま 狭間 77
はさみ 鋏 279
はし 愛し 185
はし 橋 59
はし 箸 263
はし 嘴 419
はし 端 82
はしい 端居 302
はじかみ 椒 260
はしご 梯子 271
はしたか →鷹狩 283
はしたなし →劣る 347
はしづま 愛妻 384
はしひめ 橋姫 60
はじむ 始む 117
はじめて →初 117
はじめる →始む 117
ばしゃ 馬車 314
ばしょう 芭蕉 413
はしら 柱 271
はしりい 走り井 54
はしる 走る 303
はす 馳す 303
はす 蓮 413
はず 恥づ 217
はずえ 葉末 405
はずかし 恥づかし 217
はぜ 沙魚 430
はた 機 249
はた 旗 272
はだ・はだえ 肌 224
はだか 裸 222
はたぐも 旗雲 16
はたけ 畑 275
はたご 旅籠 312
はたち 二十歳 91
はだら 斑 75
はだれゆき 斑雪 27
はち 八(のつく語) 94
はち 鉢 263
はち 蜂 425
ばち 撥 321
はちす 蓮 413
はつ 初 117
はつ 果つ 114
はつ →秋果つ 137
はつ 泊つ 317
ばつ (罰)→刑 349
はつか 二十日 91
はつかぜ 初風 31
はっきり →著し 169
はっきり →曇りなし 169
はつこえ 初声 147
はつなつ 初夏 135
はつね →子の日 122
はつね 初音 147
はつゆき 初雪 26
はて 果て 84
はてなし 果て無し 84
はてる →果つ 114
はと 鳩 423
はな 鼻 229
はな 花 392
はなが 花香 163
はながさ →笠 254
はなごころ →浮気心 188
はなしどり →放生会 371
はなしぶり 話しぶり 331
はなだ 縹 159
はなちかう 放ち飼ふ 278
はなちがみ 放髪 225
はなつ 放つ 178
はなづま 花妻(萩) 413
はなの 花の 160
はなはだ →甚く 101
はなび 花火 139
はなびら 花弁 394
はなひる 嚔ひる 229
はなぶさ 花房 394
はなみ 花見 165
はなもり 花守 395
はなやか 華やか 161
はなる 離る 308
はに 埴 41
はにかむ →恥し 217
はにゅう →埴 41
はね 羽子 324
はね 羽 417
はねがき 羽掻き 418
はねず 唐棣 413
はは 母 386
はばかる 憚る 215
ははきぎ 箒木 413
ははそ 柞 412
はばたき →羽掻き 418
はばたく →羽振る 418
ははとじ 母刀自 386
はふり 祝 381
はふる 羽振る 418
はぶる 葬る 357
はま 浜 62
はまぐり 蛤 430
はまべ 浜辺 62
はまゆう 浜木綿 413
はむ 食む 256
ばや 197
はやい →疾し 109
はやくち →早言 331
はやごと 早言 331
はやし 速し 110
はやし 早し 118
はやし 林 39
はやせ 早瀬 58
はやて 疾風 31
はやま 端山 44
はゆ 映ゆ 161
はら 原 38
はら 腹 222
はらう 払ふ 273
はらう 祓ふ 369
はらから 同胞・族 387
はらだつ →怒る 219
はらむ 妊む 351
はり 玻璃 49
はり 針 251
はり 榛 413
はりみち 墾道 47
はる 張る 281
はる 春 132
はるあき →春秋 119
はるか 遥か 83
はるかぜ 春風 31
はるけし 遥けし 84
はるこま 春駒 314

はるさめ 春雨 21
はるさる 春さる 134
はるたつ 春立つ 134
はるの 春野 134
はるのいろ 春の色 134
はるのめがみ ↓佐保姫 134
はるのよ 春の夜 134
はるばる 遙遙 84
はるひ 春日 134
はるべ 春方 134
はるまつ 春待つ 134
はるめく ↓春 132
はれ 晴れ 8
はれぎ 晴着 243
はれま 晴間 8
ばん 晩 129
ばん 盤 263
ばんじょう ↓大工 286
ばんにん ↓守 363
ばんり 万里 96

● ひ

ひ 樋 55
ひ 日・陽 7
ひ 日(時) 118
ひ 日(暦) 122
ひ (日)↓春日 134
ひ 火 139
ひ 灯 138
ひ 碑 357
ひ 緋 155
び ↓美し 160
ひいな 雛 324
ひうちいし 火打石 139
ひえ 稗 276
ひお 氷魚 430
ひおけ 火桶 140
ひかげ 日影(光) 11
ひかげ ↓陰 14
ひがし 東 85
ひかず 日数 119
ひかり 光 10
ひかる 光る 10
ひかれる ↓惚る 185
ひがん 彼岸 371
ひきいれ ↓器 262
ひく 引く 281
ひく 曳く 281
ひく 弾く 321
びく 比丘 375
ひくし 低し 80
ひぐらし ↓蟬 424
ひげ 髭 228
ひこぼし 彦星 5
ひごろ 日頃 119
ひざ 膝 236
ひさき 久木 413
ひさぐ ↓提ぐ 280
ひさげ 提 263
ひさご 瓢 263
ひさし 久し 123
ひさし 庇 268
ひさしのま 庇の間 70
ひし 菱 413
ひじ 泥 41
ひじ 肘 235
ひじ (非時)↓食事 256
びしょう ↓笑まひ 204
ひじり 聖 374
びじん ↓美し 160
ひず 漬づ 24
ひすい 翡翠 48
ひそか 密か 307
ひた 直 170
ひた 引板 275
ひたい 額 227
ひたいがみ 額髪 225
ひたきや 火焼屋 71
ひたす 浸す 24
ひたすら ↓直 170
ひたすらまつ ↓片待つ 298
ひだりて ↓弓手 77
ひだりばし ↓箸 263
ひだるし 256
ひつ 櫃 263
ひつぎ 柩 357
ひつじ 穭(稲) 276
ひつじ 羊 428
ひっせき ↓水茎 327
ひづめ 蹄 314
ひでり 日照り 8
ひと 古し 115
ひと 人 376
ひとえ 一重 88
ひとえ 一枝 88
ひとえ 単衣 243
ひとえに 偏に 170
ひとくさ 一種 89
ひとこえ 一声 89
ひとこと 一言 89
ひとごと 人言 331
ひとしお 一入 251
ひとすじ 一筋 89
ひとたび 一度 89
ひとつ 一つ 88
ひとつき 一杯 89
ひとづて ↓伝言 332
ひとづま 人妻 384
ひとつら 一列 89
ひととき 一時 89
ひととせ 一年 90
ひとなし 人無し 103
ひとは 一羽 89
ひとは 一葉 89
ひとはな 一花 89
ひとひ 一日 90
ひとひら 一枚 89
ひとひら 一片 89
ひとふし 一節 89
ひとふで 一筆 89
ひとま 人間 108
ひとみ 瞳 230
ひとむら 一群 89
ひとめ 一目 89
ひとめ 人目 230
ひとめもる 人目守る 230
ひともじ ↓葱 260
ひともと 一本 89
ひとや 牢 349
ひとよ 一夜 90
ひとり 一人・独り 90
ひとり (火取り)↓香炉 164
ひとりね 独り寝 238
ひとりね ↓片敷く 238
ひな 鄙 68
ひな 雛 324

ひな 雛(鳥) 419
ひにけに 日に異に 119
ひねもす 終日 119
ひのき 檜 413
ひのけ 火の気 139
ひのし 火熨斗 140
ひのたて →東 85
ひのぬき →西 85
ひのひかり 日の光 11
ひばし 火箸 139
ひばり 雲雀 423
ひびく 響く 151
ひひるは →蛾 424
ひま 隙 77
ひま 暇 109
ひましに →日に異に 119
ひまなし 暇なし 109
ひまわり 向日葵 413
ひむろ 氷室 28
ひめ 姫 379
ひめる 秘める 307
ひも 紐 247
ひもとく 紐解く 247
ひもとく (咲く) 396
ひゃく 百(のつく語) 95
ひややか 冷やか 36
ひゆ 冷ゆ 36
びょうき →病 354
ひょうし 拍子 322
びょうにん 病人 354
ひょうばん →名 333
びょうぶ 屏風 273
ひより 日和 9
ひらく 開く 280
ひらで →盤 263
ひる 昼 126
ひる 蒜 260
ひるね 昼寝 238
ひれ 領巾 248
ひれ 鰭 429
びれい 美麗 160
ひろう 拾ふ 280
ビロード 天鵞絨 248
ひろし 広し 105
ひろら 広ら 105
ひわ 鶸 423
びわ 琵琶 321
びわこ 琵琶湖 52
ひわず →弱し 171
ひわだや 檜皮屋 265
ひをかさねる →日並ぶ 119
びん 鬢(髪) 225
びんぼう →貧し 290

●ふ

ふ 経(時が) 112
ふ 斑 75
ふ 婦 383
ふあん →後ろめたし 215
ふうふ 夫婦 387
ふうりゅう →雅び 164
ふえ 笛 322
ふえる →加る 102
ぶがく 舞楽 322
ふかし 深し 80
ふかし 深し(時が) 113
ふかみ 深み 81
ふかみ 深み(時) 113
ふきすさむ 吹きすさむ 34
ふきつ →禍禍し 348
ふきつ →ゆゆし 348
ふく 更く 130
ふく 吹く(気象) 33
ふく 吹く(音楽) 322
ふく 葺く 267
ふく →拭ふ 274
ふぐ 鰒 430
ふくよか →肥ゆ 223
ふくろ 袋 255
ふくろう 梟 423
ふける →更く 130
ふさがる 塞がる 280
ふざける →戯ふ 204
ふさやか 房やか 100
ふし (節)→歌 320
ふし 節(竹) 412
ふじ 富士 43
ふじ 藤 413
ぶじ →真幸く 200
ふしぎ →奇し 361
ふじごろも 藤衣 244
ふしづけ 柴漬 285
ふしど 臥所 270
ふじなみ →藤 413
ふじばかま 藤袴 414
ふしん 普請 285
ふす 臥す 238
ふす 伏す 305
ふす 伏す(隠) 306
ふすぶる 燻る 142
ふすま 衾 241
ふせご →籠 272
ふせや 伏屋 265
ふた 蓋 262
ふだ 札 326
ふたいろ 二色 92
ふたえ 二重 92
ふたがる →塞がる 280
ふたごころ 二心 92
ふたごころ →浮気心 188
ふたたび 二度 92
ふたつ 二つ 91
ふたづま 両妻 384
ふたなみ 二並 91
ふたば 二葉 92
ふためく →焦る 217
ふたり 二人 91
ふたりね 二人寝 238
ふち 淵 58
ふちせ 淵瀬 58
ふつうの →凡 345
ふつか 二日 91
ぶつぐ 仏具 371
ぶっし 仏師 286
ぶっしん 仏心 373
ぶつぞう 仏像 371
ぶつど 仏土 372
ぶっとう 仏塔 375
ふで 筆 327
ぶどう 葡萄 260
ふとし 太し(厚い) 105
ふとし 太し(立派) 166
ふとる →肥ゆ 223
ふとん 布団 241
ふな 鮒 430
ふなあそび 舟遊び 316

ふなうた 船歌 316
ふなおさ 舟長 316
ふなかざり 舟飾り 318
ふなぎ 舟木 318
ふなきおひ 舟競ひ 316
ふなこ 舟子 316
ふなじ 舟路 316
ふなせ 舟瀬 317
ふなつきば ↓水駅 317
ふなで 舟出 316
ふなばた 舷 318
ふなびと 舟人 316
ふね 舟 315
ふねなめて 舟並めて 318
ぶふうりゅう 無風流 347
ふぶき 吹雪 27
ふふむ 含む(芽) 400
ふへい 不平 331
ふぼ 父母 387
ふまん ↓飽き足らぬ 213
ふみ 文(手紙) 327
ふみ 書 328
ふみしだく 踏みしだく 304
ふみならす 踏み平す 304
ふみわく 踏み分く 304
ふむ 踏む 304
ふもと 麓 44
ふゆ 冬 137
ふゆき ↓木 403
ふゆさる 冬さる 137
ふゆたつ 冬立つ 137
ふゆのよ 冬の夜 137
ふよう 芙蓉 414
ふりさけみる 振放け見る 233
ふりしく 降り頻く 23
ふりしく 降り敷く 23
ふりつむ 降り積む 23
ふりはへ ふりはへ 170
ふりふらず 降り降らず 23
ふりまさる 降り増さる 23
ふる 降る 22
ふる 触る 235
ふる 振る 282
ふる 古る 116
ふる 古る(年取る) 353
ふるふ 震ふ 305
ふるくなる ↓さぶ 116
ふるごと 古言(古歌) 325
ふるさと 古里 68
ふるし 古し 115
ふるす ↓巣 418
ふるひと 古人 115
ふるまひ 振舞 344
ふるみち 古道 47
ふれる ↓触る 235
ふろ(風呂) ↓湯 274
ふろうふし 不老不死 352
ふん 墳 357
ぶん 文 328
ぶんしょう 文章 328
ぶんだい ↓台 272
ふんにょう 糞尿 223

●へ

へ 辺 82
へ 舳 318
へ 屁 ↓臭し 229
へい 兵 362
へいじ 瓶子 263
へいほう 兵法 362
へいぼん ↓凡 345
へきてん 碧天 6
へさき ↓舳 318
へだつ 隔つ 309
へなみ 辺波 66
へなる ↓隔つ 309
べに 紅(色) 155
べに 紅(化粧) 253
へみ(へび) 蛇 425
へや 部屋 270
へんげ 変化 361
べんとう ↓破子 263

●ほ

ほ 帆 318
ほ 穂 400
ほう 砲 362
ほう 法 373
ほうえ 法衣 243
ぼうおく 茅屋 265
ほうがく ↓方 85
ほうき 箒 273
ほうし 法師 375
ぼうし 帽子 255
ほうじょうえ 放生会 371
ほうせき ↓宝 48
ほうちょう 庖丁 262
ほうとう 放蕩 176
ぼうふりむし ↓蚊 424
ほうむる ↓葬る 357
ほえる 吠える 148
ほお 頬 227
ほおづえ 頬杖 227
ほかげ 灯影・火影 138
ほがらか 朗らか 205
ほきざけ 祝酒 259
ほきじ 崖路 47
ほく 寿く 166
ほくとう 北東 86
ほくとしちせい 北斗七星 4
ほくら 宝倉 268
ほこ 鉾 364
ほこる 誇る 166
ほころぶ 綻ぶ 250
ぼさつ 菩薩 371
ほし 星 4
ほし 欲し 197
ほしあひ 星合 5
ほしかげ 星影 12
ほす 干す・乾す 277
ほそし 細し 171
ほそば 細葉 405
ほそみち 細道 47
ほそやか ↓細し 171
ほた 榾(灯) 139
ほだ 穂田 275
ぼだい 菩提 373
ほだし 絆 190
ほたる 蛍 425
ぼたん 牡丹 414
ほつえ 上枝 404
ほど 程 109
ほとけ 仏 370
ほとけのみち 仏の道 372
ほとけのめ 仏の目 370
ほととぎす 時鳥 423
ほどなく 程無く 109

ほとばしる 迸る 56
ほどふ 程経 112
ほとほと →危ふし 219
ほとり 辺 82
ほどろ →斑 75
ほなみ 穂波 401
ほにいず 穂に出づ 170
ほね 骨 223
ほね 骨(骸) 357
ほのお 炎・焰 141
ほのか 仄か 171
ほのみゆ 仄見ゆ 232
ほのめく 171
ほほえむ 微笑む 204
ほむけ 穂向 401
ほむら 炎・焰 141
ほら 洞 50
ほりえ 堀江 59
ほる 惚る 185
ほる 欲る 197
ほる 掘る 280
ほる 彫る 286
ほろぶ 滅ぶ 363
ぼん 盆(器) 262
ぼん 盆(仏) 371
ほんしん →下心 194
ほんとうに →まことに 170
ほんのう →愛欲 188
ぼんのう 煩悩 373

●ま

ま 間 77
ま 間(時) 108
ま 間(室) 70、270
ま 魔 361
まいあさ 毎朝 125
まいとし 毎年 121
まいびと 舞人 323
まいひめ 舞姫 323
まいよ 毎夜 130
まいる 参る 294、367
まう 舞ふ 323
まえ 前 76
まがう 紛ふ 340
まがき 籬 269
まかじ 真楫 318
まかす 任す 201
まがつみ 禍罪 348
まがね →鉄 49
まがまがし 禍禍し 348
まかみ →狼 427
まがりみち 曲路 47
まかる 罷る 308
まがる 曲る 173
まき 牧 279
まき 槙・真木 414
まきえ 蒔絵 287
まぎれる →紛ふ 340
まく 設く 108
まく 枕く 241
まく 蒔く 276、398
まく 巻く 234、280
まく 負く 363
まく 幕 273
まくい 真杭 59
まくさ 秣・馬草 314
まくら 枕 240
まくらさだめ 枕定め 240
まくらべ 枕辺 241
まぐろ 鮪 430
まぐわし →麗し 160
まご 孫 387
まこと 真 166
まことに 170
まさお 真青 159
まさか (現在) 111
まさき 正木 414
まさきく 真幸く 200
まさぐる 弄る 236
まさご 真砂 41
まさし 正し 170
まさる 増さる 101
まさる 勝る・優る 165
ましお ましを 198
ましかば 198
ましら 猿 428
まじり →目・眼 229
まじる 交る 299
ましろ 真白 157
ます 在す・坐す 302
ます 桝 263
ますかがみ 真澄鏡 254
まずし 貧し 290
ますます →うたて 101
ますらお ますらを 382
ませ 籬 269
ませ 馬柵 279
ませば 198
まそお →朱 156
また 又 102
またけし →全し 106
またし 全し 106
まだら 斑 75
まち 町 69
まちどおし 待ち遠し 199
まつ →秋待つ 136
まつ 待つ 297
まつ 松 414
まづかい 間使 381
まつかぜ 松風 30
まっくらやみ →つつ暗 13
まつげ 睫毛 230
まっすぐ →直 75
マッチ →付木 138
まつむし 松虫 425
まつよ 待つ夜 130
まつり 祭 367
まつる 祀る 367
まて →両手 234
まど 窓 270
まどい 円居 301
まとう 纏ふ 246
まどう 惑ふ 216
まどお (間遠)→間 108
まどお →夜離る 188
まどか 円か 74
まとり →鳥 416
まどろむ 微睡む 239
まな 真名 327
まないた 俎 262
まなかい 目交ひ 230
まなこ 眼 230
まなご 愛子 388
まなざし →目つき 230
まなし 間無し 108
まなぶ 学ぶ 329

まにまに 201
まね↓似る 342
まねく 招く 300
まねし 多し 100
まばゆし 眩し 230
まばら 疎 99
まぶた 瞼 230
まほ 真帆 318
まほし 197
まほら 真洞 165
まぼろし 幻 361
まみ 目見 230
まみ・まむし 蝮 426
まめ 豆 261
まめ 忠実 344
まもなく↓程無く 109
まもる 守る 363
まや 真屋 265
まゆ 眉 227
まゆ 繭 250
まゆかゆみ↓逢える龍 187
まゆずみ 黛 253
まゆみ 真弓 282
まよう 迷ふ 216
まよなか↓中夜 131
まよね↓眉 227
まよびき 眉引 253
まり 鞠 325
まりけ 鞠蹴 325
まれ 稀 99
まろうど 客人 378
まろがた 円肩 225
まろし 円し 74
まろね 丸寝 238
まろぶ 転ぶ 304
まん 万(のつく語) 96
まんげつ↓望月 3
まんじゅう 饅頭 260
まんだら 曼陀羅 373
マント↓外套 243
まんぷく 満腹 256

●み

み み(〜ので) 338
み 身 220
み 実 400
みあかし 燈明(灯) 138
みあかし 御燈明(社) 370
みあと 御足跡 370
みあれ 御生 367
みえ 三重 92
みえたりみえなかったり 232
みお 水脈・澪 53
みおつくし 澪標 316
みかお 御顔 370
みがく 磨く 286
みがくる 水隠る 306
みかげ 御影 222
みかさ 水嵩 53
みかた↓方人 363
みかづき 三日月 3
みかど↓門 71
みかど↓王 378
みかり 御狩 283
みがわり 身代 221
みかん 蜜柑 260
みき 御酒 259
みき 幹 400
みぎて 右手 77
みぎり↓前栽 268
みぎわ 汀・水際 62
みくさ 水草 402
みくず 水屑 53
みけ↓食事 256
みけし 御衣 242
みこ 皇子・皇女 379
みこ 巫女 381
みこし 御輿 367
みごもる↓妊む 351
みさお 操 167
みさき 岬 61
みさご 423
みささぎ 陵 357
みさび 水錆 53
みじかし 短し 106
みじかよ 短夜 130
みしぶ 水渋 53
みじゅく↓拙し 347
みじゅく↓青し 352
みしよ 見し世 115
みじろぐ↓動く 310
みす 御簾 71
みず 水 52
みずあか↓水渋 53
みずうみ 湖 52
みずかがみ 水鏡 254
みずかね 水銀 49
みずぐき 水茎 327
みずくみ↓汲む 54
みずし↓調度 71
みずたまり 水溜り 54
みずてる↓思ひ捨つ 178
みずとり 水鳥 417
みずみずし 瑞々し 161
みずら 角髪 225
みせ 店 288
みせたい 見せたい 232
みせばや↓見せたい 232
みそ 味噌 259
みそか 三十日 92
みそぎ 禊 369
みそさざい↓鷦鷯 422
みそじ 三十 92
みその 御園 69
みそら 御空 6
みぞれ 霙 28
みたい 見たい 232
みたび 三度 92
みだら 淫 188
みたり 三人 92
みだる 乱る 175
みだれがみ 乱れ髪 225
みち 道・路 46
みちしば 道芝 47
みちしるべ 道標 74
みちのかみ↓道祖神 365
みちのく↓東 73
みちひ 満干 67
みちまどい 道惑 48
みちゆき 道行き 312
みつ↓三 92
みつ 満つ 56
みつ 満つ(心) 198
みつぎもの 貢物 368
みづく 水漬く 24
みつせがわ↓三途の川 360

みつのお ↓三味線 321
みて 御手 370
みてぐら 御幣 368
みとせ 三年 92
みどり 碧 159
みどり 緑(青) 159
みどり 緑(植) 399
みどりご 緑児 388
みな 皆 106
みな 御名 370
みなかみ 水上 51
みなぎる 漲る 56
みなそこ ↓底 81
みなづき 六月 93
みなと 港・湊 60
みなと 湊(涙) 211
みなみ 南 85
みなみ 南風 32
みなる 水馴る 53
みなる 見馴る 232
みなわ 水泡 55
みにくし 醜し 347
みにしむ 身に染む 221
みぬよ 見ぬ世 115
みね 峰 45
みの 蓑 255
みのも 水面 53
みのり 御法 373
みばや ↓見たい 232
みふね 御船 316
みふゆ 三冬 137
みほし ↓見たい 232
みま 御馬 314
みまえ 御前 370
みまがう 見紛ふ 340
みまかる 身罷る 356
みみ 耳 224
みみず 蚯蚓 426
みむろ 御室 370
みめよき ↓良し 162
みや 宮(神社) 370
みや 宮(宮中) 70
みやい 宮居 370
みやぎ 宮木 285
みやげ ↓苞 289
みやげ ↓家苞 297
みやこ 京 69
みやこ 都 69
みやこびと 都人 69
みやじ 宮路 71
みやづかえ 宮仕へ 70
みやづくり 宮造り 370
みやび 雅び 164
みやびお 雅び男 164
みやびと 宮人 379
みやびと 宮人(神官) 381
みやま 深山 44
みゆき 深雪・御雪 26
みゆき 行幸 71
みよ 御代・御世 123
みょうじょう 明星 4
みる 見る 230
みるべき 見るべき 166
みるめ 海松布 284
みわ 神酒 368
みをすつ 身を捨つ 178
みをなぐ 身を投ぐ 356

●む

むかう 向ふ・対ふ 77
むかう 迎ふ 298
むかし 昔 115
むかしえ 昔へ 115
むかつお 向つ峰 45
むかで 百足 426
むぎ 麦 276
むく ↓向ふ 77
むくい 報い 349
むぐら 葎 401
むくり ↓西域 73
むくろ 骸 357
むこ 婿 382
むさぼる 貪る(心) 198
むさぼる 貪る(食) 256
むし 虫 423
むじつの噂 ↓無き名 333
むしのね 虫の音 145
むしばむ 蝕む 182
むしゃ 武者 380
むじょう 無常 359
むしょうに ↓強ひて 345
むしろ 筵 273
むしん 無心 199
むす 噎す 229
むずかしい ↓難し 216
むすこ 息子 382
むすぶ 掬ぶ 234
むすぶ 結ぶ 247
むすぶ 結ぶ(男女) 187
むすぼおる 結ぼほる 187
むすめ 娘 386
むせぶ 咽ぶ 209
むせる ↓噎す 229
むそじ 六十 93
むた 共 298
むだ ↓徒 345
むだぐち ↓徒口 345
むち 鞭・笞 349
むつ ↓六 93
むつき 睦月 122
むつごと 睦言 187
むつまじ 睦まじ 188
むつる 睦る 188
むなさわぎ ↓心騒がし 215
むなし ↓空(から) 103
むなし 空し(寂) 206
むなしくなる 空しくなる 356
むなで 空手 103
むね 胸(身) 223
むね 胸(心) 195
むねつぶる 胸つぶる 209
むま 馬 313
むまや 厩 313
むまる 生まる 351
むめ 梅 408
むら 村 68
むらぎも ↓臓 223
むらくも 村雲 16
むらご 斑濃 251
むらさき 紫(色) 159
むらさき 紫(植) 415
むらさめ 村雨 21
むらだち 群立 404
むらどり ↓群 300
むらむら 斑斑 75
むれ 群 300

むろ 室 270

● め

め 目・眼 229
め 海布(海藻) 284
め 芽 399
めい 冥 14
めいど →冥土 360
めうま 牝馬 314
めおと 夫婦 387
めがさめる →覚む 239
めがね 眼鏡 253
めがほる 目が欲る 197
めがみ 女神 366
めかる 目離る 188
めぐし 愛し 185
めくばせ 目配せ 230
めぐみ 恵み 166
めぐる 廻る 293
めこ 妻子 384
めし 飯 257
めじ 眼路 230
めす 召す 256
めずらし 珍し 99
めだつ →きはやか 170
めづ 賞づ 165
めつき 目つき 230
めて 右手・馬手 77
めでたし 165
めどう 馬道 71
めどり 雌鳥 419
めのと 乳母 351
めのわらわ 女の童 388
めん 面 75
めん 麺 257

● も

も 裳 243
も 喪 357
も 藻 401
もい (碗)→椀 263
もうず 詣づ 367
もえぎ 萌黄・萌葱 159
もえる →下燃え 185
もえる →燃ゆ 141
もえる →萌ゆ 398
もがな 198
もがも 198
もかり 藻刈 284
もかりぶね 藻刈舟 316
もぐさ →蓬 415
もぐる 潜る 305
もじ 文字 326
もしお 藻塩 284
もず 百舌鳥 423
もすそ 裳裾 244
もだ 黙 150
もたい →瓶 263
もだえ 悶え 214
もち 餅 257
もちい 餅 257
もちづき 望月 3
もつ 持つ 279
もてなし →宴 256
もてはやす →賞づ 165
もとあら 本荒 400
もどかし 213
もとだち 本立 403
もとつか 本つ香 163
もとむ 求む 198
もとゆい 元結 225
もどる 戻る 296
もの 者 377
もの 物 289
ものあわせ 物合 324
ものいう →不平 331
ものうし 物憂し 212
ものうり 物売 287
ものおもう 物思ふ 192
ものがたり 物語 329
ものがなし 物悲し 208
ものぐるい →狂ふ 176
もののけ 物怪 361
ものみ 物見 165
ものめかし 物めかし 165
ものもう →物思ふ 192
ものゆえ ものゆゑ 338
もび →芥火 139
もひき 裳引き 244
もふく 喪服 243
もみじ 紅葉 406
もみじのはし →鵲の橋 60
もみち 黄葉 407
もみつ 黄葉つ 407
もめん 木綿 248
もも 桃(食) 260
もも 桃(木) 415
もも 百 95
ももえ 百枝 95
ももえ 百重 95
ももか 百日 95
ももき 百木 95
ももそじ 百歳 95
ももち 百千 95
ももとせ 百年 95
ももふね 百船 95
ももよ 百夜 95
ももよ 百代 95
もや 母屋 70
もやいづな 舫ひ綱 318
もゆ 燃ゆ 141
もゆ 萌ゆ 398
もよう →綾 252
もり 守 37、61、363
もり 森 39
もる 盛る 262
もる 漏る 57
もるつき 漏る月 3
もろ 諸 91、106
もろごえ 諸声 149
もろこし 唐土 73
もろし 脆し 172
もろて →両手 234
もろともに 諸共に 298
もん 紋 251
もん 門 71、268
もんじょう 文章 328

● や行

や 屋(店) 287
や 屋(宿) 265
や 矢 282
やいと 灸 354
やえ 八重 94
やえがき 八重垣 94
やえぐも 八重雲 16
やおか 八百日 94

やおよろず ↓万 96
やおら やをら 344
やかた 館 268
やかた 屋形 318
やかましい ↓かしまし 151
やぎょう 夜行 303
やく 焼く 140
やく 焼く(料理) 262
やくし 薬師 371
やくそく ↓契る 187
やくそく ↓兼言・予言 331
やくなし 益無し 345
やくにん ↓司人 379
やけの 焼野 37
やさい ↓菜 260
やさか 八尺 94
やさし 優し(優美) 161
やさし 優し(心) 195
やさし 恥し 217
やし 椰子 415
やしお 八入 251
やしなう 養ふ 352
やしょく 夜色 130
やしろ 社 369
やす 痩す 223
やすい 安寝 238
やすけなし 安けなし 215
やすし 安し 200
やすし 易し 340
やすみ 八隅 94
やすむ ↓休らふ 201
やすらう 休らふ 201
やせる ↓痩す 223
やぜん 夜前 121
やそ 八十 94
やそじ 八十 94
やそしま 八十島 94
やそせ 八十瀬 94
やちぐさ 八千種 94
やつ ↓八 94
やつお 八峰 45
やつこ 奴 378
やつる 窶る 223
やど 宿・屋戸 264
やど 宿(旅) 312
やとせ 八歳 94
やどもり 宿守 264
やどり ↓宿 264
やどりぎ 宿木 403
やどる 宿る 264
やな 梁 285
やなぎ 柳 415
やね 屋根 267
やば 野馬 314
やば (野馬)↓陽炎 9
やぶ ↓竹薮 402
やぶる 破る 177
やま 山 42
やまあい 山間 44
やまあい 山藍 252
やまい 病 354
やまが 山家 283
やまかい 山峡 44
やまかげ 山陰 14
やまかぜ 山風 31
やまこ 山蚕 250
やまざと 山里 68
やまじ 山路 47
やまずみ 山住み 267
やまだ ↓田 275
やまでら 山寺 375
やまと 大和・倭 72
やまどり 山鳥 423
やまなみ 山脈 44
やまにいる 山に入る 178
やまのい 山の井 54
やまのは 山の端 45
やまびこ 山彦 152
やまびと 山人 283
やまぶき 山吹 415
やまぶし 山伏 374
やまべ 山辺 44
やまもと 山本 44
やみ 闇 13
やみじ 闇路 13
やみよ 闇夜 13
やむ 止む 114
やむ 病む 354
やゆう 夜遊 324
やよい 三月 92
やり 鑓 364
やりど ↓戸 270
やる 遣る 341
やわらか 柔らか 172
ゆ 112、293
ゆ 湯(飲む) 257
ゆ 湯(風呂) 274
ゆあみ 湯浴 274
ゆう 結ふ 247
ゆう 夕 127
ゆう 優 161
ゆう 木綿 368
ゆううつ ↓いぶせし 212
ゆうがお 夕顔 415
ゆうかく 夕掛く 127
ゆうかげ 夕影 12
ゆうかぜ 夕風 31
ゆうがた 夕方 127
ゆうがたのいろ 夕方の色 127
ゆうぐれ 夕暮 128
ゆうけ 夕占 366
ゆうげ 夕餉 257
ゆうさる 夕さる 127
ゆうし 遊糸 9
ゆうじょ 遊女 383
ゆうずつ 夕星 4
ゆうだち 夕立 21
ゆうだつ 夕立つ 21
ゆうづく 夕づく 127
ゆうつけどり ↓鶏 420
ゆうつゆ 夕露 19
ゆうなみ 夕波 66
ゆうばえ ↓映ゆ 161
ゆうはな 木綿花 252
ゆうひ 夕日 7
ゆうびん 郵便 328
ゆうべ ↓昨夜 121
ゆうべ 夕 127
ゆうべのかね 夕の鐘 152
ゆうめいな ↓名に負ふ 334
ゆうやみ 夕闇 13
ゆえ 故 338
ゆか 床 273
ゆかし 床し 189

ゆかた 浴衣 243
ゆがむ 歪む 173
ゆかり 340
ゆき 雪 25
ゆき 靫 282
ゆきあふ 行き逢ふ 186
ゆきき 行き来 293
ゆきげ 雪気 26
ゆきげ 雪消 26
ゆきどけ →雪消 26
ゆきま 雪間 26
ゆきやま 雪山 26
ゆく 行く 292
ゆく 逝く 356
ゆくえ 行方 86
ゆくさき 行先 293
ゆくさくさ 行くさ来さ 293
ゆくすえ 行末 84
ゆくとし 行く年 122
ゆくはる 行く春 292
ゆくみず 行く水 292
ゆげ 湯気 274
ゆずりは →榊葉 368
ゆずる 譲る 341
ゆた 寛 200
ゆたか 豊か 290
ゆたけし 寛けし 200

ゆづか →弓 282
ゆばり 糞尿 223
ゆび 指 235
ゆみ 弓 282
ゆみはり 弓張 3
ゆめ 198
ゆめ 夢 202
ゆめうつつ 夢現 203
ゆめがたり 夢語り 203
ゆめじ 夢路 203
ゆゆし 348
ゆら 151
ゆらぐ 揺らぐ 173
ゆり 後 113
ゆり 百合 415
ゆるし 許し 367
ゆるむ 緩む 200
ゆれる →ゆら 151
ゆんで 弓手・左手 77
よ 代・世 123、358
よ →齢 354
よ 夜 129
よ →春の夜 134
よ →夏の夜 135
よ →秋の夜・冬の夜 137
よあけ 夜明け 124
よあそび 夜遊 324

よい 宵 128
よい 夜居 302
よう 酔ふ 259
ようかい →物怪 361
ようき →わららか 205
ようす →顔 227
ようす →様・気色 342
ようび 曜日 122
よがあける →明くる 126
よがあける →白む 126
よかぜ 夜風 31
よがふける 更く 130
よがる 夜離る 188
よぎ 夜着 243
よきじ 避道 47
よぎり →霧 17
よぎる →過ぐ 293
よく 避く 307
よく（慾）→煩悩 373
よくだつ 夜降つ 131
よこ 横 77
よごえ →声 148
よこぐも 横雲 16
よこふす 横伏す 305
よごれ →汚し 274
よごろ 夜頃 130
よさむ 夜寒 130

よし 良し 162
よしなし 縁無し 341
よしや 201
よすがら 夜すがら 130
よすて →世を捨つ 178
よそ 外 87
よそい →装ふ 245
よそう 比ふ 344
よそおう 装ふ 245
よそじ 四十 92
よそだつ 214
よそめ 外目 233
よただ →夜すがら 130
よちこ →どち 389
よつのお →琵琶 321
よど 淀 57
よどおし →夜すがら 130
よどこ 夜床 241
よとせ 四年 92
よどむ →淀 57
よなか 夜中 131
よなが →長き夜 130
よなよな 夜な夜な 130
よにふ 世に経 359
よのなか 世の中 359
よのほどろ →朝明 124
よばいぼし →流星 4

よばう 婚ふ 187
よぶ 呼ぶ 149
よぶかし 夜深し 131
よふけ →更く 130
よぶこどり 呼子鳥 423
よふね 夜舟 316
よべ 昨夜 121
よみ →冥土 360
よみち →道 46
よむ 数む 98
よむ 詠む 325
よむ 読む 328
よめ 嫁 383
よも 四方 86
よもぎ 蓬 415
よもすがら →夜すがら 130
よよ 世々 123
よりあう 寄り合ふ 301
よる →頼る 199
よる 縫る 249
よる 寄る 301
よる 夜 129
よるひる 夜昼 119
よるべ 寄るべ 341
よろい 鎧 364
よろこぶ 喜ぶ 203
よろし 宜し 162

よろずよ 万代 97
よろぼう よろぼふ 305
よわ 夜半 131
よわい 齢 354
よわし 弱し 171
よをいとう 世を厭ふ 178
よをすつ 世を捨つ 178
よをそむく 世を背く 178

●ら行

ら 羅 243
らい 雷 33
らいごう 来迎 371
らいせ 来世 360
らっか 落花 394
らでん 螺鈿 287
らん 蘭 415
らんかん 欄干 60
ランプ 洋灯 138
らんまん 爛漫 396
りきゅう 離宮 70
りく 陸 41
りっぱ 立派 165
りゅう 龍 361
りゅうすい 流水 56
りゅうせい 流星 4
りょう 両 91
りょうて 両手 234
りょうらん 繚乱 176
りょうり 料理 262
りんえ 輪廻 373
りんき 悋気 218
りんじゅう →限り 85
りんじゅう 臨終 356
りんどう 龍胆 415
りんね 輪廻 373
るすばん →宿守 264
るり 瑠璃 49
れい 霊 357
れいげん →験 367
れつ 列 299
れんが 煉瓦 285
れんが 連歌 325
れんげ →蓮 413
れんだい 蓮台 371
ろ 炉 141
ろ 艪 318
ろう 廊 271
ろうかく 楼閣 70
ろうじょ →嫗 386
ろうじん →翁 382
ろうじん 老人 353
ろうそく →燭 138
ろうたし らうたし 160
ろうや →牢 349
ろく 六(のつく語) 93
ろくがつ 六月 93
ろくどう 六道 373
ろくろ 轆轤 286
ろだい 露台 271
ろんずる 論ずる 332

●わ行

わ 和(日本) 72
わ 吾 391
わか →歌・言葉 325
わかがえる →変若つ 352
わかくさ 若草 402
わかし 若し 352
わかしゅ 若衆 382
わかな 若菜 260
わかなつむ →菜摘む 278
わかば →葉 405
わがみ 我が身 221
わかめ 若芽 400
わかやぐ 若やぐ 352
わかる 別る 307
わかれじ 別れ路 308
わかれみち →蜘蛛手 48
わき 脇 222
わぎえ 吾家 266
わきみ →外目 233
わきみち →避道 47
わぎも 吾妹 385
わく 湧く 56
わく 分く(進む) 294
わく 分く(理解) 336
わくご 若子(男) 382
わごん 和琴 321
わざ 業 290
わさび 山葵 260
わざわい →禍罪 348
わし 鷲 423
わずか 僅 99
わずらう 煩ふ 215
わずらう 患ふ 354
わすられぬ 忘られぬ 339
わずらわし 煩はし 213
わする 忘る 339
わするな 忘るな 339
わすれぐさ 忘れ草 339
わすれぬ 忘れぬ 339
わすれみず →いさら井 54
わせ 早稲 276
わた 海 63
わた 綿 248
わたいれ 綿入 243
わだつみ 海神 63
わたどの 渡殿 70
わたり 渡り 60
わたりがわ →三途の川 360
わたりぜ 渡瀬 60
わたる 渡る 295
わたる 渡る(飛ぶ) 417
わな 罠 283
わに 鰐(鮫) 430
わびし 侘びし 206
わびなき 侘び鳴き 147
わびびと 侘び人 206
わぶ 侘ぶ 206
わら 藁 401
わらう 笑ふ 204
わらじ →草履 254
わらび 蕨 260
わらや 藁屋 265
わららか 205
わらわ 童 388
わらわごと →話しぶり 331
わりご 破子 263
わる 割る 177
わるい →悪 347
わるぐち →中傷 331
われ 我・吾 391
われもこう 吾木香 415
わろうだ 円座 302
わん 椀 263

凡例

■**構成**　五音七音表現（「五七語」と呼ぶ）を二十の分野（4頁）に分け、以下の順で分類した。
①漢字一字（白抜き文字）、②大見出し（【　】付き太字）、③小見出し（太字）。
見出し語とほぼ同じ意味の言葉を含む五七語も一緒に分類し、関連する五七語や固有名詞を含む五七語などは、「／」のあとに（五音七音の区別なく五十音順で）並べた。

■**巻頭の五十音索引**には全ての見出し語を収め、個別の語からも引けるようにした。

■**見出し語**　見出しは主に文語でたて、ほんの少し注を補った。見出し語の意味については、『大辞林』や古語辞典等を参照されたい。

■**音数**　五七語は五音と七音の群に分け、それぞれ五十音順に並べた。●印が境目となる。
字余りの六音は五音群へ、八音は七音群へ入れた。拗音（ゃ・ゅ・ょ等）は数えず、撥音（ん）、促音（っ）、長音（ー）は一音として数えた。

■**表記**　漢字は現行の字体に改めた。歴史的かなづかいはそのまま引用した。ふりがなは引用文献（431頁）にあるふりがなを踏襲し、他にも適宜付けた。ふりがなは現代かなづかいに改めた。見出し語の漢字と同じ読み方をする場合はふりがなを省略した（つまり、ふりがなが付いていない五七語は、見出し語と同じ読み方で読むことになる）。

■**語数**　引用した五七語は約五万。うち約一万は二箇所に分類したので、延べ数は約六万となる。

月

【月】入る月の　海の月　江の月に　神と月　君は月　冴えよ月　深夜の月　すむ月に　月入れたる　月うすき　月小田を　月落ちて　月清し　月きよみ　月くらく　月寒し　月代に　月すみて　月ぞうき　月たけて　月なれや　月にあそべ　月になく　月に映え　月に恥ぢて　月の色に　月の顔　月の澄む　月のせて　月の船　月の前　つきのむまや　月は淡く　月は老い　月運ぶ　月は船　月はよし　月人の　月ひとり　月ふくる　月見めと　月も見つ　月も見で　月宿る　月雪を　月を入れて　月を帯びて　月を思ふ　月を籠む　月を挟む　月を吹いて　月を見し　月を良み　月読の　照る月も　花に月　昼の月　冬の月　窓月　水の月　よべの月に　夜半の月　涼月は

●あかでも月の　秋田の月に　秋夜月　浅茅の月の　雨気の月の　天ゆく月を　あらしに月の　いさよふ月に　出づるは月の　出で来る月の　入りぬる月の　いるさの月に　うかぶ月かな　憂き世に月の　薄い夕月　うつろふ月を　うわさ聞月　落ちたる月の　をのへの月に　姨捨の月に　朧に月は　隠るる月を　かたぶく月に　神代の月も　枯野の月は　川づらの月　かはのせの月　かはらぬ月の　寒谷の月　けふ月のわに　けふの月かも　きりふる月に　雲居の月は　心と月を　こずゑの月に　木の間の月に　孤峰の月を　こよひの月を　さえたる月は　里には月は　里分く月の　さやけき月を　更科の月　山月は寒し　三秋の月　しづまる月の　しのゝめの月　霜夜の月を　春王の月　白毛の月の　白き月をも　新月の色　新秋の月　すごき寒月　澄める月かな　千秋の月を　底まで月の　空ゆく月も　旅こそ月は　旅なる月の　月出しこそ　月いでまじる　月いと明かき　月入る山も　月おし照れり　月落ちかねや　月おもしろし　月海上に　月傾きぬ　月かも君は　月清ければ　月きら〳〵と　月こそ色は　月こそ草に　月さへあやな　月さへさやに　月さえわたる　月さしいでゝ　月さむしとや　月さゆる夜の　月しなければ　月斜窓に入る　月冷じく　月すゝり泣く　月すむうらを　月すむ空に　月すむまじと　月すむ峰の　月ぞうつろふ　月ぞ傾く

月ぞくもらぬ　月ぞ氷れる　月ぞこよなき　月ぞさしそふ　月ぞすみける　月ぞと思へど　月たけのぼる　月だにすめる　月近づきぬ　月とぞみまし　月と空とは　月と花とを　月と水との　月なき頃の　月なき空に　月にあそべば　月にあまぎる　月に歩めば　月にあらそふ　月に現はれ　月に歩きて　月に寝ぬらむ　月にうかべる　月に打つ声　月におぼゆる　月に霞みて　月にきこゆる　月に雲なし　月にけちぬる　月に木の葉を　月にしづまる　月に沈める　月にぞたのむ　月にたづぬる　月に戯れ　月にとどめて　月にとはばや　月に泣いたは　月になれぬれ　月に一声　月に舞はばや　月にみがける　月にむかひて　月にもきかぬ　月に夜がるる　月の明かきに　月のあかき夜　月の価は　つきのあなたに　月のありかを　月の庵に　月の出で潮の　月の色にも　つきのうへより　月の兎と　月の遠かた　月の顔のみ　月の隠るる　月の桂も　月の通ひ路　つきのきぬをば　月の隈をば　月のさゞめく　月の清けさ　月の沈を　月の空なる　月のなきには　月の鼠も　月の船浮け　月のまへにて　月のまよひに　月のみぞすむ　月のみ舟は　月のみ満てる　月の都の　月の宮にぞ　月の宮人　月の見るらむ　月の行方を　月の夜声の　月の夜ざらし　月の夜念仏　月のよ舟の　月徘徊す　月はいづみの　つきはうみにぞ　月はうらみじ　月はかくさじ　月ばかりこそ　月は雲居を　月は曇らぬ　月はさびしき　月はすむらむ　月はすめども　月はつれなき　月は照るらし　月は冬こそ　月は見るやと　月は昔に　月は物思ふ　月は移りぬ　月は玲瓏　月人壮子　月ふき返せ　月吹すさむ　月ほのかすむ　月見る秋は　月見る咎に　月見る宵の　月もある世に　月も恨めし　月もえならぬ　月も通ひて　月も仮寝の　月も心の　月もこそ入れ　月もすみけり　月も手に宿る　月もとへかし　月もにほひに　月も野守の　月もはづかし　月もひとりぞ　月もみどりの　月も宿らぬ　月諸共に　月やすむらむ　月やたどらん　月宿れとは　月や昔の　月ややつさん　月ゆゑ惜しく　月雪花の　月より西の　月よりほかの　月をあはれと　月を哀み　月を入れまし　月を教へん

月ををしとや　月を帯びたり　月を懸けたり　月をかたしく　月を恋しと　月を離りて　月をさやけみ　月をしたひて　月をすくひつ　月をたゝへて　月を友にて　月をのむかと　月をはるかに　月をまくらの　月を見顔に　月をみぎはに　月をみるくれ　月をむかふる　月を翫び　月をもてなす　月をも賞でじ　月を雪かと　月をよせくる　月をわするゝ　月片寄るも　月読壮子　つめたき月に　露けき月に　照りゆく月し　照る月を見て　中空の月　ながむる月も　夏の夜の月　なれにし月も　なれ行く月や　にしきや月の　葉がくれの月　端山の月は　遙かに月の　春の夜の月　晴あがる月　ひとりぞ月は　鄙にも月は　舟にも月の　冬の夜の月　故郷の月　ふるみちの月　茅店の月　ほの見し月の　深山の月に　むかへば月に　村雲の月　めづる月かな　もの言ふ月に　やすらふ月ぞ　宿かる月も　宿れる月の　山の端の月　夕月のかげ　ゆふ月の空　夜長の月の　よな〳〵月は　よもぎふの月　よもぎが月を　夜渡る月に　夜半の月かな／桂楫　桂のかげは　金鏡の　広寒宮と　擎ぐる珠は　ささらえ壮子　嫦娥を見る　満ち欠けしける　爛たる銀盤

三日月　月ほそき　月繊し　若月の　弓はりの●片割月は　初弦の月は　ただ三日月の　月の眉開く　月を二日の　天に張り弓　細き二日の　三日月のうみ　三日月の空　若月見れば　三か月わかじ　弓張の月　わけん三日月　われて光を

望月［満月］　明月は　望月の　望の日に　望の夜の●望月の影　望月の駒　望月の頃　もちにもあらぬ

十五夜　十五夜降ち●三五の月　三五の初　三五夜中の　三五夜半の　八月十五夜

有明（月が空に残りながら夜が明けること）　暁月の　有明の　月残る●有明づくよ　有明のころ　有明の空　有明の月　有明行けば　さ さで有明　残月を掛け　月一痕を　月ぞ残れる　残りの月に　のこる有明

【漏る月】　庵にもる　木の間洩る　月もらぬ　もる月を●月ぞこぼるゝ　月ぞもり来る　月にもらせて　月の洩りくる　月のもるをも　月もらぬまで　苫洩る月の

閨洩る月が　軒もる月の　もらぬ木の間も　漏らん月をば　もりくる月の　もれいづる月の　宿漏る月は

【隈無し】月の光のかげりがない。すみずみまで暗い所がない　あまりくまなき　くまなき月ぞ　隈なき月に　隈なき宵の　隈なく明かき　くまなくすめる　くまなくてらす　てらす隈々

【月待つ】月にまち　月待つと●月のまちいで丶　月は待たぬに　月待ちがたき　月待つ里を　月待つ波の　またるる月の／座待月　臥待の月

【月夜】朝月夜　月夜よし　月夜さし　月夜よみ　夕月夜●暁月夜　秋の月夜の　有明の月夜　卯の花月夜　朧月夜の　きよき月夜は　今宵の月夜　桜月夜　咲ける月夜に　十二月の月夜　月夜烏は　月夜飽きてむ　月夜さやけし　月夜に比へ　月夜を清み　照りし月夜を　照れる月夜に　望の月夜も　暮月夜かも

星

【星】歳の星　星おほみ　星かげの　ほしきよき　星月夜　星の色　星の影の　星の恋　星の夜の　星は少に　星晴て　星村に　星もなし　見るほしの　若き星の●あまたの星の　逢はまく星の　いかなる星ぞ　雲間の星の　さやけきほしは　船底に星照る　星斗横たはる　空なる星の　空には星とぞ　大属星を　露星に似たり　名もなき星か　希望の星を　春の夜の星　日てる星てる　星か川辺の　星影輝く　星かとぞ見る　星きら〱と　星離り行き　星ぞのどけき　星の位も　星の林に　星の光に　ほしの降かと　星はかずなく　星は白波　星見えそむる　星見えぬまで　星を侵して　星を象る

北斗七星　七星　文星の　北斗の城●北斗の星の

昴　星はすばる●すばるかゞやく

夕星［金星］　夕づゝに●ゆふづゝ沈む　夕星の下に

明星［金星］　明星の　あかぼしの　暁星を　明星は●暁しるき星　明星のかげ　大将軍星　明星やうやく

流星　落星の　流星　夜這星　流星も●さえて星飛ぶ　流らふ星も　流るる星の　星は流るらん　流星のみち

【天の川】天の河　天漢　銀河転じ　水無し川●天つ河かぜ　天つ河霧　あまつ川瀬に　天の川風　天の川岸　天の河路を　天の川瀬に　天の川波　天の川辺の　あま

のかはや(わ)は　天の河原(かわら)に　河漢(かかん)は澹(あわ)く／かささぎの橋　紅葉(もみじ)の橋を　安(やす)の渡(わたり)に　渡せる橋に

七夕(たなばた)・星合(ほしあい)　星合の　ほしあふ(う)を●逢へる(あえ)たなばた　天(あま)つ星合ひ(ほしあい)の　けふ(きょう)七夕に　たなばたのあふ(う)　七夕祭(まつり)　七日(なぬか)にほしの　七夕(なぬかのよ)のみ　星合ひ(ほしあい)の影(かげ)も　星合の空に　星合みる人　星の契(ちぎ)りと　星の祭りを／行(ゆ)き逢ひ(あい)を待つ

天(あま)つ星(ほし)　あまつぼし　二星(ふたぼし)の●天つ星とぞ

織女(おりひめ)　織女(たなばた)の●空には織女(たなばた)　織 女(たなばたつめ)と

彦星(ひこぼし)　牽牛(ひこほし)は●逢(あ)は(わ)ぬ彦星　犬飼星(いぬかいぼし)は　ひこぼしの空

空

【空(そら)】　大空(おおぞら)ゆ　空きよく　空暗き　空寂(さび)し　空なるに　空に散(ちる)　空に鳴る　空に満(み)つ　そらに見よ　空の海に　空のもと　空は貌(かお)　空はなほ(お)　空わたる　鳴(なく)そらの　濁(にご)り空(ぞら)　遙空(ようくう)を●あくる空には　曙(あけぼの)の空　あしたの空に　あとなき空に　天(あま)つ空なり　おきつる空も　おなじ空とも　思ひ(い)の空に　帰りし空も　かすみし空の　二月(きさらぎ)の空　霧(き)り立つ空の　曇(くも)りなき空　暮(く)れ行(ゆく)空は　声聞く空に　越路(こしじ)の空を　梢(こずえ)の空に　このごろの空　今宵(こよい)の空に　さえかへ(え)る空　五月雨(さみだれ)の空　寒き雪空(ゆきぞら)　さやかに空の　しぐるゝ(る)空も　首府(しゅふ)の大空(おおぞら)を　過(すぎ)し空合(そらあい)　千里(せんり)のそらも　そなたの空　空暗(くら)がりて　空漕(こ)ぎわたる　空さへ(え)色に　空さへ暮(えく)るゝ(る)　空さへ(え)さえや　空さへ閉(えとず)づる　空さへ(え)にほ(おう)ふ　空さへ(え)にくゝ(く)　空さりげなく　空静けなし　空澄(す)みわたる　空ぞすくなき　空だにかなし　天(そら)といふ(う)らし　空とほ(お)く見ゆ　空となるらめ　空飛ぶ鳥の　空と寄合(よりあ)ふ(う)　空な恨(うら)みそ　空なつかしみ　空なながめそ　空に跡(あと)なき　空に嵐(あらし)の　空に浮(う)きても　空に憂身(うきみ)は　空にかきたる　空にかよひ(い)て　空に聞(きこ)ゆる　空に着(き)すらん　空に消(け)ちてよ　空に消(け)なまし　空に声して　空に黄金(こがね)や　空にしを(お)れし　空にしらべの　空に知るらん　空にすがくも　そらにすむらむ(ん)　空にぞ秋の　空に漂(ただよ)へ(え)　空にとはば(わ)や　空に幣(ぬさ)とぞ　空にみだるゝ(る)　空にも深き　空の色さへ(え)　空のうらゝ(ら)か　空のかよひ路(いじ)は　空のけしきぞ　空の煙(けぶり)と　空のひとこゑ(え)　空のひやゝ(や)か　そらの待たるる　空の真洞(まほら)は　空の乱れに　空はきのふ(う)に　空は長閑(のどか)に　天(そら)は夕(ゆうべ)に

天象

空はれし日も　空も知られぬ　空もとどろに　空ものどかに　空もひとつに　空ゆく月も　空より落つる　空よりかゝる　空より花の　空を仰ぎて　そらをうたてと　空を恨むる　空を恋ひつゝ　空をだに見ず　空をながめむ　空をはるぐ〳〵　黄昏のそら　立出でん空も　旅なる空に　月すむ空に　月なき空に　月更くるそら　ながむる空は　ながめやる空　なごりの空を　涙や空に　初雪のそら　憚る空に　はるけき空に　はれたる空は　晴れゆく空に　光は空に　久方の空　ひとり空ゆく　ひまなき空に　更るよの空　更けゆく空を　へだつる空に　三日月の空　水なき空に　みぞれし空の　六月のそら　都の空の　村雨の空　山鳴空へ　闇なる空に　弥生の空の　ゆふぐれの空　夕立の空　ゆふ月の空　夕の空も　夕闇の空　ゆきあひの空　ゆきかふ空の　雪げのそらの　行くすゑの空　横雲の空

御空［空の美称］　み空行く●天つみ空は　みそらの色の　みそらのはてを　鷲よ御空を

虚空［大空］　虚空を　風大虚に　虚空飛ぶ●空虚に似たり　虚空に満てる　虚空を家と　むなしき空に

中空［空の中ほど］　中空に　半天に●さも中空に　中空にてぞ　なかぞらにのみ　中空の月　中空までや

碧天［青空］　蒼空を　碧羅の天●雁青天に　雁碧落に　雲碧落に　碧天を流る　みどりの空も

宇宙　森羅とは●宇宙をかける

【雲居・雲井】［空。雲］　雲居飛ぶ　雲居なす　雲居なる　雲ゐ吹　雲ゐまで　雲居より●天つ雲居を　おなじ雲井に　雲居雨降る　雲井隠れて　雲居とのみぞ　雲井ながらも　雲居に居たる　雲井にかけれ　雲居にしろき　雲居に高き　雲居に鶴の　雲居に月の　雲ゐに伝ふ　雲居に春ぞ　雲井にひとり　雲井に人を　雲ゐに吹て　雲居にまがふ　雲居に見ゆる　雲井の雁の　雲居の桜　雲居の月は　雲居のよそに　雲井はるかに　雲居よりこそ　雲井をかけて　雲井をさして　くもゐをわたる　月は雲居を　主は雲井に　晴れぬ雲居に

【天】　天翔り　天降る　天そそり　あまつたふ　天飛ぶや　天の海に　天の原　海天を　水天は　素秋の天

天涯に　天際の　天を涵し　暮雨の天　涼天を●天がけるらん　天路知らしめ　天路は遠し　天つかり金　天つ霧かも　天つ印と　天照る月も　天飛ぶ雁の　天飛ぶ雲に　天の露霜　天のと渡る　あまの原なる　天ゆく月を　天なる雲雀　天にありとも　天に飛びあがり　天の鶴群　天の門ひらく　天の遙けく　天の八重雲　天より雪の　天に連る　天に聴せつつ　満天の雪

日

【日】　天津日の　うつる日も　海の日の　木洩日の　ちかき日を　照す日は　日輪の　日遅々　日うらうらと　日ぞをしき　日に向ひ　日をさへし　日を焼きて　扶桑の日●あからひく日の　うつれる太陽　てる日雨の夜　照日にぬれし　照る日の暮れし　照れる春日に　早き日の脚　日てる星てる　日に炮られて　日にむかひ咲く　日にむかひ立つ　日にむされたる　ひのありかをば　日のちひささよ　日の行く道の　ひはかたぶきぬ　日は菅の根に　日は照らせれど　日もさし出でぬ　日もやゝうすく　日をおほひきて　円き日輪／金烏東に　金烏涌きて

【朝日】　朝づく日　朝日かげ　朝日さす　朝日照る　朝日なす　朝日待つ●朝日をろがむ　あさひさすめり　朝日にあたる　朝日にならぶ　慈氏の朝日は　初陽潤へり／出づる日ごとに　出る日の　出る日の色

朝日子［朝日］　朝日子が●朝日子あかく　朝日子の玉

【夕日】　夕づく日　夕映えて　夕日うつる　夕日影　夕日なす●朝日夕日の　うつる夕日の　させる夕日の　冷たき夕日　照れる夕日の　夕日あかあか　夕日隠りぬ　夕日かたぶく　夕日さすらむ　夕日さびしき　夕日の岡に　夕日の濃さよ　夕日の野には

夕陽　残陽を●鴉背の夕陽　夕陽の中　夕陽の凪　夕陽の前　まだ残る日の

舂く［夕日が傾く］　舂きて

斜陽　斜陽を帯び●斜日の鳴蟬　斜陽の色を

入日　入日さす●入日影かも　入日さす見ゆ　入日すずしき　入日にちかき　入日のかげは　入日のきはに　入日もしろし　入る日を洗ふ　入る別知らぬ　日の入りぬれば　日の入ときの　窓の入り日を／くるゝ日に

暮れぬる日かも　日没に　落日の　落暉を送る

【照る】　こよひてる　咲き出照る　高照らす　照らすらめ　照らせども　照り曜き　光りたりと　照りもせず　照る月も　照る日にも　照る火にも　照るまでに　山照らす　世を照らし●遅く照るらむ　清く照るらむ　氷をてらす　ここだ照りたる　下葉を照す　しばしとてらす　底までてらす　月は照るらし　照しあひたる　てらしぬきける　照らずともよし　てらすをみよや　てりつくす哉　照りつつもとな　照りて立てるは　照はたゝける　てる月影に　照る月浪を　照る月夜かも　てるは白雪　照れる橘　徹り照るとも　鶏冠を照らす　野上を光す　早も照らぬか　遙に照せ　ほのかに照らす　みちもてるまで　水底照らし　紅葉照そふ　闇世を照らす　雪に合へ照る　ゆめ路をてらす

押し照る　一面にくまなく照る　押し照るや●月おし照れり　照渡りぬる　照わたるなり／直照りに　直照りにして

日照り　照り年の　てりまさる●照りまさりけり

下照る　花の色などで木の下が美しく照り映える　下照る庭に　したてるばかり　下照る道に

【晴れ】　雨晴れの　雨はるゝ　うち晴し　気霽れては　梅雨晴れの　はるゝかと　晴るる夜の　晴れ曇り　霽れずとも　晴れずのみ　晴にけり　はれぬ夜の　晴れぬらむ　晴れぬれば　晴れやらず　星晴て　闇晴れて　雪はるゝ●あらしに晴るる　いつか晴るべき　入るかた晴るる　きよく晴ゆく　霧晴れ行かば　雲晴れ退きて　雲はれ行て　梢に晴るる　時雨晴るれば　空はれし日も　晴るけしもせじ　春は晴れせぬ　はるゝ気色も　晴るるときなく　晴るれば曇る　晴あがる月　晴れざらめやは　晴れじとぞ思ふ　晴れずもあらなん　晴れせぬ嶺の　晴れせぬ闇の　はれたる空は　晴つづくらし　晴れてくもれば　はれてしみれば　晴れぬ朝の　晴れぬかぎりは　晴れぬ雲居に　晴れぬながめに　晴れぬ日数の　晴れぬ山里　晴ればやがてや　晴れ行く跡は　はれ行からに　晴れゆく空に　都は晴れぬ　闇は晴れにき　夕だち晴の／ほがらかな

晴間　雨がやんでいる間。雲の切れ間。悲しみや悩みがとぎれた時　はるゝまも●小止む晴れ間の

晴るるまもなき　はれ間もあれな　はれ間もしらに　晴れ間も待たぬ　晴れ間も見えぬ　晴間やまちし

日和　ひよりぞと●俄日和に　萩刈日和　日和がへしに　日和づゞきを　ひよりよろこび

【麗】［うららか］　うららと　麗かさ　日遅々　日うららうらと●うらゝかならむ　うららかなれや　うらゝにさして　こぼす麗　空のうらゝか　日は麗らかに

【気】　天気のこと　夜気は清く●雨気の月の　寒気のゆりし　夏の空気が　涼気浮びたり／過し空合

【陽炎】　かぎろひの　陽炎の●陽炎ひわたる　野に炎ののぼる陽炎　見えしかげろふ　山の陽炎

遊糸［陽炎］　遊ぶ糸の●あそぶ糸遊　むすぶ糸遊

野馬［陽炎］　野馬吹きて●看るに野馬なく

【朧】　朧なる●朧朧に　朧なりとも　朧に月は　おぼろに見えし　おぼろにみゆる　おぼろの清水　朧ぼろ〳〵

朧夜［おぼろ月の夜］　おぼろよに●朧月夜の　春のおぼろ夜　まづ朧夜の

【曇る】　上陰り　くもらぬを　くもらねば　曇りなう　曇り日の　曇り夜の　曇るべき　くもれかし　曇れゝど　さし曇り　霜ぐもり　空曇り　立曇る　花ぐもる　晴れ曇り●朝曇りせし　うす曇せり　うすくもる日を　うつるも曇る　今日もくもれり　清く曇らぬ　くもらぬ雨と　曇らぬ宵を　曇らば入りね　曇りあひつつ　くもりがちなる　曇り曇らず　くもりつゞくは　曇なき日の　曇りなりけれ　くもりに立てり　曇りぬぐへば　曇りはてぬる　くもりもはてぬ　曇るさへこそ　曇るときなく　くもると見しは　曇ると見れば　くもるともなく　曇る日傾く　桜にくもる　しばしくもらむ　しばし曇りて　すずしくくもる　空うち曇り　散りかひくもれ　月は曇らぬ　晴るれば曇る　晴れてくもれば　雪げにくもる

天霧る　雲・霧などがかかって曇る　天霧らひ●あまぎる霞　あまぎる波に　あまぎる雪の　月にあまぎる

かき曇る　雲や霧などにおおわれて空が急に暗くなる　かき曇り●かきくもる日は　空かきくもり　山かきくもり

との曇る　との曇り●との曇りのみ　との曇る夜は

天象

光

【光・光る】 陰光 逆光の 雲光る 洲に光る 高光る 名やひかり ひかりありとひかり出でん 光失する 光多し 光そふ光りたり 光なき ひかりにて 光待つ 光り満ちて光るなる 光るまで 火の光り 星の光 舞ふ光 光明に 眼の光●あかぬひかりを あくる光に 一縷の光緒さへ光れど かけし光を 幽かに光る 風の光りの川の瀬光り 観音光を 今日の光と 怪しく光りし剣の光は 金色の光 しろう光れる 石火の光 袖に光の 近く光りて 千々の光は 千代の光を 尽きぬ光の露の光も 門渡る光 永久の光に のちのひかりと 野の外光に 野は光るなり 春の光を 晩夏のひかり 光あらはせ 光りいざよふ 光得て澄む ひかりをしまず 光かくれし 光重ぬる 光消なくに 光ことなるひかりこなたに 光さへそふ ひかりさしそふ 光さやけき 光すくなき ひかり澄み果てし ひかりぞあきの ひかりそへたる 光つらぬく 光とどめず 光乏しき 光なきをも 光なくとも 光なるらむ 光にい往け 光に来ませ 光にくれぬ 光にぞ見る 光にちかき 光に泣きし 光に見ゆる 光にむかふ ひかりのどけき 光のまにも 光のみなる ひかりばかりに 光は清く 光は空に 光はそはぬ 光はなちけむ 光まちとる 光待つ間の 光まばゆく 光迷へり 光見えけり 光り満ちたる 光見ゆやと 光見む間を 光も失せぬ ひかりも薫る 光も変る ひかりもすゞし 光もぬるる 光やは見し 光りゆらめく ひかりを仰ぐ光を争ふ 光を変ふる ひかりをかはす 光を交はせ光を清み 光を慕ふ 光りをそへて 光を包む 光をぬける 光を放つ 光をはらみ ひかりをまちて 光りを磨く 光を見れば ひかりを分けて ひかるさゞなみ ひかる塊 光れる田水葱 帽子の光り 寂滅の光真さをに光る 丸くひかるは 山里の光 山した光りやみもひかりも 夕うすひかる 雪の光に 世の光にや夜光りけむ 若葉の光

月の光 月光の 清光は 蟾光は 月に映えて 月湧きて 冷光の●清き光 銀光溢れて 月華を帯びて

月光円かなり　白毛の月の　清光を望む　月さしいでゝ　月さすかたに　月ぞさしそふ　月ぞ流るる　月立ち渡る　月のしたたり　月の光の　月も光ぞ　ひかりや月のわれて光を／金龍流る　金龍なるか　碧浪金波

月の霜［月光］　月の霜かな　月は霜に似て　夏の夜の霜

日の光　木洩日の　日の光●秋の日向も　照る日の光　日光を吸ふ　日光反さず　日は午に中たり　眩ゆき白光　夕日にひかる／金の波　玉のつや

【影】［光］　影あれば　影うすみ　影さえて　影さむき　影すみて　影とめし　影ばかり　影見えて　かげみれば　影よわき　影わけて●かげしらみぬる　影しらむそら　影すさまじき　影ぞあらそふ　かげぞさびしき　かげぞ寒けき　かげぞすゞしき　影ぞながるゝ　かげぞ待たるる　影ぞむかしの　影無からんや　影に競ひて　影にてしるし　影に鳴くらむ　影のさやけさ　影の散来る　影のどかなる　かげのながるゝ　影は澄みけり　かげはとゞめず　影翻る　影見し水ぞ　影みだれゆく　影もかきくらし　かげもくもらぬ　影ものどけし　かげやとまると　影や見ゆると　影やはらぐる　かげをこそ思へ　かげを友にて　影をば見れど　かげを都に　傾く影を　曇らぬ影も　こたへぬ影ぞ　さし入る影の　すめばや影の　繊影斜　底なる影に　照射の影に　日吉の影は　ほたるの影も　望月の影　やや影寒し

月影［月の光］　月影に●秋の月影　跡の月影　出づる月影　出し月影　影おく月や　桂のかげは　小簾の月影　里の月影　さゆる月影　しらむ月影　澄める月かげ　袖の月影　つきかげ落ちて　月かげ清し　月影くらき　月影さむし　月かげしづく　月の影見ゆ　てる月影に　床の月影　庭の月影　閨に月影　ねやの月影　のこる月かげ　日影月影　ふるは月影　みがく月かげ　見ゆる月かげ　宿る月影　夜半の月影　分くる月影

日影［日の光］　朝日かげ　日かげさす●いづる日影を　かすむ日影は　昨日の日影　さしくる日影も　さすや日影の　ながき日影の　庭の日影も　はるの日影の　春のひの影　日影は軒に　日かげほのめく　日影も知らで　日かげも添ひて　日影もにほふ　日影も見えぬ

夕影［夕日の光］　夕日影●入日影かも　夕光あかし
星影［星の光］　星かげの　星の影の●星合ひの影も　星
影輝く　星の影見ゆ　星の光に
かげろふ 光がちらちらする　かぎろひの　かげろひて●かげろふほ
どの　かげろふままの
【射す】　朝日さす　入日さす　うち日さす　さしそへ
と　さしふけて●あさひさすめり　入日さす見ゆ　う
ららにさして　さし入りたるも　さし入る影の　さしい
るねやの　さすにまかせて　さすや丘べの　さすや日影
の　させる夕日の　月さす窓に　ひかりさしそふ／かく
やくと射る　疎屋を穿ち
【透く】［すける］　透垣の　透かし視て　透きたれど
ほのすきて●艶に透きたる　霞よりすく　透きたるや
うに　透きて見ゆるに　玻璃を透て　光青透く　ほの
かに透きて　網膜を透く　文字を透すが
透影 物のすきまなどからもれる光・姿　透影に●透影もやと　御簾の透影
【虹】　立つ虹の　虹たちぬ　虹の橋　虹走る　虹めぐり
●虹うつくしく　白虹地に満ちて

【輝く】［古くは「かかやく」］　かゞやかし　輝やかに
光輝と　かゞやくや●かゞやかしつゝ　かゝやき初めし
輝きたりし　輝きたるに　かがやきにけれ　輝き渡る
かがやくごとし　キヤベツかがやく　蛍影耀き　月にか
かやき　籏のかゞやく　ひかりかゞやく　目も曜きて
燦く　煌砂●おくにきらめく　きらめきにけり　閃
閃たるは　月きら〱と　露きら〱と　花きらきら
し　星きら〱と／黒うまたたき
耀ふ　かがよひて●かがよふ珠を　耀ふ浪の　影にか
がよふ　月にまがよふ
【映る】　映りけり　うつるばかり　うつる日の　うつろ
ひて　月に映えて●うつしてぞ見る　うつるやまぶき
うつれる月の　うらにはうつる　影うつしつつ　影うつる
こそ　かげぞうつろふ　影を映せば　さやにうつろふ
底にうつれる　袖にうつれる　月ぞうつろふ　波にうつ
して　瞳にうつる
【明かし】［明るい］　明き夜は　明らけき　あかるみに
あきらかなる　あきらけき　明らけく　火を明かく

明々と●明してともせ　あかるき底へ　あかるき街を　あきらけき夜の　あきらけく見む　家もあかるく　いみじく明かく　隈なく明かき　月いと明かき　瞳あかるし　むかしのあかさ　若葉明るき

闇

【闇】　闇けくに　くらやみに　五月闇　常闇に　闇こめて　闇ながら　闇なるに　闇晴れて　闇深き●逢はでやみには　いかなる闇に　いざくらやみに　うき世の闇に　心はやみに　子の道の闇　このよの闇に　この世も闇の　子を思ふやみの　たすくる闇や　つきせぬ闇は　長き闇にや　晴れせぬ闇の　ふもとの闇を　やみこそ人は　闇とか言へる　闇なる空に　闇にうちこむ　闇に越ても　闇に越ゆれど　やみにしなれば　闇にぞあらまし　闇にふる身は　闇にまどへる　闇に見えまし　闇に見なして　闇にや妹が　闇の現は　闇のくらきに　闇のまどひに　闇のみに見つ　闇のみに見ゆ　やみはあやなし　闇は晴れにき　やみははれぬる　やみもひかりも　やみもまちあへず　闇世を照らす　闇をつくりて　やみを待つらむ　闇を破りて

つつ暗［真っ暗闇］　つつ暗に●真闇なれば　つつ暗にして

闇夜［月の出ない夜］　闇夜ならば　闇の夜の　闇夜なす●おしやる闇の夜　春の夜のやみ　闇夜にひとり

下つ闇［月の下旬の闇］　下つ暗●しもつ闇かな　下つ暗の此

夕闇　夕闇の　夕闇すぎて　夕闇なるに　夕闇の空

闇路［暗い道。迷い。煩悩］　いそぢの闇を　恋路のやみにしばし闇路に　後の闇路に　闇路に帰る

【暗し】　薄ぐらく　風暗き　暗からぬ　暗りて　くらがりに　暗きをり　暗き戸の　くらき夜の　暗より　暗きをも　暗うなりて　空暗き　月くらく　見れば目も昏　下暗き　憂暗の　夜はくらし　夜やくらき●あけがたくらき　跡を暗くして　陰影くらき　うへ暗からぬ　うすくらがりに　くらきかたにと　暗きに迷ふ　暗きまぎれに　暗き交に　暗道にぞ　くらき夜ごとに　暗まぎれにぞ　くらめにのみぞ　けぶりにくらき　下陰くらき　吸ふか暗き夜　月影くらき　にはかにくらき　のこるは暗き　春日も暗に　籬は暗き　水暗うして　道暗からず　やがてぞ暗す　わが道暗し

天象

冥[くらいこと] 冥色は 冥冥たり●冥濛として

【掻き暗す】雨雲が空を暗くする かき暗し かきくらす●掻暗がりて かきくらしつゝ かきくらし降る かきくらしゆく かきくらすかな かきくらす頃 かきくれて降る 影もかきくらし 空かきくらし

木暗し木が生い茂って暗い 木暗くて 木の暗に●樹の木の暗の 木暗かるらん 木暗き庭より 木ぐれが下の 木の晩こもり 木の晩茂に 木のしたくらく 木の下闇に

【陰・蔭】 陰ごとに 蔭しあれば 陰茂み 陰しめて かげなげて かげにゐて 陰ひろみ かげふかし 陰ふかむ かげもなし 花の陰 松蔭に ものかげに 森の蔭●いこふ松陰 一樹のかげの 陰影くらき おつるこかげの 陰茂りつつ かげだにぞなき かげたのむなり 蔭にゐながら 蔭に隠れぬ 蔭に留まらで 陰にふりにき 陰に道ふみ 蔭履む路の 陰よりも茂し 陰を覆ひて 陰をおちくる 陰をしげみや 蔭をしぞ待つ かげをたのみて 風のかげなる 草むらのかげ 木陰こひしき 木陰木かげを 木陰吹きはらふ 木陰をくだす 桜のかげに 新樹の蔭の 涼む木陰を そともの木陰 つらなる陰の なよ竹のかげ 楢の木蔭の 花のかげとも 花の木陰に 日蔭の霜の 日のかげぬるき ふせぎしかげの 松かげに君を 松の蔭にも 水陰に生ふる 萌葱のかげに 椰子の葉かげの

山陰 かげぞすみよき かげのいほりは 片山かげのかよふ山かげ 此所は山陰 拾ふやま陰 山陰すゞし 山陰にして 山下日蔭 山の常陰に 夜の山かげ

【影】 松影の●いかなる影を うつろふ影や 影うつりゆく 影に移りて 影にさかゆる 影にぞありける 影宿るらん 影よりほかに 影をしげみや 影をのみ見る 影さへ見えて 涼しき影を 剣の影に 晩影深し

雲

【雲】 赤き雲 雨雲に ゐる雲も 雲外の夜 咽雲の 風雲は 寒雲は 雲厭はず 雲居ねば くもうすき 雲かへり 雲隠り 雲霞 雲きえし 雲きらひ 雲きりの 雲裂けて 雲しづみ 雲千里 雲ちかく 雲とぢて 雲とのみ 雲と見え 雲に入り 雲にきく 雲につきて 雲に飛ぶ

雲になく　雲に馳す　雲にまがふ　雲にもがも　雲のゐる　雲の浪　雲の端　雲は海　雲離れ　雲はるる　雲光る　雲まよふ　くももみな　雲やたつ　雲や波　雲を凌ぐ　雲を踏んで　黒き雲　紅雲は　孤雲の外　曙雲の外　立つ雲の　稲雲と　粘雲に　風雲は　暮山の雲　夕雲の　夜の雲　乱雲の●秋寒雲の　あくれば雲や　朝ゐる雲の　跡なき雲の　嵐は雲と　いざよふ雲の　いづくの雲か　いづれの雲の　うごかぬ雲は　うすらぐ雲の　雲濤千里　雲裏の鐘を　かくせる雲に　かさなる雲や　函嶺の雲　きのふの雲の　けふも雲にぞ　雲居たなびき　雲ゐる島や　雲うちさはぎ　雲往来す　雲か隠せる　雲垣もなく　雲かくせども　雲隠りたり　雲隠り鳴く　雲がくれつつ　雲がくれにし　雲がくれぬる　雲岫を出づ　雲こそかをれ　雲こそなけれ　雲ぞしぐるる　雲たえなまし　雲たちのぼる　雲立ち渡る　雲とて風の　雲となびけり　雲となりけむ　雲となりぬる　雲とは花の　雲とびみだれ　雲飛びわたる　雲とまがひて　雲なかりせば　雲なき宵に　雲なへだてそ　雲にあらしの　雲に劣らぬ　雲にかりがね　雲に副ひて　雲にながむる　雲に鳴くなり　雲にはうとき　くもにほえけむ　雲にほたるの　雲にまがへる　雲にまぎるゝ　雲にやなると　雲のあはたつ　雲の折めの　雲のかけはし　雲のけしきは　雲の衣の　雲のちりゐぬ　雲の着くのす　雲の波立ち　雲の波わけ　雲のはたてに　雲の林を　雲の速さよ　雲の触りつつ　雲のまよひに　雲の水脈にて　雲の峰湧く　雲の行くなす　雲のよそにも　雲は桜に　雲は軒端を　雲は麓の　雲はやければ　雲晴れ退きて　雲はれ行て　雲万里にして　雲ふきはらふ　雲碧落に　雲ほびこりて　雲もかからぬ　雲も使と　雲もとまらぬ　くももはゞかる　雲も晴れぬと　雲も山田に　雲やかすみの　雲や渡と　雲を穿ちて　雲を駆け行く　雲をこふらむ　雲を望めば　雲をはかりに　雲を響かし　雲をも凌ぐ　雲を忘れず　けぶりを雲と　こごれる雲の　さみだれのくも　さ渡る雲の　繊雲の影　草樹の雲に　そなたの雲も　高嶺の雲の　漂ふ雲の　地平の雲の　月に雲なし　飛びゆく雲の　なけば雲ひく　なごりを

雲に　波やくもかと　にほへる雲の　濁つた雲の　峰に立つ雲を　のどけき雲の　初夏の雲　麓の雲に　隔つる雲の　ほのみし雲の　煩悩雲とぞ　まがひし雲ぞ　見ざりし雲の　水まさ雲を　峰延ほ雲を　無明の雲の　むらさきの雲　山の端の雲　夕居る雲の　白雨の雲に　ゆふだつ雲の　雪消の雲に　冷漠の雲

雲間（くもま）雲の切れ目（から見える青空）　雲間にて　雲間より●雲間にねざす　雲間の月の　雲間の星の　雲間の若菜　雲まも見えぬ

雲路（くもじ）空中の道。鳥や月などの通る道　雲路をば●雲路にさそふ　雲路に絶えて　くもぢにまどふ　雲路にむせぶ　雲路にわれも　雲路の波に　雲路まどはぬ　雲の通ひ路　孤雲の路に

青雲（せいうん）　青雲の　蒼雲は　碧雲は●青雲の上

彩雲（さいうん）ふちが美しく色どられた雲　彩雲の　彩雲を

薄雲（うすぐも）　薄雲は●花の薄雲　みねのうすぐも

八重雲（やえぐも）　八重雲の　八雲さす　八雲立つ●天の八重雲　雨のやへ雲　八重雲がくれ　八重たつ雲を　八重棚雲を

天雲（あまくも）　天雲の●天雲あへり　天雲翔ける　天雲霧らふ　あまぐもちかく　山の天雲

村雲（むらくも）にわかに群がり集まる雲　村雲や●雲の一村　雲ひとむらは　むら雲さむき　村雲の月　雪のむら雲　夜半のむらくも

旗雲（はたぐも）旗のようにたなびく雲　小旗ぐも●大旗雲の　豊旗雲に／雲ぞ棚引く　雲な棚引き　棚びく雲の　波雲の　布雲の

横雲（よこぐも）　横雲の●横ほる雲に　横雲の空　横雲わたる

霞

【霞】（かすみ）霞がかかる。物がぼやけて見えなくなる　朝霞　幾烟霞　うすがすみ　霞ゐる　霞敷く　霞立つ　かすみだに　かすみつゝ　かすみ晴れ　霞わけ

霞む江の　霞む夜は　かすめとは　かすめるを　春霞　ひと霞●秋もかすみの　朝がすみかな　跡も霞の　あまぎる霞　あやなし霞　幾重霞みぬ　入江かすみて　うすかすみつゝ　うち霞むかげ　うらよりかすむ　煙霞跡無し　煙霞の遠近　おくなほかすむ　遠かた霞む　遠近かすむ　おもふ霞も　霞まぬ波も　霞みあひたる　霞いろこき　霞湿ふべし　霞かをれり　霞かかれる　かすみがくれの　霞みかねたる　霞こめたる　かすみし空の　霞千里と　霞ぞおもき　かすみそめける　霞ぞめたる　霞立らし　霞棚びき　霞みたるらむ　霞みて

暮るる　霞と思へば　霞飛びわけ　かすみなれたる　かすみにあまる　霞に落つる　霞にからむ　霞に消えて　霞に暮るる　霞にけぶる　霞みにけりな　霞にしるし　かすみにそへて　霞になびく　霞に匂ふ　霞に残る　霞にまがふ　霞にむせぶ　かすみぬるかな　霞のおくに　霞のをちに　霞のきぬの　霞の気色　霞の衣　かすみの底にぞ　霞の袖の　霞の谷に　かすみの隙に　霞の深く　霞の紛れ　霞の間より　霞のみをの　霞花園　霞吹きとく　霞へだつる　霞へだてず　かすみへだてば　霞も霧も　霞も白く　霞みもやらず　かすみや空を　霞やまがふ　霞よりすく　霞分けつつ　霞み渡れる　霞を網に　かすみを見れば　かすみを分くる　霞むけしきに　かすむ空哉　かすむたかねは　かすむはおいの　霞むばかりの　霞む春かな　霞む汀に　かすむや名残　かすめどいまだ　かすめばかへる　霞める時に　かすめる波を　かすめる花の　雲やかすみの　今朝はかすみの　こむる霞と　これや霞める　衣手かすむ　さざ波かすむ　関のかすみに　絶えず霞の　月に霞みて　月ほのかかすむ　外山のかすみ　野辺の霞は　春霞立ち　春にかすめる　春の霞ぞ　春は霞の　ひとむらかすむ　ひとりかすまぬ　ひばらかすみて　檜原の霞　峰に霞を　峰のかすみは　やどは霞に　山本かすむ　夕のかすみ　行く人かすむ

霧

【霧】　秋霧に　朝霧の　薄霧の　川霧の　きりかをり　霧こめて　霧遠れり　霧の海　霧はるる　霧深き　霧まよふ　霧わくと　雲きりの　立つ霧も　山霧の　夕霧に●秋霧がくれ　秋立霧も　朝霧隠り　朝霧隠り　朝霧ふかき　あさ霧分くる　朝夕霧も　天つ河霧　天つ霧かも　磯の夜霧に　宇治の川霧　うすぎりなびく　かこふ秋霧　霞も霧も　鴨の河霧　川瀬の霧の　霧朽ちにけり　きりたゝぬまは　霧たちくもり　霧たちのぼる　霧立ち晴るる　霧立ち渡れ　霧り立つ空の　霧とびわけて　霧な隔てそ　霧に明け行く　霧に籠りて　霧にしをるる　霧に立ちつつ　霧に立つべく　霧に隔てられ　霧に惑へる　霧のはれ口　霧の深さよ　霧の籬は　霧のまよひは　霧晴れ行かば　きりふる月に　霧間に見ゆる　霧間を凌ぎ　霧やへだつ

る　霧わたる夜に　きりをわけてや　煙も霧に　声こそ霧に　こずゑ霧ふる　夕霧の人の　立朝霧は　立つ雨霧の　濃霧のなかに　野の霧くだる　初秋霧の　人をば霧も　隔つる霧の　まだ霧居れど　水の浮霧　峰の秋霧　峰の朝霧　見ゆる霧かも　八重たつ霧を　夕霧立ちぬ　ゆふ霧はれて　夜霧隠りに　夜ぎりのこりて　夜霧の立ちて　夜霧は立ちぬ　四方の秋霧／こさふかば

【霧る・霧らふ】霧がかかる。かすむ　うちきらし　かき霧らし　霧りふたがる　たな霧らひ●天雲霧らふ　池さへきるぞ　いみじう霧りて　霞にきらふ　川そ霧らへる　霧らふに見れば　霧りこめてけり　霧り渡れるに　西日にきらふ　ほのへきりあふ　穂の上に霧らふ　水底霧りて　峰なほ霧ふ　よく霧らふらし／たちこむる

露

【露】雨露の恵み　置露に　菊の露　菊の水　草の露　楠の露　末の露　露おもみ　露重る　つゆこほり　露ごとに　露時雨　露のおく　露の音　露の散る　露の間に　露の宿　露の世に　露深き　露むすぶ　露よりも　露を重み　野辺の露は　萩の露●暁露に　浅茅が露に　いづくの露の　稲葉の露に　おきゐたるつゆ　置く露寒み　籠に露おく　かしは木のつゆ　風待つ露の　消えあへぬ露の　草葉の露の　暮るれば露の　今朝の露かな　巨海の涓露　小篠の露の　小萩が露の　しげくも露の　しのに露ちる　すゑ葉の露に　桑葉の露　ちふの露原　ちるほど露の　翼の露に　罪をも露に　露いたゞかむ　露うちゝらし　露うち払ひ　露負へる萩を　露おきそふる　露おき揃ふ　つゆおもげなる　露がのぼれば　露消えはてし　露きら〱と　露くだるころ　露こそ花に　露こぼるらん　露滋くして　露しとしとと　つゆしのぎつゝ　露深々と　露ぞ色づく　露窓前に　露ぞおき添ふ　露ぞおくなる　露ぞくだくる　露ぞこぼるる　つゆぞすゞしき　露ぞ乱るゝ　つゆぞ身にしむ　露と消えけむ　露と答へて　露なかりせば　露にあらそふ　露におきゐる　露に競ひて　露にしをるゝ　露に鹿鳴いて　露に匂へる　露にぬれつつ　露にもあてで　露にやつるゝ　露に酔てや　露のあけぼの　露のあだ名を　露のうつくし　露の置くにや

露の数そふ　露のかなしさ　露残らじと　露のさかりを
露の下荻　露のたばしる　露のたまづさ　露のちらまく
露のなさけは　露のにほひの　露のはかなく　露の光も
露の深さを　露のふるさと　露のむしろに　露の宿りに
露のゆかりを　露のよすがを　露のわかるゝ　露はおき
けり　露は香しく　露は染めける　露払ふべき　露は
別れの　露吹きたてて　露ふみしだき　露星に似たり
露むすぼれて　露も霰の　露も置くらん　露も草葉の
露もたまらず　露もつ苔路　露ものこらず　露もまだ
ひぬ　露や置くらむ　露や乱れん　つゆよりあまる　露
よりけなる　露わけ来たる　露分衣　露わけわぶる
露をかけつつ　露を形見に　露をたづぬる　露を分けつ
つ　鳥辺野の露　なごりの露に　撫子の露　菜の葉の露
の　にごらぬ露に　軒端の露の　野草の露は　野もせの
露に　葉末の露の　蓮の露に　花のつゆそふ　羽におく
露の　ひかげの露に　人より露の　風露も清く　ふかく
さのつゆ　まさごの露を　まだ露深し　まだひぬ露に
道芝の露　村雨の露　行くすゑの露　夜深き露に　よも
ぎが露に　分けゆく露に／吹きむすべども

朝露　朝露の●朝露負ひて　今朝の朝露　春の朝露

夕露　夕露に●秋の夕露　庭のゆふ露　野べの夕露　夕つゆしろき　夕露すゞし／つゆの夕ぐれ

白露　白露と　白露の●おける白露　菊の白露　白露おもみ　白露とのみ　白露は清く　見ゆるしら露

白玉・玉［露］　玉越えて●朝日子の玉　糸に玉ぬく　草葉ぞ玉の　瀬見れば玉ぞ　玉ゐる露の　玉こき散らす　玉ぞちりける　玉ちる野べの　玉のありかも　露の白珠　ぬくる白玉　乱るる玉は　持てる白玉／露のぬきこそ

下露 草木から落ちる露　下露に●霧のしたつゆ　木の下露は　萩の下露　まきの下露　松の下露　杜の下露　山下露に

上露 葉の上におく露　菊の上の露　萩の上露　花の上の露

【**露けし**】つゆにぬれてしっとり。涙がちである　露けきは　露けさを●いとど露けき　うたてつゆけき　をざさつゆけき　露けからまし　露けき秋の　露けき月に　露けき庭に　露けき花に　露けき春を　露けき道を　露けきさまさる　花も露けし　ひとりつゆけき　深く露けき

天象

雨

【雨(あめ)】 雨打(う)ちて 雨きて 雨過ぎて 雨足(た)りて 雨に濡(ぬ)れて 雨の脚(あし) 雨のくれ 雨の夜(よ)の 雨は降(ふ)る 雨晴(は)れて 雨降(ふ)らば 雨催(あめもよ)ひ 雨を浴(あ)み 雨を帯(お)び 雨を截(た)ちて 雨を含(ふく)む 雨露(うろ)の恵(めぐ)み けふ(きょう)は雨 寒き雨は 残雨(ざんう)の裏(うち) とらが雨 夏の雨に 降雨(ふる)に もる雨の 落梧(らくご)の雨 蘆花(ろか)の雨を●あしたの雨の 雨気(あまけ)の月の あまごひ鳥の 雨痛く降(ふ)り 雨うち降(ふ)れば 雨おつるみゆ 雨おとづれて 雨こぼれきぬ 雨さへ繁(しげ)き 雨静かなる 雨ぞ降(ふ)り来(く)る 雨ときこえて 雨とこそふれ 雨と降(ふ)るらん 雨な降(ふ)りそね 雨ならぬ名の 雨に劣(おと)らず 雨にくれそふ 雨に消(け)さるゝ 雨にしをるる 雨に時(とき)めく 雨になやむに 雨にぬからず 雨に濡(ぬ)れたる 雨には着(き)ぬを 雨にまされり 雨にも田子(たご)は 雨の青葉(あおば)に 雨のあさかぜ 雨のあしこそ 雨の洗(あろ)うて 雨の打つ時 雨のおとづれ 雨のかへしは 雨のくれがた 雨のこるらん 雨の淋(さび)しさ あめのときけば 雨の名残(なごり)の 雨の日を来(こ)し 雨の降(ふ)る夜(よ)を 雨の交(まぎ)れに 雨のまゝにも 雨のやへ雲(えぐも) 雨の夕暮(ゆうぐれ) 雨は痛(いと)う降(ふ)る 雨は撲(う)つらむ 雨は蕭蕭(しょうしょう) 雨は白くして 雨はそめけり 雨は斜(なな)めに 雨は降(ふ)りきぬ 雨は夜(よ)の間(ま)の 雨はわきても あめふらばふれ 雨降(ふ)りしむる 雨降(ふ)りすさむ 雨ふりぬべし 雨ふる河の 雨ふる杪(こずえ) 雨濛濛(もうもう)と 雨も溶(と)き得(え)ぬ 雨も降(ふ)らぬか 雨洩(も)る宿(やど)の 雨やめたまえ 雨よぶ鳩(はと)の 雨を冒(おか)して 雨を帯(お)びたる 雨を思(え)へり あめをきゝつゝ 雨を聴(き)くかと 雨をつらしと 雨を待(ま)とのす 雨を侘(わ)びつゝ 一声(いっせい)の雨 海に雨ふり おくれし雨か 昨夜(きぞのよ)の雨に 雲居(くもい)雨降(ふ)る くもらぬ雨と 荒苔(こうたい)の雨 梢(こずえ)の雨の こよひのあめに さきだつ雨か 淋(さび)しき雨と しのぶる雨と銀(しろがね)の雨 セエヌに雨の 梅花(ばいか)は雨に 降(ふ)らぬ雨ゆゑ 降(ふ)り来(く)る雨か 降(ふ)れ吹け雨も まどうつ雨の 都(みやこ)の雨に身を知る雨と 宿(やど)もる雨に ゆふべの雨に よひの雨かな 夜来(よごろ)の雨は 夜(よ)たゞ雨ふる 六橋(ろっきょう)の烟雨(えんう)に

雨注(あまそそ)ぎ［雨だれ。古くは「あまそそき」］ 雨滴(したた)る 雨そそき●雨うちそゝぎ 雨そゝぎかな 雨そそぐなり 雨滴(うてき)の声は／糸水(いとみず)に 軒(のき)のたま水(みず)

雨間(あまま) 雨の一時やんでいる間 雨間あけて●雨間に出でて 雨間もおかず 雨間も知らぬ あめのはれまに

雨障(あまつつみ) 雨に降られてとじこもっていること 雨隠り 雨障 雨障●雨づゝみせむ 雨にこもれり

小雨(こさめ) 糸雨の 降る小雨●小雨そぼ降る 小雨の庭に こさめは土に やがて小雨に

春雨(はるさめ) 春雨に●けふのはるさめ 木の芽春雨 散らす春雨 初春雨ぞ 春雨ぞ降る 春雨ふれば 降る春雨の

五月雨(さみだれ) さみだれて 五月雨に●この五月雨に さみだるゝとや 五月雨髪の 五月雨そゝぐ 五月雨ぞ降る さみだれたらば 五月雨近み さみだれのくも 五月雨の頃 五月雨の空 つゆのさみだれ 鳴くさみだれに

梅雨(つゆ) 梅の雨 梅雨晴れの●梅雨尽きずふる

長雨(ながめ) 長雨の 長雨禁み●けふのながめを 散らす長雨の つねふる雨に 霖雨しける 霖雨の此 ながめすらむと ながめ古屋の 夜ながき雨に／卯の花くたし

【夕立】 暮雨の天 ゆふだちに 夕立の●けさ夕立の 夕立しけり 夕立すなり 夕立すらし ゆふだちのあめ 白雨の雲に 夕立の空 夕立の中 夕だち晴の

夕立つ［夕立が降る］ やがて夕立つ ゆふだつ雲の 夕立つ波の

驟雨(しゅうう) 夕立。にわか雨 驟雨にも●驟雨は涼を／肘笠雨

村雨(むらさめ)［にわか雨］ 庭の村雨 一村雨の むらさめかゝる 村雨の空 村雨の露 村雨ふりて 宵の村雨 夜半の村雨

【時雨】 北時雨 時雨づく 時雨降る 時雨ゆへ 時雨行く 露時雨 村時雨 ゆふしぐれ よこ時雨●秋の時雨の 秋はしぐれに あすはしぐれと 天のしぐれの いつも時雨は いとゞ時雨に 今日もしぐれの 去年の時雨の さらにしぐれの 時雨をかしき しぐれがちなる 時雨くる空 時雨ごゝちは しぐれさへ降る しぐれしぐれて 時雨しぬらし 時雨しばふる 時雨し降らば しぐれするひも 時雨する夜も しぐれせぬひも 時雨せぬ夜も しぐれ添ふらむ 時雨ぞ冬の 時雨染めつつ 時雨とゝもに 時雨とや見る 時雨な降りそ しぐれにあひぬ 時雨に色を 時雨に競ひ 時雨にくもる しぐれに誰が 時雨にぬるる 時

雨にまがふ　時雨の秋は　時雨の雨は　時雨の空は　時雨の後の　時雨の紛れ　しぐればかりを　時雨はじむる　時雨晴るれば　時雨降る頃　しぐれ降るらし　時雨降れ見む　しぐれも風も　しぐれをいそぐ　時雨を疾み　しぐれをかへす　時雨を下す　時雨をぞきく　添ふる時雨ぞ　そめし時雨の　散らす時雨に　散らで時雨のとふ時雨かな　初時雨かな　ふるしぐれかな　もらぬ時雨や　漏る時雨かな　よその時雨に　よるはしぐれの夜半の時雨に　わが身時雨に

【時雨る】［しぐれる］　しぐるめり　時雨るらん　しぐるるに　しぐれ初むる　時雨れつつ　しぐれなば　しぐれまし●あかず時雨るる　秋はしぐるゝ　いかにしぐるる　かぜにしぐるゝ　かたへしぐるゝ　けふもしぐると　雲ぞしぐるる　今朝はしぐるる　さぞしぐるらむ　しぐるると告ぐる　時雨ると見えし　しぐるゝ頃は　しぐるゝ空を　しぐるる庭の　しぐるゝ冬の　しぐるるままに　しぐれぬさきに　せめて時雨よかし　なほしぐるるは　はやくしぐれぞ　先しぐれける

降

【降る】　いたく降る　今日降りぬ　今朝降りし　小雨ふる　木の葉ふる　庭に降る　降らさばや　ふらざらむ　降らずとも　降らぬ夜の　降らねども　ふりいづる　ふりおもる　降り隠す　降りかゝる　降りしめて　降り添ふや　降りそむる　降たまる　降りなづむ　降りなまし　降りぬれば　降りみだれ　降る頃は　降るほども　ふるままに　降るものは　ふればかく●あまりにも降る　雨は降りける　雨降りすさむ　霰降るらし　あはにな降りそ　いたくな降りそ　今ふりくめり　大雪降れり　かきくれて降る　かしらにふれば　昨日も降し　けふ降りそむる　今日降る雪の　けふもふるべし　けふよりぞふる　木の葉降りつつ　さはらでふるは　しくしく降るに　時雨ふりつつ　しば〱ふれり　霜の降りけむ　しもはふれども　霜降り覆ひ　つぎて降らなむ　つれ〲とふる　ときしもふれる　ともにふりぬる　なほもふるかな　七日し降らば　花にこそふれ　ひそひそふりぬ　ひにひにふるに　降らぬその間に　降らぬ日はなし　降

らまくを見む　降出にける　降りおける雪を　降りかゝりてぞ　降りかくされて　降り隠したる　降かくすらん　降りかはれども　ふりし時雨の　ふりしむれども　降りそめしより　降りにこそ降れ　降にふるとも　ふりぬとおもへば　降りまがへたる　ふりゆくものは　ふるかとぞ見る　ふる心地する　ふるてるなしに　ふるに音せぬ　ふるはさくらの　ふるは月影　古葉もふれり　降日さむくも　ふればかつけぬ　ふれば見えける　降れ降れ雪よ　ほしの降かと　み雪降りたり　山ゐに降れる　雪かも降らる　雪とふりぬる　雪ふる里ぞ／斜に飛んで

降り増さる（降り方がはげしくなる）　ふりまさる●ふりのみまさる　降りまさりける　ふりまさりつつ

降り頻く（雨・雪がさかんに降る）　ふりしきり●雨ふりしきる　五百重降りしけ　小雨降りしく　降ししければ　まなくし降れば　間無く降るらし／うちはへ降るころ

降り降らず（降ったりやんだり）　降り降らず●降りみ降らずみ

【降り積む】　つもりける　積りにし　つもるらし　降りうづむ　ふりそふと　降りつみし　ふりつめば　降りつもる●けさは積れる　高く降り積み　高う降りたる　つもらぬさきに　つもらばつもれ　つもりあまりて　つもりつもりて　積りにけりな　つもるも見えず　つもれる梢　ふりつもるらし　松葉につもる　雪降りつみて

降り敷く（一面にむらなく降る）　降りしきぬ　降り敷けば●上に降りしく　木の葉ふりしく　庭に降りしき　野木に降りおほふ　ふた日ふりしき　降り重りつつ　降りしくころは　降りしく山を　またも降りしけ　八重降りしける　雪降り敷きぬ／常敷く冬は　黄葉常敷く

【注ぐ】（雨・雪などが降りかかる。古くは「そそく」）　雨そそき　岩そそく　袈裟に注く　花に注ぎ●雨うちそゝぎ　五月雨そゝぐ　繁にそそぎぬ　涙やそそく　ひまなく注ぐ　柳に注ぎ

【濡る】　雨に濡れて　いざぬれな　痛く濡れ　さし濡らし　立ち濡るる　庭ぬらし　濡るともと　ぬるるさへ　濡れじとて　ぬれつつぞ　濡れつつも　濡れて青し　ぬれてなく　ぬれてほす　ぬれとほり　濡跡道　ぬれにつゝ　濡れぬとも　ぬれ〳〵ず　よもぬれじ●赤裳濡らして　雨に濡れたる　足結出で濡れぬ　いつしか濡るる　出で

ても濡れぬ　おとにもぬらす　かつがつ濡るる　君が濡れけむ　黒髪濡れて　衣手濡れて　衣は沾れて　雫に濡れて　誰が濡らしける　立ちやぬれまし　露に濡るとも　なににぬれたる　浪にも濡れぬ　ぬると見えつる　濡るとも折らむ　ぬるともしらじ　濡るる顔なる　濡るるものかは　濡るれば濡るる　ぬれこそまされ　濡れつつ来ませ　ぬれつゝたてり　濡れつつ匂ふ　ぬれて色そふ　濡れてぞかへる　ぬれてぞ来つる　濡れて艶ある　ぬれてねにゆく　ぬれてののちは　濡れてや来つる　濡れ通るとも　濡れにけるかも　濡れにぞぬれし　濡れぬ鳥かな　ぬれぬれ摘まん　ぬれぬれひかむ　ぬれむ旅路に　まねく濡しぬ　めざしぬらすな　裳の裾濡れぬ　もみぢにぬるる　われ立ち濡れぬ／しほ〳〵と　しほどけしとや

濡つ しとしと降る・濡れる　そぼち来て　そぼちつつ●雨にそぼてる　小雨そほ降る　時雨にそほち　そぼちつゝのみ　そぼちて花ぞ　そぼちぬるかな　そぼふる雨に　降りそぼちつつ　まづそほつらむ　身もそぼつまで　分けそぼちつつ

濡衣　濡衣を　濡れ衣●着てし濡れ衣　なほ濡衣を　波かけ衣　ぬるゝころもの　濡衣をこそ　我が濡れ衣を

しののに［びっしょり］　しぬゝにぬれて　しののに濡れて　露しとしとと

漬づ［ぬれる。古くは「ひつ」］　枝ひぢて　爪ひぢて　てをひでて　波に漬きて　濡れひつと　ひづちなむ●赤裳ひづちて　袖さへひちて　爪だにひちぬ　漬ぢてぬれけれ　ひぢまさりける　ひづち泣けども　ひちまさる哉

水漬く［水につかる。古くは「みつく」］　水漬く屍●水づく荒屋に　水浸く屍に　水漬く白玉

浸す［水につける］　うち浸し　浸しおきて●鐙浸かすも　酒にひたせば　天を涵し　浸すは若菜

【湿る】　朝じめり　うちしめり　しめりたる　湿めり土●うちしめりたる　このしめらひを　しめりてかほる　土間のしめりに　にほひしめりて　光りしめらひ

潤ふ うるおう。しめる　うるほひて　潤ふらん●池にうるほふ　うるひにたりと　うるひ浥さぬ　うるふ草木は　硯を湿して　衣を湿し　薪を湿し

雪

【雪】 埋め雪　蕎雪と　蛍雪は　今朝の雪　越の雪　霜雪も　雪片の　袖の雪　ちるも雪　散る雪を　月雪の　庭の雪　花の雪　降る雪の　嶺の雪　雪あつめ　雪うづむ　雪うち降り　雪がちに　雪裂けて　雪島の　雪しろし　雪ぞ降る　雪染めて　雪達磨　雪散りて　雪尽きて　雪つみて　雪つもる　雪とぢし　雪ならで　雪に逢ひて　雪にきる　雪に釣る　雪に映え　雪の色を　雪のうち　雪の門　雪のまつ　雪のみや　ゆきのよは　雪はるゝ　雪深き　ゆき深み　雪ふれば　ゆきまぜに　雪霙　雪みちて　雪見れば　雪やどる　雪よ霜　雪をおきて　雪を分け

●あまぎる雪の　天より雪の　磯に雪降り　いただく雪の　梅この雪に　うれしき雪も　描ける雪の　大雪降と　かをれる雪の　かしらの雪を　風さへ雪に　肩の雪かな　狩場の雪の　消えせぬ雪と　暮るるしづりの　けさ降る雪の　香炉峰の雪　越路の雪が　こずゑの雪に　こぞの雪かな　今夜の雪に　さくらは雪に　三尺の雪　雪片花顔　千重の雪　千重に雪ふり　千代の雪かと　散りくる雪を　月を雪かと　つもれる雪に　年ふる雪や　苫に雪ふく　友待つ雪の　にほふも雪と　野山の雪を　はこぶ雪花　はるゝ雪かな　降り置ける雪の　ふりくる雪の　降り添ふ雪の　降り積む雪に　降りつる雪の　ふりにし雪の　降れ降れ雪よ　降れる雪かと　まだ雪さゆる　まだ雪ぞ降る　松の雪をも　満天の雪　みぎはの雪も　水に降る雪　みるみる雪は　みれば雪ふり　雪色を恥づ　雪おもしろき　雪重るなり　雪折れ竹を　雪折の松　雪女かな　雪かきわけて　雪かとぞ見る　雪かとも見よ　ゆきかはなかと　雪かも降ると　雪きえやらぬ　雪こそ冬の　雪さへさむき　雪さへ炭の　雪ぞつもれる　雪ぞ降りける　雪ぞふるらし　ゆきつきがたき　雪積もりつゝ　ゆきといそべの　雪と梅とに　雪とほしろし　雪とちるころ　雪とちるなり　ゆきとはなとに　雪と降り舞ふ　雪と降れども　雪と見えしは　雪と見えたる　雪と漲る　雪に合へ照る　雪にをれ木の　雪に競ひて　雪に雉子は　雪に興ずる　雪に曇りて　雪にくれゆく　雪にこゝろの　雪にこもれる　ゆきにさ

くべき　雪につつめる　雪にまがひし　雪にまじれる　雪にもならで　雪の曙　雪の朝の　雪の巌に　雪の垣ねを　雪のかたみの　雪の摧けし　雪の毛衣　雪の心は　雪の木づたふ　雪のこなたは　雪の下庵　雪の下折れ　雪の下道　雪の下燃え　雪のしら波　雪のちりくる　雪の花には　雪の光に　ゆきのふるよは　雪の仏を　雪のみ塵の　雪のみつむと　雪のむら雲　雪のゆふぐれ　雪の夜明を　雪は軽くぞ　雪は降りける　雪は降るとふ　雪は降れれど　雪踏み平し　雪ふみわけて　雪降らめやも　雪ふり荒れたる　雪降り埋む　雪ふりぬべき　ゆきふるおとの　雪ふるさとぞ　雪ふるまでに　雪ふるよさり　雪もてつくる　雪もふるめる　雪も山路も　雪やはげしき　雪より後も　雪林頭に　雪分衣　雪をあつむる　雪をいたゞく　雪を絵嶋の　雪をくむまで　雪をこそしれ　雪を積みつつ　雪を友にて　ゆきをながめて　雪をはらへば　雪を交ふる　雪を待つとか　雪をわか菜に　雪を分けてぞ　世にふる雪を　よ深き雪を／庭しろたへに　窓に積む

初雪　朝の初雪　けふのはつゆき　初雪なびく　初雪のそら　初雪や降る　花の初雪　降る初雪の　嶺のはつ雪

雪間　雪の晴れま。雪の消えた所　雪間なき　雪間分け●野地の雪間を　雪のはれたる　雪間の青草　雪まの草の　雪間の若菜

雪気［雪もよう］　雪気にて●さえし雪げに　雪げにくもる　雪げの雲　雪げのそらの／雪もよに　雪の催ふに

雪山　雪の山●飛騨の雪山　雪とふる山　雪の山にや　雪の山人　雪の山をば　雪降る山を

雪夜　雪夜の宴●雪夜のうたげ／雪の夜な夜な

御雪・深雪　雪の美称。深く積もった雪　み雪には　み雪降る　深雪をも●高嶺のみ雪　散るもみゆきと　春のみ雪は　みゆきつもれる　みゆきとけなば　みゆきになるる　み雪降りたり　み雪降るらし

雪消［雪どけ］　雪消えて　雪消する　雪解くる●ゆき消えなんと　雪消溢りて　ゆきげのかぜの　雪消の雲に　雪消の水に　雪消の道を　雪し消らしも　雪のむらぎえ　雪は消ざるを　雪は消ずけれ　雪は消ぬとも　雪もち消ち／晴泥に曳く　雪のたま水

残雪(ざんせつ)　残雪と●残雪の底　残れる雪を

斑雪(はだれゆき)　うつすらと降った雪。まだらに消え残った雪　庭もほどろに　はだらに降れる　残雪の道を　はだれ降り覆ひ　はだれ雪ふる　落りしはだれか　雪むら〳〵の

吹雪(ふぶき)　ふゞきせし●おろす雪吹の　花の吹雪に　比良の吹雪の　吹雪の風に　ふぶくゆふべと　雪の吹雪に

白雪(しらゆき)　白雪の●糸の白雪　うづむ白雪　白雪庭に　白雪ふかく　てるは白雪　のこる白雪　花の白雪　降り置く白雪　ふれるしら雪　窓の白雪　峰の白雪　山の白雪

淡雪(あわゆき)　淡雪の●沫雪ぞ降る　沫雪流る　今朝のあは雪　野辺の淡雪　春のあは雪／帷子雪は　だびら雪

薄雪(うすゆき)　雪を薄み●薄雪すこし　うす雪の庭　薄雪ふりぬ　ふるうす雪の　夜半のうす雪

霜

【霜】　朝霜の　おく霜の　霜うづむ　霜置かぬ　霜かづく　霜ぐもり　霜氷　霜こほる　霜さゆる　霜しろき　霜ぞ置く　しもだにも　霜なれど　霜にあへず　霜の色　霜の上に　霜のたて　霜の後　霜の鞭　霜柱　霜降らば　霜ふりて　霜まよふ　霜結ぶ　霜も板屋　霜八度　霜雪も　霜よりも　霜を経て　霜を待つ　霜鐘は　霜籬より　竹の霜　床の霜　羽の霜　微霜を帯び　雪よ霜●朝置く霜を　枝に霜降れど　置きそふ霜や　おきつる霜の　おく霜やたび　おく初霜を　おけるあさしも　尾上の霜や　かさなる霜の　霜うち払ひ　霜置にけり　霜おきまよふ　霜おく野はら　霜こごるらし　霜こそむすべ　霜さやぐころ　霜ぞ置きにける　霜とともにも　霜となりなむ　霜な降りそね　霜にあひぬる　霜にあと問ふ　霜に埋れ　霜に打たせよ　霜にはあへず　霜の上に寝ぬ　霜の衣の　霜のした萩　霜の白菊　霜の鶴をば　霜の後の夢　霜の蓬の　しもはふれども　霜降り覆ひ　霜ふりぬらし　霜降る空の　霜もまだひぬ　霜やおくらむ　霜よりしろき　霜をいただく　霜を挟んで　霜をば経とも　霜を払ひて　夕吹霜に　霜林を撃つて　袖にも霜は　つばさの霜を　庭に霜おきて　はだれ霜降り　花のしもとぞ　葉わけのしもの　板橋の霜　日蔭の霜の　冬は霜にぞ　降り置ける霜を　槙の朝しも　枕の霜や

松は霜にぞ　夕霜はらふ　雪霜おほふ　落葉の霜　藁ふむ霜の

霜枯れ　霜枯れて　霜がれは●霜かれ〴〵に　霜がれにしに　霜に枯れゆく　霜に朽ちぬる

霜夜　おつる霜夜に　尾花の霜夜　寒き霜夜ぞ　さやぐ霜夜に　霜寒き夜の　霜の降る夜を　霜夜の月を　鳴くや霜夜の　深き夜の霜　夜と霜雪は　夜な〳〵の霜

露霜　露霜に●秋の露霜　天の露霜　露霜負ひて

氷

【氷】　朝氷　薄氷　薄氷の　削り氷の　こほりゐし　氷ゐて　氷消えて　こほりこそ　氷敷き　氷だに　氷閉ぢ　氷には　氷わる　霜氷　二こほり●蘆間のこほり　池の氷ぞ　岩間の氷　上は氷に　うすき氷に　かたき氷の　きのふの氷　消ゆる氷の　けづりひをすゑて　氷いさまし　氷消えては　氷尽く　氷しにけり　こほりぞしたる　氷手に在り　氷田地に　氷とくらし　氷とくらむ　氷とくれば　氷溶けぬる　氷とぞ見る　氷ながるゝ　氷なるらむ　氷にすれる　氷に閉づる　こほりの上に　氷のうれて　氷のくさび　氷の垢離に　こほりの下の　氷の関に　氷の隙は　氷召せよと　氷もあつき　氷をくだく　氷をぞ敷く　氷をたたきて　氷をてらす　氷をわたる　沢のこほりの　滝は氷に　谷の氷は　とくる氷の　波にこほりを　氷に冴え渡り　まつらむこほり　汀の氷　山田の氷

氷柱　つららゐし　つらゝ閉ぢ　氷柱は●葦間のつらら　しづくのつらゝ　つららゐにけり　などかつらゝの

垂氷［つらら］　すがる垂氷の　たるひしにけり　垂氷のうへの　軒の垂氷の　めでたき垂氷

氷室（天然の氷を夏まで保存する小屋）　こほり蔵●たえぬ氷室の　氷室ぞ冬の　ひむろの山に／緋幡の

霙　雪霙●まじる雨雪と　みぞれし空の　みぞれなるらし　みぞれの降るに

【霰】　あられ打つ　霰降り　玉霰●霰さやぎて　霰たばしり　霰と見する　霰は板屋　あられ一しきり　霰吹きまく　霰ふり来る　あられふる夜は　霰ふれゝば　霰みだるる　霰もとんで　あられよこぎる　霰をこぼす　撲つ夕あられ　おともあられの　露も霰の　庭の霰は

天象

風

【風(かぜ)】明日香風(あすかかぜ) あやしき風 大風(おおかぜ)吹く 音羽(おとわ)の風 かざさきの かざまもふを 風(かざ)守(まも)り 風起(おこ)り 風かをる 風かけて 風かよふ 風来(きた)つて 風暗き 風こえて 風さえて 風寒(さむ)み 風さゆる 風さわぐ 風すぎて 風ぞうき 風大虚(たいきょ)に 風高く 風たちて 風起(た)つて 風つらき 風直り 風生(な)つて 風に落ち 風に消え 風に栖(す)んで 風に散る 風の上に 風の神 風の底に 風の手に 風は息(いき) かぜはきよし 風早(はや)み 風ふけて 風吹(ふけ)ば 風祭る 風もまて 風痩(や)せて 風や春 風わたる 吹(かぜ)を逐(お)うて 風をだに かぜをのる 風を待つ 光風(こうふう)は 佐保風(さおかぜ)は 凄風(せいふう)は 谷風(たにかぜ)に 月夜風(つくよかぜ) 時つ風(ときつかぜ) 夏のかぜ 泊瀬風(はつせかぜ) 花をかぜ 風霜(ふうそう)の 吹く風の 八面(やも)の風●秋の野風(のかぜ)に あへるも風の あだなる風を いたく風吹き 厭(いと)ひし風ぞ 糸吹く風の 稲葉(いなば)の風に いろどる風の 色なき風も うきをば風に 梅(うめ)ちる風の 恨(うら)むる風の 枝きる風の おくるや風の 尾上(おのえ)の風に 尾花(おばな)の風は かぜあるふねは 風池(いけ)を洗ふ 風祈(いの)りつゝ 風入(い)るまじく 風打吹(うちふ)きて 風芳(かぐわ)はしき 風狂(きょう)じて後(のち) かぜこゝろせよ 風さへあつき 風冴(さ)え暮(く)れて 風さへ雪に 風さそふとも 風さそふめる 風さだまらぬ 風寒からず 風しづかなれ 風定(しず)まつて 風新柳(しんりゅう)の 風ぞ秋なる 風ぞ寒けき 風ぞしくめる 風ぞ身にしむ 風たちしより 風立ちぬなり 風つまなん 風と知りぬれ 風と申(もう)さむ 風なつかしむ 風波(かぜなみ)なびき 風な忘れそ 風に遭(あ)はせず 風にうつろふ 風におきふす かぜにかをれり 風にきほひて 風に心の 風に木(こ)の葉は 風濁(にご)りなし 風に桜の 風に敷(し)かれて かぜにしぐるゝ 風に知らすな 風にしらめる 風に知らるな 風にたゞよふ 風にたたれて 風に散るらん 風につけても 風につたへし 風にながるゝ 風になびくな 風になみ寄る 風にねぶらむ 風に臨(のぞ)める 風に放(はな)たれて 風には花を 風に乱るる 風にもつてよ 風に物いふ 風に揉(も)まるる 風にもみぢて 風にもみぢの 風に撚(よ)らるる 風にわかるる 風ぬるくこそ 風のあやなす 風のあらうみ 風のうへなる 風のかけたる 風のかげなる 風のきほいに 風の聞き

暗し　風の気色(けしき)ぞ　風の心は　風の寒さに　風のさむしも　風のしたなる　風のつてにぞ　風のつらさに　風のとがには　風の匂(にお)はす　風の光りの　風の吹くらむ　風のほすにぞ　風のほだしの　風の紛(まぎ)れも　かぜのみ花の　風のやどりは　風の避(よ)くめる　風のよるにぞ　風のわびしさ　風はうらめし　風は借(か)るらん　風はきのふに　風はだ寒く　風はなかりき　風は野(の)も狭(せ)に　風はまがきに　風は昔の　かぜふかばふけ　風吹き解(と)くな　風ふくごとに　風吹くなゆめ　風吹く原の　風吹く街を　風待つ露(つゆ)の　かぜまつはなに　風待つほどの　風身(み)にしめば　風もこえてや　風もこそ吹け　風もさはらず　かぜものこらず　風ものどかに　風もほに出(い)でぬ　かぜも見えける　風も目にみぬ　風や惜(お)しむと　風焼(や)けすなり　風や木(こ)の葉(は)の　風よりさきに　風わたりつつ　かぜわたるみゆ　風をいとはで　風をいとはん　風ををさめし　風をかをらす　風を姿に　風をつたふる　風を時(とき)じみ　風をはらめる　風をほしがる　風を待つ哉(かな)　風を待つ間(ま)の　漢林(かんりん)の風　狂風(きょうふう)ふきぬ　清(きよ)きかぜふく　葛(くず)の裏風(うらかぜ)　唇(くち)を吹く風　雲とて風の　さと吹く風に　悟(さと)れと風の　しぐれも風も　紙窓(しそう)に風ふき　四方(しほう)の風に　周旋風雨(しゅうせんふうう)　末越(すえこ)す風を　涼(すず)しからぬ風　竹に風もつ　竹窓(ちくそう)の風　妻吹く風の　なるこは風に　野風(のかぜ)たつなり　はつなつのかぜ　葉分(はわけ)の風に　幡蓋風(ばんがいふう)に　ひと吹(ふき)風の　悲風(ひふう)に吹かれ　隙(ひま)もる風を　吹きかふ風も　吹きまふ風の　ふきよる風の　吹く風寒(さむ)み　吹く風立つ波　辺風(へんふう)吹き断(た)つ　ほに出(い)でて風の　ほのめく風に　穂向(ほむ)けの風の　まだかぜよはき　身にしむ風の　麦粉(むぎこ)は風に　紅葉(もみじ)のかぜに　山越(こ)す風の　やみは風こそ　ゆふけの風を　ゆきげのかぜの　横風(よこしまかぜ)の　よな〳〵かぜの　柳絮(りゅうじょ)は風に　わらやの風を

風の共(かぜのむた)［風と共に］　風そひて　風の共　風交(まじ)へ　風まぜに

●風に随(したが)ひ　風に随(したが)ふ　風に添(そ)ふとも　風にたぐひて　風にたぐへん　風にまかする　風にまかせて　風のまにまに　風もろともに

松風(まつかぜ)　かをる松風　かよふ松風　松籟(しょうらい)を聴(き)き　庭の松風　松風聞けば　松風ぞ吹く　松風の声　松風疾(はや)み

天象

松の風かな　松ふく風も　峰の松風／ざざんざあ

上風（うわかぜ）草木の上を吹き渡る風　荻の上吹く　荻の上風

下風（したかぜ）地上近くを吹く風　木の下風は　花のした風　夕下風の

潮風（しおかぜ）　潮風に●沖つ潮風　しほ風越して　塩風寒し

瀬戸の潮風　八重の潮風

浦風（うらかぜ）海辺を吹く風　沖つ風　湊風　湖風　水門風●あしのうらかぜ　浦風いかに　浦風寒き　浦風ぞ吹く　浦風ながら　浦吹く風の　おくる浦風　志賀の浦風　須磨の浦風　外の浜風　浜風寒み　早見浜風　余呉の浦風

山風（やまかぜ）山中を吹く風　山風に●はなにやまかぜ　春の山風　比良の山風　道の山風　むべ山風を　山風あらく　山風はらふ　山下風に　ゆづる山風　よはの山風

颪（おろし）山から吹きおろす風　山おろし●伊吹颪の　深山おろしに　山颪の風　山かぜおろす　よるの山おろし／嶺渡しに

川風（かわかぜ）　宇治の川風　川風寒み　みとの川風

追風（おいかぜ）　追風に●追風おひつ、　幣の追風　春の追風　御簾の追風

疾風（はやて）　風を疾み　衝風に　飄風かも　早手風　夜の疾風●風ぞとくやと　風疾みかも　風やとくらん　疾風の雲霧を　疾風のなかに　羊角の風は

微風（そよかぜ）　風かるく　風そよぐ　微吹きぬ●稲葉のそよと　そばへて風の　そよともすぎず　そよ吹く風に

朝風（あさかぜ）　暁の風　朝けの風は　朝の風の　雨のあさかぜ　風のあしたも　今朝吹く風は　峰の朝風

夕風（ゆうかぜ）　夕風に●秋の夕風　荻にゆふかぜ　をすの夕かぜ　夕吹霜に　関のゆふ風　夕陽の風　谷の夕風　終のゆふかぜ　春の夕風　松のゆふ風　夕風さむく　夕風たちぬ　夕風のそら　夕の風の

夜風（よかぜ）　さ夜かぜの●秋の夜風の　夜の間の風の

春風（はるかぜ）　春風の●着する春風　くだく春風　染めよ春風　庭の春風　春風ぞ吹く　春風もがな　世々のはるかぜ

青嵐（せいらん）青葉の上を吹くやや強い風　青嵐●青あらしかな　青嵐吹いて

涼風（すずかぜ）　かぜの涼しさ　風をすゞしと　風もすゞしく　すず吹く風を　はいるすゞ風　涼風に香の

秋風・初風（あきかぜ・はつかぜ）　秋風し　初秋風　初風に●秋風寒し　秋風寒み　秋かぜしろき　秋風ぞ吹く　秋風たちぬ　秋

風ふれて　秋の風吹く　秋の風見る　秋の初風　かよふ(う)
秋風　秋風(しゅうふう)に泣く　過(す)ぐる秋風　誰(た)が秋風に　千枝(ちえ)の秋
風　ちれる秋風　野(の)べの秋風　はつ秋風と　はつかぜのこ
ゑ(え)　松をあきかぜ　身に秋風の　山の秋風　よは(わ)の秋風
東風(こち)　東(あゆ)の風　東風(あゆ)を疾(いた)み　東風吹かば●あち東風と
吹(ふく)　東風(あゆ)をいたみかも　軽き朝東風(あさこち)　東風さむきかも
東風のかへ(え)しの　南が東風に
西風(にしかぜ)　西(にし)吹かば●西風(にし)にかたまる　西風(にし)吹き上げて
西北風(はがち)の波に
南風(みなみ)　南風吹き
北風(きたかぜ)　きたかぜあし●北風通(かよう)ふ　北ふく風に
【風(かぜ)の音(おと)】　風聞きて　風に聞き　風は息(いき)　風韻(ふういん)は　風(ふう)
声(せい)あり●一鞭(いちべん)の風　音有(あ)るかぜは　おとせぬ風に　風か
しましき　風さわがしき　風さわぐなり　風ぞひくら
し　風とこそきけ　風の音こそ　風の音せぬ　風のおと
にぞ　風のさわがす　風のさわぎに　風の調(しら)ぶる　風の
竹に鳴る　風の遠鳴(とおなり)　風のとすごき　風は颯颯(さつさつ)　風も
聞(きこ)ゆる　風をば聞けど／蓬蓬(ほうほう)たり

【木枯(こがらし)】　秋の木(こ)がらし　あらし木枯　笠木(かさこ)がらしに
木(こ)がらしそよぐ　木枯の風　木枯の森　凩(こがらし)よりも　そ
そやこがらし　つのる木(こ)がらし　みねのこがらし　身を
こがらしの　森の木枯　山こがらしの　よるの木枯
【嵐(あらし)】　嵐あらく　嵐なす　嵐掃(は)く　やまあらしよ　夕
あらし●あすは嵐と　嵐かも疾(と)き　あらしといひ(い)て
嵐な吹きそ　嵐なりせば　嵐なるらん　嵐にうかぶ
嵐に落(お)つる　あらしにさわぐ　嵐に絶(た)えぬ　嵐に類(たぐう)ふ
あらしに月の　あらしに晴(は)るる　あらしに迷(まよう)ふ　あら
しに宿(やど)す　嵐のうへ(え)に　嵐の音は　嵐の風は　嵐の声も
嵐の桜　あらしの花を　あらしの山に　嵐は雲と　嵐は
げしき　あらし吹きそふ(う)　あらし吹くころ　あらし吹く
らし　あらしも白き　あらしをわけて　海にあらしの
芋(うも)の葉にあらし　音も嵐に　音羽(おとわ)の嵐　聞きしあらしの
聞くや夜嵐(よあらし)　雲にあらしの　今朝の嵐は　篠(すず)ふく嵐
空に嵐の　竹のあらしに　散らす冬嵐(あらし)の　つねに嵐の
とふ(う)あらしかな　床(とこ)にあらしを　外山(とやま)のあらし　なれ
ぬあらしに　花の嵐と　春の嵐の　松のあらしか　窓の

吹

嵐の　峰のあらしの　森のあらしも　山の下風に　四方の嵐ぞ　夜半のあらしも　弱るあらしを　わたる嵐か

暴き風　暴き風　風あらみ　暴風が●荒かりつる風　あらき風には　荒ましき風　かぜあらく見ゆ

野分［台風］　野分して　野分せし　野分たちて●飛や野分の　野分のかぜの　野分のまたの日　野分ふく風

【凪】　朝凪に　夕凪に●なぎたる朝の　山凪ぎわたり

風無し　風隠　風たえて　風なしと　風はやみて　風吹かぬ●風なき昼の　花にかぜなし／さゞ波もなし

【雷】　いかづちの　稲妻の　稲光り　神のなる　鳴る神の　夜鳴る神　雷火降つて　雷工の図　雷声は●雷落ちて　雷の上に　雷を捕へ　いなびかりして　雷な鳴りそね　神鳴り騒ぎ　神鳴の音　雷鳴の陣　激雷一発　天火ひとたび　電光一閃　鳴る神よりも　宵のいなづま　雷電霹靂／ごほ〱と　ここは桑原　とどろとどろと

【吹く】　嵐吹けば　海吹けば　末葉吹く　今朝ふきて　こさふかば　露にふく　と山吹く　西吹かば　はらふらめ　吹かれ来て　ふきあぐる　吹きかはる　吹さそふ　ふきしをり　吹きしをる　吹き染めて　吹き過ぐる　吹そめて　吹き断てば　吹溜り　吹きためて　吹きて滅し　吹きとぢよ　吹きはてね　吹きまぜて　吹きまよふ　吹き乱る　吹きむすぶ　吹風の　吹く里は　吹くなべに●あと吹きおくる　あらくおろすな　嵐吹く夜は　いかに吹らむ　いたくし吹けば　いたくな吹きそ　いたづらに吹く　いまだ吹かねば　うたて吹らむ　打吹ごとに　惜しげなく吹く　かく吹く夜は　霞吹きとく　けふ吹きぬなり　雲ゐに吹て　気色吹くだに　心して吹け　木の葉吹きまく　これにこそふけ　逆らひ吹くと　桜吹きまき　さと吹きわたり　末に吹くらむ　すゑ吹き靡く　すそのまで吹く　継ぎてな吹きそ　解けと吹かなむ　戸を吹きあけて　なほ吹通へ　なほ吹きとほせ　閨に吹きくる　花吹き具して　春風ぞ吹く　番場と吹けば　日方吹くらし　日にけに吹きぬ　ひねもすに吹く　吹かざらめやは　ふかせてをみよ　ふかぬ折さへ　吹かぬ日ぞなき　吹かまく知らず　吹かむを待たば　吹きあ

ふ(お)られつ　吹(ふき)あらためて　吹きあは(わ)すめる　吹き疾(いた)められ　吹(ふき)うらかへ(え)す　吹きかふ(う)風も　吹き来(く)るなへ(え)に　吹きけるものを　吹き扱(こ)き敷(し)ける　ふきこそまされ　吹(ふき)しく野辺(のべ)の　吹き白(しら)まかす　吹きぞしくらし　吹きただよは(わ)す　吹きつたへ(え)たる　ふきて過(すぎ)にし　ふきと吹(ふき)ぬる　吹きな返しそ　吹(ふき)な過(す)ぐしそ　吹(ふき)なやぶりそ　ふきならさせて　吹(ふき)にけらしな　吹きにし日より　吹きにし山の　吹き綻(ほころ)ぼす　吹きまよは(わ)され　吹きみだしつる　吹きむすべども　ふきもかへ(え)さぬ　吹きや寄(よ)るべき　吹きわたるらん　吹くかた見ゆる　ふくにちりぬる　吹(ふき)につけつゝ(っ)　吹くにつけても　吹く日吹かぬ日　吹けど吹かねど　ふけば色そふ(う)　紅葉(もみじ)吹きおろす　山かぜおろす　ゆるく吹きたる　よぎてふかなむ(ん)　よもに吹き来(く)る

吹(ふ)きすさむ　風すさみ　風をいたみ　ふきすさひ(び)●風すさぶらし　風すさまじき　風すさむらむ(ん)　風ぞはげしき　風吹きすさみ　しぶく風こそ　月吹(ふき)すさむ　吹き捲(ま)く風は／しまき横ぎる　にふぶかに　雪しまくめり

寒

【寒(さむ)し】　いと寒し　うら寒き　をゝ寒(おさ)ぶと　影(かげ)さむき　寒雲(かんうん)は　寒温(かんうん)を　寒閨(かんけい)に　寒笛(かんてき)は　寒(かん)の水　寒鮒(かんぶな)の　酒寒し　寒からで　寒からば　寒からん　寒き音(ね)に　さむき日は　寒き夜(よ)や　寒き夜(よ)を　寒けきに　寒げなる　寒けれど　寒々(さむざむ)と　月寒し　露(つゆ)さむき　野(の)べさむき　肌寒き　身にさむく　良寒(ややさむ)ぞ　漸寒(ややさむ)に●暁(あかとき)寒し　秋風寒し　秋寒くなりぬ　いみじく寒き　梅(うめ)が香(か)寒き　浦風(うらかぜ)寒き　うる声寒し　おとのさむけさ　尾(お)ふりさむきに　かげぞ寒けき　風ぞ寒けき　風の寒さに　風のさむしも　風はだ寒く　かねて寒しも　鴨(かも)寒うして　川音(かわおと)さむき　寒気(かんき)のゆりし　寒磬(かんけいつ)尽きぬ　苦学(くがく)の寒夜(かんや)　声さへ(え)寒き　こゑ(え)は寒土(かんど)に　東風(こち)さむきかも　衣(ころも)寒らに　衣手(ころもで)寒き　寒(さぶ)き塒(ねぐら)に　寒からなくに　寒がりにつつ　寒がる人の　さむき朝明(あさけ)の　寒き垣(かき)ねに　寒き旅人(たびびと)　寒き啼声(なきごえ)　寒き昼(ひる)過(すぎ)　寒き夕(ゆうべ)し　寒き暮(ゆうべ)は　寒き雪空(ゆきぞら)　寒き夜(よ)すらを　寒き夜(よ)なよな　寒く来鳴(きな)きぬ　寒くこそふけ　さむくしなれば　寒く鳴きしゆ　寒く吹くなへ　寒く吹く夜(よ)

は　寒く降るらし　さむけく見ゆる　寒けくもなし
寒さおさへる　さむさしのがむ　寒さぬるさを　寒さひ
としほ　寒さを乞ふる　寒しこの夜は　山月は寒し　霜
寒き夜の　すごき寒月　手本寒しも　月さむしとや
月の色寒し　なほかげ寒し　なくて露寒　鶏寒うして
閨寒くして　肌し寒しも　更る夜寒き　ふるさと寒く
降日さむくも　松寒くして　身にさむくふく　みもひ
も寒し　むら雲さむき　山の端さむし　やや肌さむし
夕風さむく　夕暮さむし　雪さへさむき　夜さへぞ寒き
／玄冬素雪　身をさすがごと　凜々として

寒み［寒いので］　風寒み　空寒み　谷寒み　手をさむみ
床寒み　身に寒み　山寒み　雪寒み　夜を寒み●置く
露寒み　かりがね寒み　川風寒み　羽風を寒み　浜風
寒み　吹く風寒み

【凍る・氷る】　尾も凍る　凍して　氷りたる　こほる
らむ　凍れるを　こほれゝば　霜こほる　つゆこほり
水こほる●凍解の道　上はこほれる　かつ氷るらん　こ
ほらざりけり　こほらぬ水は　こほりて出づる　凍り
渡りぬ　氷りわたれり　凍り渡れる　氷る池かな　氷
る筧の　こほると見しは　たえだえ氷る　月ぞ氷れる
涙もこほる　冬も凍らぬ　まづこほりける　汀に氷る

凝る 凍る。固くなる　夕凝りの●あはれこごえし　飢ゑ寒ゆらむ
川の水凝り　霜こごるらし　濁りにこごり

【涼し】　新涼は　すずしくは　涼しうて　涼しげなる
涼しさに　涼月は　涼天を●泉すゞしき　入日すず
しき　炎涼の翼　かげぞすゞしき　風ぞ涼しき　風の
すずしく　風をすゞしと　かたへすずしく　河辺涼し
き　清く涼しき　草葉涼しく　声もすずしき　木陰す
ずしき　心涼しも　衣手すずし　さゞなみ涼し　驟雨
は涼を　涼しからぬ風　涼しかるべく　涼しかるらん
涼しき影を　涼しき宮の　涼しきものを　涼しき夕
涼しくあるらし　すずしくくもる　涼しくなりぬ
すゞしく見ゆる　涼しくもあるか　すずしさふかき
すゞの笹屋に　涼めとなれる　袖にすずしき　袂涼し
も　つゆぞすゞしき　手さへ涼しき　夏はすゞしき　寝
る夜すずしき　羽風すずしく　ひかりもすゞし　まね

くすずしき　家並すゞしき　山陰すゞし　夕露すゞし　夕べすずしき　宵は涼しも　夜にして涼し　涼気浮びたり　わか葉すゞしき　わが胸涼し

涼む　朝涼み　涼まむや　すゞみ台　冷み立てり　涼みとる　すずみ人　夕涼み●昨日涼みし　君ぞ涼まん　茂みにすずむ　しばしすずまむ　涼む木蔭を　すゞむしげ木の　すみ所なし　ゆふすゞみせん　涼を貪つて

【冷ゆ・冷たし】　清冷たり　手の冷ゆる　氷えに氷え　冷光の●あな冷たよと　いとつめたきこころ　薄らつめたく　唇につめたき　下冷つよき　卓の冷たさ　牛乳のつめたさ　冷たき碑に　冷たき記憶　つめたき衣　つめたき月に　冷たき床ぞ　冷たき肌を　冷たき夕日　にほひ冷たく　柱つめたく　腹ひゆるなり　冷えし掌　瞼つめたし　身は冷えにける　冷漠の雲

冷まじ（冷えびえしている）　秋冷まじき　月冷じく

冷やか　ひいやりと　冷なり●池冷やかに　空のひやゝか　露ひやびやと　冷ならず　冷かなるよ

冴ゆ［冷えこむ］　風さえて　さえかへる　さえくれて　冴えさえて　冴え行きぬ　冴えわびて　さゆる日の　さゆる夜の　さゆれども　霜さゆる　床冴えて●いとゞさゆらむ　さえかへる空　冴えたる夜はに　袖だにさゆる　空さへさえや　ひとりさえつる　氷に冴え渡り　ふるさとさえぬ　まだ雪さゆる　夜すがらさえし

暖

【暖か】　あたたかき　暖むる　温めて　暖膝を　暖もりの●暖ければ　暖かに見ゆ　空暖かに　ほのあたたかし　身のあたゝけく　わけて暖

【温し】　底ぬるき　ぬるくとも　ぬるみける●風ぬるくこそ　くつにぬくめる　寒さぬるさを　ぬくみしづかに　少熱くは出でず　日のかげぬるき　水はぬるめり

【暑し】　暑かはしさ　暑かはしう　暑きころ　暑き日は　暑げなる　あつさだに●暑き日中を　暑くおもほゆ　暑く苦しく　暑くや蝉の　暑さぞまさる　暑さ忘るる　いと暑きころ　炎暑を避くる　炎蒸を忘れ　炎涼の翼　風さへあつき　極熱の日に　寒さ暑さも　残る暑さの　日の影も暑く　ひるのあつさも／九夏三伏

野

【野】　大野ろに　暮るる野に　五月野の　茂き野を　標野行き　しらむ野の　すゑ野より　野合戦に　野雪隠　野とならば　野にうたふ　野に生ふる　野に暮れぬ　野の獣　野の末に　野のはなの　野はくれて　野を広み　野を見れば　野を分きて　人離野　迷野の　野に放てる●浅野の雉　出て、野末に　おのが住む野の　雉子たつ野を　駒は野ごころ　咲ける大野を　しらぬ野原に　末野の薄　その草深野　高間の草野　立つ野とはやく　つばなぬく野に　夏の野の朝　野少女どもの　野上を光す　野沢に茂る　野末に生ふる　野とやなりなむ　野中に立てる　野中の草の　野中の清水　野に炎の　野に出山に入り　野に泊りぬる　野には啼く虫　野に山ありき　野の上の草そ　野の外光に　野はうなばらに　野は異にして　野は春の草　野は光るなり　野山の浅茅　野山の末に　野山の雪を　野山も果ては　野をなつかしみ　野を夕ぐれと　春の茂野に　人もなき野の　まがきは野らと　見こみたつ野や　紫のゆゑ　紫野行き　宿りせむ野に　山野に放し　山行き野行き　夕日の野には　よこ野のつゝみ　横野の茅花　芳野よく見よ／あだし野の　あはづ野の　大荒木野の　鹿島野の　春日野に　蒲生野の　くだら野の　嵯峨野さらなり　信濃野なるや　鳥部野の　宮城野の　紫野　紫野辺に

野面［野のおもて］　秋の野も狭の　風は野も狭に　野もせに虫の　野もせの草の　野もせの露に　野もせの萩の

小野［野。野原］　蜻蛉の小野の　朝立つ小野の　朝伏す小野の　小野の浮橋　小野の草伏　小野のしばふは　小野の山里　小野の別れよ　小野をよぎりて　声聞く小野の　神楽良の小野に　たなびく小野の　遠里小野の

枯野　枯野ながらも　枯野の草の　枯野の薄　枯野の月は　原の枯野に

焼野　裾野焼く　春野焼く●荻の焼原　野をばな焼きそ　春の焼野に　やき捨てし野の　やき野のけぶり　焼野が原と　やけのゝ雲雀

野守［野の番人］　月も野守の　飛火の野守　野守の鏡　野守は見ずや

【野辺】故郷の野辺　野べさむき　野辺ちかく　野べとへば　野辺に来て　野辺になく　野辺の色　野べの草野辺の露は　野べの春　野辺見れば●秋の野べをば　朝立つ野辺の　いづれの野辺も　色めく野辺に　鶯野辺に生ふる野べとは　多かる野辺に　彼方野辺に　かへらぬ野べに　かをれる野辺に　春日の野辺に　かりねの野辺の　枯れゆく野辺は　さきつる野辺を　しほるゝ野辺を鹿鳴く野べの　しゞ咲野辺を　しむる野辺にて　しめ結ふ野辺は　たなびく野辺の　玉ちる野べの　ちりしく野べの　つまどふ野べの　飛火の野べの　虎臥す野辺に鳴く音は野辺に　鳴く野辺の虫　涙や野辺の　匂へる野辺は　庭は野辺とも　野べすさまじき　野べとなしつる野辺とひとつに　野辺と我が身を　野辺に庵りて　野辺にうつして　野べにくらしつ　野辺に心の　野辺に小松の　野辺にたはるる　のべにつまどふ　野辺になまめく野辺に寝なまし　野辺にまづ咲く　野べの秋風　野辺の秋萩　野辺の淡雪　のべのいほりに　野べの色こそ　野べのうぐひす　野辺の小車　野べのをじかの　野べの遠方野辺の容花　野辺の霞は　野べの草葉に　野辺のけしきを　野べの小鳥も　野べのこはぎの　野辺の小松を　野辺の桜し　野辺の薄は　野辺のそむらん　野べの千種の野べの露とも　野辺の錦の　野辺の松虫　野辺の緑ぞ野辺の虫をも　野べの夕ぐれ　野べの夕露　野辺の若草野辺の若菜も　野べ見にくれば　野辺見るごとに　野べや枯るらむ　野べを憂しとや　野辺を染むらむ　野辺をにほはす　遙けき野辺の　ひとりや野べに　吹しく野辺の　みだるゝ野辺に　もずなく野べの　ゆふべの野べを　分けつる野辺と

【原】浅茅原　荻原や　小笹原　狩の原　小萩原　篠原や　柞原　冬木原　真田葛原●青原を来も　浅茅が原に　あらら松原　鎮斎く杉原　荻のやけ原　惜しき菅原　をしき萩原　小野の篠原　かすむ松原　風吹く原の　草の原をば　小笹が原に　島の榛原　白ら松原高野原の上　鳥立ちの原を　靡け細竹原　にほふ榛原沼の葦原　野路の篠原　野原篠原　野はらの風に　野原の煙　野辺の萩原　原の小薄　ひばらかすみて　檜原

さやぎて　檜原の奥に　檜原もいまだ　松原ごしに　まつばらこゆる／朝の原は　安達が原の　あべの原　あはづの原　生の松原　百済の原ゆ　那須の篠原　富士の裾原　真神の原に　真野の榛原　みかの原　宮城野の原　三輪の檜原に　むさしの丶原

【岡】　岡へ行かん　片岡に　高き岳　人見の岡　わが岡に●岡の茎韮　岡の葛葉を　岡の松笠　岡のやかたに　片岡かけて　かたらひの岡　衣ほす岡の　桐生の岡に　そともの岡の　むかひのをかに　やへさす岡の

つかさ［丘］　丘に●岸のつかさの　野山つかさの

岡辺［岡のほとり］　をかのへの　岡傍には　岡辺なる●をかべの萩に　さすや丘べの　谷の岡辺は

【森】　生田の森　うつ木の森　神南備の　きく田の森　木幡の森　しのびの森　たれその森　常磐の森　宮の森　森隠　森の蔭　若葉森●銀杏の森は　うへつきの森　うたたねの森　おいその森の　大あらきの森　小暗き森の　神なびの森　くつろぎの森　木枯の森　子恋の森の　さびしき森に　沈黙の森に　立ち聞きの森　ははその森に　森こそ夏の　森となるらめ　森に早なれ　森に鵙啼き　森のあらしも　森の公孫樹に　森の空蝉　もりのからすの　森のこがくれ　森の言の葉　森の下なる　もりのしたやの　森一むらは

【林】　寒林と　閑林に　祇林には　芳林に　満林の　林間に●かれし林も　鶴の林に　鳥は林に　花の林は　林に帰　林に迷ふ　林のにほひ　林は抱く　林響きて　林を出でて　林を植ゑむ　林を辞する　風林の一夜　星の林に　雪林頭に　林間に吠え　林中の花の

岩

【岩】　岩あらう　岩垣に　岩陰に　磐構へ　石崩の　石くぐる　岩黒き　石瀬踏み　岩そそく　磐畳　岩伝ひ　岩床の　石に生ふる　岩に堰く　磐に触れ　石橋の　空岩は　黒き岩は●岩うつ波の　岩垣沼の　岩垣もみぢ　岩かげ草の　岩きりこえし　岩きりとほし　岩さへ苔の　いはせく沼の　岩つたふらん　岩に植ゑたる　磐に苔むし　岩にしだるる　岩にせかるる　岩にたばしる　岩にも松は　岩のおひさき　岩の懸道　岩のかど踏む　いはのかどみち　岩

の気色(けしき)を　石踏(いわふ)み平(なら)し　岩ふみなれん　石踏(いわふ)む山の　石(いわ)本(もと)さらず　岩本菅(いわもとすげ)を　石本激(いわもとたぎ)ち　岩もと見せぬ　岩をどよもし　沖(おき)の岩越(こ)す　黒岩のうへに　関(せき)の岩角(いわかど)　瀬戸(せと)の岩壺(いわつぼ)　千引(ちびき)の石(いわ)を　みちは岩ふむ　揺(ゆる)がぬ岩の

巌(いわお)［大きな岩］　巌すら●いはほがくれの　巌なりとも　巌に生(お)ふる　巌に根(ね)はふ　巌にも咲く　巌の果(は)ても　いはほの枕　湍門(せと)の磐(いわお)も　たてるいはほや　雪の巌に

海石(いくり)［海中の岩］　海石にぞ●奥(おき)つ海石に　門中(となか)の海石に

岩間(いわま)　石間(いしま)づたひの　岩のはざまに　岩間にまよふ　岩間にむせぶ　岩間にもらす　岩間の氷(こおり)　いはまのたきつ　岩間の真菰(まこも)　岩間の水に　岩間をくぐる　いは間をしぬぎ　岩間を漏(も)り来(く)る　きしの岩間に　わけし石間(いしま)の

岩根(いわね) 大きな岩。岩の根もと　岩が根の　岩根踏(ふ)み●岩根こごしみ　磐(いわ)根(ね)さくみて　岩根し枕ける　岩根に生(お)ふる　岩根の松に　いはねもりくる　瀧(たき)つ岩(いわ)ねを　山の岩根に

岩屋(いわや)**・石室**(いわや)　石室戸(いわやと)に●伊陽(いよう)の岩戸(いわと)　石室は今も　苔(こけ)ふす岩屋に　みねのいはやの　もらぬ岩やも

【石(いし)**】**　石あれば　石ずゑも　石高し　石立てて　いしづきと　石に残す　石に触(ふ)るる　石拾(いしひろい)　かゞ(が)み石　渓(けい)石(せき)を　築石(ちくせき)は　円石(つぶれいし)の　盤石(ばんせき)と　火打石(ひうちいし)●朝の舗石(しきいし)　池に石ある　石じるしあはれ　石だたみ踏(ふ)み　石なき山を　石並(な)み置かば　石に彫(え)りつく　石に眼(め)のつく　石の鬼形(おにがた)　石は履(ふ)めども　石拾(ひろ)はせて　石も青葉(あおば)や　石も啼(な)くべき　石をいだきて　石を埋(うず)みて　石をくゝみて　石を誰(たれ)見き　石をゆかなる　一石一字(いっせきいちじ)　うくかろ石の　鵜(う)の棲(す)む石に　坐禅石(ざぜんせき)をば　沈着(しず)く石をも　捨石(すていし)の角(かど)　立石(たていし)どもゝ　庭の置石(おきいし)　山の石くづ　山辺(やまべ)の石は　捩摺(もじずり)石(いし)の　ゆがみし石は

さざれ石(いし)［小石］　さゞれ石の　細石(さざれいし)の　礫(たぶて)にも●小石(こいし)の白を　小石(こいし)ふみ渡り　さゞれなるらん　さゞれふみたる　浜の小石(こいし)と　ゆく礫道(こいしみち)／恨(うら)みのつぶて

土

【地(ち)**】**　大地(おおつち)も　地(じ)を響(ひび)かす　地下に帰(き)し　地に垂(た)れて　地にみちぬ　地上(ちのうえ)に　地の底の　地の果(はて)は　地を分(わか)ち　地(つち)どよみ　霊地(れいち)かな●堅牢地神(けんろうじじん)も　こゑは寒土(かんど)に　胡(こ)の地の妻児(せいじ)　大地(だいち)両分(ふたわけ)し　地租(ちそ)のゆるみや　地に曳(ひ)く尾羽(おば)の　地に人は生(あ)

れ　地の底とほる　地平に冬の　地平の雲の　地をかぎてあり　地にあらましを　地にありとも　地に置かれぬ　地におちたる　地に落ちめやも　地に散るらむ　地には落らず　地にや落ちむ　地下にて　母なる地の

天地　乾坤は　天地と●青天地に　あめつちもしれ　壺中の天地　天地を靡かし

【陸】［陸地］　陸様に　陸に上り　陸に下り　陸の人　陸ひろら●陸近く来て　陸に上りて　陸をすてしや　陸を細めし／谷嶼の

【地震】　朝地震す　大地震の　下動み　震絶えず　震動は　つちさけて　動かして　地震の振る●震後の芙蓉　地さへ割けて　地震が揺り来ば　地震ゆりかへる

【土】　つちありく　土担ぎ　土付きて　土の底　土を掘りて　直土に●かぐろき土に　かはに土おほく　こさめは土に　土とも木とも　土ともならん　土弄りする　土なる所　つちにおちけり　土に着きたれば　つちにつくまで　つちにのべふし　土のなかなる　土はうきたる　土は踏めども　土より出づる　猫の土におり　ひとり土踏む　また土を食む　焼土路を

埴 黄赤色の土　赭土の●宇陀の真赤土の　岸の黄土に　なれぬ　埴生の　にふの山田に　赤土の小屋に　三津の黄土の

土塊　土塊に似る　ひかる塊　もとの塊

【砂】　煌砂　沙漠の海　砂に落ち　砂浜に　砂埃り　砂をかむ　砂を踏み●沙塞を尋ねて　砂丘辺に立てる　砂あび居たれ　砂にいざよふ　晴沙緑なり　握れる砂のひかる浜砂

砂　いさごぢの　砂原●いさごながるゝ　砂子に眠る　沙の涯を　砂の真砂の　砂を塔と

真砂　浮沙　白細砂　真砂地の　真砂やま　真砂子地　真砂にも　細砂にも●玉のまさごの　浜の真砂と　まさごながるゝ　真砂にふして　真砂の数は　まさごの露を

【泥】［どろ］　泥のみ　春泥の　泥水に●泥になりても　泥を逆上げ　にほひ泥ちて　泥にさし入る　泥踏なづむ　泥を含みて　みな泥染の

渥［沼地］　畔の渥　うきに植へけん　うきにながれて　うきは上こそ　うきよりなりて

山

【山】 奥山に　神山の　空山は　五月山　山底に　茂山の　夏山の　西の山　冬山は　短山　美豆山の　もる山は　山長が　山柄し　山河は　山霧の　山崩す　山寒み　山白む　山高み　山つとを　山神の　山照らす　山とほく　山のおく　山の末　山ばなれ　山姫に　山深み　山詣　山も狭に　山行かば　やよひ山●あけぼのの山　跡なき山の　あらしの山に　荒山中に　鴉背の山は　石なき山を　いづれの山の　をちかたの山　かからぬ山の　かしこき山を　かたぶく山に　鹿鳴かむ山ぞ　かよはぬやまの　聞えぬ山と　きのふ山べを　黄山赤山　妙しき山ぞ　恋の山には　苔の岩山　凝しき山に　異山々の　険しき山の　潮干て山に　過ぎぬる山は　すまれぬ山の　そともの山のたなびく山の　貴き山の　友なき山の　にほへる山の　野に出山に入り　野に山ありき　花ゆゑ山の　春秋山　春の山まろき　春や山より　人の守る山　ひむろの山に　昼見し山の　吹きにし山の　踏みみぬ山の　降りしく山を　隔れる山は　籬は山と　真木の裾山　三つのお山に　都の山を　み山出づなる　山浅ければ　山かきくもり　山がくれなる　山かも高き　山越え暮れて　山越す風の　山こそ花の　山寂しかる　山さびしくや　山下しげき　山下露に　山下とよみ　山した光り　山下水に　山ぞ恋しき　山高からし　山立ち出づる　山近けれど　山としたかく　山と燃えなむ　山とよむまで　やまとよもして　山凪ぎわたり　山に生ひたる　山にこそ入れ　やまにしむるや　山に標結ふ　山に住まへと　山に住む人　山にちかきも　山にて海の　山に向ひて　山にやはあらぬ　山の秋風　山のあなたか　山の天雲　山の下風に　山の石くづ　山の岩根に　山のをちかた　山のかけ橋　山の陽炎　山のかなしさ　山のくちなし　山の獣も　山の木隠　山のこゝろも　山の小寺に　山のしづくを　山の調めは　山の白雪　山のすみかの　山の蟬鳴きて　山の瀧つ瀬　山の常陰に　山のひたひに　山のまにまに　山のむさゝび　山のもみたむ　山のやどりの　山は枯れすれ　山は消えゆく　山は鹿の音　山は無くもが　山は百重に　山深くして　山へ帰るな　山めぐりして　山

もあらはに　山も崩さめ　山もたづねじ　山もとどろに山もほどなし　山も見が欲し　山も見わかず　山も燃ゆらめ　山や死にする　山行き暮し　山行きしかば山行き野行き　山呼び響め　山より出で、　山より高き　山を愛する　山を険しみ　山をもくずす　雪降る山を　横伏す山の　夜ふかき山に　よものやま〳〵四方の山より　よろづの山の／青香具山は　青菅山は青根が峰の　青根山　あさか山　あさづま山を　足柄山に　あふりの山ぞ　天の香具山　あみだの峰　嵐山生駒山　妹背の山と　妹背山　妹と背の山　いるさの山は　畝火雄々しと　畝火の山に　うねび山　卯の花山のエホバの山を　逢坂山の　大江山　おほびえや　小倉の山に　お茶山に　小筑波を　男山　音羽山　小新田山の　姨母棄山と　姨捨山に　鏡の山を　鏡山　香具山の宮　風越の　春日の山に　葛城山に　金の御嶽は　かまど山　神路の山に　神南備山の　亀の尾山の　亀山に北山に　吉備の中山　草香の山を　位山　くらぶの山の　鞍馬の山の　黒髪山の　黒山の　高野の山に　越の白山　崑崙山には　佐保の山べの　佐保山の　小夜のなかやま　更科の山　志賀の山越え　新羅の山の　末の松山　末の山　鈴鹿山　磨針山　仙酔山の　泰山は　たかをの山と　高円山の　竹のは山の　龍田の山も　立田山　玉の緒山に　多摩の横山　手向の山を　手向山筑波嶺の　筑波山は　剣の山の　ときはの山は　常盤山鳥部山　名草山　奈良山の　南山を　鋸山に　はこねの山の　泊瀬の山の　花園山に　花山に　柞山　ひえ粟田　比えの根に　比叡山　人国山の　檜原の山を比良の山　深草山の　二上の　二むら山も　ふたらの山の　筆の山に　船岡山を　布留の山なる　槙の尾山は巻向山に　まちかね山　まつちの山の　待乳山　水尾の中山　三笠の山の　水分の山　水分山を　金峰山の別当　陸奥山に　水無瀬山　美濃のを山の　美濃の中山耳無の山　耳なし山　みむろの山を　宮路山　み吉野の山　三輪の山　三輪山見れば　八幡山　木綿の山

【富士】不尽の嶺に●富士にむかへば　富士のけぶりの富士の柴山　不尽の高嶺に　富士の嶺のごと　富士の山

傍に　富士をあなたに　不尽を忘れて　山は富士のね

遠山　遠山に●をちかたの山　紀路のとほやま　遠の山のは　とほ山からす　とほ山ざくら　遠山鳥の　遠山のまに　遠山畑の　花のとほ山　四方のとほ山

外山　外山なる　と山吹く●遠の外山に　外山の秋は　外山のあらし　外山の庵の　外山のおくや　外山のかすみ　外山の梢　外山のさくら　外山の裾に　外山へだつる

深山　奥山に　深山出でて　深山には●ひとりみ山の　ふかきみ山木　深山出でしも　深山がくれの　深山烏の　深山桜に　み山と繁に　深山にふかき　深山の奥に　深山の苔に　深山の里に　みやまのしげみ　み山のすその　深山の滝の　深山の杖と　深山の月に　み山もさやに　深山を出づる　深山をゆけば

青垣 青々とした山がとり囲む様　青垣隠り　青垣山の

青山　あをやまの●青香具山は　青菅山は　青葉の山に　青山近し　青山に入れば　山青むころ

端山　そとものは山　は山しげ山　端山の秋の　端山の繁り　端山の月は　端山は下も

片山　片山かげの　片山雉　片山椿　かた山の寺

山間［山と山との間］　山あひに●山ゐに降れる

山峡［谷間］　山の峡●山のかひある　山のかひなく

山辺　みやまべの　山のべに●いとふ山辺の　老の山べの　鹿鳴く山辺の　清き山辺に　散らふ山辺ゆ　人は山辺に　深き山辺に　み山辺の里　やまべうつゆふ　山辺とよみて　山辺にをれば　やまべにすめば　山辺の石は　山辺の春は　山辺響きて　山べをさして　四方の山辺を

山脈　五百重山　畳づく　百重山●重なる山は　山並見れば　山は百重に　連山のうへ

【麓】　麓には　ふもと行く●雲は麓の　坂の麓に　麓に秋の　麓にきては　ふもとになれし　麓にふらぬ　ふもとの尾花　麓の雲に　ふもとの桜　麓の里に　ふもとの滝に　ふもとの野べの　禁の花の　ふもとの闇を　ふもとの旅舎の　麓をこめて　麓をとむる　見れば麓は

山本　遠の山もと　とをやまもとに　山本かすむ

裾野　すそ近み　裾野焼く●裾野の薄　裾野の塚の　すそ野のはらぞ　裾野の真葛　すそのまで吹く

【峰】　青嶺ろに　青の峰　翠嶺を　千峰は　東峰のねつゞきに　一峰越え　一嶺ろに　嶺ごえに　みねつづき　峰に散る　嶺の雪　峰も立ちて　山峰は　嶺隅に●木高き峰の　この峰も狭に　孤峰の月を　千畳の峰　千峰の鳥路　月すむ峰の　嶺越し山越し　峰に立つ雲を　嶺には着かなな　嶺ろに月立し　嶺ろの篠葉の　みね立ならし　峰続き咲く　峰とゞろかし　峰飛びこゆる　峰なる花は　峰に起き臥す　峰に霞を　峰にさびしき　みねにすみやく　峰にたなびく　峰にのこれる　峰に別るる　峰の朝風　峰の朝霧　峰の朝日の　峰のあらしの　峰の沫雪　みねのいはやの　峰の薄霧　みねのうすぐも　峯のかげぢを　峰のかすみは　峰の葛葉の　峰の煙に　みねのこがらし　峰のこずゑも　峰のささ栗　峰のさわらび　峰の椎柴　嶺のしらかし　峰の白雲　峯の白雪　峯のつづきに　峰のともしぞ　峰の花折る　峰のもみぢ葉　峰の蕨と　峰辺に延へる　峰までつける　峰行き過ぎて　嶺より落つる　峰を尋ねん／伊香保の嶺ろに　碓氷嶺の　甲斐が嶺を　越の白嶺に

向つ峰［向こうの山］　峰向ひに　向つ峰に　向つ岡の●この向つ峰に　向つ峰の上の

高嶺　高い峰。山のいただき　高き嶺に　高き峰●かすむたかねは　高ねさやかに　高ねにかへる　高嶺の雲の　たかねの桜　高ねの花は　高嶺のみ雪　那智のたかねに　比良の高嶺の

八峰［多くの峰］　八峰越え●八重山みねは　八峰の上の　八峰の雉　八峰の椿　八峰のつばさ　八峰踏み越え

【山の端】［稜線］　山ぎはの　山の崎　山の端に　山の際に●入る山の端は　うすき山の端　山の端出づる　山の端ごとに　山の端さむし　山の端ちかき　山の端ならで　山の端にげて　やまのはにみし　山の端の雲　山の端の月　山のひたひに

尾根　尾から行かむ●峰にも尾にも

尾上［頂上］　尾上なる●尾上に立てる　尾上の風に　尾上の鐘に　尾上の雉子　尾上の桜　峰の上の桜　尾上の鹿の　尾上の霜や　をのへの月に　雲岫を出づ

岳［高く険しい山］　岳辺なる　わが岳に●伊駒の岳に　咲き散る岳ゆ　飛火が嵬に　真朱掘る岳　行き廻る岳の

道

【道・路】 相の道 浅き道 枝道も 壊道にも 来る道は 砂利道は 蔦の道 濡跡道 牢獄みち 道ある世 道知らば 道すがら 終道ら 道たゆと 道遠し 路遠み 路となれ道の奥 道の辺の 路百里 道もがな 道もなし 道を好む 路傍の家 わが道も●明け暮れの道 あらしの道の あらはなるみち 荒しその道 いかなる道ぞ凍解の道 いはのかどみち おどろの道の 帰る道にし帰る道にや 陰に道ふみ 影ふむ道に 蔭履む路の 畏き道を 猟道の池に 河瀬の道を 清きその道 暗道にぞ こごしき道を こぞこし道に こなたの道に 先だつ道は 潮干の道を 繁道森道 下照る道に しの、めの道 裾引く道を 絶えぬる道に たづぬる道を 立ち塞ふ道を 旅行く道の 田道畑みち 契りし道の遠道さして 遠道もこそ なほ道狭き 涙も道を のがる、道も 這ひ来る道に 残雪の道を 伴道にして人なき路の 日の行く道の ふかき道をば 麓路たどる 北帰の路にて 道ある代にも 道あればとて 道刈りあけて 路ぎよめせし 道暗からず 道来る人の道こそなけれ 道さへ絶えぬ 道さまたげに 道さやかにも 道ぞたゞしき 道とほくとも 路とぢてけり道なが〱に 途中にてぞ 道ならなくに 道にあやなく 道に出で立ち 道に鳴きつと 路に乗りてや 道に臥してや 道にや春は 道に行き合ひて 道のおくまで 道の神たち 道の黒駒 みちのこるらむ 道の笹原道の知らなく 道の空路に 道の空にて 道の杖とも道のはてなる みちのはるけさ 道のまに〱 道はたとほし 道ははるかに 道は広けむ 道は見えけれみちふみそめし 道ふみわけて 道へ手を引 道見えぬまで 路もしみみに みちもてるまで 道もとむなり道もなしとや 道も宿も みちやかくる、 路行き違ふ 道行ぶりに 道行人も 路分けかぬる 道分けわぶる 道を過ぐとて 道を隔つる 見に行く道を 茂く開く道を 本に道履む 焼土路を 夕ぐれの道 ゆがめる道を 行あふ道は 往反り道の ゆく礫道 行くとふ道に 行くべき道の 夜路は吉けむ 夜道行か

じと　わが道暗し　別路におふる／あへる初瀬路　あづまぢとほし　東路の　あらきはこね路　磯越路なる　うきあづまぢぞ　海道と　紀路にありとふ　紀道にこそ　紀路のとほやま　君は越路に　越路なる　越路に帰る　越路の空を　越路の雪が　佐保路をば　山陽道　山陽の道　信濃路は　関路に匂ふ　筑紫道の　遠き土佐道を　成田道　箱根路を　播磨路や　春は越路に　姫の路　み越路の　武蔵野の路　山城道を　倭 道の

道芝［道ばたの芝草］　道芝の●みちしばうづめ　道芝の露　道の芝草　道の芝生に　宿の道芝　路傍の草の

山路　み山路に●入る山道の　かへる山路に　恋の山路は　越の山地に　山路ならねど　死出の山路の　知らぬ山道を　そむく山ぢに　たどる山路に　野路も山路も　深き山路に　見えぬ山路に　深山の道は　山地暮らしつ　山路越えんと　山路越ゆらむ　山道知らずも　山路なりける　山地に散れる　山路に匂ふ　山路の菊の　山路のくれに　山路の苔の　山路の友と　山路は栗の　山路はしらに　山道は行かん　山路もいまや　山地も知らず　山路よりこそ　雪も山路も　分くる山道

野路　野路の旅人　野路の夕ばへ　野地の雪間を

苔路　苔路におつる　苔路もわかず　露もつ苔路

陰路　そのかげみちを　まつのかげみち　峰のかげぢを

懸道　岩の懸道　ほきの桟道

崖路［険しい道］　ほきぢ伝ひに　ほきぢもうまく

岨［崖路］　岨路を●岨の榛原　岨の若松　山そばみちの

曲路　つづらをり　曲路／道の阿廻に

細道　畦の細道　けふの細道　せまき細道　谷の細道　蔦の細道　野辺の細道　山のほそみち

古道　ふるのふるみち　ふる道とめて　ふるみちの月

墾道［新道］　墾りし道　みちをはり●今の墾道

中道　中道を●井手の中道　海の中道

長道［長い道のり。遠路］　過ぎし長途の　鄙の長道を　道の長道は

直道［まっすぐな道］　直道から　直路にて●直なる道を

下道　木下みち●すぎのしたみち　蔦のした道　花の下道　松の下道　雪の下道

避道［脇道］　間道　近道は●避道は無しに　避道にせむ

蜘蛛手［分かれ道］　蜘蛛手にかかる　蜘手の道の／二道に　八十の衢に　八衢に　四方の道には　わけつる道の

隧道［トンネル］　隧道や●隧道くゞる

辻　五辻や　辻謡　辻車　辻角力　辻放下　辻やしろ　四つ辻で●六道の辻

【道惑】　踏み迷ふ　道知らで　道とはむ●家路まどひて　まよふ禁路　路たづたづし　道だに知らず　道に惑はゞ　道はまどひぬ　道まがふがに　道まどひする　道見忘れて　道もみえねど　道やまどへる　道を知らねば　道を尋ねな　宮路にまどひて　山路にまとひ

【坂】　相坂は　坂越えて●老の坂路に　さかにむかひて　坂の上にそある　さかのこなたに　坂の麓に　さかはかしこし　千歳の坂も　七曲崩坂　町の小坂を　み坂を越ゆと　八十隈坂に／碓日の坂を　甲斐の御坂を　木曽の坂路の　信濃の御坂を　奈良坂や

玉

【玉】　足玉も　唐玉を　玉といひて　玉とこそ　玉とのみ　たまと見て　玉ならば　玉の人　玉はやす　玉みがく　碧玉の　真珠なす●吾が欲る玉の　泡をか玉の　妹は珠かも　浮き沈む玉　奥なる玉を　挿頭の玉の　寒玉白し　蔵める玉は　ぎょくの勾玉　頭の珠をぞ　しける玉かも　しづける玉を　珠玉の門も　玉さへ清に　玉ぞくだくる　珠とあざむく　珠としぞ見る　玉と契れば　玉とぬくらむ　玉とみるまで　玉に彫りつく　珠に貫くべく　珠に拾ひつ　玉は授けて　玉は拾はむ　玉拾ひしく　珠空しく落つ　玉もかひなし　玉もてゆへる　玉やしけると　玉やはおりし　玉や拾はむや　玉寄せめやも　珠をこそ思へ　珠を貫かさね　玉をも塵に／夜光る

【白玉】［真珠］　白珠は●沖つ白玉　沈着く白玉　白玉採ると　白玉の緒の　問へどしら玉　水漬く白玉

鰒珠［真珠］　鰒珠●鰒白珠　鰒珠もが

阿古屋［真珠］　阿古屋とる●阿古屋の玉の

【宝】　珍宝　紅宝石●神宝ちふ　宝といふとも　宝の跡を　宝の山に　宝も丸く　積んだる宝は　天より宝が　人のたからを　勝れる宝　御調宝は／瑪瑙の扉を

翡翠　金翠を　翡翠だちて●翡翠の髪ざし

象牙　牙の笛●きさのきのはこ

琥珀　琥珀の酒●琥珀の装束

瑠璃 青い宝石。ガラス。るり色　紺瑠璃の　茄子のるり　瑠璃の鐙　瑠璃の壁　瑠璃の河　るりのちと　瑠璃の杯　瑠璃のつぼ　瑠璃の水●一碧の瑠璃　遙かに瑠璃の　碧瑠璃の水　瑠璃色の靄　瑠璃の瓦を　瑠璃の琴には　瑠璃の浄土と

水晶　水晶の　白水精●水精の盤　水晶の数珠

玻璃 水晶。ガラス　玻璃扉に　玻璃窓　玻璃の窓●玻璃障子の硝子に凭れば　硝子の屑の　玻璃を透て　硝子窓に

金

【金】　黄金の　金の筋　黄に蒔ける　金屋の　金閣を　金殿も　金の楯　金の薄　金盃に　黄金かも　金撲つ　黄金庫　黄金島の　こがねの鳥　金の花　金掘　黄金掘る　金泥にて●あまる金の　閻浮檀金の　黄金にして　玉楼金殿　金華の旧址　金花を連ね　金糸の縫を　金の御枕　黄金花咲く　金も玉も　金かまへて　こがねにかへぬ　金の瓶に　金の轡　黄金の浄土　黄金の玉か　金の釣瓶　こがねのはしら　黄金の御手を　黄金の紋は　黄金桝にて　黄金求むる　金もほらぬ　黄金をもつて　金銀種々の　金銀塗つた　使君の金紫は　白金黄金　空に黄金や　千々の黄金を　長者の金も　閨には黄金の

【銀】　銀簪が　銀かんざし　銀流し　銀縁の　銀を着く　異銀　銀の　白がねの　常陸銀●石見銀山　かね掘出す　銀かはらけの　銀拵の　銀の錫懸　銀のふち這ふ　こがね白銀　銀黄金　銀ざいく　銀にこそ　銀の器　しろがねの枝　銀の匙　銀の鍛冶　白銀の笄　銀の竿　白銀の玉　白銀の壺　白銀の泥　白銀の箔　銀の提に　白がねの山

水銀　みづかねの●水銀商

【鉄】　鉄臼の　鉄の　鉄牛の　鉄金甲　鉄橋　熱鉄のまがねしく　真金吹く●鉄床ためす　鉄の楯　鉄の弓　鉄鎚を以て

銅　銅笠　銅の　銅瓶の●赤銅作り　銅瓶に挿せり

唐金［青銅］　唐の金

錆ぶ　赤く錆びし　面銹びて　さびはて丶　やや錆びて●青みはてたる

谷

【谷】 渓石を　たにかげの　谷風に　谷寒み　谷狭み　谷の庵に　谷の奥　渓は転じ　谷深み　谷辺には　谷水は　谷みれば　澗めぐり　深き谷●いづれの谷に　ゐなかの谷の　小谷を過ぎて　霞の谷に　寒谷の月　谷路の底に　渓ぞひの宿　谷底にすむ　谷遠にして　谷にか分きて　谷に煙の　谷には春も　渓に潜める　谷の鶯　谷の岡辺は　谷の小川の　谷の筧の　谷の窪田も　谷の氷は　谷のこゝろぞ　谷の添水の　谷の底にも　谷の底より　谷の戸ぼそに　谷の一家　谷の古巣を　谷の細水　谷の水音　谷のむもれ木　谷の夕風　谷は桜の　谷ふところに　谷へたなびく　谷辺にはへる　谷間の歌は　谷をけたてゝ　外山が谷の　鳴くくら谷に　花は谷なる　深き谷をも　もゆるは谷の／一谷　函谷の

崖　崩岸の上に　崩ありて●崖に生ひたる　崖の小菅の

窪み　窪みたる●小田の窪田の　くぼみにまよふ　窪みに見する　窪やかなるを

【洞】 洞穴。谷。渓谷　谷のほら　洞に入れば●王子の窟は

小岫［山の洞穴］　をぐきが雉子　をぐきが小松

【沢】 沢蟹を　沢に生ふる　沢の芹　沢水に　沢も解けず●あさ沢みづの　あれ田の沢に　沢泉なる　沢たづみにある　沢田の畦に　沢に縫はれて　沢に根芹や　沢の上に立つ　沢のこほりの　沢の小芹の　鳴たつ沢の　住む沢の上に　鳴沢の如　野沢に茂る　また沢になす　山さはがくれ　山沢人の

沢辺［沢のほとり］　沢辺には　沢辺より●生ふる沢辺の　沢べに荒るる　沢辺にたてる　沢辺のちはら

川

【川・河】 朝川に　かのかはの　河合や　川柄し　川がりに　川遠み　川音なす　河の面に　川速み　川淀に　小川かな　小流れは　たにかはに　速河の　古川の　みづしほに　夜川にや　瑠璃の河●飽かぬ川かも　朝川わたる　雨ふる河の　鮎すむ川の　川音さむき　河音すみて　川音たかし　河雄大し　河音清けし　川に日くらす　川に向き立ち　川のをちなる　川のしづ菅　かはのぼりぢの　河のむかひの　川より遠の　象の小河を　清浅の水に　川

流を汲み　激つ河内の　瀧つ山川　ながるる川を　野川の末の　ほそ谷川の　水行く川の　湊の川の　野水の隈は　山川清み　山川さらさら　山川水の　夕河渡る　世にふる河の／飛鳥川　明日香の河の　泉河　大井河　音無河　片貝川の　かつらがは　鴨川白川　賀茂川の　賀茂の川波　神名火川に　黄河の水は　衣川　衣河とぞ　鈴鹿川　角田川　墨田川　瀬見の小川の　芹川の　杣川に　染河を　龍田河　龍田の河の　玉河に　多摩川に　玉ほし河　名取川　七瀬川　なのりそ川　涙川　放生川の　みすゝぎがはへ　みそぎ川　御手洗河の　水無瀬川　みなと川　みみと川　御裳濯川の　御裳濯の　宮川の　三輪川の　身を宇治川に　六田の川の　最上川　八十氏河の　吉野川　吉野の川を　淀川の　ヨルダン川の

川原　いざ川原より　河原の千鳥　川原を偲ひ　清き川原を　偲ふ川原を　朱雀の川原　すみだがはらに　みおや川原に

河辺　川のそば。川端　川ばたの●大河のべの　賀茂の河辺の　河辺涼しき　河辺に遊ぶは　川べに見えし　紀の川の辺の　なびく河傍の　ふる川のべに　星か川辺の

水上［上流。川上］　川の上●落つる水上　川上の神　滝の水上　水上澄める　みなかみよりや

【滝・瀧】　滝つぼの　瀧なみに　滝にそふ　瀧のいと　瀧の上の　滝の音は　滝の中に　滝まくら　滝見つつ　鳴る滝の●いはまのたきつ　落ちくる滝の　滝川の水　瀧つ岩ねを　滝と見たれば　瀧に遊びつる　滝に踊り入り　滝の糸もて　滝のへにして　瀧の音かな　瀧のかずそふ　滝の白糸　滝の白玉　瀧の常磐の　滝の水脈より　滝の水泡ぞ　瀧の宮子に　滝はけふこそ　滝は氷に　滝もにしきに　瀧を清みか　鼓は滝波　轟の滝　ふとる枝滝　ふもとの滝に　深山の滝の　分けくる滝の／音無の瀧　鼓の滝を　那智の滝　布引の滝　布留の滝　三重の滝　宮の滝　八十瀬の瀧を　養老の滝　吉野の滝は

垂水［滝］　垂水の上の　垂水の水を

滝つ瀬　滝。激しく流れる川　滝つ瀬に●おつる滝つせ　たきつ瀬なれば　たきつ瀬もなし　山の瀧つ瀬

地理

池

【池】池ぞかし　池にすむ　池の魚　池の辺の　池水に　春の池や●あしまの池に　池あらたむる　池に石ある　池にうるほふ　池に潜かず　いけにつみつる　池の浮草　池の鴛鴦鳥　池の面の　池の鏡に　池の氷の　池のこゝろの　池のさなみに　池の白波　池の玉藻の　池の堤に　池のなぎさに　池の蓮の　池の藤波　池の汀は　いけの水くき　池の水草　池の水鳥　池冷やかに　池辺に立てる　鏡の池の　潜く池水　猟道の池に　氷る池かな　猿沢の池　多集く池水　池心の魚隊　池塘に入りて　剣の池の　涙の池に　白鷺が池なる　水なしの池　見ゆる池水

【湖】湖の底　湖にうけて　水うみに　湖廻に●湖近き山の　湖のめぐりの　湖もひとつの　さびしき湖の　ちかきみづうみ　湖ちかくや

琵琶湖　近江の海　淡海の海　楽浪道を　竹生島　鳰の水海●鳰のさゞ浪　鳰の湖

【沼】沼水に●浅香の沼には　伊香保の沼の　岩垣沼の　いはせく沼の　大沼の底を　筑摩の沼の　沼にまどひて　沼の葦原　沼の水嵩を　沼のみごもり　沼へかよへる

隠沼 草などの下に隠れている沼　隠れ沼の　隠沼の●隠れる小沼の

【泉】泉ありて　いづみにぞ　泉の色　泉の波　泉声の●いづみうつ声　泉すゞしき　泉飛んでは　泉にすめる　泉に足りて　泉の声の　泉の小菅　泉の末を　泉の杣に　泉のみこそ　泉を飲まむ　泉を分ち　出づる泉の　黄なる泉の　酒の泉の　下は泉の　流す泉も　むすぶ泉の

水

【水】青き水　埋れ水　小黒水　落し水　瓶の水　寒の水　さそふ水　水郷に　水天は　関水に　滝の水　霊水と　噴水に　御溝水　水あをき　水浴びむ　水清み　水潜る　水伝ふ　水ならで　水にだに　水にふして　水の上に　水の如し　水の精　水の月　水の難　水の梯　水始に　水深み　水増り　水掬び　みづもなき　水を浅み　水を多み　水を截る　水をせき　水を払ふ　水霧らふ　水下ふ　埋れ水　山水を　流水の　若水に●あたりの水も　石間の水は　出で来る水の　浮べる水に　器の水に　馬に水飲へ　落ちくる水の　かへらぬ水の　影見し水ぞ　形見

の水は　菊には水も　小桶の水に　こほらぬ水は　孤独は水の　しばし水かへ　水流の如し　すみゆく水に　清浅の水に　谷の細水　玉江の水や　たらひの水に　垂水の水の　月と水との　苗代水の　のどけき水の　火にも水にも　水浅くして　水うちながし　水くくるとは　水ぞにごれる　水と魚との　水とぼしくて　水に溺るる　水にかげみむ　水にしるらん　水に波かく　水には浮かぶ　水に降る雪　水にも秋は　水に燃えたつ　水に揉まるる　水にやどれる　水の上飛ぶ　水のこゝろの　水のさびしさ　水の散りたる　水の春とは　水の響きも　水のまろみを　水の緑の　水の行には　水はおもはぬ　水運ぶ見ゆ　水はじかせて　水はぬるめり　水はほらねど　水ひゞくなり　水増さりなば　水まさるらむ　水もつたはず　水も燃えけり　水行き増り　水行く川の　水をこひてや　水を塞き上げて　水を狭めて　水を抽でて　水を掬べば　むすびし水の　やどらぬ水の　山川の水　山田は水も　ゆく瀬の水の　酔醒の水　よるべの水に　渡らぬ水も／逃水の

水屑（みくず）［水中のごみ］　みくづせく●沈むみくづの　蒼波の水屑　底の水屑と　水屑と思へば　みくづなるらん　水屑は誰か　我は水屑と

水錆・水渋（みさび・みしぶ）［水あか］　みさびゐて　水銹ゐぬ　みさびふく　みしぶつき●水銹すゑじと　水渋つくまで　水さびにけり

水嵩（みかさ）［みずかさ］　嵩添へて●沼の水嵩を　水嵩ぞ深き　みかさまさりて　水の嵩ほせ　水の水嵩や

水馴る（みなる）［水に浸りなれる］　水馴れ木の　水馴れ棹●みなるなる哉　水馴れ磯馴れて

水脈・澪（みお）水の流れの筋。水路。航跡　水脈絶えず　水脈ならば　水脈早み　水脈よどむ●いかなる水脈に　霞のみをの　雲の水脈にて　さかまく水脈の　ながるる水脈の　涙のみをの　水脈さかのぼる　水脈し絶えずは　みをのしるしも　みをはやながら　澪びきの声　水脈びき行けば　みおや川原に　水脈を早みか　水の筋あり　水のひとすぢ

水面（すいめん）　水の面に●水のおもても　水面ゆらぎて

水紋（すいもん）［波紋］　水紋は　水のあや●波の文ありて　よするあやをば

下水（したみず） 物の下を流れて行く水。内々に心に思うことのたとえ　菊のした水　苔のしたみづ　木の下水を　山下水に　雪の下水

玉水（たまみず） 水の美称。雨だれ　玉水を●井手の玉水　玉はいとにも　軒のたま水　雪のたま水

水溜り（みずたまり）　溜り水　庭潦　にはたづみ　水溜り

【清水】（しみず）　岩清水　こけしみず　白き水●おぼろの清水　清水ぞ宿の　清水流るる　清水に宿る　清水の末を　清水の外に　関の清水に　絶えぬ清水と　野中の清水　ふかき清水を　ふるき清水に　宿の真清水

いさら井（いさらい） 小さなわき水　いさら井は●いさらゐの水／忘れ水

岩井（いわい） 岩間のわき水　岩井くむ●岩井に浮くも　岩井の水を

山の井（やまのい） 山の清水のわき出る所　山の井の●山井の水は

走り井（はしりい） 清水のわき出る泉　走り井は●走井の水

田井（たい） 田に引く水をためたところ　裾廻の田井に　伏見が田井に　山田のたゐに

【涸る】（かる）　水涸れし　水の干る　水干たる●かれにし水は　水は涸れなむ

【汲む】（くむ）　汲まれぬる　汲みそめて　汲てけり　汲みて知る　汲み干して　汲みまがふ　汲む人の　塩汲ませ　水汲まん●あかもくまれず　遊ぶ瀬を汲め　汲みそめてける　汲みはみねども　くむだに今は　汲むたびに澄む　くむとはなしに　汲む人なしみ　汲んだる清水で　しほくむ袖に　清水は汲まず　川流を汲み　菜摘み水汲み　人し汲まねば　水汲ましけむ　水汲む女　見たか水汲　雪をくむまで

【雫】（しずく）　雫合ひて　雫には　しづくのみ●折れる雫に　かいの雫か　木木のしづくに　木雫のちる　棹の滴に　雫枝にも　雫落らし　しづくごとにぞ　雫こぼる、　しづくさへそふ　雫にかをる　雫に濁る　雫に濡れて　しづくにのみは　しづくのつら、　雫のみこそ　雫はら〳〵　しづくも色や　雫も堅き　雫もよゝと　雫ゆかしき　すぎのしづくを　絶えぬしづくを　竹のしづくや　波の雫を　軒の雫を　花の雫に　本のしづくや　もりのしづくに　山の滴に

滴る（したたる）　雨滴る　したたりを　滴るを●滴しつつ　した、るみづを　秋声を滴らせ　岬にしたたる

【泡】泡だちて　浮ぶ泡の●泡かともみゆ　泡と消えなん　泡とこそなれ　あわとなりても　泡ならばこそ　沫に消えぬる　泡にとくらん　泡に見ゆらん　泡の消え入る　泡をか玉の　消ぬる泡とも　はかなき泡の

水泡　青水沫　水の泡　泡沫なす●沫のながれて　うかぶみなわも　落つる白沫の　滝のしらあわ　滝の水泡ぞ　流る水泡の　水の泡にも　水泡逆巻き　水沫に浮ぶ　水泡のごとし　水泡乱れて

【井】井戸替に　岩井くむ　井を穿ち　曝井の　筒井つの　掘りし井の●閼伽井の水に　板井の清水　后町の井　少将ノ井　せが井の清水　たな井の清水　田中の井戸に　玉の井の水　壺井の水の　寺井の上の　古井のかげの　ほりかねの井も　三井の清水の　御井の清水　甕井の清水／釣瓶はづして

井筒 井戸の地上部分　井の筒に●井筒にかけし

樋［樋］　下樋無み●井樋の口より　打樋のうへに　打樋を構へ　打樋を絶えず

筧［掛け樋］　筧かけ●筧の竹の　かけ樋の水ぞ　かけひの水は　氷る筧の　谷の筧の　ふるき筧は

流

【流る】流す花や　ながすべき　流るめり　ながるれど　流れ蘆の　流れ出づる　流れきて　流れ木の　流れくる　流れすぎ　流れそふ　流れての　流れ流れ　流れ見し　流れゆきて　流れ行く　庭に流す　碧流に　奔流を●藍をながしぬ　いさごながるゝ　浮きて流るる　浮きて流れぬ　うきにながれて　かきながすにも　影ぞながるゝ　風にながるゝ　競ひ流れて　清き流れの　九曲に流る　氷ながるゝ　木の葉流るゝ　紺青ながす　さはとて流す　背をながれたる　袖に流るる　絶えず流るゝ　激ち流るる　散てながるゝ　月ぞ流るる　流す泉も　流らへ散るは　ながるべらなり　ながるる川を　ながるる力　流るゝ血潮　流るる涙　流るゝはるを　流るゝみをの　ながるゝみれば　流るゝものは　ながれ出づらめ　流れ来るかも　流こそすれ　流れさゞらぐ　ながれざりけり　流れざりせば　ながれ次第の　流つゝのみ　流れて去なむ　流れて下に　流れてとまる　流れてはやき　流れて深き　流ても見め

ながれてゆけど　ながれて世々に　ながれぬ折ぞ　流れの末ぞ　流れ触らばふ　流れ実吹けば　流れもあへぬ　ながれもやらぬ　流寄るべく　なきに流るる　流なへ行けば　深く流るる　碧天を流る　窓に流れて　紅葉ながるゝ　流に牽かれて　わきて流るる／碧漣漣たる　溶溶たり　溶々として

流水　流水は●流るる水の　流水返らず

【湧く】　たぎり湧く　月湧きて　わき出づる　わきかへり　湧き上ぼる　水わくる　わく水の●雲の峰湧く　涌来る彩の　湧きて出でけむ　わきて流るる

【激つ】 水が激しく流れる　落ち激ち　瀧の浦を　水激つ●足掻く激に　石本激ち　おちたぎち行　落ちてぞたぎつ　聞ゆる激の　激ち流るる　激を見れば　たぎつ河内に　たぎつしら波　瀧つ山川　瀧に益れる　瀧もとどろに　たぎりて落つる　たぎるゆへをも　水の激ちそ

激つ瀬 水が激しく流れる瀬　たぎつ瀬の　瀧の瀬ゆ●激つ瀬ごとに　激つ瀬の音を　たぎつはやせに

たばしる［ほとばしる］　水伝ふ●霰たばしり　霰たばしる　露のたばしる　水は走りて　水走り出づる

石走る 水が岩にぶつかってしぶきをあげて流れる　石走る　岩そそく　岩伝ひ●岩にたばしる

迸る　迸り●とばしりあげたる

渦　渦潮に　渦いて　渦を生じ●うづまく見れば　また渦早き

【満つ】［みちる］　今日みちて　空に満つ　地にみちぬ　水満ちて　水満ちぬ　みちあまる　満ちにけれ　満ちぬらん　満ちぬれば　充ち満てり　満ちわたる　満つままに●虚空に満てる　月のみ満てる　匂ひみちたる　満ちても見ゆる　満に満ち来る　満のとどみに

漲る　あふれみなぎる　水みなぎると　みなぎりあへぬ　みなぎりながら　みなぎりわたす　雪と漲る

湛ふ 一杯にする　たたふれば　湛へつる　水たたふ　水湛へ●袖にたたへて　たたふさかりに　たたふる水や　月をたゝへて　水たたひけり

溜る　渟れる水の　月もたまらず　庭にたまれる

【零る】［こぼれる］　こぼさじと　こぼるらむ　こぼれ出

でて　溢れ零ち　こぼれ落つる　こぼれけれ　こぼれつる●置きてはこぼれ　こぼさで折らん　こぼさでにほへ　こぼして通る　こぼるるものは　こぼれか丶りたる　こぼれかかると　こぼれか丶れる　こぼれし紅粉を　こぼれてにほへ　ちりてこぼれて　露こぼるらん　露ぞこぼるる　手にこぼれくる　ひとつこぼる丶　日にこぼれてや

溢る　溢るとも　溢るれば●溢れあふる丶　雪消溢りて

【漏る】もれる。秘密などが他に知れる　露もらぬ　漏らさじと　もらさじな　洩すとも　もらすなよ　漏り出でば　もりかねて　洩りぞくる　もりにける　もる雨の　もるものを　もれてくる●いかゞもらし丶　何処漏りてか　いわねもりくる　岩間にもらす　岩間を漏り来る　このままをもりて　頻に漏れば　つゆ洩らさぬは　なほもるものは　もらすは袖の　洩らすわがうた　もらぬ岩やも　もらぬ間ぞなき　もりてきこゆる　もりても声の　もりやしにけむ　漏りやしぬらむ　もるにまかせて　もる人もなき　もるやいづこと　漏る山陰の　もる丶をいとふ　もるを見る見る　もれぬる袖の　わが名もらすな

【濁る】　うすにごる　かきにごす　濁江に　濁り空　にごりなき　濁り水　濁るらむ●うはにごりせり　風濁りなし　かつ濁りつ丶　この世の濁り　白く濁りたる　濁つた雲の　にごらで澄める　濁りこそせめ　濁りしよりも　濁りそめたる　濁りたりとも　濁りて赤し　濁りて死魚ぞ　にごりなき世の　濁りにごり　にごりにしまぬ　にごりはてぬる　にごりみなぎる　濁れる町の　にごれる水の　水ぞにごれる　渡ればにごる

【淀】　大淀の　川淀に　濃くよどむ　水脈よどむ　淀瀬には　淀むとも　淀めらば●井堰によどむ　裏辺の淀に　大川淀を　棹さす淀の　高瀬の淀に　中は淀ませ　七瀬の淀は　淀瀬無からし　淀の真菰の　淀の渡りの　よどみ藍なす　淀みにとまる　淀むとしひの　よどめるみづは　淀める淀に　われはよどまず

柵　水の勢いを弱めるために川の中に打ち並べた杭　しがらみかけて　しがらみ越えて　しがらみぞなき　しがらみ散らし　しがらみとむる　しがらみふする　しがらみもあれ　しがらみもがな　しがらみ渡し

瀬

【瀬】 浅き瀬の 憂き瀬には かかるせも 上つ瀬に 川瀬尋め 河の瀬に 清き瀬に 下る瀬に 心見の瀬 下つ瀬に 瀬を早み 瀬を広み 瀬をみれば 鳴瀬ろに 平瀬にも 八瀬わたる●あさき瀬にこそ 浅瀬しら波 浅瀬踏む間に 遊ぶ瀬を汲め 宇治の川瀬の うれしき瀬にも 河蝦鳴く瀬の 河瀬に咲ける 川瀬の鶴は 河瀬の千鳥 川瀬の波の 川の瀬清し かはのせの月 川の瀬光り 今日は瀬となる きよき川せを 悔ゆる瀬もなし 瀬に出で立ちて 瀬にかはりゆく 瀬にかはる世を 瀬には立つとも 瀬にはなりける 瀬にやまどはん 瀬の音もたかし 瀬見れば玉ぞ 瀬を清けみと 瀬を尋ねつつ 瀬をもまたずて 瀬をもみるべき 近きこの瀬を つひに寄る瀬は 七瀬とも八瀬とも 後瀬静けく 人の瀬とはた ゆく瀬の水の 淀瀬無からし

瀬瀬 瀬瀬に立つ●恋しき瀬ゞに 瀬々にいださむ 湍瀬に白波 瀬々に波寄る 瀬々の網代木 瀬々の埋れ木 瀬瀬のしき波 瀬々のしら糸 瀬瀬の白波 瀬瀬の珠藻の 瀬々の禊に 瀬瀬ゆ渡しし たまちる瀬々の

早瀬 早き瀬に はやせ川●たぎつはやせに 早瀬落ち舞ふ 早瀬をくだす 速み早瀬を

【潟】 潟を無み 汐干がた●かたやいづくぞ 潮干の潟に 干潟のくまの／明石潟 年魚市潟 石見潟 海上潟の 香椎の潟に 清見潟 難波潟 播磨潟

【洲】 沖つ洲に 川渚にも すさきなる 洲に光る 中洲に●いづれ長洲の 海の中道 この渚崎廻に

【淵】 水がよどんで深くなった所。苦しい境遇 青淵に 石淵の かくれの淵 かしこ淵 のぞきの淵 淵青く 淵ならで 淵なれや 淵に身を●かたぶちの鯉 菊の淵とぞ せけば淵とぞ 深き淵にも 淵となるらん 淵にしづめる 淵にのがる、 淵に身なげん 淵の緑も 淵は浅せにて 淵はあれども／夢のわだ 落合のわだ 秋水とどまる

淵瀬 ふちせとも 淵瀬ゆゑ 淵瀬をば 淵は瀬に●しらぬ淵瀬ぞ 人の淵瀬を 淵瀬たがふな 淵瀬ともなき 淵瀬に秋や 淵瀬もおちず 淵は瀬になる

【岸】 崩岸の上に 片岸の かの岸に 岸口に 岸移る

岸木立　岸近み　岸遠く　岸の隈　東頭は●荒ましき岸　憂き世の岸を　動かぬ岸に　岸重なれる　岸白うして　岸に生ふてふ　きしにかれせぬ　岸にすだけり　岸ににほへる　岸に蒸汽まつ　岸に乱るゝ　岸にむかへる　きしにむれゐる　きしにもまさる　きしの岩間に　岸の浦廻に　岸の黄土に　岸の額に　岸の姫松　岸の藤浪　岸の籬を　岸の松が根　岸の款冬　岸低くして　雲井の岸を　つなでの岸を　波うつ岸に　二つの岸に　菩提の岸まで　みむろのきしや　御裳濯の岸／河の鉉に

真杭 杭の美称　真杭には　真杭を打ち●戕牁振り立てて

【堤】 青葉の堤　池の堤に　花堤を過ぎて　咲く川堤　十里の堤　堤づたひの　堤の小草　堤は低し　つゝみゆきかふ　長き堤も　ひとめ堤の　ふるきつゝみを　よこ野のつゝみ

【堰く・塞く】 せきとめる。男女の仲をじゃまする　岩に堰く　塞かるべき　堰かれ候　せき上て　せきかへし　せきかねて　堰きかねぬ　せきつゝぞ　せきやらぬ　せくからに　瀬を堰けば　水をせき　臨川堰●いとゞせきあへず　岩にせかるる　せかれぬこひよ　塞きあへてあり　せき入れておとす　堰き下されし　塞きぞかねつる　堰きとどむらむ　せきとどめばや　せきとめらるる　せきとめられぬ　塞きに塞くとも　堰きやる方も　塞くと知りせば　瀬をせくにこそ　波の塞れる　水を塞き上げて　寄りてせくらむ

井堰 井堰に落せ　いづれ井堰きの　ゐせきに秋も　井堰に声の　井堰によどむ　井堰の波に　井堰の水の

井手 朝井堤に●井手越す波の　八尺の堰塞に

堀江 人工の川。運河。疎水　堀江越え　堀江こぐ●さわく堀江の　難波堀江の　堀江づたひに　堀江の深く

橋

【橋】 市橋の　大橋の　橋上に　そり橋に　銕橋　虹の橋　橋合戦　橋壊れ　橋作り　橋の板　橋の上に　橋の銭　橋の名の　橋柱　橋普請　橋見えて　一つばし　広橋を　丸橋を　丸木橋　眼鏡橋　戻り橋　陸橋に●大きなる橋　小川の橋を　空色の橋の　珠橋渡し　はしうち出でし　はしうちわたる　はしなければや　橋にもまれに　はしのひがしと　橋の下なる　橋へ廻れば　橋見ざりきや　橋

渡すとか　橋渡せらば　橋を行かふ　板橋ノ霜　檜橋より来む　曲れるはしに　御橋の上に／宇治橋の　うたたねの橋　小野の浮橋　木曽路の橋の　久米地の橋のこほろぎ橋を　佐野の舟橋　瀬田の唐橋　瀬田の長橋　銅駝橋畔　轟の橋　長柄の橋の　浜なの橋と　戻り橋　八橋は　矢橋の小竹を　山菅の橋　ゆきあひの橋

岩橋　岩橋の●石の橋はも　石橋も無し　苔の岩橋

継橋　継橋の●まきのつぎ橋　真間の継橋

打橋　うち橋や●打橋渡し　打橋渡す

桟　懸橋の●木曽の桟橋　雲のかけはし　谷のかけはし　峰のかけ橋　山のかけ橋

棚橋　棚橋わたせ　一つ棚橋　前の棚橋　山の棚橋

鵲の橋［天の川］　鵲の橋　紅葉の橋を　渡せる橋に

欄干　欄に　高欄に●高欄のもと

橋姫［橋を守る女神］　橋姫の●宇治の橋姫

港

【港・湊】　湖葦に　水門入に　湊入の　水門風　湊風　湊田に　みなと舟　湖廻に●いづるみなとは　神のみとかも　まもる水門に　みとの川風　みともせきまで　湊にかゝる　みなとの蘆間　みなとの風に　湊の渚鳥　港の船の　湊はわびし　みなとや秋の　八十の湊に／明石の門波　阿渡の水門に　安房の門や　阿波の水門

【津】　隠津の　難波づは　熟田津に　泊てむ津の●浮津の波音　使ふ川津の　津に居る船の　難波の津ゆり

【門】河口や海などの両岸が狭くなっている所　由良のとを●沖の門中で　島門を見れば　門中の海石に　門渡る千鳥　門渡る橋を　門渡る光　とわたる舟の

川門　川門には　かはとみて●川戸を清み　川門に立ちて　とほき川との　夏身の川門

瀬戸［海峡］　瀬戸口に　瀬戸わたる●薩摩の迫門を　瀬戸の岩壺　せとの汐合に　瀬戸の潮風　瀬戸の潮干の　瀬戸のなごろは　迫門の稚海藻は　瀬戸わたるほど

【渡り】［渡し場］　宇治の渡の　籠の渡りの　狭野の渡りに　対馬の渡り　淀の渡りの　渡りの沖の　渡を遠み

渡瀬 川の渡り場所。浅瀬　渡瀬と●川の渡瀬　去年の渡瀬　渡り瀬ごとに　渡瀬深み　渡る瀬もなし

地理

島

【島】いはひ島　浮島の　沖つ島　死の島の
島陰を　島伝ふ　島響み　島流し　雪島の
雪の島●荒き島根に　いづれの島に　沖つ島
人　沖の小島に　をちの島〴〵　来寄する島の　鯨の寄
る島の　雲ゐる島や　小島がさきに　小島は色も　島
漕ぎはなれ　島こそ浮べ　島ぞこほりの　島伝ひ行く
島ならなくに　島に放らば　島の御階に　島の宮ゐの
ただ浮島は　遠つこ島は　都島べの　見ゆる小島の　宜
しき島々／小豆島　淡路島　家島は　伊勢島や　妹が
島　蝦夷島　鬼界が嶋へ　黄金島の　佐渡の島根を　菅
島の黒　田蓑の島を　たはれ島　竹生島　豊浦の島
度羅島　錦の島と　猫の島　二名のしまぞ　籬の島の
松島の　松が浦島

島守　島の番人。島の住人　島守に　八島守る●沖つ島守　島守る神
や　新島守が

島山　島山は●あはぢ島山　沖つ島山　奥つ島山

島隠る　島かげに隠れる　島隠り●島隠れぬる　島かくれ行く
島漕ぎかくる　み島がくれに　八十島隠り

島廻　島廻すと●荒き島廻を　しまめぐるとて　百島
めぐる　八十の島廻を

江

【江・入江】　入海を　内海に　江の鯉と
江の月に　江の浪の　霞む江の　江蓮に
濁江に　水の江の●あの江へ往ませ　入江か
すみて　入江さやかに　入江響むなり　入江に求食る
入江にまよふ　入江の薦を　入江の洲鳥　入江の蓮　入
江のまこも　入江のみぎは　沖つ深江の　おもひ入江の
さわぐ入江の　すだく入江の　その江に洗ふ／江東に
江の南こそ　住江を　太刀造江の　都太の細江に　難波
江の　難波の小江の　三島江や

玉江［入江の美称］　玉江漕ぐ●玉江の葦を　玉江の真薦
玉江の水や

【崎】　磯の崎崎　おほわださきの　崎徘徊り　島の崎
崎／小島がさきに　四泥の崎　湍門の崎なる　松がさ
きには　みほが崎　三保が洲崎や　由良の崎

岬　丘の岬　み崎廻の●金の岬を　岬にしたたる　岬の女

【磯】　磯影の　磯住まじ　磯無みか　磯馴れぬ　磯に

地理

触り　磯に寄る　磯の上に　磯のまに　いそまより　磯山に　大磯の　離磯に●遊びし磯を　磯越す波の　磯立ちならし　磯づたひせず　いそにおりゐて　磯に刈り干す　磯に住む鶴　磯に靡かむ　磯に見し花　磯にや出でて　磯に雪降り　いその玉藻や　磯の中なる　磯の波わけ　磯の広らに　磯の細道　磯の松が根　磯の夜霧に　磯もとどろに　磯もとゆすり　磯山あらし　磯山過ぐる　入りぬる磯の　鵜の住む磯に　小磯も語れ　虫明の磯の　寄せけん磯を

磯辺　磯辺の小松　磯辺に生ふる　ゆきといそべの

荒磯　荒磯の　荒磯越す　荒磯にも　荒磯辺に　荒磯松　荒磯海の　荒磯面に●荒磯の玉藻　あらいそ枕　ありそうつ浪　荒磯に生ふる　荒磯の海の　ありその浦の　荒磯の洲崎　荒磯の渚鳥　荒磯の渡　沖の荒磯に　清き荒磯を　心ありその　崎の荒磯に　たてるありそに

磯隠り　石隠り　磯隠れ●磯がくれける

磯廻　磯の湾曲したところ。磯めぐり　磯廻するかも　磯廻に生ふる　磯回にいます　いそわの千鳥

【浜】　小貝浜　浜清み　浜も狭に●清き浜廻を　来寄する浜を　黒白の浜　千ひろの浜の　浜に寄するとふ　浜の小石と　浜の苫屋を　浜の真砂と　浜行き暮し　浜行く風の／信濃の浜を　白良の浜に　千里の浜　名草の浜を　吹上の浜　船瀬の浜に

浜辺　清き浜傍を　浜辺なるらん　辺にゆく波の

【渚】　渚漕ぐ　渚近く　昼渚●池のなぎさに　今ぞなぎさに　海のなぎさの　同じ渚に　清き渚の　渚にゐる舟の　玉しくなぎさ　渚し思ほゆ　なぎさに来ゐる　なぎさに立ちて　渚にのぼり　渚に臥して　なぎさに寄する　渚やいづこ　菩提が渚　寄する渚の　寄らむ渚ぞ

【汀・水際】　汀なる　水際より●池のみぎはに　入江のみぎは　霞む汀に　清きみぎはに　しばし水際に　月をみぎはに　夏はみぎはに　深き汀に　みぎはあらはに　汀に氷る　みぎはににほふ　汀にのこす　汀の葦に　水際の葦の　汀のあやめ　汀の鴨の　汀の氷　汀の小芹　みぎはのさくら　汀の鶴の　汀の千鳥　汀の浪は　みぎはの雪も　みぎはふけゆく　みぎはまされり

海

【海(うみ)】 海下(うなくだ)り　海哀(かな)し　海黒き　海近き
海に浮(う)けて　うみにます　海の声　海の月
海のにほひ　海の日の　海ひろに　海吹けば
海も浅し　海行(ゆ)かば　海を見よ　海涯(かいがい)は　海国(かいこく)に　霧(きり)
の海　しほうみの　滄海(そうかい)に　西の海　春の海●海片附(かたづ)き
て　海川見ざる　海こそ荒(あ)るれ　海な眺(なが)めそ　海に雨
ふり　海にあらしの　海に入(い)る見ゆ　海にをかしき
海に立つ波　海にとられむ　海にのがれし　海に帆(ほ)かけ
て　海に没(ぼっ)せし　海に対(むか)へり　海の小琴(おごと)に　海の黒さよ
海の調(しら)めは　海のそこひも　海の千尋(ちひろ)も　海の中道(なかみち)　海
のなぎさに　海のはてまで　うみのほとりに　海のみど
りを　海はあせなむ　海広(ひろ)らなる　海へ海へと　海辺(うみべ)に
漁(あさり)し　海や死(し)にする　うみ渡る船　海を鏡(かがみ)と　海を恐(かしこ)
み　海を成(な)すかも　海辺(かいへん)の春　恐(かしこ)き海に　黒牛(くろうし)の海
潮(しお)ならぬ海　二千里(じせんり)の海　生死(しょうじ)の海は　たゆたふ海に
つつめる海ぞ　半(なかば)もうみに　三日月(みかづき)のうみ　見(み)ぬ海山(うみやま)の
文殊(もんじゅ)の海(かい)に　山にて海の　世はみな海と　世を海べたに
世をうみ山に／伊勢(いせ)の海　印度(いんど)のうみに　奥の海よ　麻(お)
生(ふ)の海に　紀(き)の海の　紅海(こうかい)の　越(こし)の海の　志賀(しが)の大(おお)わだ
血沼(ちぬ)の海の　波逆(なさか)の海の　補陀落海(ふだらくかい)にぞ　むさしの海(み)
与謝(よさ)の海

海・海(わた・わだ)　大洋(おおわた)に　大洋(おおわだ)に　海中(わたなか)に　わたの原(はら)
海神(わたつみ)［海の神。海］　海神の　方便海(わたつみ)の●おほわだつみの
大海(おおうみ)　大海の　大(おお)き海の●四大海(しだいかい)をぞ　大海(だいかい)の前に
海原(うなばら)　海原(うなはら)の●海原(うのはら)渡る　大海原(おおうなばら)に　大海(おおうみ)の原　野(の)は
うなばらに　雪のうなばら
には［海面］　には清(きよ)み●にはも静けし　庭好(にわよ)くあらし
海面(うみづら)　海面に　海のおもに●海面(うみつら)なるに　海の面(おもて)の
海境(うなさか) 神話における神人の国と人の国との境界　海阪(うなさか)を●海阪(うなさか)黒し
海路(うみじ) 船の航路。船路　海(うみ)つ路(じ)の●荒(あら)しその路(みち)　海道(うみじ)に出(い)でて　海
路にとしの　海道(うみじ)は行(ゆ)かじ
灘(なだ)　遠灘(とおなだ)の　なだすぐる●いづれの灘に　比治奇(ひじき)の灘を

【浦(うら)】 浦さびて　浦近(ちか)み　浦千鳥(うらちどり)　浦づたふ　浦無(な)み
か　うらに住む　浦人(うらびと)の　瀧(たぎ)の浦を●あみ採(と)る浦の
浦隠(うらがく)り居(お)り　浦漕(こ)ぐ舟の　浦静かなる　うらぞ悲しき
浦ぞ住みうき　浦づたふらむ　浦に眺(なが)めむ　うらによ

らまし　浦の潮貝(しおがい)　浦のとま屋(や)の　浦の浜木綿(はまゆう)　浦のみるめも　浦見(み)つるかな　浦よりをち(お)に　うらよりかすむ　かひ(い)ある浦に　形見(かたみ)の浦に　異浦(ことうら)にすむ　月すむうらを　遠(とお)つ大浦(おおうら)に　年経(としふ)る浦を　海松布(みるめ)の浦に　よもの浦々(うらうら)　我(わ)が身を浦と／こりずまの浦　塩釜(しおがま)の浦　志賀(しが)の浦や　しのぶの浦の　須磨(すま)の浦に　須磨(すま)の浦人(うらびと)　田子(たご)の浦に　名高(なだか)の浦　なるとの浦に　錦(にしき)の浦を　ふたみの浦は　まつほの浦の　真野(まの)の浦の　三保(みほ)の浦の　八島(やしま)の浦を　和歌の浦に

浦廻(うらみ)［湾曲して入りくんだ所。湾岸をめぐること］　浦廻には●浦みにぞゆく　うらみをかづ(ず)く　浦わの波を　岸の浦廻に　鞆(とも)の浦廻に

浦路(うらじ)［海岸の道］　浦路はれゆく　浦路もふけぬ

【沖(おき)】　沖かけて　沖放(さ)けて　沖なかの●沖方(おきへ)行(ゆ)き　沖に住(す)も　沖漕(こ)ぎ来(く)らし　沖漕(こ)ぐ舟を　沖なかにひの沖に出(い)でたる　沖にをれ(お)波　沖に漕(こ)がるる　沖に袖振(そでふ)る　沖になごろや　沖に揺(ゆ)らるる　沖の海士舟(あまぶね)　おきのいさり火(び)　沖の岩越(いわこ)す　沖の鷗(かもめ)の　沖の小島に　沖の汐(しお)あひ(い)に　沖の白洲(しらす)に　沖の釣舟(つりぶね)　沖の波こそ　沖は恐(かしこ)し　沖干(ひ)むときや　沖へ漕(こ)ぐ見ゆ　沖へな離(さか)り　沖へな放(さか)り　沖行(ゆ)く船を　沖ゆ放(さ)けなむ(ん)　沖よりよする　沖を深めて　灘(なだ)の深沖(みおき)に　遙(はる)かの沖に　松浦(まつら)の奥(おき)に　渡(わた)りの沖の

沖つ(おき)［沖の］　沖つ櫂(かい)　沖つ楫(かじ)　沖つ風　沖つ島　沖つ洲(す)に　沖つ波　沖津舟(おきつふね)　沖つ藻(も)を●沖つ潮会(しおあい)に　沖つ潮風(しおかぜ)　沖つ島人(しまびと)　沖つ島守(しまもり)　沖つ白玉(しらたま)　沖つ白波(しらなみ)　沖つ縄苔(なわのり)　沖つ深江(ふかえ)の　沖つ真鴨(まかも)の　おきつみかみに　沖つ藻刈(もか)りに

沖辺(おきへ)［沖と岸べ］　沖辺なる　沖に辺(へ)に

波

【波(なみ)・浪(なみ)】　青波の　荒波(あらなみ)に　江(え)の浪の　大波に　沖(おき)つ波　返る波　翻(かえ)へる浪　雲や波たつなみを　散る波を　とゐ(い)波の　浪洗ひ(い)て　波洗ふ(う)　波怒(いか)る　波かけば　なみ風の　波越(こ)すと　浪越(こ)ゆる　波しのぐ　波ぞ立つ　波高し　波に敷(し)く　波に漬(つ)きて　波にやどる　浪の上(え)を　浪の戸(と)に　波の穂(ほ)の　波の間(ま)ゆ　波は呑(の)む　波臥(ふ)する　波枕(なみまくら)　浪まなき　波(なみ)間(ま)にしづ(ず)む　波も聞け　波もなく　浪を焼く　浪を分(わか)つ　寄する波　寄る波の●網代(あじろ)の波も　跡(あと)なき波に　あまぎる波に　あらいそ波に　五十鈴川波(いすずかわなみ)　井堰(いぜき)の波に

磯越（いそこ）す波の　甚振（いたぶ）る波の　井堤越（いでこ）す波の　岩波高く
浮きたる浪に　宇治（うじ）川波（かわなみ）を　うち出（い）づ（ず）る波も　うつる
夏浪（なつなみ）　海に立つ波　枝には波の　沖波（おきなみ）高み　沖にを（お）れ波
沖の波こそ　を（お）さまる波に　おとなき波の　思は（わ）ぬ波に
おりしく波に　かへ（え）る波なき　耀ふ（かがよう）浪の　霞（かす）まぬ波も
かすめる波を　風になみ寄る　賀茂（かも）の川波　河瀬（かわせ）に浪の
川瀬（かわせ）の波の　川波高み　川波立ちぬ　寒浪（かんろう）の底　きえ
ずや浪の　五色（ごしき）の波こそ　瀬々（せぜ）に波寄る　立ち寄る浪や
たゆたふ（う）波に　月待つ波の　つしまの波も　翼（つばさ）の波に
遠鳴（とおな）る波に　遠退（とおの）く浪の　遠（とお）よる波に　とよみは波の
とは（わ）に波越（こ）す　なづ（ず）さふ（う）浪の　波あらげなる　なみあ
らければ　波うちつけに　波うつ岸に　波折りかくる
波かけ衣（ごろも）　波かしこみと　浪越（なみご）しに見ゆ　波さへ（え）色に
浪さへ（え）もなく　浪ぞ折（お）りける　波ぞ立ちける　波高く
とも　なみたゝ（た）ずとも　波たちいでよ　波立ちくらし
なみたちさへ（え）て　波立ち寄らぬ　波立ち渡る　波立つな
ゆめ　波立てずして　なみたてつべし　波立てり見ゆ
なみとぞみゆる　なみとみゆらん　波に荒（あら）すな　波に

折らるる　浪に鍛へ（きたえ）し　波にこほ（お）りを　なみにこそいれ
波にしを（お）れて　波に沈まず　波に沈めし　波にはなる
る　浪にも濡（ぬ）れぬ　波に我（わ）が身を　波に別るる　なみの
あやおる　なみのいそには　なみの上漕（うえこ）ぐ　波の大鋸（おおのこ）
波の絃（お）すげて　波の音かな　波のかけたる　波の景色は
波の険（けわ）しく　波の塞（さや）れる　波のさわぎに　波の騒（さわ）ける
波の潮騒（しおさい）　波の雫（しずく）を　波の沈むと　波の下草（したくさ）　波の白糸（しらいと）
波のしらゆふ（う）　波の皺（しわ）なき　浪の底にぞ　波の遠音（とおね）や
なみのぬれぎぬ　波の穂（ほ）のいろ　波のまもなし　浪のま
よひ（い）に　波のよるひる　浪の寄る見ゆ　波のよるよる
波はあらへ（え）ど　波はかしこし　波は立つとも　浪は鳴る
とも　波吹きかへ（え）す　波吹く色は　浪穂（なみほ）にたてる　浪
もかへ（え）らず　波もてゆへ（え）る　浪もひとつに　波やかくら
む（ん）　波やくもかと　波や消（け）つべき　波数（よ）まずして　なみ
よりいでて　波をかしこみ　波をかづ（ず）きて　波を生（しょう）ぜり
波をはなれて　香へ（におえ）る浪に　庭に波立つ　西北風（はがち）の波に
はてなき波も　波動（はどう）のなかに　遙（はる）かに波を　碧浪金波（へきろうきんぱ）
外行（ほかゆ）く浪の　枕に波の　汀（みぎわ）の浪は　水に波かく　みるめ

を波に　宿借る浪の　やなせの波ぞ　寄せくる波の　わが身こす浪／騒ゑ群立ち　たちくれば　ひた〳〵とうつ

余波（なごろ）風が治まったあともうねり立っている波　連余波　なごり浪●朝明の波残沖になごろや　潮干の余波　瀬戸のなごろは　余波しも立てれば　波のなごりに

夕波（ゆうなみ）　ゆふなみに●夕立つ波の　夕浪千鳥　夕波の上に

浦波（うらなみ）海岸に打ち寄せる波　浦の波●浦に立つ波　浦に波立つ　浦わの波を　志賀の浦浪　須磨の浦波　田子の浦波

重波（しきなみ）あとからあとから続く波　しきなみに　八重波に●五百重波寄る重波ぞ立つ　瀬瀬のしき波　千重波しきに

波の花（なみのはな）　波の初花　波の花こそ　浪の花さへ　なみのはなさけり　波の花にぞ　波の花をや

波路（なみじ）　あまを浪路の　志賀の波路に　千重の浪路をなみぢへだつる　波路をぞゆく　なみぢをとほく　波路を分けて　波のかよひ路　見えぬ波路に　よるべなみ路に

白波（しらなみ）　白波に　白浪の　しろきなみ　波白し●浅瀬しら波　跡の白浪　洗ふ白波　池の白波　沖つ白波　をちの白浪　来寄る白波　くぐる白波　こゆる白波　しきる白波　白波さわく　白波高し　瀬瀬の白波　たぎつしら波　たたむ白波　たつしらなみの　夏しら浪の　花のしら浪　舳越そ白波　水のしらなみ　寄する白波

辺波（へなみ）海岸や岸辺に打ち寄せる波　辺つ波の●辺波静けみ　辺波な越しそ辺波の来寄る

【漣】（さざなみ）細波や　ささら波　さざれ波●池のさなみにさざ波かすむ　さゞ浪白し　さゞなみ涼し　さゞ波もなし　ささらぐ波の　小波ぞ立つ　さゞれにうつる鳰のさゞ浪　ひかるさゞなみ　微波に託して　見よ漣の

【潮】（しお）渦潮に　黒潮の　紅潮は　潮かをる　潮気立つ潮染むる　潮なれし　潮沫の　潮踏むと　潮待つと　新潮の　夕潮の　夜の潮●朝明の潮に　急潮を送る　潮海かけて　潮くむ海人の　しほくむ袖に　しほなれたりと　しほに迷うた　潮の和みぞ　潮踏む巫覡を　潮もかなひぬ　潮をふくみて　たけるうしほの　千重の潮瀬を　月の出で潮の／さしくらむ

【潮満つ】（しおみつ）しほの満つ　潮満たば　潮みてる　満つ潮の●朝満つ潮に　潮添ひ満てり　浦潮満ち来　しほのみつ

より　潮満ち来らし　潮満ち来れば　しほみち〳〵て
潮満つらむか　潮や満つらむ　満ち来る潮の

【潮干る】　汐干がた　潮干れば　引潮に　引く汐の●
海は潮干て　潮のはや干ば　しほのひるまと　潮は干ぬ
とも　潮干て山に　潮干なありそね　潮干にあさる
潮干にけらし　潮干に立ちて　潮干の浦に　潮干の潟に
潮干の道を　潮干のゆたに　潮干ば群れて　潮干るかた
に　潮や引くらん　瀬戸の潮干の　とほきしほひに

潮合　しおどき。潮流がぶつかりあう所　沖つ潮会に　沖の汐あひに　潮のやほ
あいに　せとの汐合に　満つ潮あひの

満干［満潮と干潮］　潮干満ちて●潮干潮満ち　満ち干て
染むる　干満に引かれ　満ち干る潮の

潮騒　潮騒に●沖つ潮騒　潮の遠鳴り　潮の遠音の

潮路　潮路行く　蒼波の路●しほぢにまがふ　しほぢ
遙かに　春のしほぢを　八重の潮路を　八汐路隔つ

【潮垂る】［衣服がぬれる］　しほたるゝ●海人のしほたれ
しほたるゝころ　まづしほたるゝ　又しほたるゝ

潮染む　海の水や潮の匂いがしみつく　潮染みて●こゝらしほじむ

里

【里】　をちの里の　里近し　里遠み　里中
に　里馴るる　里なれば　里の犬の　里の
名も　里は荒れぬ　さとはづれ　里離れ
里びたる　里わかぬ　たがさとも　たのめの里　吹く里
は　待つ里も　夕日の里●あらぬ里にも　いづくのさと
か　いづれの里の　いたらぬ里も　梅にほふさと　遠か
たのさと　をちなる里も　思はぬ里の　遠国遠里　帷
子の里　神名火の里　こなたのさとを　この里にてや
衣の里や　里居の夏に　里かぐら哉　里ぞ富みせむ
里近げなる　里訪ふものは　里遠みかも　里馴にけり
里なれぬらむ　里にこそ行け　里にしあれば　里にと
絶て　里には月は　里には夢や　里の市人　里の梅が枝
里のしるべも　里の月影　里の真中に　里のわらやの
里のわらはの　里へ遣る文　さともにぎはし　さともふ
りゆく　さともゆたけし　里分く月の　里をいとひて
里を変へても　里を響む　里をば離れず　住みこし里
を　楽しき小里　近き里廻を　千代ふる里と　月待つ
里を　遠き里まで　とはれぬさとを　汝が鳴く里の

にほへる里に　花咲く里に　花散る里に　花なるさとは
麓の里に　間近き里の　麦搗く里の　山本の里　雪ふる
さとぞ　吾家の里に／秋篠の里　小倉の里の　音無の里
帷子の里　鎌倉の里　忍ぶの里に　玉川の里　つまとり
の里　十市の里に　長ゐの里　ながめの里　猫間のさと
の　人妻の里　深草の里　伏見の里の　むら雲のさと
やましなの里　夕日の里

山里　山郷は●秋の山里　怪しき山里　をちの山里
小野の山里　すぐるやまざと　遠山里の　野寺山里
春の山里　晴れぬ山里　冬の山里　深山の里に　み山辺
の里　山郷なれど　山里の春　山里の光

里人　里長が　里人の　里巫女が●をちの里人　恋ふ
る里人　里隣の人　里のあま人　里のをとめら　里の男
子か　末の里人　平城の里人　八瀬の里人

【古里】　憂き古里を　帰らん里も　かへるふるさと
誰がふるさとぞ　露のふるさと　奈良の故郷　花の古里
春のふる里　ふる里いかに　ふるさと寒く　古里のあき
故郷の月　故郷の友　故郷人に　わが故郷の

郷　家郷を出づ　故郷の野辺　水郷に　人郷を　わが
郷に●郷を離れぬ　本郷思ひつつ　他郷の涙　郷愁は
故りにし郷ゆ　望郷の台　無何有の郷に　山科郷

【村】　孤村へも　村の色　村人と●帰牛の村は　昭君
村の　水損の村　村の仕癖を

【鄙】［田舎］　夷離る　鄙つ女の　夷振の　ひな都●都鄙
遠境の　鄙治めにと　鄙とはにかみ　鄙にあるわれを
鄙に五年　夷にし居れば　鄙にし住めば　鄙にも月は
夷の荒野に　鄙の住まひに　ひなの匠や　夷の長道ゆ
鄙の奴に　ひなの別れに　鄙辺に退る　ひなも都も

田舎　田舎人　田舎だち　田舎にて　田舎人　田舎武
者　田舎物●田舎棟梁　ゐなかの谷の　ゐなかわらはの

県［田舎］　あがたゐの　あがた見に●あがたの宿は　鳴
やあがたの　あがたづかさに／菖蒲の郡　郡ぞ栄えむ

【景色】　夕げしき●けしきの杜に　けしきは雪の　波
の景色は　野辺のけしきを　夜景になれる　余日媚景
は　世のけしきかな／明媚なる　見るべき山水

色　景色。ありさま　秋の色を　暁色に　秋色は　春の色を　村

地理

の色　夜のいろ●色添ふ秋の　色にぞ秋の　いろにぞ春の
春の色かな　風色悲し　夜色は微　夜を侵す色

【園】　菊の園に　すゞな園　園の梅に　園原の　園守が
誰が園の　新園守　廃苑に　花園に　春の苑　芳園の
桃薗の　林園に●霞花園　神の園なる　枯れにし園の
咲き散る園に　寂の園生も　しづが園生の　園生の桃の
園に匂へる　園に踏み入り　園のあぶらぎ　園の主に
園のなでしこ　隣の園の　名だゝる園の　華の園にて
母が園なる　春の園生の　春待つ園は　吾家の園に

御園　御苑生の●御園に遊ぶ　御苑の春に／神泉の

都

【町・街】　采女町の　さく街　一区の　町
を抜け　横町を●濁れる町の　町のにぎや
か　見知らぬ街路に

【都】　捨てば都　宮こ出し　都近き　都辺に●いづれ
都の　出でし都も　かげを都に　神代の都　今朝はみや
この　志賀の都は　しばし都へ　住まば都よ　瀧の宮子
に　つるの都に　共に都に　西の都は　花の都に　春のみ
やこの　春はみやこぞ　人も都へ　ふるき都の　都遷り
の　都恋しも　都しのぶの　都島べの　都となしつ　都
なりせば　都にうとき　みやこにおくれ　都にしあれば
みやこに遠き　みやこのあした　都の雨に　都の牛は
みやこのうちも　都の方を　都の雲居　都の桜　都の辰
巳　都の空の　都の苞に　都の風習　都の錦　都の花や
都の春の　都の富士と　都の山を　都のよもに　都は近
く　都離れぬ　都は野辺の　都は晴れぬ　都びにけり
都隔つる　都へもがな　都もうとく　都もかくや　都
も変る　都忘るな　都をこふる　都を捨てて　都を旅と

都人　宮こ人　都人●都方人　都の人や

上洛　京入や　京上す　下渡　中上●上りける人
都に出でし　洛中こぞる／花洛を去つて

【京】　身は在京●荒れたる京　京には車　久邇の京に
このごろ京に　寧楽の京師に　奈良の都に　平城の京師
の　旧き京師は　故き京を　京師し思ほゆ

奈良　奈良京　奈良の法師●奈良なる妹が　平城なる
人の　平城の明日香を　寧楽の家には　奈良の大路は
寧楽の手向に　奈良の御世より　奈良人見むと

宮

【宮】［宮中］ 王宮の 小野宮 后宮 紫宸殿 深宮に 大極殿 常宮と 南殿の 光宮 都宮は 宮高く 宮所 宮の裏に 六宮の●阿房の宮殿 天の八十蔭 大津の宮は 咸陽宮の 八十一隣の宮に 涼しき宮の 清涼殿に 染殿の宮 高津の宮の 玉しく宮の 筒城の宮に 名におふ宮の 難波の宮に 藤原の宮 蓬窓宮殿 宮の内には 宮もとどろに 宮も藁屋も 万代の宮／御溝水 ももしきにして

内裏 内裏の御猫の 内野通に 大内山は 内裏炎上／九重に入る 九重の門 禁城の遊 禁中に 九重に 藐姑射が峰の 藐姑射の山の 蓬莱洞の 蓬莱の雲

雲の上 雲の上に●雲の上こそ 雲の上にて 雲の上まで

大宮 大宮処 大宮ながら おほ宮にのみ 大宮登

寝殿 寝殿を●長生殿の 夜大臣に

離宮 行宮の 行宮に 離宮に 野宮に 野の宮の●行幸の宮 木の丸殿に 離宮地 外つ宮所 野の宮人の

宮仕へ あしたのぼり 宮仕へ●あまのぼるらむ 宮仕へけむ 宮出後風 宮のわが夫は 宮へのぼると

【御殿】 雲母の殿 大殿の 閑院の 金殿も 夕殿に 殿づくり 殿の名の●斎きし殿に 京極殿に 玉のすみかを 東のおとゞ ひんがしの御殿 ふとしき立てて

楼閣・高屋［高い建物］ 金閣を 城楼に 水閣は 西楼に 高き屋に 高どのに 楼閣や●高きにのぼり 高屋の上に 玉の台も 玉のすみかを 百尺の楼 楼に登れば 楼に登れり 楼を隔つる

殿舎 絵所の 大炊殿 納め殿 楽所の人 酒殿は 滝殿の 贄殿に 縫殿より 政所 武者所 弓場殿の●大歌所 蔵人所 穀蔵院の 作物所の 宿直所に 文殿あけさせ 御厨子所に 馬場の殿

母屋 母屋の御簾●母屋の簾は 母屋の端戸に 母屋の柱に 母屋の廂に

間 小簾の間とほし 橋隠の間 日隠の間の

庇の間 唐廂●北の廂の 西の廂に／たふのもごしの

渡殿［廊下］ 細殿に 渡殿に●打橋・渡殿 西の渡殿

塗籠 塗籠の●塗籠の戸を

馬道 馬を引き入れるための土間廊下　馬道に●馬道のあたり　馬道ばかりの

調度　大床子●玉の台も　螺鈿の御厨子

御簾　御簾の内　御簾の外に●御簾の追風　御簾の透影　御簾のはざまも　破れたる御簾に

【門】　大御門　陰明門　会昌門　参内門　朱雀門　待賢門　中門の　土御門　美福門　不老門　陽明門　羅城門●応天門と　滝の御門に

【大路】［大通り］　大路ゆく　通り筋●一条大路　大路面の　大路練りたる　大路の車　大路の桜　大路の柳　大路のりゆく　大路を過ぐる　大路を澄し　大宮登　五条の大路　朱雀大路の　都大路の　都の経緯

小路　油小路　綾小路と　式部小路の　西の小路に

宮路　都路は●宮路通はむ　宮道に逢ひし　宮路の人ぞ　宮路まどひて　宮道を人は／御所に参らふ

宿直　宿直物　長宿直●上宿直にて　宿直がちにて　宿直しに行く　宿直姿も　宿直壺屋の　宿直申しの

火焼屋　火焼屋の　火焼屋より●衛士がたく火の

【朝廷】　朝参の　朝にありて　勅なれば　政を●朝庁　遠の朝廷と／除目の朝

行幸　幸しし　御幸なる●行幸処　行幸の宮　今日の行幸を　花のみゆきよ　ふるきみゆきの　御幸悲しき　行幸のまにま　みゆき待たなむ　我が御幸とも

【節会】　五節恋し　御霊会の　節会の座　放生会　宮の五節　流灯会●五節の童　五節はてにしかば　五月の節の　祈年祭　七日の御節供

卯杖　卯杖つき●卯杖の頭　卯杖の法師　卯槌二すぢ

踏歌 足で地をふみならし祝歌をうたう　男踏歌●あればしりは　竹河謡ひける　踏歌の節会

重陽　菊の露●九日に逢ふ　九陽重なる　九日の宴

新嘗　大嘗会　大嘗祭　豊の宴　新嘗に　新嘗祭　饗すとも●豊の明に　豊の日の影　豊の宮人／神今食

神楽　神楽舎人は　神楽の人長／庭火をたきて

相撲節会　相撲節●相撲節会　相撲使

端午　あやめふく　印地にし　端午の日●あやめ引かも　あやめもふかぬ

白馬　左右　馬寮●白馬ばかりぞ　あをうまひけり

地理

国

【国】奥つ国　遠国へ　海国に　国柄か国汚す　国つ神　国遠み　国となり　国巡る　国やすく　国王の　隠国の　知らぬ国　水国の　粟散国　遠き国　豊国の　春の国　姫の国　南国　八十国の　羅刹国●遠国遠里　恐き国そ　固めし国そ　神国の人　神国風　北なる国の　国自慢する　国ぞ富みせる　国てふ国に　国遠みかも　本郷に舳向かも　国の奥処を　国の禁物　国の遠かば　国のはてなる　国の光は　国のまほらぞ　国のま秀らま　国風しるき　国へかも行く　国方し思ほゆ　国へましなば　国辺を出でて　国やすくして　国豊かなる　国別れして　国をさ遠み　国をへだて丶　国をも偲はめ　国内ことごと　故国に帰る　こちたき国に　国旗ながる丶　西国行脚　幸はふ国と　鎮むる国そ　草木国土　背面の国の　近き国々　常世の国に　無かる国にも　願はん国へ　ひがしの国へ　二国かけて　仏の国も　仏の御国　見が欲し国は　行くは彼の国　黄泉国にも　四方の国には　吾国体に／出羽の国に　うるまから　近江の国府に　紀伊の国の　九国の地を　越の国辺に　薩摩の国の　津の国の　難波の国に　日高みの国に　吉野の国の

国人　邦人の●四方の国人／明石の尼君　淡路の専女　伊勢少女ども　伊勢乞食　伊勢の海士を　伊勢人は　伊勢武者は　宇治人の　大原女が　尾張人　甲斐人の　河内女の　紀郎女　吉備津の采女　紀人羨しも　吉備人と　紀へ行く君が　越路の人や　肥人の　志賀の白水郎の　志賀のてこらが　須磨の海人の　なすなひだ人　難波壮士の　難波人　難波女の　泊瀬少女が　隼人の　飛騨匠打　飛騨人の　山城女の　倭女の

食国　食す国を　御食つ国●食国なれば

国原　国の広々とした所　国原は●をちの国原　大和国原

国見　国見をすれば　国見をせせば

【日本】秋津洲の　日本の　八島なり　八島守る●秋つ洲かな　秋津島には　しまの大君　瑞穂の国を　八島の中に　八洲の国を

和　和男の　和女の　和琴弾き

大和　大日本　和歌　大和琴　大和杖　日本成す

大和へに●やまと心の　大和言葉の　大和しうるはし　倭し思ほゆ　大和島根は　和魂　やまとに立る　倭の国は　倭へ越ゆる　日本へ向きて　大和へ遣りて

【東】　東声　東路の　東人の　東なる●東遊の　あづまをとめの　吾嬬男子の　東女を　東下の　あづまぢとほし　東の方に　吾妻の国に　東方の坂を　うきあづまぢぞ　憂き陸奥の　海道下りや　道の奥まで

【蝦夷】　蝦夷島●蝦夷に逢ひぬ　えぞもこよひの

【夷】　えびすめきたる　夷が首を　戎夷よろこぶ

【異国】［外国］　異方に　こと国に　こと所　外国の　他国は／愛爾蘭の　亜細亜には　亜米利加は　英吉利の　英倫の　印度のうみに　英に在ては　墺国の　爪哇までも　瑞に在ては　緬甸や呂宋　仏蘭西に　欧羅巴の　羅馬の民の　露西亜更紗の　露西亜の国の　露西亜の地主に

【韓】　韓楫の　韓人の●韓招ぎせむや　韓国へ遣る／新羅斧　新羅の国ゆ　新羅辺か　新羅国　百済国より

【高麗】［古代朝鮮の国］　高麗人の　高麗剣　高麗錦　高麗に渡る　高麗の紙　高麗の錦　高麗笛取り●唐・高麗の舞人　高麗ばしの　高麗端の　高麗の青地の　高麗の楽して　高麗の乱声　高麗笛そへて　高麗唐土の

【唐・漢】　唐詩を　唐鏡　から国に　唐鞍は　唐玉を　唐猫の　唐の綺なり　唐の車　唐の本　唐廂　唐櫃の　唐人の　漢人も　唐めいて　からやまと　遣唐使●漢女子産だり　漢女をすゑて　唐臼の音　唐絵の屏風　から国の人　唐の物ども　唐めいたる舟　唐めきをかし　唐めきたるが／震旦国　秦の始皇に　秦の武王と　秦人の　楚歌の声　日の入る国に　渤海の人　六朝の

【唐土】　もろこしの●高麗、唐土　唐土の王の　唐の帝の　唐土の楽　唐の金　唐土の后　唐土船の　もろこしまでの

【西域】　月氏国　胡塞には　胡の国に●契丹国の　胡国の人を　胡の地の妻児　西の国々　蒙古が大将　蒙古が船へぞ　蒙古が矢先　む国の蒙古　蒙古の使

【天竺】［インド］　天竺に●西天竺に　中天竺に　天竺震旦　天竺唐土　南天竺の／摩竭陀国の

形

【形】かたちある　かたばかり　朽木形
色紙形●いしのかたちは　射るや的形　馬
形結ぶ　形代ならば　形・有様　形隠さむ
かたちつくらむ　形に通ふ　かたちのみみて　形は薄く
形象を落す　十字街頭　星を象る　三日月形の　水は
巴の字を　弓張形に
【印】相印に　印判屋　かた印を　みをじるし　馬印
●石じるしあはれ　恋ふるしるしに　しるしと思はむ
しるしの石は　しるしのさをや　しるしの杉は　頼むし
るしを　旅のしるしに　年のしるしに　夏のしるしの
夏はしるしも　後のしるしと　春のしるしに　みをのし
るしも　御代のしるしの／札はたてども
道標　しるべする　しるべせし　しるべせよ　しるべせ
ん●垣をしるべに　君しるべせよ　里のしるべに　しるべ
しがてら　しるべとぞ思ふ　しるべとたのむ　しるべと
もがな　しるべともなれ　しるべの杭に　花のしるべは
花をしるべに　道しるべせむ　みちしるべせよ
枝折り　みちしるべ。道案内　しをりして　枝折せじ　しをる夜に
道栞●跡にしをりを　声をしをりに　こぞのしをりの
しをらで入りし　枝折りし柴も　しをりにはせむ　し
をりも雪に
【円し】円石の　円かなる　円き肩　丸め作す　まろ
らかに●あまり丸きは　舌を丸がし　羽をまろめて
春の山まろき　丸き柱に　丸くひかるは　まろがり砕
く　まろき揃へて　円き日輪　まろきはしらの　まろに
見えたる　まろまろとせよ　みささぎまろく／しろく
粒だつ　つぶらにあかし
円か　円かなり　まどかにて　円らかに●月光円かなり
平ら　磨り平め　平屋なる●平らなる石
【鋭し】打鋭ぎて　刀を鋭ぐ　とがり枝に　とがり笠
●するどかりけむ　するどき筆の　とがり声して
角　角あれば●角ひとつあれ　捨石の角　六角堂の
【穴・穿つ】穿沓を　苔を穿つ　水を穿つ●穴はかなら
ず　ゐるあなはそれ　衣を穿つ　底無き穴に　土あな
の蟻　蟇目刳つたり　節の穴より　穿れる穴より
【跡】あとしのぶ　跡絶えて　跡つけじ　跡印けぬ

あとゝめて　跡古りぬ　あと見れば　あともたえ　跡もなき　あとを見ば　おやの跡　鳥の跡●跡あることに　あとかたもなし　跡こそみえね　跡しなければ　跡しのぶべき　跡たえずして　あと絶えめやは　跡だにもなし　跡つけで見ん　跡としのばめ　跡とゞむらん　跡なきあとを　跡なきがこと　跡なき雲の　跡なき波に　跡なきものは　跡なき山の　跡なきよりは　あとなし事に　跡懐かしき　跡の白雲　跡の白浪　跡の月影　跡のはかなさ　跡はいづこと　跡はかくても　跡は消えせぬ　跡遥々と　跡ふみつくる　跡ふみつけよ　跡も霞の　痕もなければ　跡やなからむ　跡よりきゆる　跡をけなまし　跡をたづねて　跡をとどむる　跡を見つゝも　跡をみぬかな　憂き身の跡と　鬼殿の跡　金華の旧址　こしあと見えて　空に跡なき　宝の跡を　塵も跡なき　涙の痕の　はかなき跡と　箒の痕も　晴れ行く跡は　ひさしき跡を　人のあとふむ　ひと筆のあと　踏める跡ぞこれ　ふりにし跡と　ふりぬる跡は　ふりゆく跡の　ふるき跡をも　まだ跡もなき　昔の跡の

筋　金の筋●髪の筋もて　黒き筋なし　白き筋こそ　水の筋あり　別れの筋の

直［まっすぐ］　直なるも　ただざまに　なほくなして●直なる物は　直に真直に　真直にたつ　真直にしあらば

【斑】　虎斑の　真白斑の　斑碧の●黄斑の牛　今は斑らに　鹿子まだらに　壁まだらなる　今日や白斑に　黒斑歪みて　しらふの鷹を　だんだら綱に　蔓斑の駒　庭もはだらに　斑に染めぬ　はだらに降れる　はだれ降り覆ひ　ほどろほどろに　斑らなる猫　まだらに修理して　斑の衣　斑を見する

斑斑 あちこちにむらがっている。まだら　花もむらむら　雪むら〳〵の

面

【面】　河つらの　河の面に　北面　四面楚歌　庭の面に　両面に●海の面の　大路面の　門田の面の　苔石面に　断層面の　月の面に　東面　ひんがし面は　南面に

【外面】 山の北側。後ろ。外側　そともなる●家のそともの　そともの岡の　そともの木陰　外面の花も　そとものは山　そとものまくさ　そともの山の　外の面の草に

形・位置

【外】娑婆の外　外で箸　築地の外に　外なる人　閨の外に　ほかさまに　窓の外に●門の外なる　しめの外なれ　外にゐたまへる　外に立てめやも　外に立てらまし　外になげかふ　外にやわが見む　外行く浪の

【中】網の中に　壁の中の　園の中に　滝の中に　中買の　中つ枝の　中長屋　中に置きて　中の緒の　中宿り　庭中の　閨の中に　舟の中に　書の中に　碗中に●磯の中なる　市の中にも　おほかる中に　生卵の中に　臥病の中に　上中下の　壺中の天地　籠の中にこそ　酒の中に入る　里の真中に　深草の中　夕陽の中　藻中の魚　たゞ夢の中　中にもうかぶ　中は淀ませ　中むしばむと　遙けき中を　伏籠の中に　伏屋の中に　まぼろしの中　むなしき中の　甕の中に　八島の中に　山家の中に　夕立の中　林中の花の

【内】内の事　残雨の裏　簾の内に　園内に　春の裏の宮の裏に●内なる人も　内にと申せ　内には入らじ　内にも外にも　かごぬちになく　竹の裏の声

内外［内側と外側］　内外なく●をすのうちとの

【前】鏡前の　前に立たず　月の前　前うしろ　前近く　門前に●竈の前に　狩る矢の前に　夕陽の前　大海の前に　肉屋の前に　馬前に立ちて　前髪ぬらし　前の棚橋　目の前にだに　露台の前に

【後】うしろ影　うしろざまに　後なる子　しりに立ちて　後方には　背の山に　前うしろ　路の後●後姿のうしろに火焔　後の方に　後前に立ち　後引かしもよ

背向［背後。後ろ向き］　背き顔　そむくべき●うちそむきたる　壁に背きて　背向に寝しく　そがひに立る　背向になれば　そがひには寝る　背向に見つつ　背向に見ゆる　背向をのぼる　そむきて過る／そなたむけるも　時に尻向け

【裏】うら表　裏返る　裏にせば●裏かへりあり　うらがへれとは　うらかおもてか　裏さへ袖は　うらにはうつる　裏吹きかへす　裏むつかしき　衣の裏にぞ　縫ひ物の裏　純裏の衣　吹うらかへす

反す　うちかへし　おしかへし　反さへば　かへさずばかへらまに●おもひはかへす　事反らずぞ

【表】表衣●綾の衣の表　表は結びて

【左右】左右の手に　左右●左右の手足を　左右大将　ひだり右にも　左も右も

右手・馬手　女手なれば　女手に成し●車の右に　ひだりみぎにも　右にうつしぬ

左手・弓手　左手の　左り箸　弓手様に●射向の袖に　その左手の　弓執る方の　弓手なる時

【縦横】縦様にも　縦横に●縦と横とに　都の経緯

横　横ざまに　横に見て　横笛も　横文字や●しまき横ぎる　よこさまにちる　横さまになる　よこしまにさく　横ばしりして

【傾く】うちかたぶくな　かげかたぶかぬ　かたぶきにける　かたぶくかげと　かたぶく末に　かたぶく月の　傾くまでの　かたぶくやどの　かたぶく山に　傾きて鳴る　かたむくまゝに　かたむくもよし　かぶきわたりて　かぶす穂末に　曇る日傾く　月傾きぬ　月ぞかたぶく　荷は傾き　ひはかたぶきぬ　日もかたぶけば　船傾くな　夕日かたぶく

斜め　雨は斜に　繊影斜　斜に飛んで／筋かひたるも

逆さ　逆光の　さかさまに　倒しまに●尾花逆葺き

【向ふ】日に向ひ　むかひゐて　向様に　向ひ立ちて　向ひたる　向殿の　対へたる　むかはらば●何方向きてか　い向ひ立ちて　海に対へり　川に向き立ち　河のむかひの　岸にむかへる　君にむかへば　草は諸向き　こちむきがたき　月に向ひて　光にむかふ　日にむかひ立つ　日に向ひても　真向になりし　むかひに見ゆる　向ひの岡に　向ひの野辺の　むかひやいづく　向ふところは　むかふ中にも　むかふ春の日　対へば君も　むかへば月に　むかへば見ゆる　むかへる家は　世にぞ対へる

間

【間】間あらめ　間無く　波の間ゆ　ふしのまも●間開けつつ　間しまし置け　間も置きて　間はわずか　此の間の間　間にまよひて

狭間　岩のはざまに　簾垂のはざま　御簾のはざまも

【隙・隙間】すきま風　隙を粗み●小簾の隙に　織りて隙なき　かすみの隙に　隙間の風も　透間もとめて

形・位置

閨の隙さへ　隙こそなけれ　ひま絶えにけり　ひまにもすめる　隙もる雨の　隙もる風を　わりなき隙を

【隈】曲がりかど。かたすみ　河隈の　岸の隈　くまごとに　隈などに　笹の隈を　百隈の●いかなるくまに　いたらぬ隈も　隈処に立ちて　くまは照らさず　くまものこらぬ　てらす隈々　とほくくまどる　のきのくまわの　水隈が菅を　道の阿廻に　野水の隈は

隅　隅の間の　嶺隅に●丑寅の隅　厨の隅に　御馬屋の隅なる　八隅の中に　廊下の片隅　わが世の隅に

隈無し すみずみまで行き渡っている　隈なきに　くまもなき●くまなかるらん　残るくまなく　世には隈なき

【狭し】　板屋せばき　狭かりける　せばからぬ　狭き世に　狭けども　谷狭み　浜も狭に　ほどせばみ　山も狭に●この峰も狭に　小路をせばみ　狭くやなりぬる　すまひせましや　狭き垣根の　せばき袂を　せばくもあるかな　せばまくの衣　せまき細道　狭き屋のうち　所せからぬ　なほ道狭き　水を狭めて　みともせきまで　よのなかせばく

上

【上・上がる】　崩岸の上に　上に敷く　上層に　顔のうへに　けぬがうへに　霜の上に　床の上に　帳あげよ　浪の上を　ねやの上に　墳上に　み湯の上の●上げ下ろすべき　うへがうへにと　うへ暗からぬ　うへとのみ見ん　上と見ぬ世を　上に生ふれば　うへに社ちれ　上に揃へる　上にただよふ　上に降りしく　上の緑を　上は氷に　上はこほれる　上は見ゆれど　上より置くを　上すべりする　荻の上かな　落葉が上の　尾花の上は　風のうへなる　上中下の　陸に上りて　草木のうへに　けぬがうへなる　こほりの上に　木末の上は　小萩がうへぞ　坂の上にぞある　さしあがるほど　さらにわが上に　紙型の上に　肉置の上に　下葉や上に　白鬚の上ゆ　硯のうへに　高野原の上　玉笹の上に　角のうへなる　波のうへに立つ　ねやのうへかな　袴のうへに　蓮の上の　花の上の露　人の膝の上　ふはりとあがる　穂の上をてらす　枕のうへに　俎の上　水城の上に　御館の上の　向つ峰の上の　夕波の上に　夕日のうへを　連山のうへ

【上る】おりのぼり　駆け上り　差し上り　すみのぼる　たちのぼる　のぼりくる　のぼりけん　のぼりにし　登るぞと　のぼるべき●いつかのぼらむ　掻きつき登り　かき登りても　君とのぼれば　雲たちのぼる　鴫突き上る　立ちのぼりたる　立ちは上らず　立ちものぼらぬ　とよさかのぼる　のぼしわづらふ　のぼらぬはなし　上り下りに　のぼり下れる　上り着きける　登りて見れば　昇りにければ　のぼりもあへぬ　のぼりもはてぬ　のぼりわづらふ　上れば下る　のぼれる魚の　笛吹き上る　楼に登れり

【下・下りる】下りゐるは　下り立ちて　下り立てば　下りられよ　陸に下り　さしおろす　下荻の　下消えに　下簾　下に着ば　下延へて　下紅葉　しもかたに　下様に●上げ下ろすべき　うは裳の下に　おどろが下も　尾花がしたの　上中下の　毛桃の下に　こほりの下の　苔の下なる　このはの下の　下陰くらき　下焦れのみ　下しく煙　下に消えつゝ　下に着ましを　下に朽ちなむ　下に言問ふ　下濁れるを　下にながれて　下にのみこそ　したに惑はん　下のかよひは　下は泉の　下芽ぐむなり　下より生ふる　下より解くる　下冷つよき　硯の下に　たゞ苔の下　流れて下に　柔やが下に　端山は下も　人はおりたつ　籬が下の　枕の下に　葎が下の　黄葉が下の　よなよな下に　ランプの下に

【下る】鮎落て　海下り　下りける　くだりざま　下る瀬に　差し下り●東　下の　踊り下るる　海道下りや　下す筏の　下す帝の　くだりぬるかな　くだればのぼる　くだれる人の　さしくだすかな　時雨を下す　前街に下す　筑紫下りの　のぼりくだりに　のぼり下れる　上れば下る　早瀬をくだす

高

【高し】石高し　いと高く　いや高に　かげ高き　高からで　高からん　高き岳　高き嶺に　たかきやに　高くもがも　高高に　高照らす　高みかも　高やかに　高行くや　長高く　波高し●いづれかたかく　いつか木高き　岩波たかく　おなじ高さや　雲居に高き　梢高くも　木高き峰の　高からぬかは　高かりければ　高かるべきは　高き荒

形・位置

海（み）を　高き雲間（くもま）に　高き頼みを　高く生（お）ひ（い）たる　高くおぼえて　高く立ち来（き）ぬ　高く降（ふ）り積み　高く見ゆらん　高く行（ゆ）くらん　高く寄（よ）すれど　高々高（たかだかたか）と　波高くとも　波高くなる　遙（はる）かに高き　春草たかし　松は木（こ）高（だか）く　山高からし　山としたかく　山より高き　ゆらりと高し／隆起（りゅうき）して

高（たか）み［高いので］　山高み●沖波（おきなみ）高み　川波（かわなみ）高み　梢（こずえ）をたかみ　すそ野（の）を高み　高み恐（かしこ）み　山を木高（こだか）み

【低（ひく）し】　ひくきかも●鴉（からす）は低し　堤（つつみ）は低し　低う垂（た）れたる　低うはおりぬ／短山（みじかやま）

【浅（あさ）し】　浅からぬ　浅き根（ね）ざし　浅き道　浅きをやあさけれど　浅してふ（ちょう）　海も浅し　さしも浅き●あさきなりけり　浅き人目（ひとめ）に　あさきも深きも　浅きよりまた　浅きをふかく　浅くぞ見えむ（ん）　浅くなりなめ　浅くも見えず　浅くやなりぬ　浅しや深し　浅（あそ）うはあらず　いとゞ（ど）浅くも　深く浅くも　ふかさ浅さを　淵（ふち）は浅（あ）せにて　水浅くして

浅（あさ）み［浅いので］　浅みこそ　浅みにや　水を浅み

深

【深（ふか）し】　おくふかき　かげふかし　門（かど）ふかき　気味（きび）深し　霧（きり）深き　苔（こけ）深き　露（つゆ）深き　なほ（お）深し　ふかからで　ふかゝ（か）らむ（ん）　深き思ひ（い）　深きより　深く入（い）るは　深くのみ　深ければ　物深（ふこ）う　闇（やみ）深き●朝霧（あさぎり）ふかき　あはれ（わ）ぞふかき　あは（わ）れも深き　いづ（ず）れか深き　いとゞ（ど）深くは　怨（うらみ）ぞ深き　うらみは深く　えには深しな　沖（おき）を深めて　おなじふかさに　霞（かすみ）の深く　烟（けむり）は深し　心も深き　こずゑ（え）にふかき　衣（ころも）はふかく　白雪（しらゆき）ふかく　底の深きに　底（そこ）を深（ふか）めて　露（つゆ）の深さを　流（なが）れて深き　涙（なみだ）にふかき　匂（におい）の深く　晩影（ばんえい）深し　鬢（ひだ）ふかぶかし　一筋（ひとすじ）深き　ふかきうらみぞ　深き落葉（おちば）を　深きこひ（い）ぢ（じ）を　深き心の　ふかき清水（しみず）を　深き住処（すみか）を　ふかき谷こそ　深き谷をも　深き誓（ちかい）ひの　深き時には　深きなるらん　深きに没（ぼっ）す　深きにまけぬ　ふかきにもあへ（え）ず　深き淵（ふち）にて　ふかき牡丹（ぼたん）の　深き汀（みぎわ）に　ふかき道をば　深き緑の　深きみゆきを　深き山路（やまじ）に　深き山辺（やまべ）に　深き蓬（よもぎ）の　深く浅くも　深くしめども　深くぞ人を　深くそめてし　深く露（つゆ）けき

深く流るる　ふかくなりゆく　ふかく見えけれ　深くみゆるや　ふかくも人の　深さくらべに　ふかさまされば　ふかしかしこし　深しく思ふを　深うはあらねど　堀江の深く　まだ露深し　水嵩ぞ深き　水底深く　深山にふかき　めぐみぞ深き　蓬生ふかき　よろしき深さ

深み［深いので］　草深み　笹深み　底ふかみ　谷深み　水深み　山ふかみ　ゆき深み●渡瀬深み

【底】　池の底　湖の底　風の底に　壁の底に　山底に　底清き　底清く　底清み　底たたく　そこにのみ　底ぬるき　底のもも　底ふかみ　地の底の　土の底　海の底●あかるき底へ　池の底にも　老いの底より　影水底に　かすみの底にぞ　皮子の底に　寒浪の底　残雪の底　そこあらはれて　底清くすむ　底汲まれつつ　底こと〴〵く　そこさへさえや　底さへにほふ　底無き穴に　底なる影ぞ　底に入らん　底にうつれば　底にうつれる　そこにきて啼　底にさへ敷く　底にとまれば　底に眠れる　底に見えつつ　底に見ゆらん　底の心を　底の玉藻も　底の深きに　底の水屑と　底のみるめも　底は知りきや　底まですめる　底まで月の　底までてらす　底もあらはに　底も焼けり　谷路の底に　谷の底より　地の底とほる　千尋の底の　なみのそこなる　浪の底にぞ　遙かなる底　水底かけて　水底きよみ　水底絶えず　水底照らし　水底深く　夕の底に　夜川の底は　わたつ海の底／潭心に

近

【近し】　浦ちかく　雲ちかく　里近く　近かめれ　近かりき　ちかき日を　近くあれば　近くてぞ　ちかければ　近まさり　近う立つ　寺近き　どれ近し　渚近く　端近う　まぢかさに　都近き　目に近き　山近き●あけがた近き　今はちかしと　入日にちかき　湖近き山の　鐘は間ぢかに　ここだ近きを　心を近く　近き国〳〵　近きこの瀬を　近き里廻を　ちかき鹿笛　ちかきみづうみ　近きものから　近きわたりを　近くありせば　近く語らひ　近くなるらし　近くなるらん　近く光りて　近く呼び寄せ　床ちかゝりき　春さへ近く　春山近く　光にちかき　間近き里の　ま近けれども　湖ちかくや

嶺に近しと　都は近く　山にちかきも　山の端ちかき　山も近きを　夢路はちかき　六波羅近き

近み［近いので］　浦近み　岸近み　すそ近み　春近み　日を近み　節近み●五月雨近み　時近みかも

【近づく】　秋やちかづく　家近づけば　立つ日近づく　ちかづかぬまに　近づきにけり　ちかづくごとく　ちかづく袖の　ちかづくまゝに　月近づきぬ　一日ちかづく　御馬近づかば／へつかふことは　辺付かふ時に

【隣】　鬼と隣　国となり　近隣　隣ゐぬ　隣町●となり苦しく　隣さはらぬ　となりだのみの　隣とふべき　隣なる人　隣にしらぬ　隣の家の　隣の伯母の　隣の方に　隣の衣を　隣の君は　となりへつたふ　隣もおなじ　となりやかたは　隣をしめて　春の隣の　隣室の三昧

【辺】　葦辺行く　あたりなる　沖に辺に　片ほとり　辺雁の　大和へに●葦辺に騒ぐ　葦辺をさして　あたりしづかに　四辺のさまも　あたりの水も　卯の花辺から　越辺に遣らば　四国の辺地　下辺なる家　砂丘辺に立てる　近きわたりを　乳のあたりの　塚の辺りの　匂ふあたりに　花のあたりに　やまとしま辺は

【端】　はしちかく　端近う　端のかたに●庵のつまを　つまとなりぬれ　つまの紅梅　つまもあらはに　汝を端に置けれ　末に置くなゆめ　はしにぞありける　はしのみぞある　末は寄り寝む　花びらの端／頭に家あらば

境　境とぞ聞く　さかひに咲ける　さかひに見ゆる　さかひ遥かに　境を去りて　遠き境に

際　そば。境目　海際まで　天際の　水際に　山の際に●入日のきはに　海際にして　雁のおり際　遠山のまに

遠

【遠し】　いや遠に　遠帆の　隠岐遠流　遠国へ　遠流せよ　岸遠く　国遠き　孤雁遠く　里遠き　白遠ふ　末遠き　遠うより　遠がけに　遠からず　遠き妹の　遠き国　遠くあれど　遠く行く　遠けども　遠気には　遠けぶり　遠ければ　遠長く　遠灘の　遠退きて　遠余所に　どれ遠し　人気遠き　路遠し●あけがたとほき　歩めば遠し　家遠くして　いさり火遠く　いや遠そきぬ　遠山の色　おひさき遠く　をじかは遠く　思へば遠き　遠国遠里　かへ

るさ遠し　鴈がねとほき　紀路のとほやま　屎遠くまれ　たづねて遠き　ちかき遠きは　近きを遠しと　近くて遠き　千鳥とほ立つ　遠からなくに　遠き家路を　とほきかへさを　とほき川との　遠き心は　遠き木末の　遠き里まで　とほきしほひに　遠き便りも　遠き始めよ　遠き別れを　遠き渡に　遠くあらなくに　遠く懐うて　とほくかなしき　遠く消え行く　遠く聞ゆる　とほくくまどる　とほくちかくや　とほくつれぬる　遠くて近き　とほくとばかり　遠くのがれて　とほく見てまた　遠く見ゆれば　遠く見るべく　遠くもあらず　遠ざかりゆく　遠退く浪の　遠の朝廷に　遠ほととぎす　遠山里の　遠山鳥の　とをやまもとに　遠よる波に　都鄙遠境の　ねざめにとほき　ふむあととほき　まだ遠けれど　路はし遠く　南にとほく　みやこに遠き　むかしは遠く　昔を遠く　山遠くして　ゆく末とほく　行く水とほく／雲井の岸を　知らぬ雲井に

遠み［遠いので］　川遠み　国遠み　里遠み　末遠み　庭遠み　ほど遠み●いまだ遠みか　国遠みかも　さけばとふみと　解かむ日遠み　寄り合ひ遠み　渡を遠み

遠つ［遠くの］　遠つ人●とほつあしをも　遠つ大浦に

遠［遠方］　をちなれど　遠にても　をちの里の　遠を行く●浦よりをちに　をちくる人と　をちなる里も　をちの垣根の　をちの通路　をちの国原　をちの里人　をちの島〳〵　をちの白浪　遠の外山に　をちのやまべを　遠の山もと　遠をしかねて　河より遠の　つがるのをちの　花よりをちの

遠近　あちらこちら　遠近の●遠近かすむ　遠近かねて　をちこち聞ゆ　をちこちしらぬ　をちこちの声　をちこち人の　ちかき遠きは　近くて遠き　とほくちかくや

遠方　遠かたの●遠かた霞む　遠かたのさと　彼方野辺に　をちかたの山　遠方人に　をちかた人は　月の遠かた　野べの遠方　山のをちかた

退方　遠くはなれた場所　遠隔の限　遠隔の極

【遙か】　はるかなる　はるかにも　目もはるに　遙空を●いと遙かなる　雲井はるかに　梢はるかに　さかひ遙かに　笙歌遙かに　月をはるかに　はるかなりつる

はるかなる世界　遙かなる底　はるかなるもの　はるかなれども　はるかにいひし　はるかに祈る　遙かに人家を　はるかにぞ見る　遙かに月の　遙に照せ　遙かに波を　はるかににほふ　遙かに響き　はるかにほそく　はるかに見ゆる　はるかに見れば　遙かに瑠璃の　遙かの沖に　人をはるかに　道ははるかに

遙けし　はるけきを●いとゞはるけさ　音の遙けさ　声の遙けさ　鳴く音遙けし　法ぞはるけき　はるけかりける　はるけき空に　遙けき野辺の　遙けきほどと　はるけきもへば　遙けく見ゆも　みちのはるけさ

遙遙　遙遙に●跡遙々と　空をはる〴〵　旅路はる〴〵　はるばる来ぬる　めもはる〴〵と

【果て】行きつく最後の所。一番はし。結末。最後　さいはての　つひの果　月のはて　天涯に　果にして　果ての御盤　はてはたゞ　果て〳〵は　はてもみん●青麦の果　沙の涯を　巌の果ても　海のはてまで　国のはてなる　雲のはたてに　心の果てを　心もはては　野山も果ては　果こそ見ゆれ　果ぞ悲しき　はてといふらん　涯に立つ吾れは　果ての憂ければ　はては雨夜に　果はいかにか　はてはそれにぞ　果てはつれなく　果てはなげきの　果ては涙や　はてをつらく〳〵　果てをみせまし　道のはてなる　みのなるはてぞ　わが身のはてや

果て無し　はてもなく　果てもなし●はてしなければ　はてしもあらぬ　はてなき波も　果てなきものぞ　果なくさめし　はてはなくなる　無限の景に／極無く

奥処遠くへだたった所。奥深い所。果て　奥処なく●奥処知らずも　国の奥処を　こころの奥処　にほふ奥所を

【極み】　極りて　山の極●生けらむ極　雲の極めを　さびしきはみ　野の極見よと　夜の明くる極み

底方［奥底］　底ひなき　底ひには●海のそこひも　極のうらに　底も知らず　そこひもしらぬ

【末】　末重る　末遠み　山の末●泉の末を　煙りの末を　清水の末を　末ぞあやふき　すゑたわむまで　すゑにおくれて　末に吹くらむ　末の里人　末の白雲　末辺こもれり　すゑもつゞかぬ　野山の末に　松の末〳〵

行末　しらぬゆくすゑ　千世ゆく末は　見ぬ行末も

行く末かけて　ゆく末しらぬ　ゆくすゑたのむ　ゆく末とほく　行すゑのあき　行くすゑの空　行くすゑの露　ゆくすゑのはる　行末までは　ゆくすゑやすく

【限り】［果て。終り。最後。臨終］　かぎらずば　限りあらむ　限りありて　限りぞと　限りとて　かぎりにて　音のかぎり●あふをかぎりの　秋はかぎりと　いつを限りの　稲葉にかぎる　今はかぎりの　限知らずて　かぎり知られず　限りなるべき　限なるらん　かぎりもなみだ　かぎりやかはる　限を見せて　かぎれる春を　けふや限りと　心のかぎり　木だまの限り　白き限りを　鳴かぬかぎりは　花のかぎりは　春のかぎりの　筆のかぎりは　もゆるかぎりを　行くをかぎりの

限りなし　かぎりなき●限なきまで　限なき身と　限りもあらじ　かぎりもなしに

【奥】奥寄りて　奥様に　奥床に　奥になほ　おくふかき　奥まりて　深閨に　谷の奥　寺の奥　道の奥　山のおく●奥なる玉を　おくかすかなり　奥ぞ知らるる　奥ぞゆかしき　おくなほかすむ　奥なる御座に　奥なる秘所を　奥に思ふを　奥に来にけり　おくにきらめく　奥に引き入りて　奥のかたより　奥の酒舎の　おくの炭竈　奥まりたらむ　熊野のおくを　心の奥の　桜のおくも　茂みが奥に　竹の奥かな　外山のおくや　辺にも奥にも　道のおくまで　深山の奥に　吉野の奥の

形・位置

方

【東】日の経の　東の●はしのひがしと　東じらみに　ひがしに明て　ひがしにいで、　ひがしの国へ　東面　東に出で　東の風

【西】西にいり　西にくれ　西に流る　西にみて　西の市に　西の海　西の山　西吹かば　日の緯の●月より西の　なほ西にこそ　西表には　西こそ秋の　西にあるかと　にしにいれたる　西に傾き　西風にかたまる　西に心を　西に東に　西にむかふぞ　西の国、　西の小路に　西の渡殿　西日にきらふ　西　東に　西風吹き上げて　西へかたぶく　西へ東へ

【南】影面の　南山を　南国　南様　南方の●朝には南　浦の南は　南天竺の　南おもてと　南　面に　南に翔り　南にとほく　南に望めば　南にはしる　南の山の

形・位置

みなみひんがし　南寄なる／裏鬼門

【北】　北面　北に向ふ　北の廊　北へ行く●雁北に飛ぶ　北なる国の　北の北にぞ　背面の国の　北帰の道にて　暮には北

北東　丑寅の●丑寅の隅　北のひんがし

【方】　方知らず　方もなし　北の方　こと方より　方位神●跡なきかたの　おかぬ方ぞと　思はぬかたに　方も定めず　方もしられず　くらきかたにと　恋しき方の　恋鳴く方の　月さすかたに　鳴きつるかたを　吹きくる方を　まだ見ぬかたの　都の方を

【此方】　こなたかなたに　こなたのさとを　こなたの人も　こなたの道に　こなたの廊の　さかのこなたに　関の此方は　年のこなたに　ひかりこなたに　雪のこなたは

方々　かた〴〵に●糸はかたがた　かた〴〵袖を

【行方】　行方なき　行方の●秋の行方は　雁が行方を　君がゆくへを　駒のゆくへは　魂のゆくへを　後のゆくへを　花のゆくへは　ゆくへあだなる　ゆくへきかせじ　ゆくへさだめぬ　行方知らずて　行方知らずも　ゆくへ知らする　ゆくへ知らねば　行へ知られぬ　行方たづねよ　ゆくへは知るや　行方もしらず　行方を無みと　行く方しらぬ　行方ぞなき　行くかたも見む　行らん方も　夢のゆくへも　わが行くかたも

【四方】　四方にちる　四方の海を　四方山の●四方の風に　都のよもに　四方にさやけき　四方にゝほへる　四方には人も　四方に張りたる　よもに吹き来る　よもの秋風　四方の秋霧　四方の嵐ぞ　よもの浦々　よもの方より　四方の神たち　四方の国人　四方の獣　四方の田歌の　四方のとほ山　四方の道には　四方の山並み　四方の山辺を　よものやま〴〵　四方の寄合に

【彼方】　かの方に●彼処の秋や　あなたの人も　かしこになげく　こゝにかしこに　関のあなたも　そなたの風の　そなたの空を　そなたむけるも　竹のあなたに　つきのあなたに　遠くあなたを　百里の彼方　富士をあなたに　山のあなたの

彼方此方　彼方此方の　彼所此間も●あちらこちらの　彼面此面に　こゝにかしこに　こちごちの枝の　こなた

かなたに　このもかのもに

【外】よそながら　よそならず　外なれば　よそに聞て　外にだに　よそにても　よそにのみ　外のみに　よそ人は　外目にも●雲居のよそに　雲のよそにも　煙のよそに　鳴く音やよそに　人はよそにぞ　まちてもよそに　やむともよそに　よそなる色は　よそなる鶴も　よそなる人の　よそにあかさぬ　よそにうれしき　外に雁が音　よそに聞かまし　よそに聞かめや　よそにこそ聞け　よそにしのびし　よそにちらねば　よそにながめて　よそになきつゝ　外に見ましを　外にも見しか　よそにもらして　よそに別るゝ　よその浮雲　よそのきぬたに　よその時雨に　余所の女朧見て　よその夕暮

所

【所】こと所　すみ所　旅所　所柄　名所の●あらぬところの　おなじ所に　遠き所に　所ありやと　所さだめず　所せからぬ　ところどころに　所にぎはふ　所衆ども　ところも変へず　所も去らぬ　ところもしらぬ　所を選びて　晴の所に　便なき所　深きところを　細き処を

【何処】いづくぞや　いづくとも　何処にか　何所にぞ　いづくにて　いづくより　いづことか　いづこより　いづちへと　影いづこ●跡はいづこと　あはれいづくに　いづくともなく　何ちとも無く　何処行かめと　いづらととふぞ　うきはいづくも　かたやいづくぞ　声はいづくぞ　たてるやいづこ　散らくは何処　泊りやいづこ　渚やいづこ　むかひやいづく　もるやいづこと

何方　いづ方に●いづかたにかは　いづ方へ行く

【此処】こゝにうらみ　ここにしも　こゝにだに　此所の春　ここをまた　なほここへ●此処に逢はむとは　此処に通はず　こゝに朽さん　此処に臥せる　此処に近くを　此処に散り来ね　此処に散るらし　こゝに残さん　こゝまで来れど　白しこゝらも　われここにありと

立ち処［立っている所］　琴柱の立ちど　鹿の立ちどの　杉のたちどを　立処ならすも

在処　有所●ありかも知らで　己が在りかを　玉のありかも　魂のありかを　月のありかを　贄のありかも　花のありかを　ひのありかをば

数・量

一

【一・一つ】 一塵の　一陣の　一の悪馬　一の姫　一簾の　一老樹　一老松　一炉の火に　一火にして　一句の歌　一句の詩　一鼓かけて　一盞の　瓜一菓　瓜一つ　瓦斯ひとつ　釘ひとつ　銭一文　卵ひとつ　角一つ　はな一木　一抱　一峰越え　一踊　一襲　一くだり　一棹に　ひとさかり　一しほの　一つばし　一つ松　一手矢の　一なびき　一にぎり　一ねぶり　一嶺ろに　一二の　一区の　一盛だに　一世には　一よろひ　蛍一つ　和歌一つ　和琴一つ●一宇の伽藍　一山白き　一寺の僧に　一樹のかげの　一の才にて　一鞭の風　一輪赤く　一六三とぞ　一剣を磨き　一粲の燈花　一尺にあまる　一石一字　一蟬の声を　一孫引き列れ　一碧の瑠璃　今一服と　憂き身ひとつに　兎一つぞ　馬船一つ　花月一窓　刀一つを　蚊の一つ飛ぶ　かめに一輪　雁のひと竿　狐一疋　金膏一滴　激雷一発　心ひとつに　木の実ひとつを　桜ひとつに　死出の一戦　死なる一語を　硯ひとつに　空もひとつに　ただ一帆の　たゞにひとあし　只一刀　たゞひとくはに　たゞ一めぐり　谷の一家　茶の一服も　月一痕を　電光一閃　燈火ひとつそ　浪もひとつに　白米一石　ひと息に切る　一茎ごとに　一さけびなる　一つ色もて　一つ落ち散る　ひとつこぼるゝ　ひとつならねば　一にもたる　一つの尾羽を　ひとつ奔ると　一つ枕に　一つ松あはれ　ひとつみたまの　ひとつもうせぬ　一村雨の　舟の一輿　松のみ一　饅頭を一つ　実の一つだに　わが身ひとつの　わづかひと秋

隻　隻影は●隻脚のをとこ

一騎　騎馬一騎　たゞ一騎●一騎打出づ

一曲　一さしを●一曲すれど　歌の一節　棹歌一曲

一行　一行の斜雁は　一行の鳴雁

一銭　一銭にだに　一服一銭

一重　ただ一重　一重だに　一重散りて　一重のみ　一重山　一隔山　一重結ふ　一重綿　ひとかさね●垣一重なし　帷子一重　障子ひとへに　千重の一重も　花のひとへの　一重なるしも　一重の蟬の　一重を敷きて

一枝　花一枝　梨花一枝●たゞひとえにも　一枝折り

し　ひとえだもがな　一枝のつぼみ　一枝のうちに　三つ一枝に　桃の一枝に

一種　胡桃一種　一種あはせ

一声　一声に●秋のひと声　一声の雨　いま一声のをしの一声　かねひとこゑの　汽笛一声　胡雁一声　さ夜のひと声　さるの一こゑ　せみのひと声　空のひとこゑ田鶴の一声　ただひと声の　月に一声　鳥の一こゑ　鳥一声と　なが一声を　鳴く一声に　一音叫び　一こゑなきて　一声のそら　一声もがな　一こゑもせぬ　一声も鳴け　虫一声と　杜の一声　よはの一声

一言　一言を●いひし一言　君が一言　ただ一言を

一筋　只一縷●一縷の光　糸ひとすぢに　人煙一穂楚一筋　ただ一筋に　一筋深き　水のひとすぢ

一度　一度はあるぞ　今一度の　天火ひとたび　年にひとたび　一かへり舞ひ　ひとたび来ます

一杯　一杯の●一盃を尽せ　たゞひとつきの

一列　雁の一つら　てんとの一列

一時　ひとときを●憂きも一時　午後のひととき　花もひと時　一ときのうち

一羽　たゞ一羽●鳥の一羽の　ひと羽二羽の

一葉　一葉の　一葉舟●一葉の秋　一葉の航　漁舟の一葉　桐の一葉に　ひと葉だになき　一葉なりとも風波の一葉　三に一葉は　もろき一葉は

一花　一花の●蓮の一花　花ひとつのみ　冬に一はな

一枚　始め一ひら　一枚くれば　反古一枚の

一片　ひとひらに●一片の煙　花一片の

一節　一ふしと●芦のひとよも　一ふしうしと

一筆　唯一筆に　ひと筆のあと　ふみの一ふで

一群　一村も●幾ひと群に　枝に一むら　鳫の一むれ雲の一村　少女のひと群れ　ただ一むらの　はなぞ一むら　ひとむらかすむ　一叢しろき　ひとむら薄　一群萩を　一むら柳　ひわの一むら　森一むらは

一目　ただ一目　一目見し　一目見ん●網の一めも現に一目　手折りて一目　ただ一目のみ　ひとめ見しゆゑ　一目見に来ね　一目みんとぞ　また一目見む

一本　一本の●臭韮一本　一本菊は　一本菅は　ひと

もとすゝき 一もとのはす 一本ゆゑに 槙の一もと

一本道 一径は●一本の道 みちの一すぢ

一夜 一夜だに 一夜妻 一夜とて 一夜ねて 一夜見し 一よ故 夜一夜●一夜窓前 一夜の宿と 今宵一夜の ただ一夜のみ 千夜も一夜も 千夜を一夜に 春の夜ひとよ 一夜寝にける 一夜妹に逢ふ 一夜来ねばとて 一夜宿世の 一夜と思へど 一夜ながめし 一夜泣かむと 一夜馴れたが 一夜の故に 一夜のほどに 一夜の宿を ひとよの夢を 一夜はあけぬ 一夜ばかりの 一夜肌触れ 一夜一日も 一夜ふたよを 一夜経ぬべし 一夜もおちず 一夜もかれず 風林の一夜 夜一夜遊び わが一夜夫

一日 一日こそ 一日には 一日経ば●空虚の一日 一日ちかづく 一日一夜も ひとひふたひと ひとひもいそげ 一日も君を 一日もふれば

一日［朔日］ 一日や 歳旦に 朔日の

一年 ひとゝせに 一年に●今一年の 一年たらぬ ひとゝせながら 一年のあと また一歳も

【一人】 尼一人 親一人 月ひとり たうめひとり 独飛して ひとりゐて ひとり着て 独りこそ 独りごち 独り琴 独りさめ ひとりして 独りづゝ ひとり住み ひとりなし 独り悪む ひとりにも ひとりのみ ひとり坐す 独り身を 我一人●いかでかひとり 犬飼一人を いま一人は 翁人ひとり 愚が一人 終りの一人 君ひとりかは 雲井にひとり 小童一人 ただ独子に ただひとりすむ 月もひとりぞ 独愁を説く 独夜の間を 鳥独り啼く 長きに独り 女性一人 花ひとりこそ ひとりあそびぞ 独ある人の 一人ある日の 独うかるゝ ひとりうき世に ひとりおくれて ひとりおもひや ひとり帰れる ひとりかすまぬ ひとり聞くべき 一人着て寝れ 独り越ゆらむ ひとり咲くらむ 独り醒めたる 独りしおもへば ひとりしぐるる 一人裁縫の ひとりしぬれば 一人住みする ひとりぞすめる ひとりぞ月は 独ぞ惑ふ ひとりそめつゝ ひとり空ゆく ひとり立てれば 独り楽しむ ひとり袂に ひとりちるらむ ひとり月こそ

ひとりつゆけき　ひとりながめし　ひとり鳴きても
ひとり鳴く虫の　独りなるべし　ひとりにならむ　独
ねあかす　ひとりねざめの　ひとり残れる　ひとりの
父よ　ひとりのみこそ　ひとりは臥せど　ひとり引らん
ひとりふたりを　ひとりまどふと　独り見つつや　ひと
りみ山の　ひとりも出づる　ひとり藻塩を　ひとりや
君が　ひとりやどもる　独りや飲まむ　火をひとりふ
く　母堂一人して　松はひとりに

【二人】　桜ふたり　去るな二人　妻とふたり　人二人
ふたかたに　二人して　二人行けど　力者二人●朝のふ
たりの　いざ二人寝ん　おい二人かな　紅梅ふたり　二
人の僧は　羞る二人は　ひとりふたりを　女男居てさへ
二人が中に　二人つみつつ　二人並びゐ　二人寝許　ふ
たりは哀し　二人臥しぬる　二人見ば猶　二人わが宿
し　乳母二人が　わが二人宿し

【二・二つ】　薄二藍　この二夜　二間口　二軒茶や
二万尺　二少女　朋神の　二こほり　二鞘の　二つなが
ら　二つなき　二つ無し　二星の　二道に　二もとの●
卯槌二すぢ　大鼓二つを　鴛鴦二つ居て　唐綾二つ　蝦
と二つ　ことし二つの　三草二木は　二千里の海　玄鳥
ふたつ　鳥のふたつぞ　二世の願行　二世を思はば　二
尾に落つる　ふたおやながら　二国かけて　二ころなき
て　二つに分つ　二つの海を　二つの岸に　二つの姿　双
の翼　二つの鼠　ふたつまどへる　二妻とるや　二名のし
まぞ　二布の蒲団に　二途かくる　二本の杉　二夜さ
へにも　二別れにも　ふたわけざまに　まこと二代は

双［一対］　双眼に●一双の耳　双の瞳の　双の眼にして

両　両面に　両脚に　両鬢は●真草両様

諸［両方の］　諸手を振りて　諸刃の利きに　諸矢しつれば

二並　二並の　二並び●いや二並び

二月　二月の空　きさらぎのよひ　そのきさらぎの

二日　今二日ばかり　月を二日の　ひとひふたひと　ふ
た日ふりしき　細き二日の

二十日　廿日あまりの　はつかの月の　はつかの山の

二十歳　その子二十　二十妻　わが二十●年のはたち
に　二十姿と　わかき二十を　わが子は二十に

数・量

二重　二重着て　二重瞼　二重も良き●腰は二重に

二色　ふたいろに●二綾下沓

二心［浮気心］　君に二心　二心ある

二度　二たびは●二度来ます　二度咲ける　二度にほふ　二編見えぬ

二葉　二葉なる　二葉の瓜　二葉より●双葉の草を　二葉の松の　まだ二葉なる

二三　二夜三夜●ふたつもみつも　二葉三葉に　二春三春

【三】　三竿の　三々九度　三毒に　三宝の　三摩耶形　東三条　春三日　三種ある　三重ね　三栗の　三の寺　●雨の三更　上下三里　三界火宅の　三尺の雪　三秋の月　三春の約　三途の扉を　三歩あゆまず　関山三里　角三つ生ひたる　三相によれる　三のお山に　三つの車に　三つの小島の　三つのさかひに　三つの蕾の　三つ一枝に　三つよつふたつ　三夜といふ夜の

三月　やよひ山●冬も三月に　やよひくはゝる　弥生小窓に　弥生の空の　弥生の月ぞ／杪春の

三十日　つごもりの●晦日の日は　三十日に見たり

三年　年の三年を　三年離れて

三十　五六　三十巻●五つの六つに　馬と五六の

三十［30。30歳。30年］　三十余り●数は三十に

三千　三千年に●三千丈は　三千世界　三千余騎は

三人　遊女三人　三人寝し　三人許●尼の三人が

三重　三重がさね　三重の滝　三重ね●帯を三重結ひ

三度　日に三たび●千歳三度を　みたびをろがむ

【四】　紙四枚　絹四疋　四句体　四泥の崎　四天王　四つ辻で　四の船は　四つの蛇●籠物四十枝　四位の少将　四尺の屏風　四三賽や　三四さへあり　むまの四あし　四たりの子等は　四の緒の声　四つの鼓は

四月　卯月に咲ける　卯月の忌に　賀茂の卯月に

四年　よとせの春の　よとせはなれし

四十［40。40歳。40年］　よそぢとて　四十余り●四十の歯ぐきは　四十路近づき　四十路の恋の　四十路の春の　四十路の冬に

四海　一天四海　四海兄弟　四大海をぞ

【五】　五辻や　五拍子を　五夜深し　猫五つ●いつゝの

色の　五つの雲を　五つの鬼の　命五文の　五位の冠
五逆罪にや　五色の鹿の　五色の波こそ　五十の市は
五条の大路　五夜の哀猿　五欲忘れよ　家内五人

五月　五月来て　五月こば　五月野の　さつき待つ　五月山●生ふる五月の　五月きぬらむ　五月なるべし　皐月の家を　五月の節の　五月の珠に　五月の農を　皐月はうれし　千年の五月　鳴くや五月の

五日　いつかとも●五日の菖蒲／こぞ薬日の

五年　いつとせに●五年経れど　鄙に五年

五十［50。50歳。50年］　いそぢの闇を　五十六十と　夢は五十年の

五重　五重の扇　五重はあまり

五百　五百しろに●五百日も今や　五百代小田を　五百つ集ひを　五百つ綱延ふ　いほはた衣　五百機立てて　五百夜継ぎこそ　いほよをかけて　千年五百歳

五百枝　五百枝さし●五百枝剝ぎ垂り

五百重　五百重山●五百重波寄る　五百重降りしけ

五節　五節恋し　宮の五節●五節の童

【六】　小六条　丈六の　六つ鳥獲り　六つの道　六宮の　六朝の　六観音　六道の　六欲の●一六の賽や　丈六の堂　六つの道をぞ　六道の辻　六道詣　六道輪廻　六角堂の　六橋の烟雨に　六腑五臓を

六月　六月の　水無月の●六月のそら

六十［60。60歳。60年］　むそぢの秋は　六十は人の

【七】　七大寺　七重なる　七車　七度ぞ　七人の　七昼夜　七絃の　七星　四十九日　七葉八葉　七星霜の　七月の●七条の糸　七世の孫に　七宝蓮華の　神馬七疋　七瀬とも八瀬とも　七色菓子も　七重花咲く　七種にこそ　七車積みて　七瀬の川と　七瀬の淀は　七度詣　七人きそふ　七つになる子が　七の賢しき　七の社の　七量あり　七面も八峰も　七世申さね

七曲　七曲に●七めぐりかな　七曲崩坂

七十［70。70歳。70年］　ななそぢに●七十あまり

七日　花七日●散らぬ七日は　七日越え来む　七日来じとや　七日し降らば　七日なりける　七日の数を　七日の御節供　七日上れる　なぬかは家を　七日は過

ぎじ　七日乾ざらむ　なぬかをちぎる　松は七日に
七夜　七日七夜　夜七夜も●今し七夜を　産屋の七夜
【八】　霜八度　八万騎　舳に八丁　八少女を　八汐路の　八島なり　八島守る　八瀬わたる　八衢に　八束穂の　八平手に　八葉盤を　八節結り　八面の風●馬の八匹は　鵜八頭潜けて　鵜を八頭潜け　神の八少女　悔いの八千たび　鵠八つ居り　立つや八少女　蓮の八花を　八丈一疋　八大地獄の　八大辛苦　八大龍王　八盃豆腐　八拍子をば　八文はやすい　眉は八字に　八声の鳥と　八瀬の里人　八遍袖振る　八人のことも　八千夜し寝ばや　八峰の上の　八紘の琴を　八尋の垂尾　八房ふさねて
八隅　八隅には●八隅暮れゆく　八隅の中に
八歳　八年児の●年の八歳を　生まれて八歳と
八尺　やさかのいきを　八尺の堰塞に　八尺の嘆
八十　八十楫懸け　八十楫貫き　八十種の　八十国の　八十葉の木は●天の八十蔭　川門八十あり　泊八十あり　湊は八十あり　八十氏人ぞ　八十少女らが　八十隈坂に　八十言の葉は　八十伴の男は　八十の島廻を　八十の千節は　八十の衢に　八十の舟津に　八十の湊に
八十［80。80歳。80年］　八十あまり八つ　やそぢの年の
八十瀬　八十瀬の滝を　八十瀬の波に　八十瀬も知らぬ
八十島　八十島を●八十島隠り　八十島かけて　八十島しろく　八十島白し　八十島過ぎて
八百日　八百日行く●八百日経ましを
八重　七重八重　八重波に　八重にほふ　やえふかば　やへやへの●蘆の八重ぶき　雲の八重立つ　八重着重ねて　八重紅梅を　八重咲く如く　八重桜さけ　やへさす岡の　八重たつ霧を　八重散りしける　八重の潮風　八重の潮路を　八重花咲くと　八重降りしける　八重葎して　八重山ざくら　八重山吹は　八重山みねは
八重垣　出雲八重垣　その八重垣を　八重垣作る
八千種（多くの草）　八千種に●色八千ぐさに　千草八千草
【九】　九十九夜に　九たび　九十九髪●九夏三伏　九曲に流る　九品蓮台　外は九霄
九月　長月の●九月初三の夜　長月とだに　長月のく

数・量

れ　長月の夜の　夜を長月と
九日　九月九日　九日ごとに　九日につむ　九日の宴
【十】　幾十度　十九のわれ　十俵　十団子●十五にならば　十五初夏　十七八は　十八五色　十里の堤　俵十たべ　十づつ十は　とをとおさめて　十まり七つ　十返り深き　十年に過ぎぬ　わが子は十余に
【百・百】〔100。数の多いこと〕　数百人　百姓の　百大夫　百まなこ　百鬼神　路百里　百種に　百草の　百隈の　百石の　百足らず　百鳥の　もゝなかの　百の媚　百羽搔き●百尺の楼　百八煩悩　百里の彼方　百花香し　百鬼夜行に　松は百度　百囀りの　百島めぐる　百瀬の浪も　もゝとしりなば
百日〔100日。多くの日数〕　百日しも●百日ひねれど
百夜　百夜草●秋の百夜を　百日百夜は　百夜通へと
百年　百年の●百年の姥　百年をやる
百歳　七百歳を　七のももそぢ
百代　百世しも　もゝよつぎ　百代にも　もゝよふる　百世まで●もゝといふ世も　百代いでませ
百枝　多くの枝　百枝さし●百枝槻の木　百枝の松の
百重　百重なす　百重なる　百重山●山は百重に
百千　百千里　百千たび　百千鳥　百に千に
百船　多くの船　百船の●百漏の船　百船人の
百木　多くの木　百樹茂く●百木の梅の
【千】　綾千匹　数千人　千仏の　千峰は　千歌十巻●綾が千端　三千丈は　千騎許は　千声万声　千日詣　千歌なりとも　千歌二十巻　千里に置いて　千筋の糸の　千束待つべき　千引の石を　千船の泊つる　錦が千端
千代・千世　いく千世の　千代々と　千代の菊　千代の春　ちよへたる　千代も引く●千代しも生きて　千世しも経たる　ちよすぎにける　千代千代千代と　千代永久に　千世に八千代に　千代の色そふ　千世のかげみむ　千世のためしに　ちよのどちとぞ　千世のなみ蔵　千世の始の　千代の光を　千世の日つぎの　千代の雪かと　千代はかぞへむ　千代までかざせ　千代もつみなん　千代もといはふ　千代も引く千代　千世もめぐらめ　千世ゆく末は　千代を積むべし　千代をならべん

数・量

千年・千歳 千歳や 千歳栄 千年経る 千年経ん 千年寿き 千とせまで●いつか千年を 君が千歳を 今日ぞ千歳の 千年の鶴 千年の翠 千年の雪を 千年争ふ 千世思ひし 千歳巣ごもる 千歳に澄める 千とせの命 千歳のかげを 千年の形見 千歳の坂も 千とせの前の 千年の愁苦 ちとせの花と 千歳の春秋 千年の春は 千年寿くとぞ 千歳や去ぬる 千歳を祈り 千年をかねて 千歳をこめて 松に千年を

千秋［千年］ 千秋の月を 千秋の願ひは 千秋万歳 千五百の秋の

千枝 千枝よりも●千枝の秋風 千枝はものかは

千重 千重しくしくに 千重波しきに 千重に来寄する 千重に積めこそ 千重に降り敷け 千重に百重に 千重に雪ふり 千重の潮瀬を 千重の浪路を 千重の波間に 千重の一重も 雪は千重敷く／千畳の峰

千種 あきはちぐさに 色の千種に ちぐさながらに 千種に見えし 千ぐさの色に 千種の嶽は ちぐさの花ぞ 野辺の千種の

千度 千度は ちたび打つ 日に千たび 百千たび 八千度も●千遍思へど 千遍嘆きつ 千たび参りし

千々 千々の春 ちゝわくに●ちぢに枝させ 千々に心ぞ ちゞにしげれり ちぢに染むらん 千々にものこそ 千々の黄金を 千々のさ枝の 千々の光は 千々の社を

千尋 千尋とも 千尋なす●海の千尋も 千尋射渡し 千尋に余る 千尋にもがと 千尋の底の 千ひろの浜の

千本 千本の桜 千本の花も

千人 鍛冶千人 杣千人 千人子の●千人の軍 千人は死なむ 番匠千人

千里 雲千里 三千里●雲濤千里 霞千里と 西海千里 二千里の海 春光千里 千里もそらも

千里（多くの村里） ちさとゆく●千里に置いて 千里の外の

【万】 数万騎の 千万の 万象と 万林の 万歳や 百万●呉軍百万 十万億土 千万神の 万劫亀の 万の秋に よろづの調度 よろづの山の 万の綾羅に

万里 千万里 万里の身●雲泥万里 漢宮万里 雲万里にして 山川万里を

万代（よろずよ） 万代に●幾万代を　千よ万よと　八百万世を　よろづ代懸かれ　万代の宮　万代までに　万代や経む

幾

【幾】（いく） 幾烟霞　幾入の　いくほども　幾むれか　いくめぐり●幾雲居まで　幾久さにも　幾ひと群に　櫓は幾つ　湯桁は幾つ

幾秋（いくあき） 幾秋に●いく秋書きつ　幾秋さても

幾春（いくはる） いく春か●いくたび春は　いくはる秋か

幾人（いくたり） いくひとか●幾人前に

幾重（いくえ） 幾重霞みぬ　いくへこゆらむ　幾重ともなく　幾重もつもれ　いくへもとぢよ　花もいくへの

幾度（いくたび） いくたびか●いくたびかくは　いくたびか見し　今いくたびか　老はいくたび　おく霜やたび　さていくたびぞ　まつもいくたび／数度射ると

幾そ（いくそ） 幾十度●いくその煙　いくその春を

幾返り（いくかえり） 幾返り　くり返し●かへるがへるも

幾日（いくか） いく日もあらねど　いくかもなしと　きていくかにか　なくていくかゝ

幾夜（いくよ） 幾夜経と●明かせば幾夜　あはれいく夜に　幾千夜寝てか　幾夜幾夜の　いく夜しをるる　いく夜寝ぬらむ　幾夜へだてつ　幾夜経ぬらん　いくよもすぎじ

幾年（いくとせ） たえて幾とせ　春もいくとせ

幾世（いくよ） あはれ幾世の　幾千世までと　幾世かはせむ　幾世過ぎにき　幾世積もりて　幾世の秋の　いく世の花に　幾世の春を　いくよもあらじ　今幾世とて　松に幾世の　みそぎ幾世に　齢幾世ぞ

幾瀬（いくせ）（いくつかの浅瀬） いくうき瀬●幾瀬に夏の　幾せの人か

【数】（かず） 数そひて　数に書け　数ふれば　かぞへねど　畳かず●逢ふ夜の数と　うちかぞふれば　起きて数ふる　かき数ふれば　数かきわぶる　かずかくよりも　かずにあまれる　数に入るべき　数にくらべば　数にとらまし　かずのみおほき　数はいくつと　数はさだめず　数はまさらじ　数ひゞきそふ　数やまさらむ　数を重ねて　数をしるらん　かぞへがたくも　滝のかずそふ　つきてかぞへて　年もかぞへじ　鍋の数見む　寝る夜の数ぞ　花数にしも　日を数へつ　星はかずなく　むかしの数に　胸に数へつ　社の数を／しるせれば

数・量

数む 声にだしてかぞえる 月数めば よみたて、 よみてみむ●波数まずして 数みつつ妹は／指折り 客を指折る

小

【小さし】 ちひさきは 少人 小さやか 小さうは 小翁●白く小さく 丈の小さい 小ひさき鍵を 小さき紙に 小さき音を 小さき幸を 小き火桶 小さき人の ちひさき火取 ちひさき鮒ども 小さくなりて 小さ小舎人や ちひさな琴を 小さやかなる ちさき観音 小さき葉のゆめ 小さき誇りに 小さき童の 日のちひささよ

【小】 小金門に 小車の 小筑波を 小放髪に 小闘諍 小芋うり 小袿着て 小扇の 小男と 小傘 小きむだち 小暗がり 小盃 小蔀より 小柴垣 小皺よりし 小吸もの 小勢なり 小迫合 小鯛引く 小鷹狩 小提灯 小づくゑに 小流れは 小鮠つどふ 小萩原 小旗ぐも 小引出し 小山伏 小弓射る 小六条●妹が小床に 妹が小枕 大幣小幣 小暗き森の 小剣取り佩き 小谷を過ぎて 小峰見かくし 神の小浜は 小鮎引かれて 小磯も語れ 小院に劣らじ 小桶の水に 小頸安らに 小蜘に似たる 小芸者の痩 こにし蛤 小萩が露の 小瓢なりとも 小径の壊れ 小路をせばみ 小目の敷網 隠れる小沼の 小童一人 ささめの小蓑 椎の小枝の 垂ら小柳 楽しき小里 玉の小柳 堤の小草 庭の小笹に 原の小薄 町の小坂を 崖の小菅の 峰のささ栗 山の小寺に 弥生小窓に

小笠 小笠はづれて 菅の小笠に

小萱 をかや刈る●小萱が下に 小萱が軒の

小櫛 小櫛見にも●髪梳の小櫛 黄楊の小梳も

小琴 海の小琴に 玉の小琴の 胸の小琴の

小簾 小すまきて●をすのうちとの 小簾の隙に 小簀の垂簾を 小簾の扉は 小簾の隙もる 小簾の間通しをすの夕かぜ こすのまよひに 覗く小すだれ

小家 賤しの小家 小家に宿り

小貝 小貝拾ひに 小貝を群れて ますほの小貝

小瓶 こがめなる●小瓶にさせる 小瓶やいづら

小鈴 足結の小鈴 小鈴もゆらに

小芹 こせりくひ 小芹摘む●沢の小芹の 汀の小芹

数・量

少

【少し】 少なきに　すくなくも　すこし弾くに●汗の香すこし　薄雪すこし　おとぞ少なき　詞すくなし　親知少なく　西瓜すくなし　すくなかりける　すこし汗ばみ　すこし色めけ　少し薄らぐ　すこし聞かせよ　少し動みて　少しは残せ　すこし春ある　すこし細りて　空ぞすくなき　にほひすくなく　残りすくなき　春ぞすくなき　光すくなき　日こそすくなき　まことすくなき　見らく少なく／須臾も　あるかなきかに

些か　いささかに●ゐさゝかのこす／けしきばかりの

疎　まばらにも●あらら松原　こずゑまばらに　下枝をあらみ　松もまばらに　まばらに編める

【稀】 希有の顔　星は少に　稀にあひて　まれにあけて●逢ふ夜まれなる　いふさへまれに　とふ人まれに　友のまれなる　橋にもまれに　まれなる色に　まれにあふみの　まれに逢ふ夜は　まれに魚煮て　まれにちりゆく　世にまれらなる　路人は稀に／たまさかに　たま〳〵見ゆる　わくらはに

【珍し】 めづらかにや　めづらしき　めづらしな　めづらしみ●いやめづらしき　うらめづらしみ　鴛めづらしと　きくもめづらし　珍重すべき　とこめづらなれ　とよ珍しき　見ればともしみ　めづらかなる楽　珍しからず　めづらしかりし　珍しき書　めづらしげなき　めづらしとおもふ　めづらしとみる　珍しみ聞ど／ありがたかりし　なほありがたき　よに有り難き

珍　珍宝　うずの花●うづのさか鳥

【乏し】 見のともしく●飾り乏き　声の乏しき　とぼしきまゝに　とぼしくあるらし　光乏しき　人めともしき　水とぼしくて

【僅】 はつかなる　はつはつに　わづかなる●秋のはつかに　間はわづか　今ははつかに　草のはつかに　袖をはつはつ　はつかに開けし　はつかに声を　はつかにだにも　はつかにのこる　はつかに野べは　はつかに人を　はつかに見えし　はつはつに見て　わづかなりける　わづかひと秋

つゆ［わずか］　つゆ黒みたる　つゆの形見も　つゆも散らさで　歎きはつゆも

多

【多し】 いとおほく　魚多き　おほからむ　おほかるも　多かれど　多かれば　塚おほき●逢はぬ夜ぞ多き　あはれ多かる　おほかるこゝに　おほかる中に　多かる野辺に　多かるわれは　多くあらなむ　多くの植女　多くの日をも　多くの冬の　鳴く日しぞ多き　寝る夜しぞ多き　平茸多く　われもおほくの／あはにな降りそ　毎日恒沙の

多み［多いので］　歩行多み　障多み　友を多み　稗を多み　水を多み●人目を多み

多し 度数が多い　遍多く　月数多　数多く行かば●逢はぬ日まねみ　まねく濡しぬ　見ぬ日さまねみ

多に　人多に　綿さはだ●蟋蟀多に　多なりのを　多にあれども　鶴多に鳴く　み山もさやに／麻笥に多に

繁に すきまなく　しみみにも●枝もしみみに　砌しみみに　路もしみみに　都しみみに／椎のしみらの

房やか ふさふさ たっぷり　房やかに●髪房やかに　裾ふさやかなる

かにかくに［あれもこれも］　向東向西　かにかくに

【数多】 数多あらぬ　あまたある　あまた年　あまたには　顔あまた　鴨あまた　傷数多　人あまた　仏師数多●数多あれども　あまた悲しも　あまた著けむ　あまたすれども　あまたにぞきく　あまたにつゝむ　あまたの花も　あまたの春を　あまたの星の　あまた経ぬれど　数多夜ぞ寝る　来ぬ夜あまたの　住みかあまたに　僧あまたして　匂ひあまたに／数知らず

数有り　思ひ数ある　数ある書を

数々　かず〱かへる　旗のかづ〱　花のかず〱

【屢】［幾度も］　屢見れば　ましばにも●あらばしばしば　しば〱ふれり　しばしば見ゆる　しばひく音の

【頻】 あられ一しきり　うちしきりつゝ　声も頻りに　重きて恋ひつつ　しきてし思ほゆ　頻に漏れば　吹きぞしくらし／しのに織りはへ　しのに露ちる

頻頻［しきりに］　しくしくに●しくしく思ほゆ　しくしく降るに　しくしくわびし　千重しくしくに

幾許 たくさん。たいそう　ここだくに　幾許も●ここだ愛しき　ここだく恋し　ここだく恋ふる　ここだく待てど　ここだ近きを　幾許散り来る　ここだ照りたる　ここだ貴き　こ

こだはなはだ　こゝらしほじむ　こゝらつどへり　こゝらつれなき　幾許恋ひたる　見るすら幾許／幾多も

【甚く】　痛く濡れ　いたく降る　いとゞしく　風をいたみ　こきばくも　情いたく　はなはだも●雨痛く降り　いたくいとはじ　痛く重みし　いたく風吹き　いたく降ちぬ　いたくし吹けば　いたくは鳴かぬ　いたうあばれて　いたうつくろひ　風いたう吹き　早苗もいたくはだ恋ひめやも　はなはだ踏みて　虫の音いたく

うたて［ますます］　うたてこのころ　うたてつゆけき　うたて吹らむ　うたてむすべる　そらをうたてと

いと・いとど いよいよ。ますます　いと清げ　いと白う　いと弱げ●いと明かき夜　いとけうらにて　いと淋しげに　いとぞめでたきや　いとゞ悲しき　いとどしをれて　いとゞせきあへず　いとど露けき　いとど名の立つ　いとなまめかし　いと匂ひやかに　いと遥かなる　いとまめやかに

【繁し】 絶え間ない。ひんぱん　音しげく　声しげみ　ことしげき　言繁み　矢の繁けく●雨さへ繁き　憂きことしげく　憂き節しげき　血気も繁く　恋の繁きに　恋の繁けむ　しげき恋路に　しげきさはりに　繁きなげきの　しげき人めは　繁にし思へば　繁にそそぎぬ　ふし繁からぬ　真梶繁貫き　虫の音しげき

増

【増さる】　濃さまさり　富び増さり　匂ひまさり　まさるやと　まさるらむ●秋ぞまされる　いづれまされり　いやまさりなる　憂さのみまさる　落ちまさりけり　香はまさりける　聞しにまさる　きしにもまさる　今日はまされる　恋ひまさりけり　声こそまされ　さえまさりける　咲きまさるべき　寂しさまさる　懺悔にまさる　澄みまさりて　滝まさりけり　立まさりける　なりまさるかな　ひちまさりける　またまさるかな　水まさらなん　水行き増り　乱れぞまさる　ややまさりけり

【重ぬ】　うちかさね　押し重ね　重なるは　かさねきて　かさね着る　かさねたる　重ねつゝ　たちかさね　月累ね　ひき重ね　一襲　夜を重ね●秋の重ね着　おん衣重ねて　かさなりおつる　累りきつる　かさなる雲や　かさなる霜の　重なる年を　重なる山は　重ね上

数・量

げたる　重ね編む数　重重ねて　かさねぐ〵も　かさねきぬれど　重ねていとゞ　重ねてにほへ　数を重ねて　かりねかさねて　そでやかさねむ　たちかさねたる　月重なりて　作りかさねよ　つまな重ねそ　とり重ねてぞ　縫ひ重ねたる　羽をかさねたる　春はかさねて　光重ぬる　人やかさねん　日の重ねれば　八重着重ねて　よはひかさねよ／繰り畳ね　畳づく

【又】　あけば又　暮れて又　たれか又　後にまた　またためし　またの世は　我もまた●浅きよりまた　後れてもまた　鬼すらも也　この世にまたも　懲りずてまたも　とほく見てまた　またあたらしき　また渦早き　また若ちかへり　また変若ちめやも　また越ゆべしと　また沢になす　又しほたるゝ　また救はれぬ　またぞこの世の　また旅寝して　また土を食む　又のこらまし　また一歳も　また一目見む　また人を生む　又も来て見む　またも今年に　また夢の世に

【更に】　命やさらに　憂き身はさらに　現とさらに　さらに恋こそ　さらにしぐれの　更に捨てつる　更に引くとも　さらにもおちず　わが身ぞ更に

【猶】　猶あかぬかな　猶愛しい　なほくちのこる　猶心みよ　猶ほのみゆる　なほまどはまし　二人見ば猶

【添ふ】　おき添ふる　数添へて　さし添へて　そひぬらん　そひはてむ　音をそへて　花にそへ　光そふ　身にそへる●あはれそふらむ　いとどそふらむ　いぶせさ添ふる　色をし添へて　老いぞ添ひける　惜しさに添へて　かげに添ひつつ　風に添ふとも　悲しさ添ふる　さびしさ添ふる　そふ心地する　添ふる扇の　添ふる時雨ぞ　添へて語らふ　そへて鳴くる　そはずなりにき　立ちや添ふらん　露ぞおき添ふ　露の数そふ　涙な添へそ　ねをぞ添へつる　日かげも添ひて　光さへそふ　ひびきを添ふる　碧を添へたり　みぬ色そふる

【加る】［ふえる］　またくはゝりぬ　やよひくはゝる

【合す】　合すれば●合はせ初めけむ　声をあはする

無

【無し】［存在しない。故人］　過所無しに　冠も無し　関無くは　なからまし　なかりしに　なかりせば　なかるらむ　なき魂ぞ

なき時は　なき物を　無を夢　無くもがも　無けれどもなさゞりき　なしといへば●石橋も無し　風はなかりき　暮れなばなげの　心は無しに　言の葉ぞなき　言葉なかりき　友無しにして　なからましかば　無りし花の　無きがさぶしさ　なきかと思へば　なき心ちして　なきにしかじの　無き病にて　なきをおもふや　なくていくか、なくてぞ人は　なげになりゆく　なしと聞こそ　なしと答へよ　はやなくなれる　無の世に移りて　無文の袴　召すことも無し　宿は無くて　夕ぐれぞなき

無み　無いので。無いままに　会ふ期なみ　家無みや　磯無みか　浦無みか　潟を無み　着る身無み　下樋無み　為方を無み　床をなみ　縄をなみ　よるべなみ　わざをなみ●逢ふ因を無み　使を無みと　船楫を無み　行方を無みと

人無し　人住まぬ　人も無き●漕ぐ人無しに　人なき床を　人なき路の　人なき宿に　見る人無しに

【空・虚】　から井戸へ　空舟の　空山は　空堂に　空鉢にて　むなぐるま●空木ながら　空なる屋の　空槽の音が　空床に臥せり　空しき家は　むなしき枝に　むなしき閨の　空しき舟を　むなしとすつる　指に空しき

空手　空手に過て　むなでに過ぐる　物乞の空手

【欠く】　顔欠きて●かけし光を　欠た茶碗を　かけらに似たる　鍔のかけたる　満ち欠けしける

【片】　片明り　片足に　かた鶉　片紙を　片し貝　かたそぎの　片つ方　片結び　片泣きに　片碗の　片寄りに　白片の　片片は●かたおもむきに　かたしおちたる　片て忘れず　馬車に片よる　枕片去る　夜床片さり／ちぎれちぎれに　断れの細葉

片方　かたへしぐる、　かたへすずしく　かたへにたてる　かたへの瓶の　君がかたへの

【半ば】　なかばたつ　なからばかり●秋のなかばぞ　なかばさむやと　半ば蝕する　なかばにかゝる　半へにけり　半もうみに　なかばをぞ知る

【有る】［存在する。生き長らえる］　あらざらむ　あらさりき　あらませば　あらめやも　ありければ　ありつつも　有りつべし　ありてしか　ありとても　ありぬべし　ありやせん　音

残

数・量

ありて　ならひありて●あらましものを　ありげなる哉　ありけるものを　ありてなければ　ありと思はん　ありとこたへよ　ありと知らせじ　ありにしものを　ありやと問はば　あるにもあらず　有べくあるは　有をうつゝと　あればあるかの　あればある世に　いけるかひありて　籠にありての　たのもにありて　契りありてや　眉毛のあれば

有り無し　ありてなし　有り無しを●ありてなければ　ありなしを見ん　たゞありなしを

【残す】　をりのこす　残菊は　残陽を　残しても　残りけむ　のこりなき　のこるべき　残るらむ　残れるは　残れゝば　春残る●秋の残りの　ゐさゝかのこす　色のみ残る　うらみ残れる　かきねにのこる　霞に残る　かぜものこらず　かたまり残る　きえのこるをも　こゝに残さん　ことば残りて　この世に残る　少しは残せ　散り残れりと　としのこゆらむ　なほくちのこる　なほや残らん　夏にものこる　名にや残らむ　にしきのこりて　のこりありやと　残り多かる　のこりかねたる　のこりすくなに　残りとまれる　のこりの秋ぞ　残りの春を　のこりはてたる　のこる有明　のこる移り香　残るをざゝの　のこるくだけの　残るくまなく　のこる烟を　のこる月かげ　のこるともしび　のこるなの花　のこるは暗き　残るは花も　のこる日なくも　残るほたるや　残るみどりも　残るむつごと　残れるものを　残れる椰子の　はつかにのこる　はなものこらず　ひとり残れる　まがきに残る　又のこらまし　まだ残る日の　汀にのこす　みちのこるらむ　峰にのこれる　虫の音残せ　夢の残りを　夢も残さぬ　世には残りて

名残　名残りさへ　名残りなく　なごりにて●逢ふはなごりの　秋のなごりを　雨のなごりに　ありしなごりの　かへるなごりを　かすむや名残　袖の名残も　露なごりなく　名残りあらせて　名残いかにと　名残りおほかる　なごりをしみし　名残り思へば　名残恋しき　名残そ今も　名残だになき　なごりと思へば　名残匂へる　なごりの雲に　名残の袖を　なごりの空を　なごりの露に　名残ばかりに　なごり久しく　なごりまでこ

数・量

そ　なごりを雲に　なごりを人の　にほふなごりに
花のなごりと　春の名残を　人の名残を

【余る】　三十余り●余りにしかば　あまる金の　一尺にあまる　掛子にあまる　かすみにあまる　たもとにあまる　つゆよりあまる　十まり七つ　十夜にあまれる

大

【大き】　大きにこそ　大きにして　大きにて　大時計　大鳥よ　大直毘　大魚つる　大波に　大橋の　大船に　大仏　量りなき　百石の●おほいなる籠に　大きなる蟻　大きなる蝦蟇　大きなる猫　大き聖の　おほきやかなる　大きやかなる者　大き藁屋の　大なる蛇の　やや大に裁て

【広し】　瀬を広み　のをひろみ　幅広き　広がまし　広き世に　ひろごりて　広袖で　弘むらん　弘めまし　真広きは●鳥屋より広く　庭ひろき家　はたばり広き　羽をひろげて　ひろう見えたる　ひろげたる時　広ごりたるを　広しま広し　広み厚みと　道は広けむ／おぎろなきかも　空豁にして　浩浩たる　漠漠たり　眇々として

広ら（広々としている）　陸ひろら●磯の広らに　海広らなる

【重し・重る】　重々し　重くして　重りかなる　おもるらん　露重る　ふりおもる●生命のおもみ　重いものかな　重き唸りの　重き船しも　おもげなるみぞ　重さに似たる　重し軽しと　こずゑにおもる　袖の重さよ　乳房おもがる　ふくろはおもし　持重りする　雪重るなり

重み［重いので］　末を重み　露おもみ　露を重み●痛く重みし　白露おもみ

【厚し】　あつく着て　衣厚く　綿厚き　綿厚くて●厚肥えたるを　あはれみ厚き　いよゝあつけむ　氷もあつき

【太し】　毛太りて　筆太に　太きよし　太葱の●手太き弓の　短太にて　太きをつけて　太索麵に

長

【長し】　草長き　長からむ　長き尾の　長き根を　長き夜も　長筵　長やかに●いと長き日に　命長くは　命長さの　いや遠長き　黒髪ながく　しのべばながき　末の世ながく　たかねば長き　綱手の長き　としつきながき　年の緒長

く　とだえをながき　長きかひなし　ながきかたみと
長きこの夜を　長きためしに　長き契を　長きに独り
長き眠りの　長き花総　永き春日に　ながき日影の
長き闇にや　長き湯浴を　長き夢路ぞ　長きよに置く
長き別れに　長く生ひにけり　長く咲きたる　長くつたへむ　長くとぞ思ふ　長く欲しけく　長くもがなと
長くものをば　長しと言へど　長しと思ひき　春の長日を　百夜の長さ　夜の長きも／うちはへて　をりはへて

長み［長いので］　夜を長み●旅の日長み

長々し 非常に長い　あなながく／＼し　犬ながながと　長々しくも　長々し日を　なが／＼し夜を　道なが／＼に

伸ぶ　腰のべて　延びぬらん　はびこりぬ●伸ぶかとぞおもふ　延ぶといふなり　のぶべき君が　みるまに伸す

【短し】　短くて●いかに短き　いとどみじかき　髪を短み　するゐぞみじかき　裾短なる　ともにみじかき
長く短く　ほのほみじかき　短かりけり　短き命も
短き燈台　短き物と　短くありけり　みじかくなすは
みじかしの日や　みじかうなりし　夢のみじかさ

縮む　しじかみたる　縮めをる

尺　髪五尺　三尺帯　尺時計　二万尺●一尺にあまる　九尺店でも　三尺の雪　四尺の屏風　百尺の楼

丈　丈六の●三千丈は　丈六の堂　八丈一疋

全

【並て】 おしなべて。すべて　おしなべて　なべて世の
万象と●すべて幽けき　すべて若人　なべて
あふひを　なべて訪はなむ　なべての露に
なべての鳥は　なべてふたげつ　なめて梢に　花しなべての

全し［完全］　またからず　全き身の●またき宿にも
全くしあらば　全けきが見ゆ　まほならずとも

悉く すべて。たいそう。　歌こと／＼く　底こと／＼く

大方　大方の●いとおほよそに　おほかたの夜は　大かた春は　ただ大かたの　みれば大かた

【皆】　神もみな　なべてみな　花もみな　みな白き
みな飲みて　皆人の●草はみながら　人皆知りぬ　皆
あはれにや　皆毬栗の　みなうつくしき　みな変りぬる
みな白妙の　みな緑なる

諸　諸白髪　諸人の●すゝめもろびと　諸穂に垂でよ

時

【時】清き時　来し時と　時くれば　時ごとに　時しあれ　ときしらぬ　時すぎば　時立ちて　時時の　時無しに　時ならで　時にこそ　時に寄る　時の花　時はあれど　時はいまは　時はしも　時はとび　時待たば　時分かず　時を得て　花の時●逢ふ時も無き　あへる時々　いひて食ふ時　息ふ時無く　出でありく時　出きぬる時　いとけなき時　いまはの時の　色づく時に　うゝる時とて　美しき時　産まるる時に　隠らふ時に　影見る時ぞ　霞める時に　片生の時ゆ　肩しこる時　門たゝく時　刈る時過ぎぬ　かわく時なき　曇るときなく　悔しき時に　来ぬ時あるを　さかゆく時も　咲きなむ時に　さびしき時は　さめてしる時　侍従ふ時に　沈む時なき　しのはぬ時の　少年の時　燭を剪る時　知らで寝し時　姿みる時　銭くれし時　送別の時　発し出も時に　絶ゆる時なく　散りくる時ぞ　時うしなへる　時終へず鳴く　時来にけりと　時しのべとぞ　ときしもふれる　時すぎにけり　時ぞ来にける　時ぞと思へど　時ぞともなき　時近みかも　時つく鐘の　時と鳴けども　時と寄り来ね　時にあらねども　時に尻向け　時につけつつ　時に鳴くねは　時になるらし　時のうしろに　時のうつりに　時の階段　時の菓子　時の盛りを　時のつゝみは　時の迎へを　時の往ければ　時は来にけり　時は滅びよ　時は待たれし　時はわかねど　時待つ船は　時待つまにぞ　時見る毎に　時もあらじな　時もかはさず　時も日も無し　時わかず泣く　ときをしまたむ　時を過ぎたる　ときをへにけり　和ぎなむ時も　鳴くべき時に　煮てある時　薫はむ時の　はかなき時は　花なる時に　鼻に嗅ぐ時　晴るるときなき　人待つ時は　火にあたる時　深き時には　含まる時に　待つ時もなき　実になる時を　妻が着する時　ものはむ時は　物をくふ時　黄色ふ時に　火葬る時　湯の煮る時　能くかけし時　我が悔ゆる時　別れし時ゆ　忘るる時は

期［時。折り。最期］　会ふ期なみ●その期を知りて　とけん期もなく　止まむ期にせめ

しだ［時。頃］　かなしけ時は　この時過ぎて　忘れむ時は

一時［同時］　一時に帰る　一時に来る

【時刻】　戌の時　寅の刻　酉の時　秒刻に　白日時巳の時と●午の時〳〵　彼誰時よ　黄昏時も　寅卯の刻に　何時候ぞ　ばくらう時の　日はなん時ぞ　四つの鼓は　別れの六つぢやもの／時司　時守の

時計　衿時計　大時計　尺時計　釣どけい　時計　日時計に●時計の時は　時計も見あく　覗く時計や　古き時計の　見透く時計を　夜の時計を　漏刻のごと

【何時】　いつしかと　いつしかも　いつ染めし　いつぞやも　いつとかは　いつとなき　何時の間も　何時はしもいつまでぞ　いつよりか●いつ盛りとも　いつしか妹がいつしか桜　いつしかさびし　いつしか濡るる　何時のまさかも　いつまでとかや　いつみきとてか　いつより秋のいつをいつとて　いつを限りの　いつをまつとか

時じく［いつでも］　時じくに●いや時じくに　風を時じみ時じきが如　時じき時と　時じき藤の　時じくたぎる

設く（時が来る。心待ちにする）　奥まけて　夏まけて　春設けて●秋かたまけて　秋かたまけぬ　さをとめまけて　時片設けぬ　時片待つと　冬片設けて　夕片設けて

【間】　楫間にも　消えぬまに　暮れぬ間の　けさの間に　恋ふる間に　漕ぐ間も　束の間の　露の間に　はらふまに　待ちし間に　間どほなれ　よひの間に●一夏の間を　市の間には　命待つ間の　畝を掘る間に　老いを待つ間の　風を待つ間の　かなる間しづみ　今日の間を暮を待つ間の　このころの間　さくをまつまの　繁き間守ると　誰を待間の　束の間も　時待つまにぞ　花の間も　光のまにも　光待つ間の　光見む間を　一日の間も　まだ咲かぬ間は　まつまも遠き　まどほのころもめぐり来し間に　やや間遠きを　ゆきあはぬ間より夢の間なりと　夜の間にしのびて

人間［人の見ていない間］　人間守り●人まにのみぞ

時の間［ほんの少しの間］　時のまに●たゞ時のまの　時の間ぞなき　時のま見せよ　時の間もなし　時のまも見む

間無し［絶え間ない］　間なきが如　間無く見え●楫取る間なき　とくる間もなき　羽搔く間なく　間なく数鳴く　間無くし降れば　間なく時なく　間なくも散るか

玉響（しばしの間。瞬間）　たまゆらに　玉響に　瞬間の●玉ゆらかかる／一刹那　片時も　石火電光　ちろりに過ぐる

絶え間　絶間のみ●糸の絶え間に　絶間がちなる　たえ間たえ間を　中の絶え間は　萩が絶え間の

【暫し】　暫くも　須臾も　待てしばし●間しまし置けいなまてしばし　しばし動きて　しばしうちぬる　しばし映ろふ　しばし曇りて　しばしすずまむ　しばし絶ゆれば　しばしと思ふ　しばしと慕ふ　しばしと包む　しばしとてらす　しばしとゞまれ　しばし止めむ　しばしな入りそ　しばしなぐさむ　しばしなたちそ　しばしのゆめを　しばしはにほへ　しばしまがひし　しばし待ちける　しばしまどろむ　しばし水かへ　しばし都へ　しばしもこりぬ　しばし闇路に　暫く計　しましく見ねば　暫しそ吾妹　暫は咲かず　棺はしまし　船しまし貸せ　馬暫し停め　やすめば暫し

【暇】　暇もが　暇あらば　暇あれや●遊ぶいとまは　うらみのひまや　またもひまをや　夜の暇に

暇なし［ひっきりなし］　暇無み　ひまなきに●暇なしとて　ひまなく注ぐ　干すひまなくて

【程】　程近し　みる程ぞ●帰りし程も　苦しき程の　けぬべき程を　恋しき程を　さめゆく程を　一夜のほどに　冬木の程も　ほどは知らるる　ゆきあふ程を

程無く［まもなく］　ほどもなく●しめて程なき　匂ふほどなく　程なく暮るる　ゆらぐほどなき

【急ぐ】　いそがずば　急ぎ起きて　いそぎてぞ　いそぐらし　急けく●いそぎ出でても　いそぎし海士の　急ぎたつめる　いそぎて逢ひし　いそぎて来つる　いそぎてとらへ　急ぎ掘きて　いそぐ旅人　いそぐやま人　いそげや早苗　帰りいそぎの　しぐれをいそぐ　発ちの急ぎに　花にいそがぬ　ひとひもいそげ　舟いそぐなり

慌てる　さしくみに　せはせはと　たちまちに　ふためきて●心あわただし　せかせ給ふな

俄か　にはかなる　にはかにも　にはしくも●にはかにくらき　俄日和に

手もすまに［忙しく］　手もすまに●わが手もすまに

【疾し】［速い］　東風を疾み　おそくも疾く　疾く出でむ

時

疾く入りて　疾くぞ過ぐ　とくとおもふ　疾く飛びてとくゆきて　春はとく　春やとき●嵐かも疾き　咲きてとく散る　時雨を疾み　とく明けぬると　とく捨てざりし　疾くたち帰れ　とく立ちたまへ　疾く散りぬとも　吹き疾められ　われ疾う花に

疾く疾く［大急ぎで］　とく〳〵と●疾う疾うおはせ　急くとくと吹き来　とくとく梅の

【速し】　遅速も　すみやかさ　すむやけく　はやければ●足掻速けば　速き験の

速み［はやいので］　風を疾み　川速み　瀬を速み　水脈早み●足掻を早み　風疾みかも　速み早瀬を　松風疾み　水脈早みかも

打ち付けに　いきなり。突然　杖うちつけに　波うちつけに

【今】　いま桜　いまぞ聞く　いまぞ知る　今造る　今はとて　今や夢　今よりは　和の今●秋さへ今の　古しへ今を　命を今は　今かへりこむ　いまかくこふる　今か咲くらむ　いまかほすらむ　今か纏くらむ　いまかり帰　いま試みよ　今盛りなり　今し悔しも　今し七夜を　今助けに来ね　今ぞうれしき　今ぞ悲しき　今ぞ恋しき　いまぞ盛りと　今ぞ巣かくる　今ぞなくなる　いまぞまよへる　いまぞ見し世の　今ぞわかる、　今の薬師　今の薦僧　今の墾道　今はうつろふ　今はかひなき　今はかぎりの　今は着つべし　いまは恋しき　今は漕ぎ出でな　今はちかしと　今はとさそふ　今は舎人の　今は訪はじと　今はねぶたく　今ははつかに　今は春べと　いまはやつる、　今ふりくめり　今まで生ける　今も現の　いまもかをるか　今も遊女の　今よりうたむ　昔も今も　昔をいまに／最中なりける

今度　このたびは●なにかこのたび

【現】　現実。正気　うつゝかも　現こそ　現にも　現をも　この現実●有をうつゝと　いづれか現　今も現の　現しけめやも　現ぞ人の　現とさらに　現と住むぞ　うつつともがな　現なりせば　うつつに袖を　現にだにも　現につらき　うつゝにとへば　うつゝになるは　現に一日　現に見てば　現にものを　うつつの人の　うつゝの夢に　現や夢と　うつつをしのぶ　おとるうつつは　語るやうつつ

さむるうつつの　ひるのうつつに　闇の現は　夢を現に

まさか［現在］　現在こそ●現在し善かば　現在も悲し

【頃】　思ふ頃かな　おのがころとぞ　かきくらす頃　このごろかなし　頃にもあるかな　頃も経にけり　五月雨の頃　忍ぶる頃の　月なき頃の　残るころかな　のどけき頃の　花はころすぎ　望月の頃／八月九月

此頃　このころに●思ふこのころ　恋ふる此の頃　このごろきかで　この頃続ぎて　このごろの空　このころは無き　このごろ見ねば　このごろ京に　寒きこの頃

【折】　をりあしく　折からや　折にあひて　折にしも●折あはれなる　をりしも人を　折にあふらん　をりにこそよれ／きははこゝろも

折々　折々は●をり〳〵あらき　折をりあはれを　折々にこそ　折〳〵みする　をりをりもれし

四季　四時には　四季の絵も

過

【過ぐ】　おりすぎて　来で過ぐす　過ぎ来つる　過ぎ来にし　過ぎければ　過つらむ　過ぎにける　過ぎにしも　すぎにし夜　過ぎに過ぐる　過ぎぬれど　過ぐしきて　すぐしたる　過しつゝ　すぐしなで　過ぐすとも　過ぐす身を　過すらむ　すぐすをも　過ぐせとや　過ぐる春　過ごしけむ　散り過ぎて　時すぎて　夏過て　春過ぎて　見て過ぎむ　夜は過ぎぬ　世を過ぐせ●明日を過ぐして　逢はで過ぐせる　いかで過ぐしし　いかにわたらむ　幾世過ぎにき　うき世過ぐさん　けふもすぎなば　今日をすぐさぬ　越えて過ぎ行き　声は過ぎぬと　しらで過ぎけり　過憂き物を　過ぎ隠れまく　すぎしつきひの　過ぎて来べしや　過ぎて行くらむ　過ぎなむ後に　すぎにけらしも　過ぎにし秋の　すぎぬと思へば　過ぎぬべきかな　過ぎまく惜しみ　すぎんとすらん　過ぐさましやは　過ぐさんとする　過ぐしたる人々　すぐしてよとや　すぐす心を　過ぐす月日は　過すなるらん　過ぐせど過ぎず　過ぐばかりなり　過ぐは往けども　過ぐらく惜しみ　過ぐるうらみを　過ぐる心は　過ぐる月日は　すぐるやまざと　過ぐる齢や　過る我が身は　すぐればいづる　過ぐれば民の　すごしける

世を過しだにせじ　すごしはてまし　空に過ぎにし時過ぎ行かば　時は過ぎねど　時を過ぎたる　年はすぐせと　十年に過ぎぬ　ねぞ過ぎにける　花は過ぎつつ春の過ぐれば　人の過ぐらむ　待つほど過ぎて　待つ宵すぎて　むかはぎ過ぎて　夢裡に過ぎける　もみぢはすぎぬ　世を過ぐすかな　世をや過ぎまし

ゆ［〜から］　古ゆ●片生の時ゆ　初の時ゆ　久しき時ゆ別れし時ゆ

【経】［時がたつ。経る］　久に経て　日を経れば　経るままに　ふればかく　ふれば世の　経にけるを　もゝよふる夜の経れば　世々経とも●あまた経ぬれど　幾夜経ぬらん　恋ひつつぞふる　頃も経にけり　霜をば経とも　千世しも経たる　時の経ゆけば　時をへにけり　半へにけり　嘆きてぞ経る　なゝつ経にける　春ぞへにける　春は経ぬべし　日数へぬべし　ひはつもれども　ひをへて待に　日を経て寄する　経るころほひの　ふるぞ悲しき経にける秋を　八百日経ましを　世を経て見れど　別れて経るは／ありさりて　ありさりてしも　やゝたくる

程経［程経る］　程ふるを　ほどふれど●絶えてほどふるなれてほどふる　ほどやは経べき

年経［年を経る］　千歳ふる　千年経ん　年経とも　年経れど　年へつる　年経にし　まだふりぬ●来経往く年の劫は経れども　年ぞ経にける　年の歴ぬれば　年は来経とも　年はへにけり　年経る浦を　としふる門は　年ふる雪や　年経てものは　年をふるかな　へにける年の

【遅し】　晩からん　おそく出づる　おそくきえ　遅ざくら　遅し遅し　おそしとは●明くる遅きと　あくるもおそき　歩はおそき　遅く照るらむ　遅く鳴くらんこまより遅く　さかばぞおそき　日月遅し　たつや遅きと　花遅げなる　花や遅きと　われもおそしと

後る［あとになる。死におくれる］　おくるとも　後れゐておくれけん　おくれじと　後れにし　おくれねど●遅るゝ袖ぞ　おくるゝ露は　後れ先立つ　おくれざらましおくれし雨か　遅れて生ふる　おくれてなかん　後れてもまた　送れぬる人　おくれまつりし　おくれむと思ふ　すゑにおくれて　たちおくれけむ　誰も後れぬ

春におくれて　人におくれぬ　ひとりおくれて　われぞおくるゝ

【深し】［時間がたつ］　五夜深し　深更に　夏ふかく　昼深し　冬深く●秋の夜ふかき　来ん世も深き　年深からし　春のふかきを　深き時には　深くも夏の　冬ふかき夜に　冬深くなる　夕ぐれふかき

深み［深いので］　年深み　夏深み　春深み●年深みかも

【長ける】たけなわになる　秋たけて　月たけて　夜はたけて●秋たけぬらし　春たけにける

降つ　暁降ち　いたく降ちぬ　もとくだちゆく

【後】　老の後　風の後　捨て後は　後にまた　後にみむ　後の人　後人の●あひみて後も　あとのあはれは　あとの桜木　いりぬるのちは　木の葉ののちも　この世の後も　時のうしろに　流れて後の　ぬれてののちは　寝てののちさへ　後うきものと　後恋ひむかも　後こそ知らめ　後さへ人の　後ぞ悲しき　のちに逢はむと　後に悔ゆとも　のちにこそしれ　後にはむすぶ　のちの今日だに　後のこゝろは　のちの静けさ　後のしるしと　後のたよりや　後の春とも　のちのひかりと　後のゆふべは　後のゆくへを　後は逢ひぬとも　後はうつろふ　後は誰が着む　後はわが妻　後見むために　後も逢はむと　後もしのべと　後も待みよ　後もわが松　後を思はず　後をばしらぬ　飲みての後は　花の後にや　花よりのちの　落らまくは後　みざらん後の　見て後にぞも　雪より後も

後［のち。後刻］　後にとふ●後とし云はば　後も逢はむと

【先・前】［前。以前。以後。将来。先駆］　先使　さきの春　前の世の　先王の●いづれがさきと　風よりさきに　かねよりさきの　さきざき見けん　先に来にける　先に立たむと　先手にすゝめる　たたぬさきにぞ　千とせの前の　露落ちぬ先に　露より先なる　春よりさきに　昼から先の　見いでぬ先に　むまれぬさきを　渡らぬさきに／魁て　将来も悲しも　将来を兼ぬ兼ぬ

先立つ　先立てて　先に立つ●秋先立つる　秋にさきだつ　眠を先立たね　おくれさきだち　言先立ちし　さきだつ雨か　嘆き先立つ

【続く】 追ひ次きて　次きたり●思ひつづくる　かき根つづきに　越につづくや　この頃続ぎて　すがひすがひに　続ぎこせぬかも　つぎて降らなむ　つゞく糸哉　荷ひ次けて　乗り次きたる　峰のつづきに

終

【終る】 終ふるまでに　終らむや　をはり思ふ　終はりなば　終りなん●終り聞くこそ　をはりの煙　終りの一人　楽しき終へめ　なにか終らむ　まに〳〵をへや

終［最後。命の終り］　終にさても　つひの果　終の日の●いづくもつひの　つひに朽ちぬる　つひにすむべき　つひにも春に　終にや子らが　つひに寄る瀬は　つひのかりの身　終の住処は　終のゆふかぜ　我身のつひの

【果つ】 秋果てゝ　あせ果てて　入はてゝ　怨じ果て　老いの果て　老いはてて　かれはてて　消えはつる　朽ちはてむ　くれ果てて　さびはてゝ　私語畢てて　すみはてゝ　捨てはてむ　散りはてて　夏はつる　なり果てて　み果てゝし　燃えはてて●家燃え畢てて　思ひぞ果てぬ　かげり果ても　朽ちだにはてぬ　くもりもはてぬ　五節はてにしかば　すみはつるよぞ　ちりはててこそ　ながらひはつる　なり果てぬべき　はてとなるらむ　果にしものを　はてはたが見る　花ちりはつる　払ひはてたる　物食ひ畢て　渡しもはてぬ　渡りはてねば

【止む】 弾き止みぬ　止みなまし　止みにけり　やみぬれば　止む薬　止めらるべし●逢はず止みなむ　思ひは止まず　をやみもあへず　小止む晴れ間の　嘆きは止まず　止まず思はば　止まず通はむ　止まず振りしに　止まず降る降る　止まなくも怪し　止む時もなし　やむとはなしに　止むべきものか　わが恋止まめ

【暮る】［暮れる。終わりになる］　秋暮るる　年暮て　年暮れぬ　春暮れて●秋の暮かな　暮れぬる秋と　暮の春かな　春し暮れなば　春ぞくれぬる　春も暮れなん　暮春の風に

【末】［将来。終わり。晩年］　末ぞかし　末つかた　末遠き　末つひに　すゑの秋●秋の末には　すゑさへより来　すゑぞみじかき　末にしなれば　末の心の　末はし知らず　末は知らねど　月日の末や　流れの末ぞ　はなの末には　春の末には　わが身も末に　われてもするに

昔

【昔】 むかし思ふ　むかし君　昔見し●あはれ昔べ　いかで昔の　いづれむかしの　闇浮の昔　かへらぬむかし　影ぞむかしの　風は昔の　きけばむかしの　けふもむかしの　朽ちし昔は　月や昔の　鳴くは昔の　花ぞ昔の　春やむかしの　人はむかしの　まつも昔の　見ればむかしの　昔今とも　昔男の　昔おぼえて　むかし思ゆる　昔かざしし　昔語りの　昔冠の　昔恋しき　昔恋ふらし　むかし住みきと　昔すみけん　昔手折りし　昔と思はむ　昔ながらに　昔にあらぬ　むかしにかへる　昔にこりぬ　むかしに似たる　むかしのあかさ　昔の秋を　昔の遊び　昔の跡の　昔の陰の　昔の影や　むかしの数に　むかしの香にぞ　むかしの君よ　昔の恋に　むかしの声を　昔の濃さに　昔の詞　昔の袖を　むかしの遠く　むかしのともは　昔の花の　昔の春の　昔の人し　昔のみなほ　昔のゆゑと　昔は老を　むかしは遠く　むかしは物を　むかし見しはや　昔むすべる　昔も今も　昔物語は　昔やゆめと　むかし忘れぬ　昔を今と　昔をかけて　昔を恋ふる　昔をしのぶ　昔を知れる　むかしをとへば　昔を遠く　昔をみつる　よはの昔を　われも昔の

昔へ［過去の方］　むかしへも　むかしべや●あはれ昔べ

在りし［以前の。昔の］　ありし人　ありし世の●有し面影　ありし東雲　ありしなごりの　ありしまぼろし　ありしむかしの　ありし世や夢　月々ありし

見し世　いまぞ見し世の　見し世の秋に　見し世のともを

見ぬ世　上と見ぬ世を　見ぬ行末も　見ぬよの春を

来し方［過去］　来し方の　とほき世に●来しかた君を　来しかたをのみ　過ぎにしかたに　われの過去

古

【古】 いにしへの　古昔も　古ゆ●古しへ今を　古壮士　古思へば　古思ほゆ　いにしへの夢　いにしへばかり　おいのいにしへ　おもふいにしへ　千古の恨みを　似たるいにしへ

古人　古人に●いにしへびとの　古人見けむ

【古し・旧し】　古酒の燗　古銭買　古体なる　古廟をも　古あをき　古足駄　古歌の　古うるし　古鏡　古川の　ふるき妹が　古き靴　旧き妻　旧き記　旧君達

時

ふるぐらの　古小袖(ふるこそで)　古言(ふるごと)の　古衣(ふるごろも)　旧酒(ふるざけ)に　古硯(ふるすずり)　ふるだゝ(た)み　古寺(ふるでら)の　古袴(ふるばかま)　ふるはたの　古書(ふるぶみ)の　古帽子(ふるぼうし)　古マント　古道(ふるみち)に　古鎧(ふるよろい)●金華(きんか)の旧址(きゅうし)　去年(こぞ)の古声(ふるごえ)　さくらも古木(ふるぎ)　竹の古根(ふるね)の　ながめ古屋(ふるや)の　萩(はぎ)の古枝(ふるえ)に　人の古家(ふるえ)に　ふるえにさける　ふるき跡(あと)をも　古き烏帽子(えぼし)の　旧(ふる)き男に　古き思(い)ひも　古き垣内(かきつ)の　ふるき筧(かけい)は　古きかぢ(じ)やの　ふるき門(かど)さす　古き蝙蝠(かわほり)　ふるき清水(しみず)に　ふるきつゝ(つ)みを　古き時計の　古きぼろ船　古き枕を　旧(ふる)き都(みやこ)を　ふるきみゆきの　ふるき社(やしろ)に　ふるき世(よ)のとも　古き藁沓(わらぐつ)　旧臭(ふるくさ)き人　古草(ふるくさ)まじり　古巣(ふるす)の春や　旧受領(ふるずりょう)にて　古葉(ふるは)の色を　古ぼね買(かい)は　旧藁沓(ふるわらぐつ)の　穂蓼古幹(ほたでふるから)　宮ゐ(い)も古き　ゆふ(う)べ古駅(こえき)の　世々(よよ)の古言(ふるごと)

【古(ふ)る】［古くなる］　跡(あと)古りぬ　置き古(ふる)し　床(とこ)古りて　なほ(お)古りじ　古りずして　ふりせぬは　古りにたる　古りぬれど　ふりはてて　古るさせて●うらふりぬらめ　言葉もふれり　さともふりゆく　畳(たたみ)の旧(ふ)りて　手に纏(ま)き古(ふる)す　ともにふりぬる　古り黒みたる　ふりし関屋(せきや)の　ふりにし跡(あと)と　古りにし恋の　古りにし里(さと)に　ふりにしまゝ(ま)の　古(ふり)にしみ世に　ふりぬる身こそ　古りぬるものは　ふりぬるやかた　ふりのみまさる　ふりはてにける　ふりゆく跡(あと)の　紅(べに)ふりて来(こ)し　松はふりけり　身のみふりつゝ(つ)　われを古せる／あなひねひねし

さぶ［古くなる］　うてなさびたる　水さびにけり

新

【新(あら)し・新(あたら)し】［新しい］　新(あた)らしむ　新夜(あたらよ)の　新世(あらたよ)の　色あたらし　新雁(しんがん)の　新絹(しんぎぬ)を　新(しん)蝶舞(ちょうまい)ひ　新田(しんでん)に　新米(しんまい)の　新涼(しんりょう)は●新(あたら)しき刃(は)の　あらたあらたに　新(あらた)しき良し　新(あら)たなれども　風(かぜ)新柳(しんりゅう)の　新鶯(しんおう)語り　新樹(しんじゅ)の蔭(かげ)の　新酒(しんしゅ)の出来(でき)て　新艘(しんぞう)おろしに　新茶折(お)りよし　新茶の茶壺(ちゃつぼ)　新茶ひと入(いれ)　新墳(しんぷん)を吹けば　新綿(しんわた)くるも　涙あたらし　花のあら湯(ゆ)の　檜垣(ひがき)あたらし　またあたらしき／さらさらに

新(にい)　にひ(い)木芽(きのめ)　新草(にいくさ)に　新桑(にいくわ)の　新墾(にいばり)の　新枕(にいまくら)　にひ(い)まりを　新室(にいむろ)の●木芽新桑(このめにいくわ)　新(にい)おくつきの　新草(にいくさ)まじり　新桑繭(にいぐわまよ)の　新防人(にいさきもり)が　新手枕(にいたまくら)を　にひ(い)まくらすれ　新みどりせり　にひ(い)もの秋(あき)は

改(あらた)む　池あらたむる　色あらたむる　今日あらためし

時

吹あらためて

【初】初声に　聞く初音　初あはせ　初尾花　初風に　初がつを　初蛙　初草や　初恋の　初暦　初竿は　はつ咲の　初鮭や　初芝居　初相場　初便り　初萩の　初花の　はつもみぢ　はつ雪と●いつも初音の　いや初花に　梅の初花　おく初霜を　かなふ初夢　来鳴く初声　けさの初春　さけるはつはな　その初雁の　波の初花　はぎの初花　初秋霧の　初うぐひすの　始午の日は　初雁が音も　初恋人の　初さくらばな　初時雨かな　はつたてまつる　初鷹猟だに　初音きかせよ　初子のけふの　初春雨ぞ　初ほとゝぎす　初元結の　初黄葉に　初雪なびく　初わらびなり　花の初雪　待つ初声は

初［最初］　うひ〳〵しう　まだうゐの●初官に　初にぞ見つる

【初む】～しはじめる。はじめて～する　あけそめて　いひ初て　入り初めて　倦みそめし　売りそめて　生ひそめし　思ひ初め　くれそめて　咲きそめし　しぐれ初むる　知りそめて　住みそむる　たきそめて　立ち初むる　立て初めて　散り初むる　解そめて　馴れ初めて　のりそめて　吹そめて　降りそむる　枕き初めて　まどひ初め　見初めつる　萌え初めし　結ひそむる●あらはれ初る　今生ひ初むる　今来鳴き始む　うゑそめぬらし　うかれ初めけん　移り初むらん　おとづれそむる　溺れそめける　思ひ初めずは　かゝやき初めし　霞そめたる　咲初てこそ　しなひそめけむ　しらげ初けれ　調べそめけん　しられそめぬる　濁りそめたる　寝初めて憂やな　花咲きそむる　降りそめしより　まじり初けん　まだあひそめる　見初めざりせば　見初めし花の　見初しほどに　結そめけん　睦れそめけむ　もえでそめぬる　もみち始めなむ　渡りそめけむ

【始む】［はじめる］　始けん　初めて飛ぶ　初めとて　始にて●生いはじめける　今日を始めて　千世の始の　夏のはじめぞ　なれるはじめに　始めて落ちぬ　初めて共に　始と今日を　はじめならまし　はじめなりけん　初の時ゆ　始めも果ても　花の初めに　はるのはじめの　筆初には　またはじまるを　御世の始に

且つ且つ とりあえず。やっと。だんだん　かつがつも●かつがつ織れる　かつがつ濡るる　かつがつものは

【浅し】 夏浅き　春あさき　冬を浅み●む月もあさき

【早し】 梅ははや　風早み　はやくとも　はやくめせ　はやけれど　早けむと　早領りて　早せなん　早夏に●おもへどはやき　はや抱きねと　はやをがみませ　早帰り来ね　早帰りませ　はやきたよりの　早き日の脚　早来ませ君　はやく過ぐるは　はやくぞ人を　早く絶にき　早く告げこそ　早くな開けそ　早くな鳴きそ　はやくむすびて　早く行きこそ　はや漕ぎかへれ　はや覚めにける　はやしづけきか　はや鉄道の　はやふなでせよ　はやもさかなむ　早も照らぬか　船は早けむ　触るゝに早く　行きて早見む／隙ゆく駒を

日

【日】 生ける日の　遅き日を　還り来む日　恋ふる日の　さきの日に　さむき日は　なかぬ日は　日にそだち　日に痩せて　日は逝けよ　日をくらし　日を近み●今は日をまつ　いはぬ日ぞなき　おちぶれし日の　折らぬ日ぞなき　帰来む日の　かをれる日より　かけぬ日ぞなき　聞ぬ日もなし　肥えてゆく日の　越えぬ日ぞなき　極熱の日に　この日くらさむ　再会の日を　咲ぬる日より　さりがたき日の　しぐれするひも　しぐれせぬひも　刺激なき日を　たちにし日より　絶ゆる日無しに　時も日も無し　長々し日を　鳴かぬ日ぞなき　なきくらす日の　和ぐる日も無く　濡れぬ日はなし　祈がぬ日はなし　半日の客　日ぐらし見るに　日こそすくなき　日だに隔てず　日の重れば　ひはつもれども　ひをおくりつゝ　日を数へつゝ　ひをくらしつゝ　降らぬ日はなし　みそぎする日に　身をば日ごとに　よき日祭れば

永日［昼間の長い日］　永き日を　日の永さ●永日を消す

【月日】 月に日に　つきひごろ　行く月日●あはで月日や　日月遅し　すぐす月日も　たちし月日ぞ　月日幾度　月日の末や　月日のゆくも　月日はかなく　月日へにける　月日も知らぬ　月日もよまじ　月日を数みて　日月も知らず　待ちし月日の　行きかふ月日

年月　年月を●恋ひむ年月　とし月長く／歳月は

時

春秋（しゅんじゅう）［年月。歳月］ 春秋に●千歳の春秋

光陰（こういん）［月日］ 光陰の 寸陰を 年光は●ひかりのかげぞ

【日数】（ひかず） 日数ふる 日数へず 日数へて●いでし日数を 花も日数も 春の日数の 晴れぬ日数の 日数と思ふに 日数のなきに 日数ふりゆく 日数へだてん 日かずをこめて 日数をぞ経る ふゆの日かずの

日頃（ひごろ） 秋の日ごろの 日ごろ過ぐれば 日ごろ月ごろ ひごろへにける

日に異に（ひけに）［日増しに］ いや日けに 日にそへて●田葛葉日にけに 月に日に異に 日にけに吹きぬ

日長し（けながし）［幾日もたつ］ けながくも 長き日に●日長きものを 日長きわれは 日長くあれば 日長く恋ひし 日長くしあらば 日長くなりぬ 旅の日長み

日並ぶ（けならぶ）［日を重ねる］ 日ならべて●おつる日無しに 日毎に聞けど 日ごとに吹けば 一日もおちず 日に日に来れば ひにひにふるに ひに〳〵ふれば

明け暮る（あけくる）［月日がすぎる。明けても暮れても］ 明け暮るる 明け暮れて●明かし暮らさまし 明しくらして あけぬくれぬと

夜昼（よるひる） 夜昼と●つらきよるひる 昼よるわかず よるひるいわず 夜昼といはず 夜昼の市

終日（ひねもす）［一日中］ 春ひねもす ひねもすに 昼しみら●今日もしめらに 春の日暮 終日行き ひねもすに吹く 日をのみ暮らす

【今日】（きょう） いざけふは きのふけふ 今日かとも けふ〳〵と けふくれて 今日越えて けふ来ずは 今日ごとに けふさへや 今日死なば 今日死なむ 今日ぞ知る 今日とけて 今日とてや けふのくれ けふの春 けふのまの 今日の雪 けふは雨 今日人を 今日降りぬ けふ祭る 今日もさせ けふよりは 今日別れ 春の今日●祈る今日かな いはでやけふも 老いずは今日に 思ひは今日を きのふけふこそ 今日あらためし 今日あらはるゝ 今日うぐひすの 今日氏人の 今日相坂や 今日おとづれなくば 今日か越ゆらむ 今日かざしてむ けふきけるかも 今日切る竹の 今日暮れぬめり けふ越え暮れぬ 今日こそ隔て けふさかんとは けふ過ぎ行くも けふぞかなしき けふぞ尋ぬる

今日ぞ千歳の　今日ぞ焼くめる　今日ぞわかせこ　けふ七夕に　けふ月のわに　今日とくらして　けふとも知らず　今日とやいはむ　けふの青葉と　今日の遊びに　今日の嵐に　けふのあはれは　けふの命を　今日の逢ふ瀬に　けふの面影　今日の暮るゝは　けふのこよひの　今日のすなどり　今日の愉しさ　けふの月かも　けふのながめは　けふのはつゆき　けふのはるさめ　今日の光と　けふの細道　けふのまとゐの　けふのみかりに　今日のわかなも　今日の別れを　今日はうれしき　けふは帰らむ　けふばかりなる　けふは来にける　今日はけふのみ　今日は瀬となる　今日は尋よ　今日はた先も　けふはつきせじ　今日は摘みつる　今日はなごしと　今日はな焼きそ　けふはひらける　けふは優れる　今日はまどひぬ　今日はみそぎの　けふは見ゆなり　今日は昔に　けふはもてゆく　今日は行とも　今日はわが結ふ　けふひざもとへ　けふ吹きぬなり　けふふゝめるも　けふまつるらし　けふみか月の　今日水茎の　けふ宮川の　けふもいかにと　今日も悲しき　けふもきにけり　けふも雲にぞ　けふも暮しつ　けふもしぐると　けふもちぎりし　けふもふるべし　けふもむかしの　けふや限りと　今日や越ゆらん　今日や白斑に　今日や知るらむ　今日や尽きぬる　けふや引きつる　けふやわかれむ　今日や渡らむ　けふよりぞふる　今日別るゝも　けふをいかでか　けふをかぎりの　今日を待ちける　くるゝけふかな　今年のけふは　越ゆらむ今日そ　そむかば今日も　滝はけふこそ　嘆くけふかな　のちの今日だに　始と今日を　冬は今日のみ

【昨日】　昨日来ず　きのふだに　昨日といひ　きのふまで　昨日見て●明日よ昨日よ　風はきのふに　着しは昨日と　昨日来れば　きのふ〱に　昨日涼みし　きのふぞものは　昨日とやいはむ　きのふにかはる　昨日に今日は　きのふにもにぬ　きのふの雲の　きのふの氷　きのふのつぼみ　きのふのはなぞ　きのふの春を　昨日の日影　昨日の人も　きのふのひるね　昨日の淵ぞ　昨日の夕　きのふはてらへ　きのふみざりし　きのふもくらし　昨日も降し　空はきのふに

時

一昨日　前日も　一昨夜も●一昨日見えず

昨日今日　きのふけふ●昨日今日かな　きのふけふこそ　昨日も今日も

昨夜　昨夜こそは　よべの月に●昨夜の雨に　昨夜独り寝て　昨夜も今夜も　ゆふべの雨に　昨夜来たる人　夜べのかはほり　昨夜の夜這ひ男　よんべのうなゐ　よんべのとまり

夜前［昨夜］　夜前返り●夜前の如く

【明日】　明日・明後日　あすくれば　明日知らぬ　明日の夕　明日の宵　明日の夜し●明けなむ明日を　明けんあしたを　あしたのどけき　明日帰り来む　明日さへふらば　明日さへ見まく　あすとおもへど　明日とも知らぬ　あす採りてこむ　明日にしあるらし　あすのあけぼの　あすの命を　明日の色をば　あすの薪も　明日のつれづれ　あすのわが身を　あすは嵐と　明日は近江と　あすは咲らん　あすはしぐれと　あすはとみしが　明日もありとは　あすもくれなん　あすもさね来ん　あすもとおもふ　あすやたどらん　明日よ昨日よ　明日より出でゝ　明日別れなむ　明日を過ぐして　明日を隔てて　あすをもまたぬ　春をば明日と

年

【年】　あまた年　前年の　としごとに　年だにも　年の内　年の花　年深み　年わたる　七星霜の●いや年さかる　おほくの年を　かはらぬとしは　年ともいはず　年にひとたび　年に忘れず　としのうちより　年の緒長く　年の数をも　年のこなたに　としのこゆらむ　年のしるしに　年のはじめに　年のはや瀬の　年の三年を　年は来去きて　年はすぐせと　年は極てしか　年深みかも　年もかぞへじ　年もわが世も　年を惜て　なほふるとしの　夏なき年と　花なき年の

毎年　毎年に●いや毎年に　とし〴〵かはる　年々歳々

年積もる　年つもる●重なる年を　つもりぬるかな　つもりはてても　つもる年こそ　年ぞつもれる　年のみ積もる　年もつむべき　わが身につもる／年来撫で飼ふ

【年末】　歳晩は　年暮れぬ　としのはて●暮れ行く年を　除夜のともし　年ぞくれ行　年の終に　年の暮か

な　年のくれこそ　年の暮れなば　年の暮れぬる　年の暮れゆく　年の残りも　としの果にも　年は暮れしか

師走［陰暦十二月］　大年の　月のはて●十二月の月夜　師走のつごもり　師走めきけり　としのしはすの

行く年　ゆく年の●来経往く年の　年の行くをば

【年立つ】［新しい年となる］　年たゝば　立年の●年かはるまで　年立帰　年たちてこそ　年も返りぬ

明く　明けむ年　年の明けて●あけ六歳の馬

年始　年玉は　年始状●年の始めに

【去年】　去にし年　去年咲きし　こぞのあき　こぞの年　去年の友　去年の夏　去年の春　去年の冬の　去年はさも　去年見てし　こぞよりも●思ひし去年の　昨日を去年と　こぞこし道に　去年霜月の　去年とやいはむ　去年の曠野も　去年の落葉を　去年の蝙蝠　去年のこよひの　こぞのしをりの　去年の時雨の　去年の冬つかた　去年の古声　去年のやどりの　去年の渡瀬　去年の渡の　去年よりほりし　桜はこぞの

【今年】　いざ今年　今年生ひの●今日を今年と　ことし生ひしは　ことし巣立つは　今年とやいはむ　今年のけふは　ことしの春は　ことしのみちる　今年は痛く　ことしは花の　ことし二つの　ことしも秋の　またも今年に

【月】　忌月なり　月累ね　月数多　月数めば●月重なりて　月々ありし　月なへだてそ　月に捨ゆく

月立つ［次の月となる］　月易へて　月立たば　月立ちて●たゝむ月にも　立つ月毎に

睦月［陰暦正月］　一日や　元三の　正月立ち　む月はじめ●正月のついたち　む月もあさき

【暦】　初暦　日の暦　陽暦や●暦なりけり　暦の博士　柱暦に／祝ひ日の　二百十日も

【日】　秋たつ日とは　たちにし日より

子の日　子の日して　子日する　子日には●今日に初子の　けふは子の日の　五葉の子日　子の日しつべき　子日なりけり　子日の松は　初ねかひなき　初子のけふの　ひけば子日の　松は子の日を

曜日　月曜の　日曜に　日曜日

時

代

【代・世】一生。年代。時代　新世の　遠つ代の　一世
には　ふるきよを　三千代へて　百代にも
弥つ代にも●治まれる代の　まこと二代は
御代・御世　栄行くみ代　さかゆく御世の　奈良の御世
より　古にしみ世に　御代栄えむと　御世の始に
神代・神世　神代より●神のそのかみ　神の代の春　神
の代よりも　神代し恨めし　神代のことも　神代の月も
神代もきかず　神世を経たる　しらみの神世
世々　世々経とも●おのが世々にや　ながれて世々に
ふみけむよゝの　世々にとむすぶ　世々の契りも　世々
のちゝは　世々のはるかぜ　世々のふる言
【永し】　いや遠永に　永く欲りせむ　永らふるかな
永久　千代永久に　永久なるものを　とはにあひみん
とはにつきせぬ　とはに波越す　永久の光に　無量億劫
に　燃えつつ永久に
常磐　常磐なす　常磐なる●滝の常磐の　常盤堅磐と
ときはと思に　ときはならなむ　ときはなるべし　常
磐に坐せ　ときはの山は　花の常磐は

【久し】　久しさに　ひさにあるを　久に経て●逢はな
く久し　いかに久しき　いと久しきに　思へば久し　親
子久しき　さかりひさしき　絶えて久しく　旅に久し
く　採らで久しく　なごり久しく　春ぞ久しき　久方
の空　ひさしからじな　久しかるべみ　ひさしき跡を
久しき菊に　久しき時ゆ　久しきまでに　久しきもの
と　久しくぞ世を　久しくなりぬ　ひさしにふける
久にあらなくに　久にはあらじ　まことも久に　松は
久しき　待つほど久に　逝きて久しも
【常】［いつも。永久］　常の帯を　常の恋　常しへに　常宮
と●色のつねなる　憂世のつねと　常なかりける　常な
らめやも　つねに嵐の　常にあらぬか　常に消えせぬ
常にとふべく　常に見なれぬ　常にもがもな　常の面
常の道理　つねふる雨に　常ゆ異に鳴く　常忘らえず
常処女にて　とこなつかしき　常花にもが　常葉にもが
も　とこめづらなれ　常世の国に　なにか常なる
いつも　いつもいつも●いつもかはらぬ　いつも時雨は　い
つも初音の　嘆きはいつも　別れはいつも

朝

【暁】 暁に　暁峡に　暁月は　暁寺の鐘　暁色に　暁星を●暁かけて　暁かげの　暁方に　暁さそふ　暁静かに　あか月ちかく　暁月に　あか月露に　暁に徹し　暁に唱ふ　暁のこゑ　あかつきの空　暁はうし　暁ばかり　暁降ち　暁寒し　暁月夜　暁の声　この暁や　せし暁を　よひあかつきの　夜中暁

曙 曙の空　あけぼのの山　あすのあけぼの　月の曙　花の曙　春の曙　春はあけぼの　宿の明ぼの　雪の曙

東雲 しのゝめに　黎明の●明くる東雲　ありし東雲　しのゝめの月　しのゝめの道　しのゝめも白み

【明方】 朝ぼらけ●あけがたくらき　あけがた近き　あけがたとほき　あけがたになく　明け方の空　朝ぼらけかな　ありあけ方の　おし明け方の　かはたれ時に　しるきあけがた　薄明に死を　夜も明け方に

明け暗れ 明け方のまだうす暗い頃。明けても暮れても　明け闇の●明け暮れの道　あけぐれの夢　こや明けぐれと

夜明け 夜あけ舟●雪の夜明を　夜の明くる極み

残る夜・残夜［夜明け方］ 残る夜に　夜を残す●残夜の夢を　夜は残りけり

朝明［朝明け］ あさあけに　今朝の朝明●秋の朝明に　朝明の風に　朝明の潮に　朝明の姿　朝けの袖に　朝明の波残　さむき朝明の　寝ての朝明の　春の朝けに　まづ鳴く朝開／夜のほどろ　夜のほどろにも

【朝】 朝井堤に　朝出でに　朝影に　朝霞　朝髪の　朝鴉　朝猟に　朝餉の　朝川に　朝浄め　朝車　朝けたく　朝氷　朝じめり　朝霜の　朝涼み　朝すゞめ　朝使　朝月夜　朝戸開けて　朝床に　朝戸出の　朝鳥の　朝地震す　朝凪に　朝寝髪　朝羽振る　朝蒔きし　朝目よく　朝裳よし　朝を注ぐ　朝咲き　あしたのぼり　朝去きて　今朝のあさ●あくる朝食ふ　明けむ朝に　朝寝か寝けむ　朝ゐる雲の　朝おきいでゝ　朝がすみかな　朝川わたる　朝ぎよめすな　朝曇りせし　朝漕ぎ来れば　朝漕ぐ舟も　朝咲く花の　あさ沢みづの　朝飛び渡り　朝鳴く雉の　あさねの髪は　朝のあひびき　あさのあがきに　朝の舗石　あさのそでかな　朝の

初雪　朝のふたりの　朝の蛍よ　あさのゆふ四手　朝踏ますらむ　朝面無み　朝たなびく　朝楽しも　あしたの雨の　朝の風の　あしたの空に　あしたの露に　あしたの床の　朝は消ゆる　朝わびしき　いかなるあさか　寝ねぬ朝に　起くる朝に　風のあしたも　今日の朝に　除目の朝の　なぎたる朝の　夏の野の朝　初秋の朝　歯に沁む朝の　晴れぬ朝の

後朝（きぬぎぬ）共寝した翌朝　きぬ〴〵に●おのがきぬぎぬ　きぬ〴〵ならぬ　きぬ〴〵の袖　後のあしたは　まだきぬぎぬに

【今朝】（けさ）菊にけさ　今朝いでて　けさかるゝ　けさきなき　今朝の朝明　今朝の雪　今朝ふきて　今朝降りし　今朝よりぞ●けさうらがなし　今朝薬掛く　今朝越え来れば　今朝咲く花は　今朝しもおきて　今朝たちながら　けさだにかなし　けさとほしろし　今朝鳴く声の　けさの朝顔　今朝の朝露　今朝の嵐は　今朝のあは雪　今朝のあはれに　今朝の神上に　今朝のけしきに　今朝の寒さを　けさの霜かな　今朝のしらつゆ　今朝の初声　けさの初春　けさの一声　今朝の別れを　けさはおきゐむ　今朝は折つる　今朝はかすみの　けさはかなしき　今朝はみやこの　今朝は見ゆらん　けさ吹く風に　けさ降る雪の　けさや出でつる　氷もけさは　つらきけさかな　烈しきけさの

つとめて　早朝。その翌日の早朝　朝まだき　けさまだき　朝に行く●夙に起きつつ　つとめて至る　冬はつとめて

毎朝（まいあさ）　朝去らず　朝されば　朝なけに　朝に日に

朝な朝な［毎朝］　朝なあさな鳴く　朝な朝な見む

朝夕（あさゆう）　朝夕に　朝暮に●朝な夕なに　朝夕ごとに　朝夕にして　あしたゆふべに　昼夜朝暮に　朝暮に念じ

【明かす】　朝まで寝ずに夜を明かす　明かさねば　明かしかね　あかしわび　居明かして　起き明かす　ききあかす●あかしかねつも　明し釣る魚　明して行かむ　明かしわづらふ　あかす夏の夜　明かすものとは　明かせば幾夜　あくがれあかす　いかであかさむ　おき明かしつる　おどりあかさむ　思ひ明かさむ　きゝあかしつゝ　恋ひや明かさむ　契り明かして　嘆き明かして　独ねあかす　待ちあかしぬる　夜明しも船は　夜もゐ明かし　夜をあ

時

かさまし　夜を曙しつれ　夜を明かすらん

【明く】［夜が明ける］　明くるまで　あくる夜は　明けがたき　明け来れば　明け過ぎて　明そむる　明けぬべき　あけぬ夜の　明けぬれば　明残り　明け果てぬ　明けゆかば　くるとあくと　春にあけて　夜明けぬれば　夜の明くる●明くらむ別も　明くる遅きと　明くる東雲　あくる空には　明くる田の面に　あくる光に　あくるまで見む　あくるもおそき　あくるも知らで　明くるわびしさ　明けさりにけり　あけてこそ見め　明けて渡らん　明けなむ明日を　明けなむとする　あけぬ限りは　明けぬこの夜は　明けぬと告ぐる　明けば君が名　あけはなれなば　明けまく惜しき　明けもこそすれ　明行空を　明けむ朝に　霧に明け行く　くれて明たる　この夜な明けそ　この夜の明けむ　ささで明けゆく　そつと明たに　とく明けぬると　寝ぬに明けぬと　はかなくあけて　ひがしに明て　一夜はあけぬ　ほのぼの明くる　夜の明くらむも　夜の明け離れぬ　夜は明にけり

【白む】夜が明ける　しらみゆく　しらむ野の　山白む●影しらむそら　風にしらめる　しのゝめも白み　しらむ月影　東じらみに　ほのじらめども　待たでもしらむ

昼

【昼】　昼の装束　昼下ちず　ひるさびし　昼しみら　ひるだにも　昼つかた　昼解けば　昼とんび　昼渚　昼の月　昼は咲き　昼深し　昼食は　昼行し　真日中に　白日時　夜昼と　夜を昼に●暑き日中を　倦み果てし昼　風なき昼の　午後のひととき　寒き昼過　春昼なるを　昼夜朝暮に　白日の閑を　白昼の睡　初秋のひる　日は午に中たり　昼酌む酒の　昼しさやがな　昼なからなん　昼にまがへる　昼にまされる　昼寝せしまに　昼寝目ざむる　ひるのあつさも　ひるのうつつに　昼の御座に　昼のしづかさ　ひるの使の　昼の野火かも　昼は茅かり　昼は消えつつ　昼はしみらに　昼は田賜びて　昼は手に据ゑ　昼は人目の　昼は睦れて　昼は物思ひ　昼ふかみかも　昼ほゆる犬　ひるますぐせと　昼見し山の　昼も愛しけ　昼をあらそふ　やめむ昼ざけ　よるもひるなる

夕

【夕】 此夕　夕殿に　夕あらし　ゆふ霞　夕凝りの　夕座を待つ　ゆふなぎに　夕花に　夕羽振る　夕置きて　ゆふべ〱　夕まどひ●秋は夕べと　風ゆふたちて　きよきいふべにこの夕かも　寒き夕し　涼しき夕　天は夕に　寝ての夕の　はらふゆふべは　ふゆのゆふべの　ゆふゐる山ぞゆふくれなゐの　夕黒みゆくを　夕越えくれて　夕越行けば　夕さまよひに　夕の守りに　夕べ明ぼの　ゆふべ古駅の　夕ぞわきて　夕の家の　夕のうきぞ　夕のかすみ　夕の風の　夕の底に　夕の空も　ゆふべの野べを　ゆふべは秋と　夕は来ます　夕は消ぬる　ゆふべまかづる

夕づく・夕掛く［夕方になる］　夕かけて　ゆふづくと●ゆふかくるまで　夕片設けて

夕方　夕さり方　夕つかた

夕方の色［夕方の気配］　夕げしき●くるゝいろなき

夕さる［夕方になる］　夕さらず　夕さらば　暮さらば　夕さりは　夕されば　夕されや●ゆふさりくれば

【暮れる】　雨のくれ　陰暮れて　けふくれて　けふくれば　けふのくれ　暮るる野に　くるゝ日に　暮れかかる　暮れがたき　暮方に　くれそめて　暮れて又　暮れななん　暮なばと　くれぬとて　暮れぬれば　暮れはつる　くれ果てて　暮ればとく　暮もなし　暮れゆかば　こえくれて　たびのくれ　西にくれ　野に暮れぬ　日暮れなば　日をくらし　暮鴉ならん　真日暮れて　ゆきくれぬ　分け暮れて　わけ暮ぬ●あすもくれなん　雨にくれそふ　雨のくれがた　をそく暮るゝと　霞みて暮るる　狩りぞ暮れぬる　けふ暮れぬ間の　暮るるうれしき　くるゝけふかな　暮るるしづりの　暮るるしるしは　くるゝ迄こそ　暮るもまたで　暮るれば出づる　暮るれば帰る　暮るれば露の　暮るれば虫の　くれあへぬ影は　暮遅きかげ　暮暮までも　暮こそ袖は　くれずともよし　暮ぞはかなき　くれて明たる　暮れてはやがて　暮に宿かる　くれぬるものを　暮れぬる日かもくれ残るらん　暮は宿へや　暮待つ袖ぞ　暮待つほどの暮れもてゆけば　くれやとふらん　暮れ行空は　暮をたのめと　くれをまつらむ　暮れむとすらむ　静かに

時

暮るゝ　空さへ暮るゝ　たのむ暮の　足らで暮れぬる
月をみるくれ　照る日の暮れし　とふくれもなし　長
月のくれ　夏の暮かな　後の暮まで　はかなくくれて
薄暮陰れり　浜行き暮し　春のくれこそ　春日の暮れば
日の暮れぬれば　日はくれぬれど　まだこぬ暮の　八隅
暮れゆく　山越え暮れて　山路のくれに　山行き暮し

黄昏　黄昏なり　黄昏に　昏鐘の　黄昏に●たそがれ
時の　黄昏にしつ　黄昏のそら　たそがれの部屋

入相［夕暮］　入相のかね　入相の声　その入相の

【夕暮】　ゆふぐれて　夕暮は　夕間暮●あかき夕暮
秋は夕暮　あとの夕暮　雨の夕暮　うづむ夕ぐれ　お
ちし夕ぐれ　かへるゆふぐれ　かゝる夕暮　暗々にぞ
この夕暮や　しろき夕ぐれ　すごき夕暮　塚の夕暮　つ
ゆの夕ぐれ　庭の夕暮　野べの夕暮　日も夕暮に　まだ
夕暮の　待つ夕暮と　夕暮かけて　夕暮さむし　夕ぐれ
ぞなき　夕暮にさへ　夕ぐれのかね　夕暮の声　ゆふぐ
れの空　夕ぐれの道　雪のゆふぐれ　よその夕暮

【宵】　明日の宵　春宵の　待つ宵は　宵過に　暮に逢
ひて　宵に見し　よひの間に　宵惑ひ　宵薬師　夕夕に
●出づる宵より　去にし宵より　惜しき宵かも　おと
きくよひは　来まさぬ宵の　君なき夕は　来べき宵な
り　隈なき宵の　雲なき宵に　暮らせる宵は　しのぶる
宵の　袖つぐ宵の　月見る宵の　つまどふよひの　妻待つ
宵の　ぬるよひよひぞ　まだよひながら　待ちしよひか
な　もの思ふ夕に　行く春の宵　宵な来なに　よひの
雨かな　宵のいなづま　宵のお約束　宵の乱れ髪　宵の
村雨　宵は涼しも　よひはまされり　夕夕見せむ

【今宵・今夜】　今夜君　今夜さへ　今夜しも　こよひ
たれ　今夜もか●相見む今宵　あそぶ今夜の　いつかは
こよひ　憂き今宵かな　えぞもこよひの　昨夜も今夜
も　来る今夜し　今日のこよひに　今夕逢ふらしも
今夜かざしに　今宵こそ見れ　こよひこなくに　今宵し
らする　今宵著しも　今宵ぞ秋の　今宵たのしも　今
夜誰とか　今夜尽して　今宵と思はば　今宵とけにけ
り　今夜ならふ　こよひならでは　今宵なるらん　こ
よひのあめに　今宵の歌に　今宵の空に　今宵の月の

今宵の月夜(つくよ)　今夜の花に　今夜の稀人(まれびと)　今夜の雪に　今夜の夢に　今宵ばかりの　今宵は飲まむ　こよひは花の　今宵一夜(ひとよ)の　こよひもおなじ　花に今宵は

晩(ばん)　漁父(ぎょふ)の晩(ゆうべ)の　萩花(しゅうか)の晩(くれ)は　晩影深(ばんえいふか)し　晩(ゆうべ)の鶯(うぐいす)

夜

【夜(よ)】　明(あか)き夜は　あくる夜は　あけぬ夜の　いと明(あ)かき夜　いぬる夜は　惜(お)しむ夜の　かへる夜に　さむる夜に　さゆる夜の　しろき夜に　すぎにし夜　その夜より　夏の夜に　匂(にお)ふ夜や　ねぬる夜は　晴(は)るる夜の　はれぬ夜の　降(ふ)らぬ夜の　待ちし夜の　望(もち)の夜の　ゆきのよは　夜床(ゆとこ)にも　夜隠(よごも)りに　夜七夜(よしちや)も　夜とともに　よなりせば　夜の祈禱(いのり)　夜はくらし　夜やさむき　よるさえて　夜(よる)し逢(あ)へば　夜(よる)とても　夜(よる)鳴かぬ　夜(よる)のいろ　夜(よる)の雲　よるの声　夜(よる)の潮(しお)　夜(よる)の夫(つま)　夜(よる)の笛(ふえ)　夜(よる)はさ寝(ね)め　夜(よる)はなく　夜(よる)光る　夜(よる)ふかく　夜(よる)もくめ　夜(よる)を知る　夜を逐(お)うて　夜をこめて　夜を寒(さむ)み●あきらけき夜の　雨夜(あまよ)の閨(ねや)の　雨の降(ふ)る夜を　雨は夜の間(ま)の　あられふる夜は　逢(あ)はで寝(ぬ)る夜の　五百夜(いおよつ)継ぎこそ　妹(いも)は夜ふかす　おほかたの夜は　をしと思ふ夜を　音有(おとあ)るよるの　女の夜(よる)の　霧(きり)わたる夜に　薬はむよは　暗(くら)かりける夜　結願(けちがん)の夜(よる)　越(こ)えぬ夜ぞなき　この夜の明(あ)けむ　衣(ころも)かす夜は　寂(さび)しき夜な〳〵　澄(す)める夜の月　そぞろや夜(よる)を　その夜の梅(うめ)を　その夜の声は　その夜のことは　その夜の夢の　その夜は寛(ゆた)に　旅なる夜しも　千夜(ちよ)を一夜(ひとよ)に　月のあかき夜　妻問(つまどい)の夜ぞ　とひゆかむ夜を　との曇(ぐも)る夜は　十夜(とよ)にあまれる　とりなかぬ夜は　長月(ながつき)の夜の　寝(ぬ)る夜は無くて　寝ざめ夜ふかき　寝られざる夜の　寝られぬ夜(よる)の　はては雨夜(あまよ)に　一夜(ひとよ)もおちず　ひと夜も夢に　円居(まどい)せる夜は　まどろむ夜(よる)も　みそかに夜々(よるよる)　三夜(みよ)といふ夜の　物縫(ものぬ)ふ夜なり　八千夜(やちよ)し寝(ね)ばや　雪ふるよさり　夜川(よかわ)の底は　夜戸出(よとで)の姿　夜に隠れたる　夜の帯(おび)を解(と)く　夜の河(かわ)白く　夜の錯覚(さっかく)に　夜のしづまりに　夜のみそかごと　夜は残りけり　夜も竹河(たけかわ)の　よるあらはれて　夜(よる)おつるにも　夜(よる)こそきしか　夜(よる)さへさらす　夜去(よるさ)らず見む　夜(よる)さり来(く)れば　よるともす火の　よるなさやぎそ　夜(よる)の暇(いとま)に　夜(よる)の夢(いめ)にを　夜(よる)のお伽(とぎ)に　よるの木枯(こがらし)　よるの心を　夜(よる)

時

の衣を　夜の契も　夜の時計を　夜の長きも　よるのみ降れる　夜の山かげ　よるのやま窓　よるのゆめぢを　夜は恋しき　夜は恋ひ寝る　夜は越えじと　よるはしぐれの　夜は火ともし　夜はひとり寝　夜は蛍の　夜はわかるる　夜も極めて　よるもひるなる　夜をしらせよ　夜を重ねたる　夜を算へむと　夜をし隔てぬ　夜を賞するに　夜を長月と　夜を一人居り　夜を昼にて　夜を更かさじと

短夜 夜明けが早い。夏の夜　みじか夜の●短き夜の　短きよはの　みじか夜の月　みじか夜もなし　夜の短きを　よの短くて

長き夜　長き夜を　夜を長み●秋の長夜を　秋の夜長し　長きこの夜を　長き夜飽かず　長き夜な〳〵　長き夜を宿む　長けこの夜を　長してふ夜は　なが〳〵し夜を　正に長き夜　夜ながき雨に　夜長の月の

可惜夜 明けるのが惜しい夜　良夜や　あたら夜を　惜しむ夜の

待つ夜　間夜は　待ちし夜の●待ちけるよはの

夜寒　寒き夜を　夜冷にて　夜やさむき　夜を寒み●寒き夜すらを　夜寒なるらむ　夜寒になれる

夜色［夜の気配］　夜のさまかな　夜のいろ●夜景になれる　夜色は微　夜を侵す色

【毎夜】　夜並べて　夜を重ね●五百夜継ぎこそ　おなじ寝覚に　夜ごとのねざめ　夜泣きかへらふ

夜な夜な　夜な夜なに●秋の夜な夜な　くらき夜ごとに　くるる夜な夜な　寒きよなよな　なるゝ夜な〳〵　春の夜な夜な　冬はよなよな　雪の夜な夜な　夜中々々の　夜な夜なかへす　よな〳〵かぜの　夜なよな霜や　夜な夜な袖に　よな〳〵月は　よなよな庭の　夜な〳〵の霜　よな〳〵ひゞく　夜々まゐり

夜頃［数夜］　夜ごろ経て●いまの夜ごろに　待ちし夜ごろの　夜ごろたのまで　夜来の雨は

夜すがら［夜どおし］　終夜ら　夜もすがら　終宵●秋の夜すがら　月の夜すがら　夏の夜すがら　夜すがらさえし　夜もすがら啼け　夜もすがら鳴れ　夜はすがらに／夜たゞ雨ふる　夜ただとも

【更く】 夜がふける　いたうふけて　音ふけて　風ふけて　声ふけて　さしふけて　月ふくる　ふかしつる　ふくる夜

時

のふけにけり　更ぬとて　ふけぬらむ　ふけぬれば　更はて丶　ふけゆかば　更わたる　待ちふけて　夜残更に　夜更れば●雨の三更　浦路もふけぬ　鬼の夜ふけてこゑぞふけ行く　月更くるそら　月更けわたる　更る夜寒き　更るよの空　ふくる夜の床　ふけし夜床は　ふけずもあらなん　更けにけらしも　ふけぬる門に　更けゆく鐘の　更けゆく空を　更けゆくままに　冬の夜更て　待つにふけぬる　みぎはふけゆく　夜ぞ更けにける　夜の更けゆけば　夜は沈沈と　夜は更けぬらし　夜ふけてぞ鳴く　夜ふけて虫の　夜も深更けぬれば

夜降つ　十五夜降ち　夜更ちて●夜ぞ更降ちける

【夜深し】　深き夜の　夜も深く●深き夜の霜　まだ夜は深し　まだ夜深きに　松に夜深く　夜深からでは　夜深き露に　夜ぶかき虫の　夜ふかき山に　夜深く帰る　夜ふかく君は　夜深く声の　夜深く鹿の　夜深く鳴かむ　夜深く目をも　夜深に啼いて

【小夜】［夜］　さ夜かぜの　小夜衣　さ夜千鳥　さ夜ふかく　小夜ふけて　さ夜枕●小夜の雉子の　小夜の手枕　小夜のなかやま　小夜ふけぬれば

初夜［夜半まで］　初夜中夜　初夜さらず●初夜かと思うた　初夜の時果てん　初夜の陀羅尼の　速く初夜より

中夜［真夜中］　やうやく中夜に　夜更けて中夜に／中宵に　半夜の鐘を

後夜［夜半以後］　初夜後夜の●後夜のつとめの

【夜半】　更くる夜半に　夜半の月●音する夜半に　思ふに夜半の　水鶏やよはの　冴えたる夜はに　花見る夜半の　ふけゆく夜半の　待ちけるよはの　よはにあらしの　夜はに鳴くなり　夜半に濡らさん　夜半にや来つる　よはにやきみが　よはの秋風　夜半のあらしも　夜はの埋火　夜半のうす雪　夜半のこほろぎ　夜はのころも手　夜半の杯　夜半の時雨に　夜半の月影　夜半の月かな　夜はの床かな　夜半のなげきも　夜半の寝覚ぞ　よはの一声　夜半の笛竹　夜半の蛍を　夜半のまくらは　よはの昔を　夜半のむらくも　夜半の村雨　よはの山風　夜半はことさら　夜はもかなしき

夜中　さ夜なかに●夜中暁　夜中の方に　夜中を指して

時

春

【春】いく春か　風や春　けふの春　去年の春　こん春は　さきの春　春暉あり　春季祭　春閨も　春公に　春愁の　春水も　春泥の　過ぐる春　千々の春　千代の春　野べの春　始春の　春あさき　春帰つて　春かけて　春来てぞ　春来れば　春草の　春暮れて　春さへに　春死なん　春知れと　春過ぎて　春たるべし　春近み　春鳥の　春ならで　春ならん　春なれど　春に遇ひ　春にあけて　春の池や　春の裏の　春の海　春の雁　春の今日　春の国　春残る　春の調べ　春の苑　春の田を　春の錦　春は惜し　春はしも　春はたゞ　春はとく　春は花　春は萌え　春ひねもす　春深み　春までの　春見えて　春三日　春もあらば　春やこし　春やとき　春ゆゑに　春ゆきて　春分けし　春を浅み　春を送る　春を近み　春をへて　火春を焼く　行く春の　陽春の●あふべき春の　あまたの春を　いくたび春は　幾世の春を　いづれの春か　今来む春も　いろにぞ春の　うつろふ春を　大かた春は　おきふし春の　おごりの春の　をさなき春を　をしき春かな　思ひし春に　おりし春のみ　海辺の春　かへせこの春　垣根や春を　かぎれる春を　霞む春かな　神の代の春　消えせぬ春の　木すら春咲き　きたる春かな　きなく春辺は　昨日の春の　雲居に春ぞ　暮れて行く春　暮の春かな　煙ぞ春は　心に春ぞ　こずゑの春に　木の芽も春の　さひづりの春　咲き散る春の　咲こそ春の　三春の約　詩酒の春の　したふを春や　首春の時に　春昼なるを　少年の春　すこし春ある　谷には春も　千とせの春を　つひにも春に　露けき春を　桃李の春を　とまらぬ春ぞ　流るゝはるを　なげきは春の　何にか春の　涙そゝぐ春　涙は春ぞ　残んの春を　後の春とも　のどけき春の　野は春の草　花咲く春の　花見し春は　春秋山　春王去りぬ　春聞くことの　春着そろへて　春来るらし　春来れるか　春来にけりと　春草たかし　春暮れかかる　春さへ惜しく　春さへ近く　春さす枝の　はるさめざめと　春し暮れなば　春しらぬみも　春ぞくれぬる　春ぞ咲かまし　春ぞすくなき　春ぞたのしき　春ぞ久しき　春ぞへにける　はるてふは

るも　春といふには　春と思へど　春ときめきぬ　春としもなく　春としるべく　春と告げ来る　春住まらず　春ともしらぬ　春ともしるく　春とも見えず　春にあひにけり　春にあふべき　春に逢へとは　春にあはばや　春におくれて　春にかさぬる　春にかすめる　はるにかはらず　春にしられむ　春に戯る　春に問はなむ　春になるらし　春になれつゝ　春にはあれども　春にむかへる　春の明ぼの　春の朝けに　春の嵐の　春のあら田を　春のあは雪　春のあはれは　春の惜しさも　春のおもひの　春のおもかげ　春のおもてを　春の垣根を　春のかぎりの　春の形見に　春の雁がね　春の来つらむ　春のくれこそ　春のこずゑに　春の盃　春のさわらび　春のしほぢを　春のしほやの　春の調べや　春のしるしに　春の末には　春の過ぐれば　春の世界の　春の園生の　はるの立枯　春の旅人　春のつれなき　春の隣の　春のながめの　春のなげきに　春の名残を　春の名だてに　春のならひの　春のねぶりも　春の眠を　春の野守に　春の初花　春のはまぐり　はるの日影の　春の光を

春の日暮　春のひの影　春のふかきを　春のふる里　春のみやこの　春のみ雪は　春の物狂ひ　はるのものとて　春の楊は　春の山風　春の山里　春の山まろき　春の夕風　春の若草　春のわかれの　春のわらびか　春はあけぼの　春は生ひつつ　春はをしめど　春は霞の　春は来れど　春は暮らしつ　春はこてふの　春は濃やか　春は誘ひて　春はさばかり　はるはさびしき　春はなけれど　春は晴れせぬ　春は経ぬべし　春はみやこぞ　春は若菜の　春は忘れぬ　春ふかむらし　春待つ園は　春めきそむる　春めく聴けど　春もいくとせ　はるもえしらぬ　春もかへるの　春も暮れなん　春も過ぎぬる　春も名のみに　春も行きける　春や恋しき　春や越ゆらん　春山近く　春やむかへむ　春やむかしの　春や山より　春行袖の　春夢見姿　春よりさきに　春を覚ゆる　春を暮らさむ　春を恋ひつつ　春を寂しく　春をしらする　春を知らまし　春を知るらん　春をたづぬる　春をとひつれ　春を駐めん　春をなげくと　春をば明日と　春をば籠めて　春を経て熟す　春をみるかな　春をも

知らず　春を忘るな　閃く春は　二春三春　古巣の春や　暮春の風に　まどふは春の　まほにも春の　水の春とは　御苑の春に　道にや春は　みてらのはるぞ　みな春ながら　見ぬよの春を　都の春の　見るべき春の　昔の春の　梅こそ春の　萌え出づる春　燃えても春を　山里の春　山辺の春は　ゆくすゑのはる　吉野を春の　世は春ならし　別れし春の／青陽の朝

春野　春の野に　春野焼く●巨勢の春野を　春の茂野に　春野のうはぎ　春野の雲雀　春野のわかな

春方　春べ咲く●今は春べと　春べを恋ひて　燃ゆる春べと

春日　春日すら●あそぶはるひは　照れる春日に　長き春日の　春の日長き　春日消ゆらめ　春日暮さむ　春日なるかも　春日の暮れば　春日も暗に　春日よろしみ　むかふ春の日　もゆる春日に　わたる春日の

春の夜　春宵の●春のおぼろ夜　春の夜の家　春の夜の月　春の夜の星　春の夜のやみ　春の夜の夢　春の夜ひとよ

佐保姫［春の女神］　佐保姫や●鶯佐保姫

春の色 春の景色。気配　春の色を●いろにぞ春の　春光千里　春の色かな　春のけしきを　春のながめや／春の振舞

春待つ　春設けて●春方設けて　春の待たるる　春待つ梅の　春待つ園は　春待つ花の　春を待つらん

春さる［春になる］　春さらば　春されば●春さり来らし　春さり来れば　春さりぬれば

春立つ［春になる］　春立たば　春立つと●今朝たつ春の　春たちかへり　春立ち来らし　春立けらし　春立ちぬとか　春立つけふの　春は立つらむ　まづ立つ春ぞ

夏

【夏】　夏月は好く　去年の夏　夏浅き　夏影の　夏来り　夏草の　夏来れば　夏氷　夏木立　夏衣　夏過て　夏すでに　夏麻引く　夏闌けて　夏、夏、夏　夏の雨に　夏のかぜ　夏の日や　夏は扇　夏はたゞ　夏はつる　夏深み　夏帽子　夏まけて　夏痩に　夏山に　早夏に●青き夏山　幾瀬に夏の　うつる夏浪　君亡き夏の　来向ふ夏は　梢に夏の　梢のなつに　衣に夏は　里居の夏に　さやかに夏の　たゞよふ夏に　夏ある虫の　夏来るらし　夏きにけらし　夏来向へば　夏草刈るも　夏毛冬毛は　夏このましき

夏咲のこる　夏しら浪の　夏ぞさくらは　夏そばの花　夏ぞ忘るる　夏とほしたる　夏なかりけり　夏なき年と　夏に入つて開く　夏にかゝりて　夏にものこる　夏の小車　夏の垣根に　夏の影こそ　夏の几帳の　夏の空気が　夏の草葉に　夏の暮かな　夏の衣に　夏のさかひに　夏のしるしの　夏の天にも　夏のはじめぞ　夏のひぐらし　夏のふかさか　夏の帽額の　夏はうつせみ　夏はしるしも　夏はすゞしき　夏は人まね　夏はみぎはに　夏は水漬　夏は緑に　夏馬遣りこす　夏冬行けや　夏身の川門　なつみる迄の　夏虫の色　夏よりほかを　夏をすぐさん　夏をわすれし　晩夏のひかり　深くも夏の　まがはぬ夏に　みそぎぞ夏の　森こそ夏の

夏さる［夏になる］　夏さりにけり

初夏［夏の初め］　十五初夏　はつなつのかぜ　初夏の雲

夏の夜　夏の夜の●あかす夏の夜　長の夏の夜　夏の夜すがら　夏の夜の霜　夏の夜の月　夏の夜の夢

夏野　夏の野の●言は夏野の　夏野の草の　夏野の繁く　夏の野の朝　夏野分けゆく　分くる夏野の

秋

【秋】　秋うるし　秋来ぬと　秋暮るる　秋くれて　秋ごとに　秋近き　秋ちかう　秋づけば　秋ながら　秋に似て　秋のうち　秋の蚊の　秋の菊　秋の野を　秋の穂を　秋の虫　秋は来ぬ　秋はげに　秋は鹿　あきもやゝ　秋を浅み　秋をひけ　秋を吹く　秋を待たず　秋を焼く　こぞのあき　秋燈に　するの秋　素秋の天　半秋に　見し秋の●あひ見ん秋の　あふ夜の秋の　秋思ほゆる　秋来るまでは　秋漕ぐ船の　秋さへ今の　秋先立つる　あきさびしらに　秋寒くなりぬ　秋冷まじき　秋ぞうかべる　秋ぞかはれる　秋ぞと思へば　秋ぞまされる　秋づきにけり　秋づきぬらし　秋といはむとや　秋と契れる　あきとつげつる　秋とともにぞ　秋とともにや　秋留まるらん　秋に秋添ふ　秋におくこそ　秋におどろく　秋にかはらぬ　秋にさきだつ　秋にしあらねば　秋の朝明に　秋のあはれも　秋の憂ければ　秋の思ひに　秋の限りを　秋の神楽に　秋のかげろふ　秋の重ね着　秋のかたみに　秋の香のよさ　秋のかりいほに　秋の草木の

時

秋の暮かな　秋の声有り　秋の木がらし　秋の木の葉に秋の時雨の　秋のしらべに　秋の末には　秋のすゑ葉は秋のちまちだ　秋の露霜　秋のとまりは　あきのともし火　秋のなかばぞ　秋のなごりを　秋のならひの　あきのねざめの　秋の野生の　秋の野風に　秋の残りの秋の野べをば　秋の野も狭の　秋の葉くちぬ　秋の蜂かな　秋の初かぜ　秋のはつかに　秋の蛤　秋の日かなし秋の日ごろの　秋のひと声　秋の日向も　秋のまぎれや秋の宮人　秋の赤葉　秋の藪蚊の　秋の山里　秋の夕風秋の夕暮　秋の夕露　秋の夕を　秋の行方は　秋の夜風の　秋の蘭泣く　秋の露台に　秋の別れの　秋はあけにも　秋は歩みて　秋はかぎりと　秋ばかり聞く　秋は来りぬ　秋はきにける　秋はこがるゝ　秋は寂しき　秋はしぐるゝ　あきはちぐさに　秋は散りゆく　秋葉の燈し　秋はひくらし　秋は紅葉と　秋は夕暮　秋は夕べと　秋もうらみじ　秋もかすみの　秋も来にけり秋もすぎぬと　秋ものこらじ　秋やかへりて　秋や来ぬらん　秋やしのばむ　秋やちかづく　秋をあらそふ

秋をしめり　秋を恋ふらし　秋を知らまし　秋を知るらん　秋をとゞめよ　秋をば憂しと　秋をひくそで秋をもへづる　いかなる秋か　幾世の秋を　いづれの秋か一葉の秋　いつより秋の　うきあきにして　扇と秋の音にぞ秋は　音にや秋を　思ひし秋の　今日初秋と暮れぬる秋と　黄落の秋　声も秋とぞ　ことしも秋の今宵ぞ秋の　寂しき秋と　三秋の月　秋声を滴らせ過ぎにし秋の　楚客の秋の　空にぞ秋の　誰かは秋の中秋の閏　月見る秋は　妻呼ぶ秋は　露けき秋の　外山の秋は　問はれぬ秋の　難波の秋の　にひもの秋は匂へる秋の　のこりの秋ぞ　初秋の朝　端山の秋の　半秋に至れば　ひかりぞあきの　人の秋なる　淵瀬に秋や　麓に秋の　古里のあき　経にける秋を　穂にいづる秋は　ほに出でぬ秋ぞ　見し世の秋に　水にも秋は　みなとや秋の　身にしむ秋の　昔の秋を　むそぢの秋はもみづる秋の　ゆふべは秋と　行すゑのあき　横たふる秋　万の秋に　別ぬる秋

秋待つ　秋かたまけて　秋待ちえても　あきまちどほ

時

に　秋待つほどの　秋まつ虫は　待たるる秋の
秋さる［秋になる］　秋さらば　秋されば●秋さり来れば
秋立つ［秋になる］　秋ぞ立つ　秋立て●秋たつ日とは
秋更く［秋たけなわになる］　秋たけて　秋深み　秋ふけぬ
秋をへて●秋たけぬらし　秋ふけにけり
秋行く［秋が過ぎ去る］　ゆく秋の●秋のゆくらむ　秋はゆくとも　秋や行きけむ　秋行く人の　行く秋とむる
秋果つ秋が終わる　秋果つる　秋果て、●秋はつるまで　秋果てがたに　秋しいぬれば　秋もいぬめり　秋を見はつる
龍田姫［秋の女神］　立田姫　龍田姫●龍田姫こそ
秋の夜　あふ夜の秋の　秋の月夜の　秋の長夜を　秋の百夜を　秋の夜長し　秋のよな〱　秋の夜の月　秋の夜の文　秋の夜ふかき　待つ夜の秋の　夜のまに秋は
秋の色［秋の景色。気配］　秋の色を　秋光は　秋色は●秋の気色を　色添ふ秋の　色にぞ秋の　秋光に背く

冬

【冬】　去年の冬の　冬木原　冬草の　冬来とも　冬くれば　冬ごもる　冬過ぎて　冬ながら　冬の月　冬の蠅　冬は鴛鴦　冬深く　冬深み　冬を浅み●いまだ冬かも　多くの冬の草を冬野に　玄冬素雪　去年の冬つかた　しぐるゝ冬の時雨ぞ冬の　地平に冬の　ちれる冬かな　月は冬こそ常敷く冬は　夏毛冬毛は　庭の冬草　氷室ぞ冬の　冬片設けて　冬こそわけて　冬ごもりすな　冬ぞさびしさ　冬だにかくて　冬に褪せゆく　冬に一はな　冬の朝は　冬の厨の　冬の木の葉の　冬のさびしさ　冬のしら菊　冬の直衣の　ふゆの日かずの　冬の引ぼし　冬のぼたんの　冬の山里　冬は風だに　冬は来にけり　冬は今日のみ　冬はさばかり　冬はさびしも　冬は霜にぞ
冬はつとめて　冬は火桶に　冬は湯漬は　冬深くなる
冬も凍らぬ　冬も三月に　山家の冬の　雪こそ冬の
三冬［冬の三ヶ月。陰暦10・11・12月］　みふゆつき　み冬つぎ
三冬野の●み冬ちかきに　み冬はいたも
冬さる［冬になる］　冬されば●冬さりくると
冬立つ［冬になる］　冬立て●冬立ちなづむ
冬の夜　冬の夜の●ふゆのゆふべの　冬の夜の月　冬の夜ふかき　冬の夜更て　冬はよなよな　冬ふかき夜に

灯

【灯・燈】 寒燈は　秋燈に　常灯に　青燈は　電灯は　燈の　燈火を　灯ににほふ　燈を吹きて●秋の灯の　あきのともし火　秋葉の燈し　海人の燈火　一粲の燈花　咲くともし火の　除夜のともしの　しるきともし火　燈火ひとつそ　ともしの花の　ともしは消て　燈かゝげ　燈火消えて　ともし火けたで　灯火とりて　ともしびの影　灯の末　ともし火のもと　庭のともしび　閨のともし火　のこるともしび　法の燈火　灯に光り沁む　窓の燈／流灯会

灯す　とぼしたる　灯しそめ　燭す火の　ともす火は　火灯さむ●明してともせ　鵜舟にともす　ともし合へり見ゆ　ともしぬるかな　火あかくとぼし　火ともさぬほどに　火ともし入て　火もともさぬに　火を数た燃し　火を燈させて　先づ火灯さむ　よるともす火の　夜は火ともし

灯影・火影 灯火の光。灯によってできる影　火の影は　火の焔影　灯影なき●影しめりたる　火影に映えよ　灯影ゆらめく

【灯り・明り】 灯り数　明障子　あかり戸に　片明り　友明り　豊の明に　花明り　夜あかりの●明りをしさに　あかりしづまり　灯りとゞくや　灯りをなげて　閨の灯りの

瓦斯灯　瓦斯灯り　瓦斯配り　瓦斯灯に　瓦斯ともり　瓦斯ひとつ　瓦斯燃ゆる●瓦斯の灯りに　夜を花瓦斯の

提灯　小提灯　提灯の／かけ行燈　自在の灯

洋灯　釣洋灯　釣らんぷ●黄なる洋灯の　煤けらんぷに　月と洋灯の　ラムプに飽きて　ランプの下に

燈台　燈台の●燈台の立つ　短き燈台

燈籠　石燈籠　高燈籠●白き灯籠／火袋も

燈明　常燈に●御燈油を　燈明台や　燈明添へむ　御燈明の影　御灯明もたせ

燭　蚊の紙燭　紅燭あり　紙燭さして　紙燭めし　燭の火の　燭を　紅紙燭●脂燭さゝせて　自由の燭を　燭を剪る時　燭を呼ぶ声　蠟燭の火に　蠟の火点し

付木［マッチ］　摺附木●附木流るゝ　付木の匂ふ

油　油売　油瓶　油吸ふ　油壺　油塗り　あぶら火の　大殿油　鉱油の　燈心を●油うりゆく　御との油

金の油を　くれなゐの油　菜種油の　火皿の油

火

【火】一炉の火に　火焼屋の　火ながらも　火の
火に立ちて　火に弾く　火にもえて　火の
光　火よきほどに　火を散らす　火を噴け
ば　火を持てり　火をも踏む●天の火もがも　磯の火
ほそりて　沖なかにひの　おこしたる火に　たれかわら
火と　着きてある火の　火還つて寒し　火さへ燃えつつ
火にあたる時　火に焙りしが　火に入るが如　火に迎へ
られ　火にも入らむと　火にも水にも　火もきえぬべ
く　火よりもあかき　火よりも殷し　火をなつかしみ
火をひとりふく　火をふく梢

漁火 夜、魚を誘い寄せるため舟上でたく火　漁火の　漁る火は●海人の漁りか
漁りたく火の　いさり火遠く　おきのいさり火　漁火の
白めば　釣し燭せる　つりの火ともす

葦火 暖をとるため葦をもやす火　葦火たく●葦火たく屋は　葦火焚けど
も　蘆火のけぶり

芥火 藻屑を燃やす火　芥火の　藻くづ火の●すく藻たく火の　た
く藻の煙

野火［野焼。火事］　野火と見るまで　昼の野火かも

鹿火屋 鹿や猪よけに火をたく小屋　かびやがけぶり　鹿火屋が下に

飛火・烽［合図の火。のろし］　飛火もり●飛火が嵬に　飛
火の野べの　飛火の野守

照射［松明］　照射する●木のまのともし　ともしすらし
も　照射するかも　照射の影に　峰のともしぞ／焰串
に懸けて　火串の松も　夜興引に

松明　柱松●湿る松明　手火の光ぞ

榾　榾木も霜と　ほたきりくべよ　榾伐るなりと

篝火　篝さし　篝火の●鵜舟の篝　かがりさしゆく
篝火ともし　かがり火の影　かゞり火のもと

庭火［篝火］　庭火のかげも　庭火の煙　庭火をたきて

火打石　火打石●きりびに花の　石火の光　火打袋に

花火　鼠せんこが　花火せん香に　花火の音も

火箸　火箸して●あと火の火ばし　火箸の音も

火の気　たく火のけ　火の気なき●火の気弱きを

火事　一火にして　大きなる火　火危し　火出で来ぬ
火の難に●内裏炎上　天火ひとたび　火事出すな　火

の出で来たり

【炭】 炭入れて　炭の火も　炭焼の●炒炭おこす　炭売よごす　炭うる市の　炭さしすて、　炭苞かな　炭取楫取　炭とりに遣る　ふり売炭の　雪さへ炭の

火桶 大火桶　火桶こそ　火桶の火も●小き火桶　火桶のいろに　火桶のはたに　火桶ばかりを　火桶引き寄せ　冬は火桶に　向ふ火をけの／炬燵さへ

埋火［灰に埋めた炭火］ うづみたる火　埋み火の●うづみ火きえて　うづみ火なくば　埋火の影　夜はの埋火

熾［熾火・消し炭］ 熾火のゐて●かきおこす熾

火熨斗［アイロン］ 火のし借り　火の熨を

炭櫃 長炭櫃●炭櫃の煙　すびつのもとに

炭焼 炭焼の　炭を焼く●小野の炭焼き　炭焼く翁　まきの炭焼く　みねにすみやく

炭窯 すみがまに　炭竈の●おくの炭竈　小野の炭がま　まだ炭竈も　やく炭窯の

【薪】 明日の薪は　薪なりける　薪なるらん　薪のねりそ　薪拾うて　薪を湿し　薪を負ひて　薪を採れる　薪を拾ふ　になふ薪に／藻塩木の

薪樵る 薪伐り　薪こる●これるたき木は　薪樵りしを　薪こるをの　薪や樵らむ　つま木こるべき

【爪木】 爪木こる　爪木さへ　爪木をや●柴の爪木の　つま木をりこし　爪木折り焚き　つまきたきつゝ　爪木にあけび　つま木にさせる　ゆふけの妻木

焼

【焼く】 さし焼かむ　火春を焼く　日を焼きて　やかずとも　焼漬に　焼きも捨て　焼く塩の　焼く人は　焼あとに　焼けはべり●思ひそ焼くる　今日ぞ焼くめる　今日はな焼きそ　心焼けけり　木立焼けたる　底も焼けり　焼き失ひつ　焼き足らねかも　焼きてけるかな　焼きて貼らしつ　焼き残したる　焼きほろぼさむ　焼く墨染の　焼くもわれなり　焼くや藻塩の　焼けどかひなし　焼けにし後は　焼けは死ぬとも　わが情焼く

【焚く】［火を燃やす］ 空にたくは　焼きさして　焚捨し　たきそめて　たくをみて　火を焼きて　飯焚も●海人の焚く火か　いほりにたける　その火まづたけ　焚

灯・火

きすさびたる　焚き匂はさで　たく火もみえぬ

【炉】瓦斯暖炉　火炉に沸き　暁炉燃ゆ　炉に焼いて

●一炉の火に　木地の炉ぶちに　炉辺に家族

燃

【燃ゆ】燃える。炎のような光を放つ。胸が熱くなる　瓦斯燃ゆる　火を燃し　身は燃えて　燃えたゝす　燃え立たば　燃えたるに　燃えつかざり　燃えはてて　燃えば燃え　燃えわたる　燃ゆる血の　燃ゆる音か　燃ゆる火の　燃ゆれども　よるはもえ●家燃え畢てて　浮きて燃ゆらむ　思ひに燃ゆる　紅燃ゆる　心燃えつつ　しづかに燃ゆなる　下に燃ゆらん　たかねばもえぬ　とはに燃え立つ　みさをにもゆる　水も燃えけり　燃え上がりたり　燃えこそわたれ　燃えつつかあらむ　燃えつつぞをる　燃えつつ永久に　燃えつつ渡れ　燃えてきえなむ　燃えても君が　燃えても春を　燃えやわたらむ　燃えわたるかな　燃え渡るとも　燃ゆと見ゆるは　燃ゆとも見えぬ　燃ゆる荒野に　燃ゆる思ひの　もゆるかぎりを　燃ゆる苦　燃ゆる火気の　燃ゆるこゝろも　燃ゆるとか見む　もゆる春日に　燃ゆる春べと　燃ゆる蛍を　燃ゆるわが恋　山と燃えなむ　山も燃ゆらめ

石炭　石ずみの　いしのすみ

石油　石のあぶらも

【炎・焔】炎のみ　ほむらにて●阿鼻の炎も　うしろに火焔　焔々として　かの焔をも　殻は炎と　瞋恚の炎　ほのほとぞみし　炎と踏みて　ほのほなりけれ　ほのほにさへや　焔はあまり　炎は燃ゆる　ほのほみじかき　ほのほ燃えあがり　火炎もゆると　焔となりて　わびしき焔

煙

【煙】[烟]　黒けぶり　薫煙出づ　煙こそ　煙たつ　煙立て　煙だに　烟のみ　立つ煙　遠けぶり　夕けぶり　油煙の墨●浅間の煙　蘆火のけぶり　いくその煙　いづくの煙ぞ　一片の煙　薄きけぶりは　烟突が赤し　おほふ煙りや　思ひの煙　をはりの煙　かやりの煙　消えし煙の　伽羅の煙と　くゆるけぶりよ　烟いぶせく　煙くらべに　けぶりくらべを　煙こめたり　煙ぞ春は　煙たえにし　煙立ちそふ　煙立つ見ゆ　煙絶ゆとも　煙とをなれ　煙とぞ見る

灯・火

煙とならば　煙とならむ　煙となりし　煙とのみぞ　けぶりなづめり　煙ならでは　煙なるらむ　烟にぎはふ　けぶりにくらき　烟にこもる　煙にそはぬ　煙に絶えて　煙につけて　けぶりになりし　煙に馴るゝ　煙のすゑも　けぶり長閑に　煙はおなじ　煙はそれと　煙は立たで　煙は果てぬ　煙は深し　煙ひまなき　けぶりもあらじ　煙も霧に　けぶりもさびし　煙も立てぬ　けぶりも浪も　煙を揚げず　けぶりを雲と　烟れり母の　煙うづまく　煙かなしも　煙立らん　煙に絶えて　煙りの末を　煙の浪と　煙のよそに　烟は淡く　烟は深し　煙ひまなき　煙よりこそ　恋の煙よ　香の煙のこよひも煙　塩焼くけぶり　塩屋のけぶり　下しく煙　柴の煙の　人煙一穂　人煙遠し　末もけぶりの　空の煙と　絶えぬけぶりと　焚かぬも煙　立つけぶりかな　立つ煙さへ　たなびくけぶり　谷に煙の　手煙を掬る　なびく烟を　残るけぶりや　野原の煙　上るけむりに　花や煙と　松の煙も　峰の煙に　身より煙の　むせぶけぶりぞ　むなし煙を　燃えしけぶりに　燃えん煙も　やき野のけぶり　宿はけぶりと　宿も煙に

燻る　薫り合ひたる　くゆりがちにも　くゆりこそすれ　くゆりわぶとも　くゆる煙ぞ　くゆる心も　くゆるはつらき　けぶたう薫り　一室を燻す

燻る　ふすぶるならでも　ふすべられたる

蚊遣火　置く蚊火の　蚊遣火の●かやりの煙　かやり火くゆる　蚊遣火たつる　しづが蚊遣火　宿の蚊遣火　夜々の蚊遣り火

灰　灰汁のごと　ごまのはい　灰占に　灰清げに●こまかなる灰　灰指すものぞ　灰となり南　灰とわかれて　灰にてませば　灰のすゞしや　灰骨などを　われこそ灰と

煤　煤してあれど　煤たりし　すゝたれど●すすけぬるかな　煤けらんぷに

【莨】［煙草］　けぶり草　吸殻の　寝莨の●煙草すふとき　莨の無心　煙草のやにの　莨もつかぬ　巻きし莨を　巻葉莨の

烟管　咥へ烟管に　木の葉烟管も

灯・火

聞

【聞く】雨ききて　家聞かな　いまぞ聞く　織ると聞く　風聞きて　風に聞き　聞かざりき　聞かざりし　聞かじかし　きかぬにぞ　聞かばやな　聞かまほし　聞き飽いた　ききあかす　聞きをきし　聞き送る　聞きしかど　聞きしより　ききすてて　聞き継ぎて　聞つらん　ききてけむ　聞めで、　きゝわかぬ　聞わたる　聞きわびし　聞くうちに　聞くぞかし　きくにだに　聞くほどは　聞え返し　聞えたる　聞えつる　聞食し　聞こゆなり　聞ゆれば　雲にきく　声聞けば　立ち聞けば　誰きけと　誰もきけ　波も聞け　名を聞けば　耳たてつ　よそに聞て　わが聞きに●秋ばかり聞く　あまたにぞきく　雨と聞えて　あめをきゝつゝ　雨を聴くかと　ありとは聞けど　あはれとも聞く　いかゞ聞らん　いつかは聞かん　鶯聞て　をちこち聞ゆ　音きかするや　音も聞ゆる　かくし聞さば　楫の音聞ゆ　片聞く吾妹　かたるもきくも　神は聞か南　雁が音聞きつ　聞いたか聞いたか　聞かずともなく　聞かずは出でじ　聞かで明けぬと　聞かでや止まむ　聞かで別るる　聞かぬなるらん　聞ぬ日もなし　聞かぬものゆゑ　聞かば聞くべし　きかまほしきを　聞かむともこそ　きゝあかしつゝ　聞きがたきかと　聞きか悩まむ　聞きくらすかな　聞きしあらしの　きゝしに似たる　聞しにまさる　聞き捨つるにも　きゝぞつたふる　聞き継ぐ者も　聞きつつ居らむ　きゝつとかたる　聞きつとやおもふ　きゝての後も　聞きてもいとへ　聞なされつゝ　ききなれたるは　聞きにだに聞け　きゝはづさんの　聞きふるされぬ　聞きも入れねば　きゝもらしたる　聞きわたるらむ　聞くが楽しき　聞く聞く　聞くとて　聞く心地する　聞ぞうれしき　聞ぞかなしき　聞くたびごとに　聞くとはなしに　聞くにをかしき　きくにもねたし　聞ばかりなる　聞くはくやしき　聞くは苦しき　聞人もがな　聞く人もなき　聞くも惜しきは　きくもめづらし　聞くや夜嵐　きけどもあかぬ　きけばゐまるゝ　きけば音して　聞けばかひなし　聞けばかなしな　聞けば苦しも　聞けば貴み　きけばなつかし　きけばむかしの　聞ば侘しも　聞えこざらむ

音・色

聞え来ぬかも　聞えざるらし　聞えて絶えぬ　聞えぬ
虫の　聞えぬ山と　きこえひがめて　聞ゆる空に　君が
聞さば　けふよりは聞け　声も聞しに　このごろきかで
境とぞ聞く　咲と聞つゝ　さてこそきかめ　さのみ聞き
けむ　すこし聞かせよ　芹と聞くこそ　空に聞ゆる
たえず聞きつる　高く聞ゆる　頼みとぞ聞く　誰かは
きかむ　続ぎて聞くらむ　問ひて聞かまし　遠く聞ゆ
る　友と聞つる　なほ聞まほし　なほ聞えけれ　鳴きぬ
と聞かば　なくなくぞ聞く　鳴くを聞く〳〵　ねざめ
にきけば　音ぞ聞ゆなる　寝みゝに聞て　春聞くことの
ひとりきくらむ　笛もきこえて　まだ聞かねども　松
風聞けば　見しも聞きしも　もりてきこゆる　ゆくへ
きかせじ　よそにこそ聞け　よそにのみきけ　読む人
聞く者　わが立ち聞けば　渡と聞けば　われに聞かす
る　われのみぞ聞く／地獄耳哉

音

【音】　音あらき　音ありて　音しげく
おとすごく　音すなり　音高し　音にだに
音のみを　音速み　音ふけて　音まさる

寒き音に　たつき音の　音に出でず　音になかで　音の
かぎり　音のはしり　音を惜しめ　音をそへて　燃ゆる
音か●あらぬ音こそ　色をも音をも　うれしき音を
音有るかぜは　音有るよるの　音あはれなる　音おもし
ろき　音きかするや　音こそまされ　おとさへつらき
音しば立ちぬ　音する夜半に　音せさせけり　音ぞか
なしき　おとぞ少なき　音高きかも　音高しもな　音
高う射て　音には立てじ　音にふりくる　おとにもぬ
らす　音にや秋を　おとのさむけさ　音の清けさ　お
とのはげしさ　音のみ聞きし　音のみぞする　音のみな
らず　音のよろしさ　音はいづれぞ　音はしてまし　音
はすれども　音はまくらに　音まさるなり　音も嵐に
おともあられの　音も聞ゆる　をとを聞つゝ　音を鼓
に　悲しき音よ　きけば音して　君が音そする　崩さ
むと音は　音警めず　しばひく音の　そよぐ音こそ　そ
よげる音の　大音上げて　小さき音を　つきせぬ音にや
音いろ代へつつ　音こそつきせね　音ごとに思ふ　音さへ
かはらぬ　ねぞかかりける　音ぞ聞ゆなる　音にあら

はるゝ　音に通ふとも　音につたへなん　音には睦れめ　ねのみかかりて　音を添へしかな　ねをぞ添へつる　音をも聞きけり　ほそき音をふる／嵐の音は　いばゆる音も　馬の音ぞ為る　馬の音の　をぐるまの音　斧の音かな　梶音ばかり　楫の音高し　かたみにねをば　唐臼の音　空艪の音が　川音高しも　機械の音に　衣ずれの音の　砧の音が　杵の音　小角の音も　靴の音　靴の音に　小皿の音　笙の音　笙の笛　透屁の音を　谷の水音　槌の音　筒の音に　爪引く夜音の　手斧音　乳鉢の音を　葉ずれの音の　機おる音も　織屋の音の　撥の音　花火の音も　舟さす音も　みをとさやけし　みずとも音に　矢声たかきも

波音　波の声　波の音の●浮津の波音　瀬の音ぞ清き　瀬の音もたかし　波の声にて　波の音騒き

遠音　遠音にも●潮の遠音の　波の遠音や　笛の遠音の

【虫の音】　虫なきて●馬追虫の啼　聞くは虫の音　きりぎりす鳴く　蟋蟀鳴くも　なくにぞ虫の　鳴く野辺の虫　鳴く虫の音は　音をや鳴くらむ　野には啼く虫　ひとり鳴く虫の　松虫のこゑ　松虫の鳴く　まつむしの音に　虫さへぞなく　虫の声〳〵　虫の啼かも　虫の啼音ぞ　虫の音いたく　虫の音聞けば　虫のね清く　虫の音しげき　虫の音すだく　虫の音ぞする　虫の音添はん　むしのねたかき　虫の音残せ　虫の侘ぶらむ　虫のわぶれば　虫も鳴きけれ／りゝとなく

【蟬鳴く】　せみ声に　蟬噪は　鳴く蟬の　鳴蟬の●一蟬の声を　来鳴く晩蟬　山蟬鳴いて　秋蟬の声　蟬の鳴音の　鳴くなる蟬の　日ぐらしぞなく　満樹の噪蟬　山の蟬鳴きて

鳴

【鳴く】　鶉鳴き　鴛鴦ぞ鳴く　烏鳴　蝦鳴く　春雉鳴く　汽笛鳴く　くひなく　雲になく　すがる鳴く　千鳥鳴く　月になく　床に鳴く　鳥鳴きて　汝が鳴けば　なかぬ日は　鳴かん声や　鳴すてゝ　鳴たつる　なきぬべき　鳴き別れ　なくかはず　鳴く雉子　鳴く声は　鳴そらの　鳴く鶴を　なくなくぞ　なくひばり　鳴く百舌鳥の　なけど〳〵　なけばこそ　鳴けや鳴け　ねになきて　野

辺になく　鳩なきて　夜鳴かぬ●あひおひになく　あけがたになく　朝なあさな鳴く　朝鳴く雉の　いたくな鳴きそ　いたくは鳴かぬ　市路に鳴て　今や鳴くらむ　いや頻き鳴きぬ　鶯ぞ鳴く　鶯は鳴け　鶉となきて　鶉なくなり　鶉なくまで　うづら鳴くらむ　枝に鳴くらん　遅く鳴くらん　をちかへり鳴け　をのれ鳴きてや　槐樹に鳴けども　かか鳴く鷲の　影に鳴くらむ　鶏は鳴くなり　かけろと鳴が　かごぬちになく　からすなくなり　雁こそ鳴きて　離れず鳴くがね　河蝦鳴くなべ　来居て鳴く声　来居て鳴く鳥　きつね鳴なり　樹に鳴しとき　雲隠り鳴く　雲に鳴くなり　今朝鳴く声の　今朝鳴くなへに　けだしや鳴きし　こうこうと鳴き　こゝをせになけ　此よ鳴き渡る　塞鴻鳴きては　さつきとや鳴　さ夜更けて鳴く　過ぎがてに鳴く　絶えずも鳴くか　たづ鳴きわたる　ちきりなくなり　千鳥鳴くなり　月になくらん　常ゆ異に鳴く　つれ〴〵に鳴く　時に鳴くねは　鶏は鳴くとも　鳥や鳴くらん　鳴かずともよし　汝が鳴く毎に　汝が鳴く里の　鳴かぬかぎりは　なかぬさとなく　鳴かぬ日ぞなき　なかぬよもなし　鳴かむ五月は　鳴きからしたる　なきかはしけれ　鳴き聞かせつる　鳴きこそわたれ　鳴き過ぎ渡る　鳴き散らすらむ　鳴きつ出づる　鳴きつゝおりし　なきつつぞふる　鳴きつゝ鳥の　鳴きつるなべに　鳴きて出づなる　鳴きて去ぬなる　鳴きているさの　鳴きて移ろふ　鳴きてうらみよ　鳴きて越え来ぬ　鳴きて告ぐらむ　なきてつたへよ　鳴きても告げよ　鳴て別しなきにしものを　鳴きぬと聞かば　鳴きひびかせば　鳴き乱るゝを　鳴き行く鳥の　鳴きわたりつつ　鳴渡なる　なくをりのみや　鳴く河蝦かも　鳴くくら谷に　鳴く声しげく　鳴くさみだれに　鳴く千鳥かな　鳴くなる鶏の　鳴くなる雁の　鳴くなる鶴の　鳴くね悲しき　鳴く音ことなる　鳴くねな添へそ　鳴くねなるらん　鳴く音にまがふ　鳴く音は野辺に　鳴くねは夢の　鳴音みだれぬ　なくねも匂ふ　鳴く音やよそに　鳴く羽触にも　鳴くは昔の　鳴く日しそ多き　鳴くべかりけれ　鳴く霍公鳥　鳴やあがたの　鳴くや鶯　鳴くや五

月の　鳴くや霜夜の　鳴く夜の雨に　鳴くわが山斎ぞ　鳴を聞く〳〵　なけば尾長も　なけば雲ひく　鵺なきわたる　音こそ鳴かるれ　猫の鳴き合ひ　ねざめにぞなく　ねをば鳴らん　早くな鳴きそ　はや鳴過よ　二こゑなきて　ほろろとぞ鳴く　ましらな鳴きそ　まづ鳴く朝開　またなきいづる　道に鳴きつと　もろともに鳴く　ゆりつつ鳴くも　宵鳴しつる　夜烏鳴けど　よそになきつゝ　夜鳴をしつつ　呼び立て鳴くも　夜深く鳴かむ　夜ふけてぞ鳴く　よるよと鳴くなる　夜鳴く鶴の　夜はに鳴くなり　わがやどに鳴け

数鳴く［しきりに鳴く］　千鳥数鳴き　千鳥しば鳴く　間なく数鳴く

侘び鳴き 悲しそうに鳴くこと　侘びて鳴くなり　わび鳴きすなる　わび鳴きせむな

【鳥の音】　鳥がねに　鳥の音も●うぐひすの音は　空音や正音か　鳥が音異に鳴く　鳥が音響む　鳥のそら音は　鳥の啼音も　鳥のねさびし　鳥の音ぞうき　鳥の音とほく　鳥の音待ちいで　鳥の一こゑ

忍び音 ホトトギスの初音。声をしのんで鳴く　しのびねになく　忍び音もせぬ

【初音・初声】 その季節に初めて鳴く声。とくに、うぐいす　聞く初音●いつも初音の　来鳴く初声　今朝の初声　初うぐひすの　初声聞きて　はつ声聞けば　初ねかひなき　初音きかせよ　初音聞きつと　初音聞くこそ　はつねぬらして　初音ふかるゝ　初音までかと　待つ初声は

【来鳴く】　来鳴らむ●いつか来鳴かん　今来鳴き始む　鵲来啼く　かしどり来なく　来鳴き翔らふ　来鳴き響めて　来鳴き響もす　きなくうぐひす　来鳴く貌鳥　来鳴く五月の　きなく春辺は　寒く来鳴きぬ　住むと来鳴かば　鳥も来鳴きぬ　などか来鳴かぬ

【囀る】　さひづらふ　さひづるや●さひづりめぐる　囀り合ひて　囀りつくす　囀りわたる　さへづる声は　さへづることを　さへづる鳥の　さへづる春は　さへづれ野辺の　百囀りの／ほころびなまし

【啼く】　行と哭き　哭き悲しび　猿啼く　野狐は啼けり●鴨し啼らし　さゝきが啼つ　啼かぬ家畜の　啼ぞとよます　啼つゝ行も　啼きつれ越ゆる　啼てかれにし

啼なる声を　啼く猿かな　野鶏は啼きぬ　やどりしめてなけ　呼子鳥啼

【鹿鳴く】牡鹿鳴く　鹿の音も●鹿児ぞ鳴くなる　鹿鳴かむ山ぞ　鹿鳴く山辺の　さ男鹿来鳴く　さをしかのこゑ　しかぞ鳴くなる　しかなき暮らす　鹿鳴く野べの　鹿の声かな　鹿の鳴く音に　鹿の音きこゆ　露に鹿鳴いて　鳴く鹿をだに　山は鹿の音

【吠える】狗吠えて　吠えければ●犬ほへにらみ　くもにほえけむ　月に吠ゆるに　虎か吼ゆると　林間に吠え

長鳴き　犬長吠●犬が長鳴く　をりはへてなけ

【嘶く】いなゝきぬ　嘶え声●嘶え立ちつる　いばゆる音も　己れいなゝけ　駒ぞいばゆる　のる駒いばへ

声

【声】［声・音］悪声の　東声　老い声に　男音　女音　声聞けば　声〳〵に　声しげみ　声澄て　声添へて　声なれば　声はあれど　声ふけて　呱々の声　こわだかに　声引は　鐘声は　泉声の　楚歌の声　太鼓の声　笛声は　汝が声を　鳴かん声や　鳴く声は　法のこゑ　引板の声　琵琶の声　風声あり　ほゆる声　野雉の声　よるの声●暁の声　あかるき声を　海人の呼び声　あらしの声を　あはせの声は　いづみうつ声　井堰に声の　いまこそこゑを　いま一声の　妹が声を聞く　うぐひすの声　歌へるこゑは　怨声恐み　雨滴の声は　うめきの声と　大鐘の声　をちこちの声　声聞くなべに　声と聞くまで　声の清きは　鬼のなく声　鶴唳鳳声　水手の声しつつ　水手の声呼び　河鹿の声も　かすかに声す　片言の声　語らふ声は　蚊の細声に　辛びたる音　かはずのこゑを　錦江の声　くくみ声して　声あどけなき　声あらはれて　声い続ぎい続ぎ　声うち添ふる　声うらがなし　こゑうらぶれて　声うらめしき　声おとろへぬ　こゑおもしろみ　こゑかとぞきく　声聞く小野の　声聞く空に　こゑ〴〵かはす　声々脆し　声こそかはれ　声こそ霧に　声こそ近く　声こそまされ　声さへ寒き　声先立てて　こゑさやけしも　声知る人の　声澄み渡る　声ぞかなしき　声ぞ淋しき　こゑぞふけ行く　声ぞふりせぬ　声立つるなり　声たてつべき　声だに聞かば　声遠さかる　声な

惜しみそ　声なつかしき　声にこころぞ　声に悟りを　声に染むらん　声につけても　声にて送る　こゑにのりても　声に花咲く　声にやいとゞ　声ねむたげに　声のあやをば　こゑの色なる　声のうちにや　声のうね〱　こゑの落ち来る　こゑのかをると　こゑのかぎりを　こゑのかなしき　声の嗄るがに　声のきこゆる　声の恋しき　こゑのさむさは　声の著けく　声の絶えせぬ　声の乏しき　声の遙けさ　こゑのみ残る　声のよわれる　声はいづくぞ　声はうつらぬ　こゑばかりこそ　声はかはらぬ　こゑはしをれぬ　声は過ぎぬと　こゑはながらの　声ふりそむる　声ふりたつる　声乱るなり　声も秋とぞ　声も惜しまね　こゑもかなしき　声も聞しに　声も頻りに　声もすずしき　声ものどかに　声もまぎれて　声も休まず　声や恋しき　声撚りあはせ　声弱り行　声をあはする　声をゝしまぬ　声を曇らす　声をしをりに　声をたづねて　声をながして　声をば惜しむ　声をもたてず　孤雁の声を　御器借り声の　こだかき声を　衣打つ声　しぎのたつこゑ　錫杖の声　少年の声の　燭を呼ぶ声　懺法の声　早鶯の声　その夜の声は　空に声して　竹の夜声の　竹をうつ声　だびたる音をば　玉の声せし　玉の声とも　陀羅尼のこゑの　小さき音を　月に鳴く声　月の夜声の　つゝみの声に　妻呼ぶ声は　遠退く声の　とがり声して　読経の声の　となふる声に　友呼ぶ声の　なくこゑきけば　名に負ふ夜声　波・風の声　女房の音　はつかに声を　初雁の声　伴僧の声　ひとこゑぞする　一声秋　梟の声　舟呼ばふ声　松風の声　松の声かな　窓をうつこゑ　むかしの声を　虫の声々　木魚の声は　もりても声の　八声の鳥と　やすらふ声ぞ　山鳩の声　夕暮の声　夜声なつかし　よばはむ声に　夜深く声の　よわるか声の　林霧に声を　若びたる声／うなりうづまく　清濁小大

諸声　蟬のもろごゑ　もろ声になく　わがもろ声に

叫ぶ　言ひ叫ぶ　叫びけり　猿さけぶ●哀猿叫びて　さけび〱て　種々のをたけび　一音叫び　一さけびなる

【呼ぶ】　ねこよびたる　舟よばふ　群よびに　雌をよびて　呼ばへども　よばゝえし　呼び入るる　呼び籠め

音・色

て　呼び立てて　呼び放ち　呼び寄せて　呼ぶ声の　呼ぶ窓に●妻と呼ばん　犬呼びこして　君呼びかへせ　近く呼び寄せ　常喚び来棲む　妻とよばれむ　妻呼び交す　妻呼ぶ雄鹿の　友よびかはし　友呼びわたる　母が呼ぶ名を　よばふときけば　よばばこたへて　呼び聞えつる　呼びし舟人　呼びぞ越ゆなる　呼び立て鳴くも　よびまゐらせて　よぶわらは哉　よべどこたふる

ささめく 小声でひそひそ話す。ささやく　私語きて　ささめけば　私語を●うちささめきて　私語畢てて　人ぞ耳言く

静

【静か】　静なりや　静かなる　しづかにと　静けき身　静けくも　しづけさに　しづまりて　しづめつつ　しづやかに●暁静かに　あたりしづかに　雨静かなる　いまだ静けし　浦静かなる　おとしづけしも　おとぞしづまる　思ひしづめぬ　思ふしづけさ　をりしづまれる　風しづかなれ　心閑かに　静な人の　静なる日と　静かに暮るゝ　静に漕げよ　静かに垂れて　しづけくゆたに　しづまる月の　静めをるとき　空静けなし　蝶のしづかさ　鳴りしづまらで　にはも静けし　ぬくみしづかに　後瀬静けく　はやしづけきか　ひつそりとして　人はしづまり　瞳しづかに　皮膚にしづかに　昼のしづかさ　胸しづまりぬ　夜のしづまりに／空山は　幽館には

【音せぬ】　おとせぬは　音せねば　音絶えて　音もせで●音無の里　音無の滝　君は音もせず　寂寞音せぬ　軒に音せぬ　人音もせぬ　人の音せぬ　ふるに音せぬ

治まる［静まる］　をさまる波に　をさまる庭の　風ををさめし　浪をさまりて

【黙】［だまる］　うち黙し　口無しに　こゑせずば　声はせで　その無言　ひたと噤む　黙然あらじと　黙をれば　黙したる　黙もあらむ●うち黙しつつ　辱を黙して　黙然あらましを　黙もあらましを

沈黙　君沈黙●君がしゞまに　沈黙の森に

騒

【騒ぐ】［古くは「さわく」］　風さわぐ　肝騒ぎ　さゞめきに　騒がしき　さわがしう　さわがれつ　騒ぎたるも　さわぐなり　さはげども　さわげるは　立ち騒げ　みどりさわぐ●芦

音・色

辺に騒ぐ　あぢ群騒き　怪しみ騒ぎ　あらきさわぎに　あらしにさわぐ　阜螽の騒ぐ　うき雲さわぐ　弟騒げど　驚き騒ぎ　思ひさわげば　影はさわげる　かさゝぎさわぎ　風さわぐなり　風のさわぎに　河蝦はさわく　声さはぐなり　心にさわぐ　木の葉も騒ぎ　騒ゑ群立ち　さわがしきまで　さわがしきもの　騒ぎ罵り　騒ぎやはする　騒く舎人は　さわぐなりけり　さはぐなる哉　さわく堀江の　さわくを聞けば　白波騒き　白波さわく　洲鳥は騒く　たをればさわぐ　立ちさわぎしが　たちさわぐみゆ　立ち騒くらし　友の騒きに　波のさわぎに　波の騒ける　波の音騒き　羽風にさわぐ　ひゑどりさはぐ　舟人さわく　船そ動ける　胸のみさわぐ　求め騒がせ　ものさわがしく　山にはさわぐ／いりめき合ひて　さうどきつゝ食ふ

かしまし［やかましい］　あなかまし　かしましき●あなかしがまし　かしがましさに　風かしましき

【さやぐ】さやさやと音をたてる　乱げども●霰さやぎて　荻の葉さやぎ　枯葉もさやぐ　木の葉さやぎぬ　さやぐ霜夜に　霜さやぐころ　萩のさやぎの　檜原さやぎて　昼しさやがな　よるなさやぎそ

【ゆら】［揺れて音を出す］　小鈴もゆらに　手玉もゆらに　玉もゆららに　ゆらく玉の緒

【軋む】きしきしと　きしみたる　軋る音●きしろふ音を　静に軋る　馬車の軋みて

【轟く】轟くや●磯もとどろに　空もとどろに　滝もとどろに　とゞろき響く　とどろととざす　とゞろと渡る　とどろならぬを　ふみとどろかし　峰とゞろかし　宮もとどろに　山もとどろに／轟の滝　轟の橋

【響く】緒の響き　地を響かす　遠ひゞき　ひゞかすに　ひゞきくる　響きには　ひびきのぼる　響くらん　風韻は　吹き響せる●数ひゞきそふ　鐘の響きに　かねひゞくらん　きよろろと響く　厨にひゞき　木むらにひびく　寒さのひびき　清秋に響く　絶ゆる響きに　とゞろき響く　とものひゞきに　にこ毛にひびく　花のひゞきに　林響きて　遥かに響き　響きあひたり　ひびきかよへる　響きのゝしる　ひびきは月の　ひびきを添

ふる　ひゞく盃　ひゞく山寺　砲のひゝきも　松のひゞきに　水の響きも　水ひゞくなり　薬研のひびき　山辺響きて　よな〳〵ひゞく／嘵々と

【響む】 音が鳴りひびく。どよめく。騒ぐ　里響め　島響み　地どよみ　呼び響め●相響むまで　いたくとよみそ　入江響むなり　岩をどよもし　来鳴き響むる　声とよむなり　こぬれとよもす　里を響むる　震動雷電　少し動みて　鶴が音とよむ　妻呼び響む　とよみあひにし　響みてぞ鳴く　啼ぞとよます　泣きどよむ声　鳴き響むなり　人は響むとも　街のどよめき　宮人響む　山下とよみ　山とよむまで　やまとよもして　山辺とよみて　山呼び響め　呼びとよむなり

山彦　山びこの●山の山彦　山彦響め　山びこもなし

反響　反響する●返響の音と　木だまの限

【鳴る】　蘆は鳴つて　鳴高し　なりつらむ　鳴りなまし　鳴り閃めき　鳴りひらめく　なる鈴の　鳴瀬ろに　鳴る滝の　響るなべに　響き鳴れ　螺を鳴らし●枝ならさゞる　枝を鳴らさぬ　扇うち鳴らし　風の竹に鳴る　傾きて鳴る　ざつざつと鳴るはの　鈴振り鳴らし　そへて鳴くる　そよと鳴るまで　つばさに鳴らす　剣は鳴を　浪は鳴るとも　ならす扇の　鳴りゐるアルプの　鳴りとゞろきて　鳴わたくりの　ひしと鳴るまで　細葉の鳴りの　家鳴りどよもす　山鳴空へ　よく鳴る和琴を　夜もすがら鳴れ

遠鳴り　風の遠鳴　潮の遠鳴り　遠鳴る波に

【鐘】　鐘槌が　鐘つきて　鐘堂の　鐘の音に　鐘の銘　暁寺の鐘　金鐘の　鐘動く　鐘声は　鐘の声　霜鐘は●雲裏の鐘を　大鐘の声　尾上の鐘に　鐘が覚まさぬ　鐘ぞことなる　鐘ぞ物憂き　鐘の音さへ　かねの声こそ　鐘は聞こえて　鐘は間ぢかに　かねひとこゑの　かねひゞくらん　かねよりさきの　鐘を鋳させたり　鐘を悲しび　こころの鉦を　定番鐘の　つとめの鐘に　時つく鐘の　ねよとの鐘に　野寺の鐘の　半夜の鐘を　ひびけこのかね　更けゆく鐘の　木母寺の鉦

夕の鐘　昏鐘の　瞑鐘は●入相のかね　いりあひの鐘　夕ぐれのかね　夕の鐘も

色

【色】 色あたらし　色有つては　色かなし　色着せる　色毎に　色さして　色さりて　色なりき　色までも　色見えて　色みえぬ　いろみれば　色も惜し　色もなし　色をしも　色を壊る　まがふ色に●あかぬ色かな　鮮ないろ　明日の色をば　いかなる色の　いまやう色の　色うるはしう　色くさぐさに　色添ふ秋の　色ぞのこれる　色とかけきや　色と問はゞや　色とはこれを　色とはしれど　色とも見えず　色なかりせば　色なき風も　色なきこゝろ　色なき人の　色なきものゝ　色ならめやは　色に飽くべき　色に心は　いろになりぬる　色にはさくな　色にまかせて　色にめづとや　色にもあるかな　色にやめでむ　いろのいとにて　いろのおしきぞ　色の限を　色のかなしさ　色の千種に　色のつねなる　色のみ残る　色は憂くとも　色はかよへど　色は咲きけれ　色はまがひぬ　色は見えけれ　色まじへたる　色まどはせる　いろみえてより　いろもなくてや　いろもはだへも　色もやあると　色八千ぐさに　色や残らむ　色分れぬは　色わかれゆく　色をし添へて　色をぞ頼む　色をば知らず　おきまよふ色は　同じ色にぞ　形見の色を　小嶋は色も　さかりの色に　時雨に色を　しづくも色や　綵色に見ゆる　斜陽の色を　十八五色　その色みせぬ　たそがれのいろ　たちまち色の　ちぎりし色は　千種の色を　千代の色そふ　つゐに色にぞ　波さへ色に　涙の色は　波吹く色は　にほふ色さへ　庭に色有し　ぬれて色そふ　野べの色こそ　ひとしき色は　一つ色もて　ふけば色そふ　古葉の色を　まばゆき色に　まれなる色に　みそらの色の　身にしむ色の　みぬ色そふる／薄香の色　扇の色も　帯のいろ　萱草色の　帷子の色　鴨の羽の色の　鴨羽の色の　桔梗色せる　草葉に色も　朽葉空色　朽葉の織物　くるみ色　胡桃色の紙　暮れぬる色に　暮の色　袈裟の色や　衣の色に　盃の色　霜の色　しら紙色の　袖の色を　空の色さへ　玉虫色に　月草の色　月の色に　露の色を　花の色を　文の色　星の色　松の色は　松の葉色　眼の色は　まゆずみの色　筵の色を　紅葉の色は　柳色　山吹色や　雪の色を　若苗色の

音・色

【色付く】 色づかふ　色づきぬ●浅茅いろづく　色づきそむる　色づきにけり　いろづきぬらむ　色づきわたる　色づく時に　色づく見れば　色づく梅を　色づく山の　下葉いろづく　露ぞ色づく　ほの色づきぬ／色さりて

色めく 美しい色を見せる。はなやかになる　色めく野辺に　すこし色めけ

【彩る】 色取りたる　彩色も●色どりかへて　いろどる風の　絵の色どりの　衣色どり　色彩もなし

彩 彩羽蝶　色彩を　彩雲を　眼も彩に●彩帆あげゆく　色さへあやな　月さへあやな　目もあやにこそ　涌来る彩の／五色の波こそ

色音［色と声］　色ねをこめて　色をも音をも

色増さる 色が美しくなる　色まさる　色まして　色を増し●いろこそまして　色のまされば　いろまさりける　色増るらし　色ます藤の　色もまされる　梢色増す　なほ色まさる

【色変わる】 色変へぬ　色変る●色あらたむる　色変へで見む　色かはりけれ　いろかはりこし　色かはりぬる　色かはるべき　色変るまで　色も変はらで　色やかはると　移ろふ色と　かはらぬ色に／常なき色に

【褪す】［色があせる］　褪せにけり　あせ果てて　色かれて●褪せかはりけり　あせずも有かな　あせも行かな　色あせがたに　色衰へたり　色さびぬれば　色さびはてし　色しあせずば　色やあせたる　海はあせなむ　さびてぞみゆる／灰かへりたる　花もかへりぬ

【濃し】 濃き綾の　濃き袿　濃き単　濃き紅葉　濃くよどむ　濃けれども　濃さまさり　濃に書き垂れ　濃やかに　草木濃し●うつり香濃くも　濃き青鈍の　濃き紅の　濃き紫の　濃しとや花の　墨こまやかに　春は濃　昔の濃さに

色濃し 色こくて　濃き色は●色濃かるべき　色濃きときは　色濃き梅を　色濃くなると　色し濃ければ　色のてこらさ　霞いろこき　藤の色こき

色深し 色深き　色深く　紅ぞ深き●色のふかさか　深く染みにし　深く染めてば　紫深き

【薄色】［うす紫。うす紅］　薄色の●薄色の裏　薄色の衣

濃淡 薄く濃き　薄さ濃さ●こくうすくなる　濃くも薄くも　濃さも薄さも

色浅し　浅き色わく　浅らの衣　色まだあさき

【金色】　黄金色●金の油を　金の光背　金の火塵ぞ　黄金の紋は　黄金向日葵　金色なる手　金色の光

【銀色】　銀光溢れて　銀箏を払へ　銀より白き　銀の雨　みづがね色に

【茶色】　鶯茶●代赭色せる　茶色の帽子

赤

【赤】　青き赤き　あかあかと　赤帯の　赤合羽　赤かりき　赤き糸　あかき稲の　赤き雲　赤絹の　赤き羅紗の　赤く錆びし　赤朽葉　赤袈裟着て　赤駒に　赤しやつを　あかの餅　あかひもの　臙脂色は　匂赤し　のど赤き　日に赤く胸あかう　眼は赤く●あかいろの扇　赤土器は　あかき色なる　赤き頭と　赤きが悲し　あかきくちびる　赤き首綱　赤き子供の　赤き小旛の　赤きころかも　赤き色紙に　赤衣着たる　赤きはうつしき　赤き茨の実　あかき蚯蚓の　あかき夕暮　赤く枯れし　赤く錆びし　赤ただれたる　赤電車に　赤単衣　赤裳かゝげて　赤裳濡らして　赤裳ひづちて　赤ら小船に　あから橘　あかう見ゆるに　あまりに赤しよ　一輪赤くいと赤らかに　いよ〳〵あかく　烟突が赤し　面赤くて　面を赤く　頭赤き雀　船室に赤く　白き赤きを　赤衣の剣を　赤面の修羅　つぶらにあかし　濁りて赤し　火よりもあかき　夕光あかし／ししむらの色

赤む　赤みたる　赤めける●あかくなりたる　あかくなりなん　赤らみたり　面赤みて　面ぞ赤むや　髭の赤らむ

赤らひく　赤くかがやく。赤みを帯びて美しい　あからひく●あからひく日の

緋　緋幡の　緋金錦ども　緋の法衣●緋衣の妖僧　ひ桜の花／思ひの色の

茜　茜さす●茜匂へり　あかねばみたる

【丹】　さ丹着かば　丹つじの　丹の面の　丹の皿に　丹穂なす●にふの山田に　丹の穂にもみつ　丹の穂の面

【紅】　紅南瓜　くれなゐの　紅雲は　紅花盃　紅錦繡　紅閨を　紅燭あり　紅塵の　紅蜻は　紅潮は　紅宝石　紅房の　嘴紅し　紅紙燭●紅き葉がくれ　紅くなりきて　薄紅の　うすらに紅き　唐紅に　くれな

ゐあらふ　紅色に　くれなゐぞめの　紅なりと　紅なるを　紅にほふ　紅にさへ　くれなゐの油　くれなゐの色　紅の御衣　くれなゐの紙　紅の衣　紅の袴　紅ふかき　くれなゐ牡丹　紅燃ゆる　くれなゐよ君　紅を発き　血紅色の　紅衣の僮子　紅艶を見る　紅錦にして　紅羅の袖を　紅を放てり　濃き紅の　翠黛紅顔　翠帳紅閨　数片の紅　袖のくれなゐ　そのくれなゐを　端紅の　はてはくれなゐ　花は紅　芙蓉の紅　紅まへだれの

【紅蓮】[まっか]　紅蓮や多き　紅蓮落つらん

【紅梅】染め色の名。濃い桃色　紅梅の●薄紅梅の　紅梅襲　紅梅の紙　紅梅の衣　八重紅梅を

【朱】[赤]　朱塗りたる　朱の血は　朱の寂びし　朱華色の　桃の朱や●秋はあけにも　朱の衣を　朱の玉垣　朱も緑も　いづれか朱の

【赭・朱】[赤。赤土]　赭土の　そほ船の●赤のそほ船　真朱足らずは　真朱掘る岳

【桜色】うす赤み　桜色　さくらいろの　薔薇色の●茎うす赤き　桜いろなる

白

【白】いと白う　いと白く　色白う　色白く　鷺は白く　霜しろき　白襲　白重　白橿の　白壁に　白々と　白菅の　白鷹の　白塗の　白細砂　白真弓　白き襖　しろき綾　白き狗　白き紙　白き衣　白き皿　白きしもと　白き裾　白き玉　白き乳の　白き手より　白き額　白き華　白き単衣　白き紐　白き札　白き麦　しろき夜に　白き米　白くあれば　白眼　白桃の　白を敷き　足袋白し　波白し　根を白み　軒白し　白桜の　白乳に　白芙蓉　仄白き　みな白き　雪しろし●秋かぜしろき　秋の鬚白し　雨は白くして　あらしも白き　板のしろさに　一山白き　妹が白紐　入日もしろし　色白からむ　色の白きを　氏神白鳩　淡海の白猪　沖の白洲に　面を白く　顔蒼白き　垣ねもしろく　頭白かる　幽かに白し　霞も白く　悲み白し　釜の上しろく　髪も白けぬ　烏の白頭　寒玉白し　木木しらじらと　岸白うして　清き白浜　銀より白き　草の上白く　雲居にしろき　黒う白う見え　黒酒白酒を　小石の白を　米の白さに

霜よりしろき　白葦毛なる　白柄の長刀　しらしら見ゆる　しらすの庭の　白ら松原　白麻衣　白ううつくしう　白う清きは　しろう光れる　白き麻衣　白きうす物　白き羅　白き扇を　白き踵の　白き限りを　白き帷　白き蛾のあり　白き唐綾　白き色紙の　白き腕　白き乳房の　白き月をも　白き灯籠　白きに化りて　白き猫ゐる　白きはうるみ　白き畠にも　白き提子に　白き干瓜　しろき夕ぐれ　白きを踏めば　白きを見れば　白くかぼそく　白く咲けるを　白くそびやか　白く小さく　しろく粒だつ　白く積もりて　白く濁りたる　白く見えつる　しろく見ゆらん　白くもきねが　白しこゝらも　白しとおもふ　白のだりやの　白もまじらぬ　すがたはしろき　滝のしらあわたて髪白く　友船しろき　鳥か白帆か　練色の衣　萩の葉白き　白鷗と共に　白蘋の花を　一叢しろき　文のうへしろく　まきの葉白く　松の葉白き　眩ゆき白光　みかげも白し　空しく白し　むら〳〵白く　八十島白し　山に白きは　よねの白櫃　夜の河白く

真白　真白なる　真白にぞ　真白にて●真白に見え　真白斑の鷹　ましろき腕　真白き翅　ましろき花ぞ

白雲　白雲の●跡の白雲　居る白雲の　かかる白雲　かけぬ白雲　白雲ならぬ　末の白雲　立てる白雲　なほ白雲と　花の白雲　まがふ白雲　峰の白雲　八重白雲か

白菊　白菊は　真白菊●白菊の花　冬のしら菊

白糸　白糸の●瀬々のしら糸　滝の白糸　波の白糸

白妙　白色。白い布　白妙の　白栲の●笠しろたへに　白妙にして　袖は白栲　羽根しろたへに　まゆ白妙に　みな白妙の

白木綿　かゝるしらゆふ　白木綿咲ける　白木綿花に

黒

【黒】　色黒く　岩黒き　海黒き　小黒水　鉄漿黒く　黒き岩は　黒き紙に　黒き衣　黒き雲　黒き袴　黒くなりて　黒けぶり　黒小袖　黒潮の　黒塚に　くろとりの　黒瞳がち　黒猿は　鬚黒に　ひた黒なる　檜皮色●歩め黒駒　軍真黒に　いみじく黒き　色が黒くは　色黒うやせ　色黒き人　色は黒くして　海阪黒し　海の黒さよ　甲斐の黒駒　顔黒き猫の　かぎり黒くて　かげ黒き街　鉄漿

黒々と　鴉色なる　烏は黒し　黒岩のうへに　黒牛の海黒うまたたき　黒きけものの　黒酒白酒を　黒き筋なし　黒き布もて　黒き猫さへ　黒き御車　黒き御衣を黒くこごれる　黒く沈める　黒栗毛なる　黒白の浜黒白まぜよ　黒箱の蓋　黒馬の来る夜は　黒鳥は体菅島の黒　その黒色を　たゞ黒ければ　縫ひし黒沓檜皮色の衣　服黒くして　夜の黒きこと

黒む　黒みもせず●黒みはてたる　黒みわたりて　黝めるみどり　つゆ黒みたる　古り黒みたる　夕黒みゆくを

か黒し　か黒き髪に　かぐろき土に　か黒みわたる

【灰色】　灰色の壁　利休鼠と

鈍色　青鈍なる　青鈍の　うすにびの　薄鈍の裳　椎鈍の●青鈍の綾　濃き青鈍の　椎鈍色の　鈍色の紙

薄墨　うす墨に●薄墨なるを　薄墨の袈裟

青

【青】　青嵐　青貝の　青き赤き　青き息青き紙　青き小鳥　青き表紙　青き水　青朽葉　青衿着け　青雲の　青黒の　青蘇の青簾　青摺の　青葛　青波の　青嶺ろに　青の峰　青海苔や　青淵に　青緑　青水沫　青梅の　青やかに碧よりも　いと青く　色蒼く　濃く青き　青蓮花　青雲の　青紙に書く　青苔の　青燈は　青鹿は　蒼雲は蒼々たり　ただ青き　濡れて青し　淵青く　古あをき水あをき　斑碧の　緑青の●青天地に　青あらしかな青色姿　青色を着て　青垣隠り　青垣山の　青香具山は　青き薄様　青き男が　青き果食らふ　青き蓋　青き草見え　青き食物の　青き夏山　青き庭石に　青き御衣を　青きも交る　青苔むせり　青磁のかめの　青瓷の盤に　青裾濃の裳　青羽は色も　青葉まじりの青原を来も　青鬼灯の　青麦の果　青羅紗のうへ　碧漣漣たる　雨の青葉に　いと青やかに　いよ〳〵青く　高麗の青地の　沈みて青き　青蓮の花を　青山に入れば青蠅の来りて　蒼波の水屑　蒼茫として　その色青く立し青鷺　ねぎの青鉾　光青透く　山蚕は青く

青む　青ばみたる　蒼みたり　青みます　青みわたり芹青む●蒼みて来り　青みて迫る　青みはてたる　青み渡りて　あほみわたりぬ　うすら青みて　山青むころ

真青［真っ青］　色は真青に　さ青に芽吹く　さ青なる君が　なかにさ青に　ひたに真青き　真さをに光る　胸毛純碧の

空色　空色の●空色の紙　空色の橋の　水色のきぬ

【紺】　紺青を　紺の襖　紺の布●紺青ながす　紺の水旱　紺の腹掛／紺掻の

【紫】　紫地の　むらさきの　み紫　●あをしむらさきえんじむらさき　藤の色めく　紫革して　紫硯　紫裾濃の　紫だちたる　紫に見ゆ　紫の色　むらさきの紙紫の衣　むらさきの雲　紫の袈裟　紫の袖　紫のはちす

濃紫　濃紫●濃き紫に　濃むらさきの花　深むらさきの　紫深き　紫ふかく

薄紫　紫苑色●うす紫や　紫苑の衣の　淡紫の　若紫に

【藍】　藍摺の●藍をながしぬ　夏は二藍　山藍の色は

縹［うすい青］　薄浅葱　濃い縹　水縹の●浅縹の紙　縹に染めし　花田にまじる　花田の糸を　縹の帯の　はなだの帯は／薄二藍　花の色を

浅葱・浅黄［うすあお］　薄浅葱●浅黄上下　浅黄とやせん　浅黄の打衣　あさぎの帷子

【緑】　青緑　翠色は　翠嶺を　草色は　深緑　緑老いみどりなる●朱も緑も　暗緑色の　糸のみどりぞ　糸は緑に　色のみどりに　上の緑を　海のみどりを　影のみどりと　君がみどりに　苔のさみどり　苔のみどりに　翠黛紅顔　袖の緑ぞ　水の緑の　みどりに靡く　緑にも敷く　みどりによどむ　緑の糸を　翠の色に　緑のオアシス　緑の衣　緑の袖の　みな緑なる　緑青の色

碧　碧よどみ　碧玉の　碧羅綾　碧流に●碧羅を把りて　碧浪金波　碧を添へたり

黄緑　浅緑　黄緑の●浅緑なる

黄

【黄】　黄朽葉の　黄なるより　黄なる木の葉　黄ばみけり　黄塵に　黄蝶は●色黄ばみたる　薄黄ばみたる　黄なる泉の　黄なる花粉の　黄なる生絹の　黄なる洋灯の　黄にして立つに　黄にたてにけり　黄花と絳葉／いはぬ色をば

萌黄・萌葱　萌黄匂ひ●萌葱のかげに　柳の萌黄

美

【美し】 美しき　いつくしくて　いと美々しく　愛しき　うつくしげ　うつくしむ　美くしや　美し君　真善美　西施の美　美人にて●あな美しやな　あらうつくしの　いとうつくしげ　うつくしかりつる　うつくしきこと　うつくしきちご　美しき時　美しき人　美しき姫　美し君の　うつくしきもの　美しく甘き　うつくしければ　美しとのみ　うつくしうきよら　ことに美しく　白ううつくしう露のうつくし　虹うつくしく　美女が首をば　美女に月ふれ　美人は言はねど　人うつくしき　美男におはすびびしきをのこ　みなうつくしき　見るにうつくしゆゝしう美し／色の限を　迦陵頻なる　翠黛紅顔　嬋娟たる　桃李の装ひ　瞼は芙蓉　夭桃の

【清げ】［美しい。きれいだ］　いと清げ　清気なる　灰清げに●あたら清し女　清げなるをのこ　清げなる人　清げなる童　きよげにものを　車清げに　庭いと清げ

花の（花のように美しい）　花の頸は　花の唇　花のたもとに　花の錦を

厳し　いつくしう●あないつくしき　厳し気なれば　いつくしきかも　厳し気なり　はえていつしき

丹つらふ（顔が赤く照り映えて美しい）　さ丹つらふ　丹の穂なす●丹つらふ妹は　丹つらふ君を　丹の穂の面

あえか（なよなよ。はかなげ。上品）　あえかなる　なよびかなる　なよびかに●あえかに見えたまひ

【麗し】　美しかり　麗はしき　愛しと　うるはしみ●色うるはしう　うるはしき糸　うるはしき髪　うるはしみせよ　形美し　髪うるはしく　大和しうるはし

美麗　美麗物　美麗なる●形美麗に　端正美麗

麗し・細し・妙し　うら麗し　麗し妹に　麗し女を　花妙し　まぐはしも●あやにうら麗し　糸の細しさ　色ぐはし子を　くはし少女が　妙しき山ぞ　くはしはしばみ　くはし若芽は　ま麗し児ろは　まぐはしみかも

妙なり　妙なりし　たへなれど　妙音の●妙なる蓮　文花の微妙

【可愛し】　愛盛り　しほらしく　つぼいなう　わが目妻●男かはゆし　馴れてつぼいは

らうたし（いとしい。いじらしい）　労たきこと　らうたげなり　らうた

げに　らうたしと　らうらうじき　らうらうしく●い
とらうたきものに　いとらうたげに　いみじくらうた
き　らうたがりけり　らうたき人の　らうたげなめり

【優・優し】［上品。優美］　眉やさし　優なるに●花靫や
さし　やさしかりしは　やさしきかたも　優しき魂や
やさしき手もて　優しき眉も　優しの小傘　優なる姿

【艶】　あだめきぬ　艶げにも　花の艶を●市に艶なる
艶なる硯　艶なる文を　艶に透きたる　紅艶を見る

艶めく　はなつやの●艶ある髪を　つやめき寝腫れ　つ
ややかなるが　濡れて艶ある

なまめかし　なまめいたる　なまめかし　なまめかしう
なまめきたり●いとなまめかし　萎え嬌めける　なま
めき化粧じて　なまめき立てる　野辺になまめく

色香［いろつや］　色香に染み　色香をば　色も香も●あ
かぬ色香は　色香に染まば　色も花香も　色をも香を
も　おなじ色香に　はなのいろかは

【映ゆ】　色はえて　月に映えて　夕映ぞ　夕映えて
雪に映え●赤きはうつしき　いとはえばえし　野路の夕
ばへ　はえていつしき　栄る芍薬　夕ばえしたる

【華やか】　華美さ　華美なりし　はなばなと　はなや
かに●華しきことを　はなやかなるに

鮮か　あざやかに　鮮かなる　鮮かに　鮮けき●鮮 な
いろ　鮮かなる鯛　あざやかなるに

【玉】［美称］　玉霰　玉江漕ぐ　玉垣は　玉鬘　玉葛
珠衣の　玉櫛笥　玉櫛の　玉釧　玉笥には　玉琴の
玉さゝの　玉簾　玉襷　玉垂の　玉椿　玉蕾　玉の床
玉の人　玉箒　玉水を　玉盌に　玉藻なす　真玉手の
●玉魚を羨み　玉の井の水　玉の台も　玉の小琴の
玉のかざしを　玉の声せし　玉の簾を　玉のすみかを
玉のはこかな　玉のまさごの　玉の童女に　玉の装ほひ
珠橋渡し　玉裳ぬらしつ　ゆらぐ玉の緒　わが玉床を

玉敷く［美しい石を敷いた］　珠敷きて　玉敷ける●珠敷かましを
玉しくなぎさ　玉しく宮の

【瑞々し】　瑞花の　美豆山の●賀茂の瑞垣　みづえ動
かす　瑞枝さゆらぎ　瑞穂の国を

端正　端厳の　端正の●端正にして

きらきらし 光り輝く。美しい　爛しく　きらきらしう　きら丶なる　端正しきに

【良し】 朝目よく　魚ぞ善き　夏月は好く　蔭もよし　かたちよき　君はよし　きれのよく　ことよきは　月夜よし　月を良み　手よく書き　花を吉み　人はよし　好き塩梅　よき家の　よき男　よきことの　吉き人に　よき童　よく諷ひ　よしあしの　よしといひし●新しき良し　犬の面よし　女のよささや　爪音よくて　花のかほよし　好き筆をえて　よきもあしきも

美し［すばらしい］　美し君　美稲の　うまし夜は●美し宴の　うまし調を　美し契の

宜し［好ましい］　宜し女を●家によろしき　音のよろしさ　言のよろしさ　春日よろしみ　斎酒の宜しも　宜しかるべし　よろしき男　宜しき島々　宜しき山の

【匂ひ・匂ふ】 匂い。輝いて色が美しく見える　匂赤し　匂ひいでる　匂ひ来る　匂ひしも　匂ひたる香

匂

匂ひまさり　にほひやかに　匂をば　匂ふ夜や　香少女　にほやかに　灯ににほふ　眉の匂ひ　満ち匂ひ　身に匂ひ●飽かぬにほひを　茜匂へり　貴に匂へど　いとゞ匂も　いと匂ひやかに　上ににほはむ　うたて匂ひの　梅にほふさと　梅は匂よ　惜しきにほひを　笑まひのにほひ　惜しきにほひを　折らぬ匂ひは　折る袖にほふ　香こそにほへれ　風の匂はす　かめに匂へる　香や匂ふらん　着てにほはばか　君がにほひの　紅にほふ　心ににほふ　こぼれてにほへ　衣にほはし　しばしはにほへ　末までにほふ　関路に匂ふ　底さへにほふ　そこも匂へり　袖さへにほふ　園に匂へる　空さへにほふ　それかと匂ふ　月もにほひに　露に匂へる　とさかのにほひ　なほにほひける　なくねも匂ふ　匂ひ飽くとは　匂ひあまたに　にほひいでたる　にほひをこせよ　にほひ劣りて　にほひ来つらむ　匂ひこじとや　匂ひこぼる丶　にほひしめりて　にほひそめたる　匂ひたる顔を　にほひ散れども　にほひ冷たく　にほひて行かな　匂ひなくとも　にほひなるらむ　にほひにほひて　にほひに照れる　にほひになりぬ　にほひにむかふ　にほひに愛でて　匂ひぬるかな　にほひの深く　にほひばかりぞ

にほひは繁し　匂ひ袋の　匂ひましける　匂ひみちたる　にほひもあへず　匂ひゆくらむ　匂ひをおくり　匂ふあたりに　にほふ板椽　にほふ色さへ　薫ふがごとく　にほふ児ゆゑに　にほふなごりに　にほふ榛原　匂ふほどなく　にほふ黄葉の　にほふも雪と　にほえ栄えて　匂へる秋の　にほへる妹を　にほへる香かも　香へる君が　にほへる雲の　にほへる衣　にほへる里に　にほへる園に　香へる浪に　にほへる山の　にほへるわが裳　匂はす宿に　薫はむ時の　はるかににほふ　日影もにほふ　ほつ〳〵にほふ　まがへて匂へ　四方にゝほへる

香

【香】［におい。かおり］　色も香も　梅が香ぞ　香のあやしう　紙の香など　香はとめず　香をさそふ　香をとめて　香をとめば　香をとめん　行香の　薬の香　髄香る　浅香の　袖の香を　たれが香に　匂ひたる香　肌の香と　花の香に　蜜の香を　梅の香の　名香は●秋の香のよさ　あはれなる香は　娥しき香の　おしろいの香を　香こそしるけれ　香さへなつかし　香ぞことごとに　香にこそ似たる　香にぞしみける　香にもこそ染め　香はまさりける　香やはかくるる　通ふ香水　香をたづねくる　香をたづねてぞ　香をだにぬすめ　香をだに残せ　香をなつかしみ　香をば惜しまん　香をば梢に　香をばつゝめど　香を降りかくす　香をやは人の　香気は浮び　香にしみたる　この む香水　袖の香ぞする　にほへる香かも　花の香かどふ　花のかぞする　花の香ふかき　乾くさの香を　また花の香を　むかしの香にぞ　幽香を嗅ぎつつ　羅衣の御香に　蘭の香たつや　涼風に香の

移り香　移り香は　残香は●うつり香濃くも　移香尽きず　香衣に移る　衣の移り香　誰が移り香に　にほひかうつせ　にほひをうつす　のこる移り香　人香にしみて

花香　香気。美しさ　花香の酒　花香あれ●茶の花香　仏に花香

正香　妹が正香に　君が正香そ　たゞかばかりも

本つ香　本来備えている香　もとつ香に●もとつかをりの

芳し　香細しみ　香しき　芳園の●風芳はしき　香をかぐはしみ　露は香しく　百花香し／われもかうばし

【薫る】　薫りあひ　かをりあふ　薫り出でゝ　風かを

る●菖蒲ぞかをる　いまもかをるか　香らざらめや　かをらざりせば　かをりあひたる　薫りし袖に　かをるあたりは　かをるぞ風の　かをるぞ花の　かをる枕の　かをる松風　かをれる野辺に　かをれる日より　かをれる宿の　かをれる雪の　風をかをらす　紙にかをりを　雲こそかをれ　こゑのかをると　虚空に薫じ　しめりてかほる　ちる露かをる　匂ひかをるに　ひかりも薫る　まみのかをりて　湯の気薫じて

【薫物】 香木や香料を練り固めたもの。加熱して香りをたたせる　薫衣香　香を薫ず　たきしめたる　薫物売●薫物合　薫すれど　薫物たきて　薫物の香は　人の薫物　一室を薫す／香壺の箱を　香の篋を　紫麝を薫ず　麝香給はり　麝香の香に

空薫 どこからともなく漂う　空だきの　虚薫の香●空だきものは

香木・香草　香の物　香草は　香木の　香塗れる●香りの草は　香の木の実を　牛頭栴檀と　栴檀沈水

沈香　沈香ばし　沈の花足　沈の箱　沈の榾●伽羅の烟と　沈香にては　沈の切れはし　沈の文箱に　沈の枕を

香炉　袖香炉●ちひさき火取　火取りの童

興

【雅び】［優雅。風流］　数寄者等　風流なり　風流びたる　風流なみ●心風流なり　すきたる者に　数寄にはあらねど　ながめの深き　なさけありし　囃す風流は　風雅の道ぞ　風流の品ぞ　風流の庭　雅も知らず／ゆゑだちありく

雅び男　遊士と　みやびをの●おその風流士　みやび男ぞ寝し／をとめ有心者　みやび少女が

【殊・異】［格別］　ことに澄みけり　ことなる事は　ことのほかなる　しらべはことに　月ぞこよなき　鳴く音ことなる　なくねもことに　光ことなる　夜半はことさら／異香普く　艶ず　嵯峨野さらなり　月もえならぬ　花もえならぬ　舟ぞえならぬ　尋常ならぬ

【面白】　おもしろの　おもしろみ●あな面白と　音おもしろき　おもしろき紙絵　おもしろきとは　面白くして　面白のお月や　面白の身や　おもしろの世や　げにおもしろや　こゑおもしろみ　月おもしろし　鳥おもしろき　ふとおもしろく　やれ面白や　雪おもしろき

【興】　興宴の●興がる友と　しばしの興に　舟の一興

鞦韆の輿　雪に興ずる／すさびなりけり

【をかし】　可咲しかり　をかしがり　をかしくも　をかしやかに　鞠をかし●うしろもをかし　海にをかしき　をかしき顔して　をかしきにほひ　をかしげなる猫　かをりをかしき　髪をかしげなる　唐めきをかし　聞くにをかしき　時雨をかしき　みえてをかしき　若うをかしき　われもをかしと

【賞づ】　聞めでゝ　名にめでて　愛で聞ゆ　めでぬひとめでましや　愛でられて●あらたにぞめづ　あらはにめでば　色にめづとや　色にやめでむ　神もめづらむ　桜めでかな　月を翫び　月をも賞でじ　にほひに愛でて　花はめづれど　愛づる朝かな　めづる月かな／月をもてなす　花もてはやす　もてはやさるゝ

賞美する　賞はずて●梅を賞はむ　しのばざらめや　年に賞美はめ　見つつ賞美はむ　夜を賞するに

【月見】　月にあそべ●月見あそびに　月見に来よと

【花見】　桜狩　花の興　花見虱　花見にと●女花見の　花が見たくば　花のなごりと　花見がてらに　花見車の　花見し春は　花見てふねに　花見の御幸と　花見の酒の　花見もどりか　花見ん人に

物見　祭見に　物見ける●車の物見　祭物見の　物見車に　物見む心

才

【才】　才ある人　才かしこく　ざえなしと　文才を●一の才にて　女子の才は　閑院の才　才ある法師　才ふかき師に　とり〴〵の才　風月の才　無才の博士

上手　鍛冶の徳　手聞にて　笛の上手●鳴呼絵の上手　鍛冶の上手を　教化の上手　笛に器用の

【立派】　器量しく　金屋の　金鐘の　ゆゆしとか

真洞（立派な場所。まほろば）　日の真洞●国のまほらぞ　国のま秀らま　空の真洞は　真洞にかかれる　若葉の真洞

めでたし　めでたきは　目出たやな●いとぞめでたきや　散るぞめでたき　真猿目出たい　めでたがらるゝ　めでたき垂氷　めでたく見えて／善哉なれや

物めかし［ひとかど］　もののしく●ものめかしくは

【勝る・優る】　今こそ益れ　貌優るがにや　君には益

さじ　人にまされる　まさりおとらぬ　まさりしもせじ　勝れる宝／名大将

【**誇る**】　咲ほこり　ほこらへる　ほこりかなり　ほこりかに●男の誇　世路に誇れども　鯛釣り矜り　小さき誇りに　ほこる塗棚／面立たし

自慢　子自慢の　人衒らふ　われぼめや●国自慢する

【**類ひ無し**】　たぐひなき●子ぞたぐひなき　しくものぞなき　比ひあらめやも　たぐひ知られぬ　たぐひだになし　たぐひに過て　類もしらぬ　並無き者　ならぶ花なき　世にたぐひなき　世に並無く／大み器を肩を並ぶる　天下一の　二つ無し

劣らぬ　劣らじを●雨に劣らず　いづれ劣らぬ　劣らずぬらす　劣らぬ君が　雲に劣らぬ　小院に劣らじ

見るべき［すぐれている］　見べき山水　みるべき花と

【**勇まし**】　いさましの　勇みたる　英雄の●勇みたるが居て　勇むばかりぞ　いさむものゝふ　投るいさみや

雄大し　河雄大し　けさとほしろし　雪とほしろし

雄雄し　ををしさは●畝火雄々しと　雄々しき影も雄心も無き／勇健なれ

【**太し**】　臓太に　太きよし　太祝詞●魂太く　太き心は　ふとしき心し　ふとしき立てて　ふとしく建し

頼もし　たのもしき　たのもしげ　たのもしな●たのもしきもの　たのもしくてや　床もたのもし

幸

【**幸**】　さいはひの　幸くあらば　幸御魂　福の　幸くあれて　幸ぞとも　女の幸い●いかに好去くや　いと幸と　さいはひがある　幸く在り待て　幸く坐すと　幸く来ませと　幸くよけむと　幸はふ国ぞ　幸くあり待て　幸とすべけむ　幸までしるか　小さき幸を　真先くあらば

恵み　雨露の恵み●親のめぐみは　めぐみぞ深き　恵にあるゝ　めぐみをぞまつ

【**祝ふ**】　祝ひ置きし　祝ひつる●いはひの杖の　いはふ心は　祝ふ宿には　竹もていはふ　千代もといはふ

寿く［祝い言をとなえる］　ことほがむ　千年寿き　寿きとよもし●宇を賀きて入り　千年寿くとぞ　祝く豊御酒に

【**真**】　真なるか　まことしく　まこととも　真実にも

状態

●赤き心を　うそもまことも　聞くはまことか　ふちもまことの　実あり得むや　まことすくなき　誠に知んぬ　まことの姿　まことの道に　まさしきすぢを

【貴し】　価なき　あなたふと　あな尊と　けだかけれ　尊かる　たふときや　貴気に　やんごとなく●うづの御手以ち　梅のたふとさ　聞けば貴み　今日の貴さ　けたかき男子　ここだ貴き　高く貴し　たかしたふとし　尊き聖　誓ひ尊し　貴かるらし　尊き涙　貴き山の　貴きわが君　貴く嬉しき　貴くもあるか　貴び願ふ　はなのたふとさ　まこと貴く　見るが貴さ／賤しからず

貴　あてやかなる　貴やかに●貴に匂へど

潔し　潔き●くもりなき身ぞ　くもりなき世に

操　みさをなる●みさをなるらん　みさをにもゆる

栄

【栄ゆ】［栄える］　栄華にも　笑み栄え　栄耀にも　栄少女　栄えたる　栄映ゆる　栄ゆべし　千歳栄　立ち栄ゆる　物の栄●栄華の花に　栄耀の果や　影にさかゆる　郡ぞ栄えむ　さかえきにけり　栄えし君の　栄えぞまさる　栄えてあり待て　さかえていませ　さかえて立てる　さかえにぞ見る　さかゆく時も　さかゆく御世の　栄ゆる御代こそ　たち栄ゆべき　豊さかのぼる　にほえ栄えて　御代栄えむと　豊かに栄え／国豊かなる

勢ふ　いきほひを●勢　たけき　洋々として

今めく　いまめかしき　今めきたる　流行るもの●今めかしき人　いまやう色の　時の人にて

【盛り】　愛盛り　盛ぞと　さかりならぬ　盛のみ　花盛り　ひとさかり　世盛りや　わが盛●あかぬ盛の　あたら盛りを　いつ盛りとも　いまぞ盛りと　君が盛りを　けふさかりなり　恋のさかりと　さかり過ぎたる　盛りすぐるを　さかりなりける　盛りなりとも　盛りなるらむ　盛りに咲ける　さかりになりぬ　さかりの命　さかりの色に　さかりの花の　さかりひさしき　盛りふけゆく　さかりを見むと　ただひとさかり　露のさかりを　萩の盛りを　花やさかりに　まださかりにて　よきも盛りは　我が盛りはも／雨に時めく

【賑はふ】　にぎはしき●さともにぎはし　所にぎはふ

状態

にぎはひたりし　にぎはひにける　にぎはゝしきに　にぎはゝむ家　花ぞ賑はふ　町のにぎやか　遊糸繚乱

清

【清し】　かぜはきよし　清き衣　清き瀬に　清き時　清ければ　清らなる　口清く　言清く　清光は　清涼の　底清き　空きよく　月清し　肌きよく　夜気は清く●いと清らにて　いとけうらにて　いよ〳〵清く　声の清きは　川の瀬清し　清き荒磯を　清きかぜふく　清き川瀬に　清き川原を　清きこころは　清き自害を　清き白浜　清きその道　清き月夜に　清き流れに　清き渚に　きよき名のみぞ　清き浜廻を　清きみぎはに　清き山辺に　きよきいふべに　清く曇らぬ　清く清けし　清く涼しき　清く照るらむ　きよく晴ゆく　清く吹たつ　清く見ゆかも　清く忘れて　清めつくして　清らをつくし　けうらの男　白う清きは　清秋に響く　瀬の音そ清き　底清くすむ　月かげ清し　月清ければ　庭さへきよく　白露は清く　光は清く　風露も清く　見れば清しも　虫のね清く

清み［清いので］　底清み　月きよみ　には清み　浜清み　水清み●川戸を清み　心清みや　滝を清みか　月夜を清み　光を清み　水底きよみ　山川清み

【清か】 明瞭。澄みきっている。明るい　あな清明　枝さやに　さやかなる　さやけきに　さはらかなる●いよよ清けく　入江さやかに　音の清けさ　影のさやけさ　河し清けし　河音清けし　こゑさやけしも　さやかならねど　さやかに空のさやかに夏の　さやかに見よと　清けかるらし　さやけき月を　さやけきほしは　清けき見つつ　清けき見ればさやけく清し　さやにうつろふ　清に見もかも　清にも見えず　さやにも見しが　さらさらさやけの　瀬を清けみと　太刀のさやけき　玉さへ清に　月さへさやに月の清けさ　つのさへさやに　爪さわやかに　光さやけき　みをとさやけし　道さやかにも　見るが清けさ見れば清けし　目にはさやかに／かはらかなりや

【冴ゆ】 月や星が寒い夜空にくっきりと見える。色や音がはっきり感じられる　うらさえて　影さえてさえわたる　さゆと見えて　さゆるにも　庭さゆるよるさえて●さえしわたれば　さえたる月は　さえて星飛ぶ　さえても出づる　さえても月の　さえまさり

状態

けるさえ行くままに　さゆる月影　月さえわたる月さゆる夜の

【澄む】 きれいになる。さえる。しんとする　池にすむ　掻澄し　影すみて　声澄て　澄ましやり　すみすみて　澄みぬれば　澄みのぼり　澄み果てし　すみはて、　澄みまさりて　澄わたり　すむ月に　すむとても　澄むまでよ　月の澄む　真澄鏡●いかですむらん　泉にすめる　いたくな澄みそ　大路を澄し　かげすみはてぬ　影は澄みけり　からりと澄し　くまなくすめる　汲むたびに澄む　声澄み渡る　こゑのすめるは　心すみぬる　すましてぞ聞く　すまぬに影は　澄みゐて飛ばず　澄みてかなしき　澄みまさりける　すみゆく水に　すみわたるかな　すむこころかな　すむべき影ぞ　清べきまでは　すむもすまぬも　すめばや影の　すめる心は　澄める月影　澄める夜の月　底まですめる　空澄みわたる　空澄む月の　そらにすむらむ　千歳に澄める　月ぞすみける　月のみぞすむ　つれなく澄める　にごらで澄める　のどかに澄める　光得て澄む　人澄みて後　水上澄める

著

【著し】 はっきりしている。きわだっている　著ろく　しるきかな●いちしろくしも　いちしろけむな　おもひはしるく　影にてしるし　香こそしるけれ　国風しるき　声の著けく　今宵著しも　桜はしるき　しるきあけがた　しるきともし火　しるきみやもり　しるくし発たば　著く見ゆるは　すがたにしるく　そらにしるけり　なきにしるきを　夏はしるしも　にほふにしるし　ねよりぞしるき　春ともしるく　鄙とも著く　ふるまひしるき　目見はしるしも

隠れなし　かくれなき身を　身はかくれなき

曇りなし　翳なき●くもりなきこそ　くもりなき身ぞ

【顕る・現る】 表面に出る。人に知られる　あらはすも　あらはれても　現れば　顕しくも　現じたる　真現はに●顕さめかも　あらはなるまで　あらはなるみち　あらはに見ゆる　あらはに燃ゆと　あらはれ初る　顕れめやも　あらはれわたる　いつあらはれて　顕証に見えて　こやもあらはに　底もあらはに　つまもあらはに　床あらはなる　みかげあらはに　みぎはあらはに　山もあらはに

出来（いでく） 表に現れる。人目にたつ　いでくれば　火いできて●出来（いでく）るまでは
色に出づ（いろにいづ）　色に出でて●色に出づ（ず）なゆめ　色に出でずと
も　色に出でにけり　色にな出でそ　色には出でじ
穂に出づ（ほにいづ）　いざほに出（で）なむ　風もほに出（い）でぬ　穂に出（い）で
て妬（ねた）き　ほに出（い）でぬ恋ぞ　ほには出（い）でじと
【きはやか】［際立つ］　きはゞしう　きはやかに●き
はぎはしきは　きはやかなるも　めだゝしくして
けざやか　けざやかに●けざやかに見ゆ
【偏に】（ひとえに）［一途（いちず）に］　一（ひと）しきり　ひとみちに　眼（め）もふらず
●ただ一道（ひとみち）に　花にかゝりて　ひとへごゝろの　ひとへに
惜（お）しき　ひとへにつらき　夢裡（むり）に過（す）ぎける
直（ひた）［ひたすら］　ひた黒（ぐろ）なる　直走（ひたばせ）に　ひたぶるに●おし
ひたすらに　ひたすらくたす　ひたすら袖（そで）の　ひたに
真青（まさお）き　ひたやごもりに　ひとつひたぶるに
ふりはへ［あえて］　さしはえて●あへて漕（こ）ぎ出（いで）め　あへて
漕（こ）ぎ出（いで）む　医師（くすし）ふりはへて　なみだふりはへ
【まことに】［本当に］　まことにや　まことわれ●まこと
いきたる　まこと貴（とうと）く　まこと柔（なご）やは　まことになして

まこと二代（ふたよ）は　まことも遠く
正し（まさし）　まさしきすぢを　まさしやむくい　夢のまさしき
げに　秋はげに●げに偽（いつわ）りは　げにおもしろや　げに
おろかなる　げに理（ことわり）や　げにぞかなしき

薄

【薄し】（うすし）　うす甘き　薄霞（うすがすみ）　薄瓦（うすかわら）　薄く濃（こ）
き　薄もみぢ　薄らかに　薄れ行（ゆ）かば　く
もうすき　月うすき　世に薄き●色薄尾（いろうすお）
羽（ば）に　薄い夕月（ゆうづき）　うすかすみつゝ　薄きかひなし　薄き
刀（かたな）の　薄きけぶりは　うすき氷（こおり）に　薄き心を　薄き衣（ころも）
は　薄きたもとに　薄きながらぞ　薄き羽（は）がひの　う
すき蒲団（ふとん）よ　うすきへだても　薄き眉根（まよね）を　うすく切
られし　うすくやならむ　薄紅梅（うすこうばい）なる　薄の契（ちぎ）りや
うすらかなしみ　うすらぐ雲の　うすれて消ゆる　傘（かさ）
の薄きや　きたるをうすき　少し薄らぐ　墨（すみ）うすきか
な　月しろうすき　花薄うして　ひとへに薄き　日も
やゝうすく　紅（べに）も薄らに
薄み（うすみ）［うすいので］　影（かげ）うすみ　雪を薄み●衣手（ころもで）うすみ
淡し（あわし）　淡淡（たんたん）たる　月は淡く●あはに結（わ）べる　烟（けむり）は淡く

【幽か】 幽かなり　かすかなる　かすかなる●おくかすかなり　かげかすかなる　かすかに声す　微に著き　幽かに白し　幽かに光る　かそかなるかも　かそけき野辺に　吟幽かにして　すべて幽けき　夜色は微

おぼぼし（はっきりしない。心が晴れない）　おぼぼしく　おぼぼしみ●おぼぼしからむ　おぼぼしみせむ　おぼめかしきに

【仄か】 ほのかなりし　ほのかなる　仄白き　ほのぼのと●すすきほのかに　ほのあたたかし　ほの色づきぬ　ほのかに妹を　ほのかに雁の　ほのかにこそは　ほのかに透きて　ほのかにすなる　ほのかにだにも　ほのかに照らす　ほのかに花の　ほのかに人を　ほのかに舞ひつ、　ほのかにまよふ　ほのかに見てぞ　ほのぼの明くる　ほの〲見つる　よるはほのかに／おぼぼしみ　片明り

ほのめく　日かげほのめく　ほのめきつれば　ほのめく秋の　ほのめくかげも　ほのめく風に

【儚し】 はかなしや　はかもなき●跡のはかなさ　今日もはかなく　暮ぞはかなき　こゝろはかなさ　せみのはかなさ　そらにはかなき　月日はかなく　露のはかなく　なきがはかなき　はかなき跡と　はかなき泡の　はかなき時は　はかなき筆の　はかなき虫に　はかなき夢に　はかなき世をも　はかなくあけて　はかなくあらば　はかなくくれて　はかなくさきて　果なくさめし　はかなく頼む　はかなく見えし　はかなさつげて　はかなやこゝろ　はかなやなきも　はなをはかなと　ほどのはかなさ　みさへはかなく　見てもはかなき　夢もはかなし　世は儚きを　我ぞはかなき

泡沫（水のあわ。はかない）　潮沫の　空像の　泡沫の

弱

【弱し】 いと弱げ　緒を弱み　影よわき　ひはづにて　弱からし　弱き水に　弱き者　弱げさよ　弱げなれど　よはりきて　よわるらむ●いつかよわらむ　思ひ弱ると　繊弱き草に　かよわきもの、　声のよわれる　声弱り行　はねよはくとも　まだかぜよはき　よわりこそせめ　よわりし魚の　よわりし駒や　よわり果てぬる　よわりもぞする　よわりゆきつゝ　弱る悲しさ　よわるは虫の

【細し】 いと細き　腰細の　ほそ冠者　ほそき糸を

状態

ほそき縁　細太刀の　細羽の　細筆に　ほそほそし　ほそやかに　細やかにて●あまりほそきは　陸を細めし　白くかぼそく　すこし細りて　躑躅のほそり　はたもの細き　ほそうて出づる　ほそき組して　細き眉根を　細ほそとして　繊やかな手の　ほそやかなるが

【細か】細々と●いとさゝやかに　こまかなる灰　細かに結へる　皺もこまかし　ぬかささやかに／委曲に　つばらつばらに

【脆し】あやなくもろき　声々脆し　さくらにもろき　花もろかりし　人もろかりし　微き命も　もろき涙の　もろき一葉は　もろき紅葉の　もろしとおもはむ

浮

【浮く】浮び出づる　浮ぶ泡の　うき雲の　うきぬれど　浮きぬれば　うき橋を　浮舟を　月泛んで　花うかび　船浮けて●嵐にうかぶ　岩井に浮くも　上にちりうく　浮びゆくらむ　うかぶ月かな　うかぶみなわも　浮かぶ世ぞなき　うかべるかもの　浮べる水に　浮き出づるやと　うき雲さわぐ　浮き沈む玉　うきしづむ身ぞ　うき立雲に　浮きたる雲と　浮きたる浪に　浮きて流れぬ　浮きて燃ゆらむ　浮橋渡す　うくかろ石の　おのれ浮沈す　酒に浮べこそ　島こそ浮べ　空にうかるゝ　ただ浮島は　誰か浮かべん　月にうかべる　沼の上に浮けど　船を浮け居ゑ　枕に浮ぶ　身こそ浮きたれ　見る目に浮くは　身を浮雲と　身を浮き舟の　夢の浮橋

【漂ふ】漂ひて　たゞよはゞ●風にたゞよふ　空に漂へ　たゞよひぬれど　たゞよふちりの　たゞよふ夏に　漂ふ　沖になづさふ　なづさひあかす　なづさひ来しを　なづさひ上る　なづさひゆくも　なづさひ渡り

【軽し】風かろく　かろからぬ　軽きこと　軽き身を　かろげなる　かろければ　軽びやか　かろらかに●軽き朝東風　軽さ覚えぬ　軽きを打ちて　軽びやかなる　かろらかにみを　心かろげに　罪かろきさま　人もかろげに　もみぢはかるし　雪は軽くぞ

【柔らか】嫋やかに　なよびかなる　なよびかに　なよびたる　なよゝかなる　なよよかに　なよらかに　和膚の　柔手こそ　柔かに　やはらぐる●柔やが下に

状態

まこと柔(なご)やは　やはらかき手を　やはら手枕(たまくら)

揺

【揺(ゆ)らぐ】 ゆたゆたと　揺り寄せて　揺るがるれ　揺落(ようらく)する●廬揺(いおうご)くなり　磯(いそ)もとゆすり　打ちて揺らるる　枝もゆるがで　沖(おき)に揺らるる　きのかはゆすり　草ゆらぐなり　ちうと(ちゅうと)ろ揺るぎて　地震(ない)が揺り来(よこ)ば　光りゆらめく　引きゆるがすに　灯影(ほかげ)ゆらめく　瑞枝(みずえ)さゆらぎ　ゆくらゆくらに　ゆすり起(おこ)すも　ゆらぐほどなき　ゆられ心(ごころ)も　ゆられて舟に　ゆりつつ鳴くも　揺(ゆる)がぬ岩の

いたぶる 激しく揺れる。ゆする　いたぶらしもよ　甚振(いたぶ)る波の

揺(あゆ)く ゆれ動く。動揺する　あゆかせばこそ　揺ける我(われ)を　揺(あよ)くなめかも　をしあゆかすな　ほしのあゆくと

たゆたふ たゆたひに　たゆたはゞ●情(こころ)たゆたひ　たゆたひにして　たゆたひやすき　たゆたふ命　たゆたふ心　たゆたふ波に　舟のたゆたふ　ゆたにたゆたに

【戦(そよ)ぐ】 うちそよぎ　風そよぐ　そよがして　そよそよに　羽(は)の戦ぎ●稲葉(いなば)そよぎて　稲葉(いなば)もそよに　木々(きぎ)は戦ぎぬ　木(こ)がらしそよぐ　歯朶(しだ)の葉戦ぐ　そよぎの音のそよぐ音こそ　そよぐを見れば　そよげる音の　そよと鳴るまで　そよともすぎず　そよめく宿(やど)に　真葛(まくず)そよぎて　枕もそよに　本葉(もとは)もそよに　やゝうちそよぐ

【垂(た)る・垂(しだ)る】 頸垂(うなじ)れ　しだり咲く　垂(た)れたれば　地(ち)に垂(た)れて●いみじう(じゅう)しだる　うちたれてきて　組(くみ)の緒(お)しでて　静かに垂(た)れて　垂(しだ)る小柳(こやなぎ)　枝垂(しだ)れそめけり　垂(すい)垂(すい)として　たゞしだりにも　たれたる竿(さお)に　垂(た)れ渡るらん　梛(なぎ)の葉しだり　諸穂(もろほ)に垂(し)でよ

【撓(しな)ふ】 たわむ。しとやか　しなひ長く　しなやかなる　立ちしなふ●しなひそめけむ　しなひにあらむ

【曲(まが)る】 臂(ひじ)を曲げて　曲路(まがりみち)●羽(は)おりは曲(まげ)て　曲れる枝も　曲れるはしに　曲廬(まげいお)の内に

歪(ゆが)む 頬(ほお)ゆがみ●ゆがみし石は　ゆがめる道を

【靡(なび)く】 うち靡く　生(お)ひ靡き　末(すえ)なびく　なびかじな　靡き立ちて　靡き藻(も)の　靡く方(かた)　なびくしで●磯(いそ)に靡かむ　うち靡きよな　霞(かすみ)になびく　風になびくな　かたになびかむ　草木もなびく　雲となびけり　木の枝(え)靡けり　すゑ吹き靡く　玉藻(たまも)なびかん　なびかずもが

なびかましかば　靡きおくりて　なびく秋風　なびく浅茅の　なびく尾花を　なびく草葉の　なびく玉藻の　靡くとぞ見る　靡け細竹原　なびけ萩原　靡ける萩を　羽風になびく　幡の靡は　初雪なびく　みだれてなびく　みどりに靡く　やはらぎなびく

【棚引く】　朝たなびく　霞たなびく　雲居たなびき　雲ぞ棚引く　雲な棚引き　煙のすゑも　たなびきてけり　たなびきわたる　たなびく小野の　たなびく霞　棚引からに　棚びく雲の　たなびく野辺の　たなびく山は　谷へたなびく　との引く山を　峰にたなびく

荒

【荒る】［荒れる］　荒々しう　荒小田の　荒かりし　荒駒を　あらすらん　荒たかは　あらだちし　荒床に　荒波に　あら畑　荒ましき　荒らけき　荒散し　荒にける　荒れぬとも　あれ残る　荒れ果つる　あれはてし　荒れまさり　荒れゆけば　荒れわたる　風あらみ　木は荒し　毛のあらもの　荒墟にも　荒墳の　荒落たる　荒涼たる　里は荒れぬ　床はあれて　とまをあらみ　籬荒れて●荒々しき夜　荒かりしかど　荒き島根に　荒き島廻を　荒き手にうけて　荒き浜辺に　あらくおろすな　荒草立ちぬ　荒くしをれて　荒くは分けじ　あらく分くなる　荒けき姿に　荒しその路　荒らしやしてむ　荒らしや果てん　荒だつまじき　荒ましき岸　荒山中に　荒るらく惜しも　荒れし垣根ぞ　荒しその道　荒れたる址を　荒れたる家に　荒れたる門の　荒れたる庭に　荒れたる軒の　荒れたる京　荒れたる宿ぞ　荒れにし床を　荒れのみまさる　荒れまくも惜し　荒れゆく庭に　いたくな荒れそ　をり〳〵あらき　垣ほ荒れにし　かぜあらく見ゆ　荒苔の雨　駒あるゝかも　沢べに荒るる　繁に荒れたるか　苫屋も荒れて　波あらげなる　波に荒すな　宿はあらして　山風あらく　雪ふり荒れたる　夜床も荒るらむ

荒らか 荒々しい。粗野　あららかに言ふ　心荒らかに

荒ぶ 荒々しい。気持ちがはなれる　あばれたる●荒びにけらし　荒ぶる神も　荒ぶる君を　いたうあばれて

荒ぶ 勢い・程度がはげしくなる　すさぶよは　荒みたる●焚きすさびたる

荒海 荒海の●荒海のかた　荒海と知らで　荒海に出し

状態

荒海に漕ぎ出　あるゝうみに　海こそ荒るれ　風のあらうみ　高き荒海を

荒田　荒田の畔に　かきほのあら田　春のあら田を

荒野　荒野らに●荒野に君を　荒野の牧の　荒野をしめて　去年の曠野も　鄙の荒野に　燃ゆる荒野に

【猛し】勇ましい。激しい　たけからむ　猛き兵●勢　たけき　猛き軍卒と　猛き姿も　猛き者なり　たけくあれかし

【烈し】激しきに●嵐はげしき　おとのはげしさ　風ぞはげしき　烈しかりつる　烈しかれとは　烈しきけさの　はげしきものの　はげしさ添ふる　雪やはげしき

【凄し】ぞっとするほど恐ろしい。ぞっとするほどすばらしい。ひどくものさびしい　おとすごく　すごげなる●いづくもすごき　いやましすごき　風のとすごき　心すごくて　すごき寒月　すごき夕暮　すごく聞ゆる

凄じ 寒々としている　影すさまじき　野べすさまじき

【固し】堅塩を　固めとし　硬ひげを●かたき氷の　固めし国そ　固めたるべし　雫も堅き

凝し ごつごつしている　厳凝と　こごしかも　夕凝りの●岩根こごしみ　黒くこごれる　こごしき道を　凝しき山に

【険し】［険しい］　険しけど　険しみと●険しからんと　険しき山の　波の険しく　瞳のけはしさ　山を険しみ

乱

【乱る】糸を乱し　入乱る　おり乱る　かき乱る　さみだれて　立ち乱え　貫き乱る　吹きみだる　乱るめり　みだるゝは　乱れ合ひて　乱れける　みだれごこち　乱れ心　みだれさし　乱れつつ　みだれなむ　みだれ伏す●あや織りみだる　いとど乱るる　いと乱れつつ　荻の葉乱る　音に乱るゝ　思ひ乱るる　終り乱れぬ　影みだれゆく　風に乱るる　かたみだれなり　髪は乱れて　岸に乱るゝ　恋の乱れの　苔の乱るゝ　心みだるゝ　木の葉乱れて　さぞ乱るらむ　散乱しつつ　しのぶの乱れ　袖に乱るる　空にみだるゝ　空にみだれし　空乱れして　絶えて乱れむ　露ぞ乱るゝ　露や乱れん　つらも乱れず　手玉みだるゝ　まづぞ乱るゝ　みだり足こそ　乱りがはしく　乱るる玉は　みだるゝ野辺に　乱るるものは　みだれあひつゝ　乱れおちたる　乱れかかるも　乱れ恋ひのみ　乱れし霊の　乱れぞまさる　みだれそめけむ　みだれ散るべし

乱れてあらむ　乱れてあれど　みだれていづる　乱れて置かぬ　乱れて落ちぬ　みだれてかゝる　みだれて今朝は　乱れて咲ける　みだれなくして　みだれて花は乱れてものを　みだれてなびく　乱れにけらし　乱ればば乱れ　乱れふすなる　乱れも知らず　乱れやはする　乱れむと思ふ　水泡乱れて　群をみだして　紅葉ばみだれ　やや立ち乱れ／うちひたゝけて　しどろもどろのとりちらしたる　もゝちゝに

繚乱　乱れ咲く　繚乱たる　繚乱を

放蕩　自堕落に　放蕩の

【狂ふ】　ただ狂へ　物狂ひ　わが狂ふ●女物狂ひが狂象跳猿　狂ひに狂ひ　狂はかしける　酒に狂ふと時に狂ひて　春の物狂ひ　身の狂乱は　酔ひ狂ひたるわが狂乱は／こゝろのこまに

落

【落つ】　落ちくちば　落ちけるを　落ちつもる　落ちとまりて　落ちなんを　落ちぬれば　落ちのびむ　落ち細りて　落ちまろび　落ちみだる、　落もあへず　おちやらで　落つまじく　落さずば　落し水　巾子落つと　砂に落ち　ちやうと落ち　軒に落る●あらそひ落つる　あらはに落ちて小田にとおつる　落ちくる滝の　落ちくる水の　おちし夕ぐれ　落ちそふ涙　落たる羽ねを　落ち積もるてへ落まさりけれ　落ちもこそすれ　落やしぬらん　おつと見えしが　落つる雁がね　おつる霜夜に　落つる白玉落つる水上　落さざりけり　栗の落ちぬと　車の落つる桑の実落る　さらにもおちず　しどろに落つる　忍びに落つる　空より落つる　つきかげ落ちて　庭に落ち敷く花落ちかゝる　ひとつ落たる　風外に落ち　まづは落ちける　もろくおちぬる　夜おつるにも　世をへて落つる／はらはらと

【沈む】　落ち沈み　消え沈む　沈みけれ　沈みしも沈みにし　沈みはつる　沈身は　ふししづむ●海に没せし　憂にしつむ　黒く沈める　しづまざりけり　沈みて青き　沈みはてたる　沈みもやらで　沈むみくづの沈める影を　しづめる心　沈める人の　しづめる身とも沈める眼ぞと　父も沈みぬ　月に沈める　波に沈めし

状態

名をや沈めむ　人をしづむる　淵にしづめる　身を沈むらん　身をやしづめむ

沈く（水底に沈んでいる。水面に映っている）沈著く石をも　沈着く白玉　しづく花の色　しづける玉を　月かげしづく

【崩る】［くずれる］石崩の　崩るらん　崩れ家　崩れたち　くづれたる　やれくつれ●崩さむ音は　くづるるごとし　崩れがちなる　くづれ来しやと　くづれ行くさま　山も崩さめ　山をもくづす　崩し築土に

【砕く】打ち砕き　くだかずは　砕きつる　砕きてぞ砕くれど　くだけつつ　くだけぬる●うちくだくべく君が砕かむ　くだかで洗ふ　くだかむ力は　くだく月影　砕けて走る　砕けはつるか　玉ぞくだくる　千々に砕くる　露ぞくだくる　病枕を砕く　まろがり砕く身をくだくらむ　もろくくだくる

【割る】氷わる　干割れたる●われたる舟の　われて入りぬる　破れて砕けて　破れてそ思ふ

【破る】石戸破る　障子破れ　突き破り　引き破りやぶらねど　破りけん　破り隠し　破り捨てたる　破れみす　破れば惜し　やれまより　破れ裂けて●あだに破れゆく　笠も破れよ　とばりやぶれて　はね破ても　吹なやぶりそ　やぶれぐるまを　破れむとする闇を破りて　破れ失せにけり　破れ大鼓は　破れし衣の　破れたる御簾に　破れむ柴垣　わが裳は破れぬ　わわけさがれる

【裂く】（さける。ひきはなす）かほを裂き　雲裂けて　裂けやせむ胸をさき　山はさけ　雪裂けて●さけからみてぞ　裂けて散るかも　土さへ裂けて

【折る】葦は折れ　蓮折れて　翼折れたる●波に折らるる　雪にをれ木の　雪の下折れ

【壊る】壊道にも　壊れなば　こぼたせで　壊たねば壊ち棄て　そこなひたり●そこなはれたる　社毀れて

潰る　つぶれ賽●数珠の禿るも

捨

【捨つ】家をすて　打棄てこそ　かき棄てむ　刈り捨てん　ききすてて　きり捨し腰捨て　捨つるかは　捨錨　捨ておきし捨てかねて　すてしより　棄て〳〵つ　捨てたれど　捨

てて往にし　棄てて入り　捨てて後は　すてはてて　捨てはてむ　捨てまほし　すてやらむ　捨て忘れ　住み捨てし　焚捨し　鳴すてゝ　ぬぎすてし　ひきすてて　振りすてゝ　掘捨し　焼きも捨て　分けすてて●命は棄てつ　いもをふり捨て　浦の捨舟　聞き捨つるにも　君を捨てなむ　今日脱ぎ捨てつ　陸をすてしや　櫛も捨てたり　更に捨てつる　すつるあらまし　捨つる命は　棄てざりけるを　捨て小田かく　すててかひある　捨てて捨て得ぬ　捨にし親の　すてや果ててむ　捨られ安き　棄てむと思ふ　すみかを捨てゝ　炭さしすてゝ　立つを見すてて　月に捨ゆく　綱をば棄てて　とく捨てざりし　花を見捨てて　はらへて捨つる　ふり捨てがたき　都を捨てて　結び捨てつる　むなしとすつる　もちてすてませ　やき捨てし野の　山に棄てつれども　わが棄てつると／はふらさじ　われを古せる

思ひ捨つ［見捨てる］　おもひすつれば　思ひ捨てゝし

【身を捨つ】［出家］　捨つる身に　身は捨てつ　身は捨てぬ　身をすつる●身を捨てしより　身を捨ててこそ　身をば捨てんと／自棄の心の

世を捨つ［出家］　世を捨つる●捨てゝし世をぞ　捨てられぬ世の　とこ世を捨てゝ　世をば捨てしか／方外の士

山に入る［出家］　枝折せじ●入りにし人の　入りにし山を　しをらで入りし　山に入にし

世を厭ふ［出家］　いとふよも　世を厭ふ　世をうみて●憂き世をいとふ　世をぞいとへる　世をばいとはむ

【背く】［従わない］　そむかばや　背きても　そむきなん　そむきにし●親にそむける　心背きて　そむかざらまし　背かれなくに　背きしかひも　背きぬるかな　背きはつべき　背く便りや　背く習ひの

世を背く［出家］　背く世の　世を背く●憂世そむかむ　憂き世をそむく　此世をそむく　そむくべきよに　世を背けとも／世を逃るるも　世を遁れつつ

【放つ】　こと放けば　島に放り　取り放し　放ち鳥

身を放つ●沖ゆ放けなむ　亀を放ちし　放くべきものか　さしはなたれて　手放れ惜しみ　はなたれてある　放ち捨てたる　光はなちけむ　秘めて放たじ　またと

き放つ　山野（やまの）に放（はが）し

消

【消（き）ゆ】　きえがてに　消え消ゆる　消えざらば　消え沈む　消えとまる　消えなむ（ん）　きえなまし　消えぬべし　消えぬまに　きえぬると　消えはつる　消えやすく　雲きえしけちがたき　けちわびて　けぬものは　消残（けのこ）りの　下（した）消（ぎ）えに　下消ゆる　吹（ふ）きて滅（めっ）し　雪もち消（け）ち●跡（あと）は消えせぬ　雨に消（け）さるゝ（る）　泡（あわ）と消えなん　うづ（ず）み火（び）きえて置（お）きては消ゆる　霞（かすみ）に消えて　風にきえぬは　かべに消え行（ゆ）く　消えあへ（え）ぬ雪の　消えかへ（え）りてぞ　消えかへ（え）るとも　消えがてにする　消えし浅茅（あさじ）が　消えし跡（あと）こそ消えし蜻蛉（かげろう）　消えし草葉（くさば）の　きえずぞありける　きえずや浪（なみ）の　消えせぬ春の　消えせぬ雪と　消えてかなしき　消（きえ）てののちの　消えぬおもひ（い）は　消えぬにかゝ（か）る消えぬは人の　消えぬべきかな　消え残りけむ（ん）　消え残りたる　消えは消えなで　消えはてぬめる　消えみ消えずみ　消えやしなまし　消えやらで待つ　消えやわたらむ（ん）　消えむ（ん）そらなき　消えむ（ん）とすらん　きゆばかりなる　きゆるおもかげ　消ゆる氷（こおり）の　きゆる心は消ゆるは惜（お）しき　消ゆる帚木（ははきぎ）　消ゆるまもなほ（お）　消ゆるものかは　きゆるものぞと　草に消えなん　消（け）かも死なまし　消（け）ずてわたるは　消（け）ちやはててむ（ん）　消（け）なば消（け）ぬとも　消なましものを　消（け）ぬべき恋も　消（け）ぬべきものを　消（け）ぬべきわが身　消（け）ぬべく思（お）ほゆ　消（け）ぬる泡（あわ）とも消（け）やすきわが身　消（け）ゆかむ（ん）がごと　恋をばけたぬ　声に消（け）につつ　さして消ゆべき　下にけぬべし　空に消（け）ちてよ　空に消（け）なまし　空に消（け）ぬべく　立てて消えなば　月にけちぬる　常に消えせぬ　罪も消（け）ぬらん　露（つゆ）と消えけむ（ん）　遠く消え行（ゆ）く　ともしは消（きえ）て　ともし火（び）けたで波や消（け）つべき　庭には消えぬ　春日（はるひ）消ゆらめ　光消（ひかりけ）なくに　火もきえぬべく　ふればかつけぬ　まだ消（きえ）やらぬまだきゝ（き）えにし　見えて消ゆとも　みる〳〵（みる）きゆるやがて消えなむ（ん）　山は消えゆく　夕（ゆうべ）は消（け）ぬる　雪し消（く）らしも　雪のむらぎえ　われのみ消（け）たぬ

【解（と）く】　沢（さわ）も解けず　解かざらん　解かめやも　とけがたき　解けざらめ　解（とけ）そめて　とけぬれど　解けわ

たる ほどけども●あくればとけぬ 今日やとくらむ 氷とくらし 氷とくらむ 氷溶けぬる 下より解くる 袖にとけしも とくる氷の 溶けて去なんず 解けと吹かなむ とけぬる池の とけん期もなく 人解かめやも みゆきとけなば もつれを解や

【尽く】 業尽す 尽きにしを 尽はて、尽くさばやつくし来ぬ 尽くしつつ 飛び尽すは 見尽せぬ みふゆつき●いかでつくさむ うらみをつくす 思ひつきせぬ苅り尽されて けふはつきせじ 今日や尽きぬる 清らをつくし 恋ひ尽さじと 心尽して 言尽きめやも言尽してよ 今夜尽して 染尽しては 薪つきなん つきせず身をば つきせぬ音にや つきせぬ闇は つきぬとしるに 尽きぬ光の 尽しつるかな 尽す心は つくともつきじ つくやつきせぬ 採り尽さめど とはにつきせぬ 撫づとも尽きぬ 撫で尽くすまで 涙は尽きぬ 音こそつきせね まだ尽きなくに むつごと尽きでよみつくすとも よをやつくさむ 我世尽きぬと

【絶ゆ】 音絶えて 養蚕絶えて かき絶えて 影絶えて 梶を絶え 風たえて 絶えずゆく 絶せねば たえだえに 絶えたれば たえて世に 絶えぬべき 絶えぬらむ 絶えぬるか たえねたゞ 絶えはてぬ 種絶えて とだえして なか絶えば 根を絶えて 道たゆと●うらみぞたえぬ 恨もたえて あふ瀬絶えせぬ面影たえぬ 聞えて絶えぬ 雲路に絶えて 煙絶ゆとも 声の絶えせぬ 心はたゆな 言は絶えたり 里にと絶て 知る者絶えて 空にたゆとも 絶えじとぞ思絶えず霞の 絶えず聞えて たえずせよ君 絶えず流る、 絶えずも鳴くか たえだえかかる 絶えたる恋の たえて幾とせ たえてつれなき 絶えて久しく 絶えてほどふる 絶えて乱れな 絶えなば絶えね 絶えなましかば 絶えにけるかも 絶えにし人を たへぬ憂き身は 絶えぬ思ひに 絶えぬけぶりと 絶えぬ心の 絶えぬしづくを 絶えぬ清水と 絶えぬ使の 絶えぬ涙に たえぬ氷室の 絶えぬる道に 絶えば絶ゆとも たえみ絶えずみ 絶えむと思ふな 絶えむと思へや たえんものかは ただにたえにし 絶ゆと隔てや

状態

たゆとも絶えめ　たゆべきものと　絶ゆる時なく　絶ゆるは常の　絶ゆる日無しに　絶ゆる響きに　絶ゆる物かは　絶ゆる世もなし　たゆるを知らで　絶ゆれば生ふる　契は絶えじ　中や絶えなむ　錦絶えけり　早く絶にき　水脈し絶えずは　世には絶えせぬ

【失す】［失う］　失すと言へ　失すべきに　失せにけり　失せにければ　失せやらず　失せゆけば　魂は失せ　財失する　光失する　世は失せよ●飯失せぬれば　色形失せ　うしなひやすき　牛を失ひて　失するまで思ふ　失せなむ日こそ　うせやすしとて　児を失ひて　時うしなへる　光も失せぬ　ひとつもうせぬ　蒔けば失せぬる

流す　舟ながしたる　真木流すとふ　枕ながるる

【衰ふ】　衰へず　五衰の日　衰翁の●衰ふるさま　衰へければ　衰へたる人　衰へたるを　おとろへにける　衰へぬれば　衰へみゆる　恋おとろへて　声おとろへぬ　みつれにみつれ　身は衰へて　もてやつすとて

廃る　廃るるに　廃れつる　廃園に●文学廃れば

【萎る】　しをるらむ　しをるれど　しをれたる　しをれわび　日にしほれ●雨にしをるる　雨にしをれて　いく夜しをるる　いとどしをれて　うちしをれつつ　おのれしをれて　思ひ萎えて　霧にしをるる　こゑはしをれぬ　こゝろしをるゝ　しをるばかりや　しほるゝ野辺をしをれざらまし　しをれしぬべき　しをれぞまさる　しをれにけらし　しをれぬるかな　しをればよしや　萎れふしたる　しのにしをるゝ　袖はしをれし　空にしをれし　月にしをれて　露にしをるゝ　波にしをれて　芙蓉の萎え　雪に萎れて　我身をしをる

萎む　しぼみたる　しぼみなむ●凋み枯れ行く　しぼむ朝がほ　しぼめる老も　萎める顔を　闇に凋みて

萎ゆ　萎えて見ゆ●衣の萎えたる　萎えたる直衣

【朽つ】　未だ朽ちず　朽骨は　朽せじを　朽ちてただくちぬべき　朽ちぬらん　朽ちはてむ　朽ちもせぬ　軒くちて　朽舟の●陰は朽木と　朽たし果つらむ　朽木の香り　朽ちし昔は　朽ちず亡びず　朽せぬ物と　朽ちぞしぬべき　朽ちだにはてぬ　朽ちにけるかな　朽ちにし袖の　朽ち残れるに　くちば朽ちねと　くちはつる

迄 くつる事なし 恋にくちなむ 薦朽ちめやも 下に朽ちなむ 霜に朽ちぬる 真如朽ちせず 袖ぞ朽ちぬる つひに朽ちぬる 骨已に朽ち 身もくちぬべく 紅葉の朽葉 やがて朽たせる 老朽すでに

【腐す】腐る。非難する。評判などを落とす くたすらん 蓑も腐れ●腐り行くごとし 腐れ蒸されて 腐し棄つらむ 腐す霖雨の ここに朽さむ 名をくたすべき ひたすらくたす

蝕む 蝕める●半ば蝕する 中むしばむと

変

【変はる】 色かはる かはらじの かはらめや かはらやの 変りける 変り立つ 変るとも かはるべき たちかはる●怪しく変る いつもかはらぬ 色も変はらで うつりかはれる かはらざるらむ 変らじものを 変らずあらむ かはらぬ色に 変らぬ顔ぞ かはらぬ月の かはらぬとしは かはらぬ花の かはらぬ松ぞ かはらぬみまへ かはりける世に 変りのみゆく かはり果てにし かはる心ぞ かはるすがたを かはる浪かぜ かはるのみかは かはれどかはる 変れる身とも 咲きは変れど 空は変らで とし〴〵かはる 音さへかはらぬ はるにかはらず 光も変る 光を変ふる みな変りぬる

変へる うつればかへつ かへまくおもほゆ たちやかへまし ところも変へず わが名をかへて

【移ろふ・移る】 移る世や うつろひて 移ろふは うつろへば うつろはむ 移りなば●あだにうつろふ 移らん袖に うつりうつらず うつりし花の 移りしもせじ 移り初むらん うつりのみゆく うつるあさがほ うつるあしたは うつるばかりに 移るも過ぐる 移れば変はる 移ろひがたし うつろひぬとも うつろひぬらむ うつろひはてゝ 移ろひやすや 移ろふ色と うつろふ影や 移ろふかたや 移ろふ菊に うつろふ月を うつろふ花は うつろふ春を うつろふ人は 移ふまどに 移ろふ見れば うつろはぬ花の 思ひうつると 風にうつろふ 心はうつる 小萩うつろひ 月は移りぬ 時のうつるや 後はうつろふ 花に移らぬ 花は移ろふ

移す うつし植ゑて うつすらむ●移しけりとも うつしとゞめよ 野辺にうつして

状態

恋

【恋】 あな恋し 妹に恋ひ うら恋し 思ひ恋ひ 君恋ふと 君に恋ひ 恋風が 恋草を 恋ひ暮し 恋ひ恋ひて 恋衣 恋しきに こひしくば 恋しとよ 恋すてふ 恋すれば 恋ひそめし こひつくし 恋ひつつも 恋ひつらむ 恋なれば 恋なれや 恋にける 恋の袂 恋の身の 恋は紅梅 恋や恋 こひ故に 恋ふる日は 恋ふる間に 籠り恋ひ 常の恋 年の恋 なすな恋 初恋の 人恋ふる 牧を恋ひ 恋慕しつつ わが恋は●相恋ひにけり 秋を恋ふらし あやにこほしも あるや恋しき 意識の恋よ いと恋ひめやも 今ぞ恋しき 妹恋しらに 寝も寝ず恋ふる 言はでぞこふる うき恋しさも 熟れたる恋の 閻浮恋しや お父恋ふるが 顔ぞ恋しき かげぞ恋しき 陰を恋ひつつ 悲しび恋ふる 辛き恋をも 君こひしくや 君に恋ふれや きみは恋しき きみをこふめり くるしき恋に 来れば恋しき 日長く恋ひし 消ぬべき恋も 恋痛きわが背 恋おとろへて 恋ひ悲しみて 恋ひかも痩せむ 恋こそ恋の 恋ざめこころ こひさめぬこそ 恋しかるべし 恋しかるらむ 恋しき方の 恋しき瀬ゞに 恋しきみちも 恋しきやなぞ 恋しきわが背 恋繁しゑや 恋せし心 恋せぬ人の 恋せぬものは 恋ぞつもりて 恋ぞまされる 恋てふ色は 恋てふもじを 恋ひ尽さじと 恋ひつつぞふる 恋ひつゝ旅の 恋ひて乱れば 恋といふらん 恋慰むと こひにあかしつ 恋にあらなくに 恋に命の 恋にくちなむ 恋に沈まむ 恋になぐさむ 恋にわが身は こひぬ人しも 恋ひぬ日は無し 恋のいのちを 恋のけぶりを 恋の盛りと 恋のさむべき 恋の繁きに 恋のせき守 恋の血汐を 恋の中川 恋の慰に 恋の附子矢に 恋のまぎれに 恋の乱れの 恋の奴の 恋のやつれを 恋のやまひの 恋の山には 恋の行方を 恋の淀める 恋は曲者 恋はくちせぬ 恋ひば苦しも 恋は繁けむ 恋はつきせぬ 恋はよに憂き 恋ひまさりける 恋ひ迷ひける 恋も無常も 恋ひや明かさむ 恋ひや暮さむ 恋ひをし恋ひば 恋を知りぬる 恋を積みつる 恋をとどめん 恋をばけたぬ 恋ひむと思ひし 恋ひむ年月 恋ひむと

心

すらん　恋ふともいはじ　恋ふる情に　恋ふる此の頃　恋ふる里人　恋ふるしるしに　恋ふる袂の　恋ふる鳥かも　恋ふるなさけは　恋ふるはともし　恋ふる夜ぞ多き　恋ふれば苦し　声や恋しき　木陰こひしき　ここに恋ひ恋ふ　咲かねば恋し　さらに恋こそ　しひて恋しき　重きて恋ひつつ　しげくも恋の　せかれぬこひよ　詮ない恋を　幾許恋ひたる　空に恋ふるぞ　空を恋ひつゝ　絶えたる恋の　たちそふ恋の　誰を恋ふとか　月を恋しと　友を恋ひつゝ　なほ恋ひにけり　長恋ひせずは　なき人恋ふる　莫恋ひそ吾妹　名残恋しき　情に恋の　寝覚めの恋に　後恋ひむかも　はだ恋ひめやも　春べを恋ひて　春や恋しき　人恋ふる眼の　人ぞ恋しき　人をこはせて　古りにし恋の　へだてゝ恋し　紅も恋しう　穂に出でて恋ひば　眉ねこひしも　みえぬのは恋　水をこひてや　見ぬ人恋ふる　見ねば恋しき　み膝こひしみ　都をこふる　見る見る恋と　昔恋ふらし　無体の恋も　むなしき恋に　馬に恋ひ来ば　山ぞ恋しき　夢には恋ひし　よしなき恋を　四十路の恋の　よだけき恋を　夜は恋しき　夜は恋ひ寝る　わが恋力　わが恋止まめ　われ恋ひまさる　われ恋ひめやも　我を恋ふらし

家恋し　家恋ひ居らむ　家恋しきに　家恋ふらしも

妻恋し　妻恋ひに　夫恋に　妻恋ふる●妻恋ひかねて　妻恋しつつ　妻恋すらし　妻恋ふらしや　妻恋ふらし　妻や恋しき　妻をこひつゝ　妻を恋ふらむ

子恋し　思ふ子が　こをこふる●子を悲しむが　子を恋ひつつも　子を思ふ道に　わが思ふ子は

恋人　思ふ人　懸想人●恋しき人の　覚めよ恋人　遠山鳥の　初恋人の　わが恋ふる人／如己男の

恋文　懸想文　やる文に●思ふ人の文　情の文は

恋忘れ　忘れ草●恋忘貝　恋忘れ草　わするゝ草の

恋路　恋路など　恋路には　恋の路●恋路にいかで　恋路にまどふ　恋路のたより　恋路のやみに　恋する道に　恋の道かも　恋の山路は　しげき恋路に　深きこひぢを

片恋［片思い］　片恋嬬　片恋に●吾が片恋の　片恋しつつ　片恋ひせむと　片恋をすと　わが片恋は／片し貝

恋ひ忍ぶ　恋ひ忍ぶ●知らえぬ恋は　ほに出でぬ恋ぞ

心

恋ひ渡る［恋続ける］ 恋わたる●君恋ひわたる 恋ひやわたらん 恋ひわたりなむ 恋ひ渡るかも 恋ひ渡るべき

恋の涙 泣き恋ひて●恋の涙に こひむなみだの 恋ふとぬれてや 恋ふる涙ぞ

恋ひ侘ぶ 恋ひわびて 恋ひわびぬ 恋ひわぶと 恋ひわぶる●恋のやつれを 恋ひば苦しも 恋ふるも苦し

恋ひ死ぬ 思ひ死 恋死なば 恋ひ死なむ 恋ひ死ねと●恋死なん日を 恋ひて死なまし 恋ひて死ねとや 恋に死ぬべし 恋ひは死ぬとも わが恋ひ死なむ

【愛】 愛を持ち 愛しと 愛むべき●愛しみ思ふ 君が愛せし 愛娘といへ 我が愛づる子ら

愛し いとほしい いとほしき 糸惜しく いとほしや 愛子夫に 御身愛し なほ愛し●いとほしがられ 愛し殿御を いとしの小傘 こは可憐の そぞろいとほし 妻のいとしさ 取り寄りや愛し 猶愛しい 昼も愛しけ

愛し 愛しき 愛しけ うつくしび 愛しぶる 愛しみ●愛し妹は うつくしげなる 愛し妻と 愛し夫は 愛し母に うつくしみみて 言うつくしみ

愛し 愛し妹を 愛しきが 愛しけく なほ愛し ま愛しみ まがなしみ●何か愛しけ 可愛しがられし かなしき児ろが かなしき妻と 愛しきわが子 かなしけ時は 愛しけ背ろに ここだ愛しき その愛しきを

愛し 愛しきかも 愛しきやし 愛しきよし 愛しけくも●我が愛者に 愛しき妻らは 愛しとおもふは

愛し 愛しくめぐし めぐし愛し

【惚る】 惚け〳〵しう●惚れ果てゝければ／ひかるる人は ひかれまし 見初めつる

【焦がる】 みがやけて 身な焦れそ 身を焦がす 胸を熱み●秋はこがるゝ 逢はで焦がるる 浮かれてこがれ おもひこがるゝ 思ひに燃ゆる 思ひの煙 恋にこがるる こがるゝ胸の こがれてぞ散る こがれてものを 下焦れのみ 死なでこがるる 激つ心を 残りて焦がるる 身もこがれつつ 身をのみこがす 身を焼くよりも 燃えて思へど もゆる思ひを 燃ゆるわが恋

下燃え 心の中で人知れず思いこがれる 下燃えに●吾が下延へを 下燃えにせむ 下ゆわれ痩す むせぶ下もえ

逢

【逢ふ】 会ひ会ひて　逢ひがたみ　逢ふは稀よ　あふひゆゑ　あふみちは　逢はむ日の　夢の逢は　春に遇ひ　人遇て　めぐり逢ひて　めぐりあはむ●逢ひし日思ほゆ　あひて語らふ　あひてもあはで　あふが楽しさ　逢ふ心地して　逢ふこと難く　逢ふこともがな　逢ふはなごりの　逢人のなき　あふべき春の　逢ふ因を無み　あふ世なきかな　逢ふ世なりせば　逢ふをうれしと　あふをかぎりの　あへるうれしさ　逢へるたなばた　あへる初瀬路　あへるも風の　朝湯で逢て　あはざらましを　逢はざらめやも　逢はばや見ばや　逢はむ逢はじぞ　あはむとぞ思ふ　逢はむ日待つに　いかであひみむ　いそぎて逢ひし　逢うた別れか　悲しみ逢ひつ　君に逢ふ人　きみにあはんと　けだし逢はむかも　こよひ逢ふ人　時雨に逢へる　たなばたのあふ　たまたま逢ふこそ　なほ逢ふことを　のちに逢はむと　花にあはまし　春にあふべき　春に逢へとは　春にあはばや　まだあひそめる　またも逢ふべく　まれにあふみの　廻あふまで　夢に逢ふべき　後にも逢はむと

直に逢ふ（会う）　直に逢はず　直の逢ひは●直に逢ふまでに　直に逢はぬかも　直に逢はむと　直目に逢ひて

【逢はぬ】［会わない］　逢はざらん　逢はぬまは　逢はぬ夜の●会ひこすなゆめ　逢はず来にけり　逢はず死せめ　逢はで帰りし　あはでこの世を　逢はで過ぐせる　あはで月日や　逢はで寝る夜の　逢はでも嘆く　逢はなく久し　逢はぬ怨みか　逢はぬ君ゆゑ　逢はぬ児ゆゑに　逢はぬ死せん　逢はぬ日数を　逢はぬ彦星　逢はぬ日数多く　逢はぬ夜ぞ多き　あはねば絶て　妹に逢はずて　君逢はずして　君に逢はじかも／間夜は

行き逢ふ　い行会の　行き会ひて●行き逢ひを待つ　行あふ道は　ゆきあはで年の　ゆきあはぬ間より

逢瀬　逢瀬なき●あふ瀬絶えせぬ　逢瀬ともがな　逢瀬なりなん　逢瀬の仲と　逢瀬はいづく　あふ瀬は雲の　あふ瀬をさそふ　今日の逢ふ瀬に／朝のあひびき

逢ふ夜　逢ふ夜はや　逢はむ夜は　暮に逢ひて　夜し逢へば●逢ふべき夜だに　あふ夜ありやと　逢ふ夜逢はぬ

夜　逢ふ夜しもなど　逢ふよなき身は　逢ふ夜の数と　逢ふ夜まれなる　逢ふよもあらむ　あらば逢ふ夜の　君に逢へる夜　一夜妹に逢ふ　まれに逢ふ夜は

逢える前兆　眉痒み　眉根掻き●人の眉根を　眉根掻きつれ／袖反しつつ　袖反す夜の

【契る】約束。男女が肉体関係をもつ　契りありて　契おかむ　契り置きし　契りきな　契り来し　契りしに　契つる　契深く　契るらむ●薄の契りや　かたみに契る　けふもちぎりしきれぬ契と　心にちぎる　こむ世の契　玉と契れば　誰ちぎりけむ　契らざらまじ　契らざりしを　契り明かして　契りあるらん　契りおきてや　契りことなる　ちぎりし色は　契りし道の　契知らるゝ　契りぞ薄き　契たがふな　ちぎりてかはす　契とぞ思ふ　契りの末は　契は絶えじ　契結べる　契りをしらで　契を深く　ちぎる心は　契ることのは　契る若草　ちよと契りし　つらきも契り　長き契を　後瀬を契　花の契りや　待つ契かな　松に契れる　待てと契りし　身の契りかな　むすぶちぎりの　世々の契りも　夜の契も

【結ぶ】［契りを結ぶ］　君し結ばば　昔むすべる　結びおきつる　むすびし夢ぞ　結そめけん　むすびやはせし　結ぶ情は　結ぶの神ぞ　結ぶまくらも　世々にとむすぶ

結ぼほる［結ばれる］　結ぼれし●むすぼゝるらむ　結ぼゝれたる　むすぼほれつつ　むすぼほれなむ

【相見る】逢う。対面する。肉体関係をもつ　あひ見ずて　逢ひ見すな　相見ずは　逢ひ見ての　逢ひ見ても　あひ見ねば　相見らく●相見し妹は　相見しからに　相見し子らし　あひ見つる哉　相見つるかも　逢ひ見てしがな　あひみて後も　相見るえにし　あひ見むことを　相見む今宵　妹を相見ずて　来てもあひみぬ　とはにあひみん　人を相見て　またも逢ひ見ん　まれに逢ひ見る

【語らふ】男女が言い交わす。契る　語らひて　かたらはば　語らはん●あひ語らはぬ　あひて語らふ　かはすこと葉は　寝てかたらはむ　ねてもかたらで　ほの語らひし

睦言　閨（ねや）の中での男女の語らい　睦言も●その睦言に　残るむつごと　むつごと尽きて　睦物語

【婚ふ】男が女に言い寄る　相結婚ひ　さ結婚に　夜這男　よばひ

心

為す●あひずまひせむ　いひよらでのみ　新枕なりけり　枕かはして　まくらさだめむ　遘合をせし　まじらひたまふ　結婚に行きて　昨夜の夜這ひ男

妻問ふ 男が女の家に行って求婚する　妻問しけむ　妻問の夜ぞ　つまどふ野べの　妻問ふ萩の　つまどふよひの　花孀問ひに

【夜離る】 男が通ってくるのが間遠になる　夜枯がち　よがれける　夜離れしき　夜離れして　夜がれなく●月に夜がるる　一夜もかれず　夜がれし床の／人は離ゆとも　間遠になりぬ

目離る 会わなくなる。遠ざかる。　目かるとも　めかれぬは　目もかれず●いかに目かるる　妹を目離れず　母が目離れて　目離れをもせめ　目こそ離るらめ　目言離るらめ

【愛欲】 溺れけん●愛河の波浪は　愛執の罪　愛欲の心　愛欲を発し　溺れそめける　興奮したる　蕩かしたれば　本能の前に　身の狂乱は

淫 みだら女の　みだら心の　ややみだらなり

好色 色好み　好き男　すき心　好き好きしき　すきたる罪●好色にて　すいたる人は　すき〴〵しきこと　すける心は／あだ人の　あだなる男

浮気心 花心　二重着て　外心●あだし心の　うつし心は　君に二心　異しき心を　心ぞあだに　一花心　二心ある　二途かくる　二行くなもと　よそに標結ふ

睦

【睦る・睦まじ】 親しみ。なつく　馴れ睦びて　むつびかはし　睦ましき　むつましう　むつみあふ　むつるれば●友むつれする　名をむつまじみ　音には睦れめ　花にむつるる　昼は睦れて　親魄逢へや　むつび忘れず　むつまじきまで　睦れそめけむ　睦れ戯れ　睦れ馴らひて　妻子むつまじく

懇ろ ねんごろ。心をこめて　ねもころに　ねもごろの●ねもころ妹に　ねもころ君が　ねもころごろに　ねもころ見れど

【馴る】 [慣れ親しむ]　ありなれし　磯馴れぬ　面馴れぬ　里馴るる　住み馴れし　ならさなん　馴れきつる　馴れざらめ　馴れ初めて　馴れぬれば　まだ馴れぬ●あはれ馴るるも　いつならひける　鷗も狎れて　通ひ馴れても　君になれにし　煙に馴るゝ　心は馴れて　さすがになれし　月になれぬれ　ならし顔には　馴らすすさみは　馴るるつらさに　馴るるままに　なるゝ夜な〴〵

なれこしはなの　なれし髻の　馴れじとぞ思ふ　馴れてつぼいは　なれぬあらしに　馴れぬ思ひの　なれぬるかげを　なれぬる花の　なれぬるものは　馴れはすれども　なれみし花を　馴れもしなまし　なれむものとは　花になれぬる　花ゆゑなれし　人ならすべき　一夜馴れたが　まだふみなれぬ　みなれすぐしし　みゆきになるる　夜な夜な馴れし

なづさふ［なれ親しむ］　なづさひそ来し　なづさはましを

手馴れ 使いなれている。なじんでいる　手ならして　手馴らせば　手慣れつる●手なれし鎗を　たなれの駒に　手馴れの御琴　手馴らしゝ猫の

媚ぶ［こびる］　媚つくる　百の媚●媚ぶる鸚鵡の

縋る　かいつきて　すがりえで　とりすがり●すがりこそせぬ　縋り頼めて　縋りてこそは　吾手に縋る

【靡く】 男に言い寄られて受け入れる　靡きなむ　靡き寝む　なびきふして　なびくとも●あだにもなびく　さぞなびくらん　靡きし妹は　なびきはつらむ　なびくこゝろも　靡けて居らむ　靡けて寝らむ

【親しむ】　金蘭の友　酒にしたしむ　したしきぞなほ　したしみやすき　妻としたしむ　人親しまん／け近き鳥の　け近き人を

【慕ふ】　慕ひ来し　慕ふ秋は　慕ふとて　慕ふとも　したはれし　慕はれて●言はぬを慕ふ　したひ〳〵て　慕ひて染むる　したひよわりて　慕ふなるらん　したふを春や　したはしきかも　しばしと慕ふ　父をしたひて　月をしたひて　友慕ふなり　光を慕ふ　ゆく人したふ

【床し】 上品で落ちついた美しさ。心ひかれる。奥ゆかしい　ゆかしがり　ゆかしきに　床しくて　ゆかしけれ●奥ぞゆかしき　おくゆかしくぞ　首途ゆかしき　雫ゆかしき　ねやぞゆかしき

【偲ぶ】［古くは「しのふ」］　うち慕ひ●跡としのばめ　家し偲はゆ　いかにしのぶや　いづこをしのぶ　かくやしのはむ　かけて忍ばむ　かけて偲ひつ　かげをしのばむ　かたみにしのぶ　川原を偲ひ　君を偲ばむ　来む人しのべ　しぬびまつれば　しのばざらめや　しのはぬ時の　しのびかねたる　偲ふ川原を　しのぶる雨と　しのぶる宵の　しのべとぞ思ふ　しのべばながき　たれしのべとて

心

汝をは偲はむ　後もしのべと　花や偲ばむ　人を偲はく　見つつ偲はせ　都しのぶの　われを偲はせ

【中】［仲。親しい間柄］　うき中に　なか絶えば　中絶えん　なからひの●あひおもふ中　あやふき中に　逢瀬の仲と　おもはぬ中に　男女の仲　契りし中も　なかあしけくも　なかとなりなば　中の絶え間は　中の契を　なかをわくらん　へだつる中の　わりなきなかを

絆［人情にひきつけ自由をさまたげるもの］　ほだされて●風のほだしの　ほだしなりける　ほだしなりけれ　ほだしを強ひて

【打ち解く】［親しくなる］　うちとけて　わがとけて●いつとくべしと　うちとけ顔に　うちとけがたき　うちとけて後　うちとけにたる　心とけずも　とけぬは人の　とけむを人は　まだうちとけぬ　われに解けなむ

思

【思ふ】［思う。愛する。嘆き悲しむ］　家思ふと　おもひあらば　憶ひ得たり　思ひおく　思ひかね　思ひ川　思ひきや　思ひ暮らす　おもひしれ　思ひ堰く　思ひつる　思ひ解けば　おもひ果てて　思ひ痩せ　思ひ病む　思ひ寄り　思ふそら　思ふてふ　思ふ妻に　思ふ世に　思ふらむ　思へ君　思へただ　思へども　思はじと　君がおもひ　君をおもふ　静め思ひ　そを思ふと　何おもふ　深き思ひ　臥して思ひ　見ても思ふ　むかし思ふ●秋ぞと思へば　秋の思ひに　あすもとおもふ　余る思ひを　あゆめと思へど　あらじとおもへば　あらぬ思ひに　あはれと思ふ　あはむとぞ思ふ　家は思はず　いかゞ思はん　いつ思ふべき　いとゞおもひの　去なと思へど　古思へば　浮きて思ひの　うき身と思へば　奥に思ふを　おけとこそ思へ　思ひあまれる　おもひ入江の　おもひ入こそ　思ひ入る日の　思ひおかるる　思ひおこせよ　思ひ思ひて　思ひがなしも　思ひかねつも　思ひ消えぬれ　思ひ切りしに　理想くだきし　思くだくる　おもひくらしの　思ひ消ぬべし　思ひけらしも　思ひこそ知れ　思ひさだめず　思ひ醒ませば　思ひし秋の　思ひ死にけり　思ひし春に　思ひ知らずや　思ひ知らなん　思ひ知らるれ　思ひ知りぬる　思ひぞあへぬ　思ひ添ひぬれ　思ひぞしげき　思ひぞ果てぬ　思ひそ焼くる　思ひつきせぬ　思ひつづくる　おもひつ

めたる　思ひつらねて　思ひとほさじ　おもひなかれし　おもひなきかな　おもひなくちそ　思ひな痩せそ　思ひなるらめ　思ひなれにし　思ひにたがふ　おもひにまさる　思ひの家に　思ひの空に　おもひの露の　思ひのぼれる　おもひのみこそ　おもひはかへす　思ひは今日を　おもひはなれぬ　思ひまはせば　思ひ乱るる　思ひむせつる　おもひもいれで　おもひもおなじ　思ひも知らで　思ひ渡れば　思ひを荻の　思ひをのぶる　おもふいにしへ　思ふおもひも　思ふかひこそ　おもふかひなく　おもふかのくに　思ふこころは　思ふ頃かな　思ふしづけさ　思ふなかをば　思ふにぬるる　思ふに夜半のおもへどはやき　おもへばいはん　思へば苦し　おもへばつらし　思へば遠き　思へば涙ぞ　おもへばにたる　思へば久し　おもはざらなん　思はざりけり　想はぬ人のかげをこそ思へ　霞と思へば　神の目おもへば　かれぬと思へば　消えぬおもひは　君をし思へば　けふもおもひぬ　唇おもひ　本郷思ひつつ　こぎくとおもへば　心は思へど　ことをこそ思へ　越ゆる思ひの　性と思へば

鹿思ふらん　繁にし思へば　しづくとおもへば　忍ぶと思ふ　験と思はむ　白しとおもふ　すぎぬと思へば　詮ない思ひを　絶えむと思へや　種ぞと思へば　珠をこそ思へ　誰か思はん　千遍思へど　父おもふとき　つかひもおもふ　月ぞと思へど　つゝむ思ひぞ　時ぞと思へど　乏しみ思へば　汝が来とおもへば　長くとぞ思ふ　ながめじと思ふ　なきをおもふや　名残り思へば　ならぬ思ひに　馴れぬ思ひの　汝を思ひかね　匂ふとおもへば　音ごとに思ふ　花を思へば　春と思へど　春のおもひの　晴れぬおもひに　人思ひ居れば　人目思はで　一夜と思へど　ひとりおもひや　独りしおもへば　舟をしぞおもふ　ふりぬとおもへば　古き思ひも　へだつと思へば　蒔かむとぞ思ふ　待たじと思へば　まもらむと思ひ　水屑と思へば　身をば思はず　昔と思はむ　眼角思へば　ものをこそ思へ　もゆる思ひを　もろしとおもはむ　依り合ふ思へば

思ひ初む［恋し始める］　思ひ初め　恋そめし　見初めつる
●相見そめけむ　思ひそめけむ　思そめしか　思ひそめ

ずぞ　思ひ初めずは　思ひそめてき

片思　片思に●片思ひなる　片思すれか　片思ぞする
片思をせむ

思ひ絶ゆ［あきらめる］　思ひ絶えせぬ　思ひ絶えたる
思ひたえなめ　思たえにし　絶えぬ思ひに

思ふ人［恋しく思う人］　思ふ人●あひ思ふ人に　思ふ人
どち　思ふ人の文　思はむ人の　わが思ふ妹に　わが思
ふ君に　わが思ふ人の

思す［お思いになる］　思食し　思すらむ●おぼさんことの
おぼしきことを　思食すらん

思ひ侘ぶ［物思いに悩む］　思ひわび●思ひな侘びそ　思ひ
侘びぬる　思ひわぶらん　思ひわぶれて

思ひ遣る 遠く離れている人を心にうかべる　思ひやる　思ひやれ●おもひや
らる、　思やりつ、　おもひやりつる　おもひやれども

思ひ懸く　かけきやは　かけつれば　かけまくも　か
けましや●思ひかけきや　君を懸けつつ　心かけきと

思ひ明かす 物思いをして夜を明かす　思ひ明かさむ　思ひ明かして　お
もひあかしの／あくがれあかす

【相思ふ】　相思ひ●あひおもふ中　あひ思ふ人に　相
恋ひにけり　相見そめけむ　思ひし思はば　心相思ふ

【物思ふ】 あれこれと物思いにふける　物思ひて　物思ふと　もの思へば
●いはで物思ふ　うたてもの思ふ　きえて物思ふ　たえ
ず物思ふ　ちぢに物思ふ　月は物思ふ　花に物思ふ
昼は物思ひ　物思ふ秋は　物思ふとしも　ものおもふ
身は　物思へども　物思ひをれば　もの思ひくらす
もの思ひ益る　物思もせず　物思ひ痩せぬ　もの思ふ秋
の　物思ふころは　物思ふ袖を　もの思ふ罪も　物思ふ
人の　物思ふ宿の　もの思ふ夕に　物思ふらめや　もの
やおもふと　ものを思はじ　われてものおもふ

【思ほゆ】［思われる］　思ほゆる●逢ひし日思ほゆ　秋思
ほゆる　古思ほゆ　尾花し思ほゆ　思ほゆる妹　着欲
しく思ほゆ　君おもほゆる　国方し思ほゆ　しくしく
思ほゆ　死ぬべく思ほゆ　楽しく思ほゆ　渚し思ほゆ
亡き人思ほゆ　京師し思ほゆ　昔おもほゆ　もとな思
ほゆ　大和し思ほゆ

思いがけず　思ほえず　思ほえで　ゆくりなく●思ひ

もあへぬ　思ひもよらで　思はぬ罪か　思はぬ波に　おもはぬふしを　おもはぬふみを

心

【心】心あらば　心いる　心消え　心せん　こころとや　心の鬼　心ひく　心もて　心遣り　心わかう　人心　乱れ心　ゆくこゝろ●あやしや心　あらそふ心　池のこゝろの　いとゞ心を　妹が情は　色なきこゝろ　色に心は　いはふ心は　飢えし心の　薄き心を　現し心も　おいがこゝろを　少女ごころは　同じ心に　女の心　帰る心や　かぜこゝろせよ　風の心は　通ふ心の　きたなき心　君がこゝろの　きゆる心は　清きこころは　くだくこゝろは　くやしや心　くゆる心も　くらす心を　恋せし心　情あらなも　心いさよひ　心うちあはぬ　心うつくし　心おくとも　心置くらん　こゝろをしやる　心賢き　心通はゞ　心通はむ　心清みや　心くだくる　心汲まるる　こゝろくらべに　こころごころに　こゝろ籠めたる　心こはくも　こゝろしてこせ　心してこそ　心して吹け　情し行けば　こゝろしらすな　心知りきや　こころずさみぞ　心涼しも　心すはれつ　心せばくや　心ぞ痛き　心ぞとまる　情たがひぬ　心たがはゞ　心だましひ　情たゆたひ　心づかひを　心づよさに　心と秋と　心とぞ見る　心と月を　心とゞめし　心とめける　心とめじと　心ながめゐぬ　心に入りて　心にえこそ　心におとる　意にかなふ　心にかよふ　心にくしや　心にくもる　心ににほふ　心に乗りて　心に春ぞ　心にもあらぬ　情に思ひて　こころにも似ぬ　心のうちに　心の奥の　心のかぎり　心のかよふ　心のきはを　心のくまの　心の雲に　心のしめを　心の底の　心の空に　心のたけぞ　心のつばさ　心の咎に　心のどけき　心のとはば　心の根なき　心のはしに　心の果てを　心の春に　心の晴れて　心の節を　心伸べむと　心のみこそ　心の宿と　心のゆがむ　こゝろはかなさ　心はかれじ　心はぐれし　心走りの　心はたゆな　こゝろはなれず　心は花に　心は深く　情は待たじ　心は身にも　心はやすく　心は山に　心はやみに　心ひかれて　心ひとつに　心開けて　心ふるへて　心へだつな　心隔てつ　こころ咽せつ

心燃えつつ　心も異に　情もしのに　心も知らで　心もしるく　心も散らで　情も解けず　心もはては　心も春の　心も深き　心焼けけり　心やゆきて　心ゆく思ひ　こゝろゆたかに　心よこゝろ　心よりにし　心わづらひ　心を君に　心を具して　心をくみて　心をくらす　心を異しく　心をさそふ　心をしむる　心を知らで　心を知りて　心を立て、　心をつくせ　こゝろをとはゞ　心を幣と　こゝろを春に　情をやるに　心をやれる　心をよせし　心をよめる　心をわくる　自愛心とが　自棄の心と　したふ心に　死には心に　しらぬこゝろは　末の心の　過ぐる心は　すける心は　すめる心は　底の心を　その心引　絶えぬ心の　たがふこゝろぞ　竹のこゝろも　たてし心は　たゆたふ心　千々に心ぞ　散らぬ心を　月も心の　同心にして　磨ぎし心を　とまらぬ心　とはぬ心の　西に心を　似ぬこゝろかな　乗りにし心　はかなやこゝろ　花に心を　はやき心を　はらふこゝろの　春に心を　人は心よ　深き心の　ふとしき心し　ほとけもこゝろ　真実の心　待つ心のみ　水のこゝろの　見るに心の　結ぶ情は　もとの心を　山のこゝろも　行かぬ心の　雪にこゝろの　行くこころかな　わがこころ嚙み　わが情焼く　わくる心の　童心の／腸を

奥［心の奥］　奥知らすれば　奥ぞ知らるる　心の奥の

心　うら恋し　うらせばく　うらもなく　うらやすく　●うらなつかしみ　うらふりぬらめ　うらめづらしき　うらめづらしみ　こゝろのうらを　まうら悲しも

下心 本心。内心　下心良し　したのこゝろや　わが下ごころ

下思ひ 表に出さない感情　下思に●したの思ひを　わが下思

片心 すこし心にかけること　かた心●かた心つく

利心［するどい心］　心鋭き　鋭心ぞ●利心もなし

心延 心づかい。趣向。風情　心ばへ●心ばへ有り

心神 しっかりした心。気合。気力　心神もなし　わが心神の

心弱し　思ひよわると　心弱くも　心よわさを　心よわしと　弱し心よ　わが軟弱を／内端もの　臆したる　憶病したる　心おくれの　心細さの

心浅し 考えが浅い。薄情　浅らかに●浅き心の　浅きながらや　浅くも人を　心浅くも　心浅さよ　人にあさくも

心短し 短気。浅はか　心短く　みじかき心

【染む】［心に染みる］　思ひ染みて　染むるかな●思ひしみにける　心染みつつ　心染めつる　心に染みて　心に染し　染みにし情　しむ心ちして　染むる心は　染めおく心　染めし心も　深く染みにし　深く身にしむ　身にしむばかり　身にぞしめつる　胸に染むらん

感ず　感涙を●尼を感じて／心動きて

【情】　空情　なさけ有て　情あれ　なさけとや　わがなさけ●折しなさけも　かけぬ情の　恋ふるなさけは　さすが情を　露のなさけは　なさけおきける　なさけしるらん　情絶えにし　情なりけり　なさけなるらむ　情に恋の　情の文は　情はなどと　情は人の　なさけを忍ぶ　人の情に　見せし情に　無情無道の

【優し】　あはれ優しき　やさしかれとて　やさしとぞきく　優しみのある

【胸】［心］　寒懐をも　胸にみつ　胸はつと　胸を熱み　胸をさき　胸をやみて●をさなき胸の　ぎつくり胸に　こがるゝ胸の　さめても胸の　つつめる胸を　つと胸を引きぬ　何とてむねを　胸しづまりぬ　胸に数へつ　胸にこそたて　胸にぞ跳る　胸のあくべき　胸の小琴の　胸のねぎ言　胸のみつねに　わが胸痛し

【心地】　心地して　聖心地　みだれごこち●逢ふ心地して　あるこゝちする　幼心地に　勝ちぬる心ち　聞く心地する　心地こそすれ　こゝちするかも　心地のみして　心地惑ひて　心地もせぬに　心地吉気にて　時雨ごゝちは　しむ心ちして　そふ心地する　旅心地する　千年の心ち　散る心地して　なき心ちして　匂ふここちの　ふる心地する　目くるる心ち　夢心地にも

【憧る】　あくがるる　あくがれし　あくがれて　あくがれむ●あくがれあかす　あくがれ出づる　あくがれがたき　あくがれて行く　あくがれぬらむ

【羨む】　うら山し●あるが羨しさ　狗を羨む　羨しかも　うらやましきは　羨しくも　心うらやむ

羨し［うらやましい］　雁し羨しも　木人ともしき　紀人羨しも　恋ふるはともし　羨しき小舟　羨しくもあるか　ともしむ子らは　見るが羨しさ　見るにともしく

心

惜

【惜し】 色も惜し　惜しからず　惜しからで　惜しからぬ　惜しからめ　をしからむ　をしと思ふ　惜しの夜や　惜しまじな　をしまるゝ　をしみかね　惜しみけむ　をしみつる　惜とて　をしむべき　惜しむ夜の　惜しむらめ　惜しめども　折らばをし　をるもをし　名を惜しみ　音を惜しめ　春は惜し　日ぞをしき　人も惜し　破れば惜し●明りをしさに　秋をしめり　明けまく惜しき　荒れまくも惜し　命を惜しみ　入らまく惜しも　いろのおしきぞ　惜しからざりし　惜しからなくに　惜しき盛りに　惜しき菅原　惜しきにほひを　をしき萩原　をしき春かな　惜しき宵かも　惜しくもあるかな　惜しけくも無し　惜しげなく吹く　をしとぞ思ふ　をしと思ふ夜を　惜しみ顔なる　をしみかなしみ　惜しむかひなく　惜しむ君かな　惜心ぞ　惜しむ桜に　惜しむも知らず　かへるさおしき　風や惜しむと　かつみてをしき　香をば惜しまん　聞くも惜しきは　消ゆるは惜しき　消なば惜しけむ　声な惜しみそ　しひてぞ惜しき　過ぎまく惜しみ　たたまく惜しき　誰かをしまん　散らまく惜しみ　散りなば惜しと　散るを惜しまぬ　月ゆゑ惜しく　月ををしとや　年を惜て　なほ惜しまるる　名こそ惜しけれ　名残惜しさに　何惜むべき　名を惜むかな　花も惜しまじ　花を惜しめば　春さへ惜しく　春はをしめど　ひかりをしまず　日さへをしくも　ひとへに惜しき　待つも惜しむも　身は惜しからず　身ををしまぬも　わが惜しみせめ　別れを惜しみ

惜し（あたら）（惜しい。すばらしい。もったいない）　あたらしと　良夜や　あたら夜を●あたら清し女　あたら桜の　あたら墨縄　あたら船材を

【懐し】 懐かしき　なつかしな　懐しう　懐けむと●いまなつかしき　いや懐しき　男なつかし　香さへなつかし　香をなつかしみ　きけばなつかし　着ればなつかし　声なつかしき　空なつかしみ　手のなつかしさ　床もなつかし　なつかしからぬ　なつかしきひと　なつかしけれど　懐しみ思ふ　のきなつかしき　野をなつかしみ　羽風なつかし　火をなつかしみ

【好む】 絵を好み　好みける　好もしき　道を好む●

狩を好まば　好みたるらむ　このむ香水　夏このましき
ひをは好みて　武者を好まば
好く　好きたまふらむ　すけるものとや
すさめぬ［好まない］　駒もすさめぬ　すさめぬ草と
【飽かぬ】あきることなく。満足しないで。　飽かざりし　飽かずして　飽か
ずのみ　飽かずみる　飽かでこそ　飽かで行く　飽かな
くに　とめ飽かぬ　花にあかぬ　見れど飽かぬ●飽か
ざる君や　あかず時雨るる　あかず散るとや　飽かず
見るとも　飽かずもあるかな　あかで過ぎぬる　飽か
で散りぬる　あかでわかれし　飽かなくおもほゆ　あ
かぬ色かな　あかぬ色香は　飽かぬ川かも　飽かぬ心に
あかぬ盛の　あかぬ桜に　飽かぬ名残の　飽かぬにほひ
を　あかぬひかりを　あかぬ夢路を　あかぬ夜床に
飽かぬ別も　飽くこともなし　憂けくに飽きぬ　をそ
ろは飽きぬ　聞けども飽かず　情に飽かず　猶あかぬ
かな　長き夜あかず　長き夜あかぬ　詠もあかぬ　寝
れど飽かぬを　飲めど飽かぬかも　座せど飽かぬかも
見飽かぬ妹に　見てだに飽かぬ　見れども飽かぬ

欲

【欲し・欲る】　着欲しきか　友ほしく　欲
しからず　ほしかるは　ほりしごと　わが
欲りし●えらまくほしみ　風をほしがる
去年よりほりし　友もほしなし　長く欲りせむ　美物
の欲しく　ほしかりし物　欲しき君かも　欲しきま
まに　欲しくなりたり　欲しといふわれ　欲しや欲し
やと　欲りせしものは　欲りて嘆くも　見が欲し君を
水はほらねど　行かまくを欲り　われを欲しといふ
目が欲る［逢いたい］　親の目を欲り　君が目を欲り　妻
が眼を欲り　汝が目欲りせむ　目が欲る君が
【願ふ】　鯛願ふ　願ひの日　願へども　願はくは　願う
ても●おもふねがひの　此世に願ふ　なほし願ひつ　願
ひつるかも　希望の星を　胸のねぎ言／我がこゝろざす
有らまし　家もあらましを　黙もあらましを　闇にぞ
あらまし　分かずぞあらまし
まほし　聞かまほし　誘はまほし　捨てまほし　弾かま
ほし●いかまほしきは　なほ聞まほし　見まほしかりし
ばや　語らばや●逢はばや見ばや　袖を見せばや　月

にとはばや　月に舞はばや　春にあはばや　春を買はばや　見ばや見えばや　身を投げばやと

ましかば　見ましかば●語らましかば　答へましかば　絶えなましかば　なからましかば　なびかましかば

ましを　あはざらましを　織りて着ましを　衣貸さましを　ことづてましを　覚めざらましを　玉敷かましを

ませば　あらませば　知らませば　ましませば

もがな　籠もがな　はなもがな　人もがな　みずもがな　道もがな　宿もがな●逢ふこともがな　いつはりもがな　命もがなと　うつつともがな　鏡ともがな　聞人もがな　しがらみもがな　しるべともがな　訪ふ人もがな　長くもがなと　なびかずもがな　春風もがな　ひとえだもがな　一声もがな　まぼろしもがな　都へもがな　見む人もがな　山は無くもが

もがも　鳥にもがも　長くもがも　無くもがも●母が目もがも　着せむ子もがも　手力もがも　常にもがもな　常葉にもがも　船楫もがも　真幸くもがも

な〜そ　～しないで。ソフトな否定　な見さいそ●雨な降りそね　いたくな荒れそ　いたくな澄みそ　いたくな鳴きそ　いたくな吹きそ　いたくな降りそ　いたくな侘びそ　色にな出でそ　声な惜しみそ　言葉なかけそ　この夜な明けそ　時雨な降りそ　莫恋ひそ吾妹　ものな思ひそ

ゆめ　決して～しないで。強い否定　色に出づなゆめ　風吹くなゆめ　標結ふなゆめ　散りこすなゆめ　波立つなゆめ　ゆめなさましそ　わするゝなゆめ

【求む】　求め来れば　もとむらん　求むるに　求め得て●妹を求めむ　扇もとむる　変水求め　乳母求むらむ　刀を求め　骸骨を求め　黄金求むる　ところ求むと　ねぐら求むる　麓をとむる　道もとむなり　求め騒がせ　もとめて宿る　宿もとめてむ

貪る　貪るを●生は貪る可く　涼を貪つて

【叶ふ】　かなはめと●かなふ初夢　かなはざりけり　叶はぬぞうき　叶はぬ身にて

満つ　願いがかなう　満てたまへ　満てんとて●満しけむと

【選ぶ】　月日選り　つま撰み●選られて婿に　友をえらばば　はなやえらびし　若きをゑらむ

心

頼

【頼む】 頼りにする。あてにする。頼みに思わせる。あてにさせる　影頼む　ただたのめ　頼まじな　頼まじよ　頼まれよ　たのみだに　たのみてや　頼みにて　たのむ身に　たのむらむ　たのめ置かむ　頼めおく　たのめおけ　頼めこし　たのめしを　頼めつつ　頼めとや　なほ頼め　●あな頼みがた　いかゞ頼まむ　いつと頼まむ　命にたのむ　色をぞ頼む　いはぬたのみに　かげたのむなり　かけて頼まぬ　蔭とぞたのむ　蔭と頼みし　けふはたのめし　暮をたのめと　後世をも頼む　来ぬ人たのむ　しひても頼む　高き頼みを　頼まずながら　頼まれぬ世を　憑まんずれば　頼みがたさよ　頼みきこえし　頼みけるかな　頼みしかひも　頼みし松や　たのみしもうし　頼みとぞ聞く　頼みはつべき　頼みもせまし　頼みもなきは　頼みやはある　たのみゆたかに　たのむおもかげ　頼むかぎりぞ　頼む蔭とて　たのむ心は　頼むしるしを　たのむひとり寝　頼むべき身か　頼むまじけれ　たのむもはかな　たのむる暮の　頼む別れは　たのむをしれと　頼めおきける　たのめしくれを　頼めし事の　たのめしすゑや　たのめしやどの　頼めし夜は　たのめてし日は　たのめぬ秋の　頼めむなしき　頼めもやまず　憑めや君が　たれたのめけむ　月にぞたのむ　強く頼みて　なほたのむかな　何頼むらん　後もたのまむ　はかなく頼む　花をたのめる　人だのめなる　ゆくすゑたのむ　夜ごろたのまで　よしや頼まじ　よをも頼まず　わが頼みにや　われは頼まむ　われを頼めて／かかづらひ　何をかげにて

頼り 頼みにできるもの。頼もしいもの　たよりまで　よる身にも●うらによらまし　たよりなき身は　たよりにたぐふ　たよりに見えし　たよりよげなる

待ち遠し　待ち来つる　待どほに　まちとをみ●待ちし桜も　まつまも遠き／かけこしは

【乞ふ】　銭乞はむ　肴乞はさば●雨乞をする　帯乞ふべしや　乞ひえまほしき　乞はむ児がため　賽は乞ひける　寒さを乞ふる　食物を乞ふ　乳乞ふがごとく　花乞ふべくも　浜づと乞はば　もの乞ことも　我に草乞ふ

無心 金品をねだること　御無心は●莨の無心

心

安

【安し】安らか。心やすい　あな安らけ　あら楽や　うらもなく　国やすく　平らかに　たいらけく　目を安み　やすげなり　安らかに　平安の●心はやすく　心やすくぞ　後世安穏に　死なば安けむ　父よ安かれ　馴れ安らかなる　幣も安けし　みるも気安き　やしうゐたりと　安く老いぬる　やすくおくれる　安く寝る夜は　安く肌触れ　やすく待ちつつ　安席かも　宿屋安けし　ゆくすゑやすく

【真幸く】無事に。幸せに　ま幸くて●真幸くあらば　ま幸くませと　真幸くもがも／親の無事　ことぞともなき　事も無く　障無く　恙むことなく　全くしあらば

【和ぐ】穏やかになる。なごむ　和ぎむかと　和の今　なごむまで●今そ和ぎぬる　こころ和ぐもの　心なごみき　心はなごめり　潮の和みぞ　和ぎなむ時も　和ぐる日もなし　和には吹かず　人をも和し　見和ぎし山に／影やはらぐる

【慰む】　慰まず　なぐさまば　慰むと　慰めに　慰めむ●おもひなぐさむ　心慰に　しばしなぐさむ　慰さまぬ目に　慰む方は　慰むやとぞ　慰むれども　慰めがたき　慰めかねつ　なぐさめぞなき　慰めつべき　なぐさめてまし　なぐさめにしも　なぐさめわぶる　ほどぞなぐさむ　身をぞなぐさむ　夢に慰む

【穏し】平穏。おっとり。ゆったり　おいらかに　おほどかに　ゆほびかなる　ゆほびかに　ゆくらかに　ゆくらくら●鶴おほどかに　ゆほびかにてぞ　ゆららさららと

静心［落ち着いた心］　静心　しめやかに●しづ心なし

【寛】ゆったり。のんびり。　ゆたならば●潮干のゆたに　しづけくゆたに　その夜は寛に　ゆたにあるらむ　ゆたに見えけり

寛けし　ゆたけきかも　ゆたけくも●海もゆたけし　姿ゆたけき　手本寛けく　寛けき見つつ　ゆたけきものは　ゆたけきを吾は　寛けく君を　ゆたけに解けて

緩む　心ゆるびて　たづなゆるすな　ゆるふことなく　ゆるぶばかりを　ゆるむまに〳〵　ゆるりと寝るか

心長し　気長。安心　心長き人　心ながくも　長き心を

【長閑】　のどかなる　長閑なれ　長閑にて　長閑けきに　のどけくて　のどけさや　のどやかに●あしたのどけき　音ものどかや　かげぞのどけき　影のどかなる

影ものどけし　風ものどかに　けしきのどけき　けぶり長閑に　声ものどかに　心のどけき　空は長閑に　長閑とおもふ　のどかなりけれ　のどかなりつる　閑かにくらす　長閑にぞ散る　のどかにぞ行く　のどかにだにも　のどかに散らす　のどかに花を　のどかに見ゆる　のどかにもふる　のどけからぬに　のどけかりけり　のどけかるべき　のどけかるべし　のどけかるらし　のどけかるらむ　のどけき雲の　のどけき頃の　のどけき春の　のどけき水の　長閑には死なし　白日の閑を　ひかりのどけき　星ぞのどけき　夜も長閑也

【任す】まかさねど●色にまかせて　楫よくまかせ　風にまかする　神にまかせて　君にまかする　袖をまかせて　空にまかせて　天に聴せつつ　筆にまかせて　まかせざらまし　まかせたらなむ　まかせつるかな　身を任たる　もるにまかせて

まにまに なりゆきに まかせる　生のまにまに　風のまにまに　神のまにまに　君がまにまに　友のまにまに　馴るるまにまに　欲しきまにまに　道のまに〳〵　ゆるむまに〳〵

おのづから［自然に］　自然になん●おのづからなる

自在［思うまま］　飄然と●市は自在な　気儘頭巾と　自在のつばさ　自由自在は　自由の燭を

よしや　よしゑやし●此の世は縦や　よしや世の中

宜し なるほど まあ　うべしこそ　むべしこそ●むべもいひけり

【漫ろ・漫ろ】心のおもむく ままに　すずろかに　そゞろかに　そぞろ髪　そぞろ神●すゞろに笑みて　すずろに袖の　すずろにものの　そぞろがましき　そゞろ飛たつ　そぞろや夜を　そゞろ読ゆく／逍遙しけり

【休らふ】ためらう。休む　やすむなり　休めざる　やすめずば　やすらひに　やすらはで　やすらはば　やすらはん●かつやすらひて　声も休まず　臥さず休まず　息むこの公　やすめば暫し　やすらひかねて　やすらふ声ぞ　やすらふ月ぞ　やすらふほどに　やすらふまゝに

憩ふ　息ふ時無く　いこふ松陰　いこはぬぞなき

【気】きさくなる　気まぐれに　御気色の●気焔を吐きて　気にむけばのむ　気薬なる　気持のよさを　気力なくして　その気がるさを　違ふ気心

心

夢

【夢】徒夢の　今や夢　追ふ夢の　これや夢　僧の夢　無を夢　ぬる夢に　見し夢の夢驚く　夢覚めぬ　夢断えて　夢とこそ夢とのみ　夢ならで　夢なれや　夢にだに　夢にのみ夢の華　夢の窓　夢の夜に　夢の世を　夢よゆめ　夢よりぞ　夢を洗ふ●あけぐれの夢　ありし世や夢　ある夜の霊夢に　いづれを夢と　一期は夢よ　いにしへの夢妹夢に見ゆ　うき世の夢の　浮世は夢よ　うたたねの夢現や夢と　おぼえぬ夢の　おもへばゆめか　かたるもゆめ　かなふ初夢　かなしき夢の　仮寝の夢を　かはるは夢の　岸を分つ夢　この世の夢に　里には夢や　覚たる夢の　残夜の夢を　しばしのゆめを　霜の後の夢その夜の夢の　だくと夢みし　たゞ夢の中　旅寝の夢にちぎりもゆめと　小さき葉のゆめ　なほ夢かとぞ　なげきし夢の　夏の夜の夢　ぬるよの夢の　寝なくに夢の寝ぬる夜の夢　のどかに夢を　はかなき夢に　花をや夢と　春の夜の夢　ひとよの夢を　枕は夢も　また夢の世に　まどろむゆめぞ　見し夜の夢に　見はてぬ夢の　昔やゆめと　むすびし夢ぞ　むなしきゆめの　夢おどろかし　ゆめかとぞおもふ　夢ごゝちして　夢ぞかなしき夢ぞと語る　夢だにもなし　夢と見る見る　夢とや君を　ゆめなさましそ　夢ならで見ん　夢成りがたし夢に逢ふべき　夢にうらむる　夢にうれしき　夢に契りし　夢に慰む　夢には恋ひし　夢に見えつつ　夢にみてけり　夢に見ゆとも　夢にも見じと　夢にゆめみし夢に別れて　夢の浮橋　ゆめのうきよに　夢の中なる夢のうちにぞ　夢の面影　夢の小蝶に　夢のしるしは夢の戯れ　夢の残りを　夢の枕に　夢のまさしき　夢の間なりと　夢のみじかさ　夢のゆくへも　夢は五十年の夢はさめにき　夢幻や　夢見てのちも　夢みる人は夢結せぬ　ゆめもこの世も　夢も覚むべき　夢も残さぬ夢もはかなし　夢も見はてぬ　夢も結ばず　夢もやどさず　夢より夢に　夢をいとひし　夢を結びて　夢をも夢と　よなよな夢に　よるのゆめかも

【夢】［寝目＝夢］　夢にだに　夢の逢は●夢に夢にし　夢にし見ゆる　夢にそ見つる　夢に見えこそ　夢に見えつ

る　夢に見るかも　いめにもかもと　夜の夢にを

夢現　夢うつゝ●夢かうつつか　夢もうつゝも

夢語り 見た夢をさめてから語ること　夢語り●夢語りする

夢路　夢通ふ　夢路にて●あかぬ夢路を　かへす夢路はしらぬ夢路に　ながき夢路の　惑ふ夢路に　夢路に通ふ夢路にさへや　夢路にすずし　夢路に迷ふ　夢路はちかき　夢路はゆるせ　夢路もはなに　ゆめ路をてらす夢の通ひ路　夢の直路は　よるのゆめぢを

楽

【楽し】　あな愉し　歓楽に●あふが楽しさ朝楽しも　かへさも楽し　聞くが楽しき今日の愉しさ　今宵たのしも　楽しかるらむ　楽しき世界　楽しき庭に　楽しきを経め　楽しく遊ばめ　楽しくあらば　楽しく飲まめ　たのしくもなし　楽しとそ思ふ　たのしみ多し　楽しみ尽きて　楽しむがごと　釣魚の楽み　なにのたのしみ　煮つつたのしむ　のむがたのしさ　春ぞたのしき　独り楽しむ見つゝたのしき　よそめ楽しき　わきてたのしき

快し　こゝろよげに●聞く快さ　こゝろよげなる

【喜ぶ】　歓喜の　歓びの●受け喜ばば　戎夷よろこぶその子のよろこび　泣く泣く喜び　ひよりよろこび　待ち喜びて　目を悦ばし　喜びの帆をぞ　よろこびもあり　喜も無く　喜ぶ人に　喜ぶ者あれば／はらつづみ

【嬉し】　うれしきも　うれしくも　嬉しけれ　嬉してふうれしとも　うれしとや　嬉しみと●逢ふをうれしとあらばうれしき　今ぞうれしき　入るぞ嬉しき　うれし顔にも　うれしからなむ　嬉しからまし　喜しかりける　嬉しかるべき　うれしかるらん　うれしき音を嬉しき事は　うれしき瀬にも　うれしき鳥の　うれしきにもや　うれしきはなし　うれしきふしも　うれしき文を　喜しきままに　うれしき雪も　嬉しくもあるか　うれしく雪の　うれしげもなし　喜しと思ひ　うれしびながら　うれしもあるか　神もうれしと　聞ぞうれしき　暮るるうれしき　越えてうれしき　心に喜し　これぞうれしき　住むぞうれしき　誰も嬉しき中〻うれし　母のうれしさ　見せむうれしさ　見るぞうれしき　迎ひうれしや　むせぶもうれし　雪をうれ

しと　夢にうれしき　よそにうれしき
心躍る　こころ躍るも　またぐ心を　胸躍らせよ　胸にぞ跳る

【戯る】［たわむれる］　たはぶれなど　戯れに　戯るゝ　戯るれば　たはれなむ　悪戯者●おどけならむや　影にたはるる　蟹とたはむる　神女の戯　戯れ遊び　たはぶれいうて　戯事に　戯れ言を　戯れせんとや　戯れ給ふ　たはぶれにくき　たはむれに似て　蝶戯れ　蝶もたはれて　童子の戯れ　野辺にたはるる　春に戯る　睦れ戯れ　夢の戯れ　わろびたはぶれ／じやるるとも　人なぶりのみ
戯ふ［ふざける］　そばへたる●姉に戯る

【浮かる】［浮かれる］　うかれ出づる　うかれ鳥　お軽忽　はやりかに　剽軽の●浮からかいたよ　うかるゝものを　浮れか行かむ　うかれ心は　うかれしまゝの　うかれ初めけん　うかれてものを　うかれてや見ん　心うかれし　花にうかるゝ　独うかるゝ　貰ひ陽気や
心軽し［軽薄］　心かろくも　心かろげに　心軽しと

【笑ふ】　うち笑ひ　ほめ笑ひ　笑ひありく●泣きみ咲ひみ　苦きわらひの　にくみ笑ひて　人と笑ひて　もらひ笑ひに　笑ひかたりて　笑ひかんなの　笑ひて帰りぬ　わらひはすれど　わらひもせずに　笑ふ男の　笑ふをみても　笑はせたまひ／腹をよるとき　人嗤ふべし

【笑む】　朝の笑み　うち笑みつ　うちゑみて　笑み栄え　笑みて抱く　咲みまがり●相し笑みてば　笑ますがからに　笑まるゝさまは　笑まはしきかも　笑まむ姿を　笑みかたまけぬ　笑つくりぬる　ゑみてこたへも　笑みて立てれば　笑の眉ひらく　笑みみいかりみ　笑みみ笑まずも　ゑめるばかりぞ　ゑめるみどり子　かはしたるゑみ　きけばゑまるゝ　曇らぬ笑みは　さびしくゑみぬ　下咲ましけむ　しどけなくゑむ　すゞろに笑みて　にふぶに笑みて　見るに笑ましく　眼には笑みつつ　われと笑まして／ゑらゑらに
笑まひ［微笑］　妹が笑ひを　笑まひのにほひ　笑まひ振舞ひ　笑ひ眉引
微笑む　にこよかに　微笑みて　ほゝゑめり●にこよか

にしも　破顔微笑(はがんみしょう)す　われ微笑(ほほえ)みに
わららか［陽気］　わらゝかに●わららかなるぞ
【朗(ほが)らか】　朗らかに●ほがらほがらと／愛敬(あいきょう)づきて
あかるき声を
【あな】ああ。強い感動　あな面白(おもしろ)　あなかしこ　あなかまし
あな恋(こい)し　あな清明(さやけ)　あな愉(たの)し　あな尊(とう)と　あな醜(みにく)
あな安(やす)らけ●あなあやにくの　あな息(いき)づかし　あないつ
くしき　あな美(うつく)しやな　あなおぼつかな　あなかしが
まし　あなたづたづし　あな頼(たの)みがた　あな冷(つめ)たよと
あなながく\し　あなひねひねし　あなわづらはし
あら　ああ。強い感動　あら楽(らく)や●あらうつくしの　あら卯(う)の花や
あら定(さだ)めなの

寂

【寂(さび)し・淋(さび)し】　あなさびし　あら淋し　浦(うら)
さびて　心さびて　さびさびて　さびしき
に　さびしけれ　さびしさに　空寂し　ひ
るさびし　山さびし●あきさびしらに　秋は寂しき
あたりさびしき　雨の淋しさ　いへどもさびし　いつし
かさびし　いと淋しげに　いとどさびゆく　うら寂し
げに　思ふもさびし　かげぞさびしき　離(か)るるは淋し
唇(くちびる)さびし　けぶりもさびし　声ぞ淋しき　梢(こずえ)さびしも
さびしからずや　寂しからまし　さびしかるらむ　寂
しき秋と　淋しき雨と　さびしき湖(うみ)の　さびしき男(おとこ)
さびしき女(おんな)　さびしききはみ　寂しき心　淋しき世界
寂しきものは　さびしき森に　さびしきやどの　寂し
き夜な〱(よなよな)　さびしくゑみぬ　さびしく見ゆる　寂し
くもあるか　さびしさしかも　さびしさ添(そ)ふる　さび
しさつらさ　さびしさながき　さびしさならふ　寂し
さまさる　さびしさもうき　さびしといへば　さびしう
なりぬ　さむしい笛(ふえ)を　寂々(せきせき)として　園(その)さびにけり　月
はさびしき　鳥のねさびし　なかめさひしき　寝覚(ねざめ)さ
びしき　旅籠屋(はたごや)さびし　はるはさびしき　春を寂しく
冬ぞさびしさ　冬はさびしも　枕さびしも　万法空寂(まんぼうくざく)
の　見えて淋しき　水のさびしさ　峰(みね)にさびしき　みる
ぞさびしき　眼鏡(めがね)さびしき　ものさびしかる　ものさ
びしきは　宿(やど)ぞ寂しき　山寂しかる　夕日さびしき
吾(われ)はさびしゑ／雨は蕭蕭(しょうしょう)　寒懐(かんかい)をも　雁声(がんせい)寒し　蕭(しょう)

蕭たり　蕭条たり　凄涼として

淋し［さびしい］　不楽しけむ●さぶしくもあらず　さぶしけめやも　妻屋さぶしく　無きがさぶしさ　見れどもさぶし　見ればさぶしも　われはさぶしも

寂寞［静かでひっそり］　寂寞の●寂寞音せぬ　寂寞たれど　寂寥を照し　人寂漠たり

心寂し　なんとなくさびしい　心さびて　うらさぶる●うらさび暮し　うらさびしくぞ　うらさびしくも

心凄し　さびしくて心細い　いとこころすごし　心すごくて

【侘ぶ・侘びし】　あかしわび　うちわびて　うちわびぬ　恨みわび　置きわぶる　をりわびて　消えわびて　こえわびて　冴えわびて　鹿もわぶ　しき侘びぬ　ながめわび　なき侘びぬ　待ちわびて　わびをるに　わびしかる　わびしげなる　わびしけれ　侘びしめて　わびしらに　わびつつも　わびぬれば　わびはつる　わびわたる●明くるわびしさ　朝わびしき　雨を侘びつゝ　いたくな侘びそ　おきてわびしき　思ひわぶれて　をりぞわびしき　帰りわびぬと　風のわびしさ　かるぞわびしき　聞けば侘しも　くゆりわぶとも　さもわびまさる　尋ねわびにき　なきぞ侘しき　待ちぞわびしに　まつぞわびしき　湊はわびし　みるがわびしさ　虫の侘ぶらむ　虫のわぶれば　よるぞわびしき　侘び思ひけり　わびをる時に　わびさするかな　わびしかりけり　わびしかるらむ　わびしき焔　侘しみせむと　わびしらにこそ　侘びそしにける　わびつつぞ寝る　侘びつつもねむ　わびて魂　わび〳〵ぞ行　わぶと答へよ　われぞわびしき

侘び人　世をはかなんでわびしく暮らす人　わび人の●ただわび人の　わびしき人の　侘ぶる者あり

空

【空し】　形だけで中身がない。はかない　空しうして●おもふもむなし　酒を空しく　さてむなしくや　頼めむなしき　待つ夜むなしき　待よ空しく　むなしかりけり　空しかるべき　むなしき色に　むなしき恋に　むなしき中の　空しき法の　空しき華を　空しきものと　むなしきゆめの　空しく白し　空しく注く　空しく払ふ　むなし煙を　空しさのはて　空し

と説ける　指に空しき

空ろ　うつろなす　空虚なる●空虚の一日

上の空　うはの空なる　心空なり　心もそらに／空に過ぎにし　呆けてあれば

徒然 手持ちぶさた。退屈　徒然れに●明日のつれづれ　余りの徒然につれ〴〵とふる　徒然れなる女　つれ〴〵に鳴く

覚束なし はっきりしない。心細い。ものさびしい　覚束な●あなおぼつかな　おぼつかなきは　おぼつかなくぞ　おぼつかなくも　おぼつかなさも　おぼつかなくや

哀

【あはれ】 しみじみとした情趣。味わい。心ひかれること　あはれあはれ　哀れがりて　哀れさも　あはれ知る　あはれてふ　哀れとも　哀れなれ　あはれ人　あはれよに　あはれをも●秋のあはれも　あとのあはれは　あはれあだなる　あはれ多かる　あはれ知らする　哀れしらせし　あはれ知らるゝ　あはれすあしの　あはれそふらむ　あはれその鹿児　あはれその鳥　あはれそのはな　あはれぞふかき　あはれ染むらん　あはれと思ふ　あはれとぞ思ふ　哀れと見しか　あはれとも聞く　あはれならずは　哀れなるかと　あはれなる香は　哀れに思ゆ　あはれにたえぬ　あはれに見ゆる　あはればかりを　あはれ昔べ　あはれも知らん　あはれも深き　あはれ優しき　あはれ世のおも　あはれ世のなか　あはれ別れの　あはれをこめて　あはれを知るも　あはれを添ふる　石じるしあはれ　音あはれなる　思ひ妻あはれ　折あはれなる　折をりあはれを　影媛あはれ　けふのあはれは　言の葉あはれ　さくをあはれと　住まであはれを　月をあはれと　月を哀み　はやあはれなり　春のあはれは　一つ松あはれ　眉作るあはれ　皆あはれにや　身にもあはれは　黄葉あはれび

【憐む】　哀れびて　哀れびの　あはれみが　憐れむべし●あはれ親なし　あはれこごえし　あはれはかけよ　哀憐びければ　あはれみ厚き　あはれをかはせ　犬をあはれむ　神のあはれみ　神もあはれと　食ふあはれさよ　この旅人あはれ　愍くや君が　めぐるあはれさ

【哀し】 心にしみる。切ない。いとしい　色かなし　海哀し　哀しぶる●秋の日かなし　色のかなしさ　綱手かなしも　露のかなし

心

さ　ふたりは哀し　紅葉かなしな　山のかなしさ

悲

【悲し】［心が痛む。いとおしい。心打たれる］　かなしきに　悲しくも　悲しけれ　かなし世に●赤きが悲し　あまた悲しも　あやに悲しび　在がかなしさ　廬悲しみ　いとゞ悲しき　今ぞ悲しき　うすらかなしみ　駅の名悲し　えにし悲しみ　老ぞ悲しき　将来も悲しも　をしみかなしみ　音ぞかなしき　思へばかなし　悲しい木立　悲しからまし　悲しかるらむ　かなしき歌の　悲しき音よ　かなしきはなし　かなしき夢の　悲しき宵は　悲しくあたらし　悲しさ添ふる　悲しさに生く　悲しさまさる　悲しび恋ふる　悲しび別る　悲しみ逢ひつ　哀しみ来る　悲み白し　悲しみ拭ふ　悲しみをえぬ　消えてかなしき　聞けば悲しも　君ぞ悲しき　けふぞかなしき　けさだにかなし　煙かなしも　獣は悲し　恋ひ悲しびて　声ぞかなしき　情悲しも　このごろかなし　すくせかなしき　澄みてかなしき　空だにかなし　断えつゝ哀し　立つも悲しき　たびのかなしさ　魂ぞ悲しき　罪ぞかなしき　とほくかなしき　飛がかなしさ　なきや悲しき　鳴くね悲しき　歎き悲しみ　後ぞ悲しき　果ぞ悲しき　悲風に吹かれ　風色悲し　舟出悲しな　ふるぞ悲しき　現在も悲し　見ぬぞ悲しき　御幸悲しき　見るぞ悲しき　見ればかなしな　宿ぞ悲しき　宿悲しみ　行くが悲しさ　夢ぞかなしき　夜は悲しき　夜はもかなしき　弱る悲しさ　我ぞ悲しき／心消え

物悲し　千々にものこそ　物ぞ悲しき　物や悲しき

心悲し　うら悲し●うら悲しけむ　うらぞ悲しき　けさうらがなし　声うらがなし　まうら悲しも

うらぶる（しょんぼりする。心がしおれる。）　うらぶれつ　うらぶれて●うらぶれ居れば　うらぶれ立てり　うらぶれにけり　こゑうらぶれて　沈みうらぶれ　萎えうらぶれ

絶望　絶望の　望たえ●絶望に似て

断腸　断腸せん　断腸の●客腸を断つ　愁腸断えなむ　断腸の声　はらわた断ゆる　腸を断ちぬ　腸を断つ

【暗す】［心を暗くする］　昏らされて　脳暗く　闇にくれて●くらす心を　暗れ塞がりて

心

暗暗(くれぐれ)と 心が暗く悲しみにしずんでいる　くれくれと　くれぐ〳〵(ぐれ)と●くれくれ参(まい)る

胸(むね)つぶる　胸つぶれ●割(さ)けにし胸は　胸つぶるるに　胸つぶれまし　胸塞(ふさ)がりて

【嘆(なげ)く・歎(なげ)く】　うち嘆き　嘆かじな　歎かずよ　なげき淡(あわ)く　歎きこし　歎きせで　嘆きせば　嘆きつゝ(つ)　嘆きわび　嘆くらん●逢(あ)はでも嘆く　妹(いも)が嘆かむ(ん)　思ひ(い)歎きて　折(お)らぬなげきは　かしこになげく　君が歎きを　繁(しげ)きなげきの　詩人(しじん)の歎(なげき)　袖(そで)になげきの　たへ(え)ぬなげきの　玉詠(たまなげ)かする　千遍(ちたび)嘆きつ　つきぬ歎きの　つらき歎きの　取りて嘆かむ(ん)　なほ(お)や嘆かむ(ん)　嘆かざらまし　嘆かす妻に　嘆かすなゆめ　嘆き明(あ)かして　嘆きけむ(ん)妻　嘆き先立(さきた)つ　なげきし夢の　なげきせしまに　嘆きせむ(ん)とは　嘆きつるかも　嘆きてぞ経(ふ)る　嘆(なげき)の霧(きり)に　なげきの本(もと)を　嘆きはいつも　歎きはつゆも　嘆きもそめず　嘆きやはする　なげきをぞつむ　嘆くけふ(きょう)かな　嘆く心を　なげく涙と　嘆くばかりの　なげくもいかゞ(が)　嘆く夜(よ)ぞ(ぞ)多き　なに嘆きけむ(ん)　果(は)てはなげきの　春のなげきに　春をなげくと　伏(ふ)し居嘆(い)きて　まづ(ず)歎かれぬ　見れば歎きの　八尺(やさか)の嘆(なげき)　幽姿(ゆうし)を歎(たん)ぜり　よらぬ嘆きを　夜半(よわ)のなげきも　われ嘆くとも

泣

【泣(な)く】　おやなけば　片泣(かたな)きに　泣きあへ(え)り　泣き入(い)りて　泣き顔(がお)を　泣き暮(く)らし　泣きこがれ　泣き沈み　泣き立てり　泣き迷(まど)ひ(い)　なき侘(わ)びぬ　なけよかし　寝(ね)てなけば　我(わ)が泣く妻(つま)●から泣(なき)をする　君も泣くらむ(ん)　秋風(しゅうふう)に泣く　月に泣いたは　なかに泣く君　泣かるなるかし　なきくらす日の　泣きし心を　なきてぞきみに　泣きて別れし　泣きのみ泣きて　泣くもよかろと　ひづ(ず)ち泣けども　一夜(ひとよ)泣かむ(ん)と　ひとりやなきて　僧(ほうし)は泣かむ(ん)　まづ(ず)ぞ泣かるゝ(る)　夜(よ)な泣きかへら(えろ)ふ(う)　わが泣き暮(く)らす

泣(な)きみ咲(わら)ひ(い)み［泣いたり笑ったり］　泣きみ咲ひ(い)み

号泣(ごうきゅう)　泣き増(ま)されば●足摩(あしず)り叫び　さめざめと泣く　泣きどよむ声　身をしぼりつゝ(つ)

【咽(むせ)ぶ】　むせぶとも　むせぶめり●岩間(いわま)にむせぶ　雲(くも)路(じ)にむせぶ　なれだにむせぶ　むせぶもうれし

心

【音を泣く】 声をあげて泣く　ねをぞなく●吾を哭し泣くな　泣くねをたつる　音こそ泣かるれ　哭のみし泣かゆ　音も泣かれける　ねをのみぞ泣く　音をや泣くらん

忍び音［そっと泣く］　忍び音の●しのぶる声も　月すゝり泣く

下泣き 心のうちで忍び泣くこと　下泣きに●下泣きに泣く

泣く子　子泣くらむ　泣く児如す　泣く子らを●いがいがと哭く　児を哭かせて　泣し子ごゝろ　なくうなゐ哉　泣児のこゝろ　泣く児守る山　泣く童あり

泣く泣く　泣く〳〵も●なくなくこそは　なくなくぞ聞く　なく〳〵ぞふる　なくなくぞ見し　泣く〳〵ぞ行く　なく〳〵ぬれば　泣く泣く払ふ　泣く泣く喜び

【涙】　感涙を　血涙の　血の涙　なく涙　涙川　涙垂り　涙ふり●雨も涙も　いとゞ涙に　うき涙なる　老いの涙も　老いは涙も　落ちそふ涙　落つる涙か　思ふにぬるる　思へば涙ぞ　かへる涙か　かぎりもなみだ　雁の涙や　きては涙ぞ　郷涙を垂る　鹿の涙や　四手に涙の　絶えぬ涙や　他郷の涙　たぐふ涙ぞ　散る涙かな　尊き涙　友はなみだか　流るる涙　なげく涙と　涙あたらし　涙かからぬ　涙禁ぜず　涙くもらで　涙くらべむ　涙泛るる　涙沈みて　なみだすゝむる　涙ぞ今は　涙ぞくだる　涙ぞしるき　涙そゝぐ春　涙ぞ走る　なみだつたへよ　涙ながれき　涙な添へそ　涙なるべし　涙に溺れ　なみだにかへる　涙にかけば　涙にかげは　涙にくもる　涙にくるゝ　涙に湿みて　涙にふかき　涙拭はむ　涙の痕の　涙の池に　涙の色の　涙の川に　涙のそこに　涙の床に　なみだのとはぬ　涙のピエロオ　涙の淵に　涙のみをの　なみだの水や　涙は海に　涙はおつる　涙はおなじ　涙はたえぬ　涙は尽きぬ　涙は床の　涙は果ての　涙は春ぞ　なみだふりはへ　泪もかけて　涙もつゝまず　涙もよほす　涙もらすな　涙やそそく　涙やどしつ　涙を浮けて　なみだをしらば　涙を添へて　涙を舐むる　果ては涙や　降るは涙か　もろき涙の　ゆけばなみだの　我が涙をば／汪然と　くもるも澄める　こきたれて　さきに落つるぞ　たゞほろ〳〵と　垂るゝあまかな　ともにおつらん　はら〳〵と　も

心

ろくちる

差し含む［涙ぐむ］ さしぐむか●さしぐむものは ただ さしぐめる 涙ぐましき 涙ぐましも 涙ぐみたる

【袖濡らす】［涙］ しをるらむ 袖ぬるゝ 袖ひぢて●跡こそ袖の せく袖ぞなき 袖うち濡らし 袖さへひちて 袖しぼるらむ 袖ぞそぼつる 袖にせきもる 袖にもるらむ 袖ぬらせとや そでのゐぜきも 袖の涙に 袖はしをれし 袖はぬれじや 袖漬つまでに 袖もかはかず 袖もしほほに 袖をぞしぼる 濡るる袖かな 濡れぬ日はなし 夜半に濡らさん 我が袖濡らす 我が袖干めや／雫なりけり 霜のさむしろ

露［涙］ 袖の露 露涙●袖に露置く 露うち払ひ 露ぞかはかぬ つゆのした臥し 露の枕に 露も涙も 露をかけつつ 涙の露や

玉［涙］ 袖に玉ちる 袖の白玉 涙の珠の

雨［涙］ 袖の雨なる 袂の雨の 涙の雨の 身をしる雨の

時雨［涙］ 時雨ごゝちは しぐるる袖の 袖の時雨と ひとりしぐるる

滝［涙］ 滝まさりけり 涙の滝と 袂の滝に

氷［涙］ 袖氷りつる 袖の氷も 袖はこほりぬ 袖も氷りぬ 涙のこほる 涙のつらら 涙もこほる 枕の氷

湊［涙］ 袖に湊の 袖のあだなみ 袖のみなとの 波の通ひ路 涙の波は 世に似ぬ潮を

憂

【憂し】 思うようにならず、つらい。切ない いくうき瀬 うからまし 憂かりけむ 憂き事を 憂き瀬にも 憂き旅も うき中は うき波に うき貧苦 うきめみし うきものと うき夢は うきよりも うきわれを うしとても うしとのみ 影もうし 風ぞうき 君うしや 心憂し すむもうし すめばうく 月ぞうき 友もうし 名のうさに 人ぞうき 踏まま憂き 身の憂さを 見れば憂し●暁はうし 秋の憂ければ 秋をば憂しと あはれあな憂と いと心憂し 色は憂くとも うからじとてや 憂かりし秋は うかりし人ぞ うかるべきをぞ うきあきにして うきあづまぢぞ 憂きおもかげに うき恋しさも 憂きこと しげく 憂き言の葉の うきこともがな 憂き今宵かな

憂き契こそ　うき涙なる　うきにあはずば　うきに生ひたる　憂きに死にせぬ　憂きにたへたる　憂きにたへぬは　うきにたぐひは　うきには空ぞ　うきにまぎるる　うきはいづくも　憂きはなべても　憂きは身にしむ　うき人とても　憂き古里を　憂き陸奥の　憂きみづ鳥の　うきめのみこそ　憂きも心は　憂きも辛きも　憂きものはなし　憂きを忍ばぬ　うきをば風に　憂きをも知らで　憂けく辛けく　憂さのみまさる　うさはまされる　うしてふなべに　うしといひても　憂しと見つつぞ　うしとものを　憂やな独り寝　憂やな二人寝　面影ぞうき　折らで過ぎ憂き　かゝるうきめを　叶はぬぞうき　こたへま憂きぞ　ことのはもうし　衣かへうき　さきの世もうし　さだむるがうさ　さびしさもうき　立ちうかりける　たのみしもうし　旅はうきかも　散行もうし　散るは憂けれど　つげうき物を　鳥の音ぞうき　ながらへま憂き　野べを憂しとや　果ての憂ければ　一ふしうしと　人もうからず　踏み分けま憂き　みるさへうしや　山の端ぞうき　夕のうきぞ

いぶせし［ゆううつだ］　いぶせきに　いぶせくも●いぶせき吾が胸　いぶせき君を　いぶせくたてる　いぶせくみゆる　いぶせさ添ふる　心いぶせし　情いぶせみ

心ぐし［切ない］　情ぐき　情ぐく　心ぐし　心ぐみ

物憂し なんとなく心が重い　あ物憂や　物うきに●あるにもの憂きをるにものうき　鏡ぞ物憂き　駒もの憂げに　ものうきほどに

憂き身 つらいことの多い身の上　憂き身にて　うき身世に　うき身をば　身のうさを　身を憂しと●憂き身さへこそ　うき身ぞ今は　うき身と思へば　憂き身ながらに　うき身にしげき　憂き身の跡と　憂き身の果てぞ　憂き身のほどを　憂き身はさらに　うき身ひとつの　うき身をさめぬ　空に憂身は　たへぬ憂き身は　まよふ身はうし　身のうきことぞ　身の憂きほどの　身のうき宿も

憂き節 つらく悲しいこと　憂き節しげき　君がうきふし

【愁ひ・憂へ】［嘆き・悲しみ］　うれへあれば　憂も無し　愁人は　春愁の　蜂は愁へ　離愁をも●秋のうれへぞ　愁ひなき世を　憂にしつむ　うれへなるらむ　うれへの

色に　憂へは息みぬ　髪に愁と　君が愁を　濃き愁もて　愁人の耳　旅の憂へを　独愁を説く　長き愁へを　苦き悲愁に　人のうれへを

【煩はし】　あなわづらはし　書きぞわづらふ　立ちぞわづらふ　手うちわづらふ　のぼしわづらふ　のぼりわづらふ　ふむにわづらふ　干しぞわづらふ　わづらひならむ　わづらはしくも　煩はしけれ

うるさし［めんどくさい］　うるさきを●うるさく出でとふもうるさし

【厭ふ・厭はし】［嫌う］　厭ひ捨て　いとひつつ　厭ひても　いとふかな　いとふぞと　いとふとも　いとふらん　厭へども　いとはじな　厭はまし　厭はるる　厭はれて●いたくいとはじ　厭ひし風ぞ　厭ひ離れよ　厭ひもなしと　厭ひもはてぬ　いとひやすきは　いとふ心ぞ　いとふ山辺の　いとはじ命　いとはしきかな　いとはるるまで　いとはれてこそ　厭きことあれや　風をいとはで　風をいとはん　聞きてもいとへ　来るないとひそ　里をいとひて　何厭ひけん　人のいとはん　まつもいとふも　もる〻をいとふ　夢をいとひし　世のいとはしき／うた〻あるまで　うたてなきつる　うたてもの思ふ

【疎む・疎まし】［嫌って冷淡にする］　疎からず　うとかりし　疎ましく　うとまる〻　けうとさよ　人疎む　古巣うとく●疎き恨みは　疎き人には　うとく見るらん　うとましげなる　疎む心は　疎かにして　かさねばうとし　雲にはうとき　それもうとまし　なほうとまれぬ　ひけばけうとき　まがきにうとく　待つ人うとく　身ぞうとましき　都もうとく

嫌ふ　嫌ならば　しぶ〳〵に　不機嫌の●いやなる人の面嫌ひせぬ　嫌ひな酒も　車ぎらひと　舟嫌ひにて

飽き足らぬ［不満］　飽足らず　飽き足らに●飽き足らぬ日は　聞けど飽き足らず／心もとなし

もどかし［じれったい］　さももどかしき　もどかしきかな

乏しむ［もの足りない］　乏しみし●乏しみ思へば　乏しむべしや

味気無し　あぢきなし●あぢきなの身や

【飽く】［あきる］　あくまでに●あく時のあらん　色に飽くべき　袖にあきある　月夜飽きてむ　匂ひ飽くと

心

は　人をあくには　目に飽くやとて　もみぢに飽けるラムプに飽きて

倦む［飽きる］　倦みそめし　倦み疲る●倦み果てし昼寝倦しやうな　書よみ倦る　世をうみわたる

恋醒め 恋の気持がさめること　恋ざめの●恋ざめこころ　恋さめし子を　こひさめぬこそ

【冷たし】　冷たき眼　氷やかに　冷語をば●冷たき心つめたき眼して　冷かなるよ／鬼の心　強の心や

【つれなし】 冷たい。意のままにならない　いとつれなし　つれなきに　つれなきを　つれなくて　無情さに　つれもなき●くるもつれなき　たえてつれなき　月はつれなき　情なかりけりつれなき人の　つれなく消えぬ　つれなく澄める　つれなく散を　つれなくなりて　つれなくみゆる　果てはつれなく　春のつれなき　人のつれなく／思ひぐまなき

【辛し】 冷たい。つれない　あまりにつらき　つらき心を　つらき人ゆゑ　つらき人をば　人のつらきに

よそだつ［よそよそしい］　よそだつと●いかによそだつ

焦らす 気を引いたり引かなかったり　引きみ引かずみ　引きみ弛へみ

悩

【辛し】　つらからで　つらからば　つらからむ　つらきをば　つらしとも●雨をつらしと　憂きも辛きも　現につらき　おとさへつらき　おもへばつらし　親さへつらき　かかるやつらき　風のつらさに　くゆるはつらき　さびしさつらさ　そへてつらけれ　その名もつらく　誰につらさを　つらきけさかな　つらきけしきを　つらき心を　つらき歎きの　つらきもおなじ　つらきも契り　つらきよるひる　つらきを見るは　つらきを夢と　つらさにたへぬ　つらさも同じつらしとぞ思ふ　とはぬもつらし　なか〳〵つらし　何かはつらき　馴るるつらさに　ひとへにつらき　またつらしとも　身こそつらけれ　よしやつらきも　よもつららじ

辛し　からかりしをり　辛き恋をも　からしや人のなくても辛き

苦し　うき貧苦　苦も楽も　苦しかり●やや胸ぐるし

悶え　ああもだえの子　きりきりめく　何のもだえぞ

心痛し　情いたく　心痛み●痛き情は　痛める胸に

心そ痛き　胸こそ痛き　わが情痛し　わが胸痛し

痛まし　傷ましむ●いたましきかな　眼に痛ましや

労ふ　労ぎ給ひ　労ぎたまふ●牛を労はり

【堪ふ】じっとがまんする　たへざりし　たえせじの●君は耐ふるや　こらふる顔の　しのぎがてらに　しのぎつるかも　たへず成り行く　たへずもあるかな　堪へたる人の　堪へてあらめと　堪へぬは老いの　堪へぬは人の　ちるに堪へまし　床だにたへぬ　眠さ怺ふる

【忍ぶ】たえしのぶ。こらえる　しのびかね　忍ぶやと　しのぶるも　しのぶれど　忍ぶれば　忍べとや　辱を忍び●秋やしのばむ　いかにしのばむ　えぞ忍ばれぬ　忍びし人に　忍ぶ気色や　忍ぶと思ふ　しのぶとだにも　忍ぶの乱れ　忍ぶらむゆゑ　忍ぶることの　忍ぶる頃の　なほ忍ばるる　忍辱衣を　忍辱鎧を

【悩む・悩まし】　なやましく　悩ましけ　なやみさへ　悩むかな●雨になやむに　あるもなやまし　聞きか悩まむ　君を悩ませ　船なやますは　ゆきなやむなり　われを煩し／困ずる席は

煩ふ［悩む］　明かしわづらふ　思ひわづらふ

【心細し】　心細くぞ　心細くて　心細気なる　心ぼそげに　心ほそぢと　心細しや

安けなし［不安］　安けなくに●やすからなくに　安けくも無し／おぼぼしく　おぼぼしみ

後ろめたし［不安］　うしろめたきは　うしろめたさに

心騒ぐ　肝騒ぎ●心さわがし　心騒ぎて　心さわぐな　心にさわぐ　心は騒ぎ　胸のみさわぐ　胸はしり火に

【泥む】進行がとどこおる　降りなづみ　腰泥む　咲きなづむ　なづめども　降りなづむ　行なづむ●あしまになづむ　あやになづめり　腰になづみて　なづみぞわが来る　なづみてありなむ　なづみてぞ来し　泥踏なづむ　冬立ちなづむ　わが馬なづむ

憚る行き悩む。遠慮する　はゞかりき●くももはゞかる　叩きはゞかる　憚る空に　行きはばかりて

【障る】さまたげとなる。さえぎられる。　雨障　障へなへぬ　さはらめや　障りあり　障多み　さはるべき　つつまはず　障無く●児らに障りぬ　障らざりけり　さはらでふるは　障あら

心

めやも　さはりしもせじ　しげきさはりに　誰が障ふれかも　障むことなく　手に障りける　名にはさはらじ　法のさはりと　母に障らば　障になして

【難し】［難しい］　かたからめ　難からん　難みして　問ひがたみ　とけがたき●ありかてぬかも　いとど干がたき　顔たへがたく　月待ちがたき　つげうき物を　慰めがたき　主待ちがたき　物むづかしく

難　火の難に　水の難●水損の村　病難死苦の

惑

【惑ふ】「古くは「まとふ」」　君まどひ　くれ惑ふ　泣き迷ひ　まどひをれば　迷ひ神　まどひける　まどひけん　まどひ初め　まどひつゝ　まどひなば　まどひなん　まどひにき　まどひにて　迷ぬる　惑ふべき　病みまどひ●いらぬに惑ふ　色まどはせる　おきまどはせる　思ひまどひて　折りや惑はん　君にぞ惑ふ　霧に惑へる　くれ惑ひたる　恋路にまどふ　恋ひ迷ひける　心地惑ひて　心はまとふ　心まどひに　こゝろまどはす　心まどはで　知りてまどふは　瀬にやまどはん　舎人はまとふ　友まどはせる　逃げ迷ひけり　沼にまどひて　花の蠱はす　林に迷ふ　人まどふなり　独ぞ惑ふ　ふたつまどへる　踏み惑ふかな　惑ひ炒られて　まどひけらしな　まどひごこちぞ　惑ひこそけれ　迷ひにければ　惑に依りて　まどふ心ぞ　まどふころかな　まどふ蝶かな　惑ふてふやみ　まどふとか知る　まどふまで散れ　惑ふ夢路に　まどふ我が魂　まどはかし神　身の惑ふだに　やがてまどへる　山路にまとひ　闇に惑はむ　闇のまどひに　夢路にまどふ　われまどひの子

【迷ふ】　霧まよふ　雲まよふ　踏み迷ふ　まよひこし　まよひてや　迷ひなる　まよひにも　まよふ糸の　迷ふらん　迷はぬに　迷はまし●あらしに迷ふ　いまぞまよへる　入江にまよふ　岩間にまよふ　おきまよふ色は　君まよふらむ　霧のまよひは　くぼみにまよふ　雲路にまよふ　雲のまよひに　暗きに迷ふ　心ぞまよふ　心まよひや　こすのまよひに　しほに迷うた　月のまよひに　間にまよひて　浪のまよひに　光迷へり　ほのかにまよふ　まよひてぞなく　まよひぬるかな　迷ひのうちの

まよふ世界か　まよふ禁路　まよふ身はうし　迷ふものかな　迷はぬものを　まよはましやは　迷はんことは　迷はん闇も　道やまよはむ　闇にぞまよふ　夜舟の迷ふ　わが魂まよふ／えためらひ

いさよふ 進もうとして進めない。たゆたう　いさよはで●いさよふ月に　いざよふまでも　心いさよひ　砂にいざよふ　夜舟いさよふ

焦る　炒られんも　ふためきて●いそぐ心を　こころ進むな　法師の焦る／袴取りして

悔

【悔ゆ・悔やし】　悔いごころ　悔いめぐり　悔しかも　くやしくぞ　悔しくも　悔しさに●今し悔しも　今ぞ悔しき　思ひ悔ゆべき　かりねくやしき　聞くはくやしき　君が悔ゆべき　悔いあらためむ　悔ありわれを　悔いし男の　悔ぞ群れたる　くいてあるまに　悔なくおもほゆ　悔いの八千たび　悔いはあらめや　くやしからまし　くやしかりける　くやしかるらん　悔しき時に　くやしきものを　くやしと聞し　くやしや心　くゆる思ひに　悔ゆる瀬もなし　くゆるはつらき　悔ゆるを知らぬ　けさぞくやしき　心悔しも　懺悔にまさる　濁す口惜しさ　見ればくやしき　我が悔ゆる時　われぞ悔しき／地た地たを踏む

後悔　後の悔●後悔にあり　後に悔ゆとも

口惜し　くちをしき　くちをしう●くちをしかりし

【恥づ・恥づかし】　月に恥ぢて　露恥ぢず　恥ぢがましき　恥しらひて　辱を忍び　恥づかしき　はづかしみ　身を恥ぢて　目恥づかし　世にも恥ぢん●うらはづかしき　影恥づかしき　心はづかしき　こともはづかし　空恥づかしき　月もはづかし　はぢおもひつゝ　羞ぢて隠るる　辱を黙して　はづかしさかな　はづかしのみや　羞る二人は　恥づる身なれば　花恥かしく　人にはぢたる　まくらにはぢよ　見る目恥づかし　もの恥ぢはする　結ひの恥しつ／朝面無み　鄙とはにかみ

恥し 恥ずかしい。気がひける　憂しとやさしと　君を恥しみ　やさしみするか／はづかしき人　まばゆからまし

面を赤む　面赤みて　面ぞ赤むや　面を赤く

口覆ふ　口覆　口おほひて●口覆して

心

恨

【恨む・恨めし】 怨置かむ 恨みけむ 恨みしたふ うらみじな 怨みつつ 恨ても 恨みはて 恨みわび うらむべき うらむらむ 恨めしき うらめしや 怨じ果て こゝにうらみ花にうらみ●秋もうらみじ あはれ恨みの いかゞうらみぬ いかゞうらみむ 出でし恨みは 今はうらみじ 今はうらみむ 疎き恨みは うらみうつせる 恨み恨みて 恨み顔なる うらみ顔にも うらみかけまし 怨み数々 怨がてらに 恨み聞かせば 恨みざらなむ 怨ざらまし 怨みしかども うらみぞたえぬ 怨ぞ深き うらみたえせぬ 恨みだにせじ 恨みつるかな 恨みて帰る うらみてぞふる 恨みとはせず 恨み歎きて 恨み残すな うらみの種と 恨のつぶて うらみのひまや 恨みはいとど うらみは深く うらみもありき 恨もたえて 恨みもはてぬ 恨みやすらむ 恨み渡るを うらみをつくす 恨みをむすぶ 恨む〳〵も 恨むべき間も 恨むる風の うらむるよりは 恨めしきかな 荻も怨めし 風はうらめし 君も恨みん 声うらめしき 過ぐるうらみを 千古の恨を 空な恨みそ 空を恨むる 誰うらめしき 月はうらみじ 月も恨めし とはねば恨む なほうらめしき 人もうらめし 人を恨むと ふかきうらみぞ 松もうらめし 身ぞうらみなる 見ねば恨めし 身を恨みても 夢にうらむる 世をや恨みむ われは怨みじ

【妬む・妬し】 機婦に妬む 妬きかな 妬みたる ねたみ妻●いとねたけくは きくにもねたし 嫉妬の心 ねたがり言ひし ねたくや人に ねたしやゑめる ねたうおもほす 穂に出でて妬き

悋気［嫉妬］ 悋気心や 悋気召さるる 悋気を召さる

【憎む・憎し】 面にくき かくにくき 君憎し 憎かなし にくからぬ にくからむ 憎かりき にくき歌 憎くあらば 独り悪む●いみじくにくき 衿巻憎し かくにくまるゝ 神も悪ます 空さへにくゝ 憎い振かな 悪からなくに にくゝたちぬる 憎くもあらめ 人憎からぬ

慨し［うらめしい］ 慨きや●うれたきおのが 妬さ慨さ

心

生憎(あいにく)　あやにくに●あなあやにくの　あやにくに待つ
さもあやにくに　たゞあやにくの

【怒る(いか)】　怒り猪(い)の　怒れる手　憤り(いきどお)　波怒る　腹立て(はらた)
ど　みいかりを　我が憤怒(ふんぬ)●怒りいとしも　いかりをさ
めて　いかりおろさん　いかりをのみも　怒れる魚(いお)の
怒れる姿に　笑(え)みみいかりみ　神の怒りて　肝(きも)を煎(い)らす
る　はらだゝしかる　腹立(はらだ)ちければ　腹(はら)をな立てそ
人のいかるが／瞋恚(しんい)の炎(ほのお)　辛気(しんき)の花は　眼角(めかど)思へば

恐

【恐る(おそ)】　恐(お)ぢ怖(お)るる　恐(お)ぢ怖(お)れ　おぢつる
は　怖(お)れたる　恐怖(おそれ)をば　おそろしげ　お
そろしみ　恐ろしや　邪(じゃ)が怖(こわ)い　世に怖(お)ぢつ
つ●恐(お)づ恐(お)づ見れば　恐れわすれて　おそろしきもの
おそろしげなる　おどろ〳〵しく　鬼(おに)はおそろし　さ
らばおそれて　鹿(しか)に恐れて　死は畏(おそ)るべしと　猫に恐(お)づ
るを　猫になむ恐(お)ぢ　猫を怖(おそ)るる　ひがみて怖(お)ぢて

【畏し(かしこ)】　畏きや　恐(かしこ)けど　かしこしな　かしこまり●
あやにかしこし　怒声恐み(うたきかしこ)　海を恐(かしこ)み　沖(おき)は恐(かしこ)し　恐(かしこ)
き海に　恐(かしこ)き国そ　恐(かしこ)き道そ　畏き道を　かしこき山
に　かしこくありとも　かしこけれども　さかはかし
こし　高み恐(かしこ)み　波かしこみと　波はかしこし　ふかし
かしこし　みかげかしこき　命恐(みことかしこ)み　御坂(みさか)畏み

【驚く(おどろ)】　驚かぬ　おどろかば　おどろけど　目驚(めおどろ)きて
●馬もおどろく　おどろかされて　おどろかしける
おどろかすかな　おどろかすらむ　おどろかれしを
おどろかれつつ　おどろかれぬる　おどろき聞(きけ)ば　おど
ろきやすき　驚く気色(けしき)ぞ　おどろくばかり　おどろく
夢に　おどろけとてや　旅ね驚く　鳥驚かず　ふと驚
きつ　やがておどろく

肝潰す(きもつぶ)　非常に驚く　肝潰す●肝を砕(くだ)きて　肝をつぶらし

浅まし(あさ)［驚きあきれる］　あさましや●あさましの世や
あさましものを

【危ふし(あやう)】　あやふがりて　あやふくも　あやふげに
あやふさに　火危(ひあやう)し●あやふき中に　あやふげながら
末(すえ)ぞあやふき　ふめばあやふき　またぞあやぶむ　世
には危(あやう)き／ほとほと死にき

辛く(から)　やっと。ようやく　辛くして●辛くはかりて

身

【身】 あだし身は　あらぬ身の　現身の　有漏の身の　老が身に　御身愛し　かかる身に　かくす身を　霞のみを　軽き身を　静けき身　過ぐす身を　たのむ身に　留まる身の　流れの身　萎る、身を　淵に身を　全き身の　護の身　身な焦れそ　身なりせば　身にあびて　身に受けば　身におはぬ　身にさむく　身に寒み　身にそへる　身に積る　身に匂ひ　身のうさを　身の宿世　身のほどを　身は化して　身は在京　身は錆太刀　身は沈み　身は蛤　身は亡骸　身は燃えて　身はやせて　身は破笠　身を憂しと　身をかへて　みをつくし　身を恥ぢて　身をも投げて　身をよせて　身を分けつ　浴後の身　よる身にも

●あだにある身の　うきしづむ身ぞ　閻浮の身なれば　老いぬる身こそ　をしむ身のみや　おもげなるみぞ　面白の身や　およばぬ身にも　おろかなる身に　限りなき身と　影となる身の　叶はぬ身にて　変れる身とも　汚れぬる身も　越えける身こそ　心ある身ぞ　しづめる身とも　死にせぬ身とぞ　頼むべき身か　ちりならぬ身も　ちりひぢの身に　つきせず身をば　つながる、身も　罪ある身とは　年へぬる身は　鳥ならぬ身は　中空なる身　恥づる身なれば　花見る身とや　引幕に身を　聖の身にて　人をも身をも　ふりゆく身をも　骨身にそむく　まぼろしの身を　満身の毒を　身こそ浮きたれ　身こそ老木の　身こそつらけれ　みさへはかなく　水嗅き身の　身ぞうらみなる　身に秋風の　身にさむくふく　みにしありせば　身に添ひながら　身に添ふかげと　身にだにかはる　身にたらちねの　身につもりゆく　身にとまりけり　身に佩き副ふる　身にはしみける　身にもあはれは　身のあたゝけく　身のあればこそ　身のいたづらに　身のうき舟や　身のうきほどぞ　身のおこたりぞ　身の痒がりて　身の契りかな　身のはかなくも　身の貧しさを　身の惑ふだに　身はいそげども　身は浮草の　身は惜しからず　身は衰へて　身はかくれなき　身は沈むかな　身ははてぬべし　身は冷えにける　身は深草の　みはふりにけり　身は破笠　身は山ながら　身は破れ車　身も浮くばかり　身もくちぬ

べく　身も刑場の　身もそぼつまで　身もなき雛　身や終るらん　身より余れる　身をあはせたる　身をいかにせむ　身を浮き草の　身を浮雲と　身を浮き舟の　身を宇治川に　身を恨みても　身ををしまぬも　身をかへたらむ　身を隠さまし　身を苦しむる　身をさすがごと　身をし去らねば　身を沈むらん　身をしぼりつゝ　身をし分けねば　身をすぼめをり　身をぞなぐさむ　身をたぐへまし　身をたどる世に　身を魂をみをつくしても　身をつみてだに　身をば隠さん　みをばしりぬる　身を離れたる　身を吹きとほす　身を任たる　身をも恨みめ　身をも離れず　身をも人をも　身をやかへてむ　身をやしづめむ　身をやる方の　身をよりくだく　身をわけてしも　埋木に身を　埋れたる身に　ものおもふ身は　やまずみのみを

身に染む［深く感じる］　身にしめて●風ぞ身にしむ　つゆぞ身にしむ　身に染み透り　身にしみぬらむ　身にしむ秋の　身にしむ色の　身にしむ老の　身にしむ風の　身にしむ梅の　身にぞしみける　わが身にしむる

身代　かはらむと　代り出て●身にかへるべき

【我が身】　我身こそ●痛きわが身ぞ　織れるわが身か　聞くはわが身に　くるしやわが身　消やすきわが身　恋にわが身は　後生わが身を　待つ我が身こそ　我が身うき世を　わが身こす浪　我身ぞ雪と　わが身ともがな　わが身ならまし　我が身にかふる　我が身に近き　我が身に積もる　わが身にまとふ　我が身の老と　我身のつひの　わが身のはてや　わが身離れぬ　わが身ひとつの　我が身ふるれば　我が身やあらぬ　我が身を浦と　我が身をかへて　我身をしをる

【姿】　尼姿　男ぶり　童形の　直衣姿　花姿●異しき姿に　荒けき姿に　怒れる姿に　いむ姿をも　妹が光儀を　後姿の　うしろもをかし　老のすがたは　をとめのすがた　風を姿に　狩衣姿に　かはるすがたを　君が姿か　くきの姿は　黒髪すがた　恋ひたる姿　恋はすがたの　指貫姿　少女の姿を　すがたうつらず　姿たしかに　姿ならずや　すがたにしるく　すがたはしろき　すがたは水に　姿もうつせ　姿ゆたけき　姿

を変へて　すがたをかざる　姿をながめ　猛き姿も　つかへし容儀　宿直姿も　鳥の姿を　眠るすがたに　花の姿を　二つの姿　舞の姿も　めぐるすがたは　優なる姿　夜戸出の姿　龍の体を　童すがたの

【影】［姿］朝影に　あだのかげ　後影を　影いづこ　影動き　影絶えて　影頼む　影と影　影もうし　影をのみ　隻影は　亡き影に●うぐひすのかげ　雄々しき影も　男のかげの　鏡の影も　影うつしつつ　影うつるこそ　影かくしけむ　かげかすかなる　影消えにけり　かげこそ出づれ　影さへ見ゆる　影さへよわる　かげすみはてぬ　かげぞうつろふ　影ぞならべる　影ぞ見えける　影だにみえず　影遠ざかる　影としなれる　かげとすがたと　影となる身の　影なす海の　かげに添ひつつ　影のみどりと　影はさわげる　影恥づかしき　影離れ行く　かげははなれじ　影は見えねど　影ふむ道に　影水底に　影みぬ水の　影見る時ぞ　影見る水も　影もとまらぬ　かげもはづかし　かげや絶えなん　影わすられぬ　影を映せば　かげをしのばむ　かげをだに見む　かげを並べん　影を見せまし　紙鳶の影の　沈める影を　城郭の影　姿も影も　涼しき影を　すむべき影ぞ　たゝずむ影ぞ　千歳のかげを　涙にかげは　なれぬるかげを　ねまきのかげの　見し人かげの　水にかげみむ　昔の影は　ゆききもかげに　わかれゆくかげと　御簾の透影

透影 隙間や薄い布を通して見える姿や形　透影に●すきかげ白く　透影もや

御影 死んだ人の姿や肖像。お姿　君がみかげに　日の御影かな　仏の御影　みかげあらはに　みかげかしこき　みかげも白し

【裸】赤裸の●女子裸と　裸なる人　裸なる者　裸に成して

【腹】腹すりて　腹高く　腹張りの　腹毛は●腹ひゆるなり　腹空しくや　腹をよるとき／胃に停滞し

脇 腋くさを刈れ　脇に挟みて　腋はさみ持ち

【腰】御腰に　腰泥む　腰のべて　腰細の　腰廻り●腰に梓の　腰に扇の　腰に木鎌を　腰に差いたる　腰にたがねて　腰に取り佩き　腰になづみて　腰に法螺の貝　腰の立たぬは　腰の瓢簞　こしはかろくも

尻　しりた、きけむ　尻をならべる／蟻の門渡り

糞尿　尿遠くまれ　尿しがてらに　尿をしければ　米尿の聖

【胸】　胸肉に　胸別の　胸あかう　胸かけの　胸は痩せ　胸をあけて　胸をさき●呼吸する胸の　をさなき胸の　鹿の胸分け　胸高にまく　胸別にかも　胸あきがたき　胸に触れたり　胸に纏へる　むねのあたりは

乳房　をなごの乳　母の乳の　白き乳の　乳房吸ふ　乳房すら●白き乳房の　乳ぶさおさへ　乳房おもがる　乳房すはせて　乳房の報　母の胸乳を　胸の乳房を

【血】　朱の血は　ちあゆまで　血のめぐり　血のゆらぎ　血肉に　啼血の　燃ゆる血の●源家の血なり　死人の血でも　血をおぼえつつ　白血球が　眼を血に染て

血潮　君が血潮　血潮湧く●恋の血汐を　血潮のなかに　血潮はわかき　流る、血潮

骨　侠骨は　骨に刻み　我が骨を●くらげも骨は　骨なき蚯蚓

【肉体】　体といふ　肉そがれ　肉を　わが肉は●からだを欲しと　肉置の上に　ししむらの色　肉を傷く　わがししむらに／陰の名をば　細胞ぞ　神経の　脳暗く

臓・肝　肝の臓　腎の臓　肺の臓　むらぎもの　わが肝も　わが肱は●脾の臓となる　六腑五臓を

【痩す】［やせる］　青み痩せ　思ひ痩せ　面痩せて　風痩せて　夏痩に　日に痩せて　身が細る　身はやせて　痩す痩すも　痩公卿の　やせやせなる　わが痩せし●いや痩せに痩す　色黒うやせ　思ひな痩せそ　念ひ痩つる　恋ひかも痩せむ　小芸者の痩　子持ち痩すらむ　日にけに痩せぬ　物思ひ痩せぬ　痩虱哉　痩せたるに似て　やせ頬にのびし　わが身は痩せぬ　われ待ち痩せむ

【窶る】［やつれる］　いまはやつる、　恋のやつれを　月ややつさん　露にやつる、　水はやつれぬ　羸れてもあるか　やつしつるかな　やつる、袖を　わが身やつれては

【肥ゆ】［ふとる］　つぶ〳〵と　短太にて　ふくよかに　飽満の●最ふくよかに　馬も肥えたり　肥えたりと雖も　肥えたるちごの　肥えてゆく日の　宍付き肥えたる　食して肥えませ

肌

【肌】君が皮膚　和膚の　濡れ肌を　肌きよく　肌の香と　肌触れて　真素膚に●いろもはだへも　君が肌の　子ろが膚はも

素肌をはづる　冷たき肌を　陶器の膚　なほ膚寒し

柔膚すらを　肌に刻み　肌し寒しも　肌に生ぜり　膚も触れずて　人の肌に　一夜肌触れ　皮膚にしづかに

皮膚にまつはり　安く肌触れ　若きが膚も

爛る　爛れてる　我瘡の●赤ただれたる

皸　皸も●あかがりの手を　あかがり踏むな　皸る吾が手を／誰が裂手

【皺】老いの波　小皺よりし　皺よりし●老の波の皺おもてしわびて　皺が来りし　しわかきたりて　皺干たりける　皺もこまかし　波の皺なき　膚も皺みぬ

【汗】汗かきなげ　汗拭ふ　汗の香など　汗のたる汗水に●汗くらべけり　汗の香すこし　汗を拭うてすこし汗ばみ　盗汗出てゐる　額の汗や　山に汗垂り

あゆ［汗］　汗あえて　汗あゆる●汗のあゆれば

垢　垢づきし　襟垢の●垢づくまでに　垢づく見れば

頭

【頭】鐙頭　頂に　頭つき　みかしらに●天窓となりし　天窓のかるき　あたまの禿も　頭洗ひて　頭いだきて　かしら埋めて　頭かき撫で　頭ならべて　かしらにつもる　かしらにふれば　頭を擡げ　才槌頭　鶴のあたまに

首　頭の珠をぞ　首を回し／うなづきあひて　頤の下

【耳】寝ぬる耳　耳たてし　耳たてつ　耳敏からぬ　耳とゞめ　耳鳴りも　耳馴れし　耳に満てり　耳を掻くわが耳は●一雙の耳　狗の耳垂れ　地獄耳かな　愁人の耳　寝られぬ耳に　耳搔き買ひて　耳かたぶくる　耳こそとまれ　耳朶なども　耳とき人は　耳とまるこそ耳にたがへり　耳にたやすし　耳に留めけん　耳にはいらじ　耳にはさまる　耳の功徳に　耳は洗ふに　耳はさみして　耳をすまして　耳を留めて

【首・項】頸直ぐに　亀の頸　首たてゝ●赤き首綱頸さし伸べ　頂の窪をぞ　頸をのべて　夷が首を　くびのすゞがね　頸より髪を　首を刎ねたる　頸をふれるに頸を持立てて　小頸安らに　垂れし項に

うなだる　うちうなだる、　うなだれぬべき

【肩】　肩おちて　肩替へて　肩過ぎぬ　肩に散り　指肩に●かひな、肩つき　肩喘ぎけり　肩しこる時　肩に懸かれる　肩の紕は　時に肩揺る　御手なほ肩に

円肩（肉がついてまろやかな肩）　円き肩●なで肩のひと　われの円肩

【背】　背のびして　背を支ふ　背毛は●後合に　を背を並べて　背なかあはせに　背中食はれて　せなかにおどり　背をながれたる　醜きそびら／長高く

髪

【髪】　後ろ髪　落髪の　頭髪　髪いじり　髪苅て　髪五尺　髪さげし　髪剃りて　髪に挿せば　髪捻り　そぞろ髪　たわわ髪　断髪の　御髪をも　わが髪の●頂の髪　御若髪も　髪あしからむ　髪あしき人　髪いとながく　髪うるはしく　髪をかしげなる　髪筋ごとにぞ　髪に愁と　髪のあやしさ　髪のすぢさへ　髪の筋もて　髪のつれなさ　髪房やかに　髪を生され　髪を捜れば　髪を短み　君が見し髪　死人の髪を　そぞろや髪の　丈成髪を　艶ある髪を　なれし髻の　柳の髪の

額髪［前髪］　前髪を●額髪結へる　額がみゆふ　額をぞゆふ　前髪ぬらし

洗髪　洗髪　髪洗ひ　髪洗はせ●頭洗ひて

朝髪　朝髪の　朝寝髪●あさねの髪は　寝くたれ髪を

乱れ髪　乱髪●髪は乱れて　五月雨髪の　寝乱れ髪の　ふくだみたる髪　乱れ髪の君　乱れたる髪　宵の乱れ髪

【髪型】　総角を　丸髷も●櫛巻なども　皆毬栗の

角髪　みづら結ひ●角髪のなかに　髻結ひたる

放髪　小放髪に　下髪の　垂髪に　茶筅髪●うちたれ髪の　童女放髪は　放の髪を　振分髪の

元結　結びつる　元結きり●初元結の　わがもとゆひに

髪上げ　髪あげて　御髪あげ●今結た髪が　髪上げたるさま　髪あげつらむか　髪に綰くらむ／女髪結

【鬢】（左右側面の耳ぎわの髪）　年鬢の　鬢白し　鬢たたら　両鬢は●鬢たたらして　鬢の落ち失せ　鬢の落ちたる　鬢斑なるべし　鬢を吹かせて

【黒髪】　黒かみの　黒き髪●海人の黒かみ　妹が黒髪　おちし黒髪　か黒き髪に　黒髪敷きて　黒髪たれに

体

黒髪ながく　黒髪濡れて　閨のくろかみ　また黒髪を見る　見ゆるくろかみ　わが黒髪に

【白髪】頭白き　華髪にて　白髪生ふる　しらがなる白髪し　九十九髪　鶴の髪　鬢白し　ま白髪に　諸白髪　木綿髪と●媼の白髪　頭白かる　頭の雪を　頭は白し　髪も白けぬ　首霜を剃る　首の霜に　頭は白き霜毫威あり　白髪おひつゝ　白髪媼の　白髪にまがふしらかみおひて　しらがも花も　白くるまでと　白髪まじり　白髪までに　白き筋こそ　霜白なれば　白頭に到る　ひたひに白く

毛　頭の毛　毛も生ひぬ　わが毛らは●けぬきをもちて

【梳る】勁刷を　髪を梳る　髪をすく　梳らせて●掻きは梳らず　掻きも梳らず　髪梳の小櫛　けづれば積もる　われは梳らじ

顔

【顔】鬼の顔　顔あまた　顔映る　顔かへて　顔欠きて　顔のうへに　かほを裂き　顔を吹く　君が貌　希有の顔　ちごの顔　父の顔　妻の顔　吹く顔や　妻子の顔　龍顔は●をかしき顔して　弟の顔　をとめの顔が　顔の粉　女のねがほ　顔蒼白き　顔がさもしき　顔が並べる　顔黒き猫の　顔こまやかに　顔ぞ恋しき　顔揃ひけり　顔たへがたく　顔つきを見ず　顔にしみたる　顔の真面目さ　顔見えぬほど　顔見るばかり　顔も振られ　顔もほてるや　面寄する馬の　顔を指し出で　顔をしてみぬ　顔を背ける　顔を振りつつ　変らぬ顔ぞ　興ざめし顔　こらふる顔の　さはらぬ顔や　萎める顔を　舎人が顔の　友のよこがほ　汝が白きかほ　なか高き顔して　匂ひたる顔を　濡るる顔なる　寝がほならべて　寝たらぬ顔か　はげたる顔に　破羅門の顔　先顔見せよ　龍顔に謁す　レニエの似顔　わが顔をうつ　別れむ顔に／降魔の相　御坊の形相

形［顔だち］　みめかたち　容顔よ●色形失せ　貌は見ゆや　形も好いが　形を宜しみ　形美麗に　まみ・額つきなど　酔へる貌は

顔美し　貌ぞよき　容艶きに　眉目よき人●貌優るがにや　顔美き子等を　顔よき女帝ぞ　翠黛紅顔　その

体

顔よきに　花のかほよし　眉目がよいとて

【顔】 そのような様子・表情　言ひ顔に　閻魔顔　隠し顔　したり顔　知らず顔　背き顔　告げ顔に　泣き顔を　女房顔　見せ顔に●明かしがほなる　あるじがほなる　いさめがほなる　うちとけ顔に　現顔して　恨み顔なる　うれへ顔なる　うれし顔にも　幼な顔して　をしへ顔なる　押しだるま顔　惜しみ顔なる　折りまち顔を　聞かず顔にて　こゝろえがほに　こと有がほに　妨がほに　したり顔なる　知らずがほなる　知らせ顔なる　知りがほにして　そむけがほなる　つかれ顔なる　月を見顔にてりがほにして　友まちがほの　ながめがほなる　名残がほなる　ならし顔には　人待ち顔に　物おぼえ顔

【面】［顔］　吾が面の　面形の　面ざしも　面銹びて　面にくき　面痩せて　面様の　面忘れ　つら見ても　丹の面の　脹面に●犬の面よし　面がほにして　面知る君が　面だに母を　面赤みて　おもてしわびて　面も知らず　おもてをみてぞ　面なれやせむ　面まだ若き　面やめづらし　面忘れなむ　常の面

面輪［顔］　面輪のうちに　満れる面わに　丹の穂の面

面隠し 恥ずかしさに顔をかくすこと　面隠し●面隠さるる　面隠しする　おもかくしつつ　おもて伏せには

面変り 顔つきが以前と変わること　面変りして　面変りすな　面がはりすれ　面変りせず　面がはりせる　かほやかはると

【眉】　眉あげて　まゆのごと　眉の匂ひ　眉やさし　眉を見む●妹が笑眉の　薄き眉根を　笑ひ眉引　猶眉目なり　人の眉根を　細き眉根を　まゆあらはなり　眉毛のあれば　まゆ白妙に　眉たゆきなり　眉にせまりし　眉ねこひしも　眉の如くに　眉は八字に　眉は額に　眉を上ぐれど　眉をおとせば　眉作るあはれ　眉根掻きつれ　まよねよせたる　優しき眉も　柳のまゆの

【額】　白き額　額つき　わが額に●髪も額も　ぬかさやかに　額白き人　額に生ひたる　ひたひにかける　ひたひに白く　額をぞゆふ

【頬】　しや頬痛く　頬がちに　見えぬ頬の●片頬をだにと　やせ頬にのびし

頬杖　頬杖を●面杖につく　つら杖のみぞ　頬杖つきて

体

【髭】おほひげの　鬘髯　硬ひげを　髭親仁　髯がちなる　鬚黒に　鬚を洗ふ　髭をかみ●秋の鬚白し　白鬚の上ゆ　鬚かき撫でて　鬚無き如し　髭の赤らむ

剃る　髪剃りて　そるとても　そるまでは●剃こぼちたる　鬚の剃杭　髭を剃せて

口

【口】君が唇　口覆　口おほひて　口落ちて　口固く　口清く　唇を　口やまず

口を閉づ●あかきくちびる　いざ唇を君うけ唇をせし　口覆して　口なしにして　唇につめたき口の開く吾は　口ひき垂れて　唇おもひ　唇さびし唇　雪を吹く　唇をかみ　唇を吹く風　けがれし唇に花の唇　母のくちもとに　わかき唇

唾　唾が唾が唾が●唾が引かかる

【接吻】口吸ふた　唇吸へば　口吸はむ　くちづけは吸ひなれぬ●キスかはしぬる　接吻せむとすれば　接吻をする　強きくちづけ　ひたと吻接け／口をふたぎて

【舌】舌なくも　舌に因りて　猫の舌の●いと舌疾きや　老舌出でて　酸味を舌に　舌哭をして　舌は薊と舌を刺激す　舌を丸がし

【喉】のど赤き　喉笛を●喉に入れり　喉に触れて喉の乾く　咽喉の疵を　咽も乾き

【歯】歯がちなる　歯がみせし　歯は剱　歯を涅めし歯をひしと●うちすげみたる　喰ひしばりたる　四十の歯ぐきは　歯形のあれば　歯茎にもあふ　歯もなき女　歯を抜きしかば　ひとつの歯もなき　向歯そつて

【噛む】噛みしめて　砂をかむ　林檎かみぬ●丸薬噛んで　牙喫み建びて　魂を噛み　蝮に噛まれて　指を噛まれし　わがこころ噛み

【舐む・舐る】［なめる］　ねぶる覧●風にねぶらむ　涙を舐むる　ひたしねぶりて

【吸ふ】死に吸はるる　乳房吸ふ　ひた吸ひぬ●乳房すはせて　日光を吸ふ　母の乳吸ひて　むさぼり吸ひぬ

【息】あへきつつ　青き息　呼息ざしよ　わが息を●呼吸する胸の　息と知りませ　息にわがする　いきのねはなし　おのれ息はく　蝦蟇気を吹いて　酒息すなる何となき息　放ちたる息／うそぶきて　嘯き登り

息吹［吐く息］ いぶきの露に いぶきもがもな 塵の息吹に

【息衝く】［嘆息］ あな息づかし 息衝きあかし 息衝きあまり 息衝き居らむ いきづきくらし 息づく君を 息衝くしかば 息づく吾妹 息嘯の風に 嘆きは息めむ もののといきの やさかのいきを われは息づく

【咳】 咳かひ しはぶきを 咳ばらひ 咳払●親の咳咳れ告ぐれ

噎す［むせる］ 惶て飲み噎せ 思ひむせつる こころ咽せつつ しみむせるかも むせぶけぶりぞ むせぶ下もえ

吐く 咯痰の 花を吐く●気焔を吐きて

【鼻】 香をし嗅げば 鼻鮮かに 鼻に嗅ぐ時 鼻に紅つけ 鼻の上を掘れ 鼻びしびしに 鼻をたれたは 見る目嗅ぐ鼻 幽香を嗅ぎつつ／鼾の人は よういびきかく

嚔ひる［くしゃみ］ 嚔ふとも●鼻ひたる人 鼻ひ鼻ひし 鼻ひ紐解け 鼻も嚔ぬかな 鼻をそひつる

【匂ひ】 海のにほひ●インクのにほひ 牡蠣ぞにほへる 苦味のにほひを 絨毯のにほひ 十薬匂ふ 匂ふ生海苔 煮ゆるにほひに 蒸されたにほひ 野菜のにほひ

【臭し】 黴くさヽ 袖の臭に なまぐさき 生臭き香 人臭き●人の臭もたぬ／透屁の音を

目

【目・眼】 妹が目の 恨むる眼 君が目を 双眼に 妻が眼を 冷たき眼 半眼に 満眼の 目うちひさぎ めうつしに 目驚きて 目で締めよ 目にあまる 眼にかゝり 眼にせずや 眼にたゝず 目に近き 眼に強く 目に触れて 目にみえぬ 眼のうちに 眼の光 眼は赤く 目も暗れて 目もはるに 眼をあげよ 眼を射んに 目を懸けて 目を空に 目を塞ぎつ わが目らは●風も目にみぬ 君が眼のいふ 沈める眼ぞと 双の眼にして 直目に見ねば つめたき眼して 慰さまぬ目に 人恋ふる眼の 芙蓉のまなじり まじりのとぢめ 眼かくしをして 眼こそ忍ぶれ 目こそ隔てれ 目言をだにも 目さへあはでぞ 眼とぢみたまへ 目な乏しめそ 眼にうかびくる 目にこそ見えね 眼に立てて見る 目につくわが背 目にとどまらぬ 眼には笑みつつ 目にはさやかに 目には見えねど めにもおよばず 眼にも立てぬは 目

にも見えなむ　目の合はばやは　眼のとまりけり　眼のなき魚の　眼のまとまらず　目は飽かざらね　眼は石と成れ　目はそらにして　目は縦ざまに　眼はのるごとし　めもかゝやきて　目をきらしけむ　めをぞとゞむる　目をそばめつゝ　目を見遣せて　眼をも忘れず　目を悦ばし　夜目に見れども　わが目に曇る

眼(まなこ)　猿眼　天の眼●うろたへまなこ　きみのまなこはつぶらの眼　まなこ閉づれば　眼の色は　まなこはなたず

目見(まみ)　汝が眼は　眼見などの●まみのかをりて

眼路(めじ)［見える限り］　目路のはて●眼路にかかれる

目交ひ(まなかい)　目と目の間。眼前　眼交に　眼の先に

睫毛(まつげ)　くろきまつげを　まつ毛の落つる　睫毛触りたり

瞼(まぶた)　眼皮は●瞼は芙蓉　瞼腫れて　瞼つめたし

【瞳】(ひとみ)　黒瞳がち　怪し瞳　瞳をあげて●恋のひとみに　つかれし瞳　人々の瞳の　瞳あかるし　瞳しづかに　瞳にうつる　瞳のけはしさ　ふかき瞳に

【目つき】(めつき)　まなざしを　眼色かな　眼の色に●上目する時　女の眼ざし　君がまなざし　君伏目がちに　空うちにらみ　眼角思へば　眼を血に染て　目をとろめかす

目配せ(めくばせ)　目を食はせ●目瞬をしつつ／しばだたく

青眼(せいがん)　訪れた人を歓迎する気持ちを表す目つき　眼青に入る　青眼なりき

眩し(まばゆし)　眩くも　目くるめく●光まばゆく　まばゆからまし　眩ゆき白光　目くるる心ち　網膜を透く

【人目】(ひとめ)　人目多み　人めなき　人目見し　人目ゆゑ　人目をも●浅き人目に　くるしや人目　花の人めも　ひとの見る目も　人の目すらを　人目思はで　人めともしき　人めながらも　人目に恋ひて　人目他言　人目も草も　人目も恥も　人目を多み　見放くる人眼

人目守る(ひとめもる)　人目をはばかる　人眼守る●人目つつみに　人めもる身ぞ　人目をしつつ　人目を包む　ひとめをもると

見

【見る】(みる)　敵見たる　あとを見ば　いかゞみむ　色見えて　沖に見て　おくと見し　顔見れば　今日見れば　梳も見じ　去年みしを　坐して見る　さゆと見えて　そらに見よ　誰か見ん　散るを見で　汝が見たる　な見さいそ　野を見れば　春見えて　一目見し　またも見む　祭見に　見えつら

ん　見えつるは　見えぬ頬の　見えねども　みえまがひ見しことも　見し人の　見しままに　みしゆゑは　見し夢を　みずしらぬ　みずもがな　みせつらむ　見尽せぬ見つゝ寝し　見つるより　見て過ぎむ　見てもしれ　見ぬ人の　見ぬほどに　み果てゝし　見廻らし　見るからに　見るままに　みるめこそ　見るや君　見れば憂し見渡せば　みむといひし　昔見し　簗見れば　行きて見む　われも見つ●飽かず見るとも　秋を見はつる　あくるまで見む　明日さへも見む　遊ぶを見れば　暖かに見ゆ　跡つけで見ん　あやめも見えず　あはと見し月いほりて見れば　いかゞ見るらむ　いくたびか見し　いつみきとてか　妹があたり見む　妹見つらむか　うち見つるかも　うつしてぞ見る　移ろふ見れば　うとく見るらん　梅の花見つ　起きてぞ見つる　恐づ恐づ見れば　落羽は見えず　影をば見れど　影を見せまし　挿頭とぞ見る　かすみを見れば　かたみとぞ見る　かつみてをしき　君はみてまし　きみをみむとは　今日見つるかも清く見ゆかも　気色をも見む　氷とぞ見る　心とぞ見る　心見えなる　さきざき見けん　さやかに見する清けき見れば　しばしば見とも　島門を見れば　尻目に見遣り　しるく見えける　しろく見ゆらん　背に見つつ　直に見渡す　立ちさらで見よ　ちひさく見えてちるまでもみむ　月の影見ゆ　つづきは見えで　抓みし手見つつ　時のまも見む　とめぬとぞ見る　とりてだに見ず　並びつつ見ん　後見むために　野の極見よと　野守は見ずや　はてはたが見る　花を見るまの　はるかにぞ見る　晴れ間も見えぬ　光にぞ見る　光見ゆやと光やは見し　一目見に来ね　人もこそ見れ　人や見るらむ　独り見つつや　二編見えぬ　古人見けむ　穂向見がてり　また見てももや　まだ見ぬ人の　見上げ見下し　見いでゝをりぬ　見いでぬ先に　見えかゝりけり見え来ざるらむ　見えこし梅は　見えし小島の　見えずなりゆく　見えぬ君かな　見えぬ波路に　見えぬ山路に　見えわたるかな　若月見れば　見ざりし雲の見猿聞か猿　みしおもかげの　見しばかりにや　見しも聞きしも　見し夕顔の　水鏡見る　見せむうれしさ

道見えぬまで　見つくる人や　見つ坐(いま)して　見つゝ(っ)しを(お)ればみつと答へむ(えん)　見てこそ行(ゆ)かめ　見てもやむべく見てや過(す)ぎなむ(ん)　見てを帰らん　見なれし影(かげ)を　見に来(こ)ぬまでも　見にゆく人の　見ぬ海山(うみやま)の　見ぬこずゑ(え)なく見ぬぞ悲しき　見ぬはたいかに　見ぬ日時(とき)なく　見ぬ人恋(こ)ふる(う)　見ねば悲しも　見もし見よとや　みもせむ(ん)人を　見よともすめる　見らく少なく　みるがかなしさ見るが清(さや)けさ　見るが貴(とうと)さ　みるがわびしさ　みるさへ(え)うしや　見るぞうれしき　みるぞさびしき　見るに笑(え)ましく　見るにともしく　見る人しげし　見る人ぞ見る　見る人無(な)しに　見(みる)べき山水(さんすい)　みるべき花と　見るべき春の　見る目嗅(か)ぐ鼻　見る目に浮(う)くは　見るもかひ(い)なき　見るよりほかに　見るわれ苦し　見れば恐(かしこ)し見れば悲しも　見ればくやしき　見れば苦しも　見ればさぶしも　見れば清(さや)けし　見ればともしみ　見れば歎(なげ)きの　見れば麓(ふもと)は　みれば雪ふり　むかしみしかな眼(め)に立てて見る　焼刃(やきば)見澄(みすま)す　山並(やまなみ)見れば　闇(やみ)に見えまし　闇(やみ)に見なして　遊人(ゆうじん)を見るを　雪かとも見よ

寛(ゆた)けき見つつ　夢に見えつつ　よき人よく見(み)　よしとよく見て　芳野(よしの)よく見よ　世を経(へ)て見れど

仄見(ほのみ)ゆ［ちらっと見える］　ほの見(み)えし　ほのみゆる●ほの〱(ぼの)見つる　ほのみし雲の　ほのみし月の

【見たい】　見えななむ(ん)　見ほしがり　見欲(みほ)しきは　見まく欲(ほ)り　見ましかば●明日(あす)さへ(え)見まく　あまり見たさに　逢(あ)はばや見ばや　君を見ましや　時のま見せよとめても見ばや　見が欲(みほ)し国(くに)は　見が欲(みほ)しものは　見ばや見えばや　見まくしも良(よ)し　見まく欲(ほ)しけど　見まく欲(ほ)りする　見む(ん)人もがな　山も見が欲(みほ)し

見(み)せたい　みにきませ●袖(そで)を見せばや　誰(たれ)に見せまし人に見せばや　見せましものを　見せむ(ん)がために　見せむ(ん)と思ひ(い)し　見ませわが背子(せこ)

見(み)えたり見(み)えなかったり　見えみ見えずみ　見まれ見ずまれ

【見慣(みな)る】いつも見ていて目になれる　面馴(おもな)れぬ　みなれぬる●面(おも)なれやせむ(ん)　常(つね)に見なれぬ　見なれし影(かげ)を　みなれし人のみなれすぐしし　みなれそめけむ(ん)

【顧みる】［ふりかえる］ 顧みず かへりみよ かへり見る 見返りて●何時かへり見む かへりみしはや かへり見すれば 顧みなくて かえりみもせぬ 見かへす目ぞ

振放け見る ふりあおいではるか遠くを見る 振仰けて●ふり放け見つつ ふりさけ見れば／遠目なりけり

仰ぐ［上を見上げる］ 見あぐれば●仰ぎて待たむ 空を仰ぎて ひかりを仰ぐ／高高に

外目［わき見］ よそに見し よそに見て よそに見ん 外目にも●白地目もせず 目こそうつらね 外にも見しか 外のみそ見し 外のみ見つつ 外のみや見む よそめ楽しき 余所目とのみぞ よそめは空に

【眺む】 見る。物思いに沈んでぼんやり見る ながむとて ながむらん 眺むれば ながめつる ながめやる ながめわび●あれ眺めてけりな いとどながめを うちながむれば 海な眺めそ 浦に眺めむ 起きてながむる けふのながめは 雲にながむる しばしながめん 姿をながめ 空ながめそ 共にながめん ながむと思ひし ながむばかりぞ ながむる方を ながむる袖に ながむる空は ながむる月も ながめあかして ながめいりたる ながめくらしつ なかめさひしき ながめしつらむ ながめじと思ふ ながめしものを ながめせしまに ながめそなへし ながめつるかな ながめて散りぬ ながめて通る ながめとぞなる 眺め眺めて ながめにかかる ながめにまさる 眺めのみして ながめまほしき ながめめぐらす 詠もあかぬ ながめもやらむ ながめやる空 春のながめの 一夜ながめし ひとりながめし よそにながめて 世にふるながめ わきてながめむ

【覗く】 さしのぞきて さしのぞく 見入れたり●とばりをのぞく 覗ひたものに 臨き合ひたり 臨きて見れば 覗く小すだれ 覗く秤目 覗く人立

垣間見 かいまめば●垣間見するは かいま見の人

手

【手】 あぶら手に 怒れる手 妹が手に お手に数珠 片手して きみが手に 子らが手を 白き手より てきるきる 手さぐりも 手なる鷹 手に移る 手にかくる てにさはる 手にすゑて 手にだにも 手に摘みて 手になれし

体

手に満(み)てり　手の裏(うら)に　手まさぐり　手を挙(あ)げて　手を貸さん　手をさむみ　手を摺(す)りて　手を叩(たた)き　手をひてて　柔手(にこで)こそ●あかがりの手を　荒(あら)き手にうけて　妹(いも)が直手(ただて)よ　輝(かが)る吾(あ)が手を　こや君が手を　金色(こんじき)なる手　さす手にひらく　その手この手の　その左手の　鷹(たか)を手に据(す)ゑ　手挟(たばさ)み添(そ)へ(え)て　捫(つ)みし手見つつ　手さへ(え)涼しき　手にこぼれくる　手に障(さわ)りける　手に作り出す　手にもたまらず　手のなつかしさ　手も動(うご)かさで　手を指(さ)し出(い)でて　手をたゝ(た)くらん　手を放(はな)れたる　手を許せかし　遠妻(とおつま)の手を　蓮(はす)手にいりき　昼は手に据(す)ゑ　繊(ほそ)やかな手の　まくり手(で)にてぞ　やさしき手もて　やは(わ)らかき手を　我(わ)が手な取りそ　吾手(わがて)に帰れ　吾手(わがて)に縋(すが)る

玉手(たまで)［手の美称］　真(ま)玉手の●君が玉手に　玉手さし交(か)へ(え)　玉手さし枕(ま)き

手力(たぢから)［腕の力］　手力疲(つか)れ　手力もがも

掌(てのひら)　掌(て)に置きて●そを掌(て)に載(の)せて　たなごころなる　てのひらにうつ　てのひらの上　冷(ひ)えし掌　吾掌(わがたなそこ)を

両手(りょうて)　左右(そう)の手に●左右(そう)の手足(しゅそく)を　まてに捧(ささ)げて　諸(もろ)手(て)を振りて

巻(ま)く　手に巻かしたる　手に纏(ま)き古(ふる)す　手に巻き持てる　手に纏(ま)くまでに　纏(ま)きて持ちたり　弓束(ゆづか)纏くまで

【掬(むす)ぶ】［手にすくう］　手に結(むす)ぶ　水掬び　掬びあぐる　掬ぶ手に●月をすくひつ　また掬ぶかな　水を掬べば　むすびし水の　むすびて飲(い)みつ　むすぶ泉(いずみ)の　わが手に結ぶ

【握(にぎ)る】　手握(たにぎ)りて　一(ひと)にぎり●手握(たにぎ)り持(も)たし　手握(たにぎ)り持ちて　手煙(けぶり)を掬(にぎ)る　手に握るらん　握りつめたる　握れる砂の　人(ひと)手を拳(にぎ)る　筆(ふで)をにぎれば

絞(しぼ)る　しぼりつゝ●しぼりもあへ(え)ず　しぼるべしとは

摑(つか)む　手金(てきん)つかみて　つかみかかりて　摑みかかれる

【取(と)る】　取らすれば　取り出(い)でて　取(とり)いれよ　取りおろし　取り懸(か)かり　取(とり)て来(こ)む　とりわけん●早苗(さなえ)とらさね　手に取り持ちて　手にもとられぬ　とらむ(ん)とすれば　取りて来(き)ぬべき　とるひとはなし

【手折(たお)る】　草(くさ)手折り　手折らずて　手折らまし　手折りてば　手折り待ち●秋萩(あきはぎ)手折れ　草な手折りそ　手(た)をられながら　手折り挿頭(かざ)して　たを(お)りがてらに　手

体

折り来しかや　手折りてかへる　手折りては見じ　手折りて一日　手折てを来む　手ごとに折りて　花房手折り　ふさ手折りける　黄葉手折らな　もみぢをたをりをし

【折る】　葦は折れ　折らで行く　折らぬより　折らばをし　折りかざし　折させる　をりためて　折つれば　折りて見ば　折りとらば　折り伏せて　をりわびて　折る菊の　折る人の　をるもをし　かざしをる　角折れぬ　手を折りて●折らで過ぎうき　折らでは過ぎじ　折らぬなげきは　折らぬ匂ひは　折らぬ日ぞなき　折らばや折らむ　をらるゝ枝の　折らむとすれば　をりがてぬかも　折し桂の　折つくしけり　折りてかざゝむ　折りて見ましを　折りも折らずも　折り忘れても　をるにものうき　折る人なくて　をるべからずの　折れる挿頭は　折れる榊ぞ　折れるばかりぞ　挿頭折りけむ　簪も折りぬ　鬘に折りし　桂を折りし　篠折りかけて　尋ねて折らむ　手向にぞ折る　誰折らざらん　誰かをるらん　爪木折り焚き　とめてこそ折れ　濡るとも折らむ　一枝折りし　人に折らるな　八重折るが上に楊を折つて

【指】　大指の　ゆびのさき　指もれて●少女のゆびに　小指のはしに　小指のさきに　汝がゆびさきの　湯に指入れて　指に空しき　指の股とが　指を嚙まれし　指をながれて　ゆびを忘れよ　我が指頭に／爪はじき

指す　何処指して　指しつつ　指さしぬ●在るかたも指せ　いづれをさして　ゆびさしますな　夜中を指して

【抓む】　身をつめば●抓みもひねらせ　身をつみてこそ　身をつみてだに

【爪】　爪くふべき　爪の上　爪ひぢて　わが爪は●足の爪剪る　爪だにひちぬ　爪とり鋏　爪に藍しむ　爪鉤りたる　爪を打立て　爪を見つむる

【腕】　腕より　腕は●腕挙をするや　腕をさし出で　かひなを枕　支ふる腕　白き腕　撓や腕を　手つき腕つき　ましろき腕　吾腕臂の　我ただむきは／手腓に

肘　臂を曲げて●肘かけ窓に　肘をとらへて

【触る】［ふれる］　相触るる　い触れけむ　尾を触れて　感触に　袖触れし　手ざはりの　手もふれで　手を触

るは　触るべきに　触れしめよ　ふれずして　触れてみぬ　ふれなくに　触這ふに　行き触らば●妹が触れけむ　妹にし触れば　君が手触れず　しげみにさはる　手なな触れそも　手触れし罪か　手触れ吾妹子　手もふれざらし　手もふれで見む　なべてふれれば　喉に触れて　人な手触れそ　触るるわが妻　触れし子ゆゑに　胸に触れたり　わが手触れなな　われさへに触れ

弄る　手まさぐり　まさぐりて●土弄りする

【撫づ】［なでる］　うち撫でそ　かい撫でし　太刀なでて　撫るより　撫やまぬ　母掻き撫で●小床なでつゝ　かき撫で見つつ　頭かき撫で　撫づとも尽きぬ　撫で尽くすまで　撫でつくろひつゝ　世をへて撫づる　わがかい撫づる

【抱く】　抱へて　抱き下し　笑みて抱く　掻抱き　抱擁に　手抱きて　児を抱き　一抱●石をいだきて　いだきてぞぬる　抱きて臥したり　抱けばやがて　荊棘を抱く　鏡いだきて　かき抱きたる　頭いだきて　樹を強く抱く　抱きて我寝つ　抱くとこそ見れ　児を掻抱き　はや抱きねと　林は抱く　乳母抱きて

足

体

【足】　足うらふむ　足いれて　足うらに　足軽るさ　脚切るは　足摩し　足高に　あしもとに　足なやみて　片足に　駿足に　真裸足に●足洗ひたる　あしさしのべて　足摩り叫び　足たゝざりし　足たゆく来る　足ならしする　足濡れ渡り　あしの病に　足もひかれず　足悩む駒の　隻脚のをとこ　跣足にして　たゞにひとあし　茅生に足踏み　鶴の脚をば　姫が素足の　みだり足こそ

足音　あさるあのとの　足音忍び　馬の足音そ　をどる足音　駒の足音

足掻　足掻速けば　足掻を早み　足掻く激に

踵　踵うつ●白き踵の／太黒踏みのく

【膝】　暖膝を　膝いるゝ　膝とほし　膝に置　膝に伏す　膝を折る●けふひざもとへ　すりよする膝　膝折ふせて　膝にかげさす　膝にねよかし　膝踏みて舞ひ　膝枕くごとに　膝を安んずる　人の膝の上　み膝こひしみ

脛　はぎにあげて●脛いと高き　むかはぎ過ぎて　腿も腓も

寝

【寝】［寝る］　庵寝する　いざ寝なむ　お寝れお寝れ　烏のねて　添ひ寝して　寝しものを　寝る蝶の　寝入りぬる　寝くたれの　寝させむと　ねすぐして　寝たる人　ねたる夜は　寝ぬる後　ねぬる夜の　ねは見ねど　ねめるよの　寝もせいで　寝やはせし　寝られけり　花にねて　人の寝る　一夜ねて　三人寝し　見つゝ寝し　寝物がたり●朝寝か寝けむ　あとに寝うより　幾千夜寝てか　いく夜寝ぬらむ　率寝てやらさね　い寝にけらしも　寝ね臥さく　のみ　大殿籠りぬ　おことと寝う　お側に寝たとて　お寝る殿御や　知らで寝し時　背向に寝しく　誰とか宿らむ　誰にねよとの　月に寝ぬらむ　長き夜を宿む　なき床に寝む　なく〱ぬれば　寝せる君かも　夏草にぬる　脱て寝なゝむ　寝なましものを　ぬるがうへにも　寝るが苦しさ　寝るしるしなし　寝る夜しぞ多き　寝る夜すずしき　寝る夜なければ　寝る夜の数ぞ　ぬるよの夢の　ぬればあやしな　寝入たるとき　寝入端とて　寝倦しやうな　ねぞ過ぎにける　寝初めて憂やな　寝たらぬ顔か　寝てかたらはむ　寝ての朝明の　寝てののちさへ　寝ての夕の　ねてもかたらで　ねにきと言ひし　寝にくの枕や　寝もと吾は思う　ねよとの鐘に　寝る目あけらる　野辺に寝なまし　母に添寝の　一夜寝にきと　一夜は寝なん　日をねくらして　まだねぬ人を　またねのまくら　八千夜し寝ばや　ゆるりと寝るか　わびつつぞ寝る／めもあはぬかも

【寝ねず】［不眠］　寝ねずして　寝もしなむ　寝もせいでねられねど　夜も寝ず●寝こそ寝られね　いぞ寝かねつる　寝ねがてなくに　寝ねぬ朝明に　寝ねぬ朝に　寝ねぬ夜の多き　眠の寝かてねば　寝も寝ず恋ふる　眠も寝らめやも　寝る夜はなくて　寝れど寝かねて　寝でありきとふ　寝で待つらめや　寝なへ児ゆゑに　寝ぬ名はたてじ　寝ぬに明けぬと　寝ぬ夜つもれば　寝ぬ夜の塵の　寝ぬる夜の夢　ねもみぬ物を　ねられざりけり　寝られぬ耳に　寝られぬ夜の　吹かばいもねで　身に副へ寝ねば　夜眠も寝なくに　われ寝ねかねつ

思ひ寝　思ひ寝に　思寝の●誰が思ひ寝と

体

空寝［寝たふり］ 空寝ならむ●葦のそらねも 関にそらねの 空寝をしたる

転寝 仮寝に うたた寝の 仮枕●うたたねの夢 うたゝねよりの ただうたたねの

昼寝 うまきひる寝の きのふのひるね 白昼の睡 昼寝せしまに 昼寝目ざむる／黒甜の床

【共寝】一緒にふとんに入って寝ること さ寝る夜の さ寝し夜は 靡き寝る夜はさ寝め●あひふしながら 相枕枕く いだきてぞぬる 妹とし寝ねば 君と寝ぬ夜の さし枕かな さ寝さ寝てこそ さ寝しさ寝てば さ宿し妻屋に 袖交へし子を 袖交へずあらむ 袖さし交へて 靡きか寝らむ 靡き寝し児を 膝にねよかし 一つ枕に 枕かはして

枕定め［共寝］ まくらさだめし まくらさだめむ

二人寝 いざ二人寝ん 憂やな二人寝 二人寝るとも 二人寝しもの 二人寝許 二人臥しぬる 二人わが宿し

【独り寝】 ひとり寝し ひとり寝の 独り臥して ひとり臥す●憂やな独り寝 をしのひとり寝 昨夜独り寝て 淋しや独り寝 たのむひとり寝 独りか寝らむ 独りかも宿む 独りし寝れば 独り寝る夜は 独ねあかす ひとり寝しもの 独り寝よりぞ 独り寝むとは 独り寝をする ひとりやはぬる 夜はひとり寝 わが独り寝の わが独り寝む／あだ臥に いたづら臥を 空床に臥せり 袖並めず寝る 独夜の間を 長の枕に

片敷く［独り寝］ かたしきの●片敷きの袖 月をかたしく 真萩かたしき 宿にかたしく 夜はのかたしき

【浮寝】 うきねして 浮き寝には●浮寝せし夜 浮寝せむ夜は うきねの床や 浮寝をしてぞ 鴛鴦のうき寝か 同じうき寝の 鴨のうき寝の ふねのうきねは

丸寝 衣服を着たまま寝ること。ごろ寝 臥し丸び●旅の丸寝に まろがまろ寝よ まろびねにけり

【安寝】［安眠］ 高枕して 安眠な寝しめ 安眠寝しめず 安眠も寝ずて 安眠も寝ずに

味寝 気持ちよく熟睡すること。古くは男女の共寝 熟らに睡や●甘寝にひたる 甘寝に耽る 熟睡寝し間に 味眠は寝ずて 味寝は寝ずや

【臥す】［寝る］ 草に臥し 聳き臥し 臥したまふ 臥して思ひ 臥し侘びぬ●朝伏す小野の うづもれ臥して

体

木のねにふせり　つゆのした臥し　渚に臥して　花の下臥し　臥さず休まず　臥したる枯杉　臥せる旅人　茅亭に臥せば　待ち臥したるに　道に臥してや　峰に起き臥す　夜も臥したる

臥す 病気などで臥(ふ)せる　臥しぬれ●此処に臥せる　旅に臥せる

塒 鳥のねる所。人のねる所　ねぐらとふ　ねぐらにも●おのが塒に　寒き塒に　旅のねぐらや　ねぐら定むる　ねぐらながらの　ねぐらにかへる　塒にたのむ　ねぐらの枝に　ねぐらの鳥も　ねぐら求むる　花のねぐらに

【眠る】［ねむる］　ゐねぶりの　うち眠る　ねぶるまに　眠たがり　一ねぶり　瞑禽は●眠を先立たね　老の眠は　女にねむる　声ねむたげに　洲鶴眠りて　底に眠れる　蝶のねぶりも　几にねぶる　友ねぶりかな　長き眠りの　眠り居たるに　ねぶりし夢ぞ　眠り眠りて　ねぶりのうちの　ねぶる朝けを　ねぶるわらはの　眠さ怺ふる　死眠に落つる　眠不足の　眠るすがたに　白昼の睡　春のねぶりも　猫児の睡れる　また眠るらむ　やどりてねぶる／昏睡に

微睡む うとうとする　まどろまじ　まどろめば　夕まどひ　宵惑ひ●かつまどろみて　しばしまどろむ　つゆまどろまで　まどろむほどは　まどろむ夢の　まどろむ夜も

【起く】［起きる］　起き明かす　おきうさに　起き騒ぎ　おきてみよ　おきぬれば　起き走り　起ふしも　起きもせず　起きよ起きよ●暁起きは　朝おきいで、　おきゐてまてど　おきゐる床に　起きつ聞くぞ　起きて数ふる　おきて来ましや　起きて探るに　起きてぞ見つる　起きてながむる　おきて行らん　おきてわびしき　おきながらしも　おきふしぬらむ　おきふし春の　おきふしものの　起きも上がらぬ　おきよともいはず　けさはおきける　今朝もしおきて　散と起き上り　早う起出し　まろび起ても

【覚む】 目がさめる。迷いや嘆きが消える　さむる夜に　覚め来りて　さめぎはに　覚めであれな　覚めてのち　覚にける　さめぬれば　さめやすき　寝さめつれば　独りさめ　目ざませと　眼の覚て　めはさめて●うき身をさめぬ　覚むべかりける　さむるうつつの　覚むる枕も　さむる別れの

体

覚むればおなじ　さむれば夢の　覚めざらましを　さめてしる時　さめての後に　覚めてもおなじ　さめても胸の　さめぬやがての　覚めよ恋人　覚めむとすらむ　なかばさむやと　果なくさめし　はや覚めにける　まださめやらぬ　目さまし草と　めさめて見れば　目ぞさめにける　夢はさめにき　夢も覚むべき

【驚かす】目をさまさせる　うち驚かす　驚かさずは　驚せば●おどろかしつる　をどろかすかと　夢驚かす／おこし出でたる　眠醒され　ゆすり起すも

【寝覚め】寝ざめこそ　ね覚して　寝ざめだに　寝覚めつつ　ねざめねば　眠り覚め●あきのねざめの　いくよねざめぬ　老のねざめを　さ夜のねざめの　寝覚むる壁に　ねざめうからぬ　ねざめおくれし　寝覚さびしき　寝覚めざりせば　ね覚しつらん　寝覚すすむる　ねざめずもがな　寝覚せらるる　寝覚めせられむ　寝覚めて居れば　寝覚めて聞けば　寝覚に聞くぞ　ねざめにぞなく　寝覚に露は　ねざめにとほき　ねざめ〳〵て　寝覚めの恋に　寝覚めの千鳥　ねざめのまくら　ねざめの夢に　寝ざめ夜ふかき　ねざめをぞする　寝ても覚めても　ひとりねざめの　夜ごとのねざめ　夜半の寝覚ぞ

枕

【枕】仮枕　薦枕　笹まくら　さ夜枕　菅枕　枕売　枕づく　枕取りて　寄れ枕●あやめのまくら　あらぬ枕に　音はまくらに　己が袖枕　かをる枕の　金の御枕　此方寄れ枕　さし枕かな　覚むる枕に　勝事の枕　沈の枕を　月をまくらの　露の枕に　なよな枕よ　寝にくの枕　芭蕉の枕　人のまくらに　古き枕を　枕余りに　枕動きて　枕片去る　枕こそ知れ　枕さへこそ　枕さびしも　枕離らずて　枕しすれど　枕だにせず　枕とわれは　枕ながるる　枕な投げそ　枕並ぶる　枕に浮ぶ　枕に落つる　枕に薫ず　枕にすだく　枕に問ふも　枕に波の　まくらにはぢよ　枕にほろほろ　枕にみちて　枕に寄り添ひ　枕のうへに　枕の浮きて　枕の氷　枕の下に　枕の霜や　まくらのぶるや　枕の山の　枕は恋を　枕はやがて　枕は夢も　枕を埋む　枕を離けず　枕をさせ　枕を並べて　またねのまくら　夢の枕に　夜半のまくらは

新枕（男女が初めて一緒に寝ること）　新手枕を　新枕かも　にひまくらすれ

木枕　黄楊枕●妹が木枕　木枕通り　つげのを枕

旅枕［旅寝］　旅枕　枕ゆふ●あらいそ枕　客船の枕　仮寝の枕　草の枕に　まくら結ばむ　結ぶまくらも

枕辺　枕頭に●枕がもとの　まくらのあたり　枕のもとに　枕辺の人／寝酒と枕紙　枕刀

岩枕（岩を枕に旅寝すること）　いはほの枕　岩根し枕きて　石枕まく

【枕く・手枕】［枕にする。共寝・腕枕］　手枕の　手を枕かむ　枕き初めて　枕き寝れど●相枕枕く　今か纏くらむ　妹が手まかむ　かひなを枕　異手枕を　小夜の手枕　手枕交へて　たまくらかさむ　たまくらぞする　手枕なるる　手枕にせむ　手枕の上に　手枕の袖　手枕まきて　手枕わたる　妻枕かむとか　引けよ手枕　人の手枕　人の手まきて　枕と枕きて　枕も纏かず　枕をまきて　やはら手枕

【床】［寝床］　朝床に　荒床に　床冴えて　床寒み　床の上　床の霜　床はあれて　床広し　床古りて　寝し床の●朝の床ぞ　荒れにし床を　妹が小床に　妹なき床に　うきねの床や　おきゐる床に　君なき床の　空床に臥せり　黒甜の床　旅寝の床に　塵積む床を　冷たき床ぞ　つめたき床に　床あらはなる　床うち払ひ　床さへ濡れぬ　床だにたへぬ　床ちかゝりき　床と踏ません　とこなつかしき　床にあらしを　床のさむしろ　床の月影　床辺さらで　床の間ぞなき　床もたのもし　床もなつかし　なき床に寝む　涙は床の　人なき床を　むなしき床に　やなきとこにも　夜がれし床の　夜はの床かな　わが玉床を　わが床の辺に　わが無き床に

夜床　さ夜床を　夜床にも　夜の床を　よるの床●あかぬ夜床に　寝ぬ夜の床の　君が夜殿は　ふくる夜の床　ふけし夜床は　夜床片さり　夜床も荒るらむ

【布団】　うすき蒲団よ　二布の蒲団に　蒲団の上に

衾［かけぶとん］　麻衾　栲衾●苔のふすまに　閨のふすまの　花のふすまを　衾かづきて　ふすまもうすし　よるの衾の

褥［しきぶとん］　蒲の褥の　草のしとねを　しとねの綿も　広の褥や

衣

【衣】 赤しやつを 雨ごろも 海人衣 ありぎぬを 出し衣 表衣 寒衣を打つ 衣厚く 衣あらひ 衣々の 清き衣 恋衣 衣箱 衣をや 白き衣 解衣の 夏衣 練衣に 古衣 干す衣●朱の衣を あまの衣に 薄色の衣 宴のきぬに 馬乗衣 疎 衣 大装衣 嫁衣を縫ふもの 縵の衣の 偽善の白衣 衣貸さましを 衣ずれの音の 衣にかきつけ 衣のおとなひ 衣の萎えたる 衣を剝がむと 紅の衣 軽衣短し 衣あぶらん 衣色どり 衣かけしぞ 衣貸すべき 衣かす夜は 衣着よ君 衣寒らに 衣しで打つ 衣にほはし 衣に夏は 衣の色に 衣の裏にぞ ころものくびを 衣の里や 衣は沾れて 衣はふかく 衣ほすてふ 衣を穿つ 衣を湿し 紺の腹掛 塩焼衣の 塩焼き衣 緇色の衣を 霜の衣の 白栲衣 生絹の衣の 背なが衣は 袖着衣 つめたき衣 露分衣 解き洗ひ衣 隣の衣を とねりがきぬも 中の衣ぞ 夏の衣に 波かけ衣 練色の衣 花色衣 花の衣に 春着そろへて 純裏の衣 檜皮色の衣 水色のきぬ 緑の衣 雪分衣 夜寒の衣 わが下衣

狭衣 麻のさごろも 妹がさごろも 子らがさごろも

御衣［お召し物］ 青き御衣を おん衣重ねて 君が御衣し 紅の御衣 黒き御衣を 女房の御衣

羽衣 天人が着る薄い衣 天つ袖 羽ごろも●あまの羽袖に 蟬の羽衣

唐衣 唐風の衣。宮廷女性の正装 唐衣●唐衣すがた 唐衣も着ず 唐の小紋の 我が唐衣

【袴】 かたはかま 黒き袴 袴腰 古袴●打狩袴 狩衣袴 紅の袴 水干袴 生絹の袴 袴取りして

指貫 幅がたっぷりしてすそでくくる袴 刺貫や●指貫姿 指貫を着て

袿［唐衣や直衣の下に着た服］ 小袿着て 濃き袿●浅黄の打衣 出袿を かさねの袿

肩衣［袖なし］ 布肩衣 木綿肩衣

狩衣 狩ごろも●赤衣着たる 狩衣姿に 単重の狩衣

襖 狩衣。武官の服 紺の襖 白き襖●襖と云ふ衣 紬の襖と

水干［庶民の服］ 水旱の●紺の水旱 水干装束

直衣 貴族の平常の服 梅の直衣に 形見の直衣 桜の直衣 萎え

衣

たる直衣　冬の直衣の

上下 上衣と袴が共布　浅黄上下　上下の人　京裃を

【裳】 腰から下にまとう衣服　薄色の裳　薄鈍の裳●うは裳の下に　にほへるわが裳　裳には織り着て　わが裳は破れぬ

玉裳［裳の美称］　珠衣の●玉裳ぬらしつ　珠裳の裾に

赤裳　赤裳かゝげて　赤裳裾引き　赤裳濡らして　赤裳の姿　赤裳の裾に　あか裳引つれ　赤裳ひづちて

小袖［ふだん着］　節小袖　張小袖　古小袖●春の小袖は

【薄物】　綺の●薄き衣は　薄物の袈裟　着る衣薄し　朽葉のうすもの　白きうす物

羅 うすく織った絹布の総称　羅に　綺羅の人　紗の帳　碧羅綾　羅の裾ぞ●紅羅の袖を　碧羅を把りて　万の綾羅に　羅衣の御香に　羅綾の衣

単衣 裏をつけない服　濃き単　白き単衣　張単●赤単衣　白き単衣の　生絹の単衣　ひとへに薄き　まだひとへなる

帷子［ひとえの服］　あさぎの帷子　麻布の帷　柿の帷子　帷子とゞく　帷子の色　帷子一重　白き帷

【袷】 裏をつけた服　袷着て　初あはせ●袷くらゐは　袷の衣

綿入　薄綿　綿衣の●薄綿の衣　綿衣の重き　綿ひきかけて／布子ひとつを　布子の裳を　白綿の衣

褻衣［ふだんぎ］　褻衣にせん　褻衣にて

晴着［よそゆき］　色ごろも●秋さり衣　桜の汗衫

夜着 綿を入れ掛けぶとんとする大形の着物　小夜衣●かけたる夜着の

寝間着　ねまきのかげの　閨着汚さぬ　夜の衣を

浴衣　染ゆかた●貸ゆかたにて　ゆかた着かへて

旅衣　たび衣　旅装束●たつ旅衣　道行衣

紙子［紙で仕立てた服］　紙子さへ●破れ紙子の

羽織　革羽織　陣羽織　長羽織　羽織裏●長い羽織を　羽おりは曲て／袖合羽哉

外套　古マント●外套の襟に　まんとをきたる

【僧衣】　香衣に●苔織衣の　苔の衣の　苔の袖にも　苔のたもとに　苔深き袖　篠懸衣　緋衣の妖僧　山分け衣

法衣　緋の法衣　法服の●法の衣を　法服だちて

袈裟　赤袈裟着て　袈裟に注く　袈裟の地に

【喪服】　黒き衣　黒小袖●青純の綾　空五倍子染めの

形見の色を　形見の服　黒き衣ども　衣の闇に　椎柴の袖　重服を着て　服黒くして

藤衣　藤衣●藤衣きむ　藤の衣を　ふぢのやつれを

墨衣　墨染めの●薄墨衣　薄墨の袈裟　かへらぬ色は　墨染めの袖　焼く墨染の

麻衣 麻で作った喪服　麻衣に　麻衣　麻衣着●麻の衣なり　麻のさごろも　白麻衣　白き麻衣

小忌衣［神事用の衣］　小忌衣　小忌の着る　すり袴●小忌の衣と　摺れる衣に／あかひもの

【皮衣】 毛皮で作った衣　かはぎぬは　裘　けごろもを　毛のあらもの●熊のむかばき　黒貂の皮衣　雪の毛衣

皮　皮靫　革の帯　へうのかは　わが皮は●皮など敷きて　袖に色革　なめし袋は　紫革して

【襟】　青衿着け　襟止の●襟の竪つ型　襟のはしより

衿巻　衿巻憎し　羽毛襟巻のにほひを

【裾】　衣の裾　白き裾　裾捌き●裾とる糸に　裾に取りつき　裾にはづれて　裾の合はずて　裾のうち交へ　裾引く道を　裾ふさやかなる　裾短なる　裾壊れたる　すそをつらねて

裳裾　田子の裳裾も　珠裳の裾に　裳裾濡らさな

裳引き 裳のすそを引きずること　長裳すそひく　裳引しるけむ　裳引き裾引き　裳引きならしし　裳引の姿／しりひきて

【袖】　妹が袖　采女の袖　袖たれて　袖に吹け　袖の色を　袖のうらに　袖の香を　袖の雪　袖枕　袖よいかに　広袖で　舞の袖　真袖もち●秋をひくそで　朝けの袖に　朝の袖かな　射向の袖に　移らん袖に　遅るゝ袖ぞ　乙女の袖を　尾花が袖に　折る袖にほふ　薫りし袖に　霞の袖に　かた〴〵袖を　片敷きの袖　かたみに袖を　借衣の袖　離れにし袖を　交はせる袖の　きぬ〴〵の袖　朽ちにし袖の　くるしき袖に　暮こそ袖は　暮待つ袖ぞ　すずろに袖の　袖うちかけむ　袖打しまひ　袖かけてけり　そでか触れつる　袖こそ匂へ　袖こそ破れめ　袖ぞ朽ちぬる　袖だにさゆる　袖つくばかり　袖つぐ宵の　袖にあきある　袖にうつして　袖にうつれる　袖に置くらん　袖に落ちくる　袖に扱入れつ　袖にすずしき　袖にたたへて　袖につつまん　袖にとけしも

袖に流るる　袖になげきの　袖に光の　袖に吹きこす　袖に触れてよ　袖に蛍を　袖にまがへる　袖に乱るる　袖にやどれる　袖のうへかな　袖の重さよ　袖の香ぞする　袖のくれなゐ　袖の気色を　袖の下より　袖の月影　袖の名残も　袖の緑ぞ　袖のわかれに　そではづれて　袖まき上げて　袖持ち撫でて　そでやかさねむ　袖やくちぬる　袖ゆきずりに　袖より袖の　袖よりも散る　袖をつらねて　袖をまかせて　袖を見せばや　誰が袖触れし　旅なる袖に　旅寝の袖も　ちかづく袖の　ながむる袖に　名残の袖を　なづるは袖の　春行袖の　真袖にかけて　緑の袖の　身を知る袖の　昔の袖を　むすばぬ袖を　紫の袖　物思ふ袖を　やつるゝ袖を　やどれる袖は　ゆきかふ袖は　夜な夜な袖に

衣手［袖］　衣手に●衣手うすみ　衣手かすむ　袖離れて　衣手寒し　衣手すずし　衣手濡れて　夜はのころも手　わが衣手に

【袖振る】 袖をひらひらさせる。別れを惜しんだり合図をする　袖ふれば　ふりはへて●沖に袖振る　君が袖振る　袖うちふるに　袖振らず来つ　袖振らずして　袖ふりはへて　袖ふる市の　袖振る見えつ　袖ふる山の　波に袖振る　振り痛き袖を　み袖ふれけん　八遍袖振る　わが振る袖を

【袂】 たもとぞと　袂にし●薄きたもとに　かせるたもとの　きまねくたもとの　君が袂に　けふは袂に　草の袂も　恋ふる袂の　せばき袂を　袂かわかぬ　袂涼しも　袂すべりし　たもとにあまる　たもとのかずは　袂は色に　袂はかくぞ　袂ゆたかに　袂を分ちて　つゝむたもとを　にぬたもとなる　花のたもとに　人の袂も　ひとり袂に　まねく袂に

着

褄　衣のつまは　したがひのつま　裾あはぬつまに

【装ふ】 装ぞかして　装ぞきて　装ふ間に　装ひの●唐の装ひに　装束きたるぞ　立たむよそひに　玉の装ほひ　桃李の装ひ　何そ身装餝はむ　服装も男と　人のよそほひ　もてやなすらん　装ひ装ひて

装束　旅装束　昼の装束●水干装束

更衣　更衣●かふべかりける　衣かへうき／色直し

衣

【着る】麻衣着　あつく着て　きし世こそ　着せずとも　着垂れたる　きてなれし　着てみれば　着ならせと　衣に着ん　着欲しきか　君が着る　着る身無み下に着む　染めて着む　誰きよと　ひき着せて　単衣着て　ひとり着て　雪にきる　われは着じ●青色姿青色を着て　明日着せさめや　雨には着ぬを　いかゞ着ざらん　いまだ着ねども　今は着つべし　おりたちて着む　上下着たる　皮服着て　着する春風　着せし衣に着せてかへさん　着せむ子もがも　きたる春かな　きたるをうすき　着つつなれにし　着て帰る君　着てし濡れ衣　きて馴れきとは　着てにほはばか　着て寝しことをきては涙ぞ　著てふしぬかも　きてやゆかまし　きぬ着し人も　衣着せましを　きぬきせまつる　着ぬ人ぞなき　着欲しく思ほゆ　君にうち着せ　きる人なしに着む日知らずも　着む日を待つに　軍服を着て　着りと夢見つ　着る衣薄し　着ればなつかし　衣を取り着空に着すらん　たちぞ着てける　作り着せけむ　妻が着する時　錦をやきむ　女人の着たる　人にな着しめ人にな著せそ　一人着て寝れ　ふらんねるきし　聟に着せうとて　もろともに着る　行てはや着む　夜も着るがね　わが衣に着む　われ下に着り／懐手

【襲】（重ねて着る時の色の組み合わせ）青朽葉　青黒の　桜ふたり　白襲　一襲　藤襲●卯の花襲　紅梅襲　紅梅の衣　紅梅ふたり桜襲の　紫苑の衣の　菖蒲襲の　撫子襲　単襲に無紋の桜　柳の衣を

重ね着　かさね着る　服襲へども　二重も良き●秋の重ね着　かさねきぬれど　八重着重ねて

掛ける　かけんとや思ふ　綿ひきかけて

纏ふ　黒衣まとひ　光纏ひ　まとひしが　まとひつ●胸に纏へる　めぐりはまとふ　わが身にまとふ

被く［かぶる］　霜かづく　ひきかづき　藻の被衣●うす絹被く　かづきてまゐる　かづく袂に　冒被ぎて　袖を笠に着　袖をかづくは　ひきかづきてぞ

【脱ぐ】笠を脱がれ　脱ぎおきて　脱ぎかへて　ぬぎかへよ　脱ぎ棄てて　脱ぎすてむ　ぬぎたれて　脱ぎちらし　蓑を脱ぎて●けふぬぎすてつ　衣も脱かじ　水

干を脱ぎ　たがぬぎかけし　ぬぎかへつてふ　ぬぎかくるかな　脱き棄る如く　脱ぎてかくらん　脱ぎてかしつる　脱て寝なゝむ　脱ぎてやらまし／袖だたみ

【帯】　赤帯の　後帯　帯なれば　帯にせる　帯のいろ帯をすら　皮の帯　絹の帯を　君が帯　鯨帯　ごくの帯　腰宛に　三尺帯　しごき帯　下帯の　繻子の帯　常の帯を　博多帯　はさみ帯　引帯なす　常陸帯の●うこんの帯し　帯乞ふべしや　帯しどけなき　帯する妻の　帯つよく結ふ　帯の結びも　帯を取られて　韓帯に取らし　細紋の御帯を　倭文機帯を　縹の帯の　斑犀の帯　わが帯緩ふ

帯解く　帯解きかへて　帯解くものを　帯は解かなな　帯やとくらし　只解きに解き　夜の帯を解く

【紐】　あかひもの　入れ紐の　白き紐　羽織紐　紐絶えば　わが紐を●妹が白紐　衣の紐を　染しながひも　紐差しながら　紐の片方ぞ　紐のくれなゐ　紐吹きかへす　紐をさがして　ほそき組して　結びし紐を　夜の紐だに　わが紐の緒の／あげまきに

下紐　下紐は●裏紐あけて　下紐解けぬ　下ゆふ紐の解くる下紐　花のしたひも　わが下紐の

足結　上代、男子が袴の上から足に結んだひも　足結の組　足荘厳せむ　足結出で濡れぬ　脚帯手装り　足結の小鈴　脚結の紐も　君が足結を

【紐解く】　今解くる　とかぬまに　解かむとぞ　解きたれば　昼解けば●この紐解けと　着けし紐解く　解かむ日遠み　解く人はあらじ　解くらく思へば　解くる日あらめや　解くる紐かな　はらりと解けた　紐解かざらむ　紐解かず寝む　紐解き交し　紐解き放けて　紐解き設けな　紐解き待たむ　紐解き行かな　まだ紐とかぬ　御子の紐解く　夜解けやすけ　吾は解かじとよ

【結ふ】　一重結ふ　真結ひに　結ひそむる　結へる紐●帯を三重結ひ　細かに結へる　束を結ひぬる　玉もてゆへる　波もてゆへる　ねりそもてゆふ　またゆひかふる　結ふ手いたづらに　結ふ手もたゆく　結ひし紐の

結ぶ　片結び　引き結ぶ　結び下げ　結び垂れ●表は結びて　ただ片結び　封結びにして　三重結ぶべく

衣

【緒】［糸やひも］ 緒を弱み 数珠の緒の 太刀の緒に 中の緒の 貫ける緒の●受緒掛緒も 緒さへ光れど 緒絶しにきと 緒にぞぬきける 緒になるまでに 片緒に搓りて 冠の上緒 束ね緒にせむ 着けし紐が緒 中の細緒の 練緒染緒の

玉の緒［緒の美称］ 玉の緒の●白玉の緒の ゆらく玉の緒

布

【布】 小切など 紺の布 白栲の 布さらす 布張子の 紋純子●肩当腰当 肩の紕は 黒き布もて さらせる布を 唐縮緬か 布乾さるかも 布かとぞ見る 布衣をだに 布曝すらむ 引きて曝せる 夜布をさらす

荒栲［粗末な布］ あしき衣 荒栲の 草衣●蓑代衣

細布 にぎたへの●おのが細布 和細布奉り

【領巾】女性が肩にかけ長くたらした薄い布 蜻蛉領巾 細領巾の 領巾振りし●天領巾隠り 領巾振りけらし ひれ振るやたれ

天鵞絨 げに天鵞絨の びろうどの椅子

【錦】 織る錦 唐錦 唐の綺なり 唐の錦 錦帳の 紅錦繍 高麗錦 高麗の錦 錦はる 緋金錦ども●小車錦の 唐錦にも 錦機を破る 紅錦にして 成れる錦を 錦織りかく 錦が千端 錦たちきる 錦たつたの 錦とぞ見る 錦にくるむ 錦に見ゆと 錦のごとし にしきのこりて 錦の直垂 にしきや月の 錦を織れる 錦を着つゝ 錦を延へて 錦をやきむ

【絹】 赤絹の あしぎぬは 絹四疋 新絹を●うす絹被く 買ひてし絹の きぬに包みて きぬのうす機 絹の毬のみ 素絹の衣 染めなす絹の

生絹 綾と生絹の 黄なる生絹の 生絹の単衣

綾［絹の紋織物］ 綾千疋 錦綾の●青鈍の綾 綾が千端 綾に包める 綾の衣の表 唐綾二つ 白き唐綾

紬 紬の襖と 紬の帽子

麻 麻衾●麻手刈り干し あさのゆふ四手 麻を引き干し 麻生の下草 山辺真麻木綿

綿 一重綿 むしり綿 綿厚き 綿厚くて 綿厚らか 綿売の 綿も無き●新綿くるも つくしの綿も 鳴わたくりの にじみし綿を 綿おほひたる わたかもおほひ

木綿 木綿糸 木綿車●白き木綿を

衣

【機】天金機　大機の　織る金機　織る機を　機婦に妬む　倭文機に　機糸は　はた織りて　はたおりめ　機の●挙げてし機も　いほはた衣　五百機立てて　いとゞ促織　おさうちそふる　梭と飛び交ひ　梭のはやしに　織りてし機を　織る機の上を　しづ機帯の　しづはた衣　機おりたてゝ　機織りなづむ　機おる音も　はたもの細き　織屋の音の　はとりをとめら　我がはた物に

【織る】織衣　織出しも　織り継がむ　織りて着む　織りはつる　織ることは　織ると聞く　織る錦　織る布の　織ろす服●あやをりいだす　織りける糸は　織りたる衣ぞ　織り積もりつゝ　織りて着ましを　織りて隙なき　織る麻ぬのの　おるかとぞみる　織ればかつ散る　織れるこころも　織れるなりけり　織れる黄葉に　織れるわが身か　かしは織りたる　かつがつ織れる　唐織なんどの　朽葉の織物　しのに織りはへ　誰か織りけむ　まじりて織れる　乱り織りたる　文字やおるらん

【編む】編まなくに　編目ゆも●笠にも編まぬ　重ね編む数　ほそき組して　まばらに編める

糸

【糸】赤き糸　糸車　糸すぐる　糸とさへ　糸による　糸をひく　糸を乱し　かくる糸の　生糸高　こぼれ糸　白糸の　引く糸や　物縫ふ糸●いとかかりける　糸屑なりけり　糸になるとも　糸の色々　糸の細しさ　糸の絶え間に　糸のみどりぞ　糸はかたがた　糸は緑に　糸はよりけり　糸ひきそふる　糸ひとすぢに　糸吹く風の　糸もて繋ぐ　糸を紡績も　糸をもなどか　糸をもよれば　色々の糸　いろのいとにて　うるはしき糸　かげのいとして　かしつる糸の　さゝがにの糸　裾とる糸に　滝の糸もて　玉はいとにも　千筋の糸の　つゞく糸哉　つむげる糸に　手引きの糸の　花田の糸を　引きたる糸を　緑の糸を

【片糸】片糸もち●かた糸ぞとは　片糸にあれど　片糸によりて　人のかた糸

【縒る】糸による　麻を縒りて　片縒りに　よられつる　よりあはせて　撚りたれば　縒るといへば　よる人も●沫緒によりて　糸はよりてぞ　糸をそわが縒る　かたよりしける　三相によれる／反転に

衣

【麻・苧】麻やカラムシの繊維をつむいだ糸　麻の苧の　桜麻の　乱れ麻の

績麻［麻を糸にしたもの］　績まずとも　績麻なす●績麻懸くとふ　績麻の絡垜

夏引　夏麻引く　夏引の●夏引のいと

経緯［たて糸・よこ糸］　経もなく　ぬきをうすみ●たてぬきしるく　経緯無しに　たてぬきにして　緯も定めず

苧環　をだ巻の●倭文のをだまき

【蚕飼】　養蚕絶えて　桑子にも●親の飼ふ蚕の　かふこもあすや　こがひいとなむ　こがひする子の　こがひのわざの　蚕がひもえたり　蚕養をせさせ　蚕時に到れば　こやのえびらに　母が養ふ蚕の　養蚕部屋の

山蚕　生れぬ山蚕は　山蚕殺しし　山蚕は青く

繭　繭倉の　繭ごもり　繭隠り●新桑繭の　ひくまゆならし　繭送られぬ　繭つくらせて　まゆつくるらん　繭にこもれる　繭を造りて

【貫く】　貫きかけて　貫き乱る　ぬきもあへず　貫くべくは●あへ貫くまでに　糸に玉ぬく　糸に貫ぬく　糸もて貫ける　玉とぬくらむ　珠に貫くべく　珠を貫かさね　貫く羽を　貫かむと思ひて　ぬくる白玉

【裁つ】　裁るべきに　截ちさしの　たちしまに　裁ち縫はぬ　裁ちもつては　裁つことは　裁つ幣の●衣裁つ吾妹　裁ち出しては　裁ち変へてける　たちぞ着てける　裁ち縫ふ方を　たちぬふ業は　裁てと言はましを　やや大に裁て　わがため裁たば

【綻ぶ】　そゝけたる●かくほころぶる　肩の紕は　袖ほころぶる　たて綉びし　はつるゝ糸は　綻びぬらし　ほころびやすき／破れし衣の

【縫ふ】　笠に縫ひ　笠縫の　衣ぬふ　縫ひ出づる　縫ひ果てつ　ぬひもの、　縫ふならん●嫁衣を縫ふもの　笠に縫ふてふ　金糸の縫を　衣に縫ひて　曝さず縫ひし　背縫ひ片寄せ　縫ひ堪へむかも　縫ひ重ねたる　縫ひ重ねねど　縫ひし黒沓　縫めく〳〵に　縫ひ物の裏　縫ふてふ笠は　縫ふ間を待て　縫へる衣ぞ　縫へる袋は　縫はむ物もが　花とぢつけよ　花を縫ふてふ　裁縫をすとて　純裏に縫ひ着　一人裁縫の　鳳凰繍ひし　物縫ひてあり　物縫ふ夜なり／片身づつ　仕立奇麗さ

繕ふ　つくろひて　繕はぬ　引きつくろひ●つづれの衣のよなべのつゞり

縫目　針目落ちず●衣の縫目／まどほのころも

針　かくし針　針売りて　針はあれど　針袋●針そ賜へる　針はこぶかな

染

【染む】［染める］　いつ染めし　色染めて　枝を染め　衣に染め　君に染む　潮染むる　染衣を　染木綿の　染むべきと　染めかねて　染めざらば　染め裁ちて　染めて着む　染めてまし　染めのこせ　染はてぬ　染めましを　浪を染む　染ふれど　にじみくる　雪染めて●あさく染まめや　あはれ染むらん　いかに染めける　色は染めける　薄染衣　おのが染めたる　木々をそむらん　声に染むらん　こぞめとやせん　衣染めまく　衣は染めむ　時雨染めつつ　慕ひて染むる　下染めにせむ　しむる野辺にて　染るぞ花の　染むるばかりを　そむるはほせり　染めかねてけり　染めさせければ　染ざらめやは　染めし心も　染めし衣を　そめし時雨の　そめしたもとの　染尽しては　染めつけ持ちて　染めてこそ着め　染めてしものを　染めはじめけん　染めもあへず　染めよとぞ思ふ　ちぢに染むらむ　露は染めける　手染の糸を　何を染めまし　なべて染むらむ　染はぬわれや　にごりにそまぬ　ひとりそめつゝ　深く染めてば　わが染めし袖

染色　香染の　しげめ結ひ　丁字染　桃花褐の　はなぞめの　花に染む　萌黄匂ひ●いまやう色の　うす花染めの　くれなゐぞめの　朽葉、空色　濃染の衣　地薄、地白の　玉虫色に　端紅の　はつ花ぞめの　花染の衣　縹に染めし　ひとはな衣　みな泥染の　友禅染の

裾濃　青裾濃の裳　裾濃の袴　むらさき末濃の

斑濃　花村濃●斑の衣　むら濃に見ゆる

【入】布を染料にひたす回数　幾入の●幾入までと

一入　一しほの●只一しほの　一入染の　一つ色もて

千入　千入の袴　千入のまふり　千しほもあかず

八入　やしほ染めたる　八入の色に　八塩の衣

【紋】　浮紋の　唐草の　細紋型　水紋は　縁の紋　紋純子　紋のみか●霰小紋の　唐の小紋の　黄金の紋は

衣の紋に　さゝらがたなし　細紋の御帯の　無紋の桜　無文の袴／蛮絵着たる　牡丹唐草

【綾】［模様］　綾藺笠　あやなして　綾の紋　綾檜垣　綾ひねる　綾むしろ　花文綾　濃き綾の　しろき綾　浮線綾　文の綾●あやをりいだす　あや織りみだる

【摺る】　ゑびずりの　摺らめども　摺り入れて　摺殻の　摺ごろも　摺りたる裳●衣に摺らゆな　衣に摺りけむ　衣はすらん　しのぶの衣　しのぶの乱れ　しのぶもぢずり　摺らむと思ひて　摺こぼす火の　摺りてば好けむ　摺れる衣に　ねずりの衣　萩が花摺　花摺り衣

【藍】　藍摺の　藍の若く●藍まく畠　藍水を染む　藍をながしぬ　爪に藍しむ　夏は二藍　よどみ藍なす

山藍　山藍に●山藍の色は　山藍の衣　山ゐの袖　山ゐにすれる

【晒す・曝す】　うち曝し　曝井の　晒しませ　布さらす　日曝の●網を曝しつつ　うちさらされて　骸を曝す　曝さず縫ひし　さらす手作り　さらせる布を　布曝すらむ　引きて曝せる　夜布をさらす　夜さへさらす

粧

衣

【飾り】　飾らんもの　門飾　神飾り　花環　花の飾り　舟飾●かけて飾れる　荘り立てたる　飾り乏き　かざりなりけれ　金花を連ね　組の緒しでて　すがたをかざる　松竹飾り　宿をかざれる　ゆらぐ玉の緒

釧［腕輪］　釧着く　玉釧●釧にあらなむ

手玉　手玉し鳴るも　手玉みだるゝ　手珠もゆらに

薬玉　御薬玉　薬玉に●薬玉ともや　五月の玉に

木綿花　髪飾りなどにした造花　木綿花の●木綿は花物

【挿頭】花や木の枝を折り、髪や冠に挿したもの　折りかざし　かざしをる　かざしける　かざしても　挿頭せれど●葵かざし　いのりかざさん　卯のはなかざし　梅を挿頭して　王者にかざす　同じかざしを　折り挿頭しつつ　折りてかざゝむ　折てかざせり　折れる挿頭は　挿頭折りけむ　かざし来つらむ　かざしくらして　挿頭しつる萩　挿頭とぞ見る　かざしならぬに　かざしなれども　かざしに折ると　挿頭にさせる　挿頭にしてな　かざしにせむと　かざしにのみぞ　かざしの菊を　挿頭の台は　かざしの

桜　挿頭の玉の　挿頭の萩に　挿頭の花の　かざしの山吹　かざすさくらを　かざすをみれば　かづらかざして　甲かざし、今日のかざしよ　今夜かざしに　さくらかざし、手折り挿頭して　玉のかざしを　人のかざせる　松をかざしに　昔かざしし　黄葉挿頭さむ

【鬘】つる草を頭に飾ったもの　髻華に挿し　鬘くは　鬘ける　鬘髯　玉かづら　葉根蘰　もろかずら　ゆふかづら●うずにしせるは　鬘くまでに　鬘せ吾妹　鬘に折りし　鬘にかけて　鬘にすべく　鬘にせむ日　綵色の鬘の　菖蒲のかづら　花かづらせよ　山かづらせよ　わが鬘かむ

【櫛】　梳も見じ　沈の櫛　すき櫛の　玉櫛の　つくし櫛　ぬき櫛の　真櫛もち●小櫛見にも　唐櫛入れる　櫛にながるる　櫛も捨てたり　向ふ黄楊櫛

匣［櫛を入れる箱］　唐櫛笥の　匣なる　櫛の箱　玉櫛笥　玉匣●くしげならまし　珠匣なる　花のくしげは

簪　銀簪が　銀かんざし　銀流し●簪も折りぬ　白銀の笄　翡翠の髪ざし　細いかんざし／差櫛の箱　さし櫛みがく　前差を

【化粧】　薄化粧に　うすけはひ　顔づくりす　化粧じて　化粧ずる　粧羞づる　濃粧ぞ●いたうつくろひ　化粧はなけれ　なまめき化粧じて　物縫ひ化粧

白粉　御しろいが　舞台香●鉛粉素し　白粉包　おしろいの香を　顔の粉　白物売／塗児衆

紅［口紅。ほほ紅］　寒のべに　小町紅　紅ぞ深き　紅粉解の●こぼれし紅粉を　鼻に紅つけ　臙脂漿化粧に　べに皿よりも　紅も薄らに　紅も恋しう　紅屋が門を

歯黒　鉄漿黒く　鉄漿つけて　歯黒めつけ　歯黒めの●おはぐろの香の　鉄漿黒々と

眉引　眉作り　眉引の●笑ひ眉引　笑まむ眉引　人の眉引　太眉作りて　眉太う掃かせ　眉作るあはれ

黛　粉黛の　黛の●かきし黛　濃き黛を　翠黛紅顔　まゆずみの色／濃に画き垂れ

眼鏡　眼鏡とれば●眼鏡さびしき

【鏡】　かゞみ石　鏡乞ひ　鏡磨　鏡なす　かゞみには　鏡の池　鏡屋の　鏡を懸け　唐鏡　鏡前の　玉かがみ　紐鏡　古鏡　真鏡か●鏡ありとや　鏡いだきて　鏡う

衣

ち見て　鏡と見つも　鏡ともがな　鏡に懸くる　鏡に見ゆる　鏡によする　鏡の影の　鏡のごとし　鏡見る世も　鏡を入れて　鏡を売りに　鏡を見ても　くもる鏡を　さらぬ鏡の　友鏡をも／金膏一滴

真澄鏡 よく澄んだ鏡　ます鏡　まそ鏡●ますみのかがみ

水鏡 水面に映す　池の鏡に　海を鏡と　野守の鏡　水鏡見る

【履く】 くつはきて●妹が履むらむ　履着けわが背　履物もなく

沓

【沓】 穿沓を　葛履の人　沓買はば　沓造　くつなくて　沓の音　沓提げ　履をだに　ぬぐ沓の　鞠沓は　藁沓を●沓籠持を　沓すり入るは　沓すりて来て　沓に当りける　くつにぬくめる　沓をも履かず　長き沓を履き　縫ひし黒沓　二綾下沓　旧藁沓の

【靴】 靴の音に　靴のまめ　深ぐつは　古き靴　半靴など●靴もはかねば　靴をならべて　半靴はきたる

【下駄】 吾妻下駄　馬げたの　薩摩下駄　鼻緒摺　引摺は　日和下駄●下駄の鼻緒の　路地の駒下駄

足駄 足駄の歯　高足駄　塗木履　平足駄　古足駄●足駄もはかぬ　雪駄の皮に　木履かた〱

草履 皮草履　草鞋は　草履持ち　草鞋はく●草履かた〱　旧尻切の　わらぢのすべる　草鞋はぬげぬ

足袋 足袋白し　はさむ足袋

笠

【笠】 銅笠　綾藺笠　かくれ笠　かさきたる　笠立てて　笠無みと　笠に着て　笠に縫ひ　笠縫の　笠も着ず　笠やどり　笠を召せ　君がさす　とがり笠　目狭笠　破れ笠●編笠の内　梅の花笠　小笠はづれて　かゝる竹がさ　隠れ笠をも　かさかさましを　笠木がらしに　笠しろたへに　笠に縫ふてふ　笠にも編まぬ　笠の借手の　笠引き落とし　笠も破れよ　笠を追ふてぞ　笠を傾け　笠をさすなる　笠を頭甲に　笠を引き落とし　君がみかさの　袖を笠に着　塗壺笠や　濡れたる笠を　花の笠きる　御笠に縫へる　みちゆくかさの／掛けて置かるる　肘笠雨

菅笠 すがさの●小菅の笠を　菅笠を着て　菅の小笠に　難波菅笠／市女笠　市女笠着たる

頭巾 笈頭巾　頭巾着て　被布頭巾●わすれた頭巾

衣

【冠】冠も無し　寺冠●王の冠を　冠に立てる　冠の影も　冠を取りて　冠の上緒　五位の冠　冠したる　昔冠の　社冠の／巾子落つと

【帽子】夏帽子　古帽子●おきし帽子に　茶色の帽子　紬の帽子　夏の帽額の　帽子の光り　帽子ひとつに

【烏帽子】烏帽子に　烏帽子親　烏帽子折　烏帽子着て　錆烏帽子　長烏帽子●烏帽子折りて　烏帽子したる　烏帽子揉めつけ　烏帽子止　烏帽子ばかり　烏帽子も無く　押入烏帽子　古き烏帽子の

【傘】大かさの　小傘　かささせ　からかさを　日がらかさ●青き蓋　いとしの小傘　傘の薄きや　かさはひがさに　傘や雨にも　傘をからぐる　からかささして　かはほりのかさ　照降傘の　幡蓋風に　ほむる傘張　やさしの小傘／明日もさせ　今日もさせ

【蓑】［雨具］蓑笠を　蓑はとぶ　蓑も腐れ　蓑を脱ぎて●ささめの小蓑　蓑笠着ずて　蓑笠着たる　みのかさましを　蓑の雫や　みの吹かせ行く／雨ごろも

合羽　赤合羽　雨合羽　半合羽　丸合羽●袖合羽哉

【扇】絵扇の　枝扇　扇合　扇売　扇の絵　あふぎの風　扇箱　小扇の　高扇　夏は扇　檜扇は●五重の扇　絵書きたる扇　扇うち鳴らし　扇して隠し　扇ぞかたみ　扇の色も　扇の陰で　扇の風を　扇の骨は　扇放たず　扇ひらけば　扇持たせて　扇持たる　扇もとむる　扇を挙げて　扇をさがす　扇をわたす　去年の蝙蝠　白き扇を　添ふる扇の　ならす扇の　法にあふぎの　檜扇もるる　古き蝙蝠　もてる扇や／あふがざりせば　団扇であふぐ　地紙うり　細塗骨　骨こはき

【袋】餌袋に　数珠袋　すり袋　針袋●桔梗袋は　匂ひ袋の　縫へる袋は　ふくろはおもし　ふるき袋を

【杖】手束杖　杖足らず　杖つきて　杖衝きも　杖なれば　杖による　杖に倚れば　鳩の杖　細杖は　冥暗杖　倭杖●いさめの杖は　卯杖のさまに　下に杖つく　杖うちつけに　杖こそ老の　杖たてまつり　杖つきたてつ　杖にすがりて　杖にのこすや　杖に引かれて　杖ををしがる　つえをさしけり　菩薩の杖は　道の杖とも　宮の杖なり　深山の杖と

衣

食

【食ふ】　魚を食ふ　魚食はぬ　食ひ切りて　食ひたりし　食ひつくは　食ひてまし　食ふ物は　食ふとは　食はずして　こせりくひ　梅食ひて●青き果食らふ　あくる朝食ふ　あぶりて食て　いひて食ふ時　女にも食はせ　寒食の家　食ひをはりけり　食ひしかたぱん　くひもてゆきし　食へといふ時　くらいほうだい　神馬雪喰ふ　さうどきつゝ食ふ　そと食ひついて　ひでてや食はん　物食ひ畢て

食ぐ　駒はたぐとも　食げて通らせ　採みてたげまし

食む　瓜食めば　栗食めば　食み立てる　食みのぼる　喫む烏●榎の実もり喫む　草食む駒の　駒は食めども　茂みに食むは　茅花を喫めど　鳥は喫まねど　鼠もはめる　はむことのみは　食める男の　また土を食む　麦食む小馬の　麦食む駒の　ものはむ時は　柳の芽食む　わが食みにけり

求食る　鳥や魚が獲物を探し求める　求食りすと　あさりつつ　餌をひろふ●求食りする鶴　入江に求食る　むれてあさるは

召す　御飯を食す　汁食と●氷召せよと　心太めせ　食へしめたる　鰻取り食せ　食して肥えませ

食す　召しあがる　余さず食せ　旨らに食せ●をしにけるかも

啜る　うち啜ろひて　粥を啜つて　茗盃を啜る

満腹　あきみちて　食ひあきて　臓太に●雑煮腹とて

貪る　まぼるらん●芹をむさぼる　なにをむさぼる　葱をむさぼり　ほゝばりしとき　むさぼり喰らふ

【飢ゑ】　飯に飢て　飢ゑこころ　飢ゑ死なむ　飢ゑにしも　飢人の　物飢ゑし●飢ゑ寒ゆらむ　飢ゑたる腹に　飢泣く民に　飢をそそりて

ひだるし［空腹］　空腹に　ひだるきに●腹空しくや　ひだるうなると　ひだるき時の　ひもじきかもよ

【宴】［宴会］　宴をたすけ　興宴の　酒宴　豊の宴　花の興　藤の宴　もてなしを　遊宴に　夜の宴●美し宴のかへりあるじの　曲水の宴　九日の宴　雪夜のうたげ　花の宴に　花の宴　春の振舞　臨時の客

饗　酒席を設けてもてなすこと　大饗の　饗すとも●おほ饌にあへむ

【食事】　大御食に　節供まゐり　斎非時に　昼飯は　まかなひの●御前の物は　間炊はすむ　斎と非時との

食物　食喰ひ　食物など　食物を　精進物　はみ物を●青き食物の　飲食豊かに　糧米は無しに　食物を乞ふ　食を求めむ　精進の物の

朝餉　朝餉の　朝けたく　あさけもる　あさもよい

夕餉　晩餐を　夜食喰う●春の夕食　やをら晩食の夕餉なりけり　ゆふけの妻木　夕飯を食ふ

餉　炊いた飯を干したもの。弁当　餉の●いまも乾飯の　餉食ひける

【米】　おはりごめ　葛西米　貸米の　くろ米の　ことし米　米いでき　米相場　米だにも　白き米　新米の米量る●空米買うて　小猿米焼く　米の白さに　散供の米の　大粮米　白米一石　身に借米の　よねをとりかけ／つきて粉にする

しらげ［精米］　しらげ初けれ　しらげの米は

【餅】　あかの餅　亥の子餅　萩の餅　牡丹餅　餅売餅つかず●草餅の腹　小き餅　どさくさの餅　餅のさまも　餅まゐらせ　餅配り哉　餅食はせます　餅につく米　餅をもつかぬ／煎餅と　雑煮をくらふ　粽もそへて

【飯】　いひこふと　飯に餓へて　飯に代ふ　飯ののち飯喫めど　飯盛りて　飯分ち　味飯を　旅篭めし　飯を買へば●小豆の飯の　熱き飯にそへ　飯失せぬれば飯がなければ　いひたつとには　椀飯などは　刈る早飯は　笥に盛る飯を　強飯ばかり　三度飯喰ふ　酢飯こはばる　せとの染飯　握飯くひぬ　はたごの飯の　ふと握飯　麦飯だにも　飯を子に盛り　飯をばもたで

水飯　水飯など●水飯食ひて　水飯食はせ　水飯持て来　夏は水漬／粟の雑炊

茶漬　茶づけせう　湯漬だに●茶漬てふ物に　にしめで茶づけ　冬は湯漬は

粥　芋粥煮る　粥の鋺　粥を飲める　餅かゆの●朝粥食ひける　朝粥食はむ　小豆粥煮ず　芋粥食ひつ　暑預粥を飲みて　粥を食はせむ／七種にこそ　福わかし

麺　蕎麺を　水花麺　索麺売　河漏麺は　そばゆさへ打蕎の手　下手のそば　蒸麦や●太索麺に　麺鋪の翁

【飲む】　飲食に　飲む水に　湯を飲ませ／お冷持ちて

湯　たぎり湯を　湯涌きたり●香湯をもて　こと〳〵と湯の　熾に沸けば　湯の煮る時　湯わかし〳〵

【茶】宇治の茶師　大ぶくの　おちやつぼの　お茶の水　功徳茶の　砂缶の茶　渋い茶に　たつる茶の　茶の花香　茶の湯数寄　茶まで断ちて　茶を煎ず　茶を飲めば●一服一銭　今一服と　薄茶たてつ　紅茶の色の　新茶折よし　新茶の茶壺　新茶ひと入　たむくる茶の湯　茶入とぞみる　茶筅もけさは　茶の一服も　茶の湯の露地の　茶湯をぞする　茶袋しぼる　茶を渋く烹る　茶を煎ずれば　花の茶筌に　茗盃を啜る　野亭の風の　宿の大ぶく　よき茶たてむと／霰釜　風炉先の

酒

【飲む】酒を飲みて　呑まして置き　飲みてより　飲む人の　飲めや人　呑めるごとみな飲みて●遊び飲みこそ　惶て飲み噎せ　気にむけばのむ　今宵は飲まむ　立場飲では　つめたきを飲む　盗みて飲める　飲みての後は　飲て別れむ　のむがたのしさ　飲むべくあるらし　飲めど飽かぬかも　飲めば命も　独りや飲まむ　物食ひ酒呑み

飲ぶ［酒を飲む］　飲べ酔うて●酒たふべつ、　酒を飲べて

酒飲み　顔は上戸の　下戸の心は　同戸なるべし

【酌む】浅く酌む　汲かはす　酌さけは　三々九度　酌人の　夜もくめ●桂を酌みて　くみかふ酒は　くみつゝをれば　酌みに行かめど　汲どもつきじ　酒をさしく　酌する下女を　てうしを請て　昼酌む酒の

【酒】朝酒は　笑酒をば　花香の酒　糟湯酒　菊の酒　酒の長　酒の司　古酒の燗　琥珀の酒　酒殿は　酒買に　酒寒し　酒の色は　酒の糟　酒のとが　酒のまず　酒のみて　酸き酒の　すゞの酒　ならざけや　盗み酒　年貢酒　のむ酒の　旧酒に　桃の酒●相飲まむ酒ぞ　酒飲みきといふぞ　嫌ひな酒も　琴詩酒の友　黒酒白酒を　こがねの水を　この酒冷えぬ　酒漬くらし　酒みづきいます　酒がぶときて　酒なしにして　酒に浮べこそ　さけにうけつる　酒に狂ふと　酒にしたしむ　酒に染みなむ　酒にひたせば　酒に対へる　酒の朝の　酒の泉の　酒の中に入る　酒のにほひに　酒飲まぬ人を　酒の涌き出づる　酒はしづかに　さけはととへど　酒も肴も　酒もつゝしむ　酒ものまれず　酒を暖む　酒を造り置き　酒を空しく　酒を涌して　詩酒の春の　酒菊

の吹きて　すむは寝酒と　垂りくる酒の　煮酒なぐさむ　練貫酒の　飲まむ酒かも　飲めばこの酒　花見の酒の　身にならぬ酒　三輪の市酒　物食ひ酒呑み　やめむ昼ざけ　斎酒の宜しも／さゝと呼ぶのも　甕の竹葉

うま酒　味酒を　豊みきに●甘酒の香の　甘露の酒をくめやうま酒　この豊御酒は　酒の旨きは

御酒　御酒そなへおく　御酒たてまつる　みきの盃　神酒坐ゑ奉る　神社に神酒すゑ

祝酒　ほぎさけに●祝ひ酒なり　祝く豊御酒に

醸す　酒かもす●醸みし待酒　かみたるさけも　醸める酒　待酒醸みつ　水に醸み成し

濁酒　中汲の●濁酒を持連れ　濁酒なれ　濁れる酒を

酒屋　居酒屋に　酒を売るは　白酒屋●奥の酒舎の　熊来酒屋に　酒屋の瓶の　酒うる家の　関取酒屋

新酒　にひしぼり　新造酒の●新酒の出来て

【酔ふ・酔ふ】　ゑひごとに　酔ひ痴れし　酔郷に　酔がくせ　酔はずんば●酔ひ狂ひたる　酔ひ加はりぬ　酔ひたる者の　酔泣するし　酔ひなすすめそ　酔ひ臥しにけり　酒の酔覚　露に酔てや　にごりの酔の　葡萄酒の酔　酔醒の水　酔倒れたる　酔へとてのます　酔へる貌は　我酔ひにけり　われを酔はしむ／あちよろり腰の立たぬは　こちよろよろ　酒息すなる

味

【味】　味の　味ひも　淡しかる　うす甘きさなかづら●味にかどもつ　味ひしこと　味をおぼえて　味をすゝめて　辛くもあらぬ　霜椀の味　鳥の味　紛るゝ味や　水のまろみを

美味し　味飯を　美き奴ぞ　よきものども●美かりければ　甘かりつれば　うまき小鰯　甘くもあらず　うまし〱と　美物の欲しく　ゆでても旨し

苦し　苦からむ●にがきはらわた

塩　堅塩を　辛塩に　塩辛き　塩辛気　しほじりの　塩といへば　塩に漬け●塩辛き魚　しほの按排

酢　すがりたる　酸き酒の　酸くもあらず　酢に入れて　醤酢に●梅はめば酸し　酸味を舌に　生酢をもまた　ひしほと酢とに　海松は酢に入れ／梅法師

味噌　擂きし味噌を　玉味噌の　法論みそ●磯馴味噌

なら　味噌水たくと　味噌を煮る香よ／擂子鉢

【甘味】甘酒や　つくね羹　椿もちひ　十団子　夏氷　南蛮菓子　蜂のみつ　羊羹に●美しく甘き　買にゆく菓子　心太召せ　金平糖遣り　砂糖なりけり　団子そなふる　七色菓子も　ぼたもちを喰ふ　味煎なりけり

饅頭　菜饅頭　饅頭売●砂糖饅頭　饅頭を一つ

菓子　菓子など　菓の　生物の木●時の菓子　花のくだもの　交菓子を／籠物四十枝

柿　柿熟し　柿の渋　木練柿●柿をくうても　鈴生の柿

西瓜　西瓜すくなし　西瓜の皮の　冷しおく瓜

桃　白桃の●毛桃の下に　室原の毛桃　桃の実になる

葡萄　干蒲萄●山葡萄の子は

蜜柑　小柑子●蜜柑のつゆに　蜜柑むきつつ

梨　熟る梨の　梨棗●妻梨の木を　やけぬなしかな

苺　いちご食ひたる　いちご殖すや　くちなはいちご

菜

【菜】唐なづな　はたの菜の　山萵苣の●あかざ籠に入れ　あぜ菜の香すら　菜の葉の露の　春野のうはぎ　野菜のにほひ　茹菜しぼりて／香の物かな　山葵漬

【若菜】菜を摘まば　春菜つむ　わかなもて●生田の若菜　かたみのわかな　雲間の若菜　野辺の若菜も　春野のわかな　浸すは若菜　ふるのの若菜　雪間の若菜　若菜すすぎて　若菜つまむと　若菜摘むべし　若菜にそへて

山葵　山葵田に●さけに山葵に　山葵のぬれ葉

紫蘇　紫蘇生ひて●はかる紫蘇の実

水葱　植ゑ子水葱●子水葱が花を　光れる田水葱

椒［生姜］　植ゑし椒　おほねはじかみ

大根　風呂吹の●大根の花は　大根の葉に

韮　にらなすび●岡の茎韮　臭韮一本　韮の花さく

葱　葱売　太葱の●ねぎの青鉾　一もじゆゑに

蒜　野に蒜摘みに　蒜搗き合てて　われは野蒜を

茄子　茄子のるり●鴫焼せんと　鴫やきのあと

蕪　蕪菜を　蕪の根●蕪みどりの　すゞな花咲

蕨　鬼わらび　早蕨の　蕨折り●伊豆の蕨も　さわらびをると　下蕨こそ　初わらびなり　春のさわらび　春のわらびか　ほどろとやなる　峰のさわらび　嫩き蕨

は　わらびとりにや　蕨を採れば
筍　たかむなは　竹の子の●煮たるたかんな
蓴菜　浮蓴　ねぬなはの●生ふるぬなはは　ぬなはの若芽
【茸】　茸を食ひ　舞茸と　松茸の●笹に菌を　平茸多
く　松茸買ひの
【芋】　芋洗ふ　薯蕷巻など　芋を焼くを　鬼ところ
小芋うり　芋茎干る　冬薯蕷葛　馬鈴薯の　やまいも
の●いもづるの葉に　芋をむきつゝ　芋の葉にあらし　と
ころ求むと　水のおもだか
【瓜】　紅南瓜　瓜一菓　瓜作り　うりつくる　瓜の核
瓜食めば　瓜一つ　南瓜の　二葉の瓜　干瓜を　吉き瓜
を●瓜にかきたる　瓜はむからす　門のほしうり　白
き干瓜　なるなる瓜の　苦瓜甘瓜の　冷しおく瓜
海藻　うきめかる　ひしきものは　みるぶさの　若布な
し●浅草苔の　匂ふ生海苔　めを食はせけむ
栗　栗食めば　さゝ栗の●甘栗の使　甲斐の打栗　栗の
落ちぬと　栗のこぼるゝ　峰のささ栗　山路は栗の
豆　そやしまめ　這ほ豆の●同じさや豆　大角豆の花は
大豆をいりて　人豆を打つ　豆一盛を　やせちの豆の
【肴・菜】［おかず］　菜を売り　肴にて　つはり肴に　肴
乞はさば　御肴に●あはせをみな食ひ
玉子　卵ひとつ　卵黄の●玉子の殻を
肉　牛喰へよ　牛の肉　牛肉と　薬喰　肉を買ふ
魚　魚もなし　魚ぞ善き　かば焼や　蝦夷塩引き　さ
けからみ　鍋の沙魚　鰭の狭物　雪の魚●鯵の塩辛　鮎
の白干　桜鯛をや　笊の小魚　塩辛き魚　鯛の荒巻
春のはまぐり　鮒のあらひの　干したる魚の　目々雑魚
だにも
鮨　魚の鮨　おしあゆの　鮨鮎の●小鰯を酢に　すし
あはびをぞ　鮨にするほど　鮓の香にすく
豆腐　宇治豆腐　豆腐売　豆腐召せ　豆のしる　焼豆
腐●八盃豆腐　豆のしるかな　湯豆腐の味
牛乳　牛の乳に　牛乳を飲む　乳をしぼる　煉乳の●
牛のちゝさへ　牛乳のつめたさ　乳をのまするも
【汁】　雁の汁　小吸もの　汁食と　汁物に　清汁には
狸汁　海苔汁の　ふくと汁　味噌汁の●きらず汁焚く

ざく〳〵汁を　汁事やある　汁菜もなし　汁のさめたる　汁の沸たつ　汁物取りて　たぬき汁哉　殿の御汁に　水葱の羹　蛤汁の　味噌汁の夢　椀の白魚も

厨

【料理】牛鍋や　鯛の醤　調菜の　作りしも　調へたり　菜の料に　鮒を作り　好き塩梅　料理種●威儀の御膳は　斎の御鉢　煎物にても　魚の料理は　西洋料理　僧膳の料に　つゝく鍋焼　庖丁の秘事　料理も揃ふ　料理もちだす

盛る　あさけもる　もるたびも●あさらにぞもる　椎の葉に盛る　様器に盛らせ

【焼く】杉焼に　つゝみやき　焼漬に　焼てたべ　焼飯よ　やきものの●火気焼き立てて　浜焼にせん　浜焼の鯛　焼きて食ひてまし　焼きて食はむと　焼物にても　焼く塩鯛の　湯にまで焼いて

【煮る】煮返して　肉も煮る　先づ煎たり●蔓菁煮持ち来　牛煮る宿に　うまく煮たてゝ　木の芽を煮やし　採みて煮らしも　煮つつたのしむ　煮びたしにする　煮ゆるにほひに　煮る鐺の香を　葱を煮あつき　婦は魚を

烹る　まれに魚煮て　蒸されたにほひ

炊ぐ［めしをたく。古くは「かしく」］　飯炊く　飯焚も●飯蒸かへり　飯を炊きて　追炊飯も　御炊の女

【厨】［台所］　厨女の●厨雑仕に　厨にひゞき　厨に満ちて　冬の厨の／膳所の方に　台盤所　ながしべに

【竈】竈には　寒竈に　豊竈●竈の前に　民の竈は

鍋　鐺子に　筑摩鍋　播磨鍋●鍋釜までも　鍋の数見む　鍋へきりこむ　鍋を取り寄せ

釜　霰釜　釜の音は●釜の上しろく　釜をとり出す

甑　甑には●甑にむせる　甑の上の

【庖丁】庖丁師●鞘なる庖丁　庖丁刀　庖丁の先

俎　俎あらひて　俎板馴れず　俎の上

【器】食器らに　挽入売　割れ挽入●器の水に　春日器　銀の器

蓋　蓋とぢて　物の蓋●黒箱の蓋　茶入の蓋の

【盆】朽木盆●閼伽の折敷の　折敷ならぶる　折敷に居ゑて　松の刳盆

膳　送り膳　饗膳など●おろす膳箱　膳さげて遣る

【櫃】 唐櫃の　鞍櫃の　ながひつに　細櫃の●あき米櫃に　大唐櫃の　櫃に鍵刺し　細櫃の蓋　よねの白櫃

破子［弁当］ 大破子●弁当まはる　破籠調じて　破子持たせて／餌袋抱かせ　餌袋に

【椀】 井戸茶碗　片埦の　鋺に　粥の鋺　葉椀さし　玉盌に　根来椀　吉野椀　碗中に●糸目の椀に　欠た茶碗を　五器借り声の　五器も茶わんも　素焼の碗に　茶碗手軽う　手づくね茶碗　とさんの茶碗　目利茶碗の

【皿】 小皿の音　白き皿　丹の皿に●小皿のなかに

盤 果ての御盤　葉盤取り　八葉盤を●青瓷の盤に　水精の盤　爛たる銀盤／高杯に盛り　高坏を

【杯・盃】 金盃に　紅花盃　小盃　酒盃に　盃の　賞盃の　杯洗も　一杯の　瑠璃の杯●銀かはらけの　盃の色　盃のうち　酒杯の上に　盃をさす　さす杯の　飲む酒杯に　春の盃　ひゞく盃　みきの盃

匙［さじ。しゃくし］ 匙に飯を●飯匕とりて　銀の匙

箸 外で箸　箸の台　箸廻らし　箸をもて　左り箸●箸、匙などの　箸にまとうて　箸を取りつつ　魚箸削り

鉢 梅の鉢を　鉢ものゝ●鉢にあげたる

笥［物を入れる器］ 笥に入るる　碁石の笥　玉笥には●麻笥に多に　笥に盛る飯を

【瓢・提】 生瓢　ひさげの柄●腰の瓢簞　酒を瓢に　銀の提に　ひさの声する／錫徳利　徳利壜の

瓶子 酒瓶子●瓶子とる人　瓶子の酒を

【瓶】 油瓶　瓶の桜　瓶の水　酒の瓶　銅瓶の　花瓶に　甕越に●かたへの瓶の　かめに匂へる　金の瓶に　酒屋の瓶の　陶瓶の口に　作れる瓶を　銅瓶に挿せり　御甕も寒し　甕の竹葉　甕の中に　甕の頭

壺 格子の壺　瑠璃の小壺●菊の酒壺　白銀の壺

臼 鉄臼の　かる臼は●鉄臼のおと　碓たてゝ　唐臼の音　横臼を作り

桶 うどん桶　桶を置き●塩辛桶の　手桶に提し

杓 馬柄杓も●杓子を中へ

樽 樽ぬきの●数の子樽を　酒大樽に／酒船を

俵 十俵●俵重ねて　俵十たべ

桝 黄金桝にて　升であきなふ／米量る

宿

【宿・屋戸】［家。庭先］ 露の宿 やどいでて 宿かこふ 屋戸貸さず 宿借らば 宿離れて やどごとに やどすぎて 宿問へば 宿もがな 宿持の 宿人 わが屋戸の わが宿は●あがたの宿は 浅茅生の宿 雨洩る宿の 荒れたる宿ぞ 賤しき屋戸も 祝ふ宿には 海辺の宿に かをれる宿の 風のやどりは かつらのやどを 門なき宿と かれ行くやどは 変はらぬ宿の きたなき屋戸に 草のやどりを 暮に宿かる 去年のやどりの この宿とても こぼしき屋所と 今宵のお宿 里に宿借り すみなす宿の すむべき宿の たがすむ宿ぞ 玉藻の宿を 露の宿りに 名高き宿の 匂はす宿に 主なき宿の はちすの宿を 花さく宿を 花なきやどの 花の宿かせ 人来ぬ宿の 人なき宿に 人まつやどの まれに宿かる 道も宿も 身のうき宿も むぐらの宿に 物思ふ宿の 宿か借らまし 宿か借るらむ 宿貸さむかも 宿かる月も 宿離れぬとも 宿ぞ悲しき やどぞふりゆく 宿てふ宿に 宿にかたしく 宿にかよはば 宿にぞありける やどに立てれば 宿にとまらぬ 宿にまづ咲く 宿の卯花 宿の垣根に 宿の通ひ路 宿の桜も 宿のしづえか 屋前の橘 屋戸の石竹花 宿の藤波 宿の真清水 宿の道芝 やどのむら萩 屋戸の黄葉 宿はと問はば やどは葎に 宿もかさなむ 宿も煙に 宿もとめてむ 宿もる雨に 宿漏る月は 宿や異なる 宿悲しみ 宿過ぐなり 屋取りするかも 宿りせむ野に 宿は無くて やどりは人に 宿をかざれる 宿を借りけん 宿を立ち出でて 蓬は宿の わがやどに鳴け わが屋戸の萩 我が宿のみぞ 我に宿かせ

宿る 月宿る 波にやどる やどすとも 宿すらん やどりあひ 宿りきと 宿りせじ 宿せん 雪やどる ●影宿るらん 清水に宿る 袖にやどれる 月も手に宿る 月も宿らぬ 月宿れとは 蕾に宿る 花にやどりて まかり宿りし もとめて宿る 宿りし虫の 宿る旅人 宿る月影 宿れる月の 行き宿るべき

宿守 留守番。家を守ること あとの宿守 独り宿守る 宿守る君や

【庵】 庵ながら 庵にもる 庵寝する 廬して 草の

いほ　苔の庵　笹の庵　谷の庵に●秋のかりいほに　庵さすしづの　廬悲しみ　廬せりとは　いほりて見れば　庵に返り　いほりにたける　庵のつまを　庵をたたく　庵を造り　庵をならべむ　かげのいほりは　かりほの庵の　くさのいほりを　笹の庵に　柴の庵の　杉ふける庵　旅の廬に　とざせるいほぞ　外山の庵の　野辺に庵りて　のべのいほりに　曲廬の内に　水づく庵に　雪の下庵

【屋】東屋の　草屋を　草亭を　構る屋の　平屋なる●空なる屋の　黒木の両屋　狭き屋のうち　鳥屋より広く　原の仮屋に　ひとのうらやに　穂屋の芒に

葦屋　蘆の屋の●葦の丸屋の

茅屋　かやぶきの　白屋は　茅屋の●あやしき萱屋　茅屋の人　茅亭に臥せば　茅店ノ月

荒屋　あばらやは　老屋は●荒れたる家に　小屋の醜屋に　疎屋を穿ち　水づく荒屋に

賤家　しづが屋の　賤が家の●賤しの小家　しづの庵の　しづのまろやの　賤家の小菅

伏屋　低い小さな家。みすぼらしい家　ふせ庵に●あまの伏屋は　賤の伏屋と　田廬に　ふせ屋に生ふる　槙のふせやに

篠屋　こやのしのやの　篠の篠屋の　すゞの笹屋に

長屋　中長屋●寺の長屋に　光れる長屋に

苫屋　苫の上に　とまびさし　とまをあらみ●あまのとま屋も　浦のとま屋の　苫に雪ふく　苫引きおほへ　苫屋形かな　苫屋も荒れて　浜の苫屋を

板屋　板葺の　板屋せばき　槙の屋も●霰は板屋　板屋の軒の　霜も板屋　ひとり板屋の　まきのいたやに

真屋　ま屋のあまりに　まやの栖は　真屋の軒ばの

藁屋　大き藁屋の　里のわらやの　民の藁屋に　宮も藁屋も　わらやの風を

檜皮屋　ひはだ屋に　檜皮屋の●ひはだの上に

小屋　なやにゐて　夜鷹小屋●紙すきの小屋　小家に宿り　こやの渡に　こやもあらはに　農民小舎の　赤土の小屋に／山庄の　壺屋に入りて　宿直壺屋の

【家】家おもふと　家聞かな　いへ毎に　家離り　家ながら　家無みや　家にありし　家主の　家の君　家をすて　蝸舎の宅　君が家の　崩れ家　住まぬ家　一つ家

の　よき家の　路傍の家●家し偲はゆ　家たち出でて　家近づけば　家遠くして　家なる妹を　家なるわれは　家にか帰る　家にこもらむ　家のあたり見ゆ　家のそともの　家貧にして　家貧しくして　家もあらましを　家燃え畢てて　家も知らずも　家もふえけり　いへをいでしか　宇を賀きて入り　何処を家と　内にいらさね　思ひの家に　寒食の家　豪家のあたり　虚空を家と　皐月の家を　商漁の宅と　大尉の家の　谷の一家　長者の家と　頭に家あらば　寧楽の家には　にぎはゝむ家　遙かに人家を　春の夜の家　ひとの家〳〵　人の古家に　一人住む家　むかへる家は　空しき家は　漏家といふ　家並すゞしき　夕の家の

吾家［自分の家］　吾家なる●人を吾家に　わがやにわが身　我が家の門を　我が家の園に　吾家の毛桃　吾家の里に　吾家の園に　吾家の業と　わぎゑのみかは

住

【住む】　うらに住む　沖に住も　君が住む　熊の住む　桁に住め　さだえ棲む　しかぞ住む　すまふなる　住まぬ婿　住まばかは　住まはむと　住みあかで　住みしかど　住み住みて　住みそむる　住み馴れし　住み離れ　住みへなん　住む千鳥　棲むといへ　住む鳥も　住人の　すめばまた　たれかすむ　たれ住みて　人住まぬ　ひとりすむ　世にすまば　鷲の住む●阿闍梨住みけり　うちにこそすめ　現と住むぞ　鴛鴦住みけりな　鬼の住むてふ　おのが住む野の　かげぞすみよき　仮住の家に　倉に住みける　樹神も住みぬ　木末に住まふ　木のもとずみに　住まじとすらん　すまずなりても　住まであはれを　すまで住まく　住まぬ心は　すまぬもよしや　住まば住むべき　住まば都よ　住ままほしくぞ　すまれぬ山の　住まむかぎりは　住まんと思ふに　すまむ世の中　すみえぬ人は　住みけむ人の　住みこし里を　住みこしままの　住み離れ顔なる　すみやならへる　住みよかりけり　棲み渡りける　住むかひぞなき　住む沢の上に　住むぞうれしき　住むとふ鹿の　住むべかりけり　すむもすまぬも　すめばすまる、　住めば住みぬる　誰が田にか住む　ただひとりすむ　谷底にすむ　とりをす

ましめ　ひとり住みにて　鄙にし住めば　船の上に住む　むかし住みきと　昔すみけん　もろともにすむ　世にすみとげむ

【隠棲】　隠れ住む●隠君の棲　隠れ住む身の　隠れて住まぬ　隠れて住みし／木のもとずみに

山住み　山居せば　山窓に　山住みも●住むとふ山のやまずみのみを　山に住まへと　山にすませよ　山に住む人　山のすみかの　山のやどりの　やまべにすめば

住み果つ　すみはつる　すみはてん●住みし果てねば

住み憂し［住み心地が悪い］　すむもうし　すめばうく●あまり住み憂き　いとゞ住み憂き　浦ぞ住みうき　住み悪しとぞいふ　住みうかりしも

住み侘ぶ［住むのがつらい］　住みわびて●住みわびはてて　世にすみ侘て　わびつゝすめる

【住居】　尼のすまひ　仮住居　住居せば　すみ所　曹司住●かかるすまひの　すまひかなしき　すまひせましや　すみ所なし　なれぬすまひぞ　鄙の住まひに

【栖】　住みかにも●海士のすみかと　いもが住かは　火宅の住みか　狐のすみか　住みかあまたに　すみか教へよ　栖とすれば　すみかともがな　すみかならねば　すみかを捨てゝ　すみかを問はゞ　終の住処は　鼠のすみか　人のすみかか　深き住処を　ふるき住家へ　まやの栖は

【屋根】　柾屋根に●黒木の屋根は　屋根に迫りし

瓦　薄瓦　瓦の目　棟がはら●瓦葺にて　瑠璃の瓦を

甍　いらかくち●いらかにかゝり

【葺く】　板葺に　檜皮葺　やえふかば●菖蒲刈り葺く　あやめもふかぬ　刈り葺くしづの　しげく葺かむと　苫ふきかへす　花を葺かさね　葺きわたしたる　ふくとはすれど　ふける板間の　葺ける板目の

【軒】　萱の軒　草の軒　軒くちて　軒白し　軒におふる　軒に落る　軒の花　軒の端に●荒れたる軒の　小萱が軒の　かやが軒場に　雲は軒端を　こやの軒端の　忍ぶ軒端に　篠屋の軒ぞ　軒たれこむる　のきなつかしき　軒に音せぬ　軒にかけたる　軒に這はせて　軒の雫を　軒のしのぶを　軒のたま水　軒の垂氷の　軒はあやめも

軒端の梅よ　軒端の荻に　軒端の露の　軒もる月の　軒を閉ぢずば　花散る軒の　人は軒端の　ふるき軒端の

庇　板びさし　とまびさし　浜庇　広庇

【館】　守の館　鴻臚館　館の人　館の姫　御館かな　御館に　幽館には●姥子屋敷の　岡のやかたに　館に返りて　たちよりいでて　となりやかたは　ふりぬるやかた　御館の上の　武者の館とぞ／金屋の

【蔵】　倉立てむ　倉に蔵みて　蔵の内　黄金庫　穀倉の　土蔵の　ふるぐらの　繭倉の●あぜくらかへし　河岸の土蔵　倉に住みける　蔵の辺を　太倉の粟　民の並蔵　千世のなみ蔵　博士の庫の　櫓は幾つ

宝倉　宝倉の戸●一の宝倉と　稲荷の神庫

塔　塔の　三角塔の●砂を塔と　塔がみゆれば　堂塔建つるも　塔にな寄りそ　塔を繞りて　御寺の塔の

庭

【庭】　さ庭べの　禅庭は　庭前に　庭草に　庭桜　庭さゆる　庭遠み　庭中の　庭に流す　庭にふして　庭に降る　庭ぬらし　庭の面に　庭の雪　町の庭●あらしの庭の　荒れたる庭の　うす雪の庭　をさまる庭の　君なき庭に　こぼれて庭の　小庭ともしも　しぐるる庭の　しらすの庭の　戦の庭　楽しき庭に　ちりしくにはを　露けき庭に　とはれぬ庭ぞ　庭いと清げ　庭こそ花の　庭さへきよく　庭しろたへに　庭に出で立ち　庭に色有し　庭に落ち敷く　庭にし居れば　庭に霜おきて　庭にたまれる　庭に波立つ　庭に降りしき　庭の小草の　庭の白雪　庭の月影　庭のともしび　庭の夏草　屋前の石竹花　庭の錦を　庭の春風　庭の冬草　庭の松風　庭の村雨　庭の夕暮　庭のゆふ露　庭の蓬生　庭は野辺とも　庭ひろき家　庭もはだらに　庭もほどろに　庭をさかりと　よなよな庭の／遣水に

山斎　流水・築山のある庭園　庭園山に　築山の　雪島の　吾が林泉の●君がこの山斎　山斎の木立も　鳴くわが山斎ぞ

前栽　前栽に●前栽などを　壺前栽の　壺に召し入れ　宿の坪をば／砌しみみに　小庭のみぎり

庭石　青き庭石に　捨石の角　立石どもゝ　庭の置石

【門】　押立門　門たたき　門近なる　門に座す　門ふ

かき　かどをいで、　雀羅の門　門前に　雪の門　わがかどの●あくればかどを　荒れたる門の　門たゝく時　門たゝくやと　門に出で立ち　門に車の　門には市も　門の外なる　門の雪見に　門は木の葉に　亀卜の門と　珠玉の門も　としふる門は　富貴の門に　ふけぬる門に　紅屋が門を　門を出づれば　葎の門に　蓬が門と　わが家の門を

金門　小金門に　金門にし●児ろが金門よ

杉の門　杉立てる　杉の門●杉立てる門

門閉す　門閉さず　門さして　門立てて●門いたうかため　門させりとも　門強くさせ　ふるき門さす

【垣・垣根】　葦垣の　綾檜垣　かいこぼち　垣越しに　小柴垣　透垣の　誰が垣根　み垣守り●葦垣真垣　荒れし垣根ぞ　出雲八重垣　憂き中垣の　うの花垣の　をちの垣根の　垣根木伝ふ　かき根つづきに　垣根に匂ふ　かきねにのこる　垣ねのきゞす　垣ねの桜　かきねの柳　垣ねもしろく　垣根もたわに　かきねをとへば　垣一重なし　垣をかまへて　垣をしるべに　通ふ垣根の　菊の垣根に　君が垣根の　寒き垣ねに　賤が垣根の　柴垣越しに　せどのすだがき　狭き垣根の　中垣よりぞ　夏の垣根に　春の垣根を　檜垣あたらし　真垣かきわけ　めぐりの垣の　八重垣作る　破れむ柴垣　雪の垣ねを／柴のかこひは　めぐりかこはん

垣穂［垣根］　垣ほなす●垣ほ荒るとも　垣ほに咲ける

垣内［垣根のうち］　小垣内の●家の垣内の　古き垣内の

玉垣［垣の美称］　玉垣は●朱の玉垣　賀茂の瑞垣

垣結ふ　垣ね縫ふ　籬結ひて●垣根結ひ居り／八節結り

【籬】 竹・柴などで粗く編んだ垣。ませがき　菊のまがき　霜籬より　竹の籬　籬荒れて　まがきする　ませなくば　ませに咲く　籬のうちに●風はまがきに　岸の籬を　霧は籬に　暮るゝ籬は　柴の籬を　すずの籬に　庭も籬も　籬が下の　籬近くは　籬に籠めて　まがきに鹿ぞ　まがきに残る　まがきの菊の　籬の桔梗　まがきの花の　籬の虫も　籬は暗き　まがきは野らと　籬は山と　籬をこめて

築地 土をつきかためて作った塀　築垣に　築地など　築地の外に　築きわけて●築土くづれし　築地のくづれ　崩し築土の

住

室

住

【閨】［寝室］ 鬼の寝屋　寒閨に　紅閨を　紅房の　春閨も　深閨に　閨ちかき　閨の外に　閨の中に●雨夜のねやは　閨中ただひとり　さしいるねやの　翠帳紅閨　閨寒くして　ねやぞゆかしき　閨にしる哉　閨には黄金の　閨に吹きくる　閨の灯りの　ねやのあたりに　閨のくろかみ　ねやの月影　閨のともし火　閨の隙さへ　閨のふすまの　閨へも入らじ　閨洩る月が　班女が閨の　むなしき閨のわが閨のうちに／よどのさへなど

妻屋［夫婦の寝室］ さ宿し妻屋に　妻屋さぶしく　嬬屋の内に

臥所［寝床］ 臥所あせぬと　臥所はなれば

【室】 室に入りて　新室の　室の梅　薬室の　幽室に　蘭室に●かうぢのむろや　校正室の　巫祝の室と　室にこもれど　まらうどゐなど　室のとぼそを　隣室の三昧

部屋 牛部屋の　坐敷哉　茅斎は●養蚕部屋の

【間】 不開の間　奥の室の　間借して●一室を薫す

板間 板敷を　板間より●あくる板間を　閨の板間も　ふける板間の　ほそき板敷／土間のしめりに

【厠】 厠に来て　雪隠に　野雪隠●くそふくにして

【戸】 あふり戸や　朝戸開けて　裏戸出でて　玻璃扉に　しばのとに　扉を敲く　ひはり戸や　槙の戸も　和ら戸を●朝戸を開き　奥の遣戸を　くらす松の戸　来しと戸をうつ　柴の編戸を　柴の戸あけて　竹の編戸に　叩く妻戸は　戸を吹きあけて　引立戸かな　真木の戸たたく　御戸開くめる　宿の妻戸を　屋の戸押そぶる　山桜戸を　我は妻戸に／明た潜りも

【扉】 いでゝとぼそに　君が扉に　苔のとぼその　小簾の扉は　谷の戸ぼそに　竹扉を開けば　扉に彫れる　戸ぼそ閉ぢてし　真柴の扉　松のとぼそを　瑪瑙の扉を

格子 格子戸の　御隔子を●格子な上げそ

蔀［戸］ 小蔀より　小半蔀　立蔀

戸閉す せきし戸を　とざしつゝ　戸を閉てつ●草の戸ざしに　ささず寝にけり　ささで明けゆく　鎖すなら鎖さい　鎖さぬ折木戸　戸も閉してあるを

掛金［鍵］ 障子の懸金　遣戸の懸金／小ひさき鍵を

【窓】 閑窓に　さはる窓　山窓に　窓囲む　窓越しに

窓ちかき　窓とづる　窓の内　窓の外に　窓月　窓の母衣　まどをあけて　窓を射て　夢の窓　呼ぶ窓に●念珠明たるまどの　暗窓の下　一夜窓前　雲窓に入る　念珠屋の窓の　月さす窓に　月斜窓に入る　露窓前に　ときどき窓に　硝子窓に　肘かけ窓に　まどうつ雨の　窓閑かなり　窓たたくらん　窓に這入るや　窓の嵐の窓の入り日を　窓の卯の花　窓のしののめ　窓のつれづれまどのともし火　窓の蛍を　窓の梅が枝　窓辺の椅子に窓をうつこゑ　窓を敲くは　窓をとひける　蓬の窓のよるのやま窓／透れんじ　連子より

【椽】［縁側］椽のむき　廻り椽●延に上りて　椽にものくふ　椽のすみにも　にほふ板椽

階段　階級に　くれ階の●石の幾段　島の御階に　てらのきざはし　時の階段　御階のもとに

梯子　はしごうり　梯たて丶　水の梯●廻り梯子を

露台　秋の露台に　露台の前に／望郷の台

【廊】長廊の　廊のさきに●葦葺く廊や　こなたの廊の　長廊下かな　廊下の片隅　廊をめぐれる

【柱】梁に　はしら組　真木柱●こがねのはしら　この河柱　竹の柱の　長押の上に　柱つめたく　柱と頼む電柱にもたれ　柱のもとに　まろきはしらの

釘　釘ひとつ●釘のたぐひに　枢に釘刺し

板　杉板もて　そぎ板以ち　橋の板●板のしろさに

【壁】犬はしり　壁に生ふる　壁の底に　白壁に　なま壁の●あやしき壁の　医院の壁の　壁うがたる丶　壁草刈りに　壁に背きて　壁に物いふ　壁の穴より　壁のくづれの　壁まだらなる　壁を隔てて　灰色の壁

【置く】置つらむ　置きつるを　置き古し　置きわぶる関据ゑて　屋戸に据ゑ　夕置きて●置かれば悲し　おきゐる菊の　置きてそ来ぬや　置きては消ゆる　置き所なき　おきならべたる　置きまさるらん　袖に置くらん

【机】石卓　小づくゑに　小引出し　沈の花足　大床子　机すゑ　中机　猫足の　花机　文机に●黒柿の机の　蘇芳の花足　卓の冷たさ　几にねぶる

【椅子】椅子立て丶　椅子などに　椅子すゑて　椅子もたれ　螺鈿の椅子●椅子のすわりや　椅子を直して

住

びろうどの椅子　窓辺の椅子に／胡床を立て

【台】台の上　文台の●おなじうてなと　挿頭の台は花の台に　文台のもと

【調度】王者の調度　よろづの調度／ほこる塗棚

【箱】扇箱　大御箱　経箱を　櫛の箱　香の筺を衣箱　沈の箱　硯箱の　玉箱の　筥合　箱なれや　筥に収れ　箱の蓋　張筥の　ひとつ筺に　矢箱持　柳筥螺鈿の箱●浦島の筥　肩に鉋箱　きさのきのはこ　黒箱の蓋　芸妓の箱の　香壺の箱を　差櫛の箱　紫檀のはこに　沈の文箱に　冊子の御箱に　玉のはこかな　荷向の筐の　箱にをさむる　はこにひめおき　箱の書つけ　筥を裹みて　文箱もちて　料紙箱から

【籠】［かご］　あぶりこの　籠もがな　籠をあむ　御器籠に　籠のうちを　籠め居ゑて　籠を造り　花籠に花筐●あかざ籠に入れ　おほいなる籠に　籠に露おくかごぬちになく　かたみに摘める　こにもるばかり　こにやくままし　籠ぬけ来にけむ　籠の中にこそ　籠物四十枝　渋張の籠　摘めどかたみに　髭籠に花を　ふせ籠にこもる　伏籠の中に

皮籠　かはご馬　皮籠造　さね皮籠　竹皮籠●皮子の底に　皮子開きて

葛籠　青葛　売り葛籠　茶葛籠も　葛籠造

簾

【簾】青簾　粗れ簾　一簾の　伊予簾をすごしに　小すまきて　下簾　しりの簾簾の内に　縄すだれ　破れみす●いよすか、げて　伊予簾かけわたし　小簀の垂簾を　駕籠の簾を車の簾　これも簾を　簾動かし　簾垂おろして　簾垂のはざま　簾垂もかけず　帽額の簾　母屋の簾は

玉簾（の美称）　玉簾　玉垂の●玉の簾を

【帳】錦帳の　垂布を　帳あげよ　日おひして●とばりやぶれて　とばりをのぞく　二重の帳　湯殿の垂布

几帳　御几帳の●夏の几帳の／ほころびより

蚊帳　蚊屋つりて　紙帳うり　母衣蚊帳の

【旗】緋幡の　幡を立て　日の御旗　舟の旗●赤き小旗の　源氏の旗を　国旗ながる、　たてるはたてを　旗のかゞやく　旗のかづ〳〵　幡の靡は　幡幢に居り

幕 所作幕や●てんとの一列 引幕に身を

【屛風】 網代屛風 布屛風 屛風の絵●唐絵の屛風 金の屛風を 四尺の屛風 屛風の一ひら

【障子】 明障子 あかり戸に 紙障子 小障子の 障子口 障子の絵 障子破れ 通入障子 衾障子 御障子に●書た障子や 紙窓に風ふき 障子ひとへに 障子を隔て 衝立障子 布障子など／立切懸の 斑衾は

【敷く】 上に敷く うちしきて 敷き忍び 敷き満てて 敷きわたす しき侘びぬ しけるごと●風に敷かれて 皮など敷きて 敷かれにけりな 敷布の上にしける玉かも たれか敷きけむ ひじき物には 一重を敷きて 緑にも敷く 破薦を敷きて 藁解き敷きて

【筵】 綾むしろ 稲筵 萱筵 苔筵 菅筵 長筵 なは筵 張り筵 筵打 筵敷 筵張り●草のむしろを 苔のむしろの 敷たむしろへ 露のむしろに 花むしろかな 筵敷く音す むしろにぞ敷く 筵ひろげて

狭筵 苔の狭筵 霜のさむしろ 床のさむしろ

薦 薦枕 食薦敷き●薦朽ちめやも 十編の菅薦

【畳】 畳かず 畳薦 畳刺 畳綿 ふるだゝみ 木綿畳●賤しの畳 高麗端の 畳の旧りて 畳一ひら 畳屋にさす 畳を持て来て

【簀】 簀にや苅らむ 簀の子の上に

掃

【掃く】 嵐掃く かき掃きて はきだめの 掃よせて 葉を掃いて●かき掃かむため 掃葉の僧 掃出し窓を 屋中も掃かじ わが門はかん 我がはく宿の／樋洗の下女

清む 朝浄め●朝ぎよめすな 路ぎよめせし

床 玉の床●石をゆかなる 床に落ちにける

【払ふ】 うちはらひ はらふまに 水を払ふ●霜を払ひて ちり打はらへ 露払ふべき 払ひしつらひ はらひしにはを 払ひはてたる 払ひ磨きて 払ひわづらふ はらふしづえに 払へば袖に 紅葉を払ふ

【箒】［ほうき］ 箒取り●ははきとなりて 箒の痕も 箒のおとは はゝきもとらぬ 箒つかひも みゆる羽箒

玉箒［ほうきの美称］ 玉箒●玉箒手に 玉箒なる

襷 手繦を掛け●たすきあげたるが

住

【拭ふ】 汗拭ふ　押しのごひ　拭へども　拭ひうてて
拭あげて●悲しみ拭ふ　涙拭はむ
【塵】 一塵の　黄塵に　紅塵の　立つ塵の　塵据ゑで
塵をだに　軟塵を　花の塵●いかなる塵の　入り居たる
塵　かけごに塵も　木陰の塵を　たゞよふちりの　玉
をも塵に　塵こそつもれ　塵たまりつゝ　塵積む床を
塵つもりぬる　塵とみゆらん　塵にまじりて　塵の息吹
に　ちりばかりなる　塵も跡なき　塵も据へじと　寝
ぬ夜の塵の　払ふ塵だに　やがても塵の／後は芥に
【汚し】 汚れなど●いときたなくも　きたなき屋戸に
翼よごれし　閨着汚さぬ　またやけがさむ
【洗ふ】 洗米　洗ふらめ　洗はれて　芋洗ふ　置洗ひ
筥洗ひ●足洗ひたる　雨の洗うて　洗ひ出せり　洗ふ若
菜の　かけつゝ洗　くだかで洗ふ　耕具を洗ひ　その江
に洗ふ　筆あらふべく　船より洗ふ／たらひの水に
手洗ひ 手水など　手洗ひて●はやきみたらし／角盥
濯ぐ 洗ひ濯ぎ　濯がんと　すゝきてし●なき名すゝ
がむ　ふりやすゝげる　若菜すすぎて
洗ひ衣 衣あらひ●衣解き洗ひ　解濯衣の　解き洗ひ衣
石鹸 しやぼん売り●石鹸の玉に　石鹸を遣ふ

湯

【湯】 御湯殿の　地獄風呂　居風呂の　鉄
炮から　湯蘭の　湯上りの　湯に入りて
湯風呂敷　湯屋の軒　湯涌さぬ　浴を出で
て　浴を具へ●朝湯で逢て　熱湯好だと　花のあら湯の
風呂にも入らぬ　水風呂の釜　揉めりその湯を　湯桶
をしたに　湯殿へゆきて　湯に指入れて　湯槽に浮ぶ
湯屋の流しの　湯沸かせ子ども
湯浴 浴みして　沐浴など　浴後の身●長き湯浴を
ゆあみなどせん　われは湯を浴ぶ
湯気 火気ふき立てず　湯気にくもるや　湯の気薫じて
【湯】［温泉］有馬の湯　伊予の湯の　筑摩の湯　なすの
湯の　走る湯の　み湯どころ　み湯の上の　湯の原に●
伊予の湯桁も　薬湯あり　次田の御湯の　底倉の温泉
に　玉造の湯　ななくりの湯　湯桁は幾つ
出湯［温泉］出づる湯の　出で湯あり●有馬の出湯は
出湯なるらむ　出湯にうつる　いで湯のたぎり

農

【田】 打つ田には　をやまだの　垣内田の　金門田を　刈れる田に　田代見ゆる　作る田は　田畠を　春の田を　湊田に　山葵田に●秋田の月に　秋田の穂立　秋のちまちだ　落穂の田にも　かきほの荒田　かた田にむれし　神の幸田に　雲も山田に　氷田地に　誰が田にか住む　田草とるにもたなかにたてる　たなびく田居に　田に鴫飛ぶと　田に立ち疲る　田畠なき身を　玉まき田ゐの　田を刈り入れて　狭間田ごもり　春のあら田を　山田作る子　山田の氷　山田のたゐに　われは田に立つ

新田　新小田を　新墾田の　発し田の　新田に●新墾の小田を　岸を田に墾り　作れる小田を

小田　荒小田に　を田かへす　小田深く　月小田を●五百代小田を　小田にとおつる　小田のこぼれ羽　小田のますらを　小田を刈らす子　捨て小田かく

田の面　たのもより●明くる田の面に　門田の面の　田づらに行し　たのむの雁の　たのもにありて　田の面の末に　田の面の穂なみ

門田　門田にかよふ　門田のいねず　かどたのたゐに　門田養ふ　しづがかどだの　伏見の門田

穂田　穂田の刈ばか　穂田を雁が音　穂に出でたる田

【畦】 山畦は●畦の冬木の　畦の細道　畝を掘る間に　沢田の畦に　田もやりあぜも　山田の畔の

畔　荒田の畔に　かどたのくろに　くろの桜は

【畑】 あら畑　田畑の　畑打や　畠中に　はたの菜のふるはたの　山畠●藍まく畠　白き畠にも　田うゑ畠うち　遠山畑の　野畑の賤に　野はたはいまの　畑のさまかな　畠のつくしの　畑のにぎはふ　畑焼く男　牡丹畠に　見ゆる麦畑　蜀黍畠　避きて畑焼け

鳴子　鳴子引く　引く鳴子●なるこの縄に　なるこは風に　鳴子は引かで　鳴子を掛けて

引板 鳴子の古称　引板の声　引板はへて●山田は引板の

添水・案山子　をだのそほづの　かゝしにゆづる　谷の添水の　山田の案山子／水鳴子

水車　水車　龍骨車に●水車の輪　水の車の／くるくると　廻らば廻れ

田伏［見張りのため田の中に作る小屋］ 田廬に居れば　田廬に　田蘆のしづの

【農】 農婦は出で●勧農の鳥　帰農の姿　五月の農を

耕す 開拓の●耕具を洗ひ　たがやさむには　田を耕して　田をつくればか　昼は田賜びて／打ちし大根

田守［稲田の番］ 山田守る●鹿猪田禁る如　禁る田を見れば　山田の翁が　山田守らす児　山田守る翁が

田子［農夫］ はたこらが●雨にも田子は　おりたつ田子の　知らでや田子の　田子の裳裾も　田夫に成りて

【田植】 植へし田を　田植歌　田植へよや●い掘じて植ゑし　うゑるやま田の　植ゑけむ人の　植ゑし山田に　田は植ゑまさず　よき種うゑて　四方の田歌の

【早苗】 さなへ草　さ苗取りし●いそげや早苗　植ゑし早苗と　小田のさなへの　早苗とらさね　早苗とりしか　さなへとる賤　さなへ取らし　早苗とるらむ　早苗はうゑん　さびらきの日は　山田の早苗

苗代 苗代に●を田の苗代　咲かぬが代に　苗代水の

田植女 殖女雇ひ●多くの植女　田植は早乙女

【蒔く】 蒔きし稲の●藍まく畠　高田に種蒔き　麻蒔く吾妹　打蒔の米　種蒔人そろうて　蒔きし畠も

【稲】 あかき稲の　稲舂けば　稲の出来　稲の花　稲の穂の　美稲の　残稲の　稲雲と●稲かりすめば　稲てふことも　稲をかりける　門田のいなば　門田のいねず　門田の稲の　刈りつる稲は　鹿猪田の稲を　なみよるいねは　になへるいねは　山田の稲の／富草喰ひて　富草持ちて

早稲 門田早稲　早稲刈に●葛飾早稲を　行相の早稲を　早稲田の穂立ち　早田は刈らじ　早穂の蔓

晩稲 晩なる　おしねもる●おくてかるらむ　晩稲の山田　門田のをしね　山田のをしね　わさ田のをしね

穭［刈りとった後に出る稲の芽］ 生ふるひつぢの　刈田のひつぢ

【麦】 白き麦　麦を刈りて●青麦の果　生たつ麦に　麦刈いれば　麦刈少女　麦搗く里の　麦の穂だちに

粟 粟蒔きて●粟蒔かましを　岡に粟蒔き　黍に粟嗣ぎ　しづが粟まく　太倉の粟

稗 婢草に　稗の実は　稗を多み●稗は数多に

黍 黍の穂も●黍に粟嗣ぎ

【刈る】 秋田刈る　海人の刈る　あやめかり　うきめかる　苅り置きて　刈りかねて　刈り飼はん　刈菰の刈り捨てん　刈り残す　かりはて丶　刈株に　刈り乱り　刈萱の　刈る草の　刈れる田に　茅草刈り　真菰刈る　われ刈らず●青きを刈りて　秋田刈るまで　葦を苅りける　いまもからまし　うきめは刈らで　棘原刈り除け　浦に葦苅る　尾花刈り敷き　かへる草刈刈り除くれども　苅り尽されて　刈りて収めむ　刈りに来たれば　刈りにのみこそ　刈り掃へども　刈り葺くしづの　かるぞわびしき　刈るてふかやの　刈る時過ぎぬ　かるばかりにも　刈る人もなし　刈るほどまでも草刈る男　草刈る小子　草な刈りそね　草根刈り除けさて刈るまでに　細竹な刈りそね　菖蒲刈るとて　簀にや苅らむ　竹葉刈り敷き　玉藻刈りてな　玉藻刈る刈る　玉藻刈るらむ　田をかる〱も　夏草刈るもなまめかるらん　野路のかる萱　萩刈る男　人の刈らまく　昼は茅かり　穂田の刈ばか　道刈りあけて　みるめ刈るべき　山のそばかる　私田刈る

【干す・乾す】 かわかす。涙をかわかす　紙を干す　刈りて乾す　芋茎干る　土用干　ぬれてほす　ひるほども　乾さずして　乾しもすべき　干しわびて　ほすあみの　干す衣乾すほどに　水干たる●麻手刈り干し　麻を引き干し海人の刈り乾す　網手綱乾せり　磯に刈り干す　いとど干がたき　いまかほすらむ　いまだ干なくに　憂く干ずとのみ　風のほすにぞ　刈りほすひまも　かんぺうほすなり　衣ほすてふ　しほのひるまと　霜もまだひぬ袖乾る日無く　露もまだひぬ　七日乾ざらむ　干乾にぞする　乾めやわが袖　干る時もなし　干るよしもなき冬の引ぼし　ほさぬ袖だに　ほさぬまがきの　干しぞわづらふ　干したる鯛を　干す児は無しに　乾す人無しに　干す間も知らず　乾せど干かず　我が袖干めや

炮る 炮り干す●衣あぶらん　日に炮られて

【乾く】 かわかずぞ　かわかぬに　乾きたる●かはかぬものは　かわきだにせよ　かわく時なき　かわくと見えし　乾くまもなし　かわく間をだに　袖の乾かん袂かわかぬ　露ぞかはかぬ　まだかわかぬに

【積む】置き積みつ　掛け積みて　堆堆は●千重に積めこそ　積まむとぞ思　つみこそまされ　七車積みて

束ぬ[たばねる]　八束穂の●束を結ひぬる　束ねあつむる　束ね緒にせむ　つかねもあへぬ　八房ふさねて

【摘む】恵具採むと　すみれ摘む　つみしかば　摘みたむる　摘みてはすて　摘とりし　採みに行かむ　摘みはやし　摘みわびぬ　摘む菊の　つめどなほ　つんだるな　手に摘みて　先つまん●いくたびも摘め　今やつむらん　末摘みからし　垣根に摘める　かたみに摘める　今日は摘みつる　九日につむ　さけばつみとる　しきみつみつゝ　背なと摘まさね　誰か摘みけむ　摘まで見るべき　つまゝしものを　摘ままほしけれ　摘まむとぞ思ふ　摘みけん人の　摘みつ摘まれつ　採みて煮らしも　摘なむもをし　ぬれぬれ摘まん　二人つみつつ

【菜摘む】菜摘ます児　菜摘む少女　菜や摘まむ　菜を摘まば　浜菜つむ　春菜つむ●朝菜摘みてむ　磯菜摘むらむ　菜摘み水汲み　若菜つままし　若菜つみてむ　若菜摘むべし　若菜を摘めば

芹摘む　小芹摘む　沢の芹　芹摘みし●沢に根芹や　芹子そ摘みける　汝は芹つめ　根芹摘とて

【採る】菱採ると●あす採りてこむ　あみ採る浦の　猿もや採ると　白玉採ると　菅の実採りに　採らで久しく　採り尽さめど　わらびとりにや　蕨を採れば

【柴】柴人の　柴を売り　なら柴の　伏柴の　真柴たく●いつしば原の　をりたく柴の　柴をりをりに　柴折りくぶる　柴たきふすべ　柴積む舟の　柴の庵の　柴のかこひは　柴の煙の　柴のたち枝に　柴の爪木の　柴の籬を　しばの若立　真柴の扉　峰の椎柴

飼

【飼ふ】牛飼の　牛飼のせ　馬飼にて　飼猿は●吾が飼ふ駒は　犬飼人の　犬飼一人を　牛飼童　飼ひし雁の子　飼ひ通せらば　かた飼ひしたる　飼はくし好しも　草取り飼ふは　年来撫で飼ふ／家畜のごとく　啼かぬ家畜の

放ち飼ふ　放ち飼ふ　放ち駒　放ち鳥●馬を放ちて　野飼ひがてらに　野飼ひし駒や　山野に放し

【繋ぐ】馬繋ぎ　繋がれて　つなぎ犬の●牛つながせて

駒をつなぎて　つながぬ駒も　つながる、身も　つなぎとめたる　なほつながれぬ／牛懸けて　かくるやせうし

綱　猫の綱●赤き首綱

【牧】　牧を恋ひ●荒野の牧の　大野の御牧　樵牧の歌　牧の若馬　美豆の御牧の　御牧の荒駒を　御牧の駒は

馬柵　馬柵越しに　柵越しに●越ゆる馬柵の

切

【切る】　搔き切りて　きられつる　きれのよく　蛇を斬りつ●うすく切られし　きりにきりても　燭を剪る時　撫切に切る　もやひ切れたる　若菜を切るに

【伐る】　木など伐る　薪伐り　抜伐の　船木伐り●いたくな伐りそ　神や伐りけむ　伐れば生えすれ　樹を伐り倒し　榾伐るなりと　楊枝木伐ると

【樵る】［木を切る］　木も樵りき　こりつむる　こりはてつ　薪こる　なげ木こる●木伐の道と　木挽待ちつる　こりぞはてぬる　薪樵りしを　薪や樵らむ　つま木こるべき

樵者　木伐人　樵人は●樵者に逢ひて　樵牧の歌　若き木樵の／鳥総立て

剝ぐ　剝ぎとられ　剝ぎ取りて　引剝ぎて

鎌　鎌欲しや　刈鎌は　とがまもて●鎌もて刈らば　鎌を磨げば　刈る大鎌の　腰に木鎌を　毒の利鎌の

鋸　大鋸挽きや　鋸の●大鋸のひびきは　波の大鋸

鍬　鍬の柄に　木鍬持ち●鍬かたげ来る　未鍬とりて　たゞひとくはに／まが引をだの

鋤　あら鋤き返し　牛のからすき／返しすて

斧　斧の柄の　新羅斧　手斧音　ひかき目に　斧を提げ●斧の音かな　斧振り上げし　薪こるをの　手斧取らえぬ　斧をとられて

鋏　鋏とりて●爪とり鋏

槌　鉄鎚を　太郎槌　槌取て　槌の音●卯槌二すぢ　鉄鎚を以て　鎚うち揮て　槌の音かな

持

【持つ】　持て帰る●卯の花持てる　けふはもてゆく　一にもたる　持たせの真弓　もたりしものを　持たりにくくも　もちてかへらん　もちてすてませ　もち設けたる　もてる扇や　腋はさみ持ち／か、げつくして

提ぐ［提げる］ 沓提げ●竿提てゆく 提げたる友の 太刀を提げて 手桶に提し

【掻く】 かいつきて 掻き合はせ かきおこし かきむしる かきやらば 掻きよせて●掻上るたびに 掻かしめつつも かきつめて見る 掻きみだしゆく

【巻く】 巻き隠し 巻紙の 巻き籠めて 巻きに巻き●巻き籠められて 巻きし莨を 巻てこそみめ

【掘る】 黄金掘る 掘り出だす 掘り埋み 掘りけるに 掘りし井の●急ぎ掘きて かね掘出す 掘り開けたらむ 掘り出だしたる 掘うがたする ほるとみえてぞ 掘る／＼見れど ほる山さへも

【抜く】 つばな抜く●抜かむとすらん ぬけかいでたる 抜けばすなはち 抜ける茅花そ 和ら抜き出でて

【拾ふ】 餌をひろふ 貝拾ふ ひろひおきし ひろひけん 拾ひつゝ ひろひても 拾ひ人も 拾ふとて●あまもひろはぬ おりてひろはん 貝そ拾へる 小貝拾ひに 薪拾うて 珠に拾ひつ 玉は拾はむ ひろひしもせじ 拾ひて行かむ 拾ひ取りたる 拾ふ形見も

【投ぐ】［投げる］ 縦な投げに 投げ出づる 投加減 投げ越して 投げ果てて 横な投げに●投るいさみや なげいだされし なげいだしたる 投げ入れて見む 投げ置きたれば 投げてましかば 投げやりたれば

開

【開く】 開きたれば 開け置きて 開けざりし 不開の間 開けたれば あけて見ぬ 開けも見ず 押し開くるに 戸をあけて 放ちあくる ひらきたて 開くる日 開け出づる ひらけゆく まれにあけて●開けて見たれば あけはなちたる あけんとすらん 押しあけたるに けふはひらける 今朝開けたる ことし開けし 早くな開けそ 腹を開きて 日毎ひらくる ひらきはじめや

【閉づ】［とじる］ 氷とぢ とぢこめて 閉ぢ果てて 閉ぢられて はたと閉づ 窓とづる●いくへもとぢよ 氷に閉づる しめて程なき 空さへ閉づる とざせるいほぞ 閉ぢつ開きつ 閉ぢやはてつる 軒を閉ぢずば

【塞がる】 霧りふたがる 塞ぎてぞ ふたがらむ ふたがりて 塞げたる●立ち塞ふ道を なべてふたげつ

【埋む】 うづまなん　埋まれて　埋みたり　埋め雪埋もるる　埋もれて　うづもれぬ　苔埋む　土埋めよ　雪うづむ●うづみ残して　うづむ白雪　うづむ夕ぐれ　埋められにし　うづもるばかり　うづもれし名を　埋もれたるを　埋れにけり　うづもれ臥して　かしら埋めて　草に埋れて　木の葉に埋む　木のもと埋む　霜に埋れ　花散り埋む　松はうもれて　みちしばうづめ　埋れたる身に　雪降り埋む　われの埋るる

引

【引く】 強く引く　ひかれてや　ひき入れて　引きしろふ　ひきすてて　引き断ちて　引つゝも　引きて見る　引ならし　引きぬらし　引はてゝ　引き張らせつ　ひきひきに　引き攀ぢて　引き寄せば　引く糸や　引く末に　引く鈴の　ひこずりて●今や引くらん　君に引かれて　更に引くとも　ためしに引ける　引かばぬるぬる　引き掻かむとす　ひきとられぬる　引きみ引かずみ　引きみ弛へみ　ひきやとめける　引きゆるがすに　ひきわたせるに　ひく手に翻る　ひく人もなき　ひとり引らん

曳く　ひかれゆく　曳き渡し●君ぞ曳くべき

張る　張りて立てれば　張れる柳を　張れる山かも

【掛かる】 稲葉にかかる　落葉にかゝる　かからましかば　かゝるさゝがに　かかる白雲　かゝるしらゆふ　かゝる袖なり　かゝるもみぢの　草葉にかゝる　梢にかかる　涙かかると　ひまなくかかる　まづかかりける　みだれてかゝる　湊にかゝる　むらさめかゝる

繰る　繰り入るる　繰りかけて　繰り畳ね

継ぐ　織り継がむ　聞き継ぎて●生れ継ぎ来れば　言ひ継ぎ行かむ　五百夜継ぎこそ　命継ぎけむ　生ひ継ぎにけり　語り継ぐがね　聞き継ぐ者も　立てば継がるる　継ぎて咲くべく　継ぎてし思へば

打

【打つ】 あられ打つ　斎杭を打ち　打ち合ひぬ　打毬の　打つ田には　打つならん　うつほどや　金鼓打つ　ちたび打つ　鳥打たむ　畑打ちや　拍子打ち　筵打●雨の打つ時　今よりうたむ　うたれぬ先に　打ち鳴す鼓　打つこゑきけば　稜打ち放ち　鼓を打ちて　御琴打ちたる　梁打つ人の

【砧】うつころも　寒衣を打つ　衣うつ　わらきぬた●きぬたの音ぞ　砧のこゑの　衣打つ声　衣うつなる　衣しで打つ　月に打つ声　更けて砧の　よそのきぬたに

【叩く】打ちたたき　門たたき　草たゝく　叩くともたゝくなる　手を叩き　扉を敲く●庵をたたく　打敲く草の　門たゝく時　門たゝくやと　門を叩くに　君が叩くと　氷をたたきて　しりたゝきけむ　叩きはゞかる　たたき侘びつつ　たゝく水鶏の　手をたゝくらん　まくらをたゝく　窓たたくらん　窓を敲くは

搗く　つきて粉にする　麦搗く里の

【振る】うちふるひ　鈴は振る　ふりかざし　振りやりて●振りやられたる　止まず振りしに

弓

【弓】歩弓の　小弓射る　手束弓　槻弓に　筑紫弓　弓場殿の　弓いれば　弓作り　弓を外し●鉄の弓　白木の弓を　手太き弓の　剣に弓に　御弓持ちて　弓束並べ巻き　弓束巻きかへ　弓末振り起し　弓ずゑふりたて　弓取のわざ　弓取り持たし　弓執る方の　弓な触そね　弓につくるは　弓の勢　弓始まで　弓ひき鳴らし　弓矢囲みて　弓矢の家を　弓矢はなさぬ　弓をもとらぬ／てつがひの　村重藤の

梓弓　梓弓●梓の真弓　梓の弓の　腰に梓の

真弓　白真弓●安達太良真弓　信濃の真弓　襲津彦真弓　真弓槻弓　持たせの真弓

弓緒　弦着けて●弦はくる行事を　君が弓弦の　弦緒取りはけ　弦着かめかも／爪引く夜音の

【矢】射つる矢を　響矢用ち　はなつやの　一手矢の　真鹿児矢を　矢細工の　矢箱持　矢の繁けく　矢着かずて　箭を番ひ　箭を放ち●狩る矢の前に　得物矢手挾み　投箭し思ほゆ　まり矢を副へ　諸矢しつれば　矢声たかきも　矢立に今は　矢種つきんと　矢なぐひしたる　矢並つくろふ　矢箱二ツを　弓矢の家を

【射る】射合ひける　射落さる　射組ませば　射つる矢を　射貫くらん　所射鹿を　射ゆ獣を　狐射よ　数度射ると　ねらひ射る●射るや的形　夜声を射る

【靫】靫懸くる●靫取り負ひて／籠手のうへに　とものひゞきに

狩

【狩る】 朝狩に　狗山と　射目人の　狩犬の　かり刀　狩り暮らし　狩ごろも　薬猟　鹿待ちに　佃食する　夕狩に　夜興引に●猟路の小野に　狩りぞ暮れぬる　狩にと出る　狩場の小野の　狩場の雪の　狩を好まば　きそひがりする　厳粧狩場の　さこそは狩の

【御狩】狩の美称。天皇や皇子などのする狩　み狩りする　御狩野は●けふのみかりに　嵯峨の御狩の　御猟すらしも　御猟立たし　御狩にたたす　御狩の人の／禁野の雉子は

狩人　狩びとの　御狩人●狩人越ゆる　かり人ののる

【鷹狩】 小鷹狩　鷹飼の　鷹の鈴　手なる鷹　鷹猟すと　鵅の●木居のはし鷹　諸衛の鷹飼　鷹匠の鳥　鷹手にするゑて　鷹野の列卒の　鷹ひきするゑて　鳥とる鷹野　初鷹猟だに　御鷹つとめよ／矢形尾の

猟夫　猟夫らが●い行く猟夫は　猟夫のねらひ　昔弓雄の　山の猟夫に／猪鹿待つわが背

【罠】 斑鳩懸け　鯨障る　刺す罠の　鳥狩する　鳥網張り　黐鳥の●斑鳩の雄鳥　霞を網に　雀網に触るる　鳥の網はる　野じめの雀　罠に兎の

捕る・獲る　捕ふると　鳥捕らば　まちとりて　六つ鳥獲り●狐を捕へ　鳥も獲られず

【杣】木材を切り出す山　杣木とる　杣たてて　そまにさへ●あづさの杣を　いかで杣木の　泉の杣に　隠岐の杣山　朽ち木のそまの　岨の立つ木に　槙の杣山　わがたつ杣に

杣人　杣千人　杣人の●つくる杣人　真木の杣人

山家［山中の家］　山家の中に　山家の冬の

山人［杣人］　山郷人　山人の●いそぐやま人　かへる山びと　むこの山人　山人ならし　山人や誰　雪の山人

漁

【漁る】 あさりして　漁すと　漁する　あさりても　漁りする　いさりせし　いさりせで●あさりしふなを　漁り出な猪の子　漁すらしも　漁する鶴　あさる雉の　いさりせし君　漁り釣りけり　漁りの舟は　筌をし伏せて　魚をうかゝひ　海辺に漁し　今日のすなどり　小いわしの漁　潮干にあさる　商漁の宅と　漁りあそぶ　すなどりせむと　尽きせずあさる　取らさむ鮎の　わが漁れる

獲る　魚は獲ぬ　鯨魚取り●魚とる術も　獲りて懐けな　もりしやにかまへ

【海女・海人】　海未通女　海人小舟　あまが積む　海人衣　あまの児が　海士人の　伊勢の海士を　志賀の白水郎の　四極の白水郎　須磨の海人の●遊ぶ蜑とも　海人娘子ども　海処女らが　漁童女らが　泉郎とか見らむ　あまの浮木を　海人の教へし　海人のをとめ子　海人の黒かみ　海人の子なれば　あまの衣に　海人のさ乙女　海人のしほたれ　海士のすみかと　あまの釣して　海人の刀禰らが　海人の燈火　海人の流せる　海士のむらぎみ　海人の呼び声　蜑は潜かぬ　海人船散動き　あまを浪路の　いそぎし海士の　磯の海士人　かれなで蜑の　里のあま人　潮くむ海人の　しほたる丶あまを　塩焼く海人の　年ふるあまも／磯人めかぬ

【塩屋】　塩屋のけぶり　灘の塩屋の　春のしほやの／海人の磯屋の　あまのとま屋に　あまの伏屋は

塩焼く　塩を灌き　焼く塩の●塩焼衣の　塩焼き衣　塩焼の子で候　塩焼くけぶり　灘の塩焼

塩釜　塩釜の●塩釜の浦　やくしほがまの

藻塩　藻塩たれ　藻塩焼く●あまのもしほ木　海人の藻塩火　たく藻のけぶり　ひとり藻塩を　焼くや藻塩の

藻刈　あまの刈る藻に　沖つ藻刈りに　藻刈り塩焼き

【海布】［海藻］　浮和布のみ　熨斗昆布　海藻刈舟●磯の若布の　うきめは刈らで　迫門の稚海藻は　なまめかるらん　鹿尾菜石花菜　めかりしほやく

海松布　深海松採り　みるめかる●底のみるめも　海松布生ひせば　海松布の浦に　みるめを波に

海苔　若布海苔●沖つ縄海苔　海苔とり舟の

名告藻　名告藻刈る　名乗藻の　海松布神馬草

【釣る】　鮎釣ると　魚を釣る　堅魚釣り　鮪釣ると　鱸釣る　釣のうけ　魚釣らすと　腹赤釣る　雪に釣る●明し釣る魚　海人の釣舟　鮎か釣るらむ　この比釣も　鯛釣る海人の　釣魚の楽み　釣しすらしも　釣にともせる　釣もせなくに　釣を垂るるの／浮子なれや　ごかいほり　びく〳〵を待つ　蚯蚓掘

釣人　釣叟は●太公望が　釣魚の翁　釣魚の人は

【網】網いれむ　網下ろし　網ささば　網さすや　網取りに　網に刺し　網を置く　鰯網　大網に　ぢごく網　手ぐり網　流し網　ほすあみの●網うち提げ　網ささましを　網し取りてば　網手綱乾せり　あみ採る浦の　網につくりて　網の一めも　網を曝しつつ　小目の敷網　したむ持網　地引をあてに　唐網うたん

小網　小網さすに●小網さし上る　小網延へし子が

網引　網引する　網引かせ●津守網引の

網子　網子とし●網子調ふる　むれたるあごの

【梁】梁見れば●魚梁うち渡す　梁打つ人の　やな瀬のさなみ　やなせの波ぞ／いけすにかへる

網代　あじろうつ　網代木に　網代守●網代にこそは　網代に氷魚の　網代の波も　瀬々の網代木

柴漬　ふしづけし●柴漬にせよ　柴にぞありける

【鵜飼】鵜川立て　鵜を使ひ●鵜養が伴は　鵜飼伴なへ　鵜川立たさね　鵜縄に逃ぐる　鵜八頭潜けて

【縄】いかり縄　しらなはに　栲縄を　縄をなみ●海人のうけ縄　海人の栲縄　海人の釣縄　海人の縄たき背負縄かけて　ちらす津田縄　綯たむる縄　縄だに延へよ　夜は綯索ひ

作

【作る】荒造り　家作り　今造る　籠を造り　作らんと　つくりおきし　作りけむ　創造りたり　つくり人の　造り並め　作るなる　構る屋の　寺造る　殿づくり　新室の　墾りし道　みちをはり　宮づくり　宮作る　屋を造る●あつらへつくる　庵を造り　今作る路　おやまがつくる　仮廬をつくり　銀拵の　さらす手作り　銀作り　造れる室は　作れる塚を　何作りけん　宝殿を造り　讃めて造れる　八重垣作る　雪もてつくる　業と造れる

普請　橋作り　橋普請●順に普請の

建てる　建継は　殿建てて●家を建足す　ふとしき立てて　ふとしく建し

宮木　宮材引く　宮柱●宮木ひくらし　宮木守なし

糊　薄そくひ　続飯など　糊がちと　ひね糊の

弾力　弾力なき　弾力の●弾力に富む

煉瓦　煉化下地の　煉瓦塀より　煉化もかをる

仕事

【紙漉】 すきかへし　漉きたてゝ●少女紙すく　紙すきの小屋　紙漉くをとめ　紙戸の人の

【鍛冶】 鋳物師の　鍛冶千人　鍛冶の上手を　鍛冶の徳　鍛冶屋の婆　刀鍛冶　焼継屋●鋳師を以て　銀の鍛冶　古きかぢやの／打刀を　太郎槌　ひかき目の

中踏鞴 鞴の風の吹鑵かせば　湯口が割れた

【磨く】 押し磨りて　鏡磨　薬磨る　賽磨の　磨り平め　玉磨の　玉みがく　針磨の　みがかれし●一剣を磨き　いとゞみがきて　碓にて磨けば　おしすりてをる　影を磨かん　鎌を磨けば　君みがかなん　光りを磨く　みがゝずとても　磨きしつらひ　磨きとゝのへ　みがく月かげ　磨くなりけり

研ぐ かたひ砥を　鉋とぐ　研出しの　とぎ物屋●いよ研ぐべし　剃刀研人は　とがぬ剃刀　とぐ人もなみ／蛤刃なる

【彫る】 版木屋の●石に彫りつく　彫り入れなどす　玉に彫りつく　扉に彫れる／刻みいでけり

仏師 木ぼとけの　仏師数多　仏造る　木工の允●仏師千人　仏つくりが　仏彫ても／鑿の業

削る 削りたる●千木の片そぎ／くり鉋

【大工】 たくみども　番匠屋の●田舎棟梁　肩に鉋箱　大工の手間を　番匠千人　ひなの匠や　わかき大工も

墨縄 墨縄の●あたら墨縄　打つ墨縄の　繋けし墨縄

鳶 とびなかま●鳶のけんくはを

【人夫】 草刈の　車曳　金掘　車力いゝ　日傭取●強力にして　荷揚人夫ら　淀の中仕の

【陶工】 陶人の●長き土こね　土師の志婢磨

轆轤 轆轤師の　ろくろ挽き●ろくろの縄の

土器 土器に●赤がはらけの　かさね土器　土器造　土器をほす　くろき土器／楽焼師

【塗る】 壁塗の　朱塗りたる　白塗の　生壁の●壁塗にぬる　刷毛目あはぬを　はけめもあはぬ　ほこる塗棚

左官 左官が遣ふ　左官がよめの

【細工】 飴細工　院細工　箙細工　貝細工　京細工　鞍細工　矢細工　鎧細工●銀細工／板金剛　作物所の

泥 金銀の粉をにかわでといたもの　薄泥に　金泥にて●白銀の泥

蒔絵　黄に蒔ける　蒔絵士の　蒔絵筆●魚子蒔たる　蛮絵に蒔きたる　蒔絵のさまも　蒔絵の弓を／沃懸地の　きらゝを入れよ

螺鈿　青貝の　貝磨の　螺鈿の倚子　螺鈿の箱●蒔絵螺鈿の　螺鈿の鞍を　螺鈿の御厨子

漆　秋うるし　あら漆　漆垂り　古うるし●芳野漆の

【工・巧】　画の工み　大工匠　木の道の　飛騨匠打●あがる工みも　猪名部の工匠　たくみなしつる　工もいさや　工匠も絵師も　飛騨の匠の　変化の工匠

【職人】　足駄作　あら筵打　筏師の　瓜作り　烏帽子折　女髪結　かけ作り　笠縫よ　冠師の　唐紙師　皮籠造　瓦焼　櫛挽の　薬師は　蔵回　車作　紺掻の　酒作　鞘巻切　念珠挽の　硯士の　酢造りの　草履作　畳刺　葛籠造　縫箔屋　縫物師　塗師屋が　俳諧師　薄打の　はりがねし　蟇目刳　檜物師の　表具師は　筆結の　紅粉解の　庖丁師　ほむる傘張　鞠括　筵打　元結こき　物まね師　弓作り　連歌師の

売

【物売】　蜊売　油売　魚売の　魚売る女　植木売　扇売　帯売の　蚊屋売は　京菜売　金魚売　金時うり　薬売　下り飴うり　黒木うり　小芋うり　麴売　氷売　心太売　地紙うり　樒売　蜆売　紙帳うり　しやぼん売　菖蒲売り　白物売　白布売　すだれ売　炭売よごす　煎じ物売　索麵売　薫物売　畳紙売　たどんうり　玉子売　手水売　つけ木売　弦売の　灯心売　豆腐売　納豆売　鍋売の　はしごうり　花売に　花売娘　花火うり　蛤 売　柊売　挽入売　直垂売　葱 売　火縄売　火鉢うり　法論味噌売　枕売　まぐろうり　饅頭売　みつものや　むきみうり　目高売　餅売　物売に　物売女　夜あじ売り　嫁菜売　れん木売　綿売の

【屋】［店］　居酒屋に　入髪屋　印判屋　饂飩屋の　鏡屋の　貸本屋　かば焼や　紙屑屋　瓦屋の　燗酒屋　組屋の女房　見徳屋　麴屋は　小間物屋　塩もの屋　仕立屋の子が　数珠やがつなぐ　上燗屋　書画屋の息子　白酒屋　西瓜見世　水団屋　菅笠屋　鮨屋の早し　念

珠屋の窓の　関取酒屋　瀬戸物屋　畳屋にさす　立場茶屋　茶道具屋　道具やを　泥亀屋　問屋の女房　なめし見世　煮売屋の　肉屋の前に　二軒茶や　荷ひ茶屋　歯ぐすり屋　旅籠屋さびし　機屋の音の　板木屋の　太物屋　紅屋が門を　まんぢう屋　目薬屋　餅見世や　宿屋安けし　宿屋を　らうそくや　綿打屋

【店】［店］　二間口　伴頭が●九尺店でも　十九文やが　干店にある

商

【売る】　魚は売　糸ひさぐ　うらるとも　売らるる身　売切れて　売仕舞　売りそめて　売出しの　売葛籠　売に来て　売はじめ　売てゆく　薬うる　菜を売り　酒を売るは　柴を売り　針売りて　文を売つて　ぼてい振●市にうりいづる　売りありけども　うりかふ人ぞ　うる声寒し　門売りありく　七色売って　売薬の名には　ふり売炭の　ふりうりの鯛

【市】　飛鳥の市　市なせる　市にきて　市の子の　市橋の　市町に　市をなし　しやうが市　たつの市　西の市に●市路に鳴て　市路走りて　市にうりいづる　市に艶なる　市にたちうる　市にまろべる　市の間には　市の植木の　市場に立てる　市は自在な　市日が丁度　市より取て　市をさまよふ　門には市も　五十の市は　飾磨の市に　炭うる市の　袖ふる市の　立の市路に　夜昼の市

市人　市女商人　里の市人　西の市人／市女笠

【商ひ】　商変し　商ひに　商人を　蔵回・初相場　丸儲●商じこりかも　市にあきなふ　市の商ひ　升であきなふ　水銀商

【買ふ】　あがなひて　魚買て　馬買はふ　馬買はば　買つけの　紙買に　皮買はふ　沓買はば　古銭買　女郎買　中買の　肉を買ふ　飯を買へば　めせやめせ●明日買ひたまへ　馬買へわが背　売買もなし　かひえたるとき　買ひつるにこそ　買ひてし絹の　買ひてもどりぬ　買にゆく菓子　買はんとぞ思　空米買うて　春を買ばや　人買ひ舟は　古ぼね買は　骨を市ひけん　松茸買ひの　耳掻き買ひて　山買ふ銭を

【運ぶ】　運びける●おも荷をはこぶ　運び返して　運

び取りたり　運び持て行き　運ぶ歩みは
【荷】　重荷おひ　重荷には　になひもて　荷の緒にも
●葦荷刈り積み　いとど小附を　えたる重荷に　重き
馬荷に　重荷おふみや　貨物おきばの　ことを重荷と
鋤を荷ひて　何の重荷ぞ　荷揚人夫ら　荷負る馬を
荷ひ敢へむかも　荷ひたる者　荷ひ次けて　荷緒かため
て　荷向の篋の／駄賃馬に　力車に　よど車
【送る】　送り置きて　送りきて●いまやおくらむ　送
りぞ来ぬる　おくりむかふと　おくる浦風　おくるや
風の　声にて送る　つみておくらむ　みやこにおくれ
【包む】　頭包み　裹紙　裹み持ち●綾に包める　かみ
につゝめる　きぬに包みて　包み持ち行かむ
【物】　美麗物　百済物　薫物の　万物は　曳出物　引
ものも　物ごとに　もの、種　物の栄　物見ける●唐の
物ども　木のめも物を　似たる物なき　果なき物は
触れてし物を　短き物と　目さまし草と　物見む心／
品にまじはる
【苞】［土産］　あまのつと　陣土産　旅のつと　裹もがと
●さして山土産　苞と名づけて　裹に為ましを　苞に
摘み来な　浜づと乞はば　道行裹と　土産の折の　都の
苞に　山つとぞこれ　若狭土産の
【価】　価なき　かけねなし　高く買ひ●
あたひつけけむ　命五文の　馬の価は　月
の価は　なぶり直で買ふ　八文はやすい
負ぬ現金

金

【金】　おあしをば　円金を　金廻り　米相場　千金も
て●金を寝かすも　手金つかみて／小野の小町を　大豆
板も哉
【銭】　碁手の銭　米の泉　散銭は　借銭の　銭一文
銭かねで　銭乞はむ　銭ぶくろ　橋の銭　我銭で●一銭
にだに　一服一銭　銭かんばんの　銭くれし時　銭な
くなりて　銭儲する　銭も持て来ず　高い銭さし
蓄へ　蓄へ置かむ　身のたくはへの
【勤む】［働く］　せが出ます　とも稼　はかゞ行　はげ
むべし　身の勤●いそしく帰る　稼ぎの人等　かせぐ職
人　からき勤ぞ　つとめ置きしは　つとめていたる　勤

めなればかな　はたらくといふ

【仕事】　内仕事●課役徴らば　こがひいとなむ　ことをやくにて　店奉公の　奉公心に／口入れ屋

【業】［仕事］　なりはひや　鑿の業　身の業を　業ならん　わざをなみ●あしかるわざを　択擢ゆる業ぞ　こがひのわざの　その農を　たちぬふ業は　業ましつつも　なりはひをする　業を為まさに　妻子の産業をば　もの、手業ぞ　吾家の業と　業と造れる

暮

【暮らす】　あけ暮らし　思ひ暮らす　暮らしつる　暮らす世に　恋ひ暮し　日を暮らす　待ち暮す　行き暮し●あだに暮すな　うらさび暮し　おもひくらしの　かかる生活に　川に日くらす　きのふもくらし　今日も暮らさん　今日も日ぐらし　暮らしかねける　暮らしわづらふ　恋ひ暮すかも　この日暮しつ　ながめくらしつ　閑かにくらす　野べにくらしつ　花に暮らしつ　花見てくらす　浜行き暮し　春日暮さむ　独ぐらしの　日を送るべき　ひをくらしつゝ　日をねくらして　日をのみ暮らす　もの思ひくらす　山行き暮し　わが泣き暮し

【富む】　富び増さり　富人の●国ぞ富みせむ　里ぞ富みせむ　勢徳有る者　長者の家と　長者の金も　富はたしてむ　富貴の門に　富人の骨も

財　財失する　財多く●財豊かに　財を取りて

【豊か】　豊饒なる●家豊かにして　飲物豊かに　国豊かなる　こゝろゆたかに　さともゆたけし　たのみゆたかに　民も豊かに　袂ゆたかに　ゆたかなりける　ゆたかなるにぞ　世はゆたかなる

豊［豊かで美しい］　豊国の　豊の宴　豊の年　豊竈　豊みきに●この豊御酒は　豊さかのぼる　豊の明に　豊の遊びを　豊の御禊の　豊旗雲に　祝く豊御酒に

【貧し】　うき貧苦　貧な殿を　貧乏に　びんぼ神　まづしくて●家貧にして　こぼしき屋所と　貧窮気なる　貧乏の神　びんぼ〳〵と　貧しき夫に　貧しき人の　身の貧しさを／襤褸のみ　寒竈に　餅をもつかぬ

堕つ［落ちぶれる］　零落し●いでや落武者　うらぶれ姿　堕て朽ちけむ　おちぶれし日の　人に堕ちめや

訪

【訪ふ】［訪問する］ 問よれど とふからに 訪ふ人も とふやたれ とへかしな 訪へな君 野べとへば 山たづね 夜訪へわが背●うちむれてとふ うつゝにとへば かきねをとへば 木ずゑをぞとふ 里訪ふものは たれかとひこむ たれかはとはむ 月もとへかし とひにおこせよ とひゆかむ夜を とふあらしかな とふくれもなし とふ時雨かな とふ〳〵も見ん 問ふ人あらば 訪ふ人もがな 問ふ人や誰 とへるうぐひす とはむとおもふ 友とひよれば 花嫣問ひに 花にとはれて 花の跡とふ 花のみ訪はむ 春をとひつれ 人さへとひて 人はとはめや 人もとひけるや ふみわけて訪ふ 窓をとひける みなとひはて、 我こそとはめ

訪る［訪問する］ おとづれて●雨おとづれて おとする人ぞ おとづれそむる 音づれてゆく 先おとづる、

【訪れ無し】 君訪はで たづねずば 問ざらん とはぬ夜は とはれぬは●相問はなくに 今は訪はじと おとづれじとぞ おとづれなくば おとづれのなき 音づれもせで 訪ふにはあらず 訪ふ人ぞなき 問ふ人もなみ 訪はぬ君かな 訪はぬはつらき 問はれぬ秋の とはれぬさとを とはれぬ庭ぞ なみだのとはぬ 人来ぬ宿の 人は訪ひこず 山もたづねじ

【尋ぬ】訪問する。探し求める 尋ぬべき たづぬやと 尋ぬれば たづね入りて 尋ねきて 尋こし 尋ねつる 尋てか たづね見む●香をたづねてや 君も尋よ 今日は尋よ けふもたづねん 声をたづねて 宿鷺を尋ね 瀬を尋ねつつ たづね来つらん 尋ね来なまし たづね来ればぞ 尋ねけりやと 尋ね尋ねて 尋ねて折らむ たづねて来ませ 尋ねてしがな たづねて知らむ たづねてぞとふ たづねて遠き 尋もすべき 尋ねも見ばや 尋も行かじ たづねやは来ぬ たづねわびにし たれかたづぬる 露をたづぬる 花をたづねむ 母を尋ぬる 春をたづぬる 晴れ間たづねて 人やたづねん 芳草を尋ね 峰を尋ねん ゆかりたづねて 行方たづねよ／おどろかさじと

尋む たずねる。探し求める あとゝめて 陰とめて 川瀬尋め 香を

往来

とめて　とめくれば　とめゆかば●かをとめてこし　とめてこそ折れ　ふる道とめて

辿る　探し求める。たずね行く　たどらずて　たどり来し●たどり〱に　たどる〱ぞ　たどる山路に　麓路たどる

行

【行く】　飽かで行く　行き隠れ　何処ゆかなば　すがれ行く　ちさとゆく　とくゆきて　春ゆきて　ましませば　数多く行かば　満ち行けど　八百日行く　山行かば　ゆかむ人　行きかてにゆきかよへ　ゆきかはる　行き暮れて　行きしかば　ゆきずりに　行きたらむ　行ちがふ　行きて棄てよ　ゆきてみて　ゆきてみぬ　行きて見む　行なづむ　行なやみ　行きにけん　行やらで　行きやらぬ　行ゆきて　行きよけど　ゆく雁や　往く川の　行く雲の　行く鶴の行く月に　行く月日　行く鳥の　ゆく人も　ゆく舟の行く船を　行蛍　ゆけどなほ　ゆけど〱　ゆけばゆく　よく行て●秋行く人の　あの江へ往ませ　いかむとぞおもふ　いけとも今は　いざかしゆきて　何処ゆ行かむ　いづちゆかまし　往なましものを　妹がり行けばい行きはばかる　い行く猟夫は　い行旅人　かゆきかくゆき　行々として　こそめき行くに　里にこそ行け　残月に行く　新羅へいます　とりのみ行けば　夏冬行けや光にい往け　ふたたび行かぬ　山行き野行き　行かまくを欲り　ゆかまほしきは　行き憂しと言ひて　去きかてぬかも　行きかはれども　行き過ぎかてに　行き過ぎぬらし　行そむくらん　行きつる男　行きてうらみむ　行て語らむ　ゆきて久しく　行きてみるべく行き止まるをぞ　行きには去かじ　行きはばかりて行き廻る岳の　行きやしにけむ　行く空もなし　行くとふ道に　行くは彼の国　行く家族か　ゆくひとあらば　行く人かすむ　行人ぞなき　行く人もがな　行くべき道の　行ほとゝぎす　ゆくも見えけり　ゆくゆく人を　行くをかぎりの　ゆけども秋の　ゆけばゆかるゝわび〱ぞ行

行く春　過ぎ去ろうとしている春　行く春の●春行袖の　行く春の宵

行く水　川水。流水　行く水に　逝く水の●行く水とほく

【行くさ来さ】［行き帰り］ ゆきかひて 行きかへる 往もどり 行くさ来さ 往くさには●い往き還らひ 往還の人 去来は行けど 君が行き来を さしてゆきかふ しめのゆききの つゝみゆきかふ ゆきかひぢとか 行かひてのみ 往来ふ人は 往反り道の ゆききたえたる 行来の人の 行きて来までと ゆくかかへるか 行くさも来さも 行くとも来とも 路人は稀に

行先 行先も 行こ先に●行く先知らず 行くさき遠き

【廻る】 駈めぐり 国巡る 差し廻り み崎廻の 廻り行き めぐりきぬ めぐりこし 廻り行く●い行き廻れる 湖のめぐりの 海辺の廻 差廻らして 廻みたる道を 七めぐりかな みめぐりめぐる めぐり来し間に めぐりてこゝに 巡りてはなほ めぐりの垣のめぐる車の めぐるすがたは 山巡りする

進む すゝみてゆかん すゝめもろびと 先手にすゝめる

徘徊る 行ったり来たりする。歩き回る。めぐる たもとほり 低徊す 徘徊す●いゆきもとをり 漕ぎ徘徊り 崎徘徊り 徘徊るにた廻り来つ たもとほり来ぬ 月徘徊す 見つもとほる

【過ぐ】［通りすぎる］ あすかすぎ 過ぎうくは 過ぎやらで なだすぐる●うち過ぎがたく うち過ぎましや 大路を過ぐる おしてよこぎる 小野をよぎりて 折らでは過ぎじ 垣根を過ぎぬ 花堤を過ぎて こゝを過ぎめや 過ぎがてに鳴く 過ぎぬる山は 過る秋風 ひとむら過ぎぬ 見てや過なむ 行き過ぎかねつ

通る 通駕籠 通る頃 とほるべく●いは間をしぬぎ 食げて通らせ ながめて通る 夏とほしたる

ゆ 〜から。〜を通って 大空ゆ 瀧の瀬ゆ 波の間ゆ わが門ゆ●斎の宮ゆ 百済の原ゆ 小松が末ゆ 咲き散る岳ゆ 新羅の国ゆ 泊瀬の川ゆ 夷の長道ゆ 故りにし郷ゆ

【通ふ】 在り通ひ 通ひ来て かよひこし 通ひなば 通ひ舟 かよふべき 通ふらし かよふらん かよはねど 不通めりし●海に通ひて 通ひし道の かよひたえぬる 通ひ馴れても かよふ秋風 通ふ垣根の かよふくち木の 通ふ心の かよふばかりに かよふ山かげ 通は鳥が巣 かよはぬやまの 北風通ふ 君は通はせ 忍びて通ふ 須磨よりかよふ 空にかよひて 月も通ひ

て　なほふみ通へ　密かに通ふ　人な通ひそ　人はかよはで　二たび通ふ　船ぞ通はむ　文かよはさむ　またふみ通ふ　百夜通へと　やまず通はせ　止まず通はむ　われや通はむ

通ひ路　かよひぢを●をちの通路　神の通ひ路　通ひし道は　通ひどもなし　通ふ天道を　雲の通ひ路　空のかよひ路は　誰が通路と　月の通ひ路　波のかよひ路　宮路通はむ　宿の通ひ路　夢の通ひ路　わが通ひぢの

【分く】押しわけて進む　押し分けて　かき分けて　野を分きて　水わくる　分けいりて　わけしかど　分けすてて　分のぼり　わけゆかむ　わけ行けど　分けゆけば●あさ霧分くる　荒くは分けじ　あらく分くなる　かすみを分くる　君が分くべき　草葉を分けん　路分けかぬる　雪を分けてぞ　わく空もなし　分くる月影　分くる夏野の　分くる山道　分入てみん　分けくる滝の　わけし石間の　わけぞ行くべき　分けつる野辺と　わけつる道の　わけて来つるも　分けゆく露に　分行らしも

【伝ふ】　岩伝ひ　草づたふ　木伝ひて　伝ひくる　水伝ふ●磯づたひせず　岩つたふらん　うらづたひして　雲ゐに伝ふ　木末を伝ひ　しのぶに伝ふ　島伝ひ行く　堤づたひの　つなでづたひに　ほきぢ伝ひに

【参る】行く。来る。　参りたる●翁参りて　千たび参りし　奈良へ参りて　女官まゐりて　夜々まゐり

来

【来】［来る］　今こむと　おみなきて　かへり来ぬ　きたるらむ　来たれ鬼　来つれども　きて見ませ　来と来ては　きにけらし　来ぬれども　きませきみ　君来むと　君し来ば　君ませと　君やこむ　来るのみぞ　来る道は　くるをこそ　恋ひ来れば　来し時と　こしものを　来むといふも　こん春は　五月くる　誰来なん　誰きよと　とく来ても　ともに来む　みにきませ●青原を来も　逢はず来にけり　何時来まさむと　今か来ますと　いはぬにきたるをりも来にけり　徒歩よりぞ来る　離れず来むかも　来ゐるうぐひす　来たりつる猿　来る今夜し　来つるかひなく　来てもあひみぬ　来てもとまらぬ　来ても見よかし　昨日来れば　来ませわが背子　君が来まさば

来向ふ夏は　今日来む人を　来寄る白波　来べきよひなり　くるがかなしさ　くるかた見えぬ　来るないとひそ　来る人あらば　来る人おほし　くるもつれなきくるよしもがな　来れど来かねて　来れば恋しき　来る人や誰　こしかひもなく　来しと戸をうつ　来ば来そをなぞ　こやとは人に　来むと語りし　来むとか夜も　来むとは待たじ　来む人しのべ　青蠅の来りて　千重に来寄する　父来ましぬと　使来むかと　とぶらひ来ませ　汝が来とおもへば　なづさひ来しを　なづみぞわが来る　なづみ参来て　濡れつつ来ませ　濡れてや来つる　早来ませ君　光に来ませ　ひときたるらし　ひとくひとくと　ふたたび来べき　またまたも来む　見にこそ来つれ　見に来わが背子　物もて来つる　物言ず来にて　夕は来ます　夜こそきしか／疾う疾うおはせ

【来ず】　昨日来ず　君来ずは　君こねば　君は来ずけふ来ずは　来じといふを　来ずは来ず　来で過ぐす来ぬ男　来ぬ人を　人はこで●一昨日見えず　来まさぬ君を　来まさぬ宵の　君かへり来ず　君が来ぬ夜の君は来ざらむ　君も来なくに　来る人もなし　来ざりし君に　来じといふものを　来ぬ時あるを　来ぬにつけても　来ぬ人たのむ　来ぬ人よりも　来ぬ人を待つ　来ぬものゆゑに　来ぬ夕暮の　来ぬ夜あまたに　こぬ夜つもりの　こよひこなくに　来むか来じかと　主は来ねども　根をたえて来ぬ　人も来ざらん　まだこぬ暮の待てど来まさぬ　むげにこじとは

【渡る】　うち渡り　高麗に渡る　瀬戸わたる　渡守渡せばや　渡らなむ　渡るぞや　渡らん●明けて渡らん　朝川わたる　あちこち渡る　いかでわたらむ　浮橋渡す　雲や渡と　瀬瀬ゆ渡しし　珠橋渡し　とゞろと渡る　なづさひ渡り　はしうちわたる　花もてわたるまづや渡らむ　見てを渡らむ　夕河渡る　夜渡る月に渡しもはてぬ　渡せるはしも　渡らぬさきに　渡らぬ水も　わたらば錦　わたりそめたる　わたりにけらし渡りの沖の　渡の船を　わたり果てぬる　わたる嵐か渡るすべ無し　わたる春日の　渡る舟人　渡水竿も渡ればにごる

帰

【帰る】帰らざる 帰らまし かへらめやかへりこし 帰りこぬ 帰り来む 還り来む日 帰りつれ 帰りなば 帰りなむ 帰りにし かへりませ かへるべき かへる夜に 帰るらん 帰れとや さしかへる 立ち帰り 父やかへる 夜前返り●ありつゝかへる 歩きて帰る 逢はで帰りし 家にか帰る 去来返りなむ いづちかへらむ いそしく帰る 今かへりこむ 牛引きかへる 恨みて帰る 還来もか易き 泳ぎ帰らん かへさぬ花の 帰しつるかも かへらぬ牛の かへらぬ野べに かへらぬ人の 帰らん里も 帰りいそぎの 帰り来なむと 帰りける人 還り来ましを 帰り来わが背 帰来む日の かへりしはなの かへりてすまば かへりてみばや 帰去来兮 帰りにしかな 帰りにし人 帰り早来と 帰りわびぬと かへる朝と 帰る小車 かへるかたにや かへる草刈 帰るつばさに かへるなごりを 帰る羽風や 還る人々 かへるふるさと 帰るものかは かへる山びと かへるゆふぐれ かへる世もなし 帰を聞けば かず〱かへる 君はかへせじ けふは帰らむ 暮るれば帰る 競馬帰りの 越路に帰る 手折りてかへる つみてぞかへる とかへる山の 疾くたち帰れ 濡れてぞかへる ねぐらにかへる 花見て帰 早帰り来ね 早帰りませ 林に帰 ひとり帰れる 古巣に帰る 見てを帰らん 山帰りかな 闇路に帰る ゆくかかへるか 行けど帰らず よくかへり来て 吾手に帰れ われ帰らめや われこそ帰れ

帰さ［帰り道］ かへさの船は かへさは送れ 帰さは暮れぬ かへさも楽し とほきかへさを 祭のかへさ

帰るさ（帰る途中） 還るさに●帰るさ送る 還るさ知らに かへるさ遠し 還るさに見む 帰る道にし 北帰の路にて

【返る】折り返し かへりては かへればや たちかへり 蜻蛉返り●返しやりてん 返らざるらむ 返り下りて 返り上りて 浪もかへらず 引きて返りし

【戻る】もどり馬 戻り橋 往もどり●買ひてもどりぬ 花見もどりか 戻つた医者の もどりの駕籠の

【家路】児らが家道●家路知らずも いへぢにかへる 家路はみえず 家路まどひて 家道もいはず 家路忘

れて　いとど家路ぞ　かへる家路も　君がいへぢに
家苞［みやげ］　家苞に●家づとにせむ　家苞遣らむ　いへのつとゝて　都の苞に

待

【待つ】　朝日待つ　吾待たむ　お待ちあれ　風を待つ　君待つと　君待てば　電車まつ　鹿待ちに　霜を待つ　月にまち　春をまち　光待つ　待たばこそ　またれつる　待あへず　待ち出でて　待ち暮す　待ちし間に　待ちつけん　待人は　待ちふけて　待ちわびて　待つ里も　待つなべに　待つほどの　まつものを　待つ宵に　待つらむに　待てしばし　待てといふに　待てど待てど●あすをもまたぬ　雨を待とのす　いつをまつとか　おやまちかねて　かげぞ待たるる　蔭をしぞ待つ　風を待つ間の　かりをまつらむ　消えやらで待つ　君に待たるる　君待ちがてに　君待ちかねて　君待つ夜らは　君待つわれを　君をこそ待て　君を待たまし　今日を待ちける　暮待つほどの　ここだく待てど　来ぬ人を待つ　木挽待ちつる　栄えてあり待て　五月を待たば　しばし待ちける　せなと待ち見め　瀬をもまたずて　たれとねまちの　父を待つなる　千束待つべき　月は待たぬに　妻は待たせと　妻待つ夜さへ　ときをしまたむ　鳥の音待ちいで　なほぞまたるる　主待ちがたき　寝で待つらめや　花まつほどの　春の待たるる　春をこそ待て　ひをへて待に　人待ち顔に　人待つ女　人待つ時は　人松虫の　人まつ山に　人を待乳の　舟待てしばし　待たじと思へば　待たでもしらむ　待たぬ夜は来て　待たば苦しも　待たるる秋の　待たるる花の　待たれずはなき　待れつるかも　待たれ待たれて　待あかしぬる　待ちをくれたる　待ちがてにすれ　まちこし春の　待ちし卯の花　待ちし月日の　待ちぞわびしに　待つけてみよ　待ちならひけむ　まちにしひとは　待ちにし待たむ　待ちも弱らず　待ち歓ぶる　待ちわたるべき　待つ鶯は　待つかひなしと　待つ苦しきに　まつこそ宿の　まつしるしなき　まつぞわびしき　待つ契かな　待つ時もなき　まつとしきかば　まつと知らなむ　待つと吹けども　まつにひかれて　待つにふけぬる　待つはくるしき　待つ初声は　待つ人うとく　待

つ人もなし　待つほど久に　待つも惜しむも　まつやとうげよ　まつやまたずや　待つ宵すぎて　待つ夜ながらの待つ夜の秋の　待つ夜は来もせで　待つ夜むなしき　待つらむごとく　待つらむと思ふ　待つらむものを　待つ我が身こそ　待てど来まさず　まてどくらせど　みゆき待たなむ　めぐみをぞまつ　やすく待ちつつ　やみを待つらむ　よき事またむ　夜ふね待こひ　われ立ち待たむわれ待ち痩せむ　吾を待つらむぞ

片待つ［ひたすら待つ］　片待てば●片待ち難き　片待ちがてら　片待つわれぞ　時片待つと　黄葉片待つ

【迎ふ】［迎える］　姨母を迎へ　こまむかへ　酒向ひ　坂むかひ　坂向　魂迎へ　迎へ舟●送迎と　送り迎へて　医師を迎へ　嬬迎へ船　時の迎へを　春やむかへむ　火に迎へられ　迎ひうれしや　迎ふる男　むかへおくりて　迎の車　迎へも来ぬか

共

【共に】［～と一緒に］　いざともに　ともに来む●鵜養が伴は　隠らば共に　霜と共にや　ともにおつらん　共に契りし　共にながめん　共にのがれよ　共に都に　友ねぶりかな　白鷗と共に　初めて共に

共［～とともに。～のままに］　風の共　君がむた　日月の共●天地の共

なへに［～と共に］　梅ちるなへに　今朝鳴くなへに　琴取るなへに　寒く吹くなへ　日くるるなへに

並べに［並行して］　吹くなべに●声聞くなべに　散りゆくなべに　鳴きつるなべに

諸共に　もろ共に●月諸共に　妻諸共に　みなもろともに　もろともに着る　もろともに鳴く　もろともにへむ

【相】［互いに。共に］　相思ひ　相競ひ　あひにたる　相の道　相触るる　相見ずは　相見ては　相結婚ひ　やどりあひ●あひ語らはぬ　相恋ひにけり　相し笑みてば　あひずまひせむ　相響むまで　相問はなくに　相飲まむ酒ぞ　あひふしながら　相踏まざりし　相枕枕く　相見し妹は　相見そめけむ　相見つるかも　相向き立ちて　相別れなば

相生［一緒に生まれ育つ］　相生の●あひおひになく

互に［互いに］　かたみには●かたみにしのぶ　かたみに

袖をかたみにねをば

【連ぬ】［つらなる］　つらならで　連れども　つらなれや　**連余波**　つれもなき●すそをつらねて　袖をつらねて　つらねたる帆に　つららに浮けり　天に連る　とほくつれぬる／うちむれて

列　つらつらに●列離れたる　つらも乱れず

【携ふ】連れ立つ。かかわる　たづさへむ　携り●たづさへてみよ　たづさへやすみ　携はり居て　たづさはりなば　携はり寝ば　手携はりて　手を携へて　友を携へ

【副ふ】寄りそう。連れ立つ。伴う　たぐふらん　たぐふれば　たぐへやる●風にたぐへん　雁に副ひて　君に副ひて　雲に副ひて　心にたぐふ　副ひてそ来し　副ひてもがも　たぐひはゆかで　たぐふ涙ぞ　たよりにたぐふ　身に副ふ妹し　身をたぐへまし　少女伴へて／率ひて　率たれども

添ふ　添ひはてぬ　添ふてみよ

具す［連れ立つ］　かたきに具して　心を具して　兵を具し　友具してけり　花吹き具して　われをも具して

【交る】　風まぜに　こきまぜて　さしまぜて　立まじり　縷交に　這ひまじれる　吹きまぜて　まじりなむ　まじるかし　まじるらめ　ゆきまぜに●青きも交る　青葉まじりの　秋萩まじる　浅茅にまじる　貝に交りて　黒白まぜよ　木の葉交りに　白羽交りし　白髪まじり　白もまじらぬ　蟬にまじりて　たち交りつつ　玉にまじれる　塵にまじりて　月いでまじる　新草まじり　日交になりて　古草まじり　まじらひならむ　まじり初けん　まじりて織れる　まじる異性の　まじるあふちの　まじる雨雪と　交れる草の　松にまじらふ　緑にまじる　雪を交ふる　よきにまじはる　よもぎにまじる

【誘ふ】　さそひきて　さそひゆき　さそふらむ　花さそふ　吹きさそふ●うぐひすさそへ　あふ瀬をさそふ　風さそふめる　来てさそひみよ　雲路にさそふ　誘ふ水あらば　誘はぬ花も　さそはれ来てぞ　誘はれなまし　誘はれぬべき　さそはん人を　誰をさそはむ　花の香かどふ　花の香さそふ　春は誘ひて　誘惑ぞある

誘ふ　誘ひて●誘ひおほく　誘はれつつ　手人いざなひ　光りいざよふ

いざ　いざ今年　いざ子ども　いざ桜　いざさらば　いざともに　いざぬれな●去来返りなむ　いざ唇を君　いざくらやみに　いざ漕ぎ出でむ　いざ言問はむ　いざ野に行かな　いざ二人寝ん　いざほに出なむ　いざ結びてな　いざや遊ばん

【招く】招かれて　招き取り　招くとて　招く野に●梅を招きつつ　招く人もなし　きまねくたもとの　さしまねけども　手折り招きつつ　招きてかへす　まねく袂に　招くなるらん　招くは誰を　まねけど人の

集

【群】あしむらに　幾むれか　うち群れて　群雀　むら千鳥　群鳥の　むらむらに　むれゐつゝ　群れ立ちて　群よびに●味鴨の群鳥　あぢ群騒き　蟻のむらがる　いささ群竹　うち群れ越え来　うちむれてとふ　海鳥の群の　をとめの群も　おのがむれ〳〵　かた田にむれし　蚊は群つて　きしにむれゐる　この花むらも　鷺のむら鳥　潮干ば群れて　田鶴の群鳥　千鳥群れゐる　友のむれ来て　鳥の群がり　鶸の群鳥　群がりきたる　むら雀かな　群立ち行けば　群山あれど　むれゐし鳥は　むれたつたづの　むれてあさるは　群なす虎や　群ひく蟻の　群をみだして

【集む】［あつめる］　集むとも　人集め●あつまる魚の　江鮒集まる　かき集むれど　集り発りて　束ねあつむる　とり集めたる　雪をあつむる

【集く】数多く集まる。群がって騒ぐ　すだきあわて　すだきけむ　すだきたる●浅茅にすだく　岸にすだけり　すだく入江の　すだくなりけり　多集く水沼を　すだける虫も　鳥多集けりと　鳥はすだけど　枕にすだく　虫の音すだく　むら鳥すだく

【集ふ】［あつまる］　かきつめて　神集ひ　小鮠つどふ　さしつどひ　つどひして　つどふめり●五百つ集ひを　来入りつどひて　巫が集ひは　こゝらつどへり　防人つどひ　集ひ座して　つどふ少女を　つどふ比かな　つどふ妻子ら　つどふを見れば　難波に集ひ　花につどへり　人つどふかも　見に集ひ来し／たのしきをづめ　洛中こぞる

【並ぶ】さし並ぶ　さ並べる　並びゐて　ならべ見て　羽をならべ　二並ぶ●朝日にならぶ　いや二並び　おき

ならべたる　を背を並べて　顔が並べる　影ぞならべる
影を並べぬ　頭ならべて　桜にならぶ　たちならぶべき
千代をならべん　とりならべたる　並び居るかも　並び
つつ見ん　ならびて出でし　ならべもてゆく　ならむで
あがる　寝がほならべて　羽も並べで　二人並びゐ　枕
並ぶる　枕を並べて　目ならびいます／連歩のあとを

並む［並ぶ］　歩び並み　並み浮きて　並み立ちの　二並
の●おほくゐ並みて　並みたる見れば　なみつゝぞくる

並めて［並べて］　馬並めて　駒なめて　楯なめて　立て
並めて　船並めて●なめて梢に　船並めて遊ぶ

揃ふ　揃ひけん●うちぞそろひて　花穂立ちそろふ
種蒔人そろうて　露おき揃ふ　人の揃うて　料理も揃ふ

【寄る】寄せる。引きよせられる　磯に寄る　たちよらむ　紅葉よる
揺り寄せて　寄する波　寄せかくる　寄せたりし　寄
らずして　寄合て　寄り来めり　寄りてこそ●いづくに
よるも　奥寄りたまへ　風のよるにぞ　岸による波　来
寄する島の　縛り寄すれば　桜貝寄る　立ち重き寄せ
来　たちもよられぬ　月をよせくる　妻寄しこせね
なぎさに寄する　浪のよる見ゆ　花によりくる　浜に
寄するとふ　吹きや寄るべき　船寄せかねつ　よしも寄
すとも　寄する白波　寄せけん磯を　寄せて返らぬ
寄らむとぞ思　寄らむ渚ぞ　寄り来や雲雀　寄そう夫
はも　寄りてせくらむ　寄りにしものを　よると鳴く
なる　わきて立ち寄る／立ちそひて

寄り合ふ［人々が寄り集まる］　空と寄合ふ　四方の寄合に
寄り合ひ遠み　寄り合ふ少女は

居

【居る】　あがたゐの　居明かして　ゐたま
ひて　起き居つつ　かもめゐる　こもり居に
侍ひき　山居せば　聖者居り　みさご居る
夜居の僧●漢女をすゑて　居る白雲の　居む処無み
うづくまりゐて　うらぶれ居れば　おきゐられけれ
おしすりてをる　居りし鶯　木居のはし鷹　さびつつ
居らむ　旅居の夜遊　長居すな君　長くもをらで　庭
にし居れば　幡幢に居り　女男居てさへ　まだ霧居れど
山辺にをれば　夜を一人居り

円居［車座になる。団らん。古くは「まとゐ」］　まとゐかな　ま

往来

とゐして●けふのまとゐの　たれかまどゐを　円居せりける　円居せる夜は

家居　家ゐして●家居しせれば　いへゐせよとや　家居せる君　家居は霞　家居はすべし　家居をやせむ

端居 縁側など家の端近くですわっていること　はしゐして

里居 里帰り。田舎住まい　里居のほど●里居の夏に　夷にし居れば

夜居　夜居の僧　よゐの間に●夜居などにても

立居・起居　立居にも●起ちゐにつけて　たちゐの空も　立居のみして　起居は浪の　立ちゐふるまふ　たちてもゐても　立つとも坐とも　立てれ居れども

在る　在るかたも指せ　英に在ては　己が在りかを　瑞に在ては　たのもにありて

【在す・坐す】　座しせば　いましなば　いませかし　うみにます　御坐し　御座せ　おはすらむ　門に座す　閑座して　坐したれば　坐して見る　立ちて坐て　独座しつつ　ひとり坐す　母儀います　ましますと　弥陀のます●磯回にいます　妹は座すと　多く坐せど　おはすばかりぞ　おはせん夜には　君坐さずして　きみいますらむ　君を坐せて　幸く坐すと　すわりしまゝに　父はいまさず　常磐に坐せ　母もいまさず　座せど飽かぬかも／ゐざり出でたる　ゐずまひも　向座に

座　世尊の座を　礼盤に●高座の上も　夕座を待つ

陣の座 公卿（くげ）が並んで座した席　陣の御座　陣の座に●右近の陣へ

席　困ずる席は　桟敷のもとに

円座　御円座●円座の如く　円座ばかり　円座めして

天皇の座所　王の御座　高御座●奥なる御座に　昼の御座に／星居北に在り

【留む・留む・留まる】 とめる。やめる。目や心にとめる　馬駐め　さしとむる　留まらで　とゞまらむ　停むべき　留め置きて　とどめかね　とゞめずは　とどめつる　とどめむに　とまらなむ　とまらねど　留りにし　止まるなれ　とまれかし　とめおきて●妹し留めば　斎ひとどめむ　馬を留めて　押さへ止めよ　かげはとゞめず　君とまるべく　君を留めむ　車を留め　恋をとどめん　心とめける　心とめじと　しばしとゞめん　誰か留むる　とどまらなくに　留まるべきに　留み得むかも　留みかねつも　とゞむべ

き身ぞ　止むるよしは　留め置かじと　とどめおきけむ　とゞめがたみの　留めかねぬる　留めざるらん　とゞめてしがな　とどめぬ水の　止めもかねて　留らざらまし　留まらざるらん　とまらぬ心　停らぬものを　留りし君が　とまりもはてず　とまるは行くを　とまるべきには　留れと振らむ　留れるわれは　とめて来しかど　とめても見ばや　とめぬとぞ見る　とめむとめじは　ひきし留めねば　引きとゞめてぞ　ひきとめらるゝ　人とどめけり　人はとゞめず　ひとやとまると　人を停めむ　船を留めて　振り留みかね　やりとゞむるに　世をばとゞめず　われは留らむ

滞る　滞り　とゞこほる●胃に停滞し

立ち止まる　立どまるらん　立ちや止まると

歩

【歩む・歩ぶ】［歩く］　歩ばして　歩び入り　歩び去り　歩び並み　歩行多み　歩き神　馬の歩み　月に歩む●秋は歩みて　歩ばせずして　歩み出でたる　歩はおそき　歩め吾が駒　歩め黒駒　あゆめと思へど　歩めば遠し　歩きて帰る　牛の歩むまま　こほろぎあゆむ　駒のあゆみの　三歩あゆまず　月に歩めば　月に歩きて　運ぶ歩みは　羊のあゆみ　ふむ〳〵歩む　連歩のあとを

歩く［出歩く］　つちありく　よそありき　笑ひありく●ありく法師の　出でありく時　ゆゑだちありく

【徒歩】［徒歩］　かちにても　歩の人　徒歩跣足　徒歩人の　歩弓の　歩渡を●妹歩行ならむ　徒歩ゆか遣らむ　歩なる女　歩兵　歩ゆわが来し　徒歩よりぞ来る　徒歩よりぞ行く　歩より行きて　医師徒にて

逍遙（そぞろ歩き）　逍遙しけり　逍遙しつゝ　庭逍遙の

夜行（夜回り。夜歩き）　百鬼夜行に　夜行うちして　夜行好むめり

【走る】　出で走り　立ち走り　虹走る　走て来た　走らせつ　走り出づ　走り出の　走り寄り　走る音　走るめり　直走に　人走る●姉は走らず　競ひ走りて　立走りせむ　たましひ走る　遠走した　虎走り寄り　涙ぞ走る　走り先立ち　走りて行きぬ　はしりにげゆく　ひとつ奔ると　横ばしりして

馳す［走る］　馳せ出でて　馳せ上り●駒を馳させて

【踏む】 足踏みて　岩根踏み　蹴つ踏みつ　潮踏むと　露踏まん　鳥踏み立て　火をも踏む　踏まま憂き　ふみおきし　踏みそむる　踏み立つれば　踏み散らし　踏みつれば　踏み迷ふ　踏むたづは　踏めばをし●相踏まざりし　浅瀬踏む間に　朝踏ますらむ　足踏ましなむ　岩のかど踏む　岩ふみなれん　河瀬を踏むに　君し踏みてば　さゞれふみたる　白きを踏めば　土は踏めども　梨の花ふむ　はなふみちらす　泥踏なづむ　ひとり土踏む　ふまじとや思ふ　ふみけむよゝの　踏みたたらかす　ふみとどろかし　踏み鳴らしつつ　ふみにじられし　踏みはだかりて　ふみまどひける　踏みみぬ山の　ふむあととほき　ふむにわづらふ　ふむ〳〵歩む　ふめばあやふき　踏める跡ぞこれ　炎と踏みて　またふみ通ふ　みちは岩ふむ　本に道履む　雪な踏みそね

踏みしだく［踏んでつぶす］　草ふみて　踏みしだく●駒にふませて　駒ふみしだく　しがらみふせて　露ふみしだき　花踏みしだく

凌ぐ 草や波を押し分けて進む　秋萩凌ぎ　木の葉しのぎて　菅の根しのぎ　菅の葉凌ぎ　つゆしのぎつゝ　真木の葉凌ぎ

踏み平す　石踏み平し　苔踏みならす　立処ならすも

踏み分く 茂った木や草を分けて道をつけながら進む　ふみ分し●苔踏み分くる　踏み分けがたく　ふみわけて訪ふ　踏み分けま憂き　みくさふみわけ　道ふみわけて　もみぢふみわけ

【這ふ】 這ひ入りて　這ひまじれる　はふ児にて●鴨の匍ほのす　はひあがりくる　這ひ出でたるも　這ひ来る道に　這ひたもとほり

【負ふ】 負ひ来る　おひてこそ　負せ持て　重荷おひ　掻負ひて●負ふせざらなん　おへるおはるゝ　清けく負ひて　せにおふ子さへ　背におふさまの　背に負るゝや　そを負ふ母も　妻は子を負ひ

転

【転ぶ】［ころぶ］　展転び　ころび伏し　まろがしつゝ　まろび合ひて　丸び落ちて　転び寄り●市にまろべる　覆らば覆れ　こひまろびつゝ　丸ばし解きつ　転びて行くに

躓く　馬そ爪づく　馬躓くに　駒のつまづく　立ちて躓く　わが馬つまづく

【倒る】［たおれる］ 孔子の倒れ 仆る見て たふれざる 斃れたり たふれ伏さん●みなうち倒し 酔倒れたる

よろぼふ［よろめく］ よろぼへる●よろぼひつゝも よろぼひはひ伏せ よろぼひ行て 寄ろほひ行くかも／こちよろよろ

震ふ ふるへるは●心ふるへて ふるふ〳〵も

【伏す】腹ばいになる うつむく うつふしに 押しふせて 庭にふして 膝に伏す ふしなれぬ みだれ伏す●朝伏す小野の いふし乱るゝ おもて伏せには 著てふしぬかも 花の下ぶし 伏し居嘆きて 伏して死ぬとも 伏し並みたるに 乱れふすなる

横伏す［横たわる］ 打ち靡き よこほれる 横臥して●星斗横たはる 床に臥伏し 横をりふせる 横ほる雲に 横たふる秋 よこたふるなり 横伏す山の 旅雁を横たふ

泳

【泳ぐ】 泳ぐ魚●泳ぎ帰らん 游ぎ渡りて

さ走る 走る。すばやく泳ぐ 鮎走る 年魚走る●年魚子さ走り 鮎子さ走る さ驟る千鳥

【潜く】［水にもぐる］ 潜する 潜きせな 潜女の 潜くちふ 潜くとも 潜く鳥 かづけども●蜑は潜かぬ 鮑を潜く 池に潜かず 鵜八頭潜けて かづかぬ袖は 潜き息づき かづき出でぬる 潜するかも 潜せめやも かづきて知らむ 潜き取るといふ 潜く池水 来つつ潜かば 珠潜き出でば 波をかづきて わが潜き来し

潜る［水にもぐる］ 石くぐる くゞるらん したくゞる 水潜る●岩間をくぐる くぐる白波 潜ればがさと

隠

【籠る】 雨隠り 内隠る こめながら 籠らねど こもり居に 隠国の 籠り恋ひ 籠りたる 隠津の 籠りなば 隠沼の 籠る人 垂れこめて とぢこもり 鳥屋こめし 冬ごもる 繭隠り●青垣隠り 朝霧隠り 家にこもらむ 命籠れり 枝にこもれる 鬼こもれりと かき籠るとも 垣根にこめて 霧に籠りて くゝもりぬらん 恋や籠れる 言そ隠れる 隠らば共に 籠り合ひたる 籠り居るらむ 隠妻はも 隠りて居れば 隠りにのみや 籠り侍るも こもるやまでら 隠れる小沼の 隠れる妹を さし籠められて 春をば籠めて ひたやごもりに 繭にこ

もれる　雪にこもれる

【隠る】［隠れる］　岩がくれ　隠し顔　隠無く　かくす身を　かくすらん　かくるべき　隠れなむ　かくれにし隠れ蓑　風隠　指し隠し　隠び得ず　立ち隠れ　走り隠れ　巻き隠し　森隠　破り隠し　行き隠る●あばら隠せる　天領巾隠り　いはほがくれの　失せ隠れたる面隠しする　かくしとゞむる　かくせる雲に　隠さふ波の　隠るる月を　隠るゝまでに　隠れ笠をも　かくれていでぬ　かくれて思ふ　隠れて住まぬ　隠れて立ちてかくれぬものは　影かくしけむ　蔭に隠れぬ　かすみがくれの　香やはかくるる　草がくれつつ　雲井隠れて雲かくせども　雲がくれつつ　差し隠れたる　しばふがくれの　立ちかくすらん　立隠るべき　立ちな隠しそ月の隠るる　月はかくさじ　とり隠すべき　なに隠すらむ　名には隠れぬ　はや舟隠せ　降り隠せども　み島がくれに　深山がくれに　身を隠さまし　もみぢばかくす　八重雲がくれ　山隠れなる　山さはがくれ　夕日隠りぬ　行き隠れなん　行き隠れぬる　夜に隠れたる

【隠ろふ】［物陰にひそむ］　かくろひぬ　隠ろへて●隠ろひかねて　隠らふ時に　はやかくろひて　ひとのかくろふ

【水隠る】水中に隠れる　水隠れて●沼のみごもり　水ごもりにのみ

【木隠る】木の陰になって見えなくなる　木がくれて●木がくれおほき　木末隠れて　木の葉がくれも　葉がくれの月　森のこがくれ山の木隠　世に木がくれて

【隠れ家】　隠れ家にせむ　隠れ家もなし／隠処の

【伏す】姿勢を低くして隠れる　鶉ふす　牡鹿伏す　すがる臥す　とらのふす　臥す鹿は　伏す鴫の●伏すや草群

【覆ふ】　口覆　覆蓋の●打覆ひたれば　覆とられしおほふばかりの　覆ふを安み　陰を覆ひて　霜降り覆ひ

【包む】隠す。心に秘める。くるむ　君をつつむ　つつまし　包まめやつゝむ名も　包めども　包めりし　人もつつみ●あまたにつゝむ　香をばつゝめど　しばしと包む　袖につつまん包つけたる　つつみてぞゆく　包とられて　つゝむ思ひぞつゝむとすれど　つゝめばつゝむ　つつめる海そ　つつめる胸を　なにに包まむ　光を包む　雪につつめる

【逃る】［逃げる］　えもにげぬ　追逃し　逃げていぬ

逃げなむと　にげまよふ　にげもえず　のがれ来て●海にのがれし　虎口を逃る　手をのがれこし　遠くのがれて　共にのがれよ　逃げし鳥なり　逃げ迷ひけり　のがる、人の　のがる、道も　のがれかねたる　のがれて後も　はしりにげゆく　淵にのがる、

【避く】［さける］　炎暑を避くる　風の避くめる　避きて畑焼け　よぎてふかなむ　よく方もなき　よぐといはなくに　よくばかりにも　避くる日もあらじ

【忍ぶ】人目につかないようにこっそり何かをする。つらいことをがまんする　うちしのび　敷きしのぶ　忍ばむに　しのびずて　しのびても　忍びやか　忍ぶ身の　しのぶ山　しのぶれど●足音忍び　忍ばざりせば　忍ばれぬべき　忍びかねつも　忍び車を　忍び忍びに　忍びて通ふ　忍びにもゆる　忍び残され　しのびのつまの　忍びはつべき　しのびもあへぬ　しのびわびぬる　忍ぶにいとど　忍ぶにまじる　忍ぶ軒端の　忍ぶの里に　忍ぶばかりの　忍ぶる琴も　包むも忍ぶも　なさけを忍ぶ　よそにしのびし　夜の間にしのびて

【密か・秘める】　ひそまりぬ　ひそやかに　秘めよかし　みそかに言ひ●互に秘めたる　こそめき行くに　渓に潜める　はこにひめおき　密かに通ふ　潜かに開く　ひそけきかもよ　ひそむ蝮も　秘める不思議　秘めて放たじ　みそかに夜々　夜のみそかごと　我ひめ歌の

別

【別る】　今日別れ　立ち別れ　妻別れ　鳴き別れ　ひきわかれ　別離する　世をわかれ　別るとて　別る、を　別るれば　別れしに　別れなば　わかれ行て●相別れなば　あかでわかれし　飽かぬ別も　秋の別れの　あはれ別れの　いひてわかれし　生きて別る、　今ぞわかる、　妹にわかれし　老いて別る、　小野の別れよ　風にわかるる　悲しび別る　聞かで別るる　きみが別れを　君に別れし　けふやわかれむ　国別れして　今朝の別れを　漕ぎ別れぬる　さむる別れの　さらぬ別れの　送別の時　袖のわかれに　たちわかるらむ　誰か別れの　散る別れこそ　妻わかれせし　遠き別れを　ともにわかれむ　長き別れに　泣きて別れし　波に別るる　飲て別れむ　花にわかれぬ　春のわかれの　雛に別れ　ひき別るべき　引き

別れつつ　ひなの別れに　二別れにも　峰に別るる　行きや別れむ　夢に別れて　よそに別るゝ　夜はわかるる　別るべしとは　わかるる時は　別るゝ人も　別るる身にも　別れかねつる　別れか行かむ　別れし秋を　わかれしをんな　別れし来れば　別れし時ゆ　別れし母を　別れし春の　別れし人に　別せましや　別にさへも　別ぬる秋　別れの筋の　わかれの庭に　わかれのやすき　別はいつも　別れ果てなん　わかれゆくかげ　別れを惜しみ　わかれをかへす　別をしばし　別れむ顔に　別くこと難き　わくる心を／いざさらば　とだえをながき

別れ路　別れ路に●別るゝ道の　別路におふ　別れ路に生ふる　わかれのみちに　別の道を

【去る】　さり難き　さり〱て　去りぬれば　去るな二人●あたりをさらず　面影さらぬ　境を去りて　去つて返らず　さりがたき日の　立ちさらで見よ　つがひ去りにし　所も去らぬ　春王去りぬ　身をさらずして　身をし去らねば

【去ぬ】［去る］　出でて去なば　いにし人　去ぬ燕　いぬる夜は　君が去なば　越えて去なば　旅に去にし●いづちいぬらん　去なな と思へど　いにけん君を　去にし君ゆゑ　去にし姿を　去にし吾妹か　君は去にしを　過ぎていぬるも　鳴きて去ぬなる

退く　退けり●男退け引く　人は退け引く

罷る　おいとまする。参上する。　罷り出で　退り出で●けだし罷らば　鄙辺に退る　退り出めやも　ゆふべまかづる

【離る】［離れる］　里離れ　巣離れたる　立ち離るる　離れたる　はなれなめ　離れ去く●宅はなるれば　いではなれゆく　厭ひ離れよ　いまだはなれぬ　えこそ離れぬ　枝を離れて　かけな離れそ　かけ離るらん　影離れ行く　かげははなれじ　絆離れて　君をはなるる　郷を離れぬ　漕ぎ離るらむ　こゝろはなれず　梢はなるゝ　立ちも離れじ　番離れて　つがひを離れず　友を離れぬ　離れがたきは　はなれがてなる　離れざるらむ　離れていかむ　母が手離れ　母を離れて　真子が手離り　都離れぬ　身をも離れず　よとせはなれし　世を離るべき　わが身離れぬ

往来

【離る】遠ざかる。疎遠になる　かれゆくを　人離野　宿離れて●己妻離れて　離るるころ　離るるは淋し　離るる日あらめや　離れずもあらなん　かれなで蜑の　離れにし君が　離れにし袖を　離れぬる人を　離れやしぬ覧　かれゆく君に　かれ行くやどは　君が離れなば　衣手離れて　里をば離れず　手ゆ離れざらむ　啼てかれにし人は離ゆとも　宿離れぬとも

【離る】［遠ざかる］　家離り　科離る　妻放り●沖へな離り　さくるものかは　里離り来ぬ　月を離りて　妻離くべしや　人は離くれど　星離り行き　枕離らずて　枕を離けず　わが妻離る

遠離る　いや遠さかる　影遠ざかる　声遠さかる　遠離り居て　遠ざかるなり　世に遠ざかる

【隔つ】　立ち隔て　へだゝらん　隔つらん　隔つれば　隔て来し　へだてずば　隔てつる　隔てなき　隔てゆく　隔りなば　隔れれば　山隔り●家を隔てて　いとゞ隔つる　うすきへだても　霞へだてず　霞隔てて　君や隔つる　霧やへだつる　国をへだてゝ　雲なへだてそ　咲き隔てたる　たち隔てけり　月なへだてそ　なにへだつらむ　なみぢへだつる　隔ちたるかも　へだつと思へば　隔つる霧の　隔つる雲の　隔つる関の　へだつる空に　隔つるほどは　へだて編む数　へだて来し身を　へだてざりせば　隔てしからに　へだてつるかな　へだてゝ恋し　隔てて恋ふる　隔てに置きし　へだての垣も　隔てられなん　隔れる山は　目こそ隔てれ　山来隔りて　よはへだつとも　夜をし隔てぬ　夜をや隔てむ　われをへだつる

【追ふ】　後追へる　追ひ及かむ　おひしきて　追ひ次きて　追ひ逃がし　追ふ夢の　小鳥おふ●うち追はれつつ　追ひ放たれよ　おひゆく犬の　追人もなし　海賊追ひ来　鳥に追はれて　猫に追はれし／鳥踏み立て

出

【出づ】出る。出かける　急ぎ出で　出だしつる　出でけるに　出でたまふ　出でつべし　出でつれど　出でて見よ　出でてゆかむ　出でて行く　出でぬるに　出で向ひ　うちいでゝ　沖に出でゝ　おそく出づる　かどをいでゝ　今朝いでて　さし出づる　空に出でて　疾く出でぬ　流れ出づる　抜き出でて　走

出のひかり出でん　都出でて　深山出でて　やどいでて●家出しぬべき　出づる泉の　出づる舟人　出づる宵より　出でありく時　いでくるかたを　出で来む月を　出でし都も　出でたまひける　出でて来にけり　出でてそ行きし　出でゝ野末に　出でても濡れぬ　出ぬことには　打ち出でて見れば　うるさく出て　けさや出でつる　つきいだされつ　土より出づる　林を出でて　ひがしにいでゝ　ひとりも出づる　みだれていづる　都に出でし　み山出づなる　門を出づれば　山より出でゝ

門出［出発］　金門出に●首途ゆかしき

【出で立つ】［出発する］　出で立たむ　立ち出でて　立ち憂きと●家たち出でて　いそぎたつかな　出で立つ少女　出でたつわれは　たたまく惜しき　立出でん空も　立ちうかりける　立ちぞわづらふ　立な隔てそ　発ちの急きに　発ちの騒きに　立ちわかれぬる　立つも悲しき　宿を立ち出でて　山立ち出づる

朝戸出［朝の外出］　朝戸出の●朝戸開かむ　朝行く君を

朝立つ 早朝、旅に出る　朝出でに　朝たちて●朝立ち往にし　朝立くらん　あさ立ち来れば　朝立しつつ　朝だちすなり　朝立つ小野の　朝立つ野辺の　立ちし朝明の

【立つ】　そゝり立つ　立ちていぬ　立ちて思ひ　立ちはなれ　立つ雉は　立つ雲の　立つ煙　たつ鹿や　立てじとて　立てつらん　たてばたつ　立て果てて　練り立てる　野に立てる　和ら立ち●相向き立ちて　池辺に立てる　いとゞ立ちそふ　いむき立りて　尾上に立てる　かひなく立たむ　かたへにたてる　霧に立ちつつ　先に立つらん　たちならしつる　たちぬと思へば　立てる蚊ばしら　ぬれつゝたてり　ひとり立てれば　真直にたつ　和ら立ちしが　我立ち濡れぬ

佇む じっと立っている　たゝずみて　立ずめば　たたずめる　やすらひて●たゝずむ影ぞ　たちやすらへば　わが立ち聞けば

【動く】　動かぬが　動きいでゝ　動きなき　影動き●うごかざらまし　動かぬ岸に　うごかぬ雲は　條先づ動く　しばし動きて　手も動さで　振れど動かぬ　枕動きて　みじろぐたびに　みづえ動かす

【入る】　入り初めて　入りのこる　入はてゝ　入る潮の

入る鹿の　さし入るる●出でて入りぬる　入らまく惜しも　入りゐたる塵　入り通ひ来ね　いりぬるのちは　入るにつけてぞ　入まで月を　入るも知らずて　入る山の端は　入る山道の　入るを惜しまぬ　内にいらさね　風入るまじく　しばしな入りそ　底に入らん

入るさ はいる方角・時刻　入る方は●入るかた晴るる　入かたみれば　いるさの月に　尋ねいるさの　鳴きているさの

【越す・越ゆ】　荒磯越す　馬柵越しに　踊り越え　垣越しに　今日越えて　越えがたき　越来れば　越え来しを　越えしだに　こえじとの　越えぬべし　越えぬれば　こえわびて　玉越えて　浪越ゆる　一峰越え　堀江越え　窓越しに　八峰越え●いくへこゆらむ　うち越え見れば　うち群れ越え来　海山越えて　逢坂越えし　狩人越ゆる　君が越えまく　けふ越え暮れぬ　今朝越え来れば　越えてうれしき　越えて来つらん　越えにし人を　越えぬ日ぞなき　越えぬ夜ぞなき　こゝろしてこせ　越ゆと思らし　越ゆべき山の　越ゆらむ今日ぞ　越ゆる思ひの　こゆる白波　越よて来ぬかむ　しがらみ越えて　標をば越えて　関引き越ゆる　高瀬さしこす　直越え来ませ　啼きつれ越ゆる　七日越え来む　なみこさじとは　嶺越し山越し　春や越ゆらん　独り越ゆらむ　辺波な越しそ　み坂を越ゆと　見つゝこゆれば　山路越ゆらむ　山飛び越ゆる　倭へ越ゆる　山を越え過ぎ　夕越えくれて　夕越え行きて　夜越に越えむ　夜のまに越えて　夜は越えじと　われ越えくれば

旅

【旅】　憂き旅も　旅巧者　旅衣　旅づつみ　旅なづみ　旅ならむ　旅なれば　たびのくれ　旅のつと　旅の世に　旅の夜の　行宿　旅を来て　旅を行きし　わが行きは●いまだ旅なるかぎりの旅と　恋ひつゝ旅の　旅去にし君が　旅居の夜遊　旅こそ月は　旅となりなば　旅なる袖に　旅なる月の　旅なる夜しも　たびに帰すは　旅にしあれば　旅に久しく　旅にまさりて　旅に物思ひ　旅の廬に　旅の憂へを　旅の翁と　旅の男は　たびのかなしさ　旅の日長み　旅のしるしに　旅のたまづさ　旅のねぐらや　旅の紐解く　旅の夜どまり　旅の別れと　旅はうきか

も　旅は苦しと　旅はしづけし　旅は行くとも　旅行く君が　旅行く夫なが　旅行く船の　旅行くわれをはてなき旅の　人はたびなる　真旅になりぬ　都を旅と

旅路　旅路はる〲　旅行く道の　ぬれむ旅路に

道行き　道行衣　道行裏と　道行人に　道行きぶりに

旅の空　旅なる空に　旅のそらとて　旅のそらとぶ

【旅人】　行旅に　旅人の　遊人なほ●いそぐ旅人　い行旅人　邯鄲の客　寒き旅人　その旅人あはれ　旅人の妻　旅行く人の　旅別るどち　野路の旅人　のべの旅人　春の旅人　独り行く子　臥せる旅人　宿る旅人　遊人を見るを　ゆく人したふ　夜はの旅人　旅人の夢を

【流離ふ】　さすらふる●市をさまよふ　さすらへなまし　さすらへぬとも　浪流し行き／雲水の

【旅寝】　楫枕　旅寝して　旅枕　浪枕●かりの旅寝に　真寝か渡らむ　旅に臥せる　旅ね驚く　旅寝かさなる　旅宿かもする　旅寝しつらむ　旅寝しなまし　たびねせしよは　旅寝の袖も　旅寝の床に　旅寝の夢に　旅寝やすらむ　旅ねをぞする　旅の丸寝に　また旅寝して

仮寝［うたたね。野宿］　仮寝に　かりねして●蘆のかり寝も　かりねかさねて　かりねくやしき　かりねせむとは　仮寝の枕　かりねの夢に

草枕　草を結んで枕としたことから旅寝　草枕　枕ゆふ●草の枕に　草の枕は　草はむすばぬ　草枕なり　草も結ばじ　まくら結ばむ　結ぶまくらも／夏草にぬる

【泊る】［宿泊する］　泊する　とまりなむ　とめ飽かぬ●秋のとまりは　いづこ泊りと　旅の夜どまり　とまりをしへよ　泊知らずも　泊とぎるゝ　とまりとてこそ　泊なりけり　泊りやいづこ　野に泊りぬる　よんべのとまり／ねぐら定むる

旅籠　山館の　旅所　旅館は　旅籠めし　屋を繞り　郵亭の●旅立ち所　旅籠屋さびし　ふもとの旅舎の

宿・宿　間の宿　打出の宿　木賃宿　四国宿　宿駅の　中宿り　博奕宿　宿がらか　宿離れて　宿屋を　宿を過ぎ●小野の宿とよ　宿のはづれを　関戸の宿は　垂井の宿を　中宿りには　府中の宿よ　宿にかよはば

宿屋安けし　宿を立ち出でて　山の宿々

馬

【駒】赤駒を　荒駒を　いで吾が駒　おそこまは　駒駐めて　こまむかへ　虎毛の駒　乗駒も　はなれ駒　日向の駒●足悩む駒の　歩め吾が駒　桐原の駒　草食む駒の　駒あるゝかも　駒いさむ也　駒試みん　駒ぞいばゆる　駒たてて見る　駒なつくめる　駒にふませて　駒の足音　駒のあし折れ　駒のあゆみの　駒のつまづく　駒のゆくへは　駒の行ごのす　駒は野ごころ　駒は食めども　駒ひきとゞむ　駒ふみしだく　駒もすさめぬ　駒もの憂げに　こまをけたてゝ　駒を繋がむ　駒を波間に　立てて飼ふ駒　たなれの駒に　月げの駒よ　つながぬ駒も　蔓斑の駒　縄絶つ駒の　野飼ひし駒や　のる駒いばへ　はやく行け駒　みつぎの駒の　御牧の駒は　麦食む駒の　望月の駒　もとこし駒に　夕かげの駒　よわりし駒や　若駒率て来

【馬】悪しき馬　葦駮の　一の悪馬　馬買はば　馬じもの　馬たてて　馬使り　馬繋ぎ　馬駐め　馬に乗せて　馬盗人　馬の歩み　馬の口　馬の沓　馬の舎人　馬の音の　馬も汗　おい馬の　かはご馬　頸ふり馬　精霊馬　高き馬　駄賃馬に　裸うまを　はたご馬　放馬　馬寮　馬羊　名馬あり　もどり馬　流鏑馬を●あけ六歳の馬　葦毛の馬に　馬買へわが背　馬越しがねて　馬そ爪づく　馬疲るるに　馬躓くに　馬と五六の　馬に乗らむと　馬に引乗せ　馬に水飲へ　馬の価は　馬の足音ぞ　馬の音して　馬の音ぞ為る　馬のつかさの　馬の兵　馬乗衣　馬馳らする　馬引き寄する　馬船一つ　馬船持ちて　馬もおどろく　馬もくるまも　馬も肥えたり　馬息め君　馬を游がし　馬を留めて　重き馬荷に　面寄する馬の　賢き馬に　鹿や馬とぞ　豆人と寸馬　夏馬遣りこす　荷負る馬を　馬牛も狗も　馬前に立ちて　牧の若馬　馬暫し停め　馬といふ人　馬飛ぶが如く　馬に恋ひ来ば　馬に策うちて　馬のはなむけし　馬の太腹へ　馬の鞭して　むまの四あし　馬を放ちて　わが馬なづむ　わが馬つまづく／練ずなる　毛の色にある

【廐】廐なる　馬やの子　つきのむまや　西の廐　馬屋のべに　山のむまや●廐に立てて　のぐちのむまや　ひ

ぐれのむまや　東の廐　御馬屋の隅なる

馬飼　馬飼にて　馬飼の●馬飼男　馬かひ人も

馬並めて［馬を並べて］　馬並めて　駒なめて

蹄　駒のつめ　馬の蹄●馬の蹄を　駒のひづめの

秣・馬草　みまくさに　み秣よ●駒に草かへ　そともの
まくさ　御馬草にせむ　御秣もよし／馬柄杓も

御馬　大御馬の●栗毛の御馬　御馬近づかば

神馬　神馬七疋　神馬雪喰ふ

子馬　仔馬はいまだ　麦食む小馬の

牝馬［めすの馬］　栗毛なる草馬　草馬に乗りて

征馬［旅の馬。従軍する馬］　征馬疲れ●行人征馬

野馬［野飼いの馬］　老いたる野馬の

白馬 青毛の馬。白毛の馬　青馬を　青駒の　白馬を●白馬ばかりぞ
あをうまひけり　青の馬放れば　白葦毛なる

黒駒　歩め黒駒　甲斐の黒駒　黒栗毛なる　黒馬に乗りて　黒馬の来る夜は　道の黒駒

春駒［春の野に遊ぶ馬］　春駒は●あさる春駒

駿馬 足の速いすぐれた馬　駿馬の　龍の馬も　駿き馬を　龍の駒

馬場 乗馬の練習をする広場　馬場の殿　馬場の末にぞ　馬場のひをり
馬場に打出で

鞍　明鞍に　唐鞍は　鞍着せば　白骨鞍●鞍の上の瘡

腹帯・立縄　右の四緒手に　馬に鞍置きて　螺鈿の鞍を

轡　指縄を●かゞみぐつわも　轡をかませ　轡をゆるげ

手綱　雨に靮も　たづなゆるすな

鐙　力革　武蔵鐙●鐙浸かすも

【馬車】　車馬も無く　旅馬車の　馬車からも　馬車の笛　馬車道は　馬車の●浴びるや馬車の　馬車からおる丶　馬車に片よる　馬車の軋みて　馬車の早さよ

【騎馬】　騎馬一騎　騎馬の客を　数万騎の　たゞ一騎●一騎打出づ　騎馬の武士　三千余騎は　千騎許は

【駅路】　駅路に●いそのうまやに　早馬駅家の　駅馬下れり　駅使と

駅　駅の名悲し　駅の名呼びし　若き駅夫の

【駕籠】 人を乗せて前後の人がかつぐ乗物　毛見篭の　通駕籠　戻り駕●駕籠の簾を　駕よりもまづ　もどりの駕籠の

舟

【舟・船】 伊豆手舟 稲舟の 浮舟の 枝
船は 大船に 大舟の 沖津舟 海賊舟
片舟は 河瀬舟 川舟の 君が舟 榑舟よ
御座船に 西国船 潮船の 手繰舟 釣艇ぞ 津軽舟
筑紫船 釣船の 照らす舟 鳴門船 はし舟と 早船
の 引船に 飛脚船 引こ船の 兵船も 舟酔は 舟
わたり 船浮けて 舟ながら 船の脚 舟の中に 舟
は着く ふねもこじ 舟行けば 船寄する 舟呼ばふ
ぼろ船の 松浦船 朽舟の みなと舟 迎へ舟 弥船た
け ゆく舟の 夜あけ舟 四の船は 淀に舟 蘭舟を
わたし舟●朝妻舟は 伊豆手の船の いづ手舟よる 入
来る船の 浮きたる舟ぞ うみ渡る船 近江舟かや
沖の釣舟 沖行く船を 重き船しも 海賊の船 かへさ
の船は 蛎割舟は 客船の枕 かぜあるふねは 鰹釣り
舟 鴨とふ船の 熊野舟着き 柴積む舟の 舟車を動
かす 徐福の船は 新艘おろしに すずき釣り舟 鈴
船取らせ 潜航艇と 茶ぶねをこえし 猪牙のかげさへ
つくれる舟に 繋がざる舟 つながぬ舟の 妻むかへ舟
てんまで逃る とわたる舟の 能登の早船 海苔とり舟
の 花草船を 花見てふねに はや舟隠せ 引舟渡し
人買船は 船乗りすらし 舟いそぐなり 船浮け据ゑ
て 舟貸さめやも 船傾くな 舟嫌ひにて 船さし寄
せよ 船しまし貸せ 舟ぞえならぬ 船そ通はむ 船
ぞ動ける 舟ぞたゞよふ 舟ながしたる 船なやます
は 舟に車を 舟にも月の 舟の一興 ふねのうきねは
船の上に住む 舟のたゆたふ 舟の早さよ 船は早けむ
舟はや渡せ 舟待てしばし 舟もかよはぬ 船も見え
けり 船寄せかねつ 舟呼ばふ声 船より洗ふ 船渡せ
をと 舟を浮べて 船を浮け居ゑ 舟をしぞおもふ
古きぼろ船 まがふ釣舟 真熊野の船 貢の船は 見て
来し舟の 港の船の 蒙古が船へぞ 空しき舟を 夕船
おそき ゆられて舟に 夜明しも船は 淀の川舟
渡の船を われたる舟の／龍頭鷁首を

小舟 葦分は 小舟にも 軽舟にて 小端舟 一葉舟
●赤ら小船に 足柄小舟 葦分け小舟 足速の小舟
一葉の航 小ふね引そへ 棚無し小舟 羨しき小舟

鵜舟　鵜飼舟　鵜舟漕ぐ●いくせ鵜舟の　鵜飼舟よの
鵜舟にともす　鵜舟の篝　頓て鵜舟も
海人舟　海人小舟●海人の棚なし　海人の釣舟　海人
船散動き　沖の海士舟
漁舟　漁船　漁舟にして　漁舟の●漁りの舟は　漁舟
の一葉
御船　大御船●大御船取れ　月に御舟の　御船返してむ
高瀬舟　高瀬さす●高瀬さしこす　たかせの舟は
捨舟　浦の捨舟　すてぬる舟の　捨られ小舟　身は捨小舟
蒸汽船　川蒸汽●岸に蒸汽まつ　越えゆく汽船の
藻刈舟　海藻刈舟●菰刈舟の　真菰刈る舟
唐舟　からふねの●唐めいたる舟　唐土船の
夜舟　誰が夜舟とは　夜舟いさよふ　夜船漕ぐなる
夜舟の笛の　夜舟の迷ふ　夜船は漕ぐと　夜ふね待こひ
友舟　友舟は●友船しろき
赭船　そほ船の●赤のそほ船
船歌　棹の歌　棹歌に入る●うたふ船歌　棹歌一曲
ふなうたうたひ

舟遊び　楽の舟　舟遊び　舟の楽
舟競ひ　舟競ひ　船競ふ　舟くらべ●競ひ漕ぎ入来
【舟人】［舟に乗っている人］　舟人よ●出づる舟人　歌ふ船
人　漕ぐ舟人を　のる舟人の　舟人さわく　船人のぼる
舟人よわみ　百船人の　呼びし舟人　渡る舟人
舟長［船長］　船の長　渡守●秋の河長　宇治の河長
船頭殿こそ　春の舟長
舟子［船員］　船子よ船子よ　船夫　船の子が●ふなこか
ぢとり　舟漕ぐ者ども
水手［船員］　水手整へ●水手の声しつつ　水手の声呼び
【舟出】　出舟の　舟出して●君が船出は　はやふなで
せよ　舟出悲しな　舟出しつらむ　舟出すらしも　船
出せむ妻　船出せむ日に　船出はせしか／朝開き
舟路［航路。船旅］　舟路には　ふな道を　舟の道●舟路の
あとの
【澪標】［水路を示す杭］　みをじるし●しるしのさをや
みをつくしつゝ　澪標とぞ　みをのしるしも
澪引［水先案内］　澪びきの声　水脈びき行けば

【漕ぐ】沖を漕ぐ　漕ぎありく　こぎいそげ　漕ぎ出でて　漕ぎかへり　漕ぎくれば　こぎちがひ　漕ぎ着くる　漕ぎ連ね　漕つ行けば　こぎはなれ　漕ぎまひて　漕ぎ寄せて　漕ぎわたる　こぐ船は　玉江漕ぐ　渚漕ぐ　人漕がず●あへて漕ぎ出め　あへて漕ぎ出む　秋漕ぐ船の　朝漕ぎ来れば　朝漕ぐ舟も　葦漕ぎそけて　荒海に漕ぎ出　いざ漕ぎ出でむ　今は漕ぎ出でな　浦漕ぐ舟の　沖漕ぐ舟を　沖へ漕ぐ見ゆ　かけて漕ぐ舟　こぎ出づるかたは　漕ぎ去にし船の　漕ぎ出来る船　こぎかへるみゆ　漕ぎ隠る見ゆ　漕ぎ来る君が　漕ぎくる舟は　こぎくるみちに　漕て行らむ　漕ぎ離るらむ　こぎはなれ行　こぎゆく舟の　漕ぎ別れなむ　漕ぎ渡らむと　漕ぐ人無しに　静かに漕げよ　死なでこがるる　島漕ぎかくる　なほや漕ぐべき　なみの上漕ぐ　はや漕ぎかへれ　はや漕ぎ寄せよ　世を漕ぎ漕ぎて

漕ぎ廻む［船をこいでめぐる］漕ぎ廻むる　漕ぎ廻れば●漕ぎ廻み行けば　漕ぎ廻る小舟

【棹さす】棹さして　さをさせど　棹立てて　さをとりて　棹の歌　差し下り　差し上り　船を差す　水馴れ棹●う舟さすなり　うららにさして　棹さしよらむ　棹さす淀の　棹さす童べ　棹にさはらぬ　さをにさはるは　棹の音にぞ　棹の滴に　棹はさすらん　棹をわするゝ　さしくだすかな　船さし寄せよ　舟さす音も　船さす棹の　舟に棹さす　わけゆくさをの

【筏】筏おろす　筏士の　花筏●筏に作り　筏のさをや　筏のとこの　馬の筏の　くだす筏士　繋ぐ筏も

【泊つ】［船が停泊する］漕ぎ泊てむ　異泊を　泊り舟　舟とむる　舟泊てて●君が船泊て　千船の泊つる　津に泊つるまで　泊つる対馬の　泊つる泊と　泊つるや小舟　泊てし舟人　泊ててさもらふ　泊てにけむかも　船泊てすらむ　舟泊つるまで　わが船泊てて／船を繋ぎて　船を留めて

舟瀬舟が風波をさけて停泊する所　船瀬の浜に　船瀬ゆ見ゆる

水駅［船着き場］水駅の●水駅に臨み

碇　碇下し　碇おろす　捨錨●錨うちこむ　いかりをさめて　いかりおろさん　碇四五挺

舟並めて［船を並べて］　船並めて●舟並て遊ぶ

【艪】　からろとる　櫓が押されぬ　艪拍子の　艪を取りて●足を櫓にして　空櫓の音が　とろき櫓の音　艪楫を立てて

唐艪　韓楫の●からろおしきる　唐艪の音が　空にから櫓を／ころりからりと

【楫・梶】　沖つ楫　お取梶　面梶に　梶緒たえ　楫つくめ　かぢにあたる　楫の音そ　かぢ枕　楫間にも　梶を絶え　桂楫　舟楫棹　八十楫貫き●梶音ばかり　楫棹無くて　楫さし下り　楫とる舟や　楫取る間なき　梶の跡有り　楫の音高し　楫の音もせず　楫はな引きそ　楫よくまかせ　梶を枕に　船楫もがも　船楫を無み

真楫［艪］　真楫貫き●真楫漕ぎ出て　真梶繁貫き

櫂　沖つ櫂●かいの雫か　櫂の散沫かも

【帆】　遠帆の　帆影は　帆を張ると●彩帆あげゆく　海に帆かけて　ただ一帆の　つらねたる帆に　鳥か白帆か　舟のほばしら　帆あげたる船　ほかけてかへる　帆かも張れると　ほてうちてこそ　喜びの帆をぞ

真帆　順風を受けて十分に張った帆　まほならねども　真帆にせよとて　まほにも春の

【舳】［舳先］　船の舳に　舳に立てて　舳に八丁●本郷に　舳向かも　船の舳板に　舳越そ白波　舳向かる船の

艫　艫取女　船艫に●艫にも舳にも　舳ゆも艫ゆも

屋形　染屋形　船屋形の　家根舟の●黄染の屋形

舷［舟のへり］　舷を●ふなべりあらふ

船室　船底に　舟の窓●船底に星照る

舟飾り　舟飾　船装ひ　舟の旗●舟の飾りの

船木　船木伐り●あたら船材を　船木伐るといふ

【綱】　大綱と　綱きりて　綱通し　綱はへて　引綱の●だんだら綱に　綱引するぞ　綱をば棄てて　釣船の綱　ひきての綱の　まさきの綱の　寄綱延へて

綱手　綱手解き　綱手縄　縄手引く●綱手愛しも　つなでづたひに　綱手と見せよ　つなでの岸を　綱手の長き　つなでゆるべよ

舫ひ綱　ともづなときはなち　纜を解けば　むやひつつこそ　もやひ切れたる

車

【車】朝車　尼車　唐の車　車借　車路ぞ　車作　車にても　車二里　車曳　車宿に　五三輛　輿車　車力い、　人力車　辻車　手車の　母衣車　むなぐるま●青物車　足弱車の　網代車に　軍車も　馬もくるまも　えせ車ども　をぐるまの音　女車の　門に車の　きしめく車　京には車　車争ひ　車清げに　車ぎらひと　車に乗りて　車の戦　車の落つる　車の簾　車の右に　車の物見　車の屋形　車はやき　車引き立て　車またせし　車もて来る　車ゆきかふ　車を借りて　車を留め　車を留めん　黒き御車　忍び車の　尊者の車　力車に　土の車の　手車の宣旨　のれば車輪の　はしる車の　はな見車に　人まち車　乾草ぐるま　御車ぞひの　迎の車　めぐる車の　物見車に　屋形なき車　やぶれぐるまを　輪の舞ひ立ちたる／機械の鉄輪　滑車の上に

小車［小さい車。牛車］　小車の●をぐるまの音　帰る小車　夏の小車　野辺の小車

牛車　牛車　車牛●牛の車の　白牛の車を／あめ牛かけたる　車の頸木　車の轅

出車　女房たちが簾(すだれ)の下から衣(ころも)をのぞかせている　出だし衣　出車●出袿を衣を出だしつ

【乗る】うち乗せて　片乗に　誰が乗れる　乗せたるも　乗合は　乗ごゝろ　乗り泛れ　乗りさわぐ　のりしかど　のりそめて　乗りたまひ　乗りたやなう　乗りぬれば　乗り果てて　乗物の　のる人も　這ひ乗りて●妹乗るらむか　大路のりゆく　かり人ののる　きのふのりしを　ころりとのるや　のらまし物を　乗りおくれじと　のりおくれしも　のり違へても　乗りたるまゝに　乗り次きたる　のりていづらめ　乗りて来べしや　乗りてぞ人は　乗りにけるかも　乗りにし心

汽車　汽車の笛　汽車早し●汽車に乗りたく　汽車乗るところ　汽車を下りしに　光りや汽車の

電車　赤電車に　電車まつ　電車走る●電車の隅にはや鉄道の／釣革に　踏切の　踏切番の　まかね道

気球　風船や●空ゆく舟も

橇　そりにのるらし　橇の早緒も

絵

【絵】写し絵を　ゑあはせの　絵扇の　絵姿は　絵所に　絵にかきて　絵にかける絵にとめて　絵の気組　絵物語　絵を好み
大津絵は　女絵の　唐絵をかき　四季の絵も　地獄絵の　障子の絵　肖像画の　鳥獣戯画　屏風の絵　書に画に　物語絵　やまと絵を●家の紙絵に　うきすがた絵も　浮世画かきの　絵書かむ事は　絵書きたる扇
絵図をさらりと　画にうつしてぞ　絵にかきたるを
絵に描きとらむ　絵にかく花の　絵にまさりけり　絵にも似たるか　ゑによく似つゝ　絵の色どりの　絵の具剝げたる　絵本の中に　絵様をかきて　おもしろき紙絵　唐絵の屏風　自画像みれば　書画屋の息子　墨絵ならぬに　墨絵也けり　墨絵の雁の　梨絵したるに
錦絵に出て　蛮絵に蒔きたる　よくかきたる絵

嗚呼絵　嗚呼絵書●嗚呼絵の気色　嗚呼絵の上手

絵師　絵かく人　画の工み●絵師といへども　ゑしの目暗き　絵師見おとして　工匠も絵師も

絵巻　絵巻物●鳥獣絵巻

描く　画くらん　かかれたる●画くにまさる　描ける雪の　空にかきたる／枠の絹地に

像　女面獅子像と●御像のまへに　両界の像

琴

【歌・歌ふ】うたひたる　歌うたひ　歌・曲の　歌の声　歌を詠ひ　歌を成す　謳歌せらる　神楽歌に　曲を歌ひ　口網も　唱歌など　唱歌をぞ　楚歌の声　田植歌　野にうたふ●哀歌をあげぬ　歌ひし少女　うたふ憂き世の　うたふ榊葉
うたふ船歌　歌ふ船人　うたふ放下の　うたへうたはむ
うたへやうたへ　歌へるこゑは　歌の一節　看護婦がうたふ　かなしき歌の　蛙が歌を　君が小歌は　昆虫の歌
順礼歌の　唱歌し給ふ　笙歌忽ち　笙歌の夜の　笙歌
遙かに　樵牧の歌　谷間の歌は　星うたふなる　モーセの歌を　四方の田歌の／鄙歌の節　曲もたゆげに　節緩き

【調べ】五個のしらべ　しらべにて　調めつつ　春の調べ
風香調●秋のしらべに　東の調べ　うまし調を　海の調めは　黄鐘調の　風の調ぶる　風のしらべを　琴にしらぶる　調べそめけん　しらべばかりを　しらべはことに

双調吹きて　蘇合の急　空にしらべの　竹の調べに　春の調べや　盤渉調に　山の調めは　律の掻き合はせ／こゑとひゞきを　声引は

謡ひ　謡ひまふ　早歌謡　辻謡　謡と成り　よく諷ひ●謡ふとぢめに　加賀は小謡／夜も竹河の

【弾く】　掻き弾くや　琴を弾き　琴ひかむ　琴弾と　琴を弾じ　箏を弾く　すこし弾くに　弾きしか　弾かまほし　弾き居たる　弾きいでたり　弾きしづむる　弾きすさび　弾き給ふ　弾きたるこそ　弾きまさむ　弾き乱れ　弾き止みぬ　弾く琴の　弾人に　弾けや人●秋はひくらし　風ぞひきける　風ぞひくらし　琴弾きあはせ　琴弾く女　此れ弾き給へ　すげて弾くらん　弾きいでし琴の　弾きたまひつゝ　弾きたる言葉　弾き伝へたる　弾きととのへぬ　弾き鳴らしたる　ひけば子日の　和琴を弾かせ　われことひかば

【奏づ】　かき鳴らし　猿奏づ　猿奏で　鈴の奏は　奏しける　奏せんと●音楽を奏し　かきなす琴の　奏で遊ばむ　曲を奏しつつ　琴かき鳴らし

【琴】　緒の響き　雅琴清し　唐琴は　琴のこゑ　琴の琴　琴の音を　琴頭に　琴取れば　琴の緒を　箏の音の　琴をきく　箏の琴　玉琴の　常世琴　七絃の　独り琴　木琴を●いづれの緒より　琴上に飛ぶ　銀箏を払へり　琴の琴の音　琴柱の立ちど　琴取るなへに　琴にしあるべし　琴の下樋に　琴の音ぞする　琴笛の道　七条の糸　忍ぶる琴も　手馴れの御琴　ちひさな琴を　絃なき琴の　松のひゞきに　御琴打ちたる　胸の小琴の　八絃の琴を　瑠璃の琴には／ゆの音ふかく　龍吟魚躍の

和琴　和琴　大和琴　和ごんの師　和琴弾き　和琴一つ●あづまのことも　よく鳴る和琴を

撥　撥の音●五六の撥を　撥の手づかひ

爪音　爪音に●爪音よくて　爪さわやかに／爪琴を

三味線　三のをの●隣室の三味

【琵琶】　琵琶の声　琵琶はひけど　琵琶めして　琵琶を聞き●琵琶の手教へ　琵琶の法師に　琵琶の御琴を　琵琶弾き鳴らし　琵琶をとりよせ　四の緒の声

【鼓】　一鼓かけて　腰鼓　小鼓は　田楽を　鳴る鼓●

打ち鳴す鼓　打や鼓の　音を鼓に　たぬ鼓うて　鼓の声に　鼓を打ちて　田楽鼓　四つの鼓は

太鼓　太鼓の声　よせ太鼓●賤づゞみうつ　太皷がなれば　大鼓二つを　時のつゝみは　破れ大鼓は

拍子　五拍子を　しだら打てと　高拍子　拍子打ち　艪拍子の●十二拍子を　八拍子をば

【楽】　雅楽大夫　楽所には　楽の声　楽の舟　舟の楽●楽屋に入りて　楽屋を構へ　祇園囃子に　高麗の楽して　田楽の曲　舞歌音楽の　めづらかなる楽　唐土の楽

雅楽・舞楽　大楽には　酣酔楽　喜春楽　後庭花　五常楽　狛桙の　春鶯囀　想夫恋　打毬楽　調楽の　万春楽　舞楽　万歳楽　和風楽に●海仙楽と　太平楽は　天神楽をば　舞楽を供ふる

楽人　楽工にて　楽所の人　楽人等●楽人めして

管弦　管弦者　管弦に　管絃の●管絃秋なり　管絃の船　管絃の道　クラリネットの　月次の管弦／小切子は

【笛】　寒笛は　汽笛鳴く　牙の笛　草刈笛　草笛の　小角の音も　工場の笛　短笛は　笛声は　篳篥は　笛竹の　笛習ふ　笛なるぞ　笛の上手　笛の音に　笛の役　笛吹きたて　笛を吹き　横笛も　夜の笛　若き笛●鼬鼠笛吹く　神楽の笛の音　汽笛一声　さむしい笛を　ちかき鹿笛　笛など吹きて　笛の遠音の　笛ひびかせぬ　笛吹き合はせ　笛吹き上る　笛吹く君に　笛もきこえて　笛を吹きつつ　笛を忘れて　吹く笛の音も　御笛の師にて　横笛の君　横笛ふきて　夜舟の笛の　夜半の笛竹

口笛　皮笛ふつつかに

笙　笙の笛　笙を吹く●笙の秘曲を

高麗笛　高麗笛取り●高麗の乱声　高麗笛そへて

吹く　貝ふきならし　しばしば吹いて　双調吹きて　吹きすましたる　吹たてゝあそぶ　吹きのぼせたる　待つと吹けども　わろう吹きたる

尺八　尺八じや　尺八を●一節切こそ

【鈴】　生鈴の　鈴の緒は　鈴の声は　鈴の奏は　鈴は振る　鷹の鈴　なる鈴の　引く鈴の●足結の小鈴　小鈴もゆらに　さげたる鈴が　鈴が音聞ゆ　鈴ふりたつる　鈴振り鳴らし　羽音に鈴を　鈴にあてたる

芸

【芸】 軽業に 傀儡子の者 乞食能 猿楽の 猿の芸 さるひきの 猿まわし 中がへり 辻謡 辻放下 綱わたり 出狂つかひ 木偶の綱 田楽の 百まなこ 物まね師●歌念仏かな 傀儡棚頭 韓招ぎせむや 傀儡子の歌に 呪師の小呪師の 旅芸人の 手づまをちよつと 輪ぬけの相手

道化 どうけがた だうけ役●おどけ役者の 道化芝居の 涙のピエロオ

芝居 芝居小屋 旅芝居 初芝居 夜戯場は●あたり芝居も 田舎芝居の 京の芝居は 芝居びいきの 渡り芝居に／かたき役 河原もの哉 やぐらうつ

【舞ふ】 一の舞 鶉舞 移り舞 男舞 風に舞ふ 曲舞の さかな舞の 地蔵舞 新蝶舞ひ 駿河舞 鳥の舞 双び舞ふ 舞ひ出づる 舞ひ傾れて まひしなば 舞ひ戯るる 舞ひぬべき 舞の袖 舞ひ果つる 舞ひ旋つて 舞ふ光 舞ふひびき 臨時の舞●おきなの舞の おとこまひとぞ おりて舞踏し 歌舞を調へ 獅子舞ふ者の 立ち舞ふべくも 蝶の舞らむ 月に舞はばや 西に向きて舞 膝踏みて舞ひ 一かへり舞ひ 舞踏し給ふ ほのかに舞ひつゝ 舞ひ遊びたる 舞ひ遊ぶこそ 舞ひ出ぬべき 舞ひ立ちたるは 舞の姿も 舞の童べ 舞ふにまされる 舞ふ舞ふ見つる 目なれぬ舞の よくまふみれば 力士舞かも 陵王の舞ひ 童舞の夜

袖振る［舞う］ 袖打ちふりし 袖振る妹を

舞人 舞人の 舞ふ巫は●唐・高麗の舞人 祭の舞人

舞姫 まひ女 舞姫は●舞する女 舞や処女の

面［仮面］ 面形●おにのおもてを 舞人の面形

【踊る】 魚踊る 踊り出で 踊り入りて 踊かな 踊り越え 踊躍 をどり舞ひ 肩踊り 一踊り●おどりあかさむ おどりあかしぬ をどりありきて をどりおるべき 踊り下るる 踊子がむれ 踊り念仏 をどる足音 踊ろとままよ 木曽踊して 小町踊の せなかにおどり 飛騨の踊は

遊

【遊ぶ】 遊ばかし 遊ばばや 遊びけむ 遊びしも 遊びつつ 遊びてむ 遊び処 遊びわざ 遊ぶ現の 遊ぶてふ 遊ぶなれ

遊ぶ隙(ひま)　遊べかし　遊べども　亀遊ぶ　さぞ遊ぶ　蝶(ちょう)遊ぶ　月にあそべ　野遊(のあそ)びの　蜂(はち)遊びて　舟遊(ふなあそ)び　雪遊び

●東遊(あずまあそび)の　遊びありかむ(ん)　遊び行(あり)きし　遊敵(あそびがたき)にて　遊び暮(くら)さな　遊びし磯(いそ)を　遊び戯(たわぶ)れ　遊び飲みこそ　遊びの道に　あそびわたるは　遊びをせんとや　あそぶあそばぬ　遊ぶ蜑(あま)とも　あそぶ糸遊(いとゆう)　遊ぶこの日は　あそぶ今夜(こよい)の　遊ぶ瀬(せ)を汲(く)め　あそぶと魚(うお)や　遊ぶのみなり　あそぶはるひは　遊ぶ外(ほか)なし　あそべとぞ思ふ(う)　いざや遊ばん　い行(ゆき)遊びし　梅(うめ)に遊べる　漁(すなど)りあそぶ　瀧(たき)に遊びつる　鶴(たず)さへ(え)あそぶ　たのしきをづめ(おずめ)　楽しく遊べ　児(ちご)を遊ばせ　月にあそべば　豊(とよ)の遊びを　野山(ぬやま)に遊(あそび)　ひとりあそびぞ　舟並(なめ)て遊ぶ　御園(みその)に遊ぶ　みだれ遊びて　昔の遊び　夜一夜(よひとよ)遊び／穴一(あないち)の　綾(あや)とりの　軍(いくさ)遊びをよ　石などり　印地(いんじ)にし　起上(おきあが)り小法師(こぼし)　隠(かく)れん坊(ぼ)　影法師(かげぼうし)　かごめ〳〵(かごめ)　こままはす(わ)　にらめ競(くら)　はじきしてゐる(い)　吹絵(ふきえ)ほど　鞦韆(ふらここ)の興(きょう)　まゝ事(まごと)で

遊び(すさび)　心のおもむくままに物事をすること　かきすさび　すさびかな　すさびにも　手すさびの　手すさびや　弾(ひ)きすさび●すさびなりけり　すさびなれども　筆(ふで)のすさみに

夜遊(やゆう)［夜遊び］　旅居(たびい)の夜遊　夜遊の人は　夜一夜(よひとよ)遊び

玩具(おもちゃ)　振鼓(ふりつづみ)●虎斑(とらまだら)の狗子(えのころ)　張子(はりこ)の顔や

雛(ひいな)　内裏雛(だいりびな)●雛遊びの　ひひなをさめて(お)　雛に別れ　雛の調度(ちょうど)　雛(ひな)の手伝(てつだい)　雛の殿(との)の　身もなき雛

物合(ものあわせ)　左右に分かれ物事を比べ合わせて優劣を競う遊び　歌合(うたあわせ)　ゑあはせ(えわ)の　扇合(おうぎあわせ)　菊合(きくあわせ)　草合(くさあわせ)　種合(くさあわせ)　小鳥合(ことりあわせ)　詩歌合(しいかあわせ)　筥合(はこあわせ)　虫合(むしあわせ)　物合(ものあわせ)●鶯合(うぐいすあわせ)　女郎花合(おみなえしあわせ)　貝合(かいあわせ)とて　菖蒲根合(しょうぶねあわせ)　薫物合(たきものあわせ)　謎々合(なぞなぞあわせ)

羽子(はね)　羽(はね)つかう(こ)●羽子のかひ(い)より　羽子をつきつ(っ)ゝ

凧(たこ)　紙鳶(いか)のぼし●紙鳶(しえん)の影(かげ)の

碁(ご)　碁石の笥(け)　碁手(ごて)の銭(ぜに)　碁になして　碁の負(ま)けわざ　碁盤(ごばん)よりは　碁を打たば　碁を打つに　みだれ碁に●いさむみだれ碁　碁にいきしにを　碁をあげたりと

双六(すごろく)　絵(え)双六　四三骰子(しそうさい)　双六の●一六三(いちろくさん)とぞ　双六の采(さえ)　平骰子(ひょうさい)鉄骰子(かなさい)　目のみにあらず

賽(さい)［さいころ］　似非賽(えせざい)の　つぶれ賽●一六(いちろく)の賽や　賽は乞(こ)ひ(い)ける　四三賽(しさんのさい)や

博打(ばくち) 賭将棋(かけしょうぎ) 博打宿(ばくちやど) 船博打(ふなばくち)●手戯(てごう)せむとや 博打してこそ 博打の願(い)ひを 法師(ほうし)博打の

競べ馬(くらべうま) 競ひ馬(きおいうま) 競べ馬 競馬組(けいばぐみ)●競馬帰(けいばがえ)りの 鞭競(むちくらべ) 馬(うま) 脇乗(わきのり)の者

【鞠(まり)】 打毬(うちまり)の きぬでまり てまりつく 手鞠突(てまりつ)こ にひ(い)まりを 鞠をかし(お) 鞠がたの 鞠括(まりくくり) 鞠をなむ(ん)●絹の毬(まり)のみ てまりつきつ、 庭にて鞠を はづ(ず)む手まりに 鞠に身を投ぐる/玉転(たまころが)しの 玉突(たまつき)や

鞠蹴(まりけ)[蹴鞠(けまり)] 鞠沓(まりぐつ)は 鞠蹴させ 鞠くえ(け)しつ、 鞠を置(おき) 鞠を蹴(け)りて 鞠を高く●鞠をあぐるに

角力(すもう) 足角力(あしずもう) 腕相撲(うでずもう) 相撲屋(すまいのや) 相撲人(すまいびと) 相撲取(すもうとり) 辻(つじ)ずまふ(もう) 辻角力(つじずもう)●浮雲(あぶな)き角力 相撲(すまい)のあるじ 角力に遣(や)るは 角力の沙汰(さた)も 相撲の節(せち)に 角力の世話も 相撲を投ぐる 関取衆(せきとりしゅう)の もどる角力の

歌

【歌(うた)】[和歌] 東歌(あずまうた) 哀(あわ)れしれ 歌思(い)ひ 歌の道 歌人(うたびと)の 歌枕(うたまくら) 歌物語 女の歌 小(こ)町(まち)が歌 千歌十巻(ちうたとまき) 和歌(やまとうた) わが歌を 和歌一(ひと)つ ふるうたに●いひ(い)ちらすとも うたひ(い)かは(わ)して 歌ひ(い)し少女(おとめ) 和歌夷振(うたえびすぶり) 歌かきつけつ 歌こと〳〵(ごと)く 歌なほ(お)しを(お)る 歌に枯(か)れたる 歌よみ居(お)れば 歌をならひ(い)に 曲水(ごくすい)の宴(えん) 腰折歌(こしおれうた)の 今宵(こよい)の歌に さぐればうたは 詩歌(しいか)の道は その歌人(うたびと)を 千歌(ちうた)なりとも 千歌(ちうた)二十巻(はたまき) 蓮(はす)に書ける歌 花のあそびに 夷曲歌(ひなぶりのうた) 風雅(ふうが)の道ぞ 洩(も)らすわがうた やまと歌もて 和歌の浦波(うらなみ) 和歌の曼陀羅(まんだら) 和歌の道には 我(わが)ひめ歌の

句(く) 一句(いっく)の歌 句は盗(ぬす)め 四句体(しくのてい)●五句も十句も 付(つ)かぬ句にこそ 妊(はら)み句もあり

題(だい) さぐり題(だい) 設(もう)け題(だい)●歌のおだいを

連歌(れんが) 歌(うた)連歌 御返歌(ごへんか)の つらね歌 下手(へた)連歌 連歌(れんが)師(し)の 連歌せん●さしあひ(い)ありて

言葉(ことば)[和歌] 言葉の花●ことのはのたね ことのはの道 詞(ことば)の糸や 言葉の塵(ちり)は ことばの花か 無(な)げの言(こと)の葉(は) 人のことのは 昔の詞(ことば) やまとことの葉(は) 大和(やまと)言葉の

古言(ふるごと)[古歌] 古言の●古言ぞこれ 世々(よよ)のふるごと

【詠(よ)む】 歌誦(うたず)せむ(ん) 歌よみて 詠(えい)じたる 口(くち)ずさび 口(くち)すさびて くちはやし 花をよみ●歌にこそよめ

歌よみいでし　歌よみたまへ　口ばしりする　心をよめる　詠やすらん　百日ひねれど

【詩】一句の詩　唐詩を　作文して　文人も●漢詩作り　詩酒の春の　詩人の歎　詩の子恋の子

書

【書く】裏書に　書おくる　書かはす　書きさしし　かきすさび　書き散らし　書き付くる　かきつめて　書きとむる　書きとめし　書なぐる　書き果てて　書きまぜて　書き乱り　かきやりて●かいそへたりと　書かじと思ふ　書かれざりけり　書しるされて　書きぞわづらふ　かきとゞめつる　かき流さるゝ　書き流すべき　書き読み持てる　書く手もたゆく　かたを書きてぞ　清書したりける　女郎と書ける　ちらし書なり　なほ書き流せ　涙にかけば　ひたひにかける　まずかきやりし　物をかゝせて　もゝ書あつめ　能くかけし時／草稿のまゝ　三行ばかりに

公文書　仰せ書　書下し　下文　筥文の　中文●虚下文／立て文も

石盤　石盤の　石筆や●チョークにまみれ

札　白き札　札立てたり　札の許に　札を見て●札に書きたる　札はたてども

【紙】合紙の　青き紙　浅草紙　恵比寿紙　懐紙紙　紙買に　紙に墨を　紙の香など　紙四枚　紙を干す　唐の紙　高麗の紙の　白き紙　青紙に書く　畳紙　裏紙　土佐紙が　奈良紙の　枕紙　吉野紙　松葉紙●青き表紙　浅縹の紙　あつる襟紙　うつせる紙を　紙なめてふく　紙にかをりを　かみにつゝめる　紙になるとぞ　紙の白雪　かみの宝ぞ　紙の半枚　紙を切ては　唐の紙ども　胡桃色の紙　くれなゐの紙　原稿紙ちり　紅梅の紙　紙型の上に　漉替紙　空色の紙　小さき紙に　鈍色の紙　反古一枚の　陸奥紙　むらさきの紙

色紙　色紙形●赤き色紙に　白き色紙の

薄様（うすく漉いた鳥の子紙など）　薄様を●青き薄様　薄様を敷き

【文字】片文字は　活字刷る　異文字は　礫文字　文字もなし　もじをみよ　横文字や●恋てふもじを　梵字とかいふ　水は巴の字を　御墓の文字は　文字さす鞭や　文字も書かれず　文字やおるらん　文字を透すが

草の文字［仮名］　かなづなひ　草の歌　草の字の　草の手に　草の本　草の文字●真草両様　草書の文字を　人の草仮名

真名［漢字］　をとこもじ　から文字は　真名も仮名も　真名書は

【硯】すゞり石　硯こひて　硯士の　硯箱の　古硯●怪しき硯　艶なる硯　大硯かな　懸子の硯　硯を湿して　硯いだきて　硯きたなげ　硯取り寄せ　硯にむかふ　硯のうへに　すゞりの海の　硯の下に　硯の筥に　硯の水に　硯引き寄せ　硯ひとつに　硯嚢に　硯もよそに　硯わづかに　御硯の墨　紫硯　破子硯

【墨】紙に墨を　墨の色　墨をすり　する墨の　御墨の坩●墨うすきかな　墨絵の雁の　墨こまやかに　墨たつぷりと　すみつぎにけり　墨の片つ方　墨の磨られたる　墨・筆のさま　墨をすりたる　すみをひくかと　矢卓の墨の　夜の墨つぎも　わらは墨する

【筆】墨筆は　とる筆の　筆落て　筆硯　筆すみたる　筆づかひ　筆づかに　筆な使ひ　筆にのせて　筆の先　筆の軸　筆の尻　筆太に　筆結の　細筆に●いまのひと筆　えかゝぬ筆を　すみの筆こそ　するどき筆の　僧正の筆　唯一筆に　はかなき筆の　筆あらふべく　筆かぎりあり　筆紙もたぬ　筆で書くとも　筆とりなほし　筆とる道と　筆にこそまづ　筆にそむとて　筆になりても　筆にまかせて　ふでのうす墨　筆のかかりも　筆のかぎりは　筆のすさみに　筆のとまりに　筆の名にあれ　筆の運びを　筆の林の　筆はげますも　筆初には　筆も使ひ果て　筆を湿らし　筆をにぎれば　筆をふるひて　簿記の筆とる　墨池の筆の　まはらぬ筆に　良き筆柄の　好き筆をえて／命毛の　長き命毛　夏毛の筆の

水茎［筆跡。筆。手紙の文。古くは「みずくき」］　あしき手を　手よく書き　水茎の●神の筆蹟　今日水茎の　子の手を　ほむる　手吉く書きける　水茎の跡

【文】［手紙・文書］　懸想文　腰折文　文書かむ　文ことば　文の色　文のおそき　ふみ見れば　ふみ持ちて　文を見て　みるふみに　やる文に●秋の夜の文　うれしき文を　おくにぞふみを　怠文を　おもはぬふみを　書

きたる文を　かきやる文の　清書したりける　里へ遣る文　添へたる文に　文かよはさむ　ふみしなければ　文ならねども　ふみになさばや　ふみにはかゝむ　ふみのことのは　文の使ひや　文のはしがき　ふみの一ふで　文箱もちて　文は遣りたし　ふみ見せけりな　まだふみも見ず　むすぶふみには／去状も　年始状　ひそんの状が　奉書にぞ　巻紙の

手紙　片紙を　手紙かく●手紙を配る／尺牘の書疏

【玉章】［手紙］玉章の●うつす玉章　書く玉章の　かける玉章　白玉梓や　たがたまづさを　旅のたまづさ　玉章かけて　付くるたまづさ　露のたまづさ　人の玉章

【便り】［手紙］京便り　便あらば　便りあれや　便だに　初便り　花便●風のたよりに　風のつてにも　かただよりなる　そなたの風の　便ある世を　便り過ぐすな　たよりならずや　たよりにぞみる　便につけて　たよりにもやは　便りも遅き　たよりも知らぬ　遠き便りも　後のたよりや　花のたよりに

雁の使い［手紙］鳫の便りは　雁のつかひの　雁を使に

音信［便り］音信れて●音信きかね　音信だにも　音づれ渡る　音信をだに　今日おとづれなくば

郵便　馬便り　飛脚船　開封　文使ひ●うはがきもなし　脚力にて　雲の上書き　郵便脚夫

電信　糸線に　電信機　電信に●てりがらふとの

読

【読む】書を読んで　読書しつつ　よみあきて　読みかねて●そゞろ読ゆく　文を読み習ひ　読いづるかな　よみてきかする　よみてもてくる　よむかとぞきく　読む人聞く者

【文・書】書き物を　数行の書　須磨の日記　書に画に　書の中に　書もよまで　書よみて　旧き記　古書の　文学の　文を好む　見る書は●書置く跡を　数ある書を　坤元録の　記せる籍を　書といふ友　ふみにも見えず　ふみみて出でし　書よまぬかな　書よみ倦る　ふみよむ声ぞ　文を作りて　古ぬるふみや　古書ども、　文学廃れば　文花の微妙　先看る書も　珍しき書

文章　文章の生　文章の人　文章の道

草子　お伽絵草紙　書きたる草子　冊子の御箱に

【物語】絵物語　物がたり●戦物語　御物語　むかしがたりの　むかし物語　紫の物語　物がたりせむ

学

【学ぶ】学問は　官学の　ふみ学ぶ　学ばでも●苦学の寒夜　それなほしまなぶ　ふみにおこたる　学ばざれども　学びしわざに　まなびにいらぬ　学の窓に　学の道や　学ぶ心のものまなぶ屋は／塵につげとや

大学　学頭に　大学の●勧学院に　大学頭　大学の君　大学の衆　大学寮の　東宮学士

学校　校長の　女学校●女教師よ　学校がへりに　講義所に行き　師範に入りし　文の林の　母校をいでし

学生　学頭に●学生にては　学生の博士　記伝の学生

【教へ】をしふべき　教へおきて　教へける　教へ子は　教へ立て●あくと教ふる　海人の教へし　教ふるならめ　教へし人は　教へつるままに　をしへならまし　教へらるるも　教へられたりし　おなじをしへを　神の教を　児を教ふるは　すみか教へよ　そこと教へよ　婦を教ふるは

【習ふ】手習屋　手ならひよ　習ひきて　笛習ふ　夜手習●歌をならひに　思ひならひぬ　桜にならふ　誰にならひし　手習ふ子供　ならひて人の　習ふなりけり　花の習と　人ならひそ　梅にならひて

算　算の術　算の道●算取り出だし　十露番玉も

【道理】子たる道を　ことわりに　ことはりや　ふるみちは　道の才●教ふる道に　女の道に　ことわりしらぬことわりとしる　ことわりをみよ　常の道理　道理の道を　人間のみち　はやことわりも　非道の道を　まさしきすぢを　道ぞたゞしき　道をゝしへの　道を説く君身はことわりと　世の理と／わりなきものと

説く　説教の　説いたまふ　説きおきて　説さとす

【賢し】賢王の　才賢く　才かしこく　賢し女を●かしこかりける　賢き馬に　賢き女　かしこき聖　かしこき人の　心賢き　賢しき人の　聡き心も　智者の語るを　読書の人を　七の賢しき　物識人に　歇めぬ賢こさ

【博士】博士有り　博士にて●えせ博士らと　暦の博士　天文博士　博士になりて　博士の庫の　明法博士　無才の博士

言

【言ふ】 いひ〳〵て　言ひ出でむ　言ひ置かん　言ひ置きし　言覚え　いひさして　言ひさわぎ　いひし人に　言ひ捨てて　いひ初めて　言ひたつる　言ひ立てて　言ひはてぬ　いへどいへど　否と言へど　言はじ知らじ　言はずとも　言はせばや　言はで立つ　言わねども　いはばやと　かけていへばたてまつる　のたまひぬ　詔らせこそ　物言はう　もの言はで　ものまをす●あな言ひ知らず　いひをるうちに　いひし一言　いひ知らすらむ　言ぞ聞こゆる　言ひ継ぎ行かむ　言ひつる言の　いひて食ふ時　いひ流しける　いひはなたれよ　言ひもてゆけば　いひやなすべき　言ひ遣りたりし　いひ渡りしは　いふさへまれに　言ふは疎かに　言ふ人のなき　いふべかるらん　いふべき人に　いふよりまさる　いへどもさびし　言はじとおもふか　言はじや聞かじ　言はず言ひしと　いはでこそしれ　言はでぞ恋ふる　いはで月日は　いはで物思ふ　いはでやけふも　いはぬたのみに　いはぬにきたる　いはぬばかりぞ　いはぬ日ぞなき　いはぬも言ふに　言はぬを慕ふ　言はばなべてに　言はばゆゆしみ　いはましものを　いはんいはじの　おしやる闇の夜　思ひをのぶる　かく言ひ〳〵の　きみがいひにし　知らねばいはじ　白うは言はじ　たれかいふらん　妻と言ひながら　長しと言へど　母に申さな　まだいひそめぬ　待てといふに　物言ひ触れん　もの言ふ月に　物を言は猿

【言・言の葉】 尼の言　いふ言の　翁言　言清く　言だにも　言に出でて　言の葉は　ことも尽き　ことよきは　その言も　聖言葉●あらぬことの葉　いひしことの葉　言ふは誰が言　憂き言の葉の　おなじ言の葉　鬼の語を　かはすこと葉は　言先立ちし　言ぞ通はぬ　言ぞ隠れる　言尽きめやも　言尽してよ　言にしありけり　言にぞ易き　言の通に　言の葉あはれ　言の葉いかに　言の葉ぞなき　ことのはのすゑ　言の葉のみぞ　ことのはもうし　ことのやちたび　言のよろしさ　ことばかも無き　言は通へど　詞すくなし　言は絶えたり　言葉なかけそ　言葉なかりき　ことばの海の　ことば残りて　言葉の罪も　言ますべきにも　言待つわれぞ

言も通はぬ　言も告げなむ　其の言の葉に　散る言の葉を　問ふ言の葉や　法の言葉に　花のことばを　一言葉こそ　人の言の葉　ふみのことのは　森の言の葉

言痛し うわさが多くてうるさい　言痛くは●事痛かりとも　言痛かるかも　こちたき国に　こちたきことも　言痛みわがせむ　繁みこちたみ　人に事痛く／八十言の葉は

言繁し うわさが多くてうるさい　言繁み　言とくは●言の繁きも　言の繁けく　言のしげけむ　言の葉しげき

狂言　狂言や●狂言綺語の　何の狂言

口先　口車に　口賢しき●綾もいふらん　言の慰そこと葉ばかりの　たくみをいふな　佞人の徒

人言 うわさ。世間の評判　人言の　真人言●人目他言

沙汰［うわさ］　花の沙汰●忍びあふ沙汰　角力の沙汰も

中傷　あてこすりをば　誰中言か　人の中言　人の横言

【託言】 口実。言いわけ。　かごとにて●かごとがましき　かごとならまし　かごとに寄せける　かごとばかりも　かごとやせまし　露のかごとを／言寄せむかも

託言つ［不平を言う］　かこつべき　かこつらん●梅にかこつな　かこちがほなる　かこちだにせん　独りごつかも　姫はかこちぬ　みちなかこちそ　宿にかこつな

不平　風に物いふ　壁に物いふ　くり言しつゝ

口に掛ける［口に出す］　かけまくは●懸けじとぞ思ふ　懸けまくほしき　ゆめ人懸くな／言忌もしあへず

言挙 言葉にだして言いたてること　言挙せず●言あげしつゝ　言挙すわれ　言挙せぬ国

【言問ふ】 話をする。たずねる　言問の　言問はぬ●いざ言問はむ　こととひこなん　ことゝひするも　ことゝふ声も　言問はなくも　花にこととふ　松に言問ふ　待て言問はむ

【話しぶり】　片言に●片言の声　ことどもりする　舌饒にして　しどろもどろの　小童言する　童言にて

早言 早口。口軽　いと舌疾きや　口早くして　早言らしや

訛　訛りなり●したゞみてこそ　だびたる音をば

【予言・兼言】 約束。誓いあった言葉　契つる●堅め言ひつつ　かねごとしにぞ　かねごとのすゑ　そのかね言を　誰がかねごとの　立つる言立　契りありてや　契ることのは　我がかねごとの

思考

【語る】語らひし　語らへば　語らなん　語らばや　かたらまし　かたらむと　語りつぐ　かたる友　かたるよは　かたれ月　強語●価かたるな　い行かたらひ　おもひかたらむ　語らひ置かん　かたらひやめて　語らふ声は　語らましかば　語りあふとき　語りあはせむ　語りあはるゝ　語り聞くまま　語り継ぐがね　語るがごとく　かたるもきくも　かたるもゆめも　語るやうつつ　語れ語れと　君かたるなよ　君に語らむ　たれにかたらむ　近く語らひ　智者の語るを　とはずがたりぞ　人に語らむ　人に語るな　ひともかたらず　ほの語らひし　行て語らむ　ゆきてをかたれ　夢ぞと語る　夜のお伽に　わきてかたらむ

世間話　ことぐさは　世語りに●語ひ草と　咄すうらゝか　夜がたりにせん／枕言

論ずる　論戦を●論勝たせける

【伝ふ】つたふれば　伝へおかん　つたへ聞く　つたへてよ　つたへなば●妹が伝は　風にもつてよ　風のつてにぞ　風をつたふる　語り伝へむ　かりのつてにも　君に伝へよ　きみにつてなむ　伝ふばかりは　つたへ〳〵て　つてにだに見よ　長くつたへむ　音につたへなん　弾き伝へたる

【伝言】言伝てよ　ことづてむ　つけばやと　伝言に　伝にても　人づてに●家言持ちて　ことづてましを　言伝てもなし　言伝てやらむ　言の告げなく　何の伝言　人伝ならで　人づてにこそ　人やつたへん

【告ぐ】［つげる］つぐるかも　告ぐれども　告げ顔に　告げやらば　告げやらむ●あきとつげつる　明けぬと告ぐる　海人は告ぐとも　妹に告げつや　うぐひすつぐる　君に告げなむ　君に告げまし　言告げ遣りし　しぐると告ぐる　咳れ告ぐれ　そことつげなむ　誰につげまし　告ぐるが如く　つげうき物を　告げにぞ来つる　告げ遣らまくも　つげよといひし　汝が心告れ　鳴きて告ぐらむ　はかなさつげて　春を告ぐなる　人にはつげよ　人は告げねど　まつやとつげよ　われに告げ来む

【名告る】あらぬ名のりに　己が名を告る　その名告らじと　虚名乗をして　汝が名告らさね　なのりすらしも　告らぬ君が名　また名乗らせん　わが名は告らじ

思考

名

【名】［名前］ 魚の名に おさな名を きざむ名に 君が名も 草の名は 陰の名をば 子らが名に 里の名も つゝむ名も 名にめでて 名にも似ず 名のうさに 名のみして 名ばかりに 名は聞けど 名もしらぬ 名を得たる 名を聞けば 山の名と●あふひてふ名は 家をも名をも 妹が名呼びて 移るてふ名は うづもれし名を 駅の名悲し おいせぬ名をば からすてふ名を 子ともなづけつ その名ばかりを その名もつらく その名ゆかしき 露のあだ名を 名こそ忘るれ 名さへ忘るゝ 名ぞむつましき 名づけそめけん 名には隠れぬ 名にはさはらじ 名のみなりけり 名のみふりつつ 名はむつましき 名もしら鷺の 名もなき星か 名を鴛鴦の 名をぞとどむる 名をむつまじみ 名をも隠さで 名をもわけたる 名を忘つゝ 春も名のみに 筆の名にあれ わが名もらすな わが名をかへて

【名】［うわさ・評判］ 名やひかり 名をあげて 名をならし 名を逃る●明けば君が名 塵ならぬ名の 名こそ惜しけれ 名にはたがはぬ 名にやけがれん 名にや残らむ 名やはかくるゝ 名をばたゞすの 名をや沈めむ 名をや散らさむ 人の遠名を／うわさ聞月

無き名［無実のうわさ］ 無き名こそ●生ふるなきなのきよき名のみぞ なき名すゝがむ なき名立とも なき名や野辺の まだき無き名の 我はなき名の

浮き名［恋のうわさ］ あさき名を●うき名ばかりや 浮名漏らさぬ 言縁妻を

憂き名［悪いうわさ］ 憂き名流さむ おなじうき名を

【名を立つ】 名をあげる。うわさになる 名にたてる 名のたたば●いとど名の立つ 俺が名が立つ たが名はたたじ 立ちにしわが名 たつ名もくるし 名こそあだなれ 名こそたちぬれ 名にこそたてれ 名にやたちなむ なはたつと聞く 名は立てずして 名をし立てずば 名を立ためやは 名をや立ちなむ 我が名もたてじ

名立 評判がたつようにする。浮き名を流す 花の名立の 春の名だてに

名を流す 評判が世間に流れる 流れての名を 名こそ流れて 名こそながれめ 名に流れたる 名は漏るるとも 名やも

思考

り出でん　名をや流さむ　寝ぬ名はたてじ　わが名もらすな

名を惜しむ 評判がたつ。名声が傷つくのを惜しむ　名を惜しみ●をしといふ名も　名こそ惜しけれ　名やは惜しけき　名を惜むかな

【名に負ふ】［有名な］　名にし負へば　名にしおはば●おいせぬ名をば　負へる山の名　名に負ふ鳴門の　名におふ宮の　名に負ふ山菅　名を負ふ神に

名高し［有名な］　名くはしき　名鳥の●名高き宿の　名だゝる園の　誉れ名高き／歌枕

音に聞く［有名な］　音に聞く●音にのみ聞く

覚

【覚ゆ】［覚える］　覚ゆらむ　覚ゆれば●哀れに思ゆ　おぼえぬ夢の　軽さ覚えぬ　恋をおぼゆる　高くおぼえて　袂おぼえて　血をおぼえつつ　とがにおぼゆる　春を覚ゆる　むかし思ゆる　物おぼえ顔

【思ひ出づ】　思ひ出る　思ひ出でて　思出でも　思ひ出でよ●思ひいづとも　おもひいづべき　思ひ出づらむ　おもひかへせば　思ひぞ出づる　君おもひいづ

【思出】　追憶ぞ●おもひでの山　思出もなき　冷たき記憶　世々のふるごと

【面影】　面影の●有し面影　憂きおもかげに　面影さそふ　面影さらぬ　面影ぞ添ふ　面影ぞ立つ　面影たえぬ　おもかげ遠く　面影とめよ　俤にして　面かげに立つ　面影に見ゆ　おもかげばかり　面影をだに　面影をのみ　親の俤　君がおもかげ　きゆるおもかげ　けふの面影　その面影の　たのむおもかげ　花の俤　春のおもかげ　見なれし影を　昔の影や　夢の面影

【形見】［遺品。記念品］　形見ぞと　かたみにぞ●秋の形見に　扇ぞかたみ　おなじ形見の　形見がてらに　かたみとおもはん　かたみとぞ見る　形見なるべき　形見なるらむ　かたみにしぼる　形見にせむと　かたみに契る　形見の色を　かたみの雲に　形見の服　形見の直衣　形見の合歓木は　形見の水は　千年の形見　露を形見に　とゞめがたみの　ながきかたみと　花のかたみは　はゝがかたみと　春の形見に　人の形見と　拾ふ形見も　雪のかたみの　忘れ形見に

知

【知る】 あはれ知る　いまぞ知る　今日ぞ知る　しらせけり　知らませば　知らるゝは　しられける　知られじと　知られぬる　知られねば　しられまし　知りそめて　知りにしを　知りぬるを　しる人も　知るや君　しるらめや　誰か知る　誰知らむ　時を知る　春知れと　道知らば　夜を知る●秋を知らまし　秋を知るらん　あめつちもしれ　あはれ知らする　あはれ知らるゝ　いかでしらせむ　いかでしるべき　いかに知りてか　息と知りませ　何時と知りてか　いとゞ知らるゝ　奥ぞ知らるる　親は知るとも　父母は知るとも　風に秋知る　風に知らるな　かねて知りせば　神ぞ知るらむ　君ぞ知りける　今日や知るらむ　恋を知りぬる　心知りきや　ことわりとしる　木の葉知るらむ　今宵しらする　幸までしるか　さめてしる時　しらばくるしき　知られざるらむ　しられそめぬる　しられぬるかも　知られやせまし　知りがほにして　知りかてぬかも　知りてまどふは　しにりしひとも　知るぞわびしき　しるとこそいへ　しるばかりなる　知る人ぞなき　知る人にせむ　知る人もなし　知るも知らぬも　知る者絶えて　空に知るらん　誰かしらまし　誰か識るらん　つく〴〵しれば　友もしらるゝ　なさけしるらん　後こそ知らめ　はなにてしりぬ　母は知るとも　春にしられむ　春をしらする　春を知らまし　春を知るらん　人知りにけり　人に知らゆな　人に知らるゝ　人の知るまで　人や知るらん　ほどは知りきや　まづ知るものは　水にしるらん　身を知る袖の　昔を知れる　ものとかはしる　ゆくへ知らする　ゆくへは知るや　わが身に知れば　われし知れらば

【知らぬ】 明日知らぬ　言はじ知らじ　方知らず　知らざりし　知らじかし　知らず顔　知らずして　知らなくに　知らぬ国　しらぬまも　知らねども　知る知らぬ　そも知らず　ときしらぬ　名もしらぬ　主知らぬ　人知れず　人知れぬ　みずしらぬ　道知らで　世に知らず●あくるも知らで　明日とも知らぬ　あな言ひ知らず　ありかも知らで　家路知らずも　いとふをしらぬ　命も知らず　いまだしらずて　ゐるもしらずて

色をば知らず　憂きをも知らで　奥処知らずも　をちこちしらぬ　をとめの知らぬ　思ひも知らで　限知らずて　君だに知らぬ　君は知らじな　けふとも知らず　悔ゆるを知らぬ　心も知らで　ことわりしらぬ　こは世に知らぬ　さしも知らじな　慕はく知らに　知らえぬ恋は　知らざりけるこそ　知らざる命　しらじな君はしらずいづれが　知らず顔なり　知らずしあらば　しらずて過る　知らずともよし　知らずはいかに　しらずもあるかな　知らで過ぎける　知らで寝し時　知らでふるかな　知らぬ翁に　知らぬ男の　知らぬ雲井に知らぬ心ぞ　しらぬ露の身　しらぬ人をも　しらぬ淵瀬ぞ　しらぬむかしを　知らぬ山道を　しらぬゆくすゑ　しらぬ夢路に　知らぬわが身ぞ　知らねばいはじ知られず知らぬ　知るも知らぬも　とへばしらずと　ところもしらぬ　歳の知らなく　隣にしらぬ　泊知らずも　後の世知らぬ　後をばしらぬ　春しらぬみも　はるもえしらぬ　日月も知らず　人こそ知らね　人知れずこそ　人に知らえず　みずしらずなる　道だに知らず

雅も知らず　もみぢも知らぬ　山地も知らず　故を知らねば　行方知らずも　行く方しらぬ　ゆく末しらぬ

【分く】 区別がつく。わかる。理解する　心得つ　わかざりし　分ちやすしわかぬまに　わかねども　分きかねつ●思ひ分くこそ里分く月の　たれかわくらむ　たれともわかず　三か月わかじ　山も見わかず　わかじものゆゑ　分かずぞあらまし　わかずふるらん　わかぬものから　分きぞかねつる　わきて折らまし　わきてながめむ　わくる心の

【疑ふ】 うたがひし　うたがはし●うたがひながら疑ひもなし　疑ふらくは　うたがはしくぞ　疑はれける　われもうたがふ

けだし おそらく。たぶん。　けだしくも●けだし逢はむかも　けだし罷らば　けだしや鳴きし　蓋しや迷ふ

訝しむ 古くは清音　いぶかしみ●いふかしみすれ　下いふかしみ

探る 起きて探るに　さぐればうたは　手にさぐらせぬ

解く 誰か解くべき　人解かめやも　世に解がたく

【推測】 跡先を　心あてに●心汲まるる　心のうらの量り難しな　人の推する

空想 空想に●この空想児をば

思惑 思量も　おもはくもなし　人の思はく

さぞ さぞ遊ぶ●さぞしぐるらむ　さぞな水鶏の　さぞなびくらん　さぞ乱るらむ

誰

【誰】こよひたれ　誰が垣根　誰が裂手　たがさとも　たがために　誰が罪ぞ　誰か知る　たれかすむ　誰か見ん　誰きけと　誰来なん　誰知らむ　たれ住みて　誰ならん　とふやたれ●親戚誰彼　今夜誰とか　誰が秋風に　誰が移り香に　誰が思ひ寝と　たが通ひ路と　誰が袖触れし　たがたまづさを　誰が贄人ぞ　誰がぬぎかけし　誰が濡らしける　誰がふるさとぞ　誰が世にうゐて　誰が夜舟とは　誰うらめしき　誰折らざらん　たれかいふらん　誰が家にか　誰かをしまん　誰か思はん　誰か織りけむ　たれか敷きけむ　誰かしらまし　誰か識るらん　誰か手折りし　たれかたづぬる　誰か摘みけむ　誰かとがめん　誰かはきかむ　誰かは知らん　たれかはとはむ　たれか見ざらん　たれしのべとて　誰とともにか　たれとねまちの　誰とも寝めど　誰中言か　誰ならなくに　たれにかたらむ　誰に語りて　たれにか見せむ　誰にならひし　誰に見せまし　たれにゆづらん　誰まつ虫の　誰呼児鳥　誰分け入りて　誰を恋ふとか　誰をさそはむ　誰をし枕かむ　誰を待間の　問ふ人や誰　ねるは誰が子ぞ　愛しき誰が妻　ひれ振るやたれ　招くは誰を　見む人や誰　山人や誰　行くは誰が背と　行くは誰が妻

何

【何】何おもふ　なにごとと　何すとか　何せむに　なにとなく　何なれば●をしとはなにか　くれぬとなにか　死なば何かは　何急ぐらん　何厭ひけん　何惜むべき　なにかあやしき　何か祈らん　何か靡かぬ　何かはつらき　なにかへだてむ　何かも見えぬ　何木なるらむ　なにこがるらん　何頼むらん　何作りけん　何にたとへむ　なにに包まむ　何の伝言　何の報いの　何はかなしと　何をかげにて　なにをか種と　何を染めまし　なにをむさぼる

【など】[何故]　何ど思へか●何か愛しけ　何どかも言は

む　など嬉しきに　などか来鳴かぬ　何ゆゑとまる

何れ　いづれぞと　いづれをか　いづれをも●いづれと
もなき　音はいづれぞ　しらずいづれが

如何ばかり　いかばかり●いかばかりかは

【故】　こひ故に　何ゆゑと　花ゆゑに　春ゆゑに　人目
ゆゑ　一よ故　淵瀬ゆゑ　みしゆゑは　梅ゆゑに　ゆゑ
も無く　ゆゑ〳〵しく●逢はぬ君ゆゑ　老いぬる故にや
恋ふらくのゆゑ　忍ぶらむゆゑ　たぎるゆへをも　つら
き人ゆゑ　にほふ児ゆゑに　寝なへ児ゆゑに　人妻ゆゑ
に　人の児ゆゑに　一本ゆゑに　昔のゆゑと　紫のゆゑ
ゆゑあるさまに　故を知らねば／そのいはれとは

ものゆゑ　逢はぬものゆゑ　生ひぬものゆゑ　聞かぬも
のゆゑ　来ぬものゆゑに　わかじものゆゑ

〜み［〜ので］　浦近み　影うすみ　陰茂み　風寒み　国
遠み　言繁み　月を良み　露おもみ　友を多み　花を
吉み　春深み　葉を繁み　水清み　水を浅み　身に寒
み　めづらしみ　山高み　縁を無み　夜を長み

【問ふ】　問ひがたみ　問ひやらず　問ふ人を　問はぬ
をも　人問はば　道とはむ●いかにと問はば　いづこと
とはゞ　いづらととふぞ　色と問はゞや　君に問はばや
こゝろをとはゞ　すみかを問はゞ　空にとはばや　誰に
問はまし　月にとはばや　常にとふべく　問ひたまふか
も　問ひて聞かまし　問ひ見てし哉　問ひみ問はずみ
問ふ言の葉や　問ふ一すぢも　とふもうるさし　問へど
こたへず　とへばしらずと　問はじとや思ふ　とはぬも
つらし　問はましものを　問むとぞ思ふ　などかと問は
で　花にとはばや　母が問はさば　春に問はなむ　人の
問ふまで　松に問はばや　むかしをとへば　やがて問は
れで　宿はと問はば　雪かとゝへば／都もかくや

【尋ぬ】　たづぬるに●香をたづねてぞ　たづぬる道を
尋ぬれどげに　孫を尋ぬる　道を尋ねな

【答ふ】　返り事　こたふべし　こたへする　答へなん
さしいらへ●ありとこたへよ　いかが答へん　こたふる人
も　こたへぬ影ぞ　こたへぬはなに　こたへま憂きぞ　答
へましかば　答もすらん　つくとこたへよ　露と答へて
とくこたふべき　なしと答へよ　花とこたへて　松は答へ

ん　みつと答へむ　よべどこたふる　わぶと答へよ

【否】　否と言へど　いなみかね　否も諾も　否をかも●ありなみ得ずぞ　ありなみすれど　いなといふとも　否と言はめや　不欲とふに似む　いなにはあらず　不許ぶにはあらね／嫌ならば　やつと断る

忘

【忘る】　捨て忘れ　たわすれて　忘却の　忘らるる　忘られむ　忘るるか　わするゝも　忘れつる　忘れなむ　忘にし　忘むと●暑さ忘るる　家路忘れて　うち忘らるる　炎蒸を忘れ　恐れわすれて　思ひ忘るる　親を忘るゝ　折り忘れても　清く忘れて　五欲忘れよ　棹をわするゝ　月をわするゝ　名さへ忘るゝ　夏ぞ忘るる　はたと忘れた　春を忘るる　笛を忘れて　不尽を忘れて　忘らるる身に　わすられにける　忘るゝ君が　忘るる時は　わするる人は　忘るる日無く　忘れけらしも　忘れし人の　忘れて見ばや　忘はつらむ　わすれやすきは／思ひ過ぐべき

忘れ草　忘れ草●恋忘れ草／恋忘貝　忘れ貝

面忘れ　面忘れ●面忘れてあらむ　面忘れなむ

忘れぬ［忘れない］　忘られね　忘れじと　忘れじの　忘れねど　忘れねば　忘れめや●あるじ忘れぬ　雲を忘れず　長く忘れぬ　名こそ忘るれ　ねを忘れめや　春は忘れぬ　御名を忘れめ　むかし忘れぬ　むつび忘れず　世にも忘れじ　忘るべしやは　わすれずしのぶ　忘れぬ人に　わすれぬ梅の　わすれぬまゝに　忘れぬ物を　忘れは為なな　忘れやはする　忘れんものか　吾は忘れじ　われ忘れめや　忘れやしなむ　忘れやすると

忘るな［忘れないで］　わすらるな　忘るなと　忘るなよ　忘れなめ●吾を忘らすな　思ひ忘るな　風な忘れそ　しめを忘るな　春を忘るな　都忘るな　物わすれすな　わするゝなゆめ　忘れざらなん　忘れたまふな　我を忘るな／便り過ぐすな

忘られぬ［忘られない］　忘られぬ●いつかわすれむ　かく忘られず　影わすられぬ　実忘らえず　常忘らえず　先忘られね　忘らえなくに　忘らゆましじ　忘らるまじき　忘られがたき　忘られなくに　忘られぬべき　忘れがたきは　忘れかねつも　忘れむと思ふ

思考

紛

【紛ふ】 あいまいになる。区別がつかなくなる　汲みまがふ　雲にまがふ　まがひけり　まがひせば　まがへつつ　まがへども　まぎらはし　まぎれつる●思ひまがへて　霞にまがふ　風の紛れも　雲居にまがふ　恋のまぎれに　声もまぎれて　ここだも紛ふ　しほぢにまがふ　時雨にまがふ　しばしまがひし　白髪にまがふ　散りの紛ひは　散り紛ひたる　鳴く音にまがふ／あふさきるさに　夜の錯覚に

【見紛ふ】［見まちがえる］　立ちまがふ　まがふ色に　まがふとや　まがふれば●色はまがひぬ　色やまがへる　桜にまがふ　袖にまがへる　そら目なりけり

【違ふ】［くいちがう］　人違へ●思ひにたがふ　をりたがへたる　情たがひぬ　心たがはゞ　たがふこゝろぞ　たがはざりけり　違はるべくも　契りたがはぬ　名にはたがはぬ　淵瀬たがふな

【異なる】　うたて異に　こと鳥を　異なれど　異文字は●梅はことなる　鐘ぞことなる　さまことなりや　知らず異る　契りことなる　人に異なる　宿や異なる

為

【為す】　しつるかな　為るものぞ　せしみそぎ●業を為まさに　やらじとすれば　われは為かねつ

かもかも あれやこれや　かもかもすらく　かもかも為むを

術無し どうしようもない。途方にくれる　いかがせむ　すべもなき　為方を無み●いかがせんずる　いかゞはせまし　空手に過て　すべのなければ　せむすべ知らに　為む為方もなし　むなでに過ぐる　病まばすべなし　渡るすべ無し

方便　たづかなき●生のたづきの　たづきも知らず　たづきも知らぬ　たどきもわれは

手段　生きむすべ●止むるよしは　わが奥の手に

易し　そのかやすさの　耳にたやすし　やすくも見せず

甲斐ある　かひありな　かひしあれば●すててかひある

【縁】　ゑにしあれば　えんしゆくせ　縁のもと　ほそき縁●相見るえにし　えにこそあるらめ　えにし悲しみ　結縁にせん　花の縁にや　花の縁やろ　縁をもちてか／根も深ければ

ゆかり　ゆかりとも●草のゆかりと　その由縁にて

思考

露のゆかりを　ゆかりたづねて　ゆかりと思へば

縁無し　縁を無み●逢ふ縁も無し　逢ふ因を無み　うるよしもなし　干るよしもなき　寄る縁も無し／なすよしも哉　見るよしもがな

寄るべ　よるべなみ●寄らむ方なく　よる方ぞなき　よるべ知らせよ　よるべなみ路に　よるべの水に

【試みる】　こゝろみに●いま試みよ　こころみがてら　駒試みん　ためしに引ける　猶心みよ　長きためしににひ試を　待ちこころみよ　世をこころみむ

唆かす　そゝのかし　そそのかせば

【備ふ】　かねてより　具ふれど　たきそなへ　楯を儲け●あらましぞする　軍を儲けて

【借る】　借りければ　寺かりて●風は借るらん　車を借りて　袖はからまし　屋戸借る今日し　宿を借りけん

貸す　かせるたもとの　衣貸すべき　なほや貸さまし　脱ぎてかしつる　舟貸さめやも　船しまし貸せ

返す　返し賜らめ　かへしつるかな　かへすを君が

【得】［得る］　得べきかは　得てしがな●得たりといはん　えたりやものと　えたる重荷に　悲しみをえぬ　何うるとかも　安見児得たり　我が得し事は

賜ふ・賜ぶ　賜りたる　賜ひてし　賜ふれど　給はりて●いもがたまひし　男餓鬼賜りて　神より賜びし　たれかたまはむ　針ぞ賜へる　昼は田賜びて

譲る　ゆづり置きて●命を譲りて　かゝしにゆづる　たれにゆづらん　人にゆづりし　ゆづる山風

【治む】　治まれる代の　鎮むる国ぞ　鄙治めにと　馬克那査達と　世をや治めん

裁く　裁判の　捌くかな　捌け落ち

領る［領有する］　敷き坐せる　早領りて●やまにしむるや

【仕ふ】　つかふとも●いよりつかへよ　神に仕ふる　君につかへむ　侍従ふ時に　つかへし容儀　仕へてぞ得し　仕へ奉りし　依りて仕ふる

従ふ　したがはで●風にしたがふ　服従ふものと

訴ふ　うたへまし●出でて訴へむ　たれにうたへむ

遣る［行かせる］　人やりの●遣さなくに　文は遣りたし　身をやる方の　大和へ遣りて　遣らむとぞおもふ

様

【様】［様子。姿・形］ いかさまに 面様の 頭つき さらひやう 夜のさまかな●あながちなるさま あらぬさまなれ 生きの有様を うたたあるさまの 卯杖のさまに かへるさまには 形・有様 さまあしけれど さまことなりや 此様彼様 畑のさまかな

【気色】［様子。表情。きざし。気配。光景。心の動き］ けしきにて 気色をば●岩の気色を 嗚呼絵の気色 驚く気色ぞ 霞の気色 霞むけしきに 風のけしきに 雲のけしきは 今朝のけしきに 気色替りて 気色ことなれ けしきのどけき 気色吹くだに 気色見せなん 気色をも見む 山家の気色 忍ぶ気色や 袖のけしきは

色［気配。様子］ 秋の色を 色ならむ 春の色を 夜のいろ●色こそみえね くるゝいろなき よそなる色は

【似る】 あひにたる 秋に似て 牛の真似 君に似る 名にも似ず にげもなし 似ざめれど 似ざりける 似たまひし にたりけり 春に似て 舟に似たり 如己男の●あたかも似るか 妹にゝるてふ 絵にも似たるか おもへばにたる 親に似ぬねも かけらに似たる 香にこそ似たる きゝしに似たる きのふにもにぬ 君にゝるてふ 小蜘に似たる 猿にかも似る 絶望に似て たはむれに似て 土塊に似る 似かよへるわれ 似たるいにしへ 似たる物なき 似てこそありけれ にぬたもとなる 似る人も逢へや 人間に似る むかしに似たる われににべきは／つきづきしきもの 月におぼゆる 夏は人まね 音に通ふとも わかれぬを

【同じ】 おなじ枝に おなじ巣に 同じ野の 同じ道●いづくもおなじ おなじ色香に おなじうき名を 同じうき寝の おなじうてなと おなじをしへを 同じかざしを おなじ形見の 同じき里を 同じ国なり おなじ雲井か おなじ心ぞ おなじ言の葉 同じ渚に おなじ身ながら 同じ藻屑と おもひもおなじ 幽世と同じ 消えしもおなじ 煙はおなじ こよひもおなじ 罪はおなじな 人同じからず ひとしき色は

【如】 藍の如く 草の如 玉のごと 間なきが如 眉の如 水の如し●円座の如く 火剣のごとし 語るがご

とく 金糸雀のごとく 鹿猪田禁る如 すはるる如し 手童の如 乳の若くに 告ぐるが如く 常の如しと 時じきが如 飛ぶが如くに 鳴沢の如 脱き棄る如く 鬚無き如し 火に入るが如 富士の嶺のごと 水泡のごとし 虫の如くも

類 同類を●釘のたぐひに 虎のたぐひに

じも［のような］ 犬じもの 馬じもの 男じもの 鹿児じもの 鴨じもの 鹿じもの 猪鹿じもの 鳥じもの

さぶ［それらしくなる］ 翁さび 童さび●貴人さびて 翁さびせむ 男子さびすと 少女さびすと 神さび立ちて 山さびいます

なる［のような］ あたりなる 越路なる 信濃なる なりぬらし 二葉なる 百重なる●家なる妹を 男もすなる 風ぞ秋なる 片思ひなる かただよりなる 壁に生ふなる 浜辺なるらん 貧窮気なる 不覚人なる

【なす】［のような］ 馬酔木なす 嵐なす 鶉なす うつろなす 鏡なす 垣ほなす 川音なす 雲居なす 木積なす 五月蝿なす 玉藻なす 千尋なす 常磐なす 泣く児如す 丹穂なす 引帯なす 真珠なす 水鴨なす 水沫なす 百重なす 闇夜なす●枝なす角に 影なす海の 蟹の行く如す よどみ藍なす

【種】［種類］ 色くさを 種々の 三種ある●色くさぐさに 色の千種に 金銀種々の 種々のをたけび 千種の色を 七種の花 花種にありと

様々 さま〴〵の●とざまかくざま

色々 色〳〵に●糸の色々

【然】 さもこそは さらぬだに さりともと しかりとて 然りとも 然れこそ●いづくをさても さなり〳〵と さはとて流す さらぬ鏡の さらぬもしげき さらばおそれて 名をだにもさは

【かかる】 かかる身に かゝる世を●かゝるうきめを かかる生活に かかるこの世を かかるすまひの

かく いかでかく かくしこそ かくだにも かくのみや かくばかり●かくほころぶる かくわかるるを

かくて かくてこそ 身はかくて●跡はかくても かくて絶えぬる 冬だにかくて 我世はかくて

【比ぶ・競ぶ】 くらぶれば　くらべつゝ　くらべ見よ●思ひくらべて　女競べの　顔にくらべる　数にくらべば　くらべざらなん　くらべば強き　煙くらべに　こゝろくらべに　たくらぶるだに　見競べけるに　わざくらべして

比ふ［比べ例える］　たぐへばや　なずらへて　よそふれば　よそへつゝ●月夜に比へ　花に比へて　よそふるからに　よそへてぞ見る　比へてむかも

【例】［前例］　ためしなき　またためし●かかるためしを　ためしありけり　例ありやと　ためしなるらむ　千世のためしに　長きためしに　世の例にも

譬ふ　たとふるは●何にたとへむ　松にたとへむ

性

【性】［性質］　性萎え　わが性を●性と思へば　さがにくき世に　柔和の性は／ねぢけたる

根性　血気も繁く　まけじ魂　和魂

忠実　忠実心　まめだちて　まめなれど　まめ人の　まめやかに●いとまめやかに　顔の真面目さ　まめ心あれ／すくよかに

素直　素直なる●すなほなる人を

慎し　虔ましき●直つつましく　つゝましげなる

【習ひ】［習慣］　穢土の習ひ　神習　癖なるを　ならひありて　習ひにか　ならひより　癖をば　風なれや　世の慣らひ●秋のならひの　うきならはしに　神習ゆく　心ならひに　ならひありとは　ならひなければ　習ひなれども　習ひにけりな　春のならひの　身はならはしの　都の風習　無常の習ひ　村の仕癖を

【柄】　神柄か　川柄し　所柄　人がらも　宿がらか

家風　家風は　家の風●家の風をも　家をあらはす

国風　国柄か　諏訪振りを　土風を問ふ　夷振の●神国風　国風しるき

古体［古風な］　古体なる●古体の心　古体の人ども

【振舞】　ふるまひて　振舞に●いかに振舞ふ　蜘蛛の振舞　ふるまひしるき

しどけなし（うちとけている。しまりがない。）　しどけなく●帯しどけなき　しどけなくゐむ

やをら［そっと］　やをら出て　和ら立ち●やをら食ひければ　和ら立ちしが　和ら戸を開け　和ら抜き出でて

☆ 思考

【品】（しな）身分・家柄・風情　品おとりて　品定（しなさだめ）　品たかき　人品（ひとのしな）●品々しくて　品なきものを　品ももとめず

【凡】（おお）［平凡。普通。ぼんやり］　おしなみに　凡ならば　おぼろかの　凡人（ただびと）の　常人（つねびと）の　尋常（よのつね）に●凡に見しかど　ただなるよりは　なみに思はば　人なみなみに

無礼し（なめし）［無礼である］　無礼し恐し　無礼しと思ふな　無礼（むらい）の罪は

【強ひて】（しいて）［むしょうに］　しひて恋しき　しひてぞ惜しき　しひても頼む　ほだしを強ひて　われ強ひめやも

強ち（あながち）むりやり。ゆきすぎ。　あながちに●あながちなるさま

あやに［むしょうに］　あやにあやに●あやにかしこし　あやに愛しき　あやに悲しび　あやに悲しも　あやに着欲しも　あやに恋しく　あやになづめり

【徒】（あだ）むだ。はかなくもろい。つまらない　あだごとを　あだし身は　あだなりし　あだなりと　あだに散る　あだ臥に　徒夢（あだゆめ）の●あだなる風を　あだにある身の　あだにうつろふ　あだに暮すな　あだに散らすな　あだに散るなと　あだにもなびく　あだに破れゆく　あはれあだなる　命をあだに　心ぞあだに　生らぬ徒花（あだばな）　はなのあだなる　ゆくへあだなる

徒

徒口（あだぐち）　無駄口（むだぐち）が●口たゝきやめ

徒心（あだしごころ）［浮気心］　あだ人の　花心　外ごころ●他し心（あだしごころ）を　あだと知らなむ　あだなる男　うつし心は　異しき心を　心を異しく　一花心（ひとはなごころ）や　二心（ふたごころ）ある

徒波（あだなみ）［変わりやすい心］　あだなみや●袖のあだなみ

徒に（いたずら）　いたづらなる　徒に●ありのすさびに　いたづらにして　いたづらに吹く　身のいたづらに

益無し（やくなし）役に立たない。つまらない　益無かるべし　益無く思ゆ

【甲斐無し】（かいなし）効果がない。むだ。益がない　かひなくて　甲斐なしや●いふかひぞなき　生きてかひなき　今はかひなき　薄きかひなし　おもふかひなく　かひなかるべき　かひなきことを　かひなきものぞ　甲斐なきわざを　かひなく立たむ　かひのなきかと　聞けばかひなし　来つるかひなく　住むかひぞなき　玉もかひなし　長きかひなし　初ねかひなき　花もかひなし　見るもかひなき

験無し（しるしなし）　験（しるし）なき●しるし無きかも　しるしも見えず

験を無みと　寝るしるしなし　まつしるしなき

【数ならぬ】物の数に入らない。はかない　数ならで　数ならぬ●数なき身なり　数ならぬ身の　数にもあらぬ　数にも入らぬ　人かずならぬ　みの数ならぬ

塵泥　とるにたらない　つまらないもの　塵泥の　塵の身ぞ　塵の身は●ちりひぢの身に　ちりひぢもなし

果無事　消えてなくなりやすいこと　はかなごと●はかなき事を

【仮】　いさゝめの　仮住居　かりそめの　仮初の世　かりにのみ　かりの宿　仮の世に　かりまくら●いとかりそめの　かりそめにとて　仮初のこと　かりにも人ぞ　かりのこの世に　かりのやどりを　仮れる身ぞとは　この世をかりと　ただかりそめの　つひのかりの身

嘘

【嘘】　あだごとを　いひなして　嘘な人　逆言の　名を釣るは●いひなされつる　嘘が去ねかし　嘘に揉まるる　嘘はなけれど　うそもまことも　逆語か　狂言綺語の　人は嘘にて／大軽率鳥

【偽り】　偽と　偽れる●いつはりつくる　偽りなりき　いつはり人に　いつはりもがな　いつはりもなし　偽りをのみ　偽ることを　偽善の白衣　げに偽りは　ただいつはりに　人のいつはりに／化粧軍　珠とあざむく

謀る　あらぬたくみを　たくらぶるだに　たばかりありて　はかられにける　人をはからぬ

えせ　にせもの。見せかけだけで価値がない　似非賽の　似せ飛脚　えせ者の●えせ車ども　えせ博士らと　えせ者にこそ／鰹武士

【空】［嘘］　虚行　空酔ひを　そらなげき　空情　空寝ならむ　そら目をぞ　空山伏●空米買うて　虚印地なれ　空嘯いて　空おぼれする　虚死をして　空頼めこそ　虚名乗をして　空鳴りしては　そら目なりけり

空音　関にそらねの　空音か正音か　空音なりけり　鳥のそら音は

空言［嘘］　虚言なり　空言も　虚言を　空言も●そら言するなり　そら言する人　虚言をして

愚

【愚か】　おろかさを　愚かなる　愚かなれ　おろかにも　愚人の●愚が一人　おろか也けり　おろかなる身に　おろかなるらん

げにおろかなる　さかしおろかと／あやめも知らぬ
あやめもわかず　虚仮をいだける　すく〳〵しう　たはわざな為そ

痴れ者 ばか者。あほう　痴けたる　お軽忽　をこめきて　白者の●痴れたる者ぞ　白墓無き者　人間の馬鹿

【驕る】　かど〳〵しき　われぼめや●おごりの春のをごれりしかど　おしてよこぎる　己を愛でて　おもひあがりて　鼻鮮かに　我れを愛できと

賢しら［利口ぶる］　賢しみと　さかしらに●さかしおろかと　賢しらをすと　たがさかしらに／身の程しらず

【鈍】［のろま］　おそこまは　愚痴無知鈍　愚鈍者に　のどのどと●おその風流士　鈍やこの君　鈍なお人や

拙し［未熟。へた］　拙劣みこそ　拙神●拙き人ら

たづたづし［たどたどしい］　あなたづたづし　たづたづしかも　たど〳〵しくぞ

無風流 風流を解さないこと　無心なりや　流俗の●いは木なりとも　心なき人　似ぬこゝろかな　もぎ木なりとや

【怠る】　怠らで　おこたりぬ　懈怠して　懈怠の陰
倦怠の　心おそく●おこたりぞする　ふみにおこたる　身のおこたりぞ

中々［中途半端］　中間に　なほざりに　なかなかに

【劣る】　劣らめや　おとりけり　おとるもの　品おとりて●雨に劣らず　おとりまさりも　なほをとりけり　にほひ劣りて　はしたなきまで　はしたなしとて／およばぬ身にも　花にをよばぬ

悪し・あやし［粗末］　あしき衣　あしき手を●あやしき壁の　あやしき萱屋　怪しき硯　怪しき山里　賤しの畳　髪あしき人　髪のあやしさ

悪

【悪】　悪声の　悪比丘の　悪霊は　あしからじと　あしかれと　悪しき馬　悪し善しを　一の悪馬　北風悪し　気色悪しくて　十悪と●あしかりけりと　悪しかる咎も　悪しけくもなし　悪しに悪しく成りて　極悪低下の　心あしきは　十悪五逆の／身のさがなさを

悪人　悪しけ人なり　心あしき人／佞人

【醜し】　あな醜　見ぐるしき　醜きを　醜くさを●

顔がさもしき　醜(しこ)つ翁(おきな)の　醜(しこ)の醜草(しこくさ)　醜霍公鳥(しこほととぎす)　醜(みにく)き
そびら　鼻高(はなたか)なる者　黄泉(よみ)の醜女(しこめ)は

叱

【咎(とが)】［あやまち。罪］　酒のとが　とがならん　咎むとも　とがむなよ　とがむるも　とがもない●悪(あ)しかる咎も　妹(いも)や咎めん　風のとがには　神にとがおはむ　心の咎に　言咎(ことが)めせぬ　立つにとがなき　誰(たれ)かとがめん　月見る咎に　とがにおぼゆる　とがにはありける　とがむ許(ばかり)の　とがむる犬の　とがむる神も　とがめたまふな　人とがめけり　人のとがとは　人のとがむる　人やとがめむ／もどけるに

【諫(いさ)める】　いさめしらるゝ　いさめの杖(つえ)は　親のいさめし　神のいさむる　神のいさめに　神やいさめむ

嘖(こ)る［叱る］　叱られて●嘖られ吾(あ)は行(ゆ)く　父に嘖(ころ)はえ　母に嘖(ころ)はえ

責(せ)む　心せたむる　水火(すいか)の責めに　責めて問(と)ふとも　母は責むとも　妻(め)に責められて

懲(こ)る［こりる］　こりずまの　懲りぬるも　懲りもせず　懲りよとや　懲ろしめよ●ありもこりけむ　打(う)てども　懲りず　懲りずてまたも　こりずまの浪(なみ)　懲るる心は　なほこりずまの　又(また)こりずまの／後妻(うわなり)打ちの　女の仕(し)をき　縛(しば)り付(つ)け　なぶるらん

呪

【汚(けが)れ・穢(けが)れ】　国汚す　けがさじと　けがれたる　褻(な)るゝ身(み)を　穢(な)れぬれど●けがされぬ身の　けがれし唇(くち)に　けがれぬひとは　汚れぬる身も　名にやけがれん　またやけがさむ

禍罪(まがつみ)［わざわい］　まがつひに　まがつみは

禍禍(まがまが)し［不吉］　まがまがし●まがまがしき事

【呪(のろ)ふ】　呪言(かじりごと)　呪詛(ずそ)の祓(はらえ)　呪ふべく●海の呪詛(かじり)は　のろひごとして　咀(のろ)はれしかな　人を咀(のろ)はむ／丑(うし)の時(とき)参り

祟(たた)る　祟りなさるな　たたるにわれは

【罵(ののし)る】　罵(の)らゆれど●醜(しこ)の醜道(しこみち)　罵(の)らえかねめや　詈(の)らえて居(お)れば　笑(わらい)ひののしり

侮(あなず)る［見下げる］　軽(あなず)れり　おとしめて●あなづらはしく　あなづりにくき　あなづりはせず　ないがしろなる

【ゆゆし】不吉。おそれ多い　ゆゆしきかも　ゆゝしとて●言(い)はば　ゆゆしみ　ゆゆし恐(かしこ)し　ゆゆしかりける

思考

罪

【罪】 天つ罪　すきたる罪　誰が罪ぞ　罪得らむ　罪軽めて　罪なくて　罪に落ちて　罪はしも　罪深き　罪もなき　罪を切る　わが罪を●愛執の罪　いかなる罪の　思はぬ罪か　五逆罪にや　言葉の罪も　罪障なれば　罪障の山　つみをかしける　罪かろきさま　罪ぞかなしき　つみのはかりを　罪の深くて　罪のむくひは　罪は得らむと　罪はおなじな　罪はかろくも　罪深からむ　罪ふかき身にて　罪深きわざ　罪深けれど　罪も消ぬらん　罪ものこらず　罪やいかなる　つみより罪を　罪をも露に　積もれる罪は　手触れし罪か　何のつみなき　未来の罪を　無礼の罪は　物の怪の罪　もの思ふ罪も　許さぬ罪を　輪廻の罪こそ

罪人　嫌疑人　罪人の●罪ある身とは　罪重き身にて

殺す　ころしても　生殺●生命を殺す　今はころさじ　絞殺台の　鹿・鳥殺す　殺生禁断　山蚕殺しし

犯す　侵しければ●犯さぬ罪の　犯しやすらん　犯を成して　をかせる罪の／過ちの　誤りにしより

【刑】 絞首台●絞殺台の　身も刑場の／赦免あるべし

鞭　霜の鞭　葛鞭●一鞭の風　鞭うたれつる　鞭競馬　むちもわする、　馬の鞭して　文字さす鞭や

笞［むち］　楚取る　白きしもと●しもとみるこそ

牢　牢獄みち　牢出づる●ひとや見むとは　禍つ監獄に

島流し［流罪］　隠岐遠流　遠流せよ　流罪せらる●島に放らば　島の女房は　流れて後の

【報い】 宿世の報　報いにて　むくへかし●乳房の報　罪のむくひは　何の報いの　人のむくいの　まさしやむくい　むくいなるらん　むくいんものか

【盗む】 馬盗人　がう盗の　ごまのはい　盗犯に　盗人の　昼とんび●近江泥棒　香をだにぬすめ　盗み盗まず　盗む人あり　はなぬすびと、　花盗む人　蟾蜍の盗人　みそか盗人　わがぬすまはむ　童盗人

奪ふ　さらへ行く●奪むとにや　人買ひ舟は

【賊】 賊守る　山賊と●賊にくみして

海賊　海賊の　海賊舟●海賊追ひ来　海賊来たり　海賊どもの　海賊取りてむ　海賊の船／よるあるき

思考

命

【命(いのち)】 命あらば　いのちありて　命あれば　命をし(お)　命こそ　いのちだに　いのちにて　命をぞ　己(おの)が命を(お)●あすの命を　生(い)かむ(ん)命　そ(ぞ)　いとはじ命　命あらめや　命かけたる　命籠(こも)れり　命五文(ごもん)の　命死なずは(わ)　いのちしなねば　命死なまし　命死ぬべく　命しらねば　命継(つ)ぎけむ(ん)　命とかしる　命長くは　命長さの　命ならまし　命なりけり　命なるべき　命にかへて(え)　命にたのむ　命に向(むか)ふ(う)　生命(いのち)のおもみ　命の君は　命残さむ(ん)　命遺(のこ)せり　いのちはきえぬ　命は棄(す)てつ　命ほりつつ　命待つ間(ま)の　命も知らず　命やさらに　命をあだに　命を今は　命を惜(お)しみ　命をかふる(う)　命をかけて　命をこふる(う)　生命(いのち)を殺す　命を誰(たれ)に　命をひろうた　命を譲(ゆず)りて　斎(いわ)ふ(う)命は　かゝ(か)る命よ　けふ(きょう)の命を　恋に命の　さても命は　死なん命も　死ぬる命を　知らざる命　捨(す)つる命は　そをいのちにて　たゆたふ(う)命　透(とお)し生命(いのち)に　延(の)ぶる命は

玉(たま)の緒(お)［命］ 玉の緒よ●たえぬ玉の緒　玉の緒ばかり　露(つゆ)の玉の緒　我(わ)が霊(たま)の緒は

息(いき)の緒(お)に 命のかぎり　気(いき)の緒(お)に　息の緒に●気(いき)の緒(お)に思(も)ふ(う)

【薄命(はくめい)】 薄命の●消(け)やすき命　短き命も　微(もろ)き命も

露(つゆ)の身(み) 消えやすい身。はかない身の上　露の身は●命を露に　しらぬ露の身　露の命を　露の身ならぬ　露の身のはて　露のみやどる

生

【生(い)きる・生(い)ける】 生きたるか　生きてあらば　生きてよも　いき乍(ながら)　生きむ(ん)すべ　生けらじと　生けりとも　生ける案山子(かかし)　生ける日の　生ける身の　生ける代(よ)に●いかまほしきは　生きてかひ(い)なき　生きてもわれは　生きて別るゝ(る)　いきとるのかと　生(いき)の香(か)ふかき　生(いき)のまにまに　生けらじものを　生けらばあらむ(ん)を　生けらばのちの　生けらむ(ん)極(きわみ)　生けりともなし　いけるかひ(い)ありて　生ける験(しるし)あり　生けるともなし　生ける人なく　生ける日にこそ　命は生けり　今まで生ける　悲しさに生(い)く　生(せい)は貪(むさぼ)る可(べ)く　なれるはじめに　まこといきたる　生還(よみがえ)りなむ(ん)

一生(いっしょう) 生涯(しょうがい)に●一期(いちご)の思(おも)ひ出(で)　一期(いちご)は夢よ　人の生映(ようつ)す

生死(いきしに) 生(い)き死(し)なん　生(い)き死(し)にを　死(しに)も生(いき)も●碁(ご)にいきしにを　生死(しょうじ)の海は　生死(しょうじ)のをきて(お)　流転生死(るてんしょうじ)を　わ

が生死の

生者 生きものの 生者●生ある者は

【長らふ】（長く生きつづける） ながらふる ながらへば 存らへんと●ながくもがもと ながらひはつる ながらふる身を

長命 長命を●命長くは 長き命ぞ 根長き命／こまつむすびて 千とせの命 千代しも生きて

長らへず ながゝらぬ●ながらふまじき ながらへずばと ながらへま憂き よもながらへじ

生ひ先 生ひ先なく 生ひ先を●おひさき遠く

【生まる】 生れけめ 生まれけむ 生れこし うまれ兒の うまれなば 生まれしも むまれより●生れざりけん 生れむ人は 生ひ出づるものは 君生れし日 子猫生れて むまるゝたびに むまれあはまし むまれかはらむ 生まれて八歳と むまれゆくなり

生る［生まれる］ 生れつぐや 生ながらの 生れましし 春生れし●生れこしわれと 生れぬ山蚕は

在り経（この世に生き長らえる） あり経れば ありへむと

【産む】 産神に 臨月 子を産みたる 子を産める 子をひりて●産ませたるなり 産まるる時に 生まむとすらん 生み難きかな 生みたる妻の 男子は産め 子産まぬ式部の 子生むべき人 子は産まねども こをばうむべき 母が生みたる また人を生む／ことはらにやは むすめの腹

妊む はらみぬる●懐妊したり 孕み女の はらむ薄ぞ 孕り足らふ 懐妊りたりと／つはり肴に

産屋（出産をする部屋） 産小屋は 産養●産屋の七夜 うぶ屋のまへの すわる産婆／鶴の毛衣

産声 初声に 呱々の声

【乳】 白き乳の 乳のみて 乳のまう 乳も飲まず 乳をしぼる 乳飲ませける 白乳に●乳乞ふがごとく 乳のあたりの 乳の若くに 乳を含めて 乳を索むれば 乳飲めや君が 母の乳吸ひて 母の胸乳を 人の乳のいろ ミルク吸ふ子を

【乳母】 乳母子の 乳母の名●乳母求むらむ ちごの乳母の 児も乳母も 命婦の乳母 乳母抱きて 乳母なる人 乳母の姉ぞ 乳母の抱く 乳母の男 乳母の女

【育む】育ぶり　はぐゝみを　育めり●生したてけん
捨子育つる　そだてしからに　なほはぐゝめる　はぐく
み立てし　はぐくむ袖の　はごくみ立てよ
養ふ　親ぞ養ふ　子をやしなひに　養はれたる
【成る】処女と成りて　狐に成りて　田夫に成りて
成りも成らずも　博士になりて　変成男子として　仏
に成ること　夫婦に成りぬ　竜女変成
【青し】未熟・一人前でない　青侍●青女房を／弱冠なれども

若

【若し】末若み　草若み　心わかう　青
春の　若かへで　わかき人　若き笛　若き
星の　わかき身の　稚き童　若君達　若け
れば　若立ちて　若鼠　若人に　小子ども●愛し若衆
と　面まだ若き　御若髪も　春秋富めり　すべて若人
血潮はわかき　年若き妻の　年若くして　身の若かへに
若えつつ見む　若き女の　若きが膚も　若き木樵の　若
き随身　若きたましひ　わかき二十を　若き緑や　若
き脈打つ　若き山伏　嫩き蕨は　若きをゑらむ　若け
む子らに　若駒率て来　若さに顫ふ　若びたる声　わが
若さ燃ゆ　若うをかしき／齢たらで
若やぐ　若やぎて　若やかに●わかやかなるが　わか
やかにして　わかやぎだちて
うら若し［若々しい］　うら若い　うら若み●うらわかげ
なる　うら若みこそ　花うらわかみ
【変若つ】［若返る］　をち返り●いやをちに咲け　変若
ちましにけり　また若ちかへり　また変若ちめやも
変水［若返りの水］　変水は●咲酒変若水　変水求め
変若つとふ水そ　持てる変若水
不老不死　生く薬●いく薬のみ　老いず死なずの　不死
てふ薬は　不死の薬と
【幼し】をさなかりし　をさなげに　をさなげも
幼児の　稚子よ　をさなびて●幼心地に　声あどけな
き　声幼げに　をさなき春を　をさなき胸の　稚きも
のよ　幼き童　をさなげにして　まだ幼きを／愛盛り
幼きなし［おさない］　いときなき　いとけなき　いはけ
なき　いはけなく●いとけなかりし　いとけなき時
まだいとけなき

老

【老い】おい馬の　老が身の　老いが世に　老いくづほれ　老い声に　老い痴らへる　おひ立たむ　老いてのち　老なみに　老いぬとて　老いぬらん　老いぬれど　老鼠　おいのきく　老いの波　老の後　老いの果て　老の畢に　老いの世に　老いはてて　老法師　老いもせぬ　老いらくの　月は老い　花は老いて　老鶴と　老武者の●いたく老いぬれ　老かへるてふ　老い屈まりて　老い隠るやと　老い朽ちぬまに　老舌出でて　老いずは今日に　老いせぬ秋の　おいせぬ名をば　おいせぬ人も　老いせぬ物は　老ぞ悲しき　老いぞ添ひける　老いたる鼠　老いたる野馬の　老てくやまん　老いて別るゝ　老いとなるもの　おいにけるかな　老いぬる故にや　老いぬるばかり　老いぬる身こそ　おいのいにしへ　老のいのちぞ　老ひの鶯　老のかずかは　老の数こそ　老のこぬまぞ　老の坂路に　老のすがたは　老いの底より　おいのなごりに　老の涙の　老いの波の皺　老のねざめを　老の眠は　老のはてこそ　おいの光の　老の身をもて　老の山べの　老はあはれめ　老はいくたび　老は人をも　老いは呆れても　老いやしぬると　老をいとはぬ　老いを堰くらむ　老いを待つ間の　老いを省に来し　老を忘るゝ　かすむはおいの　しぼめる老も　堪へぬは老いの　杖こそ老の　花こそ老の　人はおいぬる　身にしむ老の　昔は老を　安く老いぬる　我が身の老と／腰は二重に　暮歯の粧ひ　よよむとも

老人　老のどち　老人の　老男は　垂老は　老骨は●老いたる翁　老いたる奴

【古る】［年をとる］　人ふるす　ふりにける　古りぬれど●人こそ旧りて　人は旧りゆく　人は古きし　古りたる君に　古りにし媼　ふりにし人は　ふりぬる人の　ふりはてぬるは　ふりゆく身をも　みはふりにけり　我が身ふるれば　我ぞふりゆく　われを古せる

【年経】年をとる。年月がすぎた　年へたる　年もへぬ　ねびにたる●重年をして　年の老ゆるまゝ　年はきはれど　年ふるあまも　年経るをろち　年へぬる身は

長人　大人。年配の人。長生きの人　長なる　長人を●長しき人　長しき武者　長受領の　長びむまで　長年の人　世の長人の

／およすけたりし

【齢】［年齢］おのが齢の　君が齢を　暮る、齢と　すゑの齢に　過ぐる齢や　よわひをも　わが齢●今はのよはい　君が齢もがも　鶴のよはひに　人のよはひは　齢までと定め　齢幾世ぞ　よはひかさねよ　よはひはゆづれ

【年】中年の　年うへの　年きはる　年長けて　年波の　年の嵩　年の数　暮年には●歳々年々　年ぞ重なる　年の数をも　歳の知らなく　年の行くをば　ゆく年波の

病

【病む】胸病みたる　胸をやみて　病みおきて　病猪の　病みまどひ　病める魂●病枕を砕く　病難死苦の　病まばすべなし　病みし頃より　病みし渡れば　病みたまふぞと　病み付きにける　やむともよそに／腎虚するこそ

患ふ　患ひし●風をわづらふ　心わづらひ

【病】あた病　死るやまひ　病して　病すれ　やまひせぬ　病付き　病をも●あしの病に　重き病を　臥病の中に　作り病ひよ　無き病にて　友のやまひの　病起りて　病おもきを　病しらずに　病付きたり　やまひづきぬと　疾となれり　病無くして　病に成りて　病の力　病の筵に　病は重く　やまひはすとも　病を抱き　病を受けて／脚病といふ　内障でよりの　痢病から

労き［病気。苦労］いたつきの●身にいたつきの／海の病

病人　病める子よ●重き病者の　やむ人たえぬ

肺病［肺結核］伝屍病　伝死病　らうがいの

風邪　風発り　乱風●風だにひかで　風わづらはぬ　風病重きに　御風めすなの

熱　熱なきも●顔もほてるや　熱のうつるが

【医師】医者に問ふ　一家の医師　薬師など　医師なり　くすしらが　医師の　目医師よ●医院の壁の　今の薬師　けふはゐしやどの　医師歩にて　医師くるしめ　医し損ふ　医師手を摺り　医師ふりはへて　医師を迎へ　医にして　戻つた医者の／検温器　聴診器

【治る】おこたらしませ　なほるも早き

癒す　病癒え●心やしなふ　病を癒す

灸［お灸］切りもぐさ　さしも草　生灸　二日灸

【薬】薬売　薬猟　薬磨る　薬の香　薬湯あり　薬

を踏む　草薬を　薬室の　薬草は　止む薬●うがひ薬の　丸薬嚙んで　気薬なる　薬けがせる　くすりこそせめ　薬にすなる　薬のまじと　くすり飲めといふ　薬はむとも　薬はむよは　苦味のにほひを　膏薬くばれる　死ぬる薬の　乳鉢の音を　売薬の名には　妙薬のよし　薬炉に火有り　薬研のひびき　止む薬なし／香蘇散　続命湯　とうそ白散　独活散を　反魂丹

毒　毒はなし●恋の附子矢に　毒とげぬくも　毒の利鎌の　満身の毒を

【疲る】　草臥て　征馬疲れ　疲れたる　疲れはてて　疲れ伏す　身はつかる　ものづかれ●馬疲るるに　手力疲れ　田に立ち疲る　疲るれば寝ぬ　つかれ顔なる　疲れくる見ゆ　疲れし魚に　つかれし心　疲れし花の　つかれし瞳　つかれやすむと　疲れをおぼゆ　疲れをのせし　飛ぶに疲れて／倦みたる翼は　待ちこうずる

疲し［つかれてだるい］　たゆげなる　たゆければ　たゆみつつ　手もたゆみ●足たゆく来る　書く手もたゆく　眉たゆきなり　結ふ手たゆしも　結ふ手もたゆく

刺す　さしおきし　刺すごとき●さいたことなき　刺さむとしてあり／刺激なき日を　舌を刺激す

痒し　痒く成り　眉痒み　むづかゆく●身の痒がりて

【傷】　傷数多　傷かば　傷きし　傷けし　疵もなきは●痕を撫でつつ　痛き疵には　疵のこさじと　鞍の上の瘡　怪我に踏むこそ　肉を傷く　炙き綴りたる

【痛し】　痛すら　しや頬痛く　頭痛さへ　やや痛き●足痛きわが身そ　足痛やなう　足痛くわが背　痛きわが身そ　いたむくるしさ　わが胸痛し

死

【死】　いのち死にし　思ひ死　君は死にき　今日死なむ　死なばこそ　死なばやと　死なむずる　死にかへり　死にし子よ　死に吸はるる　死に近き　死にて伏さん　死もせば　死ぬとても　死ぬべしと　死るやまひ　死の島の　死を逃る　春死なん　わが死にし　われ死なば●逢はず死せめ　逢はぬ死せん　いかでか死なむ　海や死にする　消かも死なまし　恋死なん日を　恋にし死なば　しをれしぬべき　死なで焦がるる　死なば死ぬとも　死なば何かは

死なば安けむ　死なましものを　死なる一語を　死なんずるなと　死なむといひし　死なむ勝れり　死に返らまし　死にかも死なむ　死にせぬ身とぞ　死ぬてふ事は　死にて臥したる　死に死にて　死にはやすくぞ　死にゆきしかな　死ぬばかりなる　死ぬべく思ほゆ　死ぬるかいかに　しぬる世もなく　死は畏るべし　死人の髪を　死人の血でも　死を授けよと　虚死をして　たびたび死ぬと　汝は死にしか　濁りて死魚ぞ　長閑には死なじ　薄明に死を　早も死なぬか　人死すらし　人に死にせり　人の死せし　人は死ぬらん　ほとほと死にき　山や死にする／かへらぬたびを　骸を曝す　五衰の日　とまる光を　山路に惑ふ

隠る［死ぬ］　かくれます　かくる糸の●磐隠ります

逝く　月逝きし　母逝きし　日は逝けよ●逝きて久しも

【消ゆ】　きえにしを●いのちはきえぬ　消えにし人を　きえぬさきにと　消えを争ふ　消ゆれば露に　消なば惜しけむ　消なば消ぬべく　消やすき命　われは消ぬべき

空しくなる　空しくなりし　やがて空しく

【先立つ】　先だゝじ　さきだたむ　さきだちし●後れ先立つ　親に先立つ　さきだちしあと　さきだちなまし　さきだつ人に　先だつ道は　人のさきだつ

身罷る　罷道の　まかりにし　臨終らむ　身故りぬ

身を投ぐ　身を投げば　身を投げん●淵に身なげん　身は投げてまし　身を投げつとも　身をも投げてん

後る［死におくれる］　後れゐて　後れじと●後れ先立つ　おくれざらまし　ともにきえなん

臨終　往生の　つひにゆく　終の日の　命終はる●いまはのころの　いまはの時の　今はのよはい　終り乱れぬ　つひには花の　つひにも死ぬる　身を終ふるまで

死出 死んであの世に行くこと　死出の山●苦しき死出の　死出の一戦　死出の山こそ　死出の山路を　死出の山より

【亡き】［亡くなった］　あるはなく　亡き跡も　亡き影になき物に●ありしもなくて　君亡き夏の　なきは数添ふ　なきや悲しき　亡きを送りて　なしとききしぞ　なしとこたへよ　亡じにし者／過ぎにし妹が　過ぎにし君が　過ぎにし子等と／西行忌　蓮如忌も

生死

墓

【墓】 壮士墓　処女墓　墓穴の　墓の上の
箸墓●いづこをはかと　外人墓地は　君が
墓まで　墓の辺に　御墓の文字は／廟堂に

奥津城［墓］ 奥城に●奥津城処　新おくつきの

魂殿 死者の霊をまつった所　魂殿に／あらきする

卒塔婆 角卒都婆●大なる卒都婆　卒塔婆と申は　卒塔婆に書して　墓も卒都婆も

塚［墓］ 塚おほき●裾野の塚の　塚の上にも　塚の辺りの　塚の夕暮　作れる塚を　鳥羽の恋塚

碑［石文・石碑］ 母が碑に●壺の石碑　冷たき碑に

墳 土を高く盛った墓　荒墳の　墳上に●新墳を吹けば

陵 天皇・皇后の墓　みさゝぎ高く　みささぎまろく

【柩】［かんおけ］ 棺に入る●兄の柩は　君が柩を　ひつぎ出づれば　ひつぎぐるまの　柩のうちに　棺はしまし

【骸】 なきがら。首のない胴体　骸をだに　このむくろ　骸ぞ　なきがらを　身は亡骸　むくろのみ●祖の骸を　骸を曝す　骸骨を求め　殻は炎と　骸を見つゝも　君が亡骸　魂なき骸を　骸を抱て　むなしきからに　もぬけの骸を

生死

【屍】［死体。しかばね］ 屍こそ　屍を　水浸く屍●屍と思ひ　屍なれども　草生す屍　水漬く屍に

【骨】 朽骨は　白髏に　人の骨　骨頭　骨立ちぬ　骨ならで　我が骨を●おのが骨をも　灰骨などを　白骨となつて　白骨を吹き　富人の骨も　骨あらはれて　骨已に朽ち　骨身にそむく　骨を埋んで　骨を市ひけん

【葬る】 埋葬する。火葬にする　送りおきて　火葬場の　神葬り　神葬は　葬送す　母葬り　葬ける　葬し　葬せむ●をはりの煙　御弔ひを　葬送の日の　葬の料に　葬り奉れば　葬りをぞ思ふ　人とぶらはば　火葬る時／かたみの雲に　手火の光ぞ　鳥辺野の露　鳥部山　六道の辻

【忌む】 忌こもるを　方違へ　長雨禁み●忌まるばかりの　忌みもしつべし　いむ姿をも　忌むとは人の　忌むとも今は　忌むべきものを　卯月の忌に　御物忌の　土忌み給ふ

【喪】 服はてて●にひもの秋は　重服を着て　服黒くして　喪無く早来と／黒き紙に　四十九日　七日の数を

【霊】［たましい］ 悪霊は　いきすだま　生霊に　怨霊の

霊しくも　言霊の　霊の　霊ぢはふ　霊まつる　霊水と　物の霊　霊地かな　霊鳥の●ある夜の霊夢に　聖霊の鳩の　霊神力

【魂】［霊魂］　玉魂は　奇魂　魂は失せ　幸御魂　精魂を　魂合はば　魂　は　たましひや　魂　よ　たまなれや　魂よりも　忠魂を　なき魂ぞ　人魂の　病める魂　我がたまを●出でにし魂の　雄雄しき魂の　虞姫の魂　此の奇魂　添ふ魂もなく　たましひ走る　魂太く　魂　ゆきて　魂　を嚙み　魂ぞ悲しき　魂なき骸を　魂のありかを　魂のかげにも　魂のゆくへを　魂むすびせよ　なにをか魂の　なやめる魂を　魄はこの世に　魄滅びずと　飛魄飛び散る　まどふ我が魂　見え来ぬ魂の　乱れし魂の　身を魂　を　優しき魂や　若きたましひ

木魂　樹木に宿っている霊　木魂など●木魂の鬼や　樹神も住みぬ

世

【世】　あまの世を　あはれよに　生ける世の　出づる世に　老いが世に　かなし世にからきよに　仮の世に　きし世こそ　君が世に　くだる世の　たえて世に　たれが世も　露の世にとほき世に　長き世の　なべて世の　広き世に　見ゆる世に　夢の世を　世なれども　世に知らず　世にすまば　世にみちし　世にも恥ぢん　世のはてを　世は失せよ　世を海に　世をつくす　世を照らし　世をわかれ　世をわぶる●あさましの世や　いかならん世か　いづれの世にか　浮かぶ世ぞなき　愁ひなき世を　しぬる世もなく　瀬にかはる世を　絶ゆる世もなし　月もある世に　なべての世をも　にごりなき世の　はかなき世をも　人しれぬよを　また夢の世に　身をたどる世にも、といふ世も　世と思はばや　世とぞなりぬる　世にかくれたる　世にし住まへば　世にすみ侘て　世にぞ対へる　世にたぐひなき　世に遠ざかる　世には隈なき　世には絶えせぬ　世にまれらなる　世にも有かな　世に許しなき　世の限りにや　世のけしきかな　世の理と　世のため何か　世の常ならば　世のはかなきと　世の外ぞかし　世は秋風の　世は春なれや　よはへだつとも　世はみな海と　世はゆたかなる　世を思ふゆゑに　世をすくふひとも　世をすぐす身は　世をのがるべき　世

をばつくさむ　世をばとゞめず　世を離るべき　よをも頼まず　世を渡るかな　我世尽きぬと　わが世の隅に

世に経［長らえる］　世をふるは●世にはふれども　よにふる人の　我が身世にふる

【前世】　前の世の　前生の●さきの世この世　さきの世もうし　前世の業に　むまれぬさきを／業尽す

宿世 前の世。前世からの宿命　えんしゆくせ　宿世こそ　運命とて　宿世の報　身の宿世　わが宿世●女の宿世　すくせかなしき　宿世もしらず　一夜宿世の／身の契りかな

【世の中】　人間の　世の間も　世間の　世の中は　世のちりに　世の人の●あはれ世のなか　かりの世の中　塵世のことを　すまむ世の中　塵を出でぬる　とめぬ世の中　よしや世の中　世のちりなきを　よのなかせばく　世間にあり　世人さだめよ　われ世のなかに

娑婆　娑婆世界　娑婆の外●娑婆にゆゆしく

閻浮［娑婆］　閻浮恋しや　閻浮の昔

【現世】［この世］　現世に　現世の●ある世にだにも　あればある世に　現世辛く　空蝉の世ぞ

此世［現世］　かゝる世を　このよだに　今の世にし　この世にて　現世には●あはでこの世を　いかにこの世を　かかるこの世を　かりのこの世に　此世ならねば　此世に願ふ　この世に残る　此の世には住め　この世の事の　この世の濁り　この世の後も　この世のほかの　此の世の道は　このよの闇に　この世の夢に　この世ばかりと　この世も闇の　この世をかりと　しもつ此世の／遍界は

【浮き世・憂き世】 憂き世（つらい世の中）と浮き世（はかない世の中）二つの意味の重なりあった語　憂き世には　憂世をば　世を憂しと●あな憂の世やと　憂この世かな　浮きて世をふる　うき世過ぐさん　うき世に出でぬ　うき世に帰る　憂き世に月の　憂き世に深き　憂き世の岸を　憂世の末に　うき世の民に　うき世の常に　うき世の中に　うき世のはてに　うき世の闇に　うき世はゆめと　うき世も分かず　うき世をかへて　うき世をしかと　うき世を知らぬ　憂しと見し世ぞ　おなじ憂世に　月はうき世の　迷ふ憂世も　世の憂きことは　世はうきものと　我が身うき世を

【無常】　あだし世は　常なき世　つねもなき●恋も無

常も　諸行無常と　常なかりける　常なき色に　常無きものと　常ならぬ世を　常を無みこそ　人の常無き　無常の習ひ　世は常なしと

定む　定むらん●さだむるがうさ　さだめある世の

定め無し［無常］　定めなき　さだめなく●あら定めなの　定めなき世と　さだめなの世や

【世界】　人界の　人天に●安楽世界　一天四海　苦海に沈む　華蔵や世界の　淋しき世界　三千世界　四海兄弟　大世界をば　まよふ世界か

【来世・あの世】　幽世に　来む世にも　末の世に　またの世は　幽現●あの世へといへ　幽世と同じ　来ん世の海人と　こむ世の契　来ん世もかくや　二世を思はば

【後世】死後の世界。来世　後世安穏に　後世の勤めも　後世を願へと　後世を願はば　後世をも頼む　我が後の世は

無き世［死後］　無世には●半は無の世　無の世に移り

【冥土】　黄壌に●黄泉の使　黄泉のいそぎ　よみにおくりて　黄泉に待たむと　地獄にゆくらん　黄泉の界に　黄泉の醜女は　黄泉国にも／三途川　三途のうばが　三途の扉　三瀬川　渡り川

地獄　阿鼻地獄　地獄鬼畜●阿鼻の炎も　地獄の苦患　地獄の習ひ　焦熱地獄　八大地獄の／剣の山の　奈落の苦をば

【浄土】仏が住む欲望や苦しみのない世界　桃源は　涅槃とは　るりのちを●いつかは浄土へ　おもふかのくに　黄金の浄土　極楽浄土の　金剛浄土の　十万億の　聖道浄土　浄瑠璃浄土　願はん国へ　まづ極楽に　無垢の浄土は　耶摩都卒天　行くは彼の国　霊山浄土　瑠璃の浄土と

西［西方浄土］　西来意　西へゆく　西を待つ●西にむかふぞ　西に向きて舞　西の門より　西はと問へば

常世常世の国。永遠　常世いで、常世辺に●かりのとこよを　常世ならぬに　常世にあれど　とこ世を捨て、

【天上界】　天つ罪　天の戸を　天橋も　あめなるや　天に翔る　天に坐す　天の地に　天降りつく　石船の　天の馬　天の眼●天の岩戸の　天の岩舟　天の橋立　天の花原　天のはらはら　天の門ひらく　いはふねたかき　高天の原に　天馬空を行く

生死

【天人・天女】天少女　天つ袖　天人の●天娘子かも
天くだり人　天つをとめが　天津少女子の　天の探女が
天の羽衣　あまの羽袖に　天の帝の　吉祥天女

怪

【怪し】あやしかも　あやしき風　あやしきは　奇しきも　香のあやしう　怪し瞳
●あやしや心　怪しからまし　あやしかりしも　異しき姿に　あやしき鳥の　あやしきほどの
あやしきまでに　怪しく変る　あやしくぬるゝ　あやしくもちし　怪しとこそは　あやしのをのこ　怪しみ騒ぎ
怪しく光りし　竹もあやしく　鳥が音異に鳴く　なにかあやしき　ぬればあやしな　止まなくも怪し／気色悪しくて　真さをに光る

怪む［あやしむ］　あやめつつ●あやめて人の

物怪［妖怪］　天狗にや　火鼠の●鬼殿の跡　鬼女が有様
手長足長　物の怪除けしも　物の怪の罪　山姥が業
幽霊なるが　雪女という

魔　焔王の　焔魔の庁　魔のまへに●あくたにおける
焔魔の帳に　閻魔法王　天魔は八幡に　天魔や魅入る
魔道に沈む

龍　蛟龍は　龍に化して●竜より落つる　名にこそ龍の
鮫龍とり来む　龍女変成　龍女も仏に　龍の体を

【幻】まぼろしも●通ふまぼろし　幻となりて　まぼろしに出づる　まぼろしの身を　夢幻や

奇し［ふしぎだ］　奇魂　奇しくも　奇ばしき●奇伏花に吠ゆ　奇しき戦や　娑婆に不思議の　秘める不思議

仙人　山人の●ありしまぼろし　きぬ着し人も　仙人童を　蓬莱の山　まぼろしもがな　薬炉に火有り

変化［化けて出る］　変化の者●変化したりける

【鬼】鬼おどし　鬼来たりぬ　鬼にても　鬼の顔　鬼の寝屋　鬼をみて　鬼と隣　来たれ鬼　目鬼にや●五つの鬼の　鬼こもれりと　鬼しき人の　鬼すらも也　鬼となおぼし　鬼にや有らむ　鬼の生みければ　おにのおもてを　鬼の語を　鬼の住むてふ　鬼のなく声　おにのもだえも　鬼の夜ふけて　鬼はおそろし　木魂の鬼や
今夜なやらふ　百鬼夜行に　冥途の鬼か／羅刹の国

餓鬼　餓鬼道に　餓鬼となり●男餓鬼賜りて　餓鬼あ

生死

らそひの　餓鬼となりては　餓鬼の後に　女餓鬼中さく
鬼神〔荒々しく恐ろしい神〕　鬼神の　鬼神など　鬼神にや　鬼神まで
式の神　百鬼神●鬼神魂魄　鬼神なんどの

戦

【戦ふ】　せめくれば　戦ひけり　闘ひ去り
戦ひに　たたかひは　野合戦に　橋合戦
舟戦●戦物語　撃ちてし止まむ　車の戦
さきがけきそふ　死出の一戦　修羅が戦ひ　戦ひ勝ち
ぬれ　闘ひ来る　戦ひたれば　戦の庭　戦ひ負けぬれ
戦ふべきなり　闘はしつつ　闘はしめて　夜合戦など
陣［戦場の陣地］　御出陣　御陣まで　陣中に　陣羽織
陣土産　長陣に／赤壁の　鬨の声
【軍】　軍神　軍した　軍人　軍楽に　軍艦の　化粧
軍　大軍が　御軍は●蟻は軍の　軍遊びをよ　軍車も
軍なりとも　軍真黒に　軍を発し　軍を調へ　軍を儲け
て　革命軍の　軍服を着て　呉軍百万　千人の軍　妙に
軍の　猛き軍卒と　御軍たゝし／相印　肩印を　馬印
【兵】　元兵の　小兵なりと　猛き兵　兵の　兵杖を
兵船も　兵来れば　兵隊が　矢箱持　練兵の●馬の兵
歩兵　軍兵共を　雑兵までも　兵の家　兵の道
兵を具し　兵船一艘　ふる兵物にて／銅笠ても
兵法　法うまくえて　法に出くる　法を具へて
砲　小鉄炮　祝砲の　筒の音に●から鉄炮を　鉄炮は
じく　鉄炮袋　浜の祝砲　砲のひゝきも　爆烈弾の
火薬　玉薬を●口薬入れ　口薬かな　早合の薬
【敵・仇】　敵なれど　仇に向き　あだのかげ　仇まつ
と　敵守る　敵見たる　四面楚歌　敵せずば●あたと
なるらん　仇にもあらぬ　かたきに具して　敵船近く
敵無かるべく　敵の旗手は　馬上の敵は　もみぢをあだ
に　寄する敵を／追手の風に
【争ふ】［さからう。張り合う］　争ひて　争へば　あらそへ
る　争はず●秋をあらそふ　あらがひ返し　あらがひ
をして　あらそひ落つる　あらそひか有る　争ひかねて
あらそひたてる　あらそふ心　争ふことを　あらそふ
ほどの　争ふらしも　をれじとすまふ　影ぞあらそふ
車争ひ　すがりあらそふ　抵抗もせず　月にあらそ
ふ　角を争ひて　露にあらそふ　昼をあらそふ

諍ひ　いさかひも　小闘諍●母に違ひぬ　夫婦いさかひ

【競ふ】［競争する］　相競ひ　競ひ馬　きほひたつ　競ぶるに●影に競ひて　風にきほひて　風のきほひに　競ひあへむかも　競ひ流れて　競ひ走りて　雪に競ひて

【勝つ】　勝たせじと　勝すぎて　勝ち負けを●いや勝たましに　勝ちぬる心ち　戦ひ勝ちぬれ　論勝たせける

【強し】　剛の者と　したゝかに　つよかりし　力者二人●腕骨次第　くらべば強き　鬼の大夫　強きによらむ

【負く】［負ける］　負けさせむ　負けぬらむ●けふはまけなん　人に負けじの　負かいたまふな　まくる方より　まくるなるらん　負くるを深き　まけじ魂　破れたれども／討ち死にせんと　矢種つきんと

【滅ぶ】　朽ちず亡びず　時は滅びよ　魄滅びずと　ほろびしものは　ほろびてゆかむ　寂滅の光　滅すならん

守

【守る】　朝守り　おしねもる　ひと守りて　守らひに　まもりある　まもるらむ　守りあへず　もる山は　八島守る●親のまもりと　たゞまもらるゝ　泣く児守る山　母い守れども　人の守る山　独り宿守る　まもらい給へ　まもらむと思ひ　守り敢へぬもの　守りそだつる　守り給へや　守る人あり　まもる水門に　守れる苦し　守らまく欲しき　もりあかしける　守りつつ居らむ　守る人もなし　夕の守りに／ふせぎしかげの　防ぎつゝ

方人［味方］　方人と●方人ならば　方人にはあらで　賊にくみして／助け舟なき

【守】［番人］　網代守　風守り　島守に　園守が　時守の　御垣守　宮守の　やまもりは　渡守●沖つ島守　島守る神や　月も野守の　津守網引の　津守の占に　飛火の野守　新島守が　野守の鏡　野守は見ずや　花守しつゝ　葉守の神に　春の野守に　守部遣り添へ　やまの山守／衛士のたく火の　夜番のもの、

【城】　王城を　山城に●エリコの城の　城郭の影　曳馬の城を　水城の上に　籠城の時

塞［国境の城］　胡塞には●秋塞雲の　塞鴻鳴きては　沙塞を尋ね

【関】［関所］　裏関は　関跡も　関据ゑて　関絶て　関無

くは　関なれば　関守の●氷の関に　関と知らなむ　関飛び越ゆる　関の荒垣　関の岩角　関の清水に　関のゆふ風　関はゆるさじ　関引き越ゆる　せきまでは来ぬ　関山越えて　関山三里　関ゆるされて／あしがらの関　逢坂の関　函谷関を　紀の関守が　清見が関　くきたの関　衣の関を　白川の関　鈴鹿の関　須磨の関屋の　なこその関の　箱根ごし　不破の関守　もじの関守

手形　過所無しに●ふみをしもたぬ

刀

【太刀】　飾り太刀　大刀が緒も　太刀抜て　太刀の緒に　太刀の鞘　太刀帯の　太刀を佩き　佩ける太刀　細太刀の　焼太刀の●遊べ太刀佩き　打出の太刀　帯びたる太刀は　枯鮭の太刀　太刀さげはきて　太刀取り帯ばし　太刀のをがはの　太刀のさやけき　太刀の刃よりも　太刀佩けましを　太刀は光の　太刀引帯びて　太刀を提げて　目貫の太刀を／腰宛に　さげ佩きて　股寄に

【刀】　打刀　片手討　刀鍛冶　刀して　刀を鋭ぐ　かり刀　腰刀　剣刀　長刀を　匕首　枕刀●薄き刀の　大脇指は　刀かざるや　刀一つを　刀を抜きて　刀を求め　差したる刀　只一刀　長刀持たぬ　鈍き刀を　庖丁刀　守り刀の／腰捨て　丸ごしは

【刃】　蛤刃なる　諸刃の利きに　焼刃見澄す

【鎧・兜】　兜きぬ　鉄金甲　古鎧　鎧着て●甲かざし、かぶとに立る　兜の真向　これやよろひの　晴の鎧に　よろひ兜を　鎧通しを　鎧は捨てつ／鍬形の

【剣】　剣と為り　剣を持ち　高麗剣　さげはきて　剣太刀　剣もて　父祖の剣　利剣にて●一剣を磨き　小剣取り佩き　火剣のごとし　剣の光は　赤衣の剣を　剣おといかに　つるぎとみるは　剣に弓に　剣の池の　剣の枝の　剣の影に　剣は鳴を　剣宝剣　剣を納め　剣を飛ばせ　剣を抜きて　見る剣かな／組の緒しでて

【楯】　楯並めて　楯矛を　楯を突きて　楯を儲け●鉄の楯　醜の御楯と　楯立つらしも／二鞘の

鑓　鎌やりを　はた鑓に　鑓先に●一番鑓を　手なれし鑓を　鑓疵を負て　槍に突かれて　鑓の勝負を

鉾　長き鉾　矛とりて●鉾揮みむ　宮の御鉾ぞ

神

【神】現つ神　荒神は　現人神　荒人神　歩き神　軍神　氏神の　産神に　大直毘　男の神も　迦具都智の　風の神　神下し

神かけて　神と月　神にても　神の体　神の友　神もみな　神山の　神あがり　神言と　神集ひ　傀儡神　金神も　守護神の　すくな神　すべ神は　皇神の　造物者　そぞろ神　龍田彦　月読の　拙神　遠つ神　ひと夜神　びんぼ神　ふくの神　朋神の　方位神　魔託羅神　迷ひ神　明神の　山神の　遊行神　海神の●愛染様を　阿須波の神に　荒ぶる神も　いづれの神を　いちはやき神　斎へ神たち　おほとりの神　鏡の神を　かしこき神の　春日の神の　葛城の神　神が戸わたる　神ぞ知るらむ　神ぞひとしき　神たちませよ　神だに消たぬ　神てふ神に　神なきものに　神にあふひの　神にし坐せば　神に仕ふる　神にとがおはむ　神になりたる　神にまかせて　神のあはれみ　神の怒りて　神のうけひく　神の教を　神の帯ばせる　神の小浜は　神のかけたる　神の通ひ路　神の遷坐も　神のたすけに　神のたもてる　神の力を　神の麓に　神のます野や　神のまにまに　神のみとかも　神の目おもへば　神は聞か南　神もあはれと　神もうれしと　神も知るらむ　神も悪ます　神もめづらむ　神やいさめむ　神や伐りけむ　神やますらん　神より賜びし　神をばかけて　神しみ行かむ

川上の神　きみが神通　行疫流行神　きよきや神の　今朝の神上に　堅牢地神も　島守る神や　少彦名の　少名御神の　大黒尊天　立田の神に　千万神の　塵にや神の　着きたる神ぞ　筑摩の神の　とがむる神も　虎とふ神を　名を負ふ神に　若や子守は　八大龍王　葉守の神の　ひとよめぐりの　貧乏の神　まどはかし神　迷はし神に　結ぶの神ぞ　四方の神たち

道祖神　道祖神　百大夫●手向けの神ぞ　ちふりのかみに　道の神たち／馬頭観音

大国主命　おほなむち　大汝　八千矛の●吾が大国主　大国霊　大物主の

国つ神　国つ神　地つ神●国つ御神も

天照大神　大日霊女の●天照る神も　日の御影かな

日霊女(ひるめ)の神を　日女(ひるめ)の尊(みこと)

【女神(めがみ)】　佐保姫(さおひめ)や　龍田姫(たつたひめ)　立田姫(たつたひめ)　女(め)の神(かみ)も　山姫(やまひめ)に●鶯佐保姫(うぐいすさおひめ)　宇治(うじ)の橋姫(はしひめ)　神女(しんにょ)の戯(たわぶれ)　龍田姫(たつたひめ)こそ豊岡姫(とよおかひめ)の　びいなす(ビーナス)の神　ミユ(ユー)ウズの神　女神(めがみ)をがみは

【神(かみ)さぶ】　神さびて　神(かむ)さびし　神々(こうごう)しう●神さびぬらん　神さびまさる　神さぶるまで　神(かむ)さび立ちて　こだちかみさび　立ち神(かむ)さぶる

神(かん)なび　神南備(かみなび)の●神名火(かんなび)の里(さと)　神なびの森

【誓(ちか)ひ】　誓ひ(い)おきし　ちかひ(い)けり　ちかひ(い)しを　ちかひ(い)つ　誓ひ(い)てし　ちかへ(え)君　ちかごとも●かけつつちかへ(え)　かけてちかは(わ)ん　千手(せんじゅ)の誓ひ(い)ぞ　立つる言立(ことだて)　誓ひ(い)しこと(と)、　深き誓ひ(い)の　みだのちかひ(い)に

【祈(いの)る】　祈らばか　いのりおきて　いのりくる　祈りつつ　祈(いのり)つる　祈れども　加持祈禱(かじきとう)　加持(かじ)せさせ　夜(よ)の祈禱(いのり)　我(わ)が祈る●祈らざりしを　祈らぬものを　いのりかざさん　祈り加持(かじ)して　いのりも絶(た)えし　祈りやはせぬ　いのるきみはも　祈る今日かな　いのる子のため　祈るちぎりは　祈るばかりぞ　いのるみのりや　風

祈りつゝ(っ)　君と祈りし　君をぞ祈る　ちごの祈りし　千歳(ちとせ)を祈り　何か祈らん　額(ぬか)づきたるは　はるかに祈る

乞(こ)ひ祈(の)む　贖祈(あがこい)すなむ　吾(あ)が乞ひ(い)祈まく　神を祈(こ)ひ(い)つつ　神祇(かみ)を乞ひ(い)祈め　祈(の)まぬ日は無し

祈(ね)ぐ　祈ぎかくる　祈ぎ言(ごと)を　ねぎてまし●祈がぬ日はなし　ねぎぞかねつる／願文(がんもん)も

祈誓(うけい)　祈(うけい)ひて宿(ぬ)れど　祈誓(うけい)ひて寝(ぬ)れど　祈誓(うけい)ひわたりて

【占(うらな)ふ】　いふ占(うら)を　卜置(うらお)きて　占問(うらと)へ(え)ど　うらとへ(え)ば　墨(すみ)うらに　とふ占(うら)も　灰占(はいうら)に　占苗(むらなえ)に　八占(やうら)さし●石占(いしうら)もちて　占方(うらかた)にして　占(うら)ひ給(たま)ふ　占(うら)に出(で)にけり　占(うら)にも告(の)れる　占(うら)へ肩焼き　占正(うらまさ)に告(の)る　心の占(うら)を　津守(つもり)の占(うら)に　寺でする占(うら)　路行占(みちゆきうら)に　水占(みなうら)はへ(え)てな／常陸帯(ひたちおび)

足占(あうら)　足占して●足卜(あうら)をそ(ぞ)せし

夕占(ゆうけ)　夕占問(とい)ひ　夕占問(とう)ふ　夕卜(ゆうけ)にも●夕占を問(とう)ふと

亀卜(きぼく)　亀(かめ)のうへ(え)の●亀(かめ)もな焼きそ　亀卜の門(かど)と

卜部(うらべ)　卜部坐(ま)せ　卜部をも●上手(ほって)の卜部を

陰陽(おんよう)　陰陽師(おんようじ)　方違(かたたがえ)へ●陰陽(おんみょう)の術(じゅつ)　陰陽の方(かた)　かたふたがりて　大属星(だいぞくしょう)を　土忌(つちい)み給(たま)ふ

【験】［霊験・ご利益］ あらたなる 験あれど 験なくて●生ける験あり いのるしるしに 神のしるしか 神の利益の 験あらめやも 験と思はむ 験なりけり 頼むしるしを 速き験の むしのしるしも

降臨 降りたまふ●神籬立てて 御生の標に

【許し】 ゆるしなき 赦すべき●神のゆるしを 神の許せる ゆるさぬみちの 許しありきと ゆるしつるかも ゆるしゆるされ ゆるすといひし 許せし人は

救ひ 救ひ給はむ また救はれぬ 世をすくふひとも

【祭・祀る】 片祭にて 神祭る けふ祭る 祭りける まつりには 祭り日や 祭見に 祭る日や 夜宮には●いかに祀れば 花にまつらば 待た祭りの 祭のあとは 祭の舞人 祭り祭らめ 祭る三諸の よき日祭れば よく祭るべき／生魂祭 獺のまつりも 春日の祭 風祭せな 風祭る 神の祭に 元始祭 御霊会の 秋季祭 春季祭 七夕祭 筑摩の祭

【賀茂祭】 加茂祭 もろかづら 臨時の舞●葵かざさむ 葵かざし、 葵つけたる 賀茂の卯月に 加茂の祭に 賀茂祭の つかひの長の 祭の使 臨時の祭

御生 賀茂神社の祭の異称 御生引●神のみあれに

神楽 大神楽 神楽歌 神歌や 神神楽 御神楽の●あまつ神楽の 神楽おこなふ 神楽舎人は 神楽の人長 神楽の笛の音 神楽神子にて 里かぐら哉

御輿 御輿長の 御輿宿●御輿立たして

祭文 祭文よむ●祭文よむ人 祭文を読み／太祝詞

【詣づ】 寺詣で 詣でける 山詣●稲荷詣と 太秦に詣づ 御賀茂詣で 賀茂へ詣づる 熊野詣の 千日詣を 七度詣 初瀬詣での 詣づる人の 詣で来たりて

参る 参籠の 節供まゐり ぬけ参 富士参り●お寺まゐりの くれくれ参る 千たび参りし 七日上れる 彼岸参りを 社へまゐる

【拝む】 拝みつる をがみては 拝むべし 伏し礼み●朝日をろがむ をがむおまへの 拝し舞踏し はやをがみませ 仏をがみに みたびをろがむ 礼拝してぞ

柏手 八平手に●あまのさかてを

【奉る】 たてまつれ●君に奉らば 君に奉ると 和細

神仏

布奉り　幣奉る　はつたてまつる　まつらむこほり

【捧ぐ】　ささげたる　間木に捧げ●捧ぐる珠は　捧げて持てる　さゝげ見まほし　棒ごて行かむ　までに捧げて

【供ふ】　洗米　散銭は　布施置きて●打蒔の米　かしつる糸の　散供の米の　団子そなふる　仏供の餅　餅配り哉／葉椀さし

斎瓮　神酒を盛る神聖な甌　斎瓮を●斎瓮すゑつ

神酒　御酒そなへおく　神酒坐ゑ奉る　神社に神酒すゑ

貢物　日の御調と●あまのひつぎは　御貢つかふる　みつぎの駒の

贄　神仏・朝廷へ捧げる魚・鳥などの供物　贄殿に　贄人ぞ●その贄人ぞ　誰が贄人ぞ　贄のありかも

【手向】　手向草　手向する　手向せば　たむけつつ●手向くる神の　手向けし神に　手向したれや　手向けし花の　手向にぞ折る　手向に立ちて　たむけの花に　手向よくせよ　寧楽の手向に　ぬさはたむくる

【幣】　紙・麻などで作った神への供え物　置く幣は　裁つ幣の　幣殿の　幣とらじ　幣に置くに　幣帛奉り　幣しつつ　幣はせむ●祈れる幣の　大幣小幣　大幣のそら　神に幣置き　心を幣と　空に幣とぞ　幣きりながす　幣とちらして　幣と散るらめ　幣の追風　ぬさもとりあへず　幣も安けし　花こそ幣と　もみぢをぬさと　われは幣引き

御幣　幣の　御幣を　御幣帛取り●とよみてぐらに　御幣かとぞ　宮のみてぐら／神宝

四手・垂　なびくしで　引く垂の　木綿垂でて　木綿しでの●あさのゆふ四手　こやゆふしでて　垂にぞあるらし　四手に涙の／白香付く　白香つけ

木綿　ゆふかづら　木綿襷　木綿畳　木綿作る●ゆふかづらかも　木綿をも掛くる　山辺真麻木綿

榊葉　榊葉に　賢木葉の●うたふ榊葉　生る真さかき　折れる榊ぞ　しげる榊葉　玉串の葉の　とる榊葉に／梛の葉しだり　ゆづり葉の　ゆづる葉の

斎串［神聖な串］　斎串立て／斎杭には　斎杭を打ち

心葉　金銀の造花　心葉は●心葉のさま

【標】　しめ縄。木を立て縄を張ったりした境界標　しめおきて　しめてこそ　しめのうち　しめはふる　しめはへて　注連を引きて　ひく注連の●心のしめを　標めけむ黄葉　標刺さましを　縄だに延へよ　標縄越えて　しめの内には　しめの外なれ　注連の御内に　しめひきはへて　しめわぶるまで　標をば越えて　注連縄の　引くしめ縄に　御生の標に

標結ふ 占有のしるしに縄などで結んでおくこと　標結ひて●標結ひ立てて　標結ふなゆめ　しめ結ふ野辺は　標結へわが背　標結はましを　しめを結ふらん　山に標結ふ　わが標結ひし　われしめゆはむ　われは標結ふ

標野 しめをして立ち入りを禁じた野。禁野　標めし野に　標野行き●禁野の雉子は　しめのゆきの

【祓ふ】　言ひ祓へ　呪詛の祓●はらひはつれば　はらふこゝろの　はらふゆふべは　祓へ棄てなん　祓へつるかな　はらへて捨つる　祓へて流す　祓などしに

夏祓　大祓　名越の輪●今日はなごしと　夏越の月ぞ　なごしの祓　夏祓へする　夏祓へせん　みそぎぞ夏の／河社

形代　かたしろの　神びいな　撫で物を●馬形結ぶ　形代ならば　撫で物にせむ

【禊】　せしみそぎ　禊して　みそぎつつ●君が御禊の　今日はみそぎの　瀬々の禊に　みそぎ幾世に　みそぎしつれば　潔身しに行く　みそぎするころ　みそぎする日に　潔身てましを　みそぎにすつる　禊にぞせし／斎小竹の上に　み湯立笹の

潔斎　精進潔斎　初瀬の精進　沐浴潔斎

【斎く・斎ふ】　斎かれて　斎ひ来し　斎へども●荒掻きま斎み　鎮斎く杉原　斎ひそめけん　斎ひ立てたる　斎ひ嬬かも　斎ひて待たむ　斎ひて待てど　斎ふ命は

社

【社】　一童や　春日殿を　唐社　河社　古廟をも　辻やしろ　妻の社　布留の社　社こそ●あまつやしろの　一童吾児こそ　斎きし殿に　斎くこの神社　いづれか貴船へ　斎ふ社の　いはせの杜も　卯名手の神社の　神の園なる　神の社の　祇園林に　北野の神の　けしきの杜に　衣手の杜　信田の杜の　社日の鳥居　杉の御社　糺の杜の　龍田の社　千々の社を　月読の杜　七の社の　花ふちの社　日吉の影は　ふるき社に　布留の社の　みくりの社　杜の朽ち

葉の　杜の下露　杜の一声　社冠の　社毀れて　やしろさだめて　社の数を　社へまゐる／神今食

稲荷　稲荷山●稲荷の神も　稲荷の神庫　稲荷の宮の

御室　神のみむろに　御戸開くめる　御室の山の

御燈明　常燈に●御燈油を　御燈明の影

【宮】いその神　吉備津宮　宮の森●朝日の宮の　五十鈴の宮に　いづるたのみや　内外の宮に　かゞみの宮の　神のみやでら　ただすの宮の　人丸の宮　みこもりの神　宮の瀬川の　宮の杖なり　宮の御篠ぞ　よしのの宮は

宮居　宮居せし●島の宮ゐの　宮ゐも古き

宮造り　宮づくり　宮作る　宮柱●千木の片そぎ

斎槻　斎槻　神樹にも　つきの木の　斎種蒔く●斎槻が枝に　神の神杉　ふるの神杉　斎槻が下に

斎垣　斎垣にも　神垣の　玉垣は●朱の玉垣　神の忌垣に　神の斎垣も　賀茂の瑞垣

仏

【仏】愛染王　四天王　生仏の　千仏の　大日の　智者の牛　仏神に　不動尊　法身は　仏ゐて　仏供養　仏達　仏には　摩訶毘盧舎那　御影供の　御正体　みほとけの　盧遮那仏●生仏なれ　大きみほとけ　かべゑのほとけ　くしきほとけの　くだらぼとけに　尊形となる　臥せる仏を　不動明王　仏に成ること　仏になると　仏に花香　仏の後に　仏のいさめ　仏の国も　仏のたねと　仏の光は　仏の御影　仏の御国　仏見あげて　仏も下駄も　ほとけもこゝろ　仏も衆生も　仏もわれも　仏を願ふ　御仏なれど　みよのほとけに　雪の仏を　龍女も仏に

御顔　仏の御顔　弥陀の御顔は　文珠の御顔

仏の目　蓮眼は●青蓮の眼は

御手　うづの御手以ち　黄金の御手を　仏の御手に　御手なほ肩に　御手にとられて　御手を思ひし

御足跡　足跡主の　大御跡を　この御足跡　釈迦の御足跡　御足跡すらを　御足跡作る

御前　神の御前に　釈迦の御前に

御名　十度の御名を　仏のみ名を　御名を称ふれば

釈迦　釈迦能仁　釈迦の月は　釈迦は去り　釈迦は遣り　世尊の座を●釈迦と阿弥陀の　釈迦如来は　釈迦

の金言　釈迦の住所は　釈尊いまだ　螺髪の叟の／迦毘羅衛に　瞿夷太子　羅睺羅の如し　鹿野苑にぞ

来迎　来迎す●九品蓮台　紫雲の立つて　聖衆来迎す　蓮の台を　弥陀は迎ふる

入滅　五衰の日　月逝きし

阿弥陀　阿弥陀かな　阿弥陀仏　弥陀の国　弥陀の名に　弥陀のます　みだぶつの●極楽の尊を　弥陀の誓ひぞ　弥陀の悲願を　弥陀の御国の　弥陀の利剣は　無量寿仏と／たりきとは　他力不思議の

地蔵　地蔵会し　地蔵坊　地蔵舞●廻り地蔵の

菩薩　大菩薩　菩薩たち●脇士の菩薩　慈氏の朝日は　後の仏の　普賢文殊の　菩薩の行ぞ　菩薩の杖は　文殊の海に　弥勒は出でず

慈悲　鞍馬の大悲　慈悲の眼は　大慈大悲の　忍辱慈悲の／胎蔵界は

観音　観音を　聖観音　大悲者に　如意輪は　六観音

●観音大悲は　観音光を　観音まはり　救世観音の　これを観音　千手陀羅尼の　千住の御頭　ちさき観音

阿修羅　阿修羅王をば　阿修羅女などにや　阿修羅のごとく

薬師　薬師仏　宵薬師●南無薬師仏　坊主は薬師　薬師へ参れ　薬師仏の　薬師も弥陀も

【仏像】　大仏　灌仏の　木ぼとけの　丈六の　濡仏●円光かざす　金の光背　大仏殿の　瓔珞衣を

蓮台　うてなさびたる　うてなのまへに　九品蓮台　蓮のうてなを

【仏具】　金鼓打つ　錫杖を　柱杖こそ　独鈷や数珠●金鼓を叩き　錫杖の声　独鈷を取らせて　木魚の声は

数珠　お手に数珠　繰る数珠の　数珠とりて　数珠の緒の　数珠曳が　数珠袋●哀れ数珠の身　数珠の禿るも　数珠や爪ぐる　沈の念珠の　念珠の連ね

放生会　放し亀　放し鳥　放生会●放生川の

【盆】　あさがらの　盂蘭盆会　盂蘭盆の　魂迎へ　精霊馬　流灯会●霊おくりする　盆するを見るぞ　六道詣

彼岸　彼岸過れば　彼岸参りを

閼伽［仏様に供える水］　閼伽井の水に　閼伽の折敷の　あ

かもくまれず

【仏土】 みちおほち●四大海をぞ　十方仏土と／安養界　亀山に　伽羅陀山　須弥山　須弥の峰には　蘇迷路の　補陀落の　補陀落海にぞ　蓬萊の山　霊鷲山にて　霊鷲の峰にぞ　霊山の　鷲の山　鷲の御山の

経

【経】 阿耨多羅　阿弥陀経　一切経　おん経を　経供養　経箱に　孔雀経の　異法文　三摩耶形　自我偈よむ　随求経　寿命経　千手経　大行道　大般若　般若経　不断経　仏経を　法華経を　梵経も　薬王品●いまも般若をお経遊ばせ　経にゆらぎの　結願の夜　五戒三帰を金剛般若　内外の道に　内外の文道　普賢十願　方便品を　摩訶曼陀羅の　妙法蓮華経／一乗の徳　この八軸の　空を観ずる　持経者の

読経　となふれば　法のこゑ　御経誦し　御誦経に御読経所●読経あらそひ　読経の声の　不断の御読経／空を観ずる　口に仏語を　修法したる　伴僧の声

南無　阿弥陀経　あみだ仏と　南無阿弥陀　南無といふ　南無仏と●南無阿弥陀仏と　南無や帰依仏　南無の言葉に　南無や帰依法

陀羅尼　陀羅尼読み●阿弥陀の大呪　初夜の陀羅尼の尊勝陀羅尼　陀羅尼のこゑの　陀羅尼読みたり

念仏　念仏者　念仏衆●あか子念仏　一念称名　歌念仏かな　踊り念仏　嵯峨の念仏も　責念仏哉　高念仏を　月の夜念仏　念仏三昧　念仏の回向　念仏の僧念仏申さん　念仏まふし　念仏をして　夜念仏いざや

真言　真言の●真言の道　真言を読み　仏眼真言

真如　実相真如を　真如朽ちせず　真如の岸にぞ　真如の囀り　真如の月も　真如の光　法相の月

【悟り】 さとらずは　悟り得し　悟りひろき　さとり行く　覚るらん●声に悟りを　悟り得べくも　さとりひらけん　悟り求むる　悟れと風の／一乗の峰　五智の光りぞ　破顔微笑す　仏果を得しこそ　無相無念のわざくらべして

仏の道［仏の教え］　道に入らで●入なむ道は　仏の道にまことの道に

出家　色かへで　帰依せさせ●かへらぬ色は

【仏心】　心の色を　ちりばかり　道心を　光なし●心の塵も　心の月は　心の水の　心の闇し　真実の心　無明の雲の　むねなる月に　むねの月の輪

菩提　菩提あり●菩提の岸まで　菩提の修行　菩提の種を／教化の上手　聖道門

功徳　功徳の林　功徳やはある　耳の功徳に

善根　善根勤むる　善根求むる

【法】　世法あり　法ぞ説く　法に遇ひ　のりのちりに　法の日は　法の舟　法の水　法の道　法の身の　のりの輪の　密法を　我法の●かみののりかも　顕密の法　修法五大尊　懺法の声　妙なる法の　つたへこし法　法ぞはるけき　法説かれける　法説くほどを　のりに心を　法にはあはぬ　法の浮木に　法の声かは　法の言葉に　法のさはりと　法のためにぞ　法の智水を　法の燈火　法の庭かな　法の光の　法の道にぞ　法のむしろに　法もえつべし　のりもくるしき　法をあふぎて　光を法の　深きや法の　仏法あれば　空しき法の　我が法ならぬ

御法　御法をば●いのるみのりや　釈迦の御法は　とくなる御法　般若の御法を　みのりなりとも　御法につどふ　御法のはじめ　御法の花に　御法の舟の

三宝　三宝の　南無三宝●三のたからも

輪廻　女人輪廻の　めぐるあはれさ　輪回の業とぞ　輪廻の罪こそ　六道輪廻の

六道　六つの道　六道の●六つの道をぞ　六道の辻　六道詣　畜生道

曼陀羅　曼陀羅など●だいまんだらに　法花の曼荼羅　摩訶曼陀羅の　和歌の曼陀羅

三界　三界の●三界一心　三界火宅を　三つのさかひに　流転三界中／苦海に沈む　修羅の道

火宅　火宅の門を　火宅の住みか　火宅を出ずば

【煩悩】　苦海の煩悩　苦しき海を　百八煩悩　煩悩あれば　煩悩苦悩　煩悩雲とぞ　煩悩の道／三毒に　心のあかの　六欲の　五欲にひかれ　五欲忘れよ　欲にふければ　有漏地より　有漏のこの身を　百漏の船　無漏地に通ふ　無漏の身にこそ

僧

【行ふ】［修行］　をこなひの　濫行に●印を
つくりて　行ひ行く　行ふ道を　回峰修験
行法を修し　捨身の行　二世の願行　やせ
こけの行／笈に秘めたる　氷の垢離に　たきゞこる　遊
行するぞと　わざくらべして
穀断　穀断の　穀を断ち●穀断の聖人／米屎の聖
講　夷講　菩提講●朝座の講師　豊後の講師
夏書　一夏の間を　一夏を送る　夏書納て
座禅　参禅は　坐禅する●禅三昧を／驚尺までも
勤め　後世の勤めも　後夜のつとめの　つとめの鐘に
托鉢　いひをこひ　いひこふと　空鉢にて　乞食の　は
ちのこに　鉢びらき●いひもこはずて　こじくもしるく
食物を乞ふ　鉢叩には　鉢念仏の　無下の乞食
精進　精進に●精進の物の　御嶽精進
【行者】　行人なり　修行者よ　修行の僧●役行者を
おこなひ人の　行者は還り　行人ならでは　熊野道者
の　験者もとむる　調じたる験者／月の峰入り
山伏　小山伏　そみかくだ　曾美加久堂　空山伏　山
伏の●山僧ひとり　山伏心　山伏達は　山伏の行　山
伏の習ひ　若き山伏／笈頭巾　腰に法螺の貝
野伏　野伏にとくも　野伏もかくて
【聖】　聖ありや　聖者居り　俗聖　聖心地　聖言葉
●愛宕の聖　阿弥陀の聖　大き聖の　かしこき聖　勧進
聖　三昧聖　尊き聖　聖心に　聖だちたる　聖だつ人
聖にてませど　聖のごとく　聖の身にて　聖よ見ずや
阿羅漢　大阿羅漢　賓頭盧こそ　羅漢たち●十六羅漢
賓頭盧尊者
【僧】　優婆塞が　御客僧　御導師　金蔵主　愚痴の僧
華厳宗　こも僧の　沙弥宗安　上座にて　請僧は　真
言師　説経師は　禅客の　善知識　僧老いて　瘦僧の
僧の夢　そうはたゞ　僧は泣かむ　念仏宗　法花宗
破れ僧　山の座主　夜居の僧　横川の僧　和御房は●
一寺の僧に　今の薦僧　うたふ放下の　起きゐる暮露の
学生数た　迦人の小歌　邯鄲の客　祇園の別当　愚僧
を召されて　解脱上人　沙弥にうたせて　沙門にて候
十羅刹女も　僧あまたして　僧綱などは　掃葉の僧

高尾の和尚　達磨尊者は　生名僧して　破戒の者と
婆羅門の顔　緋衣の妖僧　眉雪の老僧　野僧の家に
桑門あり　律師は麓の

法師　老法師　師僧の　下法師　大法師　奈良の法師
法の師と　法師らが　山法師●ありく法師の　女の法
師　女法師の　鐘撞法師　才ある法師　中間法師　弟
子の法師も　聖法師の　非人法師は　琵琶の法師に
法師の焦る　法師博打の　法師は泣かむ　玄奘三蔵
桑門あり　道人は　道人方士

僧正　僧正の際　僧正の筆　仁和寺僧正

僧都　故僧都の●僧都の君の　僧都の坊も

比丘　悪比丘の　小比丘らの●破戒の比丘の

阿闍梨　阿闍梨にて　阿闍梨の室●阿闍梨住みけり
阿闍梨の書きたる　阿闍梨の君の　阿闍梨ひとりと
兄の阿闍梨　道命阿闍梨　御修法の阿闍梨

大師　弘法大師　高野大師

入道　ひげ入道●入道殿の　入道君

小僧　新発意の●小院に劣らじ　小寺の小僧　新発意心

童子　大童子　中童子●中大童子　童子の戯れ

寺

【寺】おほてらの　七大寺　禅庭は　僧刹
は　寺冠　寺からと　寺かりて　寺境　寺
近き　寺造る　寺寺の　寺の奥　寺の猫
比丘尼寺　古寺の　芳林に●一宇の伽藍　経はみ寺に
古梵宮には　僧寺に帰る　てらのきざはし　入寺に成
りて　野寺山里　聖の宮と　御寺の塔の　みてらのはる
ぞ／在原寺の　祇園精舎の　祇林には　高野の奥院
極楽寺　嵯峨の御寺　禅林寺　大学寺　月の林の　東
寺のあたり　鳥部寺　西は法輪　長谷寺に　梵王の家
三井寺や　山階寺の　熊野権現　六波羅蜜寺

山寺　かた山の寺　こもるやまでら　ひゞく山寺

僧房　僧の房　室の戸の●僧都の坊も　老禅房を

【堂】阿弥陀堂　永観堂　華堂にか　鐘堂の　空堂に
堂供養　堂宮に●一宇の伽藍　倶利伽羅の堂　丈六の
堂　大仏殿の　堂塔建つるも　拝堂しける　仏も堂も
御堂にのぼりて　六角堂の／御檀所に　御念誦堂に

仏塔　西塔に　塔影は　塔を組み●砂を塔と

人

【人】 ありし人 家人の 浦人の 思ふ人 楽所の人 陸の人 燻む人 汲む人の 籠る人 才ある人 桜人 すずみ人 玉の人 少人 小人を 撞く人も 常人の 訪ふ人も 遠つ人 外なる人 贄人ぞ 佞人 寝たる人 後人の 飲めや人 弾けや人 人遇て 人あまた 人離野 人恋ふる 人毎に 人多に 人住まぬ 人ぞうき 人違へ 人ども 人の子の 人の身も 人はいさ 人は心 人走る 人はみな 人はゆき 人はよし 人二人 人ふるす 人もがな 人も無き 人を恋ふ 人を刺す 古人に 皆人の 無才の人 村人と 吉き人に 世の人の 昨夜の人●あなたの人も いかなる人か 生ける人なく いづくに人は いづれの人か いでそよ人を いにしへびとの 色黒き人 色なき人の うき人とても うたかた人を 内なる人も 美しき人 うつろふ人は おいせぬ人も おほよそ人に 送れぬる人 をちかた人は をちくる人と をちこち人の 衰へたる人 思はむ人の かいま見の人 還る人々 かりにも人ぞ 刈る人もなし かれにし人は 消えにし人を 聞人もがな 昨日の人も 君に逢ふ人 今日来む人を 清げなる人 下りし人の 月下の氷人 獣と人の 恋せぬ人の 越えにし人を 古体の人ども こよひ逢ふ人 さきだつ人に さそはん人を 寒がる人の 沈める人の 人煙一穂 すいたる人は 捨てぬ人こそ すなほなる人を 堪へたる人の 種蒔人そろうて 小さき人の 地に人は生れ 摘みけん人の つらき人をば つれなき人を とふ人まれに 時の人にて 隣なる人 似る人も逢へや 人間に似る 人間の馬鹿 上りける人 はづかしき人 はつかに人を 花なる人の 花見る人の 母なき人の 人うつくしき 人同じからず 人思ひ居れば 人香にしみて ひときたるらし ひとくひとくと 人恋ふる眼の 人こそ知らね 人ぞあるらし 人ぞ恋しき 人つどふかも 人とがめけり 人とどめけり 人なき床を 人なき路の 人なき宿に 人ならすべき 人におくれぬ 人に折らるな 人に語るな 人憎からぬ 人に異なる 人に知らるゝ 人につきなみ 人に翼の 人にはつげよ 人に

まされる　人にゆづ(ず)りし　人のあとふむ　ひとの家(いえ)〱　人のいとは(わ)ん　人の命(いのち)は　人のうれへ(え)を　人の面影(おもかげ)　人のかざせる　ひとのこゝ(こ)ろも　人の言の葉(ことのは)　人の知るべく　人の知るまで　人の推(すい)する　人の過(す)ぐらむ(ん)　人の背をみて　人の揃(そろ)うて　人の薫物(たきもの)　人の手枕(たまくら)　人の玉章(たまずさ)　人の袂(たもと)も　人のちからの　人のちぎりに　人の乳(ち)のいろ　人のとがとは　人の咎(とが)めむ(ん)　人の名残(なごり)を　人の肌(はだい)に　人の膝(ひざ)の上(え)　人の淵瀬(ふちせ)を　人のまがきの　人のまくらに　人の眉根(まよね)を　人のみならぬ　人の見るまで　ひとの見るめも　人のむくいの　人の守(も)る山　人のよそほ(お)ひ(い)　人の世ぞなき　人はいるべき　人はおりたつ　人はかへ(え)りて　人はかすみを　人は離(か)ゆとも　人はかよは(わ)で　人は心よ　人はしづ(ず)まり　人は知りけり　人はたびなる　人は訪(と)ひ(い)こず　人はとゞ(ど)めず　人は響(とよ)むとも　人は退(の)け引く　人はふりにし　人は山辺(やまべ)に　人々の瞳(め)の　人まつやどの　人まどふ(う)なり　人もありやと　人もうからず　人も音せぬ　ひともかたらず　人も通(かよ)は(わ)ぬ　人も来(こ)ざらん　人もこそ見れ　人もすさめぬ　人もなき野(の)の

人も都(みやこ)へ　人もろかりし　人やかさねん　人や知るらん　人やたづ(ず)ねん　人をあくには　人をあらそふ(う)　人をうらみむ(ん)　人を喰(くら)ひ(い)て　人をこひ(い)ばや　人をこは(わ)せて　人を偲(しの)はく　人を停(とど)めむ(ん)　人をとめけり　人をはからぬ　人を見はてぬ　不覚人(ふかくじん)なる　深くぞ人を　ふたりは人に　ふりにし人は　旧臰(ふるくさ)き人　故郷人(ふるさとびと)は　古人(ふるひと)見けむ(ん)　星合(ほしあい)みる人　ほのかに人を　まく人なみの　また人を生む　まちにしひとは　守る人あり　道来る人の　道(みち)行人(ゆくひと)も　みなれし人の　見にゆく人の　見ぬ人恋(こ)ふ(う)る　耳とき人は　都(みやこ)の人や　宮路(みやじ)の人ぞ　見る人しげし　見る人無しに　身をかくす人　めならぶ人の　もみぢ(じ)も人も　やどりは人に　山沢人(やまさわびと)の　往来(ゆきか)ふ(う)人は　行(ゆ)く人かすむ　許せし人は　よき人よく見(み)　昨夜(よべ)来(き)たる人／青経(あおつね)の君(きみ)　冠者(かざ)の君(きみ)　賢人右府(けんじんうふ)　頭(こう)の殿(との)　鈴屋大人(すずやのうし)の　猫恐(ねこおじ)の大夫(たいふ)　花散里(はなちるさと)の　摩耶夫人(まやぶにん)の　馬(むま)の内侍(ないし)のすけ　馬命婦(むまのみょうぶ)も／亜歴山帝(アレキサンダー)　該撒此(シーザーここ)に　不盧多(プルチュース)の

人

【者(もの)】傀儡子(くぐつ)の者　剛(ごう)の者と　狛(こま)の者　数寄者(すきもの)ら　馴(なれ)者(もの)の　背教者(はいきょうしゃ)が　変化(へんげ)の者　礼者哉(れいしゃかな)●大きやかなる者

獅子舞ふ者の　痴れたる者ぞ　すきたる者に　勢徳有る者　智者の語るを　並無き者　裸なる者　鼻高なる者　舟漕ぐ者ども　蜜蜂飼養者が　脇乗の者

【他人】 他人　他人に　異人の　他人よりは　よそ人は●外き人には　こと人のもとに　ことひと〴〵の　しらぬ人をも　横さまの人　よそなる人の

【主】 あるじにて　主の尼　あるじはと　あるじをば　家主の　家の主　魚乞ふ主　女あるじ　玉主に　主いかに　主知らぬ　主なるを　ぬしはあれど　ぬしもなき　ぬしやたれ●あるじがほなる　あるじともなし　主ながらも　主なしとて　あるじならまし　あるじなりけり　あるじにこひて　主の女　あるじ忘れぬ　今日の主人は　園の主に　主なき宿の　主は来ねども　花のあるじも　もとのあるじや

【客人】 [客]　客を留む　騎馬の客を　賓客の　遊客の●客腸を断つ　客を指折る　今夜の稀人　半日の客　まらうどゐなど　客人えたる　客人膝を／尊者の車

【民】 立つ民の　民草を　民のため　御民われ●蒼生の　飢泣く民に　うき世の民に　君をも民をも　人民集ひ　民の竈は　民の並蔵　民の藁屋に　民も豊かに　羅馬の民の

人

【賤】 [身分が低い者]　賤しきも　卑しきを　賤の男が　賤の女が　山賤の●賤しの男　賤しの小家　庵さすしづの　いやしき身にも　賤しき者の　賤しき屋戸も　貴賤群衆の　さなへとる賤　賤男の徒は　しづが粟まく　賤が垣根の　しづがかどだの　しづが蚊遣火　しづが園生の　賤が袂も　賤つゞみうつ　しづの松がき　しづのまろやの　賤も衣を　高きいやしき　田蘆のしづの　野畑の賤に　身賤しうして　身はいやしくて　山がつにして　よしある賤の／えせ者の　すこがかりつる

奴 [召し使い]　老いたる奴　恋といふ奴　恋の奴の　麿といふ奴　奴かも無き

下衆 [身分が低い者]　下種男　下衆男　下衆の家に●下姓の者は　下衆唐人に　下衆に取らるな

【王】 大君の　王の　天皇の　賢王の　国王の　すべらぎの　皇に　皇祖の　聖君の　先王の　孫王の　父

親王は　帝王に●天の帝の　王者にかざす　顔よき女
帝ぞ　北の御門と　下す帝の　しまの大君　唐の帝の
わが大君の／飛鳥の女王　海龍王の　漢王の　漢帝の
秦の始皇に　秦の武王と　唐土の王の　蘭陵王　童孫王

皇子・皇女［天皇の子供］　薩埵王子　春宮に　姫宮は
皇女たちの　御子の宮　若宮の●王子の窟は　ひつぎの
みこに　皇子の御門の　皇子の命は　わが日の皇子の

【后】［皇后］　斎宮に　中宮に　母后　姫宮は　御息
所　楊貴妃の●大后の宮　唐土の后　楊貴妃帰つて

女院　女院の　れぜいの院●女院、宮ばら

斎院（賀茂神社の祭祀に奉仕した女性）　斎院は●斎の宮ゆ　大斎院と

姫　一の姫　沙本毘売が　作用姫が　館の姫　足姫
二の姫　橋姫の　姫君は　姫の国●美しき姫　弟棚機
の　影媛あはれ　来居る影媛　虞姫の魂　衣通姫の
玉依姫の　姫に星ふれ

貴人［身分の高い人］　貴人が　貴人は●貴人さびて　良人
の子と／上臈の

君達［貴族の子弟］　旧君達●もと君達の　若き君達

人

大宮人［朝廷に仕える貴族］　上人の●大宮人の　雲のうへ
人　殿上人も

宮人（宮中に仕える人）　秋の宮人　野の宮人の　春の宮人　宮仕人

職

【女官】［女性の役人］　女御をぞ　女房と
御髪あげ●青女房と　右近の内侍　子産ま
ぬ式部の　式部のおもと　式部大夫　内侍
に付けて　女官どもの　女官まゐりて　女房の御衣
女房の音　宮の女房　宗徒の女官　優なる女房

采女　番の采女●明日香の采女　吉備津の采女

【司人】［役人］　上達部　内蔵助　宰相と　式部卿　下
家司　書生等が　介殿の　大納言　中納言　官にも
時司　殿守の　判官に　主水の　痩公卿の●初官に
馬のつかさの　老上達部　大蔵丞　掃部司の　官の司
の　位の山の　蔵人頭　蔵人弁　郡殿に　言の職そ
近衛の御門　近衛官の　権大納言　宰相の君　修理の
宰相　上卿として　善宰相と　大尉の家　太政官の
官にしあれば　つかさまさりの　つかさまされと　主殿
司　京兆に　無官の大夫

大夫　識の大夫　史大夫　修理の大夫●京大夫とぞ　左衛門大夫　左京大夫　大夫介と　春宮大夫

将　右大将　大将軍●出居の少将　梅壺の少将　交野の少将　蔵人の少将　権中将　左右大将　三位中将　四位少将　少将の尼　少将の君　大将の君　中将の君　頭中将／蝦蟇の追捕使　靫負佐の

大臣　宇治の左府　左大臣●内の大殿の　大臣などに　左の大臣　右の大臣の

国の司［地方官］　守の館　検非違使　権の守　能登の守●あがたづかさに　長受領の　蝦蟇の追捕使　毛見する人や　播磨守の　旧受領にて／毛見篭の

防人　防人の●防人つどひ　防人にさす　新防人が

使者　遣唐使　渤海使　蒙古の使

舎人　内舎人に●海老瀧舎人は　神楽舎人は　近衛舎人　小魚瀧舎人　騒く舎人は　舎人壮士も　舎人が顔の　とねりがきぬも　舎人はまとふ　右の舎人等

【下仕へ】　上雑仕　おほやけ人　薬の子　下衆女　賤の女が　下女　下仕へ　中間に　半物　御髪上げ　宮女●臣の嬢子を　御炊の女　厨雑仕に　小舎人童　下女共　下人などに　酌する下女を　小さ小舎人や　殿上童　典薬の助　樋洗の下女　火取りの童

雑色　雑色ぞ　雑人の●雑色男　雑色随身　宮の雑色

伴の男　みさぶらひ●伴の男広き　伴の御奴　ますらをのとも　八十伴の男は

随身　随身にこそ　随身の長　若き随身

【師】　師も友も　和ごんの師●才ふかき師に　師となることも　師をぞいたゞく　御笛の師にて

【長・頭】　長なれや　歌頭なり　酒の長　頭弁　伴頭が　山長が●神楽の人長　主計頭に　典薬頭　主殿の頭

【侍・武者】　青侍　伊勢武者は　田舎武者　落武者の　北面　小侍　侍の妻　侍人　生侍　武士と　武夫の　物部の　老武者の●いさむものゝふ　いでや落武者　御侍衆　長しき武者　木曽殿あつぱれ　騎馬の武士　小侍男　讃岐侍　侍の長　侍の者　赤面の修羅　北面の武士　宮の侍　武者を好まば　ものゝふの道

【使】　朝使　先使　その使　使来ず　使人●甘栗の使

海人駈使　妹が使そ　雁を使に　君が使の　雲も使と　絶えぬ使の　立田の使　使来ぬかも　使来むかと　使たつべき　使無ければ　使なるらし　使に遣りし　使の言へば　使の君の　つかひもおもふ　使を無みと　使を待つと　駅使と　ひるの使の　文の使ひや　祭の使

間使　消息をもって人の間を往来する使い　間使も●間使も来ず　間使遣らば

【神官】　男巫　神人の　神主部の　神人等●海人の刀禰らが　祇園の神人　今日氏人の

宮人［神官］　宮司　宮守の●神の宮人　宮人響む

禰宜［神官］　禰宜もなく●稲荷の禰宜が　禰宜も祝も

祝　はふり子が　祝部らが●神の祝が　三輪の祝が

巫女　ある巫女の　巫に　里巫女が　舞ふ巫は●神のきねかな　賀茂の巫　巫が集ひは　巫が習はし　巫のかんなぎの　潮踏む巫覡を

【尼】　尼返りぬ　尼君の　尼乞食　尼答へ　尼衣　尼姿　尼住みけり　尼ぞなき　あまといへど　尼の言　尼のすまひ　あまの世を　尼一人　主の尼　朽尼を●明石の尼君　尼が行ふ　尼君達の　尼なるかたゐ　尼になりなむ　尼はかくこそ　尼を感じて　いかなるあまの　少将の尼　年老いたる尼　とし経るあまも

男

【男】　男音　男じもの　男達　男ぶり　男舞　男巫　をとこやま　男にいませば　男子の　をのこ子を　をのこじもの　をのこの目　男召せ　士やも　男もあらず　小男と　蕭郎が　船夫　密男　夜這ひ男　和男の　われ男の子●青き男が　飛鳥壮士が　吾嬬男子の　あだなる男　古壮士　馬飼男　男をみなの　男かはゆし　をとこ狂ひに　男車の　男さびすと　男とぞ思ふ　男なつかし　男に触這ふ　男のかげの　男の車　男退け引く　男の誇　男は乗りて　男もすなる　男よ人ぞ　男の愛祈る　男子は産め　男じものや　男子むれゐて　臣の壮士は　悔いし男の　草刈る男　小侍男　里の男子か　さびしき男　知らぬ男の　旅の男は　難波壮士の　服装も男と　萩刈る男　畑焼く男　食める男の　美男におはす　びびしきをのこ　旧き男に　変成男子として　密夫の　昔男の　むかしのをとこ　乳母の男　行きつる男　昨夜の

夜這ひ男　よろしき男　笑ふ男の

ますらを　荒し男の　あらち男の　壮士時に　真荒男が　健男の●小田のますらを　鬼の大夫　血沼丈夫　大夫心　ますら壮士の　大夫建男に　行きし荒雄ら

【夫】　己夫を　夫恋に　他夫の●愛し夫は　夫は知れるを　夫も籠もれり　貧しき夫に　行くは誰が夫　寄そう夫はも　わがこころ夫　わが一夜夫

主［夫］　主あるを●主ある俺を　ぬしある人を

婿　住まぬ婿　聟取も●選られて婿に　聟が来るやら　婿取りたるに　婿に着せうとて　聟の相談　むこの山人

【背・背な・背子】［夫・恋人・男性］　愛子夫に　せこが着し　背とわれと　夫が門　吾背の君　夜訪へわが背　吾背子が　わが背なを●足痛くわが背　いませわが背な　馬買へわが背　帰り来わが背　愛しけ背ろに　来ませわが背子　履着けわが背　恋痛きわが背　恋しきわが背　標結へわが背　背子に飲せむ　背なが衣は　せなと待ち見め　背ななと二人　夫をば遣らじ　旅行く夫なが　目につくわが背　行くは誰が背と　わが背の君が　我が兄を見れば

人

殿御　よい殿御●愛し殿御を　お寝る殿御や

【少年】　総角を　法師子の　ほそ冠者　八年児の●紅衣の僮子　少年にして　少年の声の　少年の春

若衆［若い男］　阿波の若衆に　愛し若衆と　憎い若衆を

若子［若い男子］　久世の若子が　久米の若子が　殿の若子が

息子　太郎なり●書画屋の息子

兄弟　弟世とわが見む　弟の顔　弟騒げど　吾弟の命

【父】　父の顔　父やかへる　父を置きて●お父恋ふるが　父おもふとき　父かとぞ思ふ　父来ましぬと　父に嘖ばえ　父にもあらず　父の葉書の　父はいまさず　父は降れり　父は千里と　父も沈みぬ　父よ安かれ　父をしたひて　父を待つなる　ひとりの父よ

【翁】　翁さび　翁の子　おきなびと　山翁は　衰翁の　小翁●うたての翁や　老いたる翁　翁出で来て　翁さびせむ　翁の気色　おきなの舞の　翁人ひとり　翁参りて　知らぬ翁に　炭焼く翁　旅の翁と　釣漁の翁　麺舗の翁　山田守る翁が

女

【女】殖女雇ひ　をなごの乳　おみなきて　女あるじ　女絵の　女冠者　女音　女子は　女どち　潜女の　厨女の　麗し女を　艫取女　はたおりめ　腫女　美人にて　採賢し女を　火女めく　鄙つ女の　まひ女　女の幸い　女独りにて　女にしあれば　物売女　宜し女を　和女の●あたら清し女　主の女　痛き女奴　多くの植女　男をみなの　女子裸と　女子の才は　女にしあらば　女のよささや　看護婦がうたふ　女髪結　女教師よ　女競べの　女車の　女なればか　女にねむる　女の心　女の法師　女の道に　女の身として　女の眼ざし　女の夜の　女花見の　女めきたり　賢き女　歩なる女　琴弾く女　さびしき女　徒然なる女　女性一人　女人の着たる　女人輪廻の　歯もなき女　孕み女の　販婦の女　美女が首をば　美女に月ふれ　人待つ女　舞する女　岬の女　水汲む女　みだら女の　女餓鬼申さく　女も出で行きて　黄泉の醜女は　若き女の　わかれしをんな／東女を　漢女をすゑて　大原女が　紀郎女　河内女の　難波女の　班女が閨の　山代女の　倭女の　和女の

手弱女 やさしい女 しとやかな女　手弱女倚れる　手弱女われは

遊女［遊女］　遊び人　遊女三人　うかれめが　歌びくに　妓王妓女　左夫流児に　立君の　出女が　びく人は　船まんぢう　室君の　めし盛に　夜鷹小屋●あそび女と　今も遊女の　弟日娘と　妓楼の衣　白拍子哉　惣嫁こそぐる　惣嫁の顔を　出女わらはす　虎がかたちを　流れの君達　紅まへだれの　みれば夜発の　遊女の歌ふ　余所の女臈見て／なき指かくす　姫遊びすも

姉　姉に戯る●姉は走らず　乳母の姉ぞ

婦［結婚している女性］　機婦に妬む　思婦の心　農婦は出で●婦は魚を烹る　婦を教ふるは

嫁　左官がよめの　婦の懐妊／嫁衣を縫ふもの

妻

【妻】老し妻の　をさな妻　異妻を　侍の妻　思婦の心　棲みける妻　妻しあれば　妻とふたり　妻なしに　妻のうら　妻の顔　妻はしたに　妻もあらば　ともゝめも　内儀方　女房顔　ねたみ妻　二十妻　一夜妻　旧き妻　妻にせむと

妻の上に　妻も持たず　本妻は　我が泣く妻●尼もかゝらも　斎ひ嬬かも　愛し妻と　生みたる妻の　後妻打ちの　老いたる妻の　帯する妻の　守の妻になりて　言縁妻を　島の女房は　朱買臣が妻　旅人の妻　妻が眼を欲り　妻さへもたず　妻立てり見ゆ　妻と言ひながら　妻といふべしや　妻とかがむに　妻とこそ見れ　妻としたしむ　妻と頼ませ　妻ととのふと　妻とよばれむ　つまな重ねそ　嬬無き君し　妻は子を負ひ　妻は取り附き　妻は待たせと　妻吹く風の　妻枕かむとか　妻待つ宵の　妻待つ夜さへ　妻むかへ舟　妻諸共に　妻寄しこせね　妻呼び立てて　妻呼び響む　妻呼ぶ秋は　妻呼ぶ声は　妻よぶ舟の　妻をめとらば　妻を求むと　年若き妻の　嘆かす妻に　嘆きけむ妻　船出せむ妻　触るるわが妻　妻が着する時　妻なむ抱きて　妻に責められて　行くは誰が妻／北の方　真子が手離り

妻別れ　妻放り　妻別れ　妻を去りて●妻離くべしや　妻わかれして　妻わかれせし　わが妻離る

愛妻　乏し妻　わが目妻●吾が愛し妻に　妻のいとしさ　愛しき誰が妻　愛しき妻らは

妻恋　妻恋ひに　妻を恋ひて●妻恋ひかぬる　妻や恋しき　妻をこひつゝ　わが恋妻を

思妻　吾が奥妻　思ふ妻に　吾が思ふ妻●吾が思ふ妻　思ひ妻あはれ　わが思妻は

遠妻　遠妻の●遠妻の手を　わが遠妻の

己妻　おのが妻　己妻は●妻と呼ばん　家妻めかす　己が妻呼ぶ　己妻離れて　己妻すらを　己妻呼ぶも　君わが妻と　後もわが妻

刀自　眉刀自女●櫛造る刀自　わが児の刀自を

人妻　人妻と●人妻と言へば　人妻の里　人妻ゆゑに　人の子ゆゑに　人のつまとは　我や人妻／ぬしある人を

隠妻　妻ごもる●隠したる妻　隠りたる妻　隠妻はも　しのびのつまの　人の夜妻は　わが隠せる妻

両妻　二妻とるや　両妻とるや／妻ざる夫は　二重着て　二心ある　二途かくる　二行くなもと　よそに標結ふ

妻子　めこども　妻子見れば●胡の地の妻児　子をと妻をと　つどふ妻子ら　妻子の産業をば　妻子むつまじく

妹

【妹】［妻・恋人・女性］　妹が顔　妹が髪　妹が着る　妹が島　妹が袖　妹が手に　妹が目を　妹と吾と　妹に恋ひ　妹もわれも　愛し妹を　したへる妹　ふるき妹が●相見し妹は　吾が思ふ妹　家なる妹を　いつしか妹が　妹があたり見む　妹が笑まひを　妹が小床に　妹が黒髪　妹が声を聞く　妹が情は　妹が小枕　妹がさごろも　妹が白紐　妹が光儀を　いもが住かは　妹が正香に　妹が直手よ　いもがたまひし　妹歩行ならむ　妹が手まかむ　妹が嘆かむ　妹が名呼びて　妹が触れけむ　妹恋しらに　いもたもふてよ　妹とし寝ねば　妹とすみれの　妹なき床に　妹に逢はずて　妹にかもあらむ　妹に告げつや　妹にゝるてふ　妹にわかれし　妹乗るらむか　妹は座すと　妹は珠かも　妹は花かも　妹は夜ふかす　妹見けむかも　妹見つらむか　妹や咎めん　妹夢に見ゆ　妹を留めむ　いもをふり捨て　妹を目離れず　妹を求めむ　愛し妹が　隠れる妹を　袖振る妹を　種はぢく妹　靡きし妹は　にほへる妹を　ねもころ妹に　一夜妹に逢ふ　ほのかに妹を　見飽かぬ妹に　身に副ふ妹し　もとなや妹に　闇にや妹が　われは妹思ふ

吾妹　我妹子が●麻蒔く吾妹　息づく吾妹　いで来吾妹子　去にし吾妹か　鬘せ吾妹　衣裁つ吾妹　葛引く吾妹　莫恋ひそ吾妹　わが思ふ妹に

妹がり［妹のところ］　妹がりいそぐ　妹がり行けば

妹が門［妹の家］　いもが家に　妹が門●妹が門見む

【子・児】男女が互いに親愛の情をこめて呼び合う語　思ふ子の　菜摘ます児●逢はぬ児ゆゑに　色ぐはし子を　小田を刈らす子　弟姫の子を　愛しきわが子　愛しけ児らに　児ろが金門よ　子ろが膚はも　詩の子恋の子　過ぎかてぬ児を　靡き寝し児を　ねるは誰が子ぞ　人の児ゆゑに　干す児は無しに　ま麗し児ろは　まなといふ児が　山田作る子　わが児の刀自を

娘

【少女・乙女】　海未通女　生をとめ　少女子が　乙女子が　をとめごも　処女墓　未通女等が　少女等が　嬬らが　少女らし　嬢子らの　娘子らは　少女らを　臣の少女　栄少女

人

幼婦と　香少女　二少女　八少女を●あづまをとめの　海処女らが　漁童女らが　海人のをとめ子　海人のさ乙女　伊勢少女ども　出で立つ少女　歌ひし少女　菟原処女の　をとめ有心者　未通女壮士の　処女がともは　少女紙すく　少女ごころは　少女児据ゑて　少女さびすと　少女となりし　処女と成りて　をとめの顔が　をとめの知らぬ　乙女の姿　乙女の袖を　をとめの群も　少女のゆびに　処女を過ぎて　処女を見れば　臣の嬢子を　思ふ小姫子　可刀利少女の　紙漉くをとめ　神の八少女　田葛引く少女　くはし少女が　障ふる少女が　さをとめまけて　里のをとめら　少女の姿を　少女のひと群れ　田植は早乙女　立つや八少女　たてるをとめの　つどふ少女を　常処女にて　野少女どもの　泊瀬少女が　はとりをとめら　舞や処女の　みやび少女が　麦刈少女　八十少女らが　寄り合ふ少女は

手児奈［美少女］　志賀のてこらが　真間の手児奈を

【娘】　中むすめ　花売に　むすめの声●花売娘　人のむすめの　町娘にて　女換へたべ　娘に落ちて

母

【母】　母にこそ　母の乳の　母掻き撫で　母が碑に　母葬り　母も待て　母儀います　継母の●尼もかゝらも　母が目もがも　面だに母を　母なしにして　継母の如く　烟れり母の　そを負ふ母も　母いかにして　母上こそは　母が生みたる　母が養ふ蚕の　はゝがかたみと　母が園なる　母が手離れ　母かとぞ思ふ　母が最愛子ぞ　母が目見ずて　母とふ花の　母となれる日　母なき人の　母ならなくに　母に懐かえ　母に嘖はえ　母に添寝の　母に違ひぬ　母にやあらぬ　母のうれしさ　母のくちもとに　母の命の　母の胸乳を　母は責むとも　母もいまさず　母を尋ぬる　母を離れて　母を別れて　母堂一人して　見る母なしに　別れし母を

垂乳根［母］　垂乳根の●足乳根の母は　身にたらちねの

母刀自［母を敬っていう］　母刀自も●いませ母刀自

【嫗】［老女］　一老妻　たうめひとり　隣嫗　妻の嫗●淡路の専女　姥子屋敷の　老いたる嫗　嫗が力は　嫗の子どもの　嫗の白髪　嫗にしてや　鍛冶屋の婆　白髪

媼の　古りにし媼　百年の姥

姨母［年輩の女性］　姨母を迎へ●姨母を家に居ゑ　をばをよびけり　隣の伯母の

親

【親】　烏帽子親　おやなけば　親の跡　親の家　祖の家に　親の親と　親の無事　親一人　人の親の●あはれ親なし　親さへつらき　親添ひぬるは　親ぞ養ふ　親ともなりつ　親なしにして　親に先立つ　親にすりよる　親にそむける　親に似ぬねも　親のいさめし　おやのいませし　親の俤　親の親とか　親の飼ふ蚕の　おやの心は　親のまもりと　親のめぐみは　親の目を欲り　親は知るとも　おやまちかねて　親をおし入れて　親を忘るゝ　親をわすれに　捨にし親の　人の女親の　女親亡くなり　わが親にせし

【父母】　母父に　母父に　かぞいろは●いざちゝはゝと　老いたる父母　父と母とは　父母強ちに　父母親親も　世々のちゝはゝ　わがちゝはゝの

【夫婦】　妻男に●郡司が妻夫　夫婦呼び交し　夫婦の中の　夫婦いさかひ　夫婦としてぞ　夫婦に成りぬ

妹背・妹兄　夫婦。兄と妹。姉と弟　妹兄過ぐす●いもせをいかに　木すら妹と兄／女男居てさへ

やもめ　妻を失った男。夫を失った女　なれもやもめの　やもめなる身も

【族】　親族・家族　家人の　親族どち　子孫の　おやの跡　骨肉に　肉親の　父祖の剣　向腹　類親にて●一孫引き列れ　親戚誰彼　親族兄弟　親しき族　親族の仲　平家の一門　家内五人　行く家族か　炉辺に家族

親子　親と子と　親なき子　子は親に●親子の契　親子久しき　親の子をおもふ　親は子をよひ　親もなき子の　子の親なれば

孫　七世の孫に　新家の孫は　孫を尋ぬる

同胞［兄弟姉妹］　兄弟の　姉妹の●四海兄弟　二郎太郎三郎　はらからあるは

子

【子・児】　市の子の　斎児も　幼児の　臣の子の　親なき子　女児を　君が児の　子自慢の　子たる道を　こどもらと　子泣くらむ　子はなくて　子らが手を　子を抱き　子をひりて　死にし子よ　千人子の　なく子なす　寝入る子の

人

人の子は　船の子が　法師子の　みなし子と　八年児の　病める児が●ああもだえの子　赤き子供の　意気の子　名の子　いのる子のため　良人の子と　浦島の子が　幼児揺る　顔美き子等を　着せむ子もがも　こがひする子の　子さへなくなり　子ぞたぐひなき　子供出て来よ　子ともなづけつ　子に及かめやも　このひとふしを　子の道の闇　こは捨てがたき　子持ち痩すらむ　子持たるてへば　子守してあり　こらがありせば　児らが幸くば　子らがさごろも　これ獅子の児を　乞はむ児がため　児をいだきては　児を失ひて　児を教ふるは　子を思ふ道に　子を思ふやみの　こをばうむべき　子をやしなひに　捨子育つる　捨られし子は　せにおふ子さへ　その子のよろこび　手習ふ子供　泣児のこゝろ　七つになる子が　寝なへ児ゆゑに　ねるは誰が子ぞ　はつみつる子が　人の子のため　二子こそあれ　ミルク吸ふ子を　飯を子に盛り／落し胤なり

愛子　母が最愛子ぞ　愛子にかあらむ　われは愛子ぞ

吾子　吾子つれて●吾が児飛ばしつ　吾子より高し

人

【童】三才くらいから元服前の子供。貴族の家や寺社などで雑事に使われた子供　鬼童は　男の童　手童の　よき童　童さび　小児ども　童人　童べの　童をば●ゐなかわらはの　牛飼童　幼き童　をのこ童は　清げなる童　草刈る小子　五節の童　小舎人童　棹さす童べ　里のわらはの　さぶらふ童　仙人童を　手童の如　竹馬の童なり　小さき童の　殿上童　泣く童あり　ねぶるわらはの　火取りの童　舞の童べ　よぶわらは哉　童心の　わらは墨する　童盗人　わらはのひろふ

うなゐ［小児。小さい子］　うなゐごが●童女放髪は　なくうなゐ哉　よんべのうなゐ

女の童　そば近く召し使う少女　薬の子　女の童　女童部

童女［少女］　菜摘む少女●玉の童女に　童女像ありて　童女ら行くも　少女伴へて　めざしぬらすな

緑児［赤ん坊］　嬰児と　緑児の　若子の●ゑめるみどり子　みどり子のなく　若子を置きて／呱々の声

児［子ども］　児生ひの　ちごの顔　ちごめきて　塗児衆　はふ児にて●うつくしきちご　肥えたるちご　ちごの　祈りし　稚児は泊りぬ　児も乳母も　児を遊ばせ　児

を抱き取り　児を哭かせて　物言はぬちご

友

【友】　おもふ友　かたる友　神の友　去年の友　友がみな　友どちと　友になりて　友ほしく　友もうし　友もがな　友もなき　とも、めも　友を多み　見る友は●かげを友にて　かせぎを友に　金蘭の友　提げたる友の　それも友なる　月を友にて　友具してけり　友慕ふなり　友とひよれば　友と聞つる　友とこそなれ　ともなかりけり　友なき山の　友なしちどり　友無しにして　友ならなくに　友ならねども　友に後れぬ　友の並並　友のまにまに　友のまれなる　友のむれ来て　友はなみだか　友まちがほの　友まどはせる　友もしらる、　友もほしなし　友や違はむ　友よびかはし　友呼びわたる　友呼ぶ声の　友呼ぶ千鳥　友をえらばば　友を恋ひつ、　友を携へ　友を離れぬ　友を結びて　書といふ友　故郷の友　真の友を　むかしのともは　山路の友と　雪を友にて／遊敵にて　輩も有り　もとつ人

どち［仲間］　老のどち　男どちは　思ふどち　女どち●貴人どちや　思ふ人どち　旅別るどち　ちよのどちとぞ／同道児も　同袍の友　伴道にして　同輩児らと　吾同子を過ぎ　我が仲間に来む

君

【君】女性が親しい男性をいう。目上の人や貴人　美し君　思へ君　きませきみ　君うしや　君があたり　君が家の　君が去なば　きみが植ゑし　君が帯　君がおもひ　君がをる　君がさす　君が住む　君がため　君が血潮　君が名も　君が皮膚　君が行く　君が世に　きみこひて　君恋ふと　君恋ふる　君こねば　君し来ば　君なくて　君ならで　君なれど　君憎し　君に請ふ　君に似る　君の御出を　君は君　君は来ず　君はよし　君ませば　君まどひ　君やあらぬ　君を置きて　君をおもふ　君をつむ　君をのみ　今夜君　見るや君　むかし君●朝行く君を　荒ぶる君を　あはぬ君かな　いにけん君を　命の君は　惜しむ君かな　からまる君を　かれゆく君に　着て帰る君　紀へ行く君が　来ましし君を　きみいますらむ　君おもひいづ　きみがいひにし　君が愁を　君かへり来ず　君がおもかげ　君が離れな

ば　君が来まさぬ　君が来まさば　君が心か　君が来ぬ夜は　君が盛りを　君がしゞまに　君が標結ふ　きみが神通　君が袖振る　君が正香ぞ　きみがたまひし　君がためにぞ　君が袂に　君かたるなよ　君が千歳を　君が使の　君が亡骸　君が歎きを　君がにほひの　君が濡れけむ　君が墓まで　君が肌の　君が一言　君が船出は　君が船泊て　君がまにまに　君が御影の　君がみかさの　君が見し髪　君が御禊の　君が眼のいふ　君がゆくへを　君が齢は　きみが別れを　君が分くべき　君きたれとは　君恋ひわたる　君こそつかめ　君し解かずは　君しるべせよ　君しるらめや　君ぞ悲しき　君だに知らぬ　君と祈りし　君とまるべく　君なき庭に　君ならずして　君に逢ふ人　君に逢はじかも　きみにあはんと　君におくらむ　君にしあらねば　君にぞ惑ふ　君に告げまし　君に伝へよ　きみにつてなむ　君にと思し　君に問はばや　君に離れぬ　君にまかする　君にむかへば　君に依りてぞ　君に別れし　君の御出を　きみのまなこは　君は音もせず　君はかへせじ　君ばかりこそ　君は聞きつや　君は君なり　きみは恋しき　君は知らじな　君はねつらむ　君ひとりかは　君伏目がちに　君も恨みん　君も来なくに　君も尋よ　君も泣くらむ　君や隔つる　君行る舟の　君をこふらむ　君を偲ばむ　君をし見れば　君をし思へば　君を捨てなむ　君をぞ祈る　君をとどめよ　君をはなるる　君を見まくは　君を見ましや　きみをみむとは　君を恥しみ　来ざりし君に　越の君らと　こや君が手を　さ青なる君が　栄えし君の　ただ君のため　旅行く君が　たれをか君は　月かも君は　貴きわが君　隣の君は　長居すな君　なかに泣く君　香へる君が　のぶべき君が　一日も君を　ひとりや君が　笛吹く君に　欲しき君かも　まづ言ふ君ぞ　道を説く君　対へば君も　宿もる君や　夜毎に君が　わが思ふ君に／あが仏なる

人

【汝】［二人称］　汝が声を　汝が鳴けば　なれこそは　汝も我も●汝とわれと　汝はなほも　子等はいましに　汝が来とおもへば　汝が心告れ　なが一声を　汝と二人はも　汝はあどか思ふ　なれだにむせぶ　汝は死に

しか 汝は芹つめ／おことと寝う 己れいなゝけ をのれ鳴きてや 御坊の形相 和御前が思ひ

我

【我・吾】［一人称］ いかでわれ 妹もわれも うきわれを わが皮は わが肝も わが毛らは わがこころ わがごとく わが肉は わがために わが角は わが爪は わが紐を わが待ちし わが肱は わが耳は わが目らは われさらば 我しなば われだにも 我なくて 我ならぬ 我のみや 我ばかり われはもや 我一人 われぼめや われみても 我もかなし われもしか 我もまた●歩ゆわが来し たたるにわれは 旅行くわれを 似かよへるわれ 蠅殺すわれは 蛇われをみる 枕とわれは 夜渡るわれを わが恋ふらくは わが情焼く わがこころをば わが閨のうちに われあひぬらん われゑひにけり われ落ちにきと われ恋ひめやも われこそ帰れ われこそ益さめ われことひかば われぞおくるゝ われぞ悲しき 我ぞまされる われ立ち濡れぬ われだにいとふ 我にかけめや われに解けなむ 我にまさりて 我にもあらず 我に宿かせ われの過去 われのみ消たぬ われのみぞ聞く われのみぞ訪ふ われのみぞ見ん われはありけり われは消ぬべき われは祈ひなむ われはぞ恋ふる われは頼まむ われはよどまず 吾は忘れじ われまどひの子 われも老木のわれもかうばし 我も待ちつる われを巣守に われを頼めて われを古せる われをへだつる われを欲しといふ われをも具して 我を忘るな／戯奴は恋ふらし

吾 行かぬ吾を●寝もと吾は思ふ 吾を待つらむぞ

【吾・吾】［一人称］ 吾が奥妻 吾が面の あが君は 吾待たむ 吾を待つと●吾が思ふ妹 吾は松の木ぞ 吾を哭し泣くな 吾を忘らすな 何どか吾がせむ

【己】 己が命を 己が世に●おのがころとぞ 己が袖枕 おのが染めたる 己がとぞ思 己が名を告る おのが塒に おのが羽風に おのが細布 おのが物とぞおのが世々にや おのれ息はく おのれ浮沈す 己を愛でて

各 おのがしし●おのがむれ〳〵 おのれ〳〵の

人

花

【花】草の花　木の花は　白き華　流す花や　初花の　花明り　花植へそ　花うかび花靫　花籠に　花妙し　花心　花ごめに花さかば　花盛り　花さきて　花さそふ　花姿　華ぞ降る　花便　花鳥の　花飛んで　花流す　花ならで花なれや　花に飽かで　花にあかぬ　花にうらみ　花に置く　花にそへ　花に注ぎ　花に染む　花にたつ　花に月　花にねて　花に眠る　花に吹　花にもが　花の色を　花の枝に　花の艶を　花の面　花の陰　花の飾り花の香に　花の興　花の沙汰　花の時　花の鳥　花のにほひ　花の光　花の人と　花のみな　花のもとに　花の雪　花は老いて　花はなほ　花は花　花一枝　はな一木花めきて　花もあらじ　花紅葉　花も見つ　花もみな花ゆゑに　花を射て　花をかぜ　花を見て　花を吉み花をよみ　春の花　春は花　飛花落葉　みぬはなの●秋草の花　朝咲く花の　あまたの花も　あらしの花をあはれそのはな　いかでか花の　いづれを花と　磯に見し花　出でし花野の　妹は花かも　うき世を花の　うつりし花の　うつろふ花の　うつろはぬ花の　絵にかく花の老木は花も　開化の花を　かへさぬ花の　かへりしはなの　かをるぞ花の　花月一窓　風には花を　かはらぬ花の　木毎に花ぞ　きのふのはなぞ　木もなく花の　雲とは花の　心は花に　濃しとや花の　こずゑの花を　こたへぬはなに　此花にして　こよひは花の　咲くや此の花さけるはつはな　しづく花の色　しらがも花も　外面の花も　その花にもが　そぼちて花ぞ　そむくる花に空いろの花　高ねの花は　手向けし花の　ちぐさの花ぞちとせの花と　千本の花も　つひには花の　疲れし花の月と花とを　露けき花に　露こそ花に　無りし花の歎き知れ花　七種の花　ならぶ花なき　なれこしはなの　なれぬる花の　なれみし花を　残るは花も　のどかに花を　花色衣　花薄うして　花うらわかみ　はな老いにけり　花遅げなる　花落ちかゝる　花陰にして　花種にありと　花ぐもりとも　花くれなゐに　花乞ふべくも　花こそ老の　花こそ幣と　花こそ軒の　花こそ人に　花さへ実さへ　はなざかりかも　花桜花　花しなべ

ての　花ぞあやなく　花ぞかすめる　花ぞたゞ(だ)よふ(う)はなぞ一(ひと)むら　花ぞ昔の　花てふ(ちょう)花を　花と苔(こけ)とぞ花とこそ見れ　花としいへ(え)ば　花とぢ(じ)つけよ　花と見ゆらむ(ん)　花と見る〳〵(みる)　花鳥(はなとり)にしも　花取り持ちて　花なきえだを　花なき年の　花なきやどの　花なるさとは　花なる時に　花なる人の　花にあは(わ)まし　花にいそがぬ　花に移らぬ　花にほふ(おう)らし　花に遅れぬ　花にを(お)よばぬ　花におれつゝ(つ)　花にかゝ(か)りて　花にかぜなし花に暮(く)らしつ　花に心を　花にこそふれ　花にことゝふ(う)花にこもれる　花に今宵(こよい)は　花につく身と　花につどへ(え)り　花にとは(わ)ばや　花に比へ(なぞえ)て　花になりたや　花には袖(そで)の　花にはそむく　花に引(ひか)れて　花にまがひ(い)て　花に紛(まが)ふ(う)は　花にまつらば　花にむつるる　花に物思(ものも)ふ(う)　花にやあらむ(ん)　花にやどりて　はなにやまかぜ　花によりくる　花にわかれぬ　はなぬすびとゝ(と)　花の間(あいだ)も　花の曙(あけぼの)　はなのあだなる　花のあたりに　花の跡(あと)とふ(う)花の嵐(あらし)と　花のありかに　花のあるじも　花の色かと花の上なる　花の薄雲(うすぐも)　花の宴(うたげ)に　花の台(うてな)に　花の縁(えん)に

や　花のお連(つれ)は　花の顔とて　花のかほ(お)よし　花の香(か)かどふ(う)　花のかぎりは　花の笠(かさ)きる　花の香(か)さそふ(う)　花のかず〳〵(かず)　花の心や　花のことばを　花のこのまを　花の木下(このもと)　花の衣(ころも)に　花の宴(さかもり)　花の盛りに　花のさまなれ　花の雫(しずく)に　花の下陰(したかげ)　花のした風　花のしたひ(い)も花のしたにて　花の下臥(したぶ)し　花の下道(したみち)　花のしもとぞ花の白雲(しらくも)　花のしら浪(なみ)　花の白雪(しらゆき)　花のしるべは　はなの末(すえ)には　花の姿を　はなのためこそ　花の便(たより)を　花の契(ちぎ)りや　花のつゆそふ(う)　はなのたふ(う)とさ　花のとほ(お)山(やま)花の常盤(ときわ)は　花のなごりと　花の名だてに　花のねぐらに　花の後(のち)にや　花の初雪　花の林は　花のひとへ(え)に花の人めも　花の人を見よ　花のひゞ(び)きに　花のふすまを　花の吹雪(ふぶき)に　花の父母(ぶも)たり　花の古里(ふるさと)　花の蠱(まどわ)はすはなのみぞさく　花のみ訪(と)は(わ)む(ん)　花の都(みやこ)に　花のみゆきよ　花のもとには　花の宿(やど)かせ　花のやどりを　花の夕(ゆう)顔(がお)　花のゆくへ(え)は　花はあれども　花はいそがぬ　花は紅(くれない)　花はころすぎ　花はさながら　花恥(はず)かしく　花は谷なる　花は主(ぬし)ある　はなはむかしの　花はめづ(ず)れど

植物

花ひとえだの　花ひとつのみ　花ひとりこそ　花ふく比(ひ)良(ら)の　花踏(ふ)みしだく　花降(ふ)らせたる　花待ち得(え)たる　花待ちつけぬ　花待つい間(ま)に　花まつほどの　花見てくらす　花見るけふ(きょう)を　花見る人に　花もいくへ(え)の　花もえならぬ　花も老木(おいき)の　花も惜(お)しまじ　花もかひ(い)なし　花も咲(さく)らし　花も露(つゆ)けし　花もてはやす　花もてわたる　花もにほは(おわ)ぬ　はなものこらず　花もひと時　はなもまちける　花も昔を　花もむらむら　花もやありと　花もろかりし　はなやえらびし　花や遅きと　花やかへ(え)りて　花やことしは　花やさかりに　花や咲(さき)けん　花や偲(しの)ばむ(ん)　花ゆゑ(え)なれし　花ゆゑ(え)にこそ　花ゆゑ(え)山の　花ゆゑ(え)ゆゑ(え)に　花よりのちの　花よりほかも　花をうつゝ(つ)の　花を送りて　花を惜(お)しめば　花を思へ(え)ば　花をおもは(わ)ぬ　花をおもはゞ(わば)　花をし枝に　花をし見れば　花をしるべに　花を尋(たず)ねて　花をたづ(ず)ねむ(ん)　花を啄(ついば)む　花を飛(とば)せり　花を縫(ぬ)ふ(う)てふ(ちょう)　はなをはかなと　花を踏(ふ)んでは　花をまさぐり　花を見捨てて　花を見るまの　花を見わたす　花をや夢と　花をゆすりて　花を寄せてん

母とふ(う)花の　春の初花(はつはな)　春待つ花の　人をも花は　ひもとく花は　ほのかに花の　まがきの花の　ましろき花ぞ　まだ見ぬ花の　待たるる花の　実(み)さへ(え)花さへ(え)　見初(みそ)め(め)し花の　峰(みね)なる花は　峰(みね)の花折る　みるべき花と　昔の花の　むつれし花の　空(むな)しき華(はな)を　山こそ花の　ゆきとはなとに　吉野(よしの)の花は　夜(よ)のまに花は　林中(りんちゅう)の花の　われ疾(と)う花に　／あかしあ(アカシア)の　うけらが花を　優曇華(うどんげ)の花　海棠(かいどう)の　堅香子(かたかご)の花　かもくさの　くろばあ(クローバー)の花　川(こう)ほねのはな　辛洲(こぶし)の花は　大角豆(ささげ)の花は　さふらん(サフラン)が咲き　白のだりや(ダリヤ)の　末摘花(すえつむはな)の　月見草(つきみそう)　つはぶき(わ)の花　なぎの花(はな)　栄(はえ)る芍薬(しゃくやく)　曼珠沙華(まんじゅしゃげ)　曼荼羅曼殊(まんだらまんず)の　木蓮(もくれん)の　山梨(やまなし)の花

花弁(はなびら)　単弁(たんべん)の　花筏(はないかだ)　花千弁(せんべん)●雪片花顔(せっぺんかがん)　花一片(ひとひら)の

花房(はなぶさ)　花の房(ふさ)　花房手折(ふさたお)り　ふさなりて　藤波(ふじなみ)の●花(か)穂立(ほた)ちそろふ(う)　長き花総(はなぶさ)　はなぶさしろく

花粉(かふん)　花粉をつけて　黄(き)なる花粉の

貌花(かおばな)　貌が花　貌花の●野辺(のべ)の容花(かおばな)

落花(らっか)　落つる花　花おちて●落花狼藉(ろうぜき)　落花を踏(ふ)んで

残花(ざんか)　散り残った花。残桜(ざんおう)　花のこり●残れる花は

花守［桜の花の番人］ 花守しつつ／春の野守に

【桜】 朝ざくら 家桜 いざ桜 糸桜 いま桜 雲珠桜 遅ざくら かば桜 瓶の桜 桜咲く 桜だに 桜散る 桜月夜 さくらばな 桜人 桜ゆゑ 庭桜 白桜の 葉桜や 桃桜 山桜●あかぬ桜に あたら桜の あとの桜木 嵐の桜 活けしさくらの いつしか桜 うす花ざくら 姥桜かな 大路の桜 惜しむ桜に 遅桜散る 尾上の桜 垣ねの桜 かざすさくらを 重ね桜に かの山ざくら 木曽山桜 朽木の桜 雲居の桜 雲も桜も くろの桜は 桜が枝に 桜かざして 桜がもとに さくら散りしく 桜なれども 桜にくもる 桜にならぶ 桜にまがふ さくらにもろき 桜のおくも 桜のかげに 桜の波の 桜のみこそ 桜はこその 桜はしるき さくらは雪に 桜ひとつに 桜吹きまく 桜見てこん 桜めでかな さくらも古木 桜をかざす 咲ける桜の 地主の桜は そのふの桜 谷は桜の 児桜かな 千本の桜 とほ山ざくら 外山のさくら 濡れたる桜 野辺の桜し 初さくらばな ひ桜の花 ふもとの桜 まがふ桜の 待ちし桜も みぎはのさくら 都の桜 深山桜に 八重桜さけ 八重山ざくら 八上の桜 宿の桜も 山桜咲けり／桜皮纏き

咲

【咲く】 雲とさき 咲かざらむ さきいづる さきいでゝ 咲きをる 咲かゝる さきこぼる 咲き咲かず 咲きそめし 咲きそはん 咲たわむ 咲きてとく 咲きなづむ さきぬるを 咲ほこり 咲きまじる 咲くと見て 咲く花にしだり咲く 昼は咲き ませに咲く●あすは咲らん 今か咲くらむ いま咲きにけり いやをちに咲け 巌にも咲く 卯月に咲ける 奪ひて咲ける 小草花さく 垣ほに咲ける 木も分かず咲く けふさかんとは 黄金花咲く 草の花さく 今朝咲く花は 声に花咲く さかひに咲ける 咲かざりしかな 咲かねば恋し さかばぞおそき 盛りに咲ける 咲かん蓮を 咲あらはすか 咲出し花も 咲きかゝりけれ 咲きしづもれる 咲きすさびたる 咲初てこそ 咲き始めにけり 咲立ぬらむ 咲きたる園の 咲き散る春の さきつる野辺を

咲きて散りにし　咲きてののちの　咲きなば花の　咲きなむ時に　咲きにけらしな　咲きには咲かぬ　咲ぬる日より　咲きの盛りは　咲きはじむらん　咲きは増すとも　咲き隔てたる　咲き渡るべし　咲く川堤　咲くほどもなく　さくやこの花　さくをあはれと　咲ける大野を　咲けるかきねの　咲ける月夜に　墨染めに咲け　ちれば咲つぐ　継ぎて咲くべく　夏咲のこる　七重花咲く　ぬすみて咲ける　野辺にまづ咲く　はかなくさきて　花咲き添へん　花咲きそむる　花咲く里に　花咲く春の　花さく宿を　花も咲らし　はやもさかなむ　春ぞ咲かまし　ひとり咲くらむ　日に日に咲きぬ　日にむかひ咲く　二度咲ける　まだ咲かぬ間は　峰続き咲く　むらむら咲ける　八重咲く如く　八重花咲くと　宿にまづ咲く　ゆきにさくべき　よこしまにさく

ひもとく［つぼみが開く］　紅を発き　花のひもとく　潜かに開く　ひもとく花は　ほころび匂ふ

笑む［咲く］　花咲に●花こそ笑めれ　花のゑまひを　笑ひかんなの

爛漫花が咲き乱れる　爛漫と●花爛漫の　爛漫として／花を吐く

【咲き匂ふ】［美しい色に咲く］　咲きにほふ　匂ひけり　にほふらむ　八重にほふ●梅にほふころ　梅の匂ひを　垣根に匂ふ　重ねてにほへ　岸ににほへる　にほひいでたる　匂ひそめけり　にほふ桜や　匂ふとおもへば　にほふはちすの　匂へる野辺は　にほはす萩は　濡れつつ匂ふ　野辺をにほはす　花咲きにほひ　花にほふらし　花のにほひを　花もにほはぬ　二度にほふ　山路に匂ふ

散

【散る】　蘆が散る　あだに散る　うちちりて　風に散る　肩に散り　こきちらす　木の葉散れば　咲ちるは　咲けば散る　散と散りて　すゝきちる　空に散　散らさじと　ちらすなよ　散らぬ間に　ちらばちれ　ちりうかぶ　散りがたの　散りくれど　散り敷きし　散り過ぎて　散り初むる　散り散らず　散りに散る　ちりぬとは　散りぬべし　散りね花　ちりのこる　ちりはてて　散りまがふ　散りやすき　ちるがうへに　散る波を　散る雪を　散るをこそ　散るを見で　散れる巣に　露の散る　花ちれ

る　峰に散る　もろくちる　柳ちる　行き散らん　雪散りて　四方にちる●飽かで散りぬる　秋は散りけりあだに散らすな　うち散りまがふ　梅ちるなへに　枝にか散ると　枝よりかちる　織ればかつ散る　風に散るらん　こがれてぞ散る　こゝかしこちる　心も散らで木づたひ散らす　木のはちり行　咲きか散るらむ　咲き散る園に　咲き散る花の　咲きて散りなば　咲きて散る見ゆ　さくら散りしく　咲けば散るらん　しがらみ散らし　下葉散り行　袖よりも散る　散らす時雨に散らすのみやは　散らすは花を　散らす春雨　散らであれかし　散らであれとも　散らで時雨の　散らぬかぎりは　散らぬ心を　散らぬ七日は　散らば散らなむちらまくもをし　ちらんかぎりは　散らむ山道を　散りか過ぎなむ　散りくる時ぞ　散り来る花を　ちりしくにはを　ちりしく野べの　散りしを拾ひ　散り過ぐるまで　ちりつくしけり　散りつむ花の　ちりつもるらし　散てながるゝ　ちりてののちは　散りてみ雪に　散りとどまれる　散りなば惜しと　散りにし枝に　ちりにちりしく　散りぬともよし　散りぬるのちは　散り残れりと　ちりはててこそ　散りまさりけれ　ちりまどひなん　散りもこそすれ　散りも乱れめ　散りゆく見れば　散行もうし　散るかたぞなき　散るか散らぬか　散るぞめでたき　ちるとはなしに　散るとまがふにちるなさかりの　散るにやあるらん　散るは憂けれどちるまでもみむ　ちる世のうさを　散る別れこそ　散るを惜しみし　地に散るらむ　つれなく散を　疾く散りぬとも　ながめて散りぬ　にほひ散れども　幣と散るらめ　のどかに散らす　花が散り候　花ぞちりける花散り埋む　花ちり方に　花散りてこそ　花ちりはつる　花ちりみだる　花散る里を　花散る軒の　花のちるらむ　花の雪敷く　花の雪散る　一つ落ち散る　ひとりちるらむ　蒔けば散りぬる　またちりかへる　まだちりのこる　待ちつけて散れ　まどふまで散れ　まれにちりゆく　八重散りしける　山地に散れる　雪とちりかふ　ゆめ花散るな　よこさまにちる／あえぬがに　あえも社すれ

植

【植う】［うえる］　植ゑおきし　栽たてて
きくううと　きみが植ゑし　たがうゑし
花植ゑそ　人の植うる●市の植木の　植ゑ
生したる　植木の樹間を　うゑしもくやし　植へしもし
るく　うゑそめぬらし　植ゑてける君　うゑてさへ見し
うゑてそだてし　移し植ばや　園に植ゑたる　庭にうゑ
たる　根こじて植へし　根深く植ゑし　花も植へ置かぬ
【蒔く】　朝蒔きし　椎蒔かば●蒔かむとぞ思ふ　蒔け
ん種か　蒔きし瞿麦　まく人なみの　蒔けば散りぬる
【種】　種しあれば　種絶えて　種採らむ　種なくて
たねなれや　もの丶種●草木の種を　すゑし種子から
種ぞと思へば　たねとこそなれ　種はぢく妹　種はま
きける　種まきそむる　種求めけむ　よしの丶種を
【苗】　占苗に●あしかなへかと　いまだ苗なれ　苗なり
といひし　苗もみがてら
【生ふ】［生える］　相生の　石に生ふる　生ひ出でくる
生ひかはる　生ひそめし　生ひたれど　生ひ靡き　生
ひぬらし　生ひのぼる　生ふる葦の　壁に生ふる　木に
も生ひず　草生さず　くらら生ひて　今年生ひの　軒
におふる　野に生ふる　若菜生ふる●秋の野生の　荒磯
に生ふる　磯廻に生ふる　今生ひ初むる　巌に生ふる
岩根に生ふる　生ひかはりける　生ひざりし草　生ひ
滋りたる　生ひ継ぎにけり　おふるくず葉も　生ふる
沢辺の　生ふるぬなはは　生ふる野べとは　生ふるひづ
ちの　生ほし立てつと　遅れて生ふる　垣ほに生ふる
岸に生ふてふ　ことし生ひしは　しげみに生ふる　絶ゆ
れば生ふる　月におひたる　長く生ひにけり　生らぬ
徒花　野末に生ふる　ふせ屋に生ふる　山に生ひたる
【這ふ・延ふ】　葦根はふ　根を延へて　はふ蔦の　這ふ
松は　這ほ豆の　松にはふ　葎這ふ●くず這ひかかる
軒に這はせて　這まつはれよ　這まとはれる　這へる葛
かな　ひまなく這へる
【萌ゆ】萌える。芽が出る　春は萌え　萌えいづる　もえしめよ
萌え初めし　もえつらむ　萌ゆるとき●を草もゆらし
草はもえなむ　草もえ出る　孫枝萌いつつ　ひと夜に萌
えて　萌え出づる春　もえ出にけり　萌えし楊か　も

えしわかなの　もゆるがままに　もゆる草ばと　萌ゆる木末に　もゆるわかなは　柳もえたる

下萌ゆ 土の中から芽が生い出る　下もえの●草の下もえ　下もえわたる

【繁る】　茂からぬ　茂き野を　繁くとも　茂山の　しげりあひて　繁りあふ　茂りゆきし　繁れども　なほ茂し　本繁く●浅茅しげれる　陰茂りつつ　かつらやしげり　草木繁れる　草のしげみは　木陰に茂れ　木の晩茂に　繁き草葉の　繁き木の間に　しげくも露のしげさまされど　茂みが奥に　しげみにさはる　茂みにすずむ　茂みに食むは　繁みをわけて　茂りにけりな　しげりのみゆく　しげるも深し　茂れ松山　すゞむしげ木の　ちゞにしげれり　夏のゝしげく　野沢に茂る　端山の繁り　みやまのしげみ　山下しげき

繁み［しげっているので］　枝繁み　陰茂み　草しげみ　葉をしげみ●影をしげみや　樹立を茂み／本の繁けば

繁に［ぎっしりと］　しゞにおふる●木立の繁に　しゞ咲野辺を　繁に荒れたるか　繁に生ひたる　繁にそそぎぬ／枝もしみみに

芽

植物

撓む　熟れ撓む●いたはめつゝも　すゑたわむまで

撓わ 枝がしなうさま　とををにも●枝もたわわに　垣根もたわに　つばさもたわに／垂鈴の

撓る［たわむ］　生ひをれる　咲きをる●枝もとををに　をりにをり　咲きのをりに　花咲きをり

【熟る】［果実が熟れる］　熟れし実の　柿熟し　熟る梨の　熟れるかな●熟める畑に　熟れし木の実を　果実は熟えて　花咲き実熟るぞ

【緑】　みどりさわぐ　緑楊は　若みどり●青きを刈りて　影のみどりと　草の緑も　黝めるみどり　苔のみどりに　千年の翠　竹の緑は　新みどりせり　残るみどりも　野べの緑に　深き緑の　淵の緑も　松の緑に　みどりがなかの　緑なびけり　緑にまじる　みどりの繁り　みどりばかりぞ　緑深くも　みどりを分る　みな緑なる　もとの緑も　若き緑や

【芽】　小竹の芽に　にひ木芽　芽柳や●木の芽を煮やし　木芽新桑　木の芽春雨　木の芽も春の　このめもみえず　さ青に芽吹

く　ひこばえにけり　芽ぐむ草木の　芽ぶきし椰子の実　めもはるぐ〜と　芽を吹きいづる　柳の芽食む

角ぐむ（角のような芽を出す）　つのぐめば●つのぐみ渡る　つのぐむ蘆の角芽かきわけ　蘆錐短し

若芽　くはし若芽は　しばの若立　ぬなはの若芽

【蕾】　玉蕾　つぼみたる●きのふのつぼみ　つぼみたるがち　蕾に宿る　つぼみはじむる　つぼむと花を　つぼめる花の　一枝のつぼみ　三つの蕾の

【含む】（つぼみがふくらんでいる）　含めりし●いまだ含めり　薔薇ふふみぬ　けふふゝめるも　含まる時に　含みたりとも　含みてあり待て　含みてもがも　含める花の

【根】　浅き根ざし　長き根を　根にかけて　根深めて　根を白み　根を絶えて　根を延へて●あらふねのみや　巌に根はふ　木のねにふせり　草根の繁き　菅の根しのぎ　根こじて植へし　ねこそ絶えせね　根ごめうつろふ　根ごめに風の　根さへ枯れめや　根ざしかはせる　根白の柳　ねずりの衣　根這ふむろの木　根延ふ横野の　根深く植ゑし　根も深ければ　ねも見しものを　根柔小菅　ねよりぞしるき　根をとゞめけむ　根をな枯らしそ　根をばたづねん　ねを忘れめや　もとの根ざしを

本荒（根元がまばらに生えている）　もとあらの●もとあらの小萩　もとあらの萩の

【実】　あゆる実は●榎の実もり喫む　このみとらなむ　木の実をひとり　さそふこのみは　そのふのこのみ　月に実の入る　なりもならずも　花さへ実さへ　実ならぬ樹には　実の照るも見む　みのなるはてぞ　みの一つだに　桃の実になる／五月の珠に　年ぎりしぬる

【茎】　茎も葉も●ゑぐの草茎　茎うす赤き　くきの姿は　佐野の茎立　一茎ごとに

【穂】　秋の穂を　すゝきのほ　穂に出づる　穂には出でぬ　穂を上に　八束穂の●秋田の穂立　落穂の田にも　かぶす穂末に　花穂立ちそろふ　丹の穂にもみつ　穂末なみよる　ほずゑに波の　穂にいづる秋は　ほに出でて風の　穂に出でてまねく　穂に咲きぬべし　穂にはな出でと　穂の上に霧らふ　穂の上をてらす　麦の穂だちに　諸穂に垂でよ

植物

穂向 穂向にちらふ 穂向けの風の 穂向の寄れる

穂波 穂波にむすぶ ほなみを渡る

【葛・蔓】［つるくさ］ 青つゞら 屎葛 さねかづら 多波美蔓 葛這ふ 蔓草の●蔓なる花の 蔓のびたれば 蔓を見て居り 日かげのかづら 糸瓜の蔓の まさきの葛 山さな葛 早穂の蔓

【藁】 藁沓を●旧藁沓の 藁解き敷きて 藁ふむ霜の わらもてゆへる

【棘】 おどろなる●赤き茨の実 いばらからたち うばらからたち 棘原刈り除け 荆の末に おどろが下も おどろの道の 荆棘を抱く 毒とげぬくも

【葎】［野原や荒れた庭などに繁茂する雑草］ 葎生の 葎生ひて 葎這ふ 八重葎●葎が下の 葎しげれる 葎の門に むぐらの宿の 葎やしげき やどは葎に

【藻】 沖つ藻を 底のもも 莫告藻を 靡き藻の 藻くづ火の 藻塩草●あまの刈る藻に 海士の捨て草 おき藻乱藻 すくもたく火の 藻にうづもるる

玉藻［藻の美称］ 玉藻なす●荒磯の玉藻 生ふる玉藻の 玉藻かづかん 玉藻刈りてな 玉藻刈る刈る 玉藻刈るらむ 玉藻なびかん 玉藻の床に 玉藻の宿を

【苔】 青蘚の 苔埋む こけしみず 苔の庵 苔の花 苔深き 苔水の 苔むさば 苔筵 青苔の 緑苔に●青苔むせり 磐に苔むし 荒苔の雨 苔石面に 苔の岩戸の 苔の岩橋 苔の衣を 苔のさみどり 苔の狭筵 苔の下なる 苔のしたみづ 苔のとぼその 苔のふすまに 苔の乱るゝ 苔のむすまで 苔ふす岩屋に 苔踏み分くる 苔むす松は 苔をむしろに 絶えずや苔の たゞ苔の下 花と苔とぞ 山路の苔の 緑苔を掃ふ

草

【草】 巨き草 草合 草がくれ 草衣 草しげみ 草手折り 草たゝく 草づたふ 草長き 草なれや 草に臥し 草の色は 草の如 草の袂 草の露 草の名は 草の花 草はかれ 草深き 草深み 草ふみて 草むさむ 草結ぶ 草若み 草分けて さね草の 腐草蛍 古草に 埋れ草 八千種に 山草に●青き草見え 秋草の花 あきはちぐさに いかなる草の いづれの草に いとど深草 飢

えたる草の　生ひざりし草　小草花さく　小野の草伏
垣ほの草は　繊弱き草に　枯野の草の　消えし草葉の
草生ひしげり　草がくれつつ　草さへ思ひ　草しげからぬ
草ぞ短かき　草取り飼ふは　草とりはなち　草と別く
別く　草な手折りそ　草に埋れて　草に消えなん　草
の青葉に　草の片葉は　草の下もえ　草のしとねを　草
のはつかに　草のやどりを　草のゆかりを　草のゆれたつ
草葉おしなみ　草葉涼しく　草はな刈りそ　草は靡き
ぬ　草葉ならねば　草葉に荒るる　草葉にかゝる　草葉
のこらぬ　草はみながら　くさむらごとに　草もえ出る
草ゆらぐなり　草を冬野に　小草にわぶる　三草二木は
しのの葉草の　深草の中　すさめぬ草と　その草深野
尋ねぬ草の　千ぐさの花の　千草八千草　つかれて草に
堤の小草　露も草葉の　外の面の草に　夏野の草の　な
びかぬ草も　なびく草葉の　庭の小草の　庭の夏草　野
草の露は　野中の草は　野べの草葉に　野べの千種の
野もせの草の　ひとつ草とぞ　深草のやま　双葉の草を
芳草を尋ね　みくさふみわけ　もゆる草ばと　森の草
とや　雪間の青草　路傍の草の　われ草取れり　我に草
乞ふ／思ひ草　知草の　ちゝこ草　時計草　さいたづま
かな　夏雪草の　はゝ子ぐさおふる　婢草に　水のおも
だか　水引草か　みなしご草に　耳無草　勿忘草の

水草 水中や水辺に生える草　水草ゐめ●池の水草　水草ゐにけり
水草生ひにけり　水草の上に

浮草 池や沼の水面に生える水草　根なし草●池の浮草　浮草水草　白蘋
の花を　身を浮き草の

影草［物陰に生える草］　影草の　日影草●水陰草の　山
のかげ草　夕影草の

下草 木かげの草 森林の雑草　苧原の下草　風の下草　下草かけて　波
の下草　原の下草　森の下草　ゆきのした草

芝生　小野のしばふは　しばふがくれの

若草　新草の　はつ草の●契る若草　新草まじり　野辺
の若草　春の若草

和草［やわらかい草］　和草の●中の似児草

竹藪　たかむらに●篁に行き　たけのはやしぞ　竹の
林に　孟宗の藪を　やぶしもわかぬ　藪し分かねば

植物

木

【樹】一老樹　神樹にも　樹を生まず　娑羅双樹　樹陰にも　室の樹と　百樹茂く●樹に伐り行きつ　樹に鳴しとき　樹を動かして　樹を強く抱く　草樹の雲に　立てるむろの樹　椿の樹あり　橡の太樹を　満樹の噪蟬　実ならぬ樹には

【木】荒木にも　岩木より　岸木立　木にも生ひず　木の晩の　木は荒し　草木まで　樹立見る　木垂るまで　木の花は　木のもとは　草木濃し　磯馴木の　直き木に　夏木立　錦木の　水馴れ木の　深山木の●秋の草木の　畦の冬木の　いかに木の下　空木ながら　うるふ草木は　枝なき木にも　悲しい木立　木木しらじらと　木木のしづくに　木々は戦ぎぬ　木々をそむらん　木すら春咲き　木ぞなかりける　木にも草にも　木のもとさへや　木のしたくらく　木の下水を　草木のほとり　草木もなびく　木立こぶかく　こだちしみたち　木立も見えず　木の下闇に　木のもと埋む　木の下ごとに　木のもとずみに　木の下もなし　さはる木もなし　山斎の木立も　草木国土　そのふの木々の　散る木のもとは　土とも木とも　なほ木に帰る　何木なるらむ　庭にうき木を　野木に降りおほふ　野なる草木ぞ　冬木の梅は　冬木の程も　もりのこしたに

朽木［枯れて腐った木］　朽木なれ●かよふくち木の　朽木の梅も　朽木の桜　朽ち木のそまの　朽木のもとを

黒木 製材していない皮つきの丸木　黒木うり　黒木もち　黒木もて●黒木・赤木の　黒木の両屋　黒木の屋根は

宿木　寄生取りて　やどり木は●たれやどり木の

常磐木　常磐木も　ときはなる　ときはにて　常磐の森●いや常葉の樹　常磐木椎は　ときはの松の

埋木　埋木の　埋れ杉●埋木ながら　埋木に身を　瀬々の埋れ木　谷のむもれ木　身はむもれ木の

老木　おい木の花に　老木は花も　老木はむべも　花も老木の　身こそ老木の　われも老木の

本立［根本］　椎が本●蘆の本立　杉の本立　菩提樹の本

木の間　木の間洩る●植木の樹間を　木の間立ち潜く　木の間の月の　木のまのともし　このまより出よ　繁き木の間に　花の木のまに　もらぬ木の間も

木屑 木積なす 寄る木糞●木屑の寄すなす 木屑来ずとも 縁る木糞如す

木伝ふ 木伝ひて 木伝ひぬ 木づたへば●梅にこづたふ 木づたひ散らす 木末を伝ひ 雪の木づたふ

群立 蘆のむら立ち 枝に一むら 木々のむらだち 木むらにひびく 樹群を見れば 杉のむらだち 一群萩を 一むら柳 松の村立

【枝】 五百枝さし 枝かはす 枝さやに 枝繁み 枝なえて 枝ながら 枝にえだ 枝にもる 枝ひぢて おなじ枝に とがり枝に 花の枝 花の枝に はは枝の 幹も枝も 百枝さし 梨花一枝●五百枝剝ぎ垂り 枝きり下し 枝きる風の 枝さしおほふ 枝ぞしをるる 枝なす角に 枝ならゞる 枝にか散ると 枝にとまらぬ 枝に鳴くらん 枝に残して 枝には波の 枝にひかるゝ 枝にも葉にも 枝のもちあふ 枝吹き折られ 枝もなき木の 枝もゆるがで 枝やすからぬ 枝よりかちる 枝を交さむ 枝を垂れたる 枝を鳴らさぬ 枝を離れて 枝を交ふる 枝を繞れど 枝に霜降れど およばぬ枝に をらるゝ枝の かよへる枝を こちごちの枝の 木の枝靡けり 桜が枝に 桜の枝は 雫枝にも しろがねの枝 巣作る枝を 垂枝の撓ひ 千枝はものかは ちぢに枝させ 散りにし枝に 柘の枝はも 剣の枝の ならしの枝に ねぐらの枝に 花をし枝に 花なきえだを 春さす枝の ひとえだもがな 孫枝萌いつつ 曲れる枝も 松のはひ枝に 瑞枝さゆらぎ むなしき枝に 百枝槻の木 我がもる枝に／青柳の糸

小枝 椎の小枝の 千々のさ枝の 黄葉のさ枝

下枝 下枝取り●下枝の露に 下枝をあらみ はつ枝 下枝に はらふしづえに 宿のしづえか

細枝 さゝら枝を●桃のしもとの

上枝 上枝攀ぢ取り 末枝を過ぎて

楚［細長い若枝］ 楚の差す 梅楚●楚一筋 楚を持ちて

片枝 片枝さす●片枝枯れにし 片枝さしおほひ

立枝［高く伸びた枝］ 梅の立枝に 黄櫨のたちえだ

【梢】 梢ふく●雨ふる杪 香をば梢に 梢色増す こずゑ霧ふる 梢さびしも 梢高くも こずゑにあたる

こずゑにおもる　梢にかかる　梢にぞ聞く　梢に鶴こそ　梢に晴るる　こずゑにふかき　梢の雨の　梢の色の　こずゑのかぜの　こずゑのからす　梢の鷺の　梢の蟬の　梢の空に　こずゑの月に　梢のなつに　こずゑの花を　こずゑの春に　こずゑの雪に　梢ばかりと　梢はなる、　梢はるかに　こずゑまばらに　こずゑ見えきて　木ずゑをぞとふ　梢をたかみ　つもれる梢　外山の梢　なめて梢に　庭の梢は　はなの梢に　春のこずゑに　人もこずゑの　火をふく梢　見ぬこずゑなく　峰のこずゑも

木末[こずえ]　木末には●木末あまねく　木末隠れて　木末が下に　木末ことごと　こぬれたちぐき　こぬれとよもす　木末に住まふ　遠き木末の　萌ゆる木末に

葉

【葉】　青葉さへ　秋つ葉に　雨木の葉　木の葉ふる　木の葉をそ　七葉八葉　葉落ちては　葉隠れに　葉のへりを　葉を掃いて　葉をみだす　ふり葉かな　やせし葉の　譲る葉の　若葉さへ　若葉さす　若葉森●青葉のさくら　青葉の杉の　青葉の堤　青葉の山に　青葉まじりの　石も青葉や　大車前草の葉に　門は木の葉に　草のかき葉も　木の葉がくれも　木の葉曇らで　木の葉さやぎぬ　木の葉しのぎて　木の葉知るらむ　木の葉つくして　木の葉に埋む　木の葉ふりしく　木の葉交りに　木の葉乱れて　ざつざつと鳴るはの　堪へぬ木の葉の　地には若葉の　常葉にもがも　にひかがみ葉は　葉ずれの音の　花の青葉と　はにやかかると　葉のみしげれば　葉ひろ青葉に　葉守の神に　一葉なりとも　みつばよつばの　峰の木の葉や　身は草葉にも　もとつ葉もなし　本葉もそよに　森の木の葉は　もろき一葉は　山の木の葉に　葉葉浮び　若葉明るき　わか葉すゞしき　若葉の光　若葉の真洞　山葵のぬれ葉

下葉　うつる下葉ぞ　下葉いろづく　下葉染むらむ　下葉散り行　下葉のこらず　下葉許と　下葉を照す

上葉　上葉ならねど　茅が上葉に　萩の上葉の

細葉　断れの細葉　広葉細葉の　細葉の鳴りの

末葉・末葉　末葉吹く●秋のすゑ葉は　浅茅が末葉　葦の末葉を　末わらは葉に　すゑ葉の露に　竹の末葉に

裏葉 うらばにも●裏吹きかへす　草木のうら葉

末・葉末［葉先］ 末重る　末を重み　小竹の末に　末さわぎ　末なびく　末の露　菱の末を●葦の末越す　荊の末に　末摘みからし　尾花が末に　草花が末の　小松が末ゆ　末までにほふ　萩の末長し　葉末の露の　まつのうれごと　松の末〳〵　柳が末の　蓬が末ぞ

【落葉】 落葉かく　落葉して　落葉めく　飛花落葉　落葉の●落葉うづみぬ　落葉が上の　落葉がくれに　落葉にかゝる　おちばのみして　落葉は庭に　落葉を何に　桐の落葉に　去年の落葉を　さくらのおち葉　竹の落葉も　深き落葉を　もとの落葉の　落葉の霜

【枯る】 枯蘆の　枯々に　枯れつもる　かれぬれば　枯のこる　枯れ果つる　かれはてむ　かれわたる　草がれの　草はかれ　白み枯れ　立枯の　花も枯れ　履み枯らし　冬枯れの●あさる枯原　片枝枯れにし　枯るともかれじ　枯るるも同じ　枯るればはゆる　枯木を吹けば　かれじとぞ思ふ　かれし林も　枯れにし枝の　枯れにし園の　かれぬと思へば　枯れぬる花の　枯葉もさやぐ　枯れ伏しにけり　かれゆく野辺の　枯れゆく冬に　凋み枯れ行く　霜かれ〴〵に　露にぞ枯るる　楢の枯葉の　根さへかるらん　野べや枯るらむ　はるの立枯　一夜もかれず　冬がれはてし　やどに枯れたる

末枯れ 秋の末、草木の枝先や葉先が枯れてくること　うらがるる　うら枯れて　末枯れの●末枯れ為なな　うらがれそむる　草末枯るる

枯生 枯生のすゝき　かれふのまゝの

朽葉 落ちくちば●秋の葉くちぬ　朽葉にうづむ　朽葉のうすもの　杜の朽ち葉の

【紅葉】 薄もみぢ　濃き紅葉　下紅葉　はつもみぢ　花紅葉　紅葉狩　紅葉せぬ　紅葉せば　紅葉散る　もみぢつつ　紅葉見に　紅葉よる●秋の赤葉　秋は紅葉と　岩垣もみぢ　落つるもみぢ葉　かゝるもみぢの　風にもみぢて　きしのもみぢは　紅葉の声　紅葉を焼く　椎はもみぢず　下葉もみづる　散るもみぢ葉に　蔦の紅葉を　ぬるる紅葉ば　のこるもみぢ葉　花も紅葉も　柞の紅葉　まづもみづらん　まだもみぢ葉の　峰のもみぢ葉　紅葉いさよふ　紅葉かざゝむ　紅葉かなしな

もみぢしてまし　紅葉しにけり　紅葉しぬらむ　紅葉する絡石　もみぢせなくに　もみぢそめけむ　もみぢだにちれ　紅葉散らすな　紅葉照そふ　紅葉とやみる　紅葉ながるゝ　もみぢに飽ける　もみぢにぬるる　紅葉の色の　紅葉のかげに　紅葉のかぜに　紅葉の朽葉　紅葉のもとに　もみぢばかくす　もみぢはかるし　もみぢはすぎぬ　もみぢ葉流る　紅葉ばみだれ　紅葉吹きしく　もみぢふみわけ　紅葉見にとや　もみぢも知らぬ　もみぢも人も　もみぢや深く　もみぢをあだに　紅葉を風の　紅葉をそへて　紅葉をぞみる　もみぢをたをり　もみぢをぬさと　紅葉を払ふ　紅葉をみずは　紅葉を見れば　紅葉をわけて　もみづる秋の　もみづる色の　もろき紅葉の　よもの紅葉は／いろづかむ　色と見るまで　黄花と絳葉　黄山赤山　くれなゐおちてしたひが下に　染むる梢を　野辺を染むらむ

錦 紅葉を色や模様の美しいもの(錦)にたとえる　春の錦●綾の錦の　錦繍の林　梢の錦　滝もにしきに　錦絶えけり　錦の島と　庭の錦を　野辺の錦の　都の錦　もみぢの錦　わたらば錦

【黄葉】［古くは「もみち」］　黄落せる　もみたねば　黄葉する　黄葉の　黄葉つまで　黄葉をば●織れる黄葉ににほはす黄葉　初黄葉を　本葉の黄葉　黄色ふ時に　黄葉たすものは　黄葉あはれび　黄葉挿頭さむ　黄葉が下の　黄葉片待つ　もみち始めたり　黄葉手折らな　黄葉散りつつ　黄葉散るらし　黄葉にけらし　黄葉流る　黄葉にほひ　黄葉早続げ　黄葉を茂み　黄葉を吹けば　黄変つ鶏冠木　もみつ木の葉の　もみつ山かも　屋戸の黄葉　山のもみたむ

葵 あふひ草　唐葵●あふひ草をし　あふひてふ名は　葵花咲く　あふひを草に　枯れたる葵

朝顔 朝顔は　槿籬には●朝がほの蔓　朝貌の花　あさがほのよさ　うつるあさがほ　けさの朝顔　しぼむ朝がほ　なにあさがほを

葦 蘆が散る　あしづゝの　葦根はふ　蘆のねの　葦の花　葦の葉に　葦の穂の　葦は折れ　蘆は鳴つて　葦間より　生ふる葦の　枯蘆の　流れ蘆の　みだれあしの

湖葦に●あしかなへかと　あしかるわざを　葦漕ぎそけて　葦荷刈り積み　あしのうらかぜ　蘆の枯れ葉に　蘆の下葉の　葦のそらねも　葦のひとよも　蘆の八重ぶき　あしまになづむ　あしまの池に　葦間のこほり　葦間のつらら　あしまわけたり　あしまをくゞる　葦分け小舟　枯葦の上に　しげき蘆間を　玉江の葦を　つのぐむ蘆の　水際の葦の　みなとの蘆間

馬酔木　馬酔木なす●馬酔木の花も　馬酔木花咲き　生ふる馬酔木を　咲ける馬酔木の

菖蒲　あやめかり　あやめぐさ　花あやめ●菖蒲刈り葺く　あやめぞかをる　あやめなりせば　菖蒲の草も　いつかあやめに　生ふるあやめの　今日のあやめの　菖蒲刈るとて　菖蒲根合　菖蒲のかづら　軒はあやめも　はなさうぶとや　汀のあやめ

銀杏　ちゝの木の●銀杏の森は　森の公孫樹に

稲葉　稲葉ふく●稲葉おしなみ　稲葉かき分け　稲葉そよぎて　稲葉にかかる　稲葉にかぎる　稲葉に残る　稲葉の風に　稲葉の露に　稲葉もそよに

卯の花　あら卯の花や　うの花垣の　卯のはなかざし　卯の花ぐたし　卯の花月夜　かきほのうつ木　咲ける卯花　まがふ卯の花　待ちし卯の花　窓の卯の花　宿の卯花

梅　梅が香ぞ　梅かほり　梅つばき　梅の鉢を　梅柳　園の梅に　梅が枝に　むめかをる　梅楚　梅の香の　むめのはな　梅はあやな　梅ははや　梅もみな　梅ゆゑに　室の梅　落梅は●いづれを梅と　色濃き梅を　色づく梅を　梅が香寒き　梅が香しろき　梅が下枝に　梅が花咲く　梅この雪に　梅ちる風の　梅に遊べる　梅にかこつな　梅にこづたふ　梅のあそびしつ　梅乗せて行　梅のたふとさ　梅の匂ふや　梅の初花　梅の早花　梅の花笠　梅の花散る　梅の花見つ　梅はことなる　梅は匂ひよ　梅よはばかれ　梅を招きつ　梅を挿頭して　梅をな恋ひそ　垣根の梅は　朽木の梅も　里の梅が枝　その夜の梅を　散りにし梅に　とくとく梅の　軒端の梅よ　梅花は雨に　春待つ梅の　冬木の梅は　窓の梅が枝　見えこし梅は　身にしむ梅の　梅を賞はむ　梅が香とめん　梅こそ春の　梅にほふころ　梅にならひて　梅の立ち枝

や　梅はかはらぬ　梅よりほかの　百木の梅の　八重紅梅を　雪と梅とに　若樹の梅は　わすれぬ梅の

楝　あふちさく●楝の枝に　楝の花は　楝を家に

荻　荻の葉に　ささら荻　下荻の●伊勢の浜荻　荻植ゑざらん　荻にゆふかぜ　荻の上吹く　荻の上風　荻のうは葉の　荻の葉風ぞ　荻の葉さやぎ　荻の葉過ぐる　荻の葉乱る　荻の葉むけの　荻の葉渡る　荻のやけ原　荻吹く風の　荻も怨めし　思ひを荻の　かならず荻の　露の下荻　わか葉の荻に

女郎花　女郎花合　をみなへしかと　女郎花など

楓　かへるでの　若かへで●楓のわか葉　葉わか楓の　黄変つ鶏冠木　若鶏冠木の

杜若　かいつばた　杜若●杜若をし

樫　かしの木に　白橿の●嶺のしらかし

柏　たまがしは●かしは木のつゆ　葉広柏に

桂　折し桂の　かつらなるらし　楓の枝の　かつらのやどを　かつらやしげり　桂を折りし　若楓の木

蒲　蒲生野の●蒲の褥の

茅・萱　茅草刈り●岡のかやねに　茅が上葉に　かやが軒場に　萱刈り覆ひ　刈るてふかやの　沢辺のちはらちふの露原　根白高萱　野路のかる萱　昼は茅かり

浅茅　あさぢふに　浅茅原●浅茅いろづく　浅茅生の宿　浅茅が上に　浅茅が末葉　あさぢ風ふく　浅茅が露に　浅茅が花の　浅茅が原に　浅茅しげれる　浅茅にすだく　浅茅にまじる　浅茅の月の　浅茅を見ても消えし浅茅が　なびく浅茅の　野山の浅茅

萱草　萱草を●萱草を殖ゑ　恋忘れ草

桔梗　桔梗の●桔梗色せる　桔梗の花　きちかうのはな

菊　秋の菊　おいのきく　折る菊の　菊合　菊ぞかざる菊なれど　菊の園に　菊の露　菊のまがき　残菊は　そが菊の　千代の菊　摘む菊の　真白菊　百夜草●移ろふ菊に　おきゐし菊の　かざしの菊を　菊花の開く　きくさく此の　菊といふ菊は　菊には水も　菊の朝つゆ菊の上の露　菊の垣根に　菊のさかりか　菊のした水菊の白露　菊の精かと　菊の淵とぞ　菊を愛する　黄花と絳葉　黄菊紫蘭　霜の白菊　白菊あかく　たをりし

植物

菊の　晩花の前に　日がらを菊の　一本菊は　冬のしら菊　まがきの菊も　山路の菊の　老菊衰蘭　若葉の菊を

桐　碧梧の葉　落梧ノ雨●あをぎりさけり　桐にすむ鳥　桐の落葉に　桐の一葉に　園のあぶらぎ

葛　葛の葉の　延ふ葛の　真田葛延ふ　真田葛原●裏がへる葛　おふるくず葉も　岡の葛葉は　尾花葛花　葛の裏風　葛のうら吹く　くず這ひかかる　田葛葉日にけに　田葛引く少女　葛引く吾妹　裾野の真葛　玉巻く葛も　野辺はふ葛の　這へる葛かな　真葛そよぎて

梔子　梔子の花の　山のくちなし

桑　桑子にも　新桑の●桑つむをとめ　桑の実落る　桑のわか葉に　木芽新桑　桑葉の露　柘のさ枝の

鶏頭　鶏頭の●韓藍植ゑ生し　韓藍の花を

菰　かつみ草　刈薦の　こもかげに　畳薦　真薦生ふる　真菰刈る　まこもぐさ●入江のまこも　岩間の真菰　菰刈舟の　しげる真菰の　玉江の真薦　真菰刈る舟　真菰の生ふる　御津の真菰を　淀の真菰の

笹・篠　小笹原　を笹ふく　小笹生に　小笹しく　小竹が葉の　笹の庵　笹の隈を　小竹の葉に　笹深み　笹まくら　さゝわけば　篠竹は　小竹の末に　小竹の芽に　篠原や●浅小竹原の　いづこの篠ぞ　小笹が原も　をざさつゆけき　小ざさにしげき　小野の篠原　小笹が原に　小篠の露の　笹の庵に　笹の葉に置く　さゝの枕の　篠折りかけて　篠竹原を　細竹な刈りそね　小竹にあらなくに　しのの小笹の　篠の小竹の　すずの籬に　篠吹く嵐　靡け細竹原　嶺ろの篠葉の　残るをざゝの　道の笹原　宮の御篠ぞ　矢橋の小竹を

玉笹［笹の美称］　玉さゝの●玉笹の上に　庭の玉ざさ

椎　落椎の　椎が本　椎柴の　椎蒔かば●椎の小枝の　椎の下枝　椎の葉に盛る　椎はもみぢず　峰の椎柴

紫苑　おにのしこくさ　しをになでしこ　紫苑を殖ゑて

樒　しきみつむ●樒が花の　しきみつみつゝ

羊歯　歯朶の葉戦ぐ　軒のしだ草

紫檀　紫檀赤木は　紫檀のはこに

忍草　忍ぶ草●ことなし草も　忍草にも　しのぶに伝ふ　忍の草も　軒のしのぶを

菫 菫さく すみれ摘む つぼ菫●妹とすみれの 心すみれぞ すみれたむぽゝ すみれ摘みけり すみれつみつゝ すみれ採みにと すみれの花の

蘇芳 蘇芳の花足 穂先の蘇芳

杉 あや杉よ 埋れ杉●青葉の杉の 神の神杉 しるしの杉も 杉生の奥の 杉なき宿に 杉のあを葉も すぎのしづくを 杉のしたかげ すぎのしたみち 杉のたちどを 杉の葉しろき 杉の本立 杉はあれども 杉ふける庵 せきのすぎ村 軒端の杉に 臥したる枯杉 二本の杉 鉾榲が本に 峰の杉村

菅 白菅の 菅の根の 菅枕 真菅生ふる●泉の小菅 岩本菅を 川のしづ菅 小菅の笠を さ根延ふ小菅 菅の葉凌ぎ 菅の実採りに 一本菅は 水隈が菅を

薄・芒 いとすすき 篠薄 細竹すすき すゝきちる すすきにみつ すゝきのほ 旗薄 はだ薄 花薄 むらすすき わかすゝき●秋萩薄 枯生のすゝき かれしすゝきの 枯野の薄 篠のをすすき 末野の薄 すぐろのすすき 薄おひにけり 薄おしなみ すゝきをばなの 芒刈とる 薄ならねど 裾野の薄 花野のすすき はらむ薄ぞ ひとむら薄 一本薄 穂屋の芒に

尾花 尾花出でて 尾花ちる 初をばな●尾花が袖に 尾花刈り敷き 尾花葛花 尾花逆葺き 尾花し思ほゆ 尾花なみよる 尾花の風は 尾花の霜夜 尾花吹き越す なびく尾花を ふもとの尾花 招く尾花に

芹 小芹摘む 沢の芹 芹青む 芹摘みし ねぜりこそ 深芹は●沢に根芹や 沢の小芹の 芹子そ摘みける 芹と聞くこそ 芹をむさぼる 摘める芹子これ 汝は芹つめ 根芹摘とて 汀の小芹

蕎麦の花 蕎雪と●蕎麦の花なり 夏そばの花

竹 河竹の 寒竹の 呉竹は ことし竹 竿竹に 竹珠を たけなれや 竹の子の 竹の霜 竹の葉に 竹の籬 竹剣の 竹を取りて 竹院に 竹亭に なよ竹の 割り竹の●いささ群竹 うゑてぞ竹の 生ひ添ふ竹の かゝる竹がさ 垣ほの竹に 筧の竹の 風の竹に鳴る 今日切る竹の 声する竹に 胡竹の竹のみ 園の呉竹 竹葉刈り敷き 竹くゞりをる 竹にかゝれる 竹に風

もつ　竹に雀が　竹にとられて　竹に揉まるる　竹のあなたに　竹の編戸に　竹のあらしに　竹の裏の声　竹の末葉に　竹の奥かな　竹の落葉も　竹のこゝろも　竹のしづくや　竹の調べに　竹の柱の　竹の葉すさむ　竹の古根の　竹の夜声の　竹もあやしく　竹もていはふ　竹も別れを　竹をうつ声　竹窓の風　なよ竹のかげ　業平竹も　雪折れ竹を　雪降り竹の　若竹の伸

節　節近み●ふし繁からぬ

橘　たち花の●あから橘　生ふる橘　照れる橘　花橘の　屋前の橘

蓼　蓼の穂の●穂蓼の花と　穂蓼古幹

蒲公英　蒲公英の　たんぽゝや●すみれたむぽゝ

土筆　青杉菜　土筆　筆の花●つくぐ〜し哉　畠のつくしの

蔦　蔦の道　はふ蔦の●蔦ならねども　蔦のした道　蔦の細道　蔦のもみぢ葉　蔦の紅葉を

躑躅　岩つゝじ　岩躑躅　白つゝじ　つつじ咲く　丹つつじの●折らでつつじを　木の下つゝじ　躑躅のほそり

椿　梅つばき　玉椿　斎つ真椿●片山椿　椿の樹あり　椿花咲く　つらつら椿　八峰の椿　山つばき咲く

茅花　つばな抜く●つばなぬく野に　茅花を喫めど　抜ける茅花ぞ　横野の茅花

露草　鴨頭草の　月草の　鴨跖草に●月草の色　露草の花／葉鶏頭を

撫子　石竹の　撫子の●咲ける石竹花　しをになでしこ　園のなでしこ　撫子の露　屋前の石竹花　屋戸の石竹花　やまとなでしこ

常夏［なでしこ］　常夏に●常夏の花　常夏をのみ　はなの常夏　我がとこ夏に

菜の花　菜の花さきぬ　菜の花ぞそれ　のこるなの花

楢　なら柴の●枯れたる楢の　楢の枯葉の　楢の木蔭の　楢のはがしは　楢の葉つたひ　ならの広葉に

柞［楢］　柞原●ははその色は　ははその梢　柞の紅葉

合歓木　しなひ合歓木　合歓木の花　ねぶりの木●老いし合歓木の葉　形見の合歓木は　合歓木と槐と　合歓の散るまで　合歓木はしどろに

萩　秋萩たれ　小萩原　萩が枝を　萩が花　萩咲る　萩の露　萩の花　萩の餅　真萩ちる●秋の萩咲く　秋萩凌ぎ　秋萩手折れ　秋萩まじる　をかべの萩に　小萩うつろひ　小萩が露の　小萩をわたる　咲きし秋萩　霜のした萩　露負へる萩を　靡ける萩を　野べのこはぎの野もせの萩の　萩刈日和　萩咲きにほふ　萩咲きぬれや　萩の遊せむ　萩の上露　萩の上葉の　萩の盛りを　萩のさやぎの　萩の下露　萩の下葉は　萩のにしきを　萩の葉白き　はぎの初花　萩の花散る　萩の古枝に　萩を秋と云ふ　萩をおしなみ　真萩かたしき　やどのむら萩　屋前の早萩　わくる糸萩

花妻　萩。鹿が萩を好むところから鹿の妻に見立てて言う　花づまの●その花妻に　妻問ふ萩の　はぎが花づま　花嬬問ひに

芭蕉　芭蕉葉の●芭蕉の枕　はひろばせをを

蓮［はす］　かもくさの　江蓮に　青蓮花　白芙蓉　蓮おふる　蓮折れて　蓮の根に　蓮の葉　蓮華　はちす葉の　花蓮　睡蓮●池の蓮の　入江の蓮　九品蓮台　紅蓮や多き　紅蓮落つらん　咲かん蓮を　七宝蓮華の　青蓮の花を　しら蓮の露　睡蓮咲くと　妙なる蓮　敗荷に立てり　蓮手にいりき　蓮に書ける歌　蓮の浮葉の　蓮のうてなを　蓮の一花　蓮の八花を　蓮の池に　蓮の上の　蓮の浮き葉　蓮の露に　蓮の華に　はちすの宿を　蓮を思ふ　蓮をも見む　一もとのはす　紫のはちす／水ふふき

唐棣　咲きたる唐棣　はねず咲ころ

箒木　箒木の●消ゆる箒木　そのはゝ木々の

浜木綿　浦の浜木綿　浜木綿生ふる　浜木綿ばかりの

榛　真榛もち●岨の榛原　にほふ榛原　真野の榛原

久木　浜久木　久木生ふる　若久木●久木今咲く

菱　菱咲いて　菱採ると　菱の末を　菱の実の

檜　檜皮色●標結ふ檜葉を　檜扇もるる

向日葵　向日葵は●黄金向日葵　向日葵向日葵

藤　藤波の　藤の宴　藤の花●池の藤波　色ます藤のかゝれる藤の　岸の藤浪　咲ける藤見て　時じき藤の　春の藤波　房長き藤　ふぢ咲きにけり　藤なみの花　藤波見には　藤の色こき　藤の色めく　宿の藤波

藤袴　藤袴　蘭の花●藤袴ぞも

芙蓉　芙蓉の紅　芙蓉の萎え　芙蓉のまなじり

牡丹　牡丹の　牡丹見ぬ●うす色牡丹　くれなゐ牡丹　天竺牡丹　ふかき牡丹の　冬のぼたんの　冬深見草　牡丹饗せむ　牡丹の花を　牡丹畠に

槙・真木　真木流すとふ　槙の朝しも　まきの下露　真木の裾山　真木の杣人　真木の葉凌ぎ　真木の葉しろく

正木　まさきの葛　まさきの綱の

松　荒磯松　一老松　海松や　松根に　たてる松　這ふ松は　一つ松　松生ひて　松が枝の　松が根を　松につみ　松にはふ　松の色は　松の苔　松の鶴　松の戸に　松の葉色　松のひゞき　松の実に　松みれば　松もひき　松も見よ　松脂の　結松　雪のまつ　嶺松は　老大夫●吾が松原よ　阿古屋の松と　吾は松の木ぞ　あら松原　あられ松原　いこふ松陰　磯の松が根　岩にも松は　岩根の松に　岡の松笠　かきほの松よ　かはらぬ松ぞ　岸の姫松　岸の松が根　君松の樹に　けふまつが枝の　苔むす松は　しづの松がき　十八公の　白ら松原　すだちし松の　住吉の松　頼みし松や　ときはの松の　軒の山松　後もわが松　二葉の松の　二見の松の　松が根あらふ　松こそ花の　松こそものは　松さへいたく　松寒くして　松と竹との　松に幾世の　松に言問ふ　松に住む鶴　松にぞ風の　松にぞ千世の　松にたとへむ　松に契れる　松に問はばや　松にまじらふ　松に夜深く　松のあらしか　松のうは葉に　松の生ひすゑ　松の蔭にも　松の煙も　松の声かな　松の梢は　松のしづえを　松の下道　松の絶間を　松の千年も　松のとぼそを　松のはひ枝に　松の葉白き　松の葉見つつ　松の葉分の　松のひゝきに　松のみ一　松の村立　松のゆふ風　松の雪をも　松はうもれて　松は答へん　松は霜にぞ　まつはしらずや　松は七日に　松葉につもる　松は久しき　松はひとりに　松はふりけり　松は百度　まつもいくたび　松もうらめし　松も子持たり　松もまばらに　松も見えけれ　まつも昔の　松よりこゆる　松をあきかぜ　松をかざしに　松をすくなみ　松を舞ふ舞ふ　松をもたてぬ　百枝の松の　雪折れの松／いつはの松も

ごえふなしとて　五葉の枝に　五葉の子日

小松　姫小松●磯辺の小松　植ゑし小松も　をぐきが小松　小松が末ゆ　こまつむすびて　子日の松は

紫　紫草の　紫野●生ふる紫草　紫野辺に　紫のゆゑ　紫野行き　若むらさきは

桃　桃桜　桃園の　桃の朱や　桃の花　夭桃の●紅桃ありて　園生の桃の　立てる桃の樹　桃にはばかる　桃の一枝に　桃のしもとの　桃は花さき

李　李の花か　桃李の浅深　桃李の花の　桃李の春を

椰子　椰子の葉の　椰子の実を●残れる椰子の　芽ぶきし椰子の実　椰子の葉かげの

柳　青柳の　いはやなぎ　垣つ柳　河柳　さし柳　刺す楊　春柳　芽柳や　楊こそ　柳ちる　柳洩る　緑楊は●青柳の糸　大路の柳　かきねの柳　風に柳は　川そひ柳　川の柳は　岸の青柳　この河楊は　しげき青柳　垂柳は　玉の緒柳　根白の柳　はやあをやぎに　春の楊は　張れる柳を　冬の柳は　萌えし楊か　柳あをめる　柳が末の　やなぎかげかな　柳かざして　柳けぶりて　柳に注ぎ　柳の糸を　柳の髪の　柳の眉し　柳のめにぞ　柳の萌黄　柳はやなぎと　柳もえたる　楊を折つて　楊柳の陰　柳眼低れり　柳絮は風に　わが見る柳

山吹　井手の山吹　うつるやまぶき　岸の款冬　野辺の山吹　八重山吹は　八重款冬を　山吹の花

夕顔　ゆふがほも●花の夕顔　見し夕顔の　夕顔の花

百合　小百合花　小百合葉に　姫百合の　百合花の●草深百合の　さ百合の花の

蓬　さしも草　させも草　蓬わけて●しげき蓬は　霜の蓬の　庭のよもぎぞ　深き蓬の　蓬が門と　蓬が末ぞ　蓬が杣の　よもぎが月を　よもぎが露に　蓬がもとの　よもぎにまじる　蓬の窓の　蓬は宿の

蓬生（よもぎなどが茂った土地）　蓬生に●庭の蓬生　蓬生の門　よもぎふの月　蓬生のやど　蓬生ふかき

蘭　蘭苑に　蘭室に●秋の蘭泣く　黄菊紫蘭　蘭の香たつや　蘭もかをりを　老菊衰蘭

龍胆　龍胆の●深山りんだうの

吾木香　吾木香●我毛香の花

鳥

【鳥】 朝鳥の うかれ鳥 大鳥よ 驕り鳥 潜く鳥 雲鳥の くろとりの こがねの鳥 こと鳥を さ野つ鳥 白き鳥 住む鳥も 鳥すらも 鳥・蝶に 鳥鳴きて 鳥にもがも 鳥の跡 飛ぶ鳥の 鳥打たむ 鳥帰る 鳥が棲む 鳥じもの 鳥の声 鳥踏み立て 鳥も木も ののとりの はなし鳥 放ち鳥 花の鳥 日和鳥 真鳥住む 六つ鳥獲り 瞑禽は 名鳥の 黐鳥の 百鳥の 行く鳥の●あやしき鳥の 逢はでも鳥の あはれその鳥 うづのさか鳥 海鳥の群の うれしき鳥の 大鳥のごと 飢鳥は啄み 桐にすむ鳥 け近き鳥の 恋ふる鳥かも 黒鳥は体 さへづる鳥の 猿鳥犬は 住み渡れ鳥 千峰の鳥路 空飛ぶ鳥の 遠山鳥の 鳥驚かず 鳥おもしろき 鳥か白帆か 鳥煙に栖む 鳥けものすら 鳥だに鳴かぬ 鳥とも人を 鳥鳴きぬれば 鳥ならぬ身は 鳥に追はれて 鳥にしあらねば 鳥の味 鳥の網はる 鳥の一羽の 鳥の王也 鳥のおらびを 鳥の心や 鳥の姿を 鳥のそら音は 鳥のつらさは 鳥のふたつぞ とりのみ行けば 鳥の群がり 鳥は雲に入る 鳥は喫まねど 鳥は林に 鳥は言はず 鳥はものかは 鳥独り啼く 鳥待つが如 鳥も来鳴きぬ 鳥も獲られず 鳥や鳴くらん とりをすましめ 鳴きつゝ鳥の 鳴き行く鳥の 何か速鳥 何鳥なれか なべての鳥は 逃げし鳥なり 濡れぬ鳥かな 羽なき鳥の 見おくる鳥の 虫に鳥にも 瑠璃囀の鳥／獦子鳥鴨鳧 あまごひ鳥の うそ鳥の かしどり来なく 金糸雀のごとく 閑古鳥 菊戴鳥も きつつきのとぶ 息長鳥 照鷽の なけば尾長も はこ鳥も ひゑどりさはぐ 耳づくのみや 都鳥かも むくどりの山がらめ 葦切の

鳥

【千鳥】 遊ぶ千鳥 浦千鳥 川千鳥 小夜千鳥 住む千鳥 たつ千鳥 ちどりすら 千鳥鳴く とも千鳥 浜千鳥 むら千鳥 百千鳥●いそわの千鳥 かよふ千鳥の 河瀬の千鳥 河原の千鳥 さ驟る千鳥 さよ鵆住む 千鳥しば鳴く 千鳥妻呼び 千鳥とほ立つ ちどり鳴たち 鵆鳴き立つ 千鳥鳴くなり 千鳥群れゐる 千鳥もつけじ 友なしちどり 友呼ぶ千鳥 門渡る千鳥

鳴く千鳥かな　寝覚めの千鳥　汀の千鳥　夕浪千鳥

渚鳥・洲鳥　荒磯の渚鳥　入江の洲鳥　洲鳥は騒く　湊の渚鳥

水鳥　水鳥の●池の水鳥　憂きみづ鳥の　水鳥を潜けつつ　みづこひどりの

貌鳥（春鳴く美しい鳥）　容鳥の　かほ鳥の●来鳴く貌鳥

小鳥　青き小鳥　小鳥合　小鳥おふ　蝶小鳥　鳥雀は●小鳥のわたる　野べの小鳥も　わたる小鳥も

【飛ぶ】　跡へ飛　雲居飛ぶ　雲に飛ぶ　蝶のとび　疾く飛びて　飛び入りて　飛びかよふ　飛び飛ど　飛びまがひ　飛び渡る　飛ぶ魚を　とぶたかの　飛ぶ蝶の　飛ぶ鳥の　飛ぶ蛍　とぶわしの　翻飛せる　蛍とむで　虚空飛ぶ　乱れ飛んで　寛く飛んで●朝飛び渡り　天に飛びあがり　霞飛びわけ　雁飛び越ゆる　そゞろ飛たつ　空ひくく飛ぶ　旅のそらとぶ　ちちと飛び交ひ　燕飛くる　飛びかふたづも　飛び立ちかねつ　飛びたつ雉の　飛びてさわげり　飛びも上らず　飛びわたるらむ　飛がかなしさ　飛ぶに疲れて　飛蛍かも　箱根飛び越え

蛍とびかふ　水の上飛ぶ　むらがり飛や　山飛び越ゆる／高行くや　流蛍は

翔る〔空を飛ぶ〕　天に翔ける　翔らさず　飛びかけり●翔り去にきと　鴨翔る見ゆ　来鳴き翔らふ　鶴翔る見ゆ　飛ばず翔らず　南に翔り

渡る　さ渡る鵠●たかべさ渡り　鶴立ちわたる　鳴き渡り行く　夜渡る雁は　渡る秋沙の　渡る隼

【翼】　翔なく　翔を低る　翼折れたる　翼もさへず　錦翼に●倦みたる翼は　帰るつばさに　鴨ぞ翼きる　雁の翼も　自在のつばさ　翼疏し　つばさ並べし　つばさに掛けて　つばさに鳴らす　翼の風の　つばさの霜を　翼の露に　翼のなきを　翼の波に　翅もがなと　つばさもたわに　翅もひらけ　翼よごれし　翼うちつけて　人に翼の　双の翼　真白き翅／比翼連理の

【羽】　覆羽の　紫金羽の　つる木はの　羽あれば　羽をさめ　羽ごろもの　葉根蘰　羽すりて　羽ならば　羽の霜　羽の戦ぎ　羽をたれて　羽をならべ　細羽の●青羽は色も　あまの羽袖に　小田のこぼれ羽　落たる羽ね

を　落羽は見えず　白羽交りし　蝶の羽遣ひ　貫く羽を　羽尾を切り取り　羽におく露の　羽根うちかはし　羽うちきする　羽根しろたへに　羽なき鳥の　羽にまつはる　はねにも霜は　羽も並べで　はね破ても　はねよはくとも　羽をひろげて　羽をまろめて

尾羽　色薄尾羽に　尾羽うち触れて　尾羽拡ぐるよ　尾羽を拡げて　地に曳く尾羽の　ながうつ尾羽　羽尾を切り取り　張れる尾羽より　一つの尾羽を

【尾】　尾は広く　尾も凍る　尾ををさめ　尾を触れて　乱尾の●尾ふりさむきに

垂尾　しだり尾の　長き尾の●鶏の垂尾の　八尋の垂尾

羽毛　背毛は　腹毛は●上毛しをれて　鴨の上毛を　鳳皇の毛を　胸毛純碧の

和毛　その和毛●いとゞ和毛の　にこ毛にひびく

羽ぐくむ　羽ぐくみ持ちて　わが子羽ぐくめ

羽交ひ　その羽がひ●薄き羽がひの　鴨の羽交に　羽をかさねたる

羽振る［はばたく］　朝羽振る　うち羽振き　はぶきにも　夕羽振る●鳥のはぶきに　鳴く羽触にも　羽振き鳴く鴫　羽触に散らす

羽搔［羽ばたき］　羽たきに　百羽搔き●鴫の羽搔　羽搔く鳴も　羽搔く間なく

羽風　羽風にも●鴛鴦の羽風の　おのが羽風に　帰る羽風や　雁の羽風に　蝶の羽風も　羽風すずしく　羽風なつかし　羽風にさわぐ　羽風になびく　羽風を寒み

羽音　はねおとは●鴨の羽音の　鴫が羽音は　たつ羽音とて　羽音に鈴を

【巣】　おなじ巣に　巣鷹わたる　巣離れたる　巣を咋ひて　巣を作りて　散れる巣に　鳩の巣に　古巣うとく●今ぞ巣かくる　通は鳥が巣　こぞの古巣を　巣作る枝を　巣とも見るべく　すはうごけども　巣をくひてなく　谷の古巣を　鳥は古巣も　古巣な出でそ　古巣に帰る　古巣の春や

巣守　すもりかなしみ　巣守なりけり　巣もりのあるに　われを巣守に

鳥立ち　狩場で驚いた鳥が飛び立つこと　鳥立ちも見えず　鳥は立ども

鳥

巣立つ　巣立ち始むる　巣立ちなば●ことし巣立つは　巣立ちけるぞと　すだちし松の　巣立てらるべき

巣籠る　すがくれて●巣ごもりてあり　千歳巣ごもる

鳥屋［鳥小屋］　とぐらにて　鳥座結ひ　とやかへる　鳥屋こめし　鳥屋にして　鳥屋のひま●いづくか鳥栖　孔雀の鳥屋の　鳥屋より広く　ねぐらの鳥も

【番】　番鴛鴦　友鶴の●つがひ去りにし　つがひし鴛鴦ぞ　番の孔雀　番離れて　つがひはなれぬ　つがひを離れず　つがはぬ鴛鴦の　友鶯の　鳥ひとつがひ

雛　鶴の雛かな　鳥の雛哉　鶏の雛　まだ雛ながら

雌鳥　雌の孔雀　雌をよびて　牝鶏に●雉子の女鳥　雌燕に　雌鳥雄鳥の　妻鳥のこゝろ　雌鳥を見れば

雄鳥　雄の孔雀　雄の鳥の　夫鳥の●斑鳩の雄鳥　雄燕を

鳥の子　鳥の子は●鳥の子にしも

卵　雁卵産と●生卵の中に　かひの見ゆるは　鶴の卵の

【嘴】　嘴あかき　嘴紅し●くちばしのうへ

啄む　啄まず●鳥啄めり　花を啄む　桙啄ひ持ちて

鳥

鵜　鵜を使ひ　しまつ鳥　底へうの●鵜川立ちけり　鵜といふ鳥に　鵜にしもあれや　鵜の食ふ魚と　鵜の棲む石に　鵜の住む磯に　水のからすを

鶯　黄鳥は　林鶯は●鶯合　鶯聞て　鶯佐保姫　鶯さそふ　うぐひすさそへ　鶯ぞ鳴く　鶯だにも　うぐひすつぐる　鶯鳴きぬ　鶯鳴くも　鶯なけれ　うぐひすのかげ　うぐひすの声　鶯のなき　うぐひすの音は　鶯野辺に　鶯のみぞ　鶯は鳴け　老ひの鶯　居りし鶯　来ゐるうぐひす　きなくうぐひす　来鳴く貌鳥　今日うぐひすの　新鶯語り　早鶯の声　谷のうぐひす　とへるうぐひす　友鶯の　鳴くや鶯　野べのうぐひす　初うぐひすの　まづうぐひすの　待つ鶯は　晩の鶯　世を鶯と／初音きかせよ　待つ初声は

鶉　鶉鳴き　うづら鳴く　鶉なす　鶉ふす　かた鶉　鶉雉ふみ立て●鶉となきて　鶉なくなり　鶉なくまで　うづら鳴くらむ　鶉の塩鳥　鶉を立つも　春の鶉を

鸚鵡　鸚鵡の舌を　媚ぶる鸚鵡の

鴛鴦［おしどり］　をしかもの　鴛鴦ぞ鳴く　鴛鴦の　を

しにしも　鴛鴦の住む　鴛鴦も鳴く　番鴛鴦　冬は鴛鴦　文の鳥●池の鴛鴦鳥　鴛鴦が人呼ぶ　鴛鴦住みけりな　をしといふ名も　鴦とたかべと　鴛鴦のうき寝か　鴛鴦の羽風の　をしの一声　をしのひとり寝　鴛鴦二つ居て　鴛めづらしと　をしも小鴨も　名を鴛鴦の

鶏　鶏うたふ　鶏は鳴く　鶏犬は　鳴く鶏は　庭つ鳥　にはつどり　鶏鳴く　庭鳥の　牝鶏に●鶏の垂尾の　鶏は鳴くなり　鶏はな鳴きそ　かけろと鳴が　鶏犬も無く　声ふくむ鶏　しば鳥の声　早鶏の鳴く　とりなかぬ夜は　鶏に別れて　鶏は鳴くとも　鳴くなる鶏の　庭つ鳥さへ　鶏寒うして　鶏の顔を　鶏の雛　ほそぼそと鶏の　八声の鳥と　ゆふつけ鳥ぞ　夕つけどりの　木綿つけ鳥も

鶏冠　とさかのにほひ　鶏冠を照らす

鵲　鵲来啼く　かさゝぎさわぎ　ひとつかささぎ

鴨　葦鴨の　あぢの住む　鴨あまた　鴨じもの　鴨鳥の　鴨どりは　鴨の声　水鴨なす●味鴨の群鳥　あぢ群騒き　遊べる鴨か　小鴨のもころ　沖つ真鴨の　鴦とたかべと　をしも小鴨も　鴨翔る見ゆ　鴨寒うして　鴨し啼らし　鴨そ翼きる　鴨といふ舟　鴨とふ船の　鴨の入首　鴨の浮寝の　鴨の上毛を　鴨の頸をば　鴨の住む池の　かものはいろの　鴨の羽交に　鴨の羽の色の　鴨羽の色の　かもをもをしと　たかべさ渡り　汀の鴨の　渡る秋沙の

鳥

鷗　かもめゐる　睡鷗は●沖の鷗の　鷗立ち立つ　かもめさへだに　鷗も狎れて　白鷗と共に

鴉・烏　朝鴉　大鴉　鴉とふ　鴉とは　烏鳴　鴉鳴く　烏の音　烏羽に　子がらすも　たつる烏　月夜鴉　喫む烏　日の烏　暮鴉ならん　むら鴉　やまがらす●鴉背の夕陽　鴉背の山は　瓜はむからす　親鴉かな　からすてふ名を　からすとからす　烏二羽見ゆ　烏の頭　烏の白頭　烏は黒し　鴉は低し　烏は見る世に　烏ひらく　こずゑのからす　鷺と烏と　月よがらすの　とほ山からす　とぶ烏かな　深山烏の　もりのからすの　やもめ烏の　夜烏鳴けど

雁　雁おちて　雁がゐし　雁来れば　雁卵産と　雁の声

雁は傍ふ　くる雁の　孤雁遠く　新雁の　飛ぶ雁の　なくかりを　春の雁　辺雁の　ゆく雁や　落雁も●天飛ぶ雁の　一行の鳴雁　飼ひし雁の子　雁が来たにと　雁か鵠か　雁が行方を　雁北に飛ぶ　雁こそ鳴きて　雁しづまりぬ　雁し羨しも　雁青天に　雁に逢はじと　雁に副ひて　かりにだにきて　雁寝たるらむ　雁のおり際　雁の翅を　かりのとこよを　雁の涙や　雁のひと竿　雁の一つら　雁の一むれ　雁の行くらむ　雁は卵産らし　雁はそのよの　雁引き来る　雁碧落に　雁渡るらし　かりをまつらむ　雁声寒し　雲居に雁の　雲井の雁の　孤雁の声を　墨絵の雁の　その初雁の　頼まぬ雁の　たのむの雁の　鳴くなる雁の　ねむる雁の子よ　孤り飛ぶ雁　ほのかに雁の　夜渡る雁は　旅雁を横たふ

雁帰る　帰る雁　故雁帰る●いまかり帰　帰る雁がね　雁帰る也　雁かへる見ゆ　雁鳴きわたる　山腰の帰雁

雁が音　雁がねの●天つかり金　落つる雁がね　かへるかりがね　雁が音聞きつ　雁が音寒く　かりがね寒み　雁がねとほき　雲にかりがね　茂き雁が音　鳴きし雁がね　初雁が音も　春の雁がね　早稲田雁がね

雉［きじ］　春雉鳴く　雉子の声　雉の野に　立つ雉は　鳴く雉子　野雉の声●朝鳴く雉の　朝野の雉　あさる雉の　をぐきが雉子　尾上の雉子　垣ねのきゞす　片山雉　雉子たつ野を　雉子なく野の　雉子は響む　雉に合はする　雉の立ちたり　雉の女鳥　禁野の雉子は　さ躍る雉　小夜の雉子の　飛びたつ雉の　野鶏は啼きぬ　八峰の雉　雪に雉子は

水鶏　くひななく　水鶏ゆゑ●水鶏なりけり　水鶏やよはの　水鶏よりけに　さぞな水鶏の　たゝく水鶏ぞ　たたくくひなに　誰かくひなの

孔雀　雄の孔雀　たまとりの　雌の孔雀●孔雀の鳥屋の　番の孔雀

小雀　こがらめの●小雀小雀の

鷺　五位鷺の　ごゐの鷺の　鷺のゐる　さぎはさぎ　鷺は白く　宿鷺飛べり　へらさぎの　行く鷺の●ごゐさぎはこれ　梢の鷺の　鷺かと見しは　鷺と烏と　鷺のとまれる　鷺のむら鳥　宿鷺を尋ね　白鷺の桙　空のしら

鷺　立し青鷺　名もしら鷺の　白鷺が池なる

鷦鷯［みそさざい］　たくみ鳥●さゝきが啼つ　さざき捕らさね

鴫　伏す鴫の●鴫が羽音は　鴫ぞなくなる　鴫たつ沢の　鴫突き上る　しぎのたつこゑ　鴫の羽音は　鴫の羽搔　田に鴫飛ぶと　羽搔く鴫も　羽振き鳴く鴫

雀　朝すゞめ　うづすゞめ　親雀　黄雀児　雀の子　雀の巣　とび雀　群雀●頭赤き雀　雀網に触るる　雀ゐるとは　雀さかさに　雀たちゆく　雀のくゞる　雀の声の　雀児みつ　すゞめはすゞめ　竹に雀が　つゝく雀子　友すゞめかな　野じめの雀　脹雀は　むら雀かな

鶺鴒　鶺鴒の尾は　ちきりなくなり／稲負鳥の

鷹　荒たかは　白鷹の　巣鷹わたる　鷹の子は　鷹の鈴　とぶたかの　鷂の●草とる鷹を　木居のはし鷹　しらふの鷹を　空の荒鷹　鷹匠の鳥　鷹に捕られて　真白斑の鷹　真白の鷹を／鳥とる鷹野

鶴［つる］　白鶴の　葦鶴の　猿鶴も　華亭の鶴　住む鶴の　鶴が声も　鶴のゐる　鶴亀の　鶴の子は　鶴の住む　友鶴の　鳴く鶴を　踏むたづは　松の鶴　行く鶴の　夜の鶴　老鶴と●漁する鶴　あしべのたづの　天の鶴群　磯に住む鶴　川瀬の鶴は　雲居に鶴の　群鶴の毛を　梢に鶴こそ　霜の鶴をば　洲鶴眠りて　松上の鶴　鶴おほどかに　鶴翔る見ゆ　鶴が妻呼ぶ　鶴が音とよむ　鶴さへあそぶ　鶴多に鳴く　鶴立ちわたる　田鶴なきわたる　鶴の上をぞ　鶴の毛衣　田鶴の一声　田鶴の群鳥　鶴のよはひに　鶴むらの来て　鶴声を吞む　鶴の脚をば　鶴の卵の　鶴の心に　鶴の姿は　鶴の林に　鶴の雛かな　飛びかふたづも　鳴き行く鶴の　鳴くなる鶴の　松に住む鶴　真鶴たてり　汀の鶴の　むれたつたづの　よそなる鶴も　夜鳴く鶴の

燕　去ぬ燕　つばくらめ　燕来る　つばめそら　来燕は●云ひそなつばめ　雄燕を　玄鳥ふたつ　燕のむれ　燕飛くる　なんぞよ燕子が　雌燕に

鳶　とびはとび●立まふ鳶の

鳰鳥　鳰鳥の●住む鳰鳥の

鵺・鵼［とらつぐみ］　ぬえ鳥の●鵺なきわたる

白鳥　さ渡る鵠　白き鳥●雁か鵠か　鵠八つ居り　塞鴻鳴きては　白鳥まへり　飛鴻を看る

鳩　泣く鳩の　鳩なきて　鳩の巣に　やま鳩の●雨よぶ鳩の　聖霊の鳩の　班鳩咲ひて　山鳩の声

雲雀　なくひばり　練雲雀　雲雀あがり　雲雀あがる雲雀たつ　夕雲雀●あがる雲雀に　天なる雲雀　おるゝひばりに　雲に雲雀の　春野の雲雀　雲雀上がれる　ひばりの床ぞ　やけのゝ雲雀　寄り来や雲雀

鶸　ひわの一むら　鶸の群鳥

梟　ふくろふの●梟の声　梟のごとく／糊すりおけと

時鳥　蜀魂　不如帰　霍公鳥●勧農の鳥　醜霍公鳥死出の田長に　その霍公鳥　とふほとゝぎす　遠ほとゝぎす　杜鵑まつなる　鳴郭公　初ほとゝぎす　ほとゝぎすかも　時鳥さへ　山子規　山時鳥　行ほとゝぎす／雲路にむせぶ　忍び音もせぬ　しのび音を　啼血の夜鳴をしつつ

みさご　みさご居る●みさごのゐるぞ

百舌鳥　鳴く百舌鳥の　百舌啼けば●もずなく野べの百舌鳥の草潜き　森に鵙啼き／贄のありかも

山鳥　山鳥こそば　山鳥の尾の

呼子鳥　よぶこ鳥●誰呼児鳥　呼子鳥啼

鷲　とぶわしの　真鳥住む　鷲の尾羽　鷲の住む　鷲の腹●かか鳴く鷲の　鷲そ子産とふ　鷲の頭に　鷲の片足鷲の觜　鷲の飛び来たる　鷲屋の上に　鷲よ御空を

虫

【虫】　秋の虫　稲の虫　虫合　虫なきて虫ならぬ　虫の思ひ　虫の殻●聞えぬ虫の暮るれば虫の　米はむ虫と　昆虫の歌　下葉に虫の　紙魚といふ虫　地むしの穴の　すだける虫も袂に虫の　地に幼虫は　なく虫よりも　夏ある虫のねをなく虫の　野辺の虫をも　野もせに虫の　はかなき虫に　ひとり鳴く虫の　籬の虫も　虫に鳥にも　虫の声々　虫の如くも　むしのしるしも　虫のね清く　虫の侘ぶらむ　藻にすむ虫の　宿りし虫の　夜ぶかき虫の夜ふけて虫の　よるなく虫の　よわるは虫の　わくらむ虫も／馬追虫の啼　浮蛾の卵　草かげろふは　くつわ虫黄金虫　蟷螂が斧　額づき虫　根きり虫の　ひを虫に

蟆子のかげ　みな触角を　蓑虫の

蟻　蟻よりも　小蟻ども●蟻のごとしも　蟻のむらがる　蟻は軍の　ありもこりけむ　蟻も力を　蟻を見しかな　大きなる蟻　つくる蟻みち　土あなの蟻　群ひく蟻の

蝗　いなごとぶ●皁螽の騒ぐ　いなごまろ哉

蚊　秋の蚊の　蚊のゐぬも　蚤と蚊に　蚊軍は●秋の藪蚊の　蚊の一つ飛ぶ　蚊の細声に　蚊は群つて　立てる蚊ばしら　棒振虫の　藪蚊のへらぬ

蛾　蛾羽の●白き蛾のあり

蝸牛　蝸牛　蝸牛や●蝸牛の角の

蟷螂　かまきりの卵　蟷螂の斧　青き蟷螂　蟷螂いでぬ

蛙［かえる］　蝦蟇平みて　蝦鳴く　田の蛙　鳴く河蝦　初蛙●井手の蛙と　大きなる蝦蟇　蛙の面ぞ　かへるのなくは　河鹿の声も　蝦蟇気を吹いて　蛙が歌を　河蝦聞かせず　河蝦妻呼ぶ　蝦と二つ　蛙ながるゝ　蛙鳴出す　河蝦鳴く瀬の　河蝦鳴くなべ　かはづ鳴なり　河蝦はさわく　遠田のかはづ　鳴くかはづかな　春もかへるの　密かに蟇も　山田のかはづ

蜘蛛　蜘の糸　くものいの　蜘蛛の網を　ささがにのつち蜘の●かゝるさゝがに　蜘蛛の糸すぢ　蜘蛛の行ひ　蜘の子さがる　蜘蛛の巣懸きて　蜘蛛の巣がきを　蜘蛛の振舞　ささがにぞこは　さゝがにの糸　空にすがくも　絶えなむ蜘蛛の

蟋蟀　蟋蟀鳴く　蟋蟀ならば●蟋蟀は歌ふ　こほろぎあゆむ　蟋蟀多に　蟋蟀鳴くも　こほろぎの鳴く　鳴く蟋蟀は　夜半のこほろぎ

螽蟖［こおろぎの古名］　きりぎりす鳴く　蛬の声　つづりさせてふ　鳴く螽蟖　機織る虫こそ　機織る虫の

虱　旅虱　花見虱　やせ虱●しらみの神世　千手観音ちゞむ虱よ　痩虱哉

蟬　空蟬の　秋蟬を　蟬有りて　蟬の声を　蟬噪は　鳴く蟬の　晩蟬の　鳴蟬の●秋の蟬の翼　暑くや蟬の　一蟬の声を　落つる蟬あり　来鳴く晩蟬　梢の蟬の　午蟬の声裡　山蟬鳴いて　斜日の鳴蟬　秋蟬の声　蟬とおもふに　蟬にまじりて　蟬のをりはへ　蟬の鳴音の　せ

みのはかなさ　蟬の羽衣　せみのひと声　蟬のもろごゑ　蟬も鳴やむ　鳴くなる蟬の　夏のひぐらし　夏はうつせみ　ひぐらし来鳴く　ひぐらしの声　ひぐらしも鳴く　一重の蟬の　満樹の噪蟬　森の空蟬　山の蟬鳴きて

蝶　彩羽蝶　黄蝶は　新蝶舞ひ　蝶遊ぶ　蝶小鳥　蝶戯れ　蝶ならむ　蝶のゐる　蝶のとび　てふよ〱　飛ぶ蝶の　鳥・蝶に　寝る蝶の　見ゆるてふ●あそぶてふこと　小蝶也けり　この世はてふの　蝶さへてふと　蝶のしづかさ　蝶のねにこし　蝶のねぶりも　蝶の羽風も　蝶の羽遣ひ　蝶の舞らむ　蝶はとまりぬ　蝶もたはれて　蝶をながむる　なにかはてふの　花や蝶やと　まどふ蝶かな　むつるゝ蝶と　夢の小蝶に

胡蝶［蝶］　こてふにも●こてふとはなる　胡蝶の夢は　胡蝶をさへや　春はこてふの

蜻蛉　あきづ羽の　紅蜻は　蜻蛉ゐて　大蜻蛉　やんまあり●赤とんぼ等が　蜻蛉の小野の　秋のかげろふ　消えし蜻蛉　来る来るとんぼ　蜻蜓を捕ふ

蠅　五月蠅なす　早蠅なす　蠅の子の　冬の蠅●青蠅の来りて　蠅殺すわれは　蠅の居直る　蠅ひとつみぬ

蜂　すがる鳴く　蜂遊びて　蜂とびて　蜂の錐の　蜂の巣の　はちのこを　蜂は愁へ　蜂巻かれ　蜜蜂の●秋の蜂かな　大きなる蜂　蜾蠃なる野の　蜂に呑ませて　蜂の群り　蜜蜂飼養者が

蛇［へび］　烏蛇　くちなはの　蛇を斬りつ　蛇に恐づる　四つの蛇●大きなる蛇　大なる蛇の　年経るをろち　蛇われをみる　蛇は沈みて

蛍　蛍火流る　蛍雪は　水蛍は　飛ぶ蛍　夏虫の　腐草蛍　蛍こそ　蛍とむで　蛍飛んで　蛍一つ　蛍々　行く蛍　流蛍は●朝の蛍よ　いまは蛍も　草の蛍を　雲にほたるの　蛍影耀き　さはの蛍も　笑止の蛍　袖に蛍を　ちる蛍かな　飛ぶほたるかな　夏虫の色　残るほたるや　ひとつ蛍の　蛍とふべく　蛍とならば　蛍とびかふ　ほたるの影も　蛍の空に　ほたるばかりの　蛍渡つて後　蛍をみても　窓の蛍を　燃ゆる蛍を　行くほたるかな　夜は蛍の　夜半の蛍を

松虫　秋まつ虫は　こや松虫の　誰まつ虫の　誰をまつ

虫　野辺の松虫　人まつ虫の　松虫のこゑ　松虫の鳴く　まつむしの音に

鈴虫　鈴虫に●籠の鈴虫　鈴虫鳴けり　なほすゞ虫の

蝮　ひそむ蝮も　蝮に嚙まれて

蚯蚓　蚯蚓らが●あかき蚯蚓の　骨なき蚯蚓

百足　蜈蚣の手●百足の手ほど

獣

【獣】　射ゆ獣を　獣の　けものすら　けものめく　獣をば　鳥獣　野の獣　走者●黒きけものの　けだもの住まず　けものとならで　獣と人の　獣なりとも　獣なれども　獣の王也　獣は悲し　鳥獣絵巻　山の獣も　四方の獣／淡海の白猪　山羊の老翁　山のむさゝび

尻足[後ろ足]　尻の足●鹿の尻足

【毛】　虎毛の駒　虎斑●栗毛なる草馬　栗毛の御馬　黒栗毛なる　鹿のうは毛の　白葦毛なる　月げの駒よ　夏毛冬毛は

鬣　その鬣を　たて髪白く

【角】　落し角　角折れぬ　角一つ　角をのし　わが角は●枝なす角に　をじかの角の　蝸牛の角の　牡鹿の角　角附きながら　角のうへなる　つのひかるゝぞ　角三つ生ひたる　角を生ずる　角を付けたる

【尾】　尾を掉りて●尾を振りにけり

獣

猪[いのしし]　怒り猪の　野猪　病猪の●漁り出な猪の子　猪養の岡の

鼬　鼬とか●鼬鼠笛吹く

犬・狗　犬が吠え　犬飼うて　犬さへも　犬じもの　犬長吠　犬の声　狗の心　犬の面　犬は吠ゆる　犬防ぎ　狗吠えて　狗山と　狗を飼ひ　犬を飼ひて　狗をだに　ゐのころは　狩犬の　狛の者　里の犬の　白き狗　つなぎ犬の●犬飼人の　犬が長鳴く　犬こそ人の　犬ながながと　犬な吠えそね　犬のあたまは　犬の咬合　犬の恋見る　犬の声する　犬の面よし　狗の耳垂れ　犬ほへにらみ　犬呼びこして　犬をあはれむ　狗を羨む　おひゆく犬の　奇犬花に吠ゆ　鶏犬も無く　猿鳥犬は　とがむる犬の　野に狗を入れ　馬牛も狗も　昼ほゆる犬

兎 兎の子●兎一つぞ　兎よ耳の　兎毫ばかりも　兎
狙はり　兎計りて　月の兎と　猿と兎と　罠に兎の
牛 牛懸けて　牛主の　牛の顔　牛の子を　牛の真似
牛は踏む　牛部屋の　牛よりは　牛を追ひて　牛を割
き　牛を牽いて　牛背の　群牛は　犢哉　ことひうし
子に牛の　痩牛に　智者の牛●あめ牛かけたる　黄斑の
牛　牛うる家を　牛つながせて　牛の歩みに　牛の歩む
まま　牛のしりがい　牛引きかへる　牛を労はり　牛を
失ひて　牛を引かせて　かへらぬ牛の　かくるやせうし
帰牛の村は　牡牛の
狼 狼も●狼に向ひ／真神の原に
亀 亀遊ぶ　亀なれば　亀の口　亀の頸　亀の甲　鶴亀
の　放し亀●出でくる亀は　亀の口脇　亀の体は　亀を
放ちし　亀を引き上げ　万劫亀の
象［ぞう］ 牙の笛　獅子や象●狂象跳猿
狐 叺狐　狐射よ　狐飛脚　小狐の　野狐どの　野
狐も　蛇きつね　水狐疑を　野狐は啼けり●狐に浴む
さむ　狐一匹　きつねがましき　きつね鳴なり　狐にこ
そは　狐に成りて　狐の如き　狐のすみか　狐を捕へ
花に狐の　よからぬ狐
熊 荒熊の　熊の住む●くまにもあらぬ　くまのくら
はむ　熊のむかばき　小熊のかしら
鹿 秋は鹿　所射鹿を　入る鹿の　を鹿なく　牡鹿伏
す　鹿児じもの　鹿をさして　鹿だにも　鹿の皮　鹿の
身ぞ　鹿もわぶ　鹿じもの　すがる臥す　青鹿は　た
つ鹿や　臥す鹿は●朝行く鹿の　あはれその鹿児　出で
来る鹿の　をじかなきのに　をじかの角の　をじかは遠
く　尾上の鹿の　鹿児ぞ鳴くなる　鹿獲り靡けし　鹿
子まだらに　五色の鹿の　鹿思ふらん　しかぞ悲しき
鹿立ちならす　鹿に恐れて　鹿のうは毛の　鹿の皮をば
しかの声さへ　鹿のしがらみ　鹿の尻足　鹿の立ちどの
鹿の涙や　鹿のねながら　鹿の群れ居る　鹿や馬とぞ
住むとふ鹿の　ちかき鹿笛　妻問ふ鹿こそ　妻なき鹿の
妻呼ぶ牡鹿　縫はれて鹿の　野べのをじかの　萩には鹿
の　萩は鹿にも　萩やをじかの　まがきに鹿ぞ　峰行
くししの　夢野のをじか　夜深く鹿の　我が身は鹿の

我もしかこそ
鹿猪 食用となる獣。猪や鹿　猪鹿じもの●鹿猪田の稲を　鹿猪履み起し　猪鹿待つわが背　やどる猪鹿やも
小牡鹿［おすの鹿］　さを鹿の●小牡鹿履み起て　さ男鹿来鳴く　さをしかのこゑ　牡鹿の角
獅子　獅子や象　女面獅子像と●これ獅子の児を
狸　まつ狸●狸のもの、　たぬ鼓うて
虎　虎頭虎尾　虎・おほかみ　虎肩に　虎に乗り　とらのふす●虎海に落ち　虎か吼ゆると　虎とふ神を　虎のたぐひに　虎走り寄り　虎豹を踏む　虎臥す野辺に　とらもすむべき　とらもねこなる　群なす虎や
猫　唐猫の　寺の猫　猫五つ　ねこの子の　猫の舌の　猫の島　猫の綱　ねこよびたる　猫を飼はば　猫をだに　猫をまねき　三毛の雄の●内裏の御猫の　大きなる猫　をかしげなる猫　顔黒き猫の　黒き猫さへ　子猫生れて　白き猫ゐる　手馴らし、猫の　猫に恐づるを　猫に追はれし　猫になむ恐ぢ　猫の土におり　猫の鳴き合ひ　猫の耳のうち　猫を怖るる　轢かれし猫は　猫児の睡れる　まさかに猫も　斑らなる猫
鼠　老鼠　鼠にてや　鼠の尾　鼠の巣　若鼠●老いたる鼠　鼠とるべく　鼠の咋ひて　鼠のすみか　鼠もはめる　二つの鼠／ねず鳴きするに　鼠鳴をして
羊　馬羊●羊のあゆみ　牡羊に乳を
猿　猿鶴も　飼猿は　黒猿は　猿奏づ　猿さけぶ　猿なかせ　猿の叫び　猿を聞けば　手長猿　猿啼く　猿の耳　ましらもよ　夜猿啼く●哀猿叫びて　来たりつる猿　狂象跳猿　五夜の哀猿　猿が参りて　猿鳥犬は　猿にかも似る　猿逃ぐれども　さるの一こゑ　猿もや採ると　啼く猿かな　真猿目出たい　猿と兎と　猿手を摺る　ましらな鳴きそ　猿を縛りて　野猿とのみは

魚

【魚】　魚多き　魚踊る　魚買て　魚食はぬ　魚ぞ善き　魚とると　魚の名に　魚を得ず　魚を得て　大魚よし　大魚つる　錦鱗は　雑魚漉きに　飛ぶ魚を　魚釣らすと　魚の腹を●あそぶと魚や　魚とる術も　魚のさまして　魚のにほひの　魚をうかゞひ　魚を窺ふ　魚をくわひて　笊の小魚

塩辛き魚　藻中の魚　池心の魚隊　疲れし魚に　飛魚するなる　濁りて死魚ぞ　のぼれる魚の　水と魚との眼のなき魚の　遊魚の鉤を　よわりし魚の／伊勢蛸の小鮠つどふ　海鼠のそばに　はたのひろもの　はたはたの　鱧の骨切　春の鰊は　海胆居り　鱒の魚　めでたき王余魚　日々雑魚だにも　やまめうぐひの　雪の魚

【魚】　魚聞きて　魚乞ふ主　魚し多く　魚鳥を　魚の鮨　魚は売　魚は獲ぬ　魚満ちて　魚もなし　魚を食ふ　池の魚　多くの魚　泳ぐ魚●あつまる魚の　魚売る女　いをなどこへば　魚の入るべき　魚やさきだつ　怒れる魚の　鵜の食ふ魚を　玉魚を羨み　干したる魚の

いろくづ［魚。鱗］　いろくづを●魚くづや誰　魚をとりて

【鰭】　ひれはねて　鰭ふらせ●ひれ振り尾振り　鰭ふる魚に／其が鰭は　鰭の狭物

【貝】　青貝の　蜊売　磯貝の　うつせ貝　海牛も　貝鮑　貝ずりに　貝は焼きて　貝拾ふ　片し貝　烏貝細螺の　雀貝　簾貝　袖貝を　生貝や　螺踏みに　むきみうり　屋久貝と　忘れ貝●いがひの殻を　浦の潮貝　かひありとこそ　かひある浦に　貝ぞ拾へる　貝種のぬた　貝にありせば　貝に交りて　貝ふきならし貝や拾はん　貝を摺りたり　貝を拾ふと　貝をひろへる恋忘貝　桜貝寄る　忘れ貝哉

鯵　鯵網を●鯵の塩辛

鮎　鮎落て　鮎釣ると　年魚とると　鮎の魚　鮎は子を　年魚走る　渋る鮎　鮨鮎の　若鮎釣る●鮎か釣るらむ　鮎かや鮎か　年魚子さ走り　鮎児さ走る　鮎し走らば　鮎すむ川の　鮎の白干　鮎を取らむと　取らさむ鮎の

鮑　鮑の多く　鮑の貝の　鮑を潜く　鮑を取りて

鯨［くじら］　鯨魚取り　勇魚取り　鯨売　鯨障る　鯨とる　鯨鯢を●鯨の寄る島の

鰯　鰯網●鰯なほ干す　いわしのとれて　うまき小鰯小いわしの漁　小鰯を酢に　松浦鰯に

鰻　鰻かき●鰻さかせむ　鰻取り食せ　鰻を取ると

牡蠣　蠣貝に●牡蠣ぞにほへる　かきをぞ刺して

鰹　堅魚釣り　鰹より　初がつを●鰹釣り舟

蟹　芦蟹の　葦蟹を　沢蟹を●稲搗蟹の　蟹とたはむる　蟹の泡ふく　蟹の行く如す

海月　魚海月●くらげも骨は

鯉　伊勢鯉の　江の鯉と　大鯉の●大鯉などを　かたぶちの鯉　住む鯉のこと　のぼる鯉かな

鮭　蝦夷塩引き　枯鮭を　初鮭や●江鮭とる　枯鮭の太刀　鮭の白干　塩引の鮭

栄螺　さだえ棲む●さゞいのふたは　さざえの殻の

蜆　蜆売●粉浜のしじみ　升の蜆も

鮪[まぐろ]　鮪衝くと　鮪釣ると●鮪突く海人よ　鮪の若子を

白魚　とるゝしら魚　椀の白魚

鱸　鱸釣る　鱸取る●すずき釣り舟

鯛　明石鯛　小鯛引く　桜鯛　鯛ぞかし　鯛願ふ　鯛の醤●鮮かなる鯛　桜鯛釣る　桜鯛をや　鯛釣り矜り　鯛釣る海人の　鯛の荒巻　生しき鯛は　花さくら鯛　干したる鯛を　ふりうりの鯛

沙魚　鍋の沙魚　沙魚釣の

蛤　酢蛤　蛤売　蛤の●秋の蛤　こにし蛤　小さき蛤　蛤売らふ　蛤よりは　春のはまぐり

氷魚　よる氷魚は●網代に氷魚の　ひをくりとは　氷魚そさがれる　ひをは好みて　ひをやよるらん

鰒　鰒と汁●鰒にまさりて

鮒　近江鮒　寒鮒の　鮒を作り●あさりしふなを　江鮒集まる　屎鮒喫める　ちひさき鮒ども　鮒のあらひの　藻臥束鮒

鰐[鮫]　鰐来たり　鰐などの　鰐の口　鰐上りて　鰐を投げ●鰐の頤　鰐の頭に　わにの住みける

■五音七音表現を引用した書名（五十音順）

『宇治拾遺物語』新日本古典文学大系42／岩波書店
『歌合集』日本古典文学大系74／岩波書店
『江戸庶民風俗』鈴木勝忠著／雄山閣
『王朝物語秀歌選』（風葉和歌集・源氏物語歌合・物語二百番歌合）岩波文庫／岩波書店
『神楽歌・催馬楽・梁塵秘抄・閑吟集』日本古典文学全集25／小学館
『假名法語集』日本古典文学大系83／
『菅家文草　菅家後集』日本古典文学大系72／岩波書店
『金槐和歌集』新潮日本古典集成／新潮社
『源氏物語』日本古典文学大系14〜17／岩波書店
『古今著聞集』日本古典文学大系84／岩波書店
『古今和歌集』新潮日本古典集成／新潮社
『五山文学集・江戸漢詩集』日本古典文学大系89／岩波書店
『後拾遺和歌集』新日本古典文学大系8／岩波書店
『後撰和歌集』新日本古典文学大系6／岩波書店
『古代歌謡集』日本古典文学大系3／岩波書店
『今昔物語集・本朝世俗部』新潮日本古典集成／新潮社
『山家集』新潮日本古典集成／新潮社
『拾遺和歌集』新日本古典文学大系7／岩波書店
『新古今和歌集上下』新潮日本古典集成／新潮社
『新勅撰和歌集』岩波文庫
『千載和歌集』岩波文庫
『雑兵物語索引』金田弘編／桜楓社
『竹取物語・伊勢物語』新日本古典文学大系17／岩波書店
『中世近世歌謡集』日本古典文学大系44／岩波書店
『中世和歌集』（風雅集・詞花集・玉葉集）新編日本古典文学全集／小学館
『土佐日記・かげろふ日記・和泉式部日記・更級日記』日本古典文学大系20／岩波書店
『土佐日記・蜻蛉日記・紫式部日記・更級日記』新日本古典文学大系24／岩波書店
『土佐日記・貫之集』新潮日本古典集成／新潮社
『七十一番職人歌合・新撰狂歌集・古今夷曲集』新日本古典文学大系61／岩波書店

『平家物語』日本古典文学大系32〜33／岩波書店
『舞の本』新日本古典文学大系59／岩波書店
『枕草子』日本古典文学全集11／小学館
『万葉集』日本古典文学大系4〜7／岩波書店
『室町時代小歌集』／浅野建二校註／講談社
『室町物語集』新日本古典文学大系54〜55／岩波書店
『謡曲集』日本古典文学大系40〜41／岩波書店
『連歌集』日本古典文学大系39／岩波書店
『和漢朗詠集・梁塵秘抄』日本古典文学大系73／岩波書店

『有明詩抄』蒲原有明作／岩波書店
『岡本かの子』岡本かの子著／筑摩書房
『鑑賞　釋迢空の秀歌』加藤克巳著／短歌新聞社
『北原白秋』日本の詩歌9　北原白秋著／中央公論社
『北原白秋詩集(下)』安藤元雄編／岩波書店
『近世和歌集』日本古典文学大系93／岩波書店
『近代詩集Ⅰ』日本近代文学大系53／角川書店
『斎藤茂吉歌集』山口茂吉他編／岩波書店
『子規句集』高浜虚子選／岩波書店
『釋迢空ノート』富岡多恵子著／岩波書店

『新編　左千夫歌集』土屋文明・山本英吉選／岩波書店
『新編　啄木歌集』久保田正文編／岩波書店
『藤村詩抄』島崎藤村自選／岩波書店
『みだれ髪』松平盟子監修／新潮社
『明治歌人集』(前田夕暮篇)明治文學全集／筑摩書房
『和歌俳句歌謡音曲集』(明治開化和歌集・俳諧開化集)
新日本古典文学大系明治編4／岩波書店
『若山牧水歌集』伊藤一彦編／岩波書店

編　者

西方草志　にしかた・そうし

1946年、東京生まれ。コピーライター。俳号 草紙。千住連句会。

著作　坂本　達・西方草志編著『敬語のお辞典』（三省堂）

佛渕健悟・西方草志編『五七語辞典』（三省堂）

西方草志編『川柳五七語辞典』（三省堂）

西方草志編『俳句 短歌　ことばの花表現辞典』（三省堂）

雅語・歌語　五七語辞典

2012年3月30日　第1刷発行

2015年12月29日　第2刷発行

編　者…………西方草志

発行者…………株式会社　三省堂

代表者　北口克彦

発行所…………株式会社　三省堂

〒101-8371　東京都千代田区三崎町二丁目22番14号

電話　編集（03）3230-9411　営業（03）3230-9412

振替口座　00160-5-54300

http://www.sanseido.co.jp/

印刷所…………三省堂印刷株式会社

ＤＴＰ…………株式会社　エディット

カバー印刷……株式会社　あかね印刷工芸社

落丁本・乱丁本はお取替えします

〈雅語五七語辞典・480pp.〉　ISBN978-4-385-13648-6

五七語辞典

佛渕 健悟・西方 草志 編

■四六判・448頁

俳句・連句・短歌・川柳の
超速表現上達本

名句・名歌・名詩の五音七音表現を漢字１文字でくくって20分野に分類。江戸から昭和まで百人余りの作家の時代を越えた言葉の競演！

実物はこの２倍

9 心――恋

恋
愛 好 慕

【恋】逢ぬ恋　家恋し　うき恋に　海恋し　梅こひて　欠落は　片恋や　君を恋ひ　君を恋ふ　恋稚く　恋少女　恋終る　恋風は　恋がたき　恋がたり　恋か血か　恋草の　恋ひ狂ひ　恋ひ恋ひて　恋衣　恋しがり　恋しかろ　恋しくは　恋しけれ　恋ひしなば　恋知らず　恋すてふ　恋ひ撫でて　恋猫の　恋の魚　恋の神　恋の酒　恋の園　恋の通夜　恋の火は　恋の道　恋は浮く　こひ聟を　恋無常　恋もあらん　恋燃えて　恋やみに　恋わたる　恋をえず　恋をして　恋ふる子等　さきに恋ひ　酒こひし　失恋の　堰く恋の　空恋し　空恋ひて　千度び恋ひ　父恋し　月を恋ひ　つみこそこひ　猫の恋　初恋に　母恋し　母を恋ひ　人を恋ひ　日を恋うて　古き恋　星の恋　待つ恋や　水恋鳥　目に恋し　山恋し　山を恋ふ　恋愛の　わが恋は　我がこふる●相恋ふるらし　如何なる恋や　意識の恋よ　一歩恋しさ　祈る恋なし　命恋シク　内で恋する　海が恋しと　熟れたる恋の　老いての恋や　多くの恋を　和尚恋すと　落葉恋ひてぞ　親が恋しく　学生恋を　片恋にして　かなしや恋ひし　きたなき恋に　狐恋する　狂女恋せよ　くるしきこひの　恋ある人の　恋ひうみそめし　恋敵をば　恋ひ狂ふ子の　恋ひ恋ふる歌　恋さまぐ〵　恋ざめ男　恋ざめ女　恋ざめごころ　恋しい唄に　恋しかりけれ　こひしき雨よ　こひしき家に　恋しくなれる　こひし、こひしと　恋して遊べ　こいしゆて泣いた　恋する雛ぞ　恋する隙は　恋する宿や　恋せぬきぬた　恋ぞありける　恋つのりつゝ　恋ひておもへば　恋と春とに　恋ならぬ名も　恋に朽なむ　恋に朽ぬは　恋にすがらむ　恋に誰れ倚る　こひにはかたき　恋二万年　恋にもうとし　恋に破れて　恋のあめつち　恋の色彩　こひの薄衣　恋のうたげも　恋のうはきさ　恋の激波　恋の小車　恋の終と　恋の敵と　恋のきはみに　恋の薬も　恋の国辺と　恋の国より　恋のさかひの　恋の雫の　恋のせき守　恋のたはぶれ　恋のつづきぞ　恋のはじめ

心

159

◎五七語辞典［分野別目次］